coisas **óbvias** sobre **o amor**

elayne baeta

coisas óbvias sobre o amor

2ª edição

— *Galera* —
RIO DE JANEIRO
2024

revisão
Yasmin Montebello, Marina Góes

ilustração de capa e miolo
Elayne Baeta

diagramação
Ilustrarte Design

CIP-BRASIL. CATALOGAÇÃO NA PUBLICAÇÃO
SINDICATO NACIONAL DOS EDITORES DE LIVROS, RJ

B132c

    Baeta, Elayne
       Coisas óbvias sobre o amor / Elayne Baeta. – 2ª ed. – Rio de Janeiro :
    Galera Record, 2024.
       (Duologia laranja-forte ; 2)

       ISBN 978-65-5981-011-6

       1. Lésbicas – Ficção. 2. Romance brasileiro. I. Título. II. Série.

24-93631	CDD: 869.3
	CDU: 82-31(81)

Meri Gleice Rodrigues de Souza – Bibliotecária – CRB-7/6439

Copyright © Elayne Baeta, 2024

Todos os direitos reservados.
Proibida a reprodução, no todo ou em parte, através de quaisquer meios.
Os direitos morais da autora foram assegurados.

Texto revisado segundo o Acordo Ortográfico da Língua Portuguesa de 1990.

Direitos exclusivos de publicação em língua portuguesa somente para o Brasil adquiridos pela EDITORA GALERA RECORD LTDA.
Rua Argentina, 120 – Rio de Janeiro, RJ – 20921-380 - Tel.: (21) 2585-2000

Impresso no Brasil

ISBN 978-65-5981-011-6

Seja um leitor preferencial Record.
Cadastre-se e receba informações sobre nossos
lançamentos e nossas promoções.

Atendimento e venda direta ao leitor:
sac@record.com.br

VOL.1 O AMOR NÃO É ÓBVIO
VOL.2 COISAS ÓBVIAS SOBRE O AMOR

ESCRITO E ILUSTRADO POR **ELAYNE BAETA**

Para a minha avó, a senhora é – e sempre será – o meu país favorito.

E para todas as meninas que se parecem comigo: eu teria te ajudado a raspar a sua cabeça.

PARTE 2
ÉDRA NORR

Essa não é uma história **de** amor. Essa é uma história **sobre** o amor. E ela termina assim: comigo pedalando em zigue-zague de bicicleta.

Só que ela *também* começa da mesma forma...

1.

Minha coisa favorita sobre andar de bicicleta é o vento. E minha coisa favorita sobre o vento é que não dá para segurá-lo. Eu não consigo apertar o vento, assim, com as minhas mãos; como quando pegamos uma pessoa pelos ombros e a sacudimos. Mas o vento é forte o suficiente para me empurrar para longe, como uma pessoa conseguiria fazer. Sacudir meu cabelo por pura liberdade ou desprender um fruto de uma árvore, como só alguém poderia fazer. Por isso é muito difícil para mim não acreditar que há alguém ali comigo enquanto desvio dos carros em alta velocidade, apesar de todo o meu ceticismo. Bem ali, no meu momento favorito, enquanto eu pedalo o mais rápido que consigo *e paro*. Deixo a bicicleta fazer todo o resto, me desconecto completamente da mecânica da coisa, tiro as mãos do guidão e abro bem os braços. Nessa hora, *tudo* o que sobra é vento.

"*Quero que você fique com a minha bicicleta, filha.*"
Só vento.
"*A senhora vai ficar bem, mãe. Eu acredito nisso.*"
Nada além de
"*Estamos aqui hoje para nos despedirmos dessa mulher extraordinária, Eva Norr. Acredito que falo em nome de todos quando digo que ela sempre será...*"
Vento.

— Criança, você vai acabar morrendo se continuar fazendo as entregas desse jeito — resmungou Seu Garrilho assim que cheguei ao Croquete Cabana, parado detrás da caixa registradora. — Você é paga para entregar as comidas, não precisa apostar corrida carregando elas. Vinte e cinco minutos para ir até Fourth Crosley e voltar?

Olhei para Pablo e segurei o riso antes de tranquilizar Seu Garrilho.

— Eu tô bem, Seu Garrilho. Mas como o senhor quase enfartou ontem assistindo o último jogo do Bolosco, vou colocar rodinhas na minha bike.

— Porra, perdeu feião — provocou Pablo.

— De três a zero. — Comecei a rir, abrindo o freezer para roubar uma cerveja.

— Você. — Seu Garrilho arregalou os olhos, apontando pra mim com o malote de dinheiro que estava contando. — Isso custa sete euros. *E* você... — continuou, se virando para Pablo: — Você lá entende de futebol, rapaz? Vá fazer sua entrega que você já tá todo atrasado.

— Perde pra mim e ainda quer me cobrar sete euros numa cerveja — murmurei.

— Bolosco vai morrer sem honra se depender do Arsenão — disse Pablo, rindo e me lançando um olhar zombeteiro.

Abri a cerveja no dente. Desceu pela minha garganta arrepiando meu pescoço inteiro, antes parcialmente aquecido pelo cachecol vermelho que eu estava usando. Estava fazendo um frio de nove graus em Montana, mas uma cerveja gelada sempre vai ser uma cerveja gelada. Da mesma forma que o Bolosco sempre vai ser o tapete do Arsenal de Garcia. Há coisas nessa vida que são proféticas.

— Vocês são duas crianças, eu não vou perder meu tempo discutindo com vocês.

— Nem eu, que a criança de vinte e seis anos aqui tem outra de cinco pra alimentar. — Pablo colocou a mochila térmica nas costas, pronto para voltar ao serviço.

— É bom mesmo, porque daqui a pouco eles estão reclamando que os brasileiros não gostam de trabalhar, como adoram dizer por aqui – resmungou Seu Garrilho, fechando a caixa registradora. – Édra, você tem mais uma entrega.

Travei onde eu estava.

— Ué, Seu Garrilho, avisei ao senhor que tinha compromisso e ia precisar sair mais cedo hoje. Troquei de horário com o Ramon.

— Você tá vendo o Ramon aqui?

Olhei em volta e me dei conta de que estávamos mesmo sozinhos. Pablo tinha acabado de passar pela porta, rindo, e o sino da entrada ainda balançava. Ramon estava atrasado. Mas ele "supostamente" tinha que me cobrir. Fizemos um acordo. Eu o cobri *duas vezes* na semana passada por isso. *Aquele filho da puta.*

— Não me interessa o acordo que vocês fazem, só as entregas. – Ele arrematou a garrafa de cerveja da minha mão. – Pro dinheiro entrar, a comida precisa sair. E hoje é seu expediente. As entregas são sua responsabilidade.

— Eu tenho um jantar importantíssimo hoje, Seu Garrilho. Quebra essa pra mim.

— *Quebra essa pra mim.* – Ele me remedou enquanto virava o resto da minha cerveja num copo. – Vocês, crianças, e essas gírias.

— Por favor.

— O que você quer que eu faça? Suba numa bicicleta e entregue por você? Ele virou toda cerveja do copo de uma só vez. – Eu, um idoso de setenta e dois anos.

— Pô, liga pro Ramon, Seu Garrilho. Namoral mesmo. Eu nem tenho o número dele.

— *Namoral mesmo.* – Seu Garrilho imitou minha voz de novo. As palavras molhadas pela cerveja que um minuto atrás era minha. – Odeio gírias.

— Por favor! – implorei.

— Eu até posso ligar pro Ramon – Seu Garrilho me fitou, presunçoso. – Mas é você quem vai ter que continuar cobrindo o delivery até que ele resolva aparecer.

— Vocês vão esperar esfriar a comida?! – gritou Selma, da cozinha. – O pedido tá pronto! Depois a gente toma uma avaliação baixa e não sabe o porquê.

O vapor escapava discreto pela tampa da marmita de isopor deixada por Selma no balcão. A melhor parte de trabalhar num restaurante típico do seu país quando você não mora mais nele é ainda poder sentir esse cheiro. O cheiro afetivo da comida.

A pior parte, bom, é essa, também.

— Eu ligo pro Ramon, você faz a entrega. — Seu Garrilho me alfinetou com um sorriso malicioso. Estava se divertindo. No fundo, alguma coisa me dizia que aquela implicância toda ainda se tratava do Bolosco ter perdido pro Arsenal de Garcia. Não que a culpa fosse minha, mas, quando seu time é muito ruim, é preciso ter no que descontar.

Coloquei o pedido na minha mochila térmica com a menor paciência já experienciada no mundo. Passei as alças pelos meus ombros, afivelei o cinto de segurança no meu abdômen e xinguei mentalmente Ramon com todos os palavrões possíveis.

Estava prestes a passar pela porta do Croquete Cabana quando Seu Garrilho assobiou.

— Você só tem vinte e um anos, criança. — Ele apontou para mim com o telefone. — Pare de pedalar essa bicicleta como se estivesse fugindo da polícia.

Empurrei a porta do Croquete Cabana, e o som daquele sino tão familiar ecoou na minha cabeça. Antes de sair, eu disse a única coisa que salvaria minha dignidade da implicância dele.

— Três a zero, Seu Garrilho.

— *Excuse me, Sir!* [Com licença, Senhor!] — gritei para o moço da barraca de frutas e verduras, apertando a buzina da bicicleta. Quando eu passava em alta velocidade, o vento sempre derrubava uma coisinha ou outra. Eu sabia que ele me odiava profundamente por isso. E era isso que tornava divertido fazer aquele *mesmo* caminho toda vez.

— *I already told you! Slow the fucking down!* — [Eu já avisei! Desacelere essa merda!]

Entortei um sorriso ardiloso no rosto. Mal sabia ele que me rogar praga sempre que eu passava como um furacão pela sua modesta barraquinha, de alguma maneira, me humanizava. Consigo contar nos dedos com quantas pessoas eu interajo por dia nessa cidade desde que cheguei.

Todas as pessoas em Montana estão com pressa. Não se ouve sequer um bom-dia, boa-tarde ou boa-noite. A maioria dirige um Betta 2019. Ninguém tem máquina de lavar roupa em casa, então todos se encontram nas mesmas lavanderias de bairro e sempre fingem que não se conhecem.

Não é muito diferente da atmosfera da CMU (Charles Monté University). Seus colegas de faculdade só falam com você em sala de aula, e fora dela vão roubar a sua vez na fila da lavanderia sem nem te cumprimentar.

Todos eles vivem em bandos. E não dá pra se sentir acolhida em nenhum deles. Nem mesmo pelos hippies *gratiluz*, conhecidos pelos seus comitês de boas-vindas e por suas aulas coletivas de yoga pela paz mundial (ambos eventos canônicos abertos ao público e fechados para imigrantes). Existe até um mural estúpido de para alunos internacionais com uma foto três por quatro ridícula de todos nós e a nossa nacionalidade numa tag bem embaixo, o que só facilita o processo de isolamento social. Ou o da ridicularização completa de ouvir: *"Hey, Édra, is it true you guys live around Monkeys and Birds in Brazil? That's so, so sad"* [Ei, Édra, é verdade que vocês vivem cercados de macacos e pássaros no Brasil? Isso é tão, tão triste].

Sorrir, negar, pedir licença para ir ao banheiro e ficar presa na blitz dos entorpecentes. Ter todos os bolsos conferidos por um guardinha do campus e voltar pra sala com a sensação de que o diretor ficou triste por não ter encontrado nada. Dizem por aí que ele fica com todas as drogas confiscadas. Sabe como é, para "inspeção pessoal".

Com todos os possíveis grupos dos quais eu poderia fazer parte riscados da lista, sobra a (rufem os tambores!) comunidade lgbt, que aqui não tem o menor senso de comunidade. Todas as leis essenciais (casamento, criminalização da homofobia, direito a adoção, direitos parentais etc.) já foram aprovadas há anos, mas nunca houve uma única parada do orgulho. Por que não pode? Não. Porque ninguém quis.

Sorri para o atendente da cafeteria que usava a camisa mais gay que eu já tinha visto.

"Cool shirt. Are we in pride season, already?" "We are in Jackie's Cafe" "But is it pride month?" "It's June 9th" "But do you..." "Credit card or cash?" "Cash." ["Camisa legal. Estamos na temporada do orgulho, já?" "Estamos no Jackie's Cafe" "Mas é o mês do orgulho?" "É 9 de junho" "Mas você..." "Cartão de crédito ou dinheiro?" "Dinheiro."]

Tudo em Montana é frio. Literalmente frio. E cinza. Chove quase o ano todo. É de se imaginar que o Croquete Cabana faça sucesso. E nem é pelos croquetes feitos com feijão ou pelos brigadeiros (que os montanenses nem sabiam o que eram antes da Selma colocar no cardápio de sobremesas), e acredite, não é pela cerveja importada (nem um pouco típica aqui na terra dos espumantes). Não, não é por nada disso. O Croquete Cabana é campeão em vender sopas. É, sopas. Dos melhores sabores possíveis, com uma rica combinação de legumes e temperos diferentes. Num país gelado onde culturalmente a única sopa servida é uma mistura de ervilha, água, sal e cebola... Acredite, Seu Garrilho faz um *bom* dinheiro com isso. Só não é rico porque aposta tudo no Bolosco jogo sim, jogo não.

Majoritariamente é sopa que entregamos. Quando está nevando, preciso pedalar devagar ou os lacres de segurança se partem e fazem uma bagunça danada. Já aconteceu uma vez, e Seu Garrilho se certificou de descontar do meu salário. *"Ei, você, menos doze euros."* Essa é a punição dele pra tudo. O que ele não sabe é que não trabalho no Croquete Cabana *só* pelo dinheiro. É claro que o dinheiro sempre vem a calhar, qualquer oportunidade de não mexer naquela conta conjunta com Augustus Norr é bem-vinda. Ainda mais agora que minha reserva está acabando.

No meu primeiro ano aqui em Montana, ainda tinha dinheiro das aulas de música que eu dava em São Patrique. No segundo ano, comecei a estagiar na empresa do coordenador da universidade, até descobrir que ele tinha se formado com Augustus aqui mesmo na CMU. O porta-retrato do cara entregou tudo. É claro que eu não teria conseguido a porcaria do estágio sem que Augustus mexesse as peças de seu tabuleiro. Pedi pra sair. Fiquei sem grana. E, quando precisei fazer um saque de emergência naquela maldita conta de banco, Augustus me ligou. Na mesma hora. Foi assim que constatei o óbvio: ele me passou uma conta que ele pudesse monitorar. Se eu comprasse um alfinete, ele ficaria sabendo. Seria só mais uma forma de controlar minha vida.

Eu já não tinha esperança nenhuma quando olhei para o outro lado da rua e vi o Croquete Cabana. Tem momentos na nossa vida que parecem a porra de um filme. Estava lá. Um sinal divino do universo. Mais claro do que aquilo só se Seu Garrilho estivesse vestido de anjo com uma placa escrito "entre".

O Croquete Cabana surgiu na minha vida no momento mais oportuno possível – e no mais desesperador também. E continuo não falando do dinheiro, porque na pior das hipóteses eu ainda posso me submeter ao Big Daughter Brasil, para o Augustus monitorar todos os meus passos enquanto eu passo produtos básicos no caixa de um supermercado. Acho que a grande questão aqui é a solidão e como ter um emprego distrai um pouco disso. Não sei se sou só eu que me sinto um peixe fora d'água nesse país que revive sua própria era do gelo em clima e comportamento social ou se isso é realmente algo que no fundo todo mundo passa e as pessoas só não falam sobre. Às vezes sinto que até poderia me adaptar a viver num lugar como esses, se não fosse por essa parte... E o frio. E nunca fazer nenhum amigo. E ter que falar em inglês o tempo todo. E os sinais de trânsito completamente caóticos. E o toque de recolher em dia de nevoeiro. E como no inverno não dá para andar de bicicleta, porque o pedal congela e os pneus ressecam. Daí as entregas são de carro. E dirigir na neve também é uma merda.

Fazer o delivery do Croquete Cabana num Betta 2019 risca o primeiro grande motivo que me levou a topar esse lugar – ter acesso a uma bicicleta e permissão para andar com ela. É, você precisa de uma espécie de "licença" até mesmo para andar de bicicleta por aqui. Todos os meios de transporte precisam de uma, até mesmo os recreativos como um simples patinete. A de bicicleta está entre as mais complexas de se conseguir, porque a cidade não foi projetada para ciclistas – vide os acidentes –, especialmente em as baixas temperaturas. Tudo é pensado da maneira mais hostil possível visando piorar cada vez mais a experiência do habitante-ciclista. Por isso estou com esse capacete três vezes maior do que a minha cabeça. Por uma coisa chamada "segurança" e porque Seu Garrilho prefere a palavra "economia" no lugar dela. Ele padronizou o tamanho dos capacetes e só dá para concordar com isso se você nunca viu pessoalmente a cabeça de Ramon, que foi o molde para todos. "Se a gente fizer do maior para o menor, cabe em todo mundo", foi o que Seu Garrilho disse, se sentindo um visionário. Uma espécie de Steve Jobs da segurança do trabalho. É, e eu que me *foda*.

– *Hey. Delivery for Miss Franco. Fifty Eight. Please* [Ei, delivery para Senhorita Franco. 58. Por favor] – falei, me aproximando da câmera do interfone.

Soltei a fivela do capacete e da mochila térmica. Travei a bicicleta no chão com o pedal de apoio e, como só havia esse pedido, era o único que eu precisava retirar do compartimento interno. Estava tudo certo, eu era muito boa em desviar de carros e não derrubar as entregas (pelo menos, na maior parte do tempo). As Leis da gravidade precisam de algumas ressalvas sobre isso.

Eu me sentei na escadaria de mármore na entrada do prédio para recuperar o fôlego. Precisava pedalar tudo de volta até o Croquete Cabana e torcer para que Ramon já estivesse a caminho pra assumir o *meu* turno da noite que deveria ser *dele*. Me programei bastante para hoje, nada pode dar errado.

O dia estava chegando ao fim e essa era a parte mais melancólica sobre Montana. Não há um pôr do sol vibrante, naquela coloração laranja forte típica de São Patrique. É assim que sabemos que o dia está acabando. Até que o sol – sempre tímido atrás do emaranhado de arranha-céus, edifícios e nuvens – seja engolido pela escuridão de uma noite Montanense. Era aquele período entre o fim das cinco e o início das seis da tarde. Os azuis e roxos já começavam a apontar no céu. O fluxo de carros sempre fica um inferno dessa hora em diante. As pessoas apressadas se apressam ainda mais. Todos usando os mesmos sobretudos, abrindo as portas dos mesmos Bettas 2019, buzinando agressivamente para crianças voltando da escola em seus patinetes (portando licenças para dirigi-los). Happy hours são enormes colmeias onde as pessoas se sentam sozinhas depois da jornada de trabalho e carregam o celular de graça, provando dos espumantes típicos daqui com alguma receita de comida sem tempero. Sopa de ervilha, água, cebola e sal. Todos recebendo dinheiro suficiente para morar em prédios com escadarias de mármore e ninguém pensa que talvez fosse uma boa ideia ter uma máquina de lavar para variar. O dia se encerra numa lavanderia onde ninguém vai se cumprimentar. E assim vivem os habitantes de Montana. A terra do pôr do sol azul.

Estou *começando* a me acostumar.

— Desculpe a demora, querido, eu estava procurando as malditas chaves desse apartamento — disse, em português, uma voz atrás de mim. Eu me levantei e despertei do meu devaneio em um click. — Ah! — Ela ergueu as sobrancelhas assim que me viu de frente. — Você é uma menina.

— E a senhora é brasileira. — Sorri cordialmente.

— Felizmente. — Ela sorriu de volta. Inclinando a cabeça na minha direção, como se fosse uma tartaruga, murmurou: — *Imagine ser natural de Montana.*

— A senhora não gosta daqui? — perguntei, tentando parecer despretensiosa, camuflando a nossa fofoca num tom de voz mais baixo, não que qualquer pessoa fosse entender o que estávamos falando em português.

— Ah, querida, eu não diria que eu *não gosto* daqui. — Ela me olhou docilmente, o sorriso comprimido nos lábios regados de ironia. — Eu detesto este lugar.

Deixei escapar uma risada breve pelo nariz.

— Essa sopa brasileira chegou em boa hora, então. Vai *alegrar sua estadia.*

Estendi a embalagem do Croquete Cabana toda em ordem, para a "Senhora Franco, 58". Ela agarrou a embalagem com tanto desespero que parecia nunca ter sentido o cheiro de sopa antes.

— Minha estadia vai ser alegre quando ela acabar — resmungou. — Não tem nem um pôr do sol decente nessa cidade. Se Gustav não estivesse a trabalho aqui, eu estaria muito longe desse lugar horroroso. Sorte minha que encontrei você.

— *Eu?*

— Sim. Só pelo cheiro sei que essa sopa de feijão está uma delícia.

— Ah, a Selma tem esse dom mesmo, eu só faço as entregas — dei de ombros.

— Você quer subir?

— *Eu?*

— Sim — assentiu ela com uma expressão confusa, como se estivesse fazendo um convite irrefutável e óbvio. — Para dividir a sopa, querida. Meus netos estão todos lá em cima. Você é brasileira. Amamos casa cheia e a bagunça. É o que me mantém sã nesta cidade pálida. Venha tomar uma sopinha com a gente.

— É que eu tô trabalhando, Dona Franco — falei enquanto me abaixava para recolher o capacete da escadaria e me ajeitar para subir na bicicleta. — Mas agradeço muito o convite.

— Largue de ser boba, eu pago a mais pra você ficar. É importante fazer amigos. Não tem muitos brasileiros por aqui. — Ela voltou a murmurar com cabeça esticada para fofoca feito uma tartaruga: — *Apesar de achar que a melhor coisa que um brasileiro pode fazer assim que chegar aqui é ir embora.*

— É... — voltei minha atenção para o que realmente interessava: afivelar de novo a mochila térmica do Croquete Cabana ao meu corpo.

A Senhora Franco continuava ali, parada, segurando sua sopa de feijão, esperando que eu dissesse qualquer coisa. Como se tivesse esperanças de me ganhar pelo argumento ou pelo cansaço. Não quero soar de uma forma ruim, mas *eu sabia* que ela não era a reencarnação de nenhuma freira beatificada, nem estava preocupada *apenas* com o meu bem-estar. Aquilo ali era mais pessoal do que podia parecer. A necessidade por uma boa bagunça em casa, de comer comida brasileira e até mesmo de conversar por alguns minutos em português com uma entregadora de delivery, faziam parte do pacote para não entrar em colapso em Montana. Se você olhar atentamente para essa junção de pequenas coisas, fica claro que esse tipo de situação *humanizava* a Senhora Franco de alguma forma. E eu podia compreender tudo isso. Porque *esse* também era o motivo pelo qual eu passava por todos os perrengues no Croquete Cabana e andava na linha para não ser demitida por Seu Garrilho. Fazer as entregas, falar em português, o cheiro das comidas, as apostas em dia de jogo de futebol, as gírias, até a rádio de MPB que Selma escutava enquanto trabalhava e vinha da cozinha pra orelha da gente... Essa junção de pequenas coisas me humaniza. Elas funcionavam para mim como uma espécie de kit de primeiros socorros. É assim que se sobrevive a um pôr do sol azul, buscando maneiras de se lembrar que é humana.

— Concordo com a senhora, mas tô tentando ver o lado bom das coisas daqui também, sabe? Preciso ficar até me formar, então... — Passei a alça da mochila térmica pelos meus ombros. — *Não tenho muita escolha.*

— O que você cursa aqui?

— *Business.* — Ri, do quão idiota parecia dizer isso em voz alta. — Uma forma mais chique e idiota de cursar *administração de empresas* num lugar

Elayne Baeta

que não seja a federal de, eu sei lá, Canoinhas. Meu pai queria que eu fizesse contabilidade e administração ao mesmo tempo, mas "business" na Charles Monté já mistura isso tudo.

— Você disse Charles Monté?

— Sim.

— Uau. É uma ótima faculdade, com renome internacional. Fez bem. O dono da marca de carros favorita dos montanenses fez *business* na Charles. — Ela parecia orgulhosa. — Meu marido já trabalhou na Betta.

— É, todo mundo dirige um Betta 2019 por aqui. — Balancei a cabeça negativamente, porque isso soava ainda mais idiota do que o nome do meu curso.

— E usam os mesmos casacos, tomam sopas de ervilha sem gosto e não compram uma simples máquina de lavar roupas para casa! — riu.

— Nossa! — Franzi o cenho. — Eu *literalmente* acabei de pensar nisso vindo pra cá. Achei só eu reparasse nas paradas que acontecem por aqui.

— Eu falei, você deveria ir embora o mais rápido possível. *Fuja para a luz, Caroline*, pegue o primeiro avião e se mande desta cidade de olhos de botões! — Ela sorriu. — Ou suba — e, erguendo a embalagem do Croquete Cabana, reiterou seu convite: — e tome uma sopa.

— Vai ter que ficar para outro dia — falei enquanto subia na bicicleta, sorrindo. — Tanto a fuga da cidade quanto a sopa. — E prendi o capacete. — Hoje eu tenho um compromisso inadiável.

— Vou torcer para que não seja lavar roupa.

Foi a última coisa que a "Miss Franco. Fifty Eight. Turtn Seliv Boulevard" disse antes de sumir para dentro da imensa porta de madeira do seu prédio.

Você
Ainda que embaixo de incontáveis tons de azul,
Precisa saber da piscina
num frio congelante,
Da margarina, da Carolina, da gasolina,

COISAS ÓBVIAS SOBRE O AMOR 23

nessa cidade de gente estranha,
Você precisa saber de mim.
pedalar ouvindo música nunca perde a graça.

Sempre que o radinho da Selma descarrega, ela coloca para tocar no celular a rádio MPB que o namorado do filho dela indicou, a Belíssimos Gafanhotos. Roubei a indicação como quem pega doce em festa de criança antes do parabéns. Valiosíssimo vira um brigadeiro, quase santificado. O mesmo se aplica a qualquer resquício de Brasil que se dê para ter por aqui. Fim de expediente é sempre cachecol ao vento, frio, um exército de Bettas 2019 e os montanenses para lá e para cá com suas roupas a lavar, como formiguinhas treinadas.

Não sei, comigo vai tudo azul. Contigo vai tudo em paz. Vivemos na melhor cidade da américa do sul, você precisa...

— *Excuse-me, Sir!* [Com licença, Senhor!]

— *Not you again!* [Você de novo, não!] — O moço da barraca de frutas e verduras berrou para mim assim que passei com a bicicleta, derrubando um cesto inteiro de pêssegos. — *Stay away from my damn fruits!* [Fique longe das minhas malditas frutas!]

— *I'm really sorry, Sir!* [Sinto muito, Senhor!] — pedi desculpas mesmo sabendo que quase sempre é de propósito. De costas pra ele, sorri, humanizada.

Quando passei pela porta de vidro do Croquete Cabana e balancei o sino anunciando minha chegada, já pude respirar de alívio ao ver Ramon debruçado sobre balcão, esticando o pescoço para a televisão ligada. Bolosco 1 x 0 Zarsul. Ramon é um péssimo funcionário, a criatura mais irresponsável e desorganizada da face da terra, mas era o único que também torcia para o Bolosco. Em algum lugar dentro de mim eu sabia que ele nunca seria demitido por causa disso. Um contrato vitalício por também ser um torcedor fanático. Ele deve tudo ao clubismo.

— Ah, que bonitinho. — Pablo entrou logo depois de mim. — Competindo pelo terceiro lugar.

— Não fique provocando, não, Pablo, ele já é idoso. — retruquei, desafivelando a mochila.

— *Só quando interessa* — murmurou Pablo.

Seu Garrilho encenava o quadro perfeito. O pano de prato jogado no ombro, a cadeira de bar dobrável em metal com a pintura parcialmente descascada, o jogo rolando na televisão de vinte e quatro polegadas presa por uma gambiarra na parede, as garrafas de cerveja vazias ao redor... Nada é mais brasileiro em Montana do que o Croquete Cabana. Nem mesmo eu.

– Eu não sou idoso – rebateu Seu Garrilho, sem desgrudar os olhos da falta sendo cobrada.

– Desculpe, Seu Garrilho – corrigi. – Mas eu tava falando do Ramon.

Nesse momento, ainda de costas para mim, Ramon levantou apenas o dedo do meio. Dei uma risadinha e repassei o capacete pra ele.

– O que é isso?

– Isso é o início do seu turno.

Ramon arregalou os olhos, desesperado, como se eu tivesse o sentenciado a forca.

– Mas ainda nem acabou o jogo do Bolo!

– Porra! Verdade! Vou quebrar essa pra você.

– Sério?

– Não.

Pablo riu dos fundos do Croquete Cabana.

– Estou indo nessa, avisei desde cedo que eu tinha um compromisso hoje. Se virem.

– O que pode ser mais importante que final de brasileirão? – arfou Ramon, cruzando os braços por cima do capacete. Estava morfando em uma criança de castigo.

– Quando se torce pro Bolosco, literalmente qualquer coisa – falei enquanto ele me olhava com cara de choro. Mas para seu Garrilho eu tinha um último pedido: – Já que eu tô meio atrasada graças a esse otário, posso pegar uma bike emprestada?

Depois de um longo período de silêncio. Provavelmente repassando todos os meus crimes trabalhistas numa tela branca de cinema dentro de sua cabeça, Seu Garrilho resolveu ceder.

– Traga de volta amanhã.

Toda tensão no meu corpo se dissipou. Respirei aliviada.

– Obrigada, Seu Garrilho.

— De manhã! — ordenou sem tirar os olhos dos jogadores do Bolosco (fazendo merda). — Quero a bicicleta aqui de manhã cedo.

— Combinado — assenti.

Passei rapidamente pelo meu armário, me agasalhei com mais um sobretudo, ajeitei as coisas e dei um tchauzinho pra Selma. Eu estava pronta pra dar o fora dali. Antes que o dia acabasse, tinha uma última coisa que eu precisava fazer.

— Ei, Édra. — A voz de Pablo me parou na frente do restaurante quando eu estava subindo na bicicleta para ir embora. Ele estava bem atrás de mim, afivelando o capacete para mais uma entrega. — Hoje tem noite brasileira no pub do Brockler, se quiser colar.

— Valeu, cara. Mas hoje eu já tenho um compromisso.

— Caraca, verdade. Você falou disso o dia inteiro.

— É... — sorri, destravando a bike. — Vou conhecer os pais da minha namorada.

— *Putz...* — ele deu uma gargalhada e apertou o pé no pedal. — Boa sorte!

Eu fiquei ali por um instante. Observei enquanto ele sumia entre as ruas de Montana e Bettas 2019. A noite ia se espalhando pelo céu como uma xícara de café derrubada numa folha de papel. O vento gelado assoprou o meu rosto como um lembrete de um novo país. As luzes dos postes se acenderam. Tirei o meu celular do bolso do casaco para conferir as horas.

Você tem (4) mensagens não lidas de Pilar Mountwagner.

É, Montana pode ter lá suas incontáveis contradições e problemas, mas nem tudo aqui é ruim. Estou mesmo começando a me acostumar.

E sabe uma coisa que dá para fazer em qualquer cidade do mundo?

— *Excuse-me, Sir!* [Com licença, Senhor!]

Andar de bicicleta.

2.

ENCAIXEI O SEGUNDO FONE NA ORELHA e guardei o celular de volta no bolso do blazer.

"*Você está ouvindo Belíssimos Gafanhotos, sua estação de rádio brasileiríssima. Deixamos vocês agora com Adriana Calcanhotto. 'Horário de verão'.*"

Pilar me disse que o amor não era isso.

Pudesse ser assim,

Isso, esses dois jovens ainda com as roupas do colégio.

Você gostar de mim...

Num banco de metrô, cochichando.

Houvesse modo de fazer o amor obedecer.

A primeira vez que ouvi a voz de Pilar Mountwagner e notei a sua presença foi quando ela se levantou no debate de poesia clássica e disse: "Não é preciso estar apaixonado para escrever poemas." E isso era verdade, mas também era mentira. Eu a esperei terminar de falar para dizer que discordava. Duas semanas depois, estávamos transando. Aos poucos, fui me permitindo acreditar em tudo o que ela acreditava. Ela tinha mais segurança do que eu para impor suas opiniões aos outros. Cursava letras e jornalismo ao mesmo tempo. Sempre tinha uma citação na ponta da língua para fazer, um autor estrangeiro novo para ler, um professor para bajular. Eu já tinha lido os mesmos livros que ela... bom, uma parte deles, pelo menos. Mas eu não conseguia conceituar tanto o meu processo criativo. Pilar estava para a mecânica das coisas como eu estava pelo calor delas. No banco do metrô, o menino passou uma mecha do cabelo da menina para trás da orelha dela. *Se alguém pudesse comandar o que lhe vai no coração, mudar as luzes de lugar, horário de verão.*

"É por essas e outras que eu não me imagino entrando num relacionamento tão cedo", foi uma das primeiras coisas que eu disse enquanto discutíamos o casal protagonista de *Night-nine-nights*, o filme vencedor do Oscar. Não foi um date, nos encontramos por coincidência. Pablo me deu o ingresso que descolou fazendo entregas pro vigilante do Cinehouse, Pilar estava lá com seus amigos supercults, todos usavam casaco com ombreira e cheiravam a tabaco. Fui apresentada como "a garota que vai ao clube da poesia sem precisar" – é, eu pegava a matéria de Poética I a troco de nada, só como ouvinte. Respirar um pouco o cheiro de um ambiente artístico –, o que não foi o caso. O clube de poesia do CMU parecia uma fábrica de ressurreição. Todos estavam tentando ser os seus ídolos-cults mortos. Ninguém era. Achei uma merda.

Eu não sabia como me sentia em relação a Pilar. Ela era implicante, muito inteligente e incisiva. Era interessante, mas era *tão* interessante, que ficava um pouco chata. Falava muito sobre si mesma, emitia muitas opiniões. Eu precisava esvaziar a cabeça para caber tudo o que ela tinha para contar. Sobre sua vida, sobre sua aula, sobre o artigo que estava escrevendo, sobre o trânsito infernal de Montana, sobre como Sharon (sua melhor amiga) é a pessoa com a qual ela mais compete no mundo, sobre não se fabricar mais lápis como antigamente, sobre o amor não ser isso – um casal de jovens no limiar entre se beijar ou não no banco do metrô – porque o amor, do ponto de vista Pilariano, é real quando é linear. Sem picos emotivos, sem grandes intensidades, sem poemas megarromânticos, sem saudade excessiva, sem ocupar sua cabeça inteira a ponto de não conseguirmos estudar para duas faculdades ao mesmo tempo. Apenas calmo. Meio parado. "Real, como pessoas reais", e todo resto é ficção. Todo resto é hormônio. Todo resto não interessa muito, porque não há tempo para pensar muito sobre isso. Afinal, o TCC está cada vez mais perto. "O casal de *Night-nine-nights* dá real vontade de vomitar." *Dá real.* Essa era minha coisa favorita sobre Pilar. Ela era metade brasileira. A minha coisa menos favorita sobre Pilar era ela não entender nada do que nenhuma música de MPB falava. Nem os poemas em português. Nada. Sabia falar-Brasil, mas não sabia sentir-Brasil. Só que falava tanto sobre as outras paradas que sentia, que uma ia atropelando outra, antes de processar algo que ela acabou de dizer, já se tem uma coisa nova a ser processada.

Eu gostava de ficar em silêncio ouvindo Pilar. Algumas coisas eu não entendia. Às vezes pegava no sono enquanto ela falava e falava e falava. E às vezes eu escutava só fragmentos no processo de ir dormindo. Era bom. Formava um texto novo.

"Você acha que a paixão aumenta a libido? Eu me deparei com esse artigo que diz que, cientificamente falando, estar apaixonado... Mas como que essa porcentagem pode estar certa?... Isso significa que mesmo que você adore transar com uma pessoa, talvez você tivesse mais liberação hormonal com outra que você sentisse carinho. Não é patético? A libido ficar incontrolável pelo fator carinho. Eu acho que quando... Por isso que o mercado de lingeries está sempre... Aí ela disse: *Pilar, o sabonete de vanilla está fora da validade...* E todo mundo nem esteve lá... E o Edgar ofereceu *peanut butter* literalmente no meio do congresso... Ele é um professor incrível, segui em todas as redes sociais... Na pausa pro sebo nesse dia eu comprei diversos livros, deu mais ou menos uns dez euros... A Virginia Woolf jamais... Mas, voltando, você acha que a paixão enfeita a libido e a libido enfeita o amor? Você acha que uma coisa tá mesmo interligada a outra? Tipo, você acha que as pessoas desejam muito mais alguém que elas amam do que alguém que elas... Édra? Você está ouvindo? Édra?"

"Sim"

"Você acha? Você acha que a paixão é o tempero da libido e o sexo é o tempero do amor?"

Pilar nunca me pediu em namoro. Nem eu a pedi. Um dia, estávamos a caminho do restaurante e ela gritou no telefone: "Como assim vocês não têm mais uma mesa? Eu fiz reservas para mim e minha namorada." *Minha namorada.* Foi assim que eu descobri que estávamos namorando. No sinal fechado da avenida Dodger Peanegann. Passamos num drive-thru. Compramos combos de hambúrgueres. Eu estava namorando.

De boca cheia, Pilar contava minuciosamente como ela achava que a indústria alimentícia estava enganando a gente. E, de primeira, eu não reagi muito bem. Não estou falando sobre a indústria alimentícia, a questão aqui foi sobre o "aviso de namoro". Meu silêncio naquele carro acabou virando rejeição. Ignorei Pilar o máximo que eu pude por duas semanas. E a minha rejeição virou a saudade excessiva que ela tanto detesta. Percebi que na semana sem ela eu não dormi direito. Fiquei agitada no trabalho. Minha cabeça estava dispersa na aula de cálculo. Eu estava *gostando* de Pilar. Me apaixonando por ela vagarosamente. Perdendo a guerra contra as coisas que eu acredito, para que ela coubesse no meu peito não mecânico. Ela era minha companheira e minha única amiga. Eu pensava que talvez ela falasse muito comigo, porque também se sentia sozinha naquele lugar. Ou fosse doida. Normal ser doido em Montana. Eu, por exemplo, quase enlouqueci no meu tempo longe de Pilar. Minhas únicas interações humanas duravam oito frases, no máximo. E, quando a maioria das frases vem de Ramon e Seu Garrilho, vou te contar, é foda.

Mas insisti no meu plano de me manter longe. Porque eu sabia que o tipo de amor que me acelerava não era o mesmo que Pilar. E, para ficar com ela, eu teria que abrir a minha cabeça para acreditar no entediante "amor-linear". Eu estava saindo da lavanderia, xingando todos os palavrões possíveis, quando ela apareceu. Numa chuva terrível. "Estou sentindo saudade excessiva", foi o que ela me disse. Nos beijamos no estilo *Night-nine-nights*. No dia seguinte, tudo já estava de volta ao que era antes. Nada tinha mudado, só o fato de que eu estava namorando. Com uma menina que não sabia que eu só consigo escrever poemas de amor quando eu estou apaixonada. Ou, que eu escrevo poemas, pra começar.

As bocas do casal no metrô se aproximam lentamente. Os símbolos na farda do colégio se encostam e se beijam primeiro. Os dois fecham os olhos.

DUAS HORAS ANTES DO BEIJO. CAPRICCIO CUCINA ITALIANA.

▷ CALMÔ / LINIKER

Por trás da fumaça do meu cigarro, assisti enquanto todos os morangos ganhavam o chão úmido pela chuva. Rolavam vermelhos pela calçada, quando três foram esmagados de uma só vez pela mesma pegada. Usando um avental sujo de molho de tomate, o rapaz de corpo esguio soltava alguns palavrões em italiano enquanto o outro, vestido como um garçom, ria. "*Always you, dude.*" "Sempre você, cara", ele dizia em inglês. "Sempre você." Ouvi a pequena conversa nascer e morrer, interrompida por uma terceira pessoa ranzinza que gritou de dentro da cozinha: "*Tomás, table four. Now. Andare.*" O rapaz esguio e desastrado de avental congelou para observar o outro sumir restaurante adentro. Os olhos parecendo dois satélites naturais, a respiração descompassada, os morangos... Foi quando percebi o que tinha acabado de testemunhar ali.

Antes da tragédia da queda dos morangos, ele segurava firme a cesta. Bastou um "*Hey, dude*", para que tudo acontecesse. Um *hey* dito pelo outro que foi embora rumo a *table four*. Ah, o amor, *always you, dude*. O amor é sacana. Coloca a gente nas piores saias justas possíveis. Quando percebeu que eu estava encostada no muro, o rapaz esguio tomou um susto, ficou agitado e entrou.

Ficamos eu e os morangos.

Pilar me disse que o amor não era isso. Perder todo seu equilíbrio, seu balanço corpóreo, andar na corda bamba da gravidade só porque alguém apareceu na sua frente e te deu um *hey*, um oi. "Não acredito no amor exagerado, incontrolável, não acredito nesse amor que as pessoas dizem levá-las a fazer certas coisas. Nós fazemos o que decidimos fazer. Todo mundo pode se controlar. Acho que as pessoas inventam muito. O amor não força ninguém a fazer nada. As pessoas tomam atitudes idiotas e culpam o amor. Como se o amor fosse um impostor vivendo dentro do nosso corpo. Alguém que pode assumir o controle a qualquer momento, sabe? Isso não me soa real. Eu prefiro acreditar que o amor de verdade é só calmo mesmo. E só faz com que a gente faça coisas que já faríamos naturalmente. Sem essa de perder o controle, a noção, a vontade de comer, de dormir, porque não consegue parar de pensar em alguém. Porque não se consegue controlar o amor. Isso é loucura. Não é? Você acha que isso é loucura também, né? Nossa, patético. E a Sharon ainda me disse que depois que eles se viram no último sábado..."

Pisei no cigarro. A chuva caía densa em Montana. A água escorria no toldo verde-musgo do Capriccio Cucina, bem acima da minha cabeça, e encorpava uma cortina líquida na minha frente. Os morangos esmagados se dissolviam num suco vermelho sobre o chão da rua. Tudo se desmanchava em direção ao bueiro. Respirei fundo, dei umas batidinhas no tecido espesso do meu blazer. O ar gelado de Montana soprou no meu rosto uma última vez antes que eu entrasse.

— Você demorou tanto — sussurrou Pilar assim que arrastei a cadeira para voltar a me sentar ao seu lado. Seus pais conversavam em inglês alguma coisa sobre o mercado de tecidos. Não entendi direito, não acompanhei a conversa e nem pretendia. — Tá tudo bem?

— *Wine, Sir?* [Vinho senhor?] — Tomás, o cara que eu tinha acabado de ver nos fundos do restaurante, possível amor platônico do "derrubador de morangos", suspendeu no ar uma garrafa preta de rótulo dourado. O nome do Capriccio Cucina no rótulo indicava fabricação própria. Meus ombros até relaxaram de alívio. Vinho, e dos bons. Nem corrigi o "Sir" ("Senhor"). Não tenho mais nenhuma paciência para isso. Prefiro fingir que não ouvi. Uma hora cansa.

— *Yes, please* [Sim, por favor] — respondi para o garçom, e para Pilar eu sussurrei em resposta: — *Quero ir embora.*

— *Por quê?* — perguntou ela, baixinho, quase inaudível.

— *Por quê?* — rebati, estendendo a taça para que Tomás preenchesse com o que eu mais precisava naquele momento. Na ordem de prioridades a lista era: 1- aquele vinho, 2- um táxi, 3- meu chuveiro, 4- minha cama. — *Thank you.* [Obrigada.]

— *Acabamos de chegar. Só comemos as entradas. Estamos em um jantar.*

— *Ninguém me deu um "oi" sequer desde que eu cheguei. Parece que todo mundo tá num jantar, menos eu.*

— *Eles são tímidos.*

Na minha frente, a Senhora Mountwagner elogiava os olhos de Tomás enquanto ele ria tímido, balançando a cabeça. Parecia um supermodelo fazendo um bico de garçom por uma noite. A Senhora Mountwagner começou a gargalhar apalpando o braço dele. E eu virei o meu vinho todo.

— Oh! — Tomás me encarou, solícito. — *Would you like more wine, Sir?* [Você quer mais vinho, senhor?]

Estiquei a taça na direção dele sem dizer nada. Foi a primeira vez na noite inteira que a Senhora Mountwagner olhou para mim. Durou menos de um segundo.

— Está vendo, Pilar? Posso falar em português porque o rapaz não vai entender. Mas, para mim, esse é o genro dos sonhos.

— Mãe.

— O quê? Veja os olhos dele. Tão bonito. Tão encorpado. Seu ex-namorado era tão magrinho. Adorava Sebastian, mas o garoto parecia que não comia.

— Mãe.

— Esse aqui é perfeito, tirando o emprego, claro, porque ninguém merece se casar com um garçom. Trabalhar num restaurante só é bacana quando você é o chef. — A Senhora Mountwager sorriu, ardilosa, bebericando seu champanhe. — *Ou o dono.*

— Mãe!

— Mas, para paquerar, não custa nada. Você está solteira há um ano, já passou da hora de voltar a sair. — Então a Senhora Mountwagner me dirigiu a primeira frase em uma hora de jantar. — Você não acha, querida? Pilar disse que você é brasileira, entende português?

— Entendo, sim. — Entortei um sorriso na boca seguido de um longo gole no vinho. — E eu concordo com a senhora. — Cruzei as pernas, ficando mais à vontade na cadeira. Meu corpo se inclinou para trás e eu me virei em direção a Pilar. — Você deveria voltar a sair, Pilar. Já que você não namora.

— Eu *namoro* — disse ela, entredentes.

— Ela *namora*? — A Senhora Mountwagner arregalou os olhos.

Dei de ombros pacificamente.

— Não que eu saiba.

— *Girls, please, no Spanish-talking on the table.* [Garotas, por favor, nada de ficar falando em espanhol na mesa.] — O Senhor Mountwagner riu, tentando harmonizar uma piada com o vinho, sem fazer ideia do que estava acontecendo naquele momento.

— *May I help you with anything else?* [Posso ajudar em mais alguma coisa?] — perguntou Tomás. Ainda de pé, diante de nós, na *table four*.

— *Actually, yes.* [Na verdade, sim.] — A Senhora Mountwagner cruzou as mãos embaixo do queixo, apoiando os cotovelos sobre a mesa, os olhos se apertando maliciosos em direção a Pilar. — *Can you bring us a piece of paper and a pen? My daughter, here, wants to give you her number.* [Você pode nos trazer um pedaço de papel e uma caneta? Minha filha, aqui, quer te dar o número dela.]

Ah, claro. Sinceramente.

— *Excuse-me*. [Com licença.]

40 MINUTOS ANTES DO BEIJO. CAPRICCIO CUCINA ITALIANA.

— Tá legal, ok? Ok. Eu não contei a eles. Desculpa. Eu errei. — Pilar cruzou os braços encostada no balcão da pia do banheiro.

Uma mulher saiu de uma das cabines e ficamos em silêncio, segurando a tensão da discussão que estava por vir como uma avalanche, enquanto ela lavava as mãos. A torneira fechando, as toalhas de papel retiradas do contêiner preso a parede e o estalar de seus saltos finos no piso foram a sequência de sons que anunciaram que estávamos novamente sozinhas. Briga.

— Você me convida para um jantar e me diz que vou ser apresentada aos seus pais. Aí, você me pede em namoro. Na verdade — eu me corrijo –, você me comunica que estamos namorando. E me intima para um jantar. Me diz: "Use um blazer, vamos conhecer seus sogros."

— Eu sei. Édra, eu sei.

— Você falou que eles estavam empolgados: "Use um blazer, vamos conhecer seus sogros. Eles estão empolgados pra te conhecer."

— Eu não achei que nada disso fosse acontecer, Édra.

— O que *exatamente* você achou que ia acontecer?

— Eu não sei.

— Você convida seus pais sem que eles saibam de mim. Você me convida sem que eu saiba que eles não sabem. E eu ainda tenho que assistir a sua mãe...

— Édra.

— Você foi apresentada a um cara na minha frente. — Meu maxilar travou de raiva por um instante. — Você foi apresentada a um cara na minha frente pela sua própria mãe. Você tem noção da situação traumática que você me colocou?

— Me desculpe por isso. Eu não sei onde eu tava com a cabeça quando achei que isso daria certo.

— Porra, nem eu, Pilar – arfei. – Nem eu sei onde você tava com a cabeça pra ter planejado isso tudo.

— As férias da faculdade começam amanhã. Meus pais vão fazer uma viagem incrível pelo Grande Golfo. Eu pensei que com esse jantar eles poderiam te convidar para ir junto. E, durante a viagem, talvez eu pudesse, *I don't know*, de alguma maneira...

— Você pretendia estender essa mentira por uma viagem inteira? Era esse o seu plano?

— Eu só queria que você fosse convidada para ir com a gente ou que a gente estivesse mais *forte* antes da sua viagem para São Patrique. Pensei que te apresentando aos meus pais você se sentiria mais "dentro de um relacionamento sério". É importante pra mim sentir que somos sérias antes que você volte lá.

— Do que você tá falando, Pilar?

— Como assim do eu que tô falando? Da sua viagem.

— Que viagem?

— Seu pai comprou passagens.

— Augustus comprou passagens? Que passagens?

— No seu e-mail.

Minha cabeça se inclinou para um lado e meus olhos se semicerraram. Nada fazia sentido.

— Você sempre usa o computador da minha casa, você deixou seu e-mail aberto, não é como se eu estivesse bisbilhotando. Eu acordei com isso *all over my face*.

Vasculhei todos os bolsos da minha roupa – calça de alfaiataria, bolso interno e externo do blazer e, bingo, encontrei o meu celular. Tinha trabalhado o dia inteiro e o ignorado completamente. Aumentei o brilho da tela e comecei a rolar as mensagens. Estava lá. Era o penúltimo e-mail, seguido pelo aviso de início de férias emitido automaticamente pela faculdade. *Augustus Norr. Doze horas atrás.* Não li nada do que estava escrito, pulei para os anexos. Só acreditaria vendo com os meus próprios olhos e lá estava ela.

Uma passagem de ida para Vinhedos. Uma passagem de volta para Montana. Um convite de casamento.

— Era com isso que você tava preocupada? — Me aproximei dela com o celular exposto para que ela pudesse me assistir mover a mensagem para a lixeira. Fim. — É claro que eu não vou pra essa merda. Nem pra lugar nenhum a convite dele ou com o dinheiro dele.

— Eu quis apressar as coisas todas porque pensei que você iria. Sei que você tá juntando dinheiro pra ir.

— Quando eu tiver o meu dinheiro, eu vou. Vou pra ver a minha avó. Não pra aceitar um convite de casamento enviado por Augustus.

— Pensei que você fosse por sua avó. E ele é o seu pai.

Encarar aquele fato era algo que sempre nauseava o meu estômago.

— É, ele é, infelizmente.

Ficamos em silêncio. Ela me olhava como um filhote de cachorro que tinha destruído uma sandália. Eu estava tentando conter toda a adrenalina daquela noite e processar todas as informações ao mesmo tempo. Alguma coisa no rosto de Pilar me dizia que ela queria chorar. Mas chorar não fazia parte do seu modus operandi linear-calmo-contido-racional. Engoli em seco.

— Não acredito que estraguei tudo por uma insegurança idiota.

— Com *o que* exatamente você estava tão insegura a ponto de armar tudo isso?

— Eu tenho medo de perder você.

— Por que você me perderia?

Outra dose de silêncio.

— Porque eu sei que você vai acabar cedendo e fazendo essa viagem. E eu tenho medo do que pode acontecer quando você chegar lá.

— Não vou a lugar algum, Pilar. Não faço questão de estar presente no casamento de Augustus com alguma socialite.

As feições do rosto dela agora pareciam uma interrogação completa.

— Édra, você entendeu tudo errado — disse Pilar, movendo a cabeça negativamente. — Não é o seu pai que vai se casar — hesitou ela, falando vagarosamente como se estivesse conversando com uma criança —, é a sua avó.

Meus braços caíram primeiro. Meu queixo em seguida. O vinho bateu de vez na minha cabeça como um martelo contra um prego. Me segurei firme no mármore gelado da pia do banheiro.

– O quê?

– É. O seu pai comprou as passagens porque a sua *avó* vai se casar. Você foi convidada para o casamento da sua avó.

Pilar e eu fugimos do restaurante sem dizer nada aos pais dela. Ninguém nos viu sair. Caminhamos até a estação de metrô mais próxima. Fiz todo o percurso em silêncio.

Eu estava em uma espécie de transe misturado a algum tipo de estado de choque. Minha cabeça tinha quebrado depois da novidade sobre a minha avó.

Aquele convite de casamento era uma constatação do meu maior medo: Eu estava *perdendo* momentos.

Momentos que, diferente de um e-mail movido para lixeira, não são resgatáveis. Minha avó estava vivendo uma vida inteira sem mim. Sem que eu fizesse parte. A falta de habilidade dela com eletrônicos, a cegueira acometendo um dos olhos e o fuso horário, eram alguns dos motivos para o nosso afastamento.

Augustus era quem intermediava. Eu atendia aos telefonemas dele, quando ligava para dar atualizações sobre minha avó. Parte do nosso combinado era que, se eu o deixasse decidir e planejar o meu futuro e a minha carreira na empresa, ele cuidaria da minha avó e daria a ela as condições que eu não podia dar.

É claro que não pensei duas vezes antes de topar.

Estava feito.

Em pouco tempo, a rotina de minha avó melhorou muito. E saber disso me mantinha obediente como um animal treinado de circo. Eu daria piruetas para que ela continuasse tendo o padrão de vida que Augustus estava oferecendo. Ele cumpriu com o nosso acordo e foi além do que tínhamos combinado.

Desde a partida dos cachorros, a casa não tinha mais cara de lar, Loriel e Lanterna morreram juntinhos de velhice e até as sessões de terapia para que minha avó lidasse bem com a perda foram pagas. Agora ela morava no melhor lar de repouso para idosos de São Patrique. Ia ao salão de beleza religiosamente, frequentava diversos clubes com atividades diferentes, não faltava uma única aulinha de pilates e estava cheia de novos amigos.

Uma vida feliz, realmente feliz.

Tudo isso em troca da minha matrícula ativa na CMU.

Eu era boa em amar as pessoas de longe. Em fazer sacrifícios por elas sem que soubessem. Meu jeito de amar é assim.

Acho que por isso tenha nascido em mim a curiosidade pelo amor-linear que Pilar tem pra dar. Sempre em linha reta. Nenhuma grande surpresa, nenhum drama, nada a perder, nunca. Sem sacrifícios. Tudo calmo, devagar, quase parando.

O problema é que essas linhas, no gráfico do amor-linear, nunca sobem. O amor de Pilar não enlouquece de uma loucura dosada, desvia de ser uma paixão-cazuziana. Daquelas que faz a gente ficar rindo sozinho lembrando de algo, fantasiando coisa antes de dormir, sentindo como se o peito fosse capaz de explodir, a qualquer momento. Como se o nosso coração fosse um órgão e, ao mesmo tempo, uma granada. Quando explode, faz um estrago. Prometo toda vez que não vou me deixar levar, enquanto junto todos os pedaços. O problema é que sempre que eu vejo o amor, eu me distraio. E esqueço dos meus planos de me manter longe dele. Fui pega de surpresa todas as vezes. Quando percebo, já tô com o coração meio acelerado. Respirando errado.

Gosto de estar com Pilar porque respiro normal. Ela me diz que, com ela, é a primeira vez que estou conhecendo o amor de verdade. Maduro, sólido. E que todo resto foi lúdico. Irreal. O amor-linear de Pilar não sofre por querer a mão, um pouquinho do braço, as raspas e os restos de qualquer coisa exagerada. Pilar se apaixona como quem entra numa piscina rasa de boias nos braços. Tudo é calculado, controlado e sem brechas para grandes surpresas. Não acho que ela está certa ou errada. A gente ama como a gente foi ensinado.

Ainda não sei dizer se ela acredita nisso ou se ela *quer* que eu acredite para que ela mesma consiga acreditar. Não penso muito, porque assim tá bom. Deixo que ela me ganhe com seus estudos, suas pesquisas e suas frases prontas.

Ficar com ela é fácil.

Ela é a boia. A única coisa em Montana que eu tenho para agarrar.

Por minha avó, eu sou uma prisioneira voluntária. Mas, sem a companhia de Pilar, não sei por quanto tempo mais eu conseguiria suportar.

Deixar que Pilar me fizesse companhia na volta pra casa naquela noite foi o meu jeito silencioso de dar a ela uma chance de consertar tudo o que tinha acontecido durante o jantar. E de me manter viva. Adaptada ao seu amor-linear. Numa cidade que eu preciso ficar.

CINCO MINUTOS ANTES DO BEIJO

Assim que sentamos no metrô da estação central de Montana, dois adolescentes ainda vestidos com a farda do colégio entraram no nosso vagão. Peguei meu celular e tirei os fones de ouvido do meu bolso. Só queria ouvir a rádio o caminho todo. Meu cérebro mastiga informações melhor quando fico na minha. Tinha muita coisa para digerir. Coloquei o primeiro fone na orelha. Pilar estava ao meu lado.

— Eu espero que você não troque o nosso futuro quando pisar de novo no seu passado — disse ela e o metrô deu a partida.

Olhei no fundo dos olhos de Pilar por uma fração de segundo e então ela me beijou. Um selinho longo e gelado, prensado na minha boca como um carimbo. A parte úmida do lábio dela se arrastou pelo meu antes que ela se afastasse. Fiz que sim com a cabeça para o que ela tinha me dito antes e encaixei o segundo fone na orelha. Guardei o celular de volta no bolso do blazer. Estava para começar.

Você está ouvindo Belíssimos Gafanhotos, sua estação de rádio brasileiríssima. Deixamos vocês agora com Adriana Calcanhotto. "Horário de verão".

Rebobinei mentalmente todo nosso relacionamento. Meu corpo se sacudia miseramente com os movimentos do metrô nos trilhos congelados e enferrujados de Montana.

Os adolescentes foragidos do colégio riam, fofocavam, se encostavam e se desencostavam. Faltava pouco para que se beijassem, qualquer um naquele vagão sabia disso. Eles adiavam o inadiável. Aconteceria a qualquer momento.

– Édra?

Algo naqueles dois, naquela sincronia, naquelas fardas de colégio, puxa o cobertor de alguma coisa que dormia quieta dentro de mim.

– Eu preciso te falar uma coisa.

A coisa se mexe sem despertar. Boceja pela primeira vez depois de três anos.

– Édra, eu...

Pilar me disse que o amor não era isso.

– Eu...

Isso.

– Eu te amo.

Dois adolescentes, *apaixonados*, se beijando.

O metrô para. A porta se abre. O menino passa por nós, sorrindo.

Sentada sozinha no banco do metrô, assumindo o lugar dentro da farda do colégio daquela menina, Íris Pêssego está olhando pra mim. Um sorriso se abre lentamente na boca dela, mas, antes que os dentes apareçam, meus olhos piscam...

E ela some.

Caem todos os morangos.

Sai, outra vez, o pino do meu coração de granada.

A coisa *acorda*.

▷ COSMIC DAWN / EIGHT DIMENSION – SALAMI ROSE JOE LOUIS.

3.

Tive um pesadelo. Acordei no meio da noite suando frio. Demorei um tempo para raciocinar direito. Vi uma parede cheia de medalhas, uma estante cheia de livros e uma foto enorme de uma garotinha banguela sorrindo orgulhosa com uma raquete de tênis. Eu conhecia aquele cenário.

Eu estava só de calça na cama, e Pilar se espreguiçava ao meu lado como um gato, dentro do meu moletom do curso de *business* da CMU. Sócrates, o Sphynx dela, fazia o único barulho que se podia ouvir no quarto enquanto tomava água em uma tigela de cerâmica. O problema é que não existe nenhuma tigela de cerâmica no chão. Então essa parte meu cérebro preencheu sozinho até que a minha visão se adaptasse a escuridão do quarto e visse Sócrates lambendo a boca de uma garrafa de Alpheyer 950, o champanhe fabricado pelos Mountwagner. Lá fora, os gatos de rua remexiam as latas de lixo da vizinhança, dava para perceber sonoramente nos ruídos de metal e nos miados territorialistas. O eco da madrugada fez parecer que a voz de dois amigos voltando de uma noitada e conversando sobre basquete, na verdade, vinha bem debaixo da nossa cama. Eram eles, os gatos de fora, o gato de dentro e as corujas de Montana, que formavam a trilha sonora da minha noite fora de casa. Com Pilar.

Levantei em um pulo levando um carregador de celular junto. Me virei e derrubei um copo da Disneyworld Paris com, porra, eu sei lá, uns seiscentos lápis, canetinhas e marcadores de página da BookHolders, que fica na Avenida de Glasgo – onde eu e Pilar tivemos alguns dates e onde eu também gostava de ir sem ela, para aproveitar o silêncio e poder pegar um livro sem que ela opinasse.

Consegui erguer Sócrates do chão para longe da garrafa de champanhe, que estava vazia, o que significava que antes de apagarmos, tínhamos bebido tudo. Olhei para Pilar dormindo na cama. O sono pesado de sempre. Estava sorrindo de olhos fechados, respirando devagar, os cabelos tingidos de preto espalhados pelo travesseiro em contraste com a garotinha loira de todos os porta-retratos.

A foto no Rio das Ostras era a minha favorita. O Senhor Mountwagner agachado segurando um peixe enorme, ela segurando só o rabinho do peixe como se estivesse fazendo sozinha todo o esforço para aguentá-lo. Desviei o olhar da foto e voltei a observar Pilar dormindo.

Passei a gola da camisa pela minha cabeça.

No escuro, do lado de dentro do tecido, escutei de novo o que ela disse enquanto estávamos no metrô, como um áudio gravado: "Eu te amo."

E o meu completo silêncio como resposta.

Fui teletransportada para o momento.

"Tudo bem, Édra, você não precisa dizer de volta. Eu não quero que você diga só porque eu disse. Eu quero que você queira dizer." Ela segurou a minha mão. "Não vou a lugar nenhum, Édra, não importa o que aconteça."

Saímos da estação e, depois de um silencioso abraço de despedida, viramos em sentidos opostos. Fui completamente engolida pela hora do rush. Sendo empurrada por montanenses apressados em direção as suas casas, de volta aos seus bandos.

Me virei e gritei o nome dela, por cima de todos os ombros.

"*Pilar, espera!*" Dei um passo para a frente, saltando para fora daquele cardume de gente. O rosto de Pilar era o único que eu conhecia no meio daquela multidão.

O único rosto olhando pra mim.

"Eu vou com você."

Primeiro caminhamos lado a lado sem dizer uma só palavra, depois os assuntos foram surgindo naturalmente, depois chegamos em casa e depois tivemos a brilhante ideia de abrir o champanhe; por fim, uma de suas mãos segurava o meu cabelo enquanto a outra apertava com força o lençol da cama. Vários dominós que caíram até pegarmos no sono, interrompido por um pesadelo ou talvez pelo peso da minha consciência.

Eu sou uma pessoa ruim. E uma péssima namorada. Fiz Pilar chorar, frequento a BookHolders sem que ela saiba, não dou o menor valor ao que nós duas temos no agora nem ao que podemos construir se continuarmos juntas. Parece que sempre que minhas raízes começam a se emaranhar ao redor de qualquer coisa em Montana, eu as aparo. Devo ser a *persona* mais *non grata* do mundo, afinal tenho tudo o que qualquer pessoa precisa para viver. Uma faculdade que muitos estudantes se matariam para se matricular. Um emprego que envolve algo que amo fazer (pedalar). Um apartamento perto do metrô que dá pro gasto. E, no topo da lista, uma boa namorada. Com quem posso contar.

"Não vou a lugar nenhum, Édra, não importa o que aconteça."

Acho que nunca fui amada assim antes. Pilar parece sempre ter tido certeza de mim. Desde o início. Só é linear, posso me acostumar.

Quando ninguém te escolhe e alguém finalmente faz isso, não dá pra deixar escapar.

Pode ser bom, o amor linear. Eu não tenho como julgar sem ter verdadeiramente tentado. Acho que nunca me permiti estar de fato imersa nesse relacionamento. Talvez eu o tenha vivido tanto em modo automático que estou perdendo a chance de perceber as partes boas sobre ele. A vida continua. *Precisa* continuar. E a continuidade requer adaptações. Experimentar novas coisas, perder o medo, estar disposta.

Minha avó vai se casar. Se casar! Essa é a maior prova de que a vida continua e se adapta. Ter me adaptado às exigências de Augustus deu a minha avó tantos privilégios, tantos recursos, tanto conforto... Que sobrou até tempo para o amor. Para que ela se apaixonasse. Tudo isso porque eu estou aqui. Morando em Montana. Estudando em Montana. Vivendo, continuando, me adaptando a esse novo lugar.

Nessas horas eu penso que nem tudo sobre estar em Montana é ruim. E Pilar é boa. Realmente boa pra mim.

Se é para ter um futuro em Montana, que Pilar esteja nele.

Ela me ama. Ela disse que me ama. E eu vou fazer por onde. Eu vou consertar as coisas. Agora não tem mais volta. Vou fazer parte do cardume montanense, me dedicar mais à CMU e aos estudos. Melhorar no meu trabalho, ainda que Ramon dificulte essa parte. E se der, faço amigos. Se não der, tudo bem, tanto faz, já estou acostumada. O mais importante é que... serei a Édra que todos esperam de mim.

E a namorada que Pilar quer que eu seja.

Ela merece isso. Pilar me escolheu, e eu vou escolher ela de volta.

A partir de agora, no que depender de mim, essa parada de amor linear vai dar certo. Mas, antes de me entregar totalmente ao *modus operandi pilariano*, preciso mostrar a Pilar uma coisa sobre mim, que nunca deixei que ela acessasse: meu lado intenso.

Começamos a namorar sem nenhum pedido oficial.

Está na hora de mudar isso.

Agora é pra valer.

Hoje à noite, vou segurar a mão dela, olhar bem no fundo de seus olhos e perguntar:

Pilar Mountwagner,

— Você aceita namorar comigo?

Ela fica me encarando sem emitir nenhum som.

— Com glacê, Selma. Não precisa de muita coisa. Eu só queria isso escrito bem no meio.

Selma me olhava como se eu estivesse pedindo que ela roubasse um banco comigo.

— Um pedido de namoro?

— Sim.

— Num bolo em formato de coração?

Alguma coisa no rosto de Selma me dizia que ela queria rir.

— Vai ficar ridículo — disse Pablo de boca cheia, comendo uma maçã.

— Na minha cabeça parecia legal. Eu sei lá. — Dei de ombros. — Não consegui pensar em nada melhor.

— Deixa eu ver se eu entendi. — Ramon surgiu entre nós, desafivelando a mochila do delivery. — Você vai pro Brasil. Ela *não quer* que você vá. E, para amenizar as coisas, você vai dar de presente um bolo em formato de coração. Vai pedir ela em namoro, sendo que vocês já namoram.

— *Ok, olhando por esse lado...*

— E *essa* é a surpresa?

— Vai ficar ridículo — repetiu Pablo.

Dei um cotovelada de leve no braço dele, fazendo a maçã escorregar de sua mão.

— Hein, Selma, o que você acha? — perguntei.

— Ô, nojeira.

— Nossa, Selma.

— Sua mãe não te deu educação, não, menino?

Ah, era com Pablo que ela estava falando.

— É bom para os anticorpos — Pablo se defendeu, cínico, voltando a comer a maçã que pegou do chão. Ramon fez menção de vomitar.

— Sabe, eu esperava mais de você, Édra — Pablo começou a dizer, cheio de anticorpos. — Uma poeta que pede as pessoas em namoro com um bolo em formato de coração.

— Também achava que ela era o tipo de pessoa que subiria num palco pra se declarar. Essas coisas exageradas. Igual cena de novela — complementou Ramon.

— Hein, Selma? — insisti.

— Por que você não lê algo que tenha escrito sobre ela? — sugeriu Pablo, falando em plano de fundo. — E aí *bang!* Pede ela em namoro.

— E depois viaja para outro país, sendo que elas brigaram por causa disso? — disse Ramon depois de revirar os olhos para a ideia de Pablo. — O problema não é o bolo, é que o bolo não resolve *o problema.*

— Se o problema não é o bolo, então é o quê? — Selma quis saber.

— Também não entendi essa parte – disse Pablo, se virando para mim. – Qual é o problema de ir pro Brasil? Tirando todos os atacantes do Bolosco, o que mais tem de tão ruim lá?

— O bolo, Selma. Vai dar pra fazer?

— Se você levar um embrulho pra minha prima Rita lá em Araras da Curvina, eu faço – disse ela, jogando o pano de prato em cima do ombro, a voz baixa e sagaz, como se estivéssemos negociando fichas num cassino.

— Eu levo.

Dei minha palavra. Achei que estivéssemos resolvidas, mas Selma entortou a boca para o lado e me olhou de cima abaixo, insatisfeita.

— Ainda tá faltando alguma coisa nessa surpresa.

— E se você chegasse cantando? Cantar é romântico. – Pablo se meteu na conversa pela milésima vez. – E aí, *bang!* Pede ela em namoro.

— O bolo, Selma. Vamos focar no...

— Alguma do Roberto Carlos! – suspirou Selma, nostálgica. – Vai ter anel?

— Não.

— Eu desisto. – Pablo respirou fundo. Caíram seu escudo e sua espada hipotética. – Sou o único romântico nessa cozinha.

— Não quero ofender, não – começou Selma, cautelosa –, mas, assim, do jeito que tá, só com um bolinho... Eu tô achando muito sem tempero.

— Não se fazem mais poetas como antigamente, Selminha – resmungou Pablo, decepcionado. Dando batidinhas no ombro dela.

— Chama ela pra viajar com você – aconselhou Ramon, e sua ideia relampejou no escuro do silêncio de nossas discordâncias.

— É isso! – Selma tirou o pano de prato de cima do ombro e jogou no balcão como um juiz batendo o martelo da sentença. – Se eu ganhasse uma passagem de avião e um bolo, eu ia ficar toda-toda. Esse é o tempero do plano.

— Como vou chamar ela pra viajar comigo? Só tenho uma passagem. E nem fui eu que comprei.

— Eu conheço uma agência de viagens aqui em Montana. Eles parcelam passagens em milhares de vezes, dá pra ir pagando aos poucos – sugeriu Ramon. – É assim que pretendo ver a final do Chuteiras Douradas no ano que vem, lá no Rio de Janeiro.

— Pegar um avião pra ver o time perder pessoalmente — alfinetou Pablo.
— Nobre.

— Não comecem com essa agonia de futebol na minha cozinha — esbravejou Selma. Assoprando a faísca da briga. — Acho bom vocês começarem a se dar bem logo, porque só vai ter vocês dois cobrindo o delivery até a Édra voltar.

— Nossas diferenças estão em campo, Selminha. Eu amo o Ramon, ele é quase o goleiro do Arsenão pra mim.

Pablo passou o braço por cima do ombro de Ramon, que o empurrou logo em seguida.

— Me erra, Pablo.

— Falando em amor entre colegas de trabalho, que tipo de pacto você fez com Seu Sirigueijo pra ele te deixar viajar por um mês? — perguntou Pablo, erguendo uma sobrancelha, me fitando curioso.

Não era difícil de imaginar de quem ele estava falando.

— Prometi uma camisa do Bolosco autografada pelo Dinho pra ele.

Essa era uma carta guardada na minha manga desde que tinha sido contratada por Seu Garrilho. Eu sabia que iria funcionar quando eu precisasse.

— E o que acontece se você não trouxer a camisa? — Pablo sorriu, curioso.

— Eu seria demitida, mas isso não vai acontecer — garanti. — Dinho joga golfe no mesmo clube de alguém que eu conheço.

Augustus Norr.

— Se eu conhecesse alguém que tem grana o suficiente pra jogar golfe no mesmo clube que atacantes de futebol, a primeira coisa que eu ia pedir seria um emprego. — Pablo passou as fivelas da mochila térmica pelos ombros. — Estou indo nessa, galera, rezem pela queda do capitalismo por mim — disse isso e saiu andando. — E pra que a Selma um dia me dê uma chance.

— Você é casado, sua peste!

— Os melhores caras são! — gritou ele, longe do nosso campo de visão. — Boa viagem, Édra! E boa sorte!

Foi só quando o sino da porta do Croquete Cabana tilintou com a saída de Pablo e quando Selma se virou para continuar cozinhando como se eu nem estivesse mais ali, que eu percebi Ramon, imóvel e pálido. Como uma estátua me encarando. Os olhos acesos como dois holofotes de um estádio de futebol.

— Meu Deus, eu faria qualquer coisa por uma camisa autografada do Bolosco.

E aí estavam expostas as fichas de Ramon no cassino.

— Qualquer coisa?

Todas disponíveis para eu pegar.

— *Qualquer* coisa.

ABRI A PEQUENA CAIXA DE PAPEL com o bolo. Respirei fundo. Fechei. Abri de novo. A frase estava meio esparramada. Um "você aceita namorar comigo?" escrito com *vanilla cream* se dissolvia parcialmente na cobertura vermelha. A massa era de red-velvet, o cheiro era maravilhoso. Bati com os dedos na mesa do restaurante, impaciente. Ao lado do bolo, uma caixinha de veludo azul-marinho me encarava endividada. Mil e duzentos euros. Num anel? Não, em passagens para Vinhedos. Passageira Pilar Mountwagner. Assento 32-D. Corredor, a opção mais barata. Dividido em doze vezes no cartão de crédito de Ramon em troca de uma camisa do Bolosco autografada por Dinho Minas, estrela do time deles, um boçal. Passagem não reembolsável. Intransferível. Alimentação a bordo pacote *standard*, sobremesa não inclusa. Basicamente, um presente de merda.

Eu não concordava totalmente com aquilo. Mas, se era para fazer as coisas, que fosse direito. Pilar precisava se sentir incluída. Voltar para São Patrique com ela, assim, de primeira, seria estranho e também custaria o triplo do preço. Mas, para a data do casamento de minha avó, daqui a um mês, o valor compensava. Compensava entre aspas, afinal ainda estamos falando de mil e duzentos euros.

Eu estava me agarrando nos conselhos de Pablo, Selma e Ramon de que aquilo tudo seria a forma mais legal de surpreender Pilar. E de que uma passagem para o Brasil também seria mais interessante do que um anel. Até porque com mil e duzentos euros não dá para comprar na Dovine. E todas as joias de Pilar são Dovine. Dar a ela um anel que não compra nem um brinco para uma de suas orelhas seria o apocalipse pessoal de sua mãe, outra boçal.

O Dinho Minas de algum clube de pilates montanense. E de quem eu pretendo ser nora quando Pilar passar por aquela porta.

Olhei em volta. Eu tinha sido a primeira cliente da noite a chegar no Capriccio Cucina Italiana. Logo depois chegou um casal de idosos. E, agora, uma família de quatro integrantes, com pai, mãe e um casal de filhos. Estavam sendo guiados pelo garçom até a mesa que tinham reservado. Revirei os olhos e engoli em seco. Era o mesmo garçom da noite anterior.

Eu sei o que parece. Mas não estou competindo.

Quando eu era adolescente, ficar com meninas que se diziam heterossexuais era o meu esporte favorito. Eu amava a forma como eu me sentia quando elas se "descobriam" comigo. Aquilo turbinava a minha autoestima. Meio que compensava toda a merda que acontecia comigo no resto do tempo por ser lésbica. Eu não sei exatamente o que eu via de tão divertido nisso. Acho que não era uma única coisa, e sim uma mistura de vários fatores. Um deles definitivamente é ter nascido num mundo de homens, onde homens tem tudo o que querem na hora que querem, e sentir essa adrenalina de "tomar algo" deles. Parecia um troféu invisível. *Ela gosta de homens, mas ela me quer.* Ah, ela me quer. Bastava uma garota dizer que era hétero, mas abriria uma exceção para mim e *pronto*. Algo se incendiava na minha vontade. Correr atrás, flertar, contornar a situação até que tudo virasse risadinhas no canto da festa de aniversário de alguém, troca de olhares duvidosas, os ouvidos atentos às respostas dadas por ela num jogo de eu nunca. Escapar para o banheiro quando todos estivessem distraídos. Ninguém podia saber. Era assim que eu ganhava meu troféu invisível.

Eu costumava enfileirar meus troféus invisíveis numa prateleira de madeira no meu quarto. Cada um, uma garota que eu tinha "conquistado". Todos tão reais pra mim. Só que um dia você vai limpar os seus troféus que estão ali, pegando poeira e dá de cara com uma prateleira de madeira completamente vazia.

Uma parte dessas meninas vai ficar com você por alguns meses, sem que ninguém saiba. A outra parte vai dizer que não pode postar uma foto com você no Dia dos Namorados, mesmo já tendo postado fotos com namorados homens em datas banais. Algumas vão olhar nos seus olhos e te dizer que te amam profundamente – mas vão evitar o seu corpo ao máximo que puderem quando vocês estiverem transando. *Gosto quando você transa de blusa, gosto quando você abre a porta do carro, gosto quando você paga a conta, não sei o que fazer com o seu corpo e não quero aprender, gosto só quando você me toca, como assim você menstrua? Ah, é, você é uma menina, também. Que estranho, isso é intenso demais pra mim. Preciso ir pra casa. Eu te ligo.* Esse usuário não te segue mais de volta. Esse perfil não existe.

Não estou aqui para pesar numa balança as razões pelas quais garotas fazem o que fazem em todas as situações que envolvem ficar com outra garota. Especialmente com uma que se pareça comigo, que seja assim como eu. Tudo bem se você não tava pronta, se não se sente confortável de encostar no meu corpo, se só vai postar o meu braço, tudo bem se você não contou para as suas amigas, se quer me beijar nos fundos da festa, se quer que eu pague a conta sozinha, se quer que eu seja sempre a primeira a puxar o assunto, se age como se eu não sentisse cólica ou passasse pelas mesmas oscilações de humor que você, porque só falamos sobre a sua menstruação e nunca sobre a minha; tudo bem não lembrar de me dar presente no Dia dos Namorados, nem sequer cogitar me dar flores, mas achar tão romântico se é você recebendo, tudo bem gostar de mim mas não conseguir se apaixonar por garotas, porque com garotas é mais físico, é só sexo, um sexo onde o único corpo que sai satisfeito é o seu e tudo gira ao seu redor, como se minha única função fosse satisfazer todos os seus desejos, mas você nunca se perguntar sobre os meus. Tudo bem você preferir garotos, se apaixonar por garotos, querer ser romântica com garotos, como nos filmes que você assiste, querer realizar os desejos deles, querer tocá-los, querer aprendê-los, ouvi-los, senti-los. Dele, você vai postar uma foto. E eu vou descobrir assim que agora você namora alguém que toda sua família aprova. Tudo bem.

Sempre esteve tudo bem. Eu sempre levei tudo isso empurrando com a barriga. Sem questionar, sem reclamar. Só tudo bem.

Ninguém faz ideia do quanto toda essa merda acumulada mexe com a cabeça depois de um tempo.

Eu pensava no lado de *todas* as meninas que eu me envolvia, sempre estava "tudo bem" pra mim. Mas ninguém pensava no *meu* lado. Era como se eu fosse um corpo vazio. Sem desejos próprios, sem capacidade de sentir dor, de me machucar com as coisas. Era como se ter a cabeça raspada nas laterais e o topo todo cortado de tesoura dentro de uma camisa mais larga fosse o indicativo de que eu era um ser *incapaz* de chorar.

Elayne Baeta

Era meio confuso pra mim, mas depois de um tempo e algumas repetições você acaba acreditando. Tudo passou a alimentar uma ânsia em mim de competir com homens.

Ela vai me escolher dessa vez, a família dela vai me convidar dessa vez, meu rosto vai aparecer na foto com os meus dois braços dessa vez.

Eu só não sabia que correr essa maratona para tentar vencer de homens me faria ser sempre comparada a eles pelas razões mais horríveis.

Você tem cara de quem não vale nada. Você tem cara de quem trai. Achei que você era fria. Achei que você era alta. Achei que sua voz era mais grossa. Achei que você não gostava de ser tocada. Achei que você não tinha frescura. Achei que você não era emotiva.

"Achei que você fosse um cara", só faltava sair *isso* da boca delas. Essa é a maior das deduções, que mora escondida dentro de todas essas garotas, refletida nas minuciosas comparações que elas fazem.

E sabe o que é pior? É que quando você é uma menina como eu, você precisa parecer um pouco com um cara para que elas te queiram.

Isso é contraditório e enlouquecedor.

Porque se você não é feminina como elas, você é vista como masculina, e se você não tem todos os trejeitos masculinos, você está fora. Porque não é feminina e nem masculina o suficiente.

Então, pra ser aceita, você escolhe um lado e começa a tentar ser mais como eles: os caras. E a estar "tudo bem" com tudo. Engrossa a voz, coloca um tênis com a sola maior, transa sem ser encostada, diz que é ativa e foda-se ser assumida. Liga você, chama pro date você, paga a conta você, beija primeiro você, toma a atitude você. Se faz de mais sexual do que você realmente é, de menos inteligente do que você realmente é, de menos sensível do que você realmente é. Seja mais bruta do que você realmente é, compre uma camisa de botão, esconda os seus seios com um top de academia que mal te deixa respirar. Ingredientes de uma receita para parecer mais gostosa, mais atraente, mais sexy, mais instigante. E você faz tudo com os dedos cruzados, porque o que você mais quer tirar de proveito disso é ser mais amada. Só um pouco. Só um pouquinho.

E, talvez, se eu for o garoto perfeito que ela quer, ela não vai me trocar por um.

É o que você pensa depois que a influência de tudo isso aduba todas as suas inseguranças.

Thalia não teve culpa de ter se identificado mais com Caíque do que com você, eles faziam curso de inglês juntos, o que você esperava que acontecesse? A culpa não é de ninguém. E mesmo assim, você vai chorar pelas próximas doze horas. É assim que funciona. Porque aconteceu de novo.

Não dá pra ser um garoto quando não se quer ser um. E a menina que te escolheu porque você "parecia um garoto" e não porque você, sei lá, conta as melhores piadas quando vocês duas estão conversando, não é a menina pra você.

Porque você é uma menina também. Precisa estar com quem queira isso. Com quem queira uma menina, com quem queira você. Você-menina.

Foi mais difícil do que eu pensei parar de querer meninas que não me queriam de volta como uma delas. Quando decidi aflorar o meu lado mais feminino e a dar em cima de garotas que assumidamente gostavam de garotas, eu acabava sendo jogada de escanteio da mesma forma.

"Eu não gosto de menina assim, tipo você. Se for pra ficar com alguém que parece um homem, antes pegar logo um."

Na primeira vez que uma situação assim acontece, é normal ficar se perguntando se ela teria rido daquela sua história e beijado você no meio da conversa, se você tivesse usando um vestido.

Essas experiências vão moldando quem você é e cavando a sua própria cova. Você afunda em si mesma.

Eu sei que é um processo de cura que vai durar a minha vida toda, mas eu não fico mais competindo com homens. Não preciso provar nada a ninguém, muito menos a eles. Não preciso ficar torcendo que eu seja escolhida no lugar deles, não preciso superá-los como se minha autoestima dependesse disso. Acho que a eu-adolescente estaria orgulhosa dessa mudança. Ou aliviada. E isso já é um começo.

Por tudo isso, posso dizer de coração tranquilo que o garçom da noite passada – o genro dos sonhos da mãe de Pilar – não tem nada a ver com a minha escolha para essa noite. Não voltei nesse restaurante para competir com ele. Não vim vencê-lo. A razão para eu estar sentada no Capriccio Cucina sozinha, com um bolo em formato de coração e passagens para o Brasil, ressignificaria a noite de ontem e esse lugar que eu sei que Pilar gosta. Estou aqui para colocar um ponto-final nas inseguranças de Pilar e dar início ao nosso novo começo. Hoje eu vou entregar meu coração de uma vez por todas para ela. Eu vim vencer de mim.

Essa sou eu dando uma chance para o amor-linear.

E essa é a Pilar de vestido vermelho.

— Achei que iríamos *somewhere else* [para outro lugar]. — Foi a primeira coisa que ela disse quando se sentou. O semblante desconfortável, as mãos se esfregando uma na outra, a perna balançando, a respiração acelerada.

— Eu achei que você gostasse muito daqui. Por isso eu...

Pilar rapidamente tampou a boca.

— Tá tudo bem?

— Acho que comi alguma coisa que não me fez muito bem. *I don't know.* [Eu não sei.]

— Você quer ir pra casa?

— Eu quero.

— Calma, eu vou pedir a conta.

— Eu vou ao banheiro.

— Você quer ajuda?

— *No, thanks. You can stay.* [Não, obrigada. Você pode ficar.]

Pilar se levantou de maneira abrupta e descuidada, empurrando a mesa e derrubando o copo d'água. Tinha chegado a menos de dois minutos e já não estava mais lá. Enquanto a água se expandia pela estampa quadriculada da toalha de mesa, Pilar caminhava até a área dos banheiros. Meus olhos acompanharam-na se afastar, parar e virar em direção a cozinha do restaurante. A água se alastrava, impetuosa, estragando tudo — a caixa do bolo em formato de coração feito por Selma, passando também pela caixa de veludo com as passagens para o Brasil e dando início a uma goteira acima do meu joelho.

O garçom da noite anterior seguiu Pilar. Os dois sumiram cozinha adentro. *Juntos.*

▷ **VAMOS ASSUMIR – O TERNO**

Vou te falar, há algo de profundamente bonito em partir o coração depois de um período apático. Você se lembra que tem um e que ele ainda funciona. Que, apesar de tudo, lá está ele. Pulsando. Batendo. E partindo em mil pedaços. Ele ainda pode sentir. Doer. É poético querer chorar de amor. Seu corpo produzindo a própria chuva por causa de alguém.

E no meu caso, tem uma parte ainda mais visceral em ter meu coração partido.

É o meu atestado de menina.

Quando todas as garotas que me queriam como um cara me quebravam em pedaços e eu chorava, eu também respirava de alívio. Era meu corpo de menina. Todo de menina. *Sentindo.* Chovendo.

Quando eu entendi o que estava acontecendo ali e a primeira gota de chuva escorreu no meu rosto, eu sorri. Não porque não estava doendo, mas porque me lembrei, pela primeira vez desde que pisei em Montana, de que eu era sensível. E intensa. E humana. Diferente de tudo naquela cidade-azul. Eu era de outra cor. Uma cor mais forte e vibrante. Eu não sabia qual. Mas eu era.

Me levantei da cadeira. O joelho encharcado. Deixei o dinheiro na mesa, embaixo do copo de vidro vazio. Ao lado do bolo, das passagens, da água e do contrato invisível de amor-linear.

Que se foda esse amor-linear.

Encaixei os fones de ouvido, tentando me isolar do resto do mundo.

Low-battery, please, charge. Low-battery, please, ch... [Bateria fraca, recarregue. Bateria fraca, por favor, re...]

Ótimo.

Porra, que ótimo.

Deixei o ar escapar, sendo jogada de volta ao mundo. Ficando exposta a todos os seus sons. A orquestra de barulhos contava com todos os possíveis instrumentos de um aeroporto – bebês chorando, zíperes, malas de rodinha, goteiras de ar-condicionado, crianças sendo repreendidas pelos pais por estarem correndo para muito longe ou tocando em alguma coisa inapropriada. Eu estava guardando os fones de ouvido no bolso, quando alguém começou a gritar bem atrás de mim. Eu era a primeira na fila convencional.

— Adianta esse embarque aí, pô! — O braço dele esbarrou no meu ombro. — Pô, vocês têm que ser *fast*. A gente paga um absurdo. Tá um frio da desgraça aqui. Essa merda já atrasou.

Eu me virei. Era uma família: um pai baixo e barbudo, uma mãe alta e esguia, uma adolescente alternativa com mechas coloridas no cabelo, deslizando o dedo impacientemente pela tela do celular.

Para mim, o pai disse: *"Opa, desculpe aí."* Para a filha, ele perguntou:

— Como é que fala "bora logo" em inglês, Iara?

— Eu não sei, meu pai — respondeu ela, revirando os olhos.

— Aí, tá vendo, Marília? Tá vendo por que é que eu falo? — Ele abriu os braços, estarrecido, para esposa. — Essa menina só quer venha a nós, vosso reino nada!

Aquele diálogo, aquelas pessoas, aquelas palavras. Me dei conta da fila em que eu estava. E do que eu estava *prestes* a fazer.

Alinhados atrás de mim, eu não conseguia ver todos eles, mas podia ouvi-los.

Eles falavam a minha língua.

— Se Deus é brasileiro, o diabo é montanense — murmurou alguém, rindo.

— Esse rapaz tá furando fila aqui, olhe, essa menina. — Ouvi uma senhora reclamar. E uma mãe repreender.

— Tire a chave da boca, meu Deus, quantas vezes eu tenho que falar que...

De repente, cavaquinho e batuques, mais ao fundo. Estiquei meu pescoço, podia ver os instrumentos atrás das malas, dos braços, por cima dos ombros das pessoas.

— *Logo, logo, assim que puder, vou telefonar.* Por enquanto, o quê?

Uma parte da fila, mais paciente, acompanhava.

— *Por enquanto tá doendo.*

Brasileiros. Brasileiros em Montana. Conversando na fila, a caminho de casa.

— A fila vai acabar antes do Bolosco ter mundial.

— Vai tomar no seu cu, Rogério.

— Tudo Geovane leva pro coração.

— Cala a boca, vocês aí.

— Eu, idosa, em pé! Um absurdo, isso. Ninguém vai me passar na frente, não? Povo sem educação.

— Mãe, falta quanto tempo pra gente chegar na casa de vó Jane?
— Muito.
— Marília, não adianta, eu vou tirar Iara do curso.
— Eu queria aprender coreano, não inglês.
— É pra hoje, esse voo? Nesse ritmo aí, a gente vai chegar no Carnaval.
— *Ontem demorei pra dormir, tava assim, sei lá, meio o quê?*
— *Meio passional por dentro.*
— *Se eu tivesse o dom de fugir pra qualquer lugar...*
— *Ia feito um pé de vento.*

Me virei de frente, mas fui acompanhando e cantarolando a música no lado de dentro da minha cabeça. Me senti preenchida por todos aqueles sons.
Sem pensar no que aconteceu, nada mais é meu. Nem o pensamento.
Acima de todos nós, um barulho agudo rompeu das caixas de alto-falante.
"*Good evening, passengers. This is the announcement for flight 89b to Brazil. Regular boarding will begin now. Please, have your boarding pass and identification ready. Thank you.*" [Boa noite, senhores passageiros. Este é o anúncio do voo 89b para o Brasil. O embarque regular começará agora. Por favor, tenha em mãos seu cartão de embarque e documentos. Obrigada.]

A aeromoça assentiu para mim, levantando a faixa do separador metálico, a única coisa que me separava do caminho até o portão de embarque.
Entreguei o meu passaporte a ela sem dizer nada.
Ela o conferiu rapidamente — *beep* — e me devolveu.
— Tudo certo. Tenha um bom voo. *Próximo!*
Agora era real. Eu estava voltando pra São Patrique.

Você tem 16 chamadas não atendidas de Pilar Mountwagner.
Você tem 32 mensagens não respondidas de Pilar Mountwagner.
Você tem 2 mensagens não respondidas de Augustus Norr.

Dois mil euros creditados no cartão foram gastos no aeroporto de Montana antecipando passagem. Foi você?
Édra? ✓✓

4.

▷ SHAKE – YEEK

Me retorne. ✔✔
Estão fazendo a festa com o cartão de crédito. ✔✔
Alugaram um carro, estou acompanhando pelo GPS, a placa e o recibo chegaram no meu e-mail. ✔✔
Pegaram no aeroporto de Vinhedos e fizeram uma pausa de três horas num município chamado Araras da Curvina. ✔✔
Estão no fim do mundo usando o meu cartão. ✔✔
Vou acionar a polícia. ✔✔
Édra? ✔✔

AJEITEI O RETROVISOR INTERNO PARA BAIXO. Minha cara tava uma merda. Eu não tinha dormido direito no avião, meus olhos estavam inchados e caídos. No topo da minha cabeça a situação também não era das melhores. Nunca mais tinha cortado meu cabelo direito, só aparado, não confiava em nenhum barbeiro em Montana. Fazia muito tempo que só dava uns retoques para que ele não deixasse de ser curto. A esse ponto tudo tinha virado uma coisa só, sem formato, fios para todos os lados, minha versão pessoal de *O Rei Leão*. Porra, me descuidei pra caralho. *Não a ponto de levar corno do garçom.* Vamos lá, Édra, aguente sua própria piada. *Take a fucking joke.* Até porque... foda-se.

Deslizei o cinto de segurança por acima do meu ombro até a minha cintura, esperei o adorável barulho de *click* da trava. Estou dirigindo um Fiat Strada Volcano preto em uma das principais vias do litoral brasileiro. Quis isso pelos últimos três anos, pegar a estrada de carro, ver o Brasil acontecendo em volta de mim. Sentir esse vento Gilberto-giano na cara. Girei a chave, acordei o motor. Que. Se. Foda.

Que se foda Pilar. Que se foda Montana. Que se foda essa galera toda que prefere morrer do que lavar roupa em casa. Quer dizer, não posso julgar o tópico "roupa lavada" agora, já que estou com a mesma há vinte e quatro horas. A água que tinha molhado todo o meu joelho evaporou completamente no caminho para o aeroporto. Fiz uma mala de viagem prática. Só o essencial. Até porque todas as minhas roupas em Montana eram de frio e não valeriam de nada em solo brasileiro. Em menos de quarenta minutos eu tinha uma mala pronta. Em doze cheguei no Montana International Airpot, o MIA. Passei os últimos anos praguejando morar perto do aeroporto por ouvir turbina de avião a merda do tempo todo, e acabei agradecendo de joelhos nos quarenta e cinco do segundo tempo. Todos os outros detalhes dessa viagem-relâmpago eu fiz com uma mágica chamada "dinheiro", saída de uma varinha de condão chamada "cartão de crédito de Augustus Norr". Acho que estar aqui agora foi a decisão mais impulsiva que já tomei em toda a minha vida. Ainda bem.

Tudo desde que eu tinha chegado à fila de embarque de volta para o Brasil me parecia especial. Eu estava romantizando as coisas mais banais. Tive um voo turbulento, agitado, com um bebê que não parava de chorar. Mas, vou te dizer, você só percebe que sentiu saudade do som energizante de um DVD completo da Galinha Pintadinha quando precisa ouvi-lo no repeat por onze horas seguidas. E isso consegue ser melhor do que todos os habitantes de Montana falando juntos numa orquestra de sílabas. Do pagode no aeroporto aos meninos tocando berimbau no ponto de táxi, eu estava capturando *tudo* com um olhar nacionalista. O café estava frio, a manta dada pela companhia aérea tinha a espessura de uma folha de papel sulfite, o ar-condicionado estava em -75 graus, o sapo não lavava o pé e, ainda assim, essa foi a *melhor* viagem de avião da minha vida.

Cumpri com o combinado que fiz com Selma. Ela não tinha culpa do fim Shakespeariano do meu relacionamento movido a energia-amor-linear. Aluguei o carro no aeroporto. Deixei o embrulho de Selma com a prima dela em Araras da Curvina, como tinha prometido. Não fiquei nem pra um café. Até São Patrique levariam pelo menos quatro horas de estrada.

O dia ainda estava se espreguiçando no céu. O sol tímido pedindo mais cinco minutinhos de sono. Araras da Curvina ficava sentido oposto a São Patrique. Teria que voltar tudo de novo dirigindo. Tentei pegar alguns atalhos. Tapeei meu estômago na pausa para abastecer no posto de gasolina. Um pão dormido, um café quente derretendo o copinho descartável e uma garrafa de água. Perguntei o preço do cigarro. Soube. Fingi que não escutei e fui embora. Voltei lá e pedi um maço. "Vai querer isqueiro?" "Não pretendo acender." Entrei no carro. Estava afivelando o cinto quando reparei na minha frente, do outro lado da estrada, a barbearia mais fodida que eu já tinha visto. *Irmãos Nogueira Corte e Jogo do Bicho*. Nasceu um sorriso sincero na minha boca. Porque eu estou romantizando *tudo*.

— Anselmo — gritou o rapaz magrelo, descuidado, espetando o dente com um palito para a cortina de miçangas atrás dele –, cliente!

A televisão ligada passando *Bom dia, Vinhedos*. O ventilador chiando, completamente empoeirado. Algo entre cinco e doze gatos indo de um lado pro outro.

— Tá quinze pratas o corte. — Ele me olhou pela mira do palito. Um olho fechado outro aberto. — Com café fica trinta.

— Porra — falei e o ar escapou pelo meu nariz. — O café deve ser bom.

— É *o melhor* — respondeu ele, cutucando os dentes. — Café do rei, né. Morava rei aqui. Em Vinhedos.

— Achei que aqui fosse... — falei enquanto pegava meu celular para conferir no GPS – Distrito de Pingorinhas.

— É como se fosse Vinhedos. Vinhedos é aqui do lado. Dá pra ir andando.

Meus olhos se apertaram.

— Pensei que eu tivesse a uma hora de carro de lá...

— Tem gente que gosta, né... — Ele voltou a espetar o dente. — De andar.

— Verdade — concordei, segurando a risada e olhando em volta.

Vários pôsteres de mulheres nuas. Uma prateleira cheia de garrafas de cachaça cobertas de poeira. Um mosaico pequenininho, pendurado no teto, feito de cacos de vidro e pedacinhos de espelho que formavam um pássaro de asas abertas.

— Vai ser o quê? — A figura de Anselmo se materializou saindo da cortina de miçangas, como se tivesse se teletransportado. Alto, robusto, parecendo um guarda-roupa de quatro-portas, um rosto dócil, as mãos desproporcionalmente pequenas para todo o resto do corpo. Me fitava nervoso e esperançoso. Olhei de novo para o passarinho, balançando ao vento, com o sol refletindo nos vidros e nos espelhos.

— Um corte — respondi sorrindo, bem nacionalista — e um café.

Porque eu estou romantizando tudo.

▷ TAKING THINGS FOR GRANTED – JOY OLADOKUN

Eu nasci no pôr do sol. O pôr do sol de São Patrique é vibrante. Pulsante. Laranja. Minha mãe me contava, penteando o meu cabelo, que eu sempre fui teimosa, porque fiquei esperando. Esperando o sol começar a se pôr para nascer.

Chegamos de manhã ao Hospital Hector Vigari, mas eu só deixei o corpo de minha mãe quando o sol estava no ápice de seu horário-alaranjado. Eu nasci no horário-céu favorito dela. Algo perto das 17h45, quando o dia dorme.

Minha mãe se chamava Eva. Seus olhos pareciam duas bolas de gude cristalizadas em castanho escuro. Nada no mundo brilhava mais do que eles. Uma vez respondi isso numa prova de ciências. "Qual é o maior astro do nosso sistema solar?" "Os olhos de minha mãe." Ela emoldurou a minha resposta errada. Virou um quadro.

Minha mãe era uma artista de tudo. Multidisciplinar. Pintava, bordava, cantava, até mesmo costurava a maioria de seus vestidos.

Ela conheceu o meu pai no Festival de São Patrique. Ele não era da cidade, chegou com os primos para passar as férias. Ela morava com a minha avó e meu avô numa casa bem afastada do centro. Na época, usava franja e aparelho. "Sua mãe colocava papel amassado no sutiã, não tinha peito nenhum", sempre dei risada imaginando as facetas de sua adolescência quando a minha avó me contava. Meu pai era de Nova Sieva, metade da família interiorana vivia em Vinhedos e pegava a estrada para o festival anual em São Patrique. Ele cursava *business* em Montana. Essa viagem era para ter sido só um fim de semana de farra com os primos em São Patrique. Virou amor.

Começaram a namorar à distância. Se viam nas férias. Trocavam cartas, telegramas, colecionavam os selos, combinavam os horários – um encontro entre fusos – para conversarem por telefone. Ele não está na foto da primeira exposição de quadros que minha mãe fez na garagem de casa. Nem no álbum de formatura. Nem nos porta-retratos de diferentes aniversários. Minha mãe foi envelhecendo nas fotos, se tornando cada vez mais uma mulher adulta – sem bolas de papel em sutiã, sem aparelho e sem que ele fizesse parte da vida dela durante tudo isso.

Na minha primeira foto, o quarto do hospital estava inteiramente tomado pela luminosidade alaranjada do céu de São Patrique. Meu avô fazia o papel de Augustus, sendo pai em dobro ao lado de minha mãe, que me segurava deitada na cama. Ninguém naquela foto sabia que seria assim pelo resto da vida – minha mãe numa cama de hospital, Augustus em foto nenhuma.

Depois que eu nasci, minha mãe decidiu contar aos meus avós que tinha câncer. Ela não fez o tratamento, porque poderia me fazer mal. Decidiu esconder. Na sua primeira foto sem cabelo, ela sorri sozinha debruçada na janela do hospital.

Eu não podia visitá-la sempre. Os dias de visita eram quando ela não estava se sentindo muito cansada e quando ninguém na minha classe estava doente. Nunca fui boa em fazer amigos. Tinha medo de pegar gripe, catapora, alguma infecção, alguma bactéria e ser barrada de alguma visita. Vivia me sentando afastada dos outros, lavando as mãos incontáveis vezes, perguntando se a tosse de alguém era alergia a poeira ou resfriado. Fiquei muito boa em reparar nas pessoas quando elas apresentavam algum sintoma de qualquer doença que fosse.

Por um tempo, todo mundo achava que eu seria médica. Meu pai viajou para São Patrique, me deu um estetoscópio de verdade de presente. Eu ficava tanto tempo sem ver ele que perguntei a minha avó quem ele era.

Minha mãe só sabia sorrir. A vida dela parecia que sempre estava em pausa, esperando que ele chegasse para dar play. Ele vivia tudo o que podia, queria e bem entendia em Montana. Ela só fazia esperar por ele, religiosamente. Desde antes da doença. Uma vida inteira que ele não fez parte. Mas que, por conta de seu egoísmo, se manteve assim. Ele nunca terminou com ela. Nunca deixou que ela vivesse, que ela experimentasse uma vida sem ficar esperando por ele. Poderia ter tido alguém ao lado dela em todas as fotografias e vídeos e histórias que as pessoas contam. Mas ela estava lá... Sozinha. O tempo inteiro. Esperando.

A minha mãe morreu no amanhecer do dia. Num sol tímido. Preguiçoso. Se despediu discretamente, deslumbrante, como era. Eu sabia que ela não queria que o pôr do sol laranja tivesse nenhum outro significado além do meu nascimento. Me deu seu momento do dia favorito para sempre. Se foi em outro. Era tão querida por todos no hospital, que o quarto dela foi fechado, se tornando uma exibição dos seus quadros, desenhos, vestidos e versos. Tudo colado pelas paredes. Dizem que sua maca continua lá, cheia de flores que colocam até hoje. Eu nunca tive coragem de visitar.

A última vez que eu vi minha mãe, ela estava muito cansada. Conversamos unilateralmente, era só eu contando coisas. Metade das palavras que ela tinha, ela me deu. A outra metade ela usou para perguntar sobre o meu pai. Os olhos apaixonados, ainda que caídos. Vivia para sentir amor por ele. Alguém falava "Augustus" no quarto, e ela parecia se encher de vida, alguma coisa lhe tomava. Ela só sabia amar com tudo o que tinha. Os ossos amavam, a pele amava, os olhos amavam.

Na semana seguinte, a semana que ela morreu, eu estava doente.

Foi a primeira vez que me chamaram para uma festa de aniversário. Minha avó comprou um presente para que eu não fosse sem nada. Deixei o presente, voltei com gripe. Lembro de ter ficado assistindo da janela aquele táxi partir com meus avós dentro. As lentes dos binóculos do meu avô muito maiores do que a circunferência dos meus olhos. O aceno da minha avó atrás do vidro. A fumaça.

Fiquei achando por muito tempo que não tinha me despedido de minha mãe porque tinha saído para fazer amigos. Por uma parte, veio daí a minha dificuldade em criar vínculos de amizade. Pela outra, eu *ainda* era a garotinha estranha e germofóbica da classe. Ninguém quer brincar com quem pergunta o que a sua tosse significa. Mesmo que minha mãe tivesse ido, *isso* ficou. E me tornou invisível para as pessoas.

Foi muito doloroso para a minha avó no início, mas ela ainda encontrava energia para se divertir comigo. Cuidávamos uma da outra. Mudamos de casa alguns meses depois que tudo aconteceu, precisávamos de um recomeço. Meu avô me levava para conhecer o mundo que eu nunca pude ter acesso: enfiar a mão fundo na terra do quintal, colocar insetos para andarem nos nossos dedos, matar vespas. Estávamos nos adaptando a sermos uma família de três, com uma estrela acima de nossas cabeças. Eu não tinha nenhum amigo da minha idade, mas eu os tinha. Tudo estava começando a ficar estável. E então, Augustus apareceu. E me levou embora.

Desse dia, eu tenho uma foto.

Sou eu no banco do carro, com um sorvete derretendo na minha mão e essa placa ao fundo. Trêmula, embaçada e muito menos acabada do que agora. A encarei, com as duas mãos firmes no volante. "Bem *indo* a São Patrique" no letreiro praiano de madeira. A letra *V* – que deveria formar a palavra vindo – estava pendurada pelo fio de sustentação com plantas crescendo ao redor, prestes a cair.

Ouvi duas batidas na janela do carro. Do lado de fora, um oficial de trânsito, balançando dois dedos de cima para baixo, indicava que eu abaixasse o vidro.

— Boa tarde – cumprimentei, antes mesmo que a janela abrisse por completo.

— Aqui não pode parar carro – disse ele. A forma agressiva que ele mascava o chiclete deixava claro que ele *odiava* aquele trabalho. – Ou você passa ou você dá o fora.

— Eu vou passar – respondi e apertei os meus olhos para enxergá-lo no sol escaldante das duas da tarde. – Eu sou daqui – falei como se esse fosse um daqueles momentos perfeitos, que marcaria o início da minha jornada heroica de retorno para casa. Só que a trilha sonora emotiva do meu momento de glória foi abruptamente interrompida pelo som molhado do chiclete repuxando de um lado para o outro dentro da boca semiaberta do oficial.

— Eu não me importo — disse ele me fitando completamente entediado. — Tem idade para dirigir?
— Sim.
— Tem carteira?
— Tenho.
— Então dá o fora antes que eu mude de ideia.
— Sim, senhor — assenti com a cabeça.

Giro a chave do carro. Retorna a trilha sonora emotiva da minha vida... Por poucos segundos. E é interrompida mais uma vez pelo barulho oco de algo caindo no bagageiro. Olho pelo retrovisor enquanto passo a marcha e acelero. O "*V*" – da placa de boas-vindas a São Patrique – antes pendurado, não está mais lá... Porque acabou de cair nos fundos do meu carro.

▷ **LOVE IS – TRAPO**

Eu estava rindo do que tinha acabado de acontecer, totalmente distraída, até olhar o retrovisor mais uma vez e ver o fantasma da Íris Pêssego de dezessete anos seguindo o meu carro em cima de sua bicicleta amarela.

Desbragada, alegre, *genuína*. Seus olhos gigantes, os cabelos dançando com o vento, todos os dentes em sua boca.

Me segurei firme no volante, olhando para a frente. *Vá embora, vá embora, vá embora.*

Só. Vá. Embora.

E ela foi.

Sua silhueta virou uma garota qualquer, pedalando numa bicicleta.

3 ANOS ANTES

Eu tinha gastado todas as minhas últimas economias naquela passagem de avião e ainda não tinha caído a minha ficha. Eu estava no aeroporto de Nova Sieva, no desembarque internacional, desviando das pessoas com dificuldade por causa do peso sobrecarregando as rodinhas da mala. O tempo inteiro as rodinhas emperravam e me faziam esbarrar em alguém. *Excusez-moi, Sorry, Foi mal, cara.* Meu braço já queria desacoplar do meu corpo com o peso. Meu cachecol inapropriado para o dia lindo que estava fazendo. Meu estômago vazio, roncando, para não usar o cartão de crédito e "entregar" onde eu estava. Se descobrisse, meu pai contaria a minha avó, que contaria a ela e todo mundo estragaria tudo. Era uma surpresa. *A* surpresa. Que *precisava* dar certo.

E que justificava o peso da minha mala.

– Oi. – Atendi o telefone e o pressionei entre a cabeça e o ombro para manter os braços livres para acenar para o taxista. – A passagem mais barata era pra hoje. O que continua sendo ótimo, tô vinte e quatro horas adiantada nos planos.

– Cara, ela não faz a *menor* ideia – disse Lizandra, do outro lado da linha. Ela estava mais empolgada do que eu. – Mas também, né, é a Íris. A pessoa mais desmioladinha que eu já conheci na minha vida. É claro que ela não faz a menor ideia.

– Não diz isso – falei, rindo porque a parte do "desmioladinha" era verdade, mas eu não podia admitir. – É o charme dela. Como ela tá?

Um taxista acenou de volta para mim e entrou no carro para dar a volta até onde eu estava. *Perfeito.*

– Muito nervosa. – A voz de Lizandra parecia preocupada. – Ontem rolaram as gravações do episódio que ela escreveu praticamente sozinha. Ela chegou em casa muito ansiosa, sabe? Tá com medo do que vão achar. Se vai ser aprovado ou não, esse tipo de coisa.

– Meu Deus! E aí? – perguntei e agora já conseguia segurar o celular. O taxista parou na minha frente e saiu do carro para abrir o porta-malas. – Deve ser por isso que ela não me respondeu direito ontem.

– Ela não pegou muito no celular ontem, a gente não deixou. É que a gente saiu também. Tipo, levamos ela pra dar uma volta. Pra espairecer, sabe? Comemorar. Porque independentemente de ser aprovado ou não, só de ela estar trabalhando com isso sendo que ela *acabou* de começar o segundo período... Cara, *um gênio*. Que emissora de televisão cê vê por aí botando estudante pra dar pitaco em novela? – Lizandra fez uma pausa contemplativa. E eu entrei no táxi. – Só que ela não lida bem com as próprias inseguranças. Acontece qualquer coisa e ela vai lá e desiste. Sinto que ela ainda tá se adaptando a como as coisas funcionam numa universidade. Tem gerado muitos gatilhos nela.

– É. – Respirei fundo, olhando Nova Sieva passar pela janela do carro.

– Toca pra onde, meu jovem? – perguntou o taxista.

Meu Deus, eu cheguei antes do planejado. Eu não tenho um lugar pra ficar. Puta que...

– Lizandra! – verbalizei meu pensamento. – Eu cheguei um dia antes do plano. Eu não tenho um lugar pra ficar.

– Ué, vem pra cá.

– Lizandra, a Íris *mora* com você. Como eu vou ficar *aí*? – falei o óbvio.

– Ela tá na Serra do Quintal. Foi acompanhar a gravação de hoje. – A voz de Lizandra começou a falhar. O carro escureceu. Estávamos passando por um túnel. – Com... t... como ho... de estágio. M... e... Daí já sabe, né, quan... el... E é por isso que hoje ela não volta pra casa, vai dormir lá. Ela volta amanhã, no seu *dia perfeito*. – Saímos do túnel. – Por que você escolheu amanhã mesmo?

– Amanhã faz um ano que a gente se beijou pela primeira vez. Como não temos uma data e ela vive falando que achou o beijo "de novela", pensei que fosse gostar – disse sem conseguir disfarçar o sorriso – que essa fosse a nossa data de namoro.

– Você já sabe como vai pedir?

– Sim. Eu fiz *uma parada*. – Lembrei do peso na minha mala. – Na verdade, eu fiz *algumas paradas*. Mas tem *uma parada* que é a parada *principal*.

A PRIMEIRA VEZ QUE EU QUIS pedir Íris Pêssego em namoro foi quando estávamos estudando juntas por chamada de vídeo. Era o nosso primeiro mês na faculdade. Estávamos muito próximas, flertávamos o tempo inteiro e eu vivia zombando que ela deveria namorar comigo porque toda lésbica já namorou à distância. Eu nunca fui a favor de relacionamentos à distância, pelo contrário, a ideia me causava uma espécie de repulsa que eu não conseguia decifrar totalmente. Entre a galera que eu conhecia, eu era a única que nunca tinha vivenciado a experiência. Mas ali estava eu, preferindo Íris Pêssego de *longe* do que qualquer outra pessoa por *perto*. Eu tava terminando as minhas anotações quando olhei pra tela do meu celular, encostado numa caneca de cerâmica do CMU Grey Tigers (o time de futebol americano da minha faculdade) quando senti algo me acertar e me arremessar contra o chão, exatamente como acontecia com os "tigres cinzentos" do time da Charles Monté.

Touchdown. Íris Pêssego. Dormindo. Uma mechinha de cabelo dando uma volta perfeita repousava no seu queixo e se aprisionava embaixo do braço dobrado, formando um travesseiro para a cabeça. A boquinha amassada contra o polegar da mão dando sustento ao queixo. Os cílios enormes. Larguei tudo o que eu estava fazendo e fiquei ali, olhando. Saí da minha aula EAD de inglês, que eu fazia de manhã cedo para refrescar a pronúncia, não queria que ela acordasse com o barulho da aula. Tomei café da manhã assistindo enquanto ela dormia sentada na cadeira, sobre a mesinha de estudos do seu novo quarto em Nova Sieva. As paredes pintadas de branco, as prateleiras de madeira vazias. Uma vida nova. *Novinha em folha*. Longe de mim. Era noite em Nova Sieva e o sol meia boca perdia para o frio de Montana ao meio-dia. Diferentes fusos, diferentes países, diferentes versões de nós duas querendo emergir.

Mas, naquele momento, a memória de tudo ainda era fresca na cabeça. Ainda nos parecíamos como éramos. Os cabelos, os corpos, as vontades. O nosso eu adolescente estava mais ali do que o nosso eu adulto. Apenas dois meses haviam se passado desde que eu tinha voltado pra casa, tomado banho, me arrumado para ir ao aeroporto com o rosto dela impregnado no meu pensamento... E o vestido, a pele, a música, a cadeira. Naquele momento, no eterno infinito daquele momento, fazia sentido que tudo que se passasse dentro de mim fosse: *Íris Pêssego, você aceita namorar comigo?*

E eu só percebi que tinha dito isso em voz alta porque ela se mexeu um pouco, mas continuou dormindo. Meu coração disparou. Foi quando eu tive a brilhante ideia. De continuar a pedindo em namoro incontáveis vezes sem que ela soubesse. Montando uma novela própria completamente registrada da nossa vida à distância. Todas a ligações, as conversas, as surpresinhas. Eu estava registrando tudo. E sempre que ela se distraía, eu a pedia em namoro sem que ela estivesse escutando. Em um dos meus vídeos favoritos, ela pede licença pra lavar o cabelo, fecha o box – uma merda, eu sei, algumas coisas doem – e começa a cantarolar Gal Costa. Eu olho pra câmera na minha escrivaninha e muto o meu microfone na nossa chamada de vídeo.

– *Como se faz pra ter o seu carinho, poder ganhar seu colo e ter felicidade. Não quero mais viver assim, sozinha, eu vou fugir de...*

– Íris Pêssego,

– *Casa.*

– Você quer...

– *Você vai ter...*

– Namorar comigo?

– *Saudade.*

E a risada dela preenche tudo, ela coloca só a cabeça para o lado de fora do box do chuveiro. *"Acabou o xampu."* Os olhos, gigantes. A paixão torna as coisas mais banais enfeitiçadas.

Eu fiz uma vinheta de novela, mesclei todos os nossos momentos, implorei a minha avó que pedisse a Ermes fotos da Íris, de quando era criança, pra que eu traçasse e combinasse as nossas vidas até quando a gente tinha se achado de vez. Então, pra que ela tivesse o primeiro pedido de namoro da vida dela "como nas novelas", eu criei uma. Fiz uma novela nossa. Essa era a primeira parte do pedido. A segunda eram todas as coisas que eu fui acumulando e que faziam parte de Montana, para ela se sentir mais perto de mim de alguma forma. Bandeira, moletom da CMU, caneca, marcadores de página de livrarias e bibliotecas de lá, a fronha do meu travesseiro, minha camisa preta com meu perfume borrifado pela gola, um frasco fechado do meu perfume pra ela poder repor o cheiro nas coisas, um urso de pelúcia que era, na verdade, um felpudo alienígena e...

– Um par de anéis de compromisso. – Eu estava contando tudo a Lizandra por telefone. – O que nos leva para a parte três.

Meu blazer de formatura estava dentro da minha mala com todas essas coisas. Por causa do meu voo para Montana, que me levaria embora de São Patrique, eu não pude ter a minha valsa de formatura. Íris não quis dançar com ninguém, porque eu não estava mais lá. Então ela também nunca viveu isso. A valsa de formatura era uma tradição imbecil e heterossexual entre os estudantes do Colégio São Patrique. Queria que tivéssemos vivido isso e burlado as regras, mas não deu tempo. Então, eu pedi o vestido dela de formatura "emprestado" para compor a minha surpresa, Polly ajeitou tudo e me enviou a caixa. Pedi que fosse enviado para Montana, porque estávamos planejando passar o fim do ano juntas por lá. Um beijo com fogos de artifício, um pedido de namoro num novo começo de ano, *uma primeira vez sem ser interrompida pelos ponteiros do meu relógio*. O problema é que eu não aguentava mais esperar. Muita coisa estava acontecendo ao mesmo tempo e eu enfiei tudo na mala e comprei uma passagem para Nova Sieva o mais rápido que eu pude, numa madrugada de promoções. Era o último dinheiro que eu tinha. Eu sabia que teria que voltar pra Montana contando moedas e que chegaria o momento de procurar um emprego em definitivo por lá, quando meu inglês melhorasse. Mas isso era algo que eu só pretendia me preocupar depois que voltasse com uma aliança de compromisso no dedo.

A última parte da surpresa é que – no meio de tantas coisas pensadas para serem *sobre* Íris e *para* Íris, que agradassem ela no primeiro pedido de namoro de sua vida – eu senti que deveria fazer algo que fosse genuinamente meu. Uma expressão. Uma coisa minha. Um toque mais íntimo de mim no meio de tudo. Então, eu escrevi sobre o amor.

Sempre fui tímida, mesmo que as pessoas achem que não. Mesmo que Íris sempre entorte seu minúsculo e espevitado nariz dizendo que "sem chance, você não é tímida". Eu sou, mesmo, tímida. Eu nunca teria coragem de ler algo sobre o amor que eu escrevi pra alguém, assim, diante da própria pessoa. Então, essa última coisa, eu preguei com um alfinete no vestido de formatura dela. Para que ela descobrisse e lesse sozinha.

Na maior parte do tempo, não quero que as pessoas sequer notem o que eu estou sentindo, mas naquele papel eu disse tudo. Não havia nada no mundo que eu quisesse esconder da minha namorada.

Minha namorada. Não consigo não sorrir pensando nisso, porque, em algum lugar dentro de mim, eu sabia. Eu sempre soube. Desde a primeira vez que eu a vi.

— É o plano perfeito. Amanhã vocês vão estar namorando! — disse Lizandra enquanto saltitava do outro lado da linha. — Você até pode começar a se sentir namorada dela, já. Porque é claro que ela vai *aceitar*. Ela nunca recusaria um pedido desses!

Eu sorri no banco do carro, cruzando as ruas de Nova Sieva. *Namorando*. Essa foi a última vez que eu me permiti sentir coisas por Íris Pêssego. Eu ainda não sabia o que iria acontecer depois, por isso eu não parava de sorrir olhando pela janela. Meu peito ardia com tudo o que eu estava sentindo. Eu fui a namorada de Íris Pêssego durante meia hora de uma corrida de táxi. Quando cheguei na casa dela, Lizandra precisava sair e me deixou completamente a vontade. Eu larguei a minha mala logo na entrada, puxei meu cachecol do pescoço e o abandonei na mesa da cozinha. Depois corri para o quarto de Íris. O quarto que eu só via sempre dos mesmos ângulos nas chamadas de vídeo. Foi quando eu entendi que não poderia mais continuar com aquilo.

A parede do quarto de Íris Pêssego, a mesa de estudos, as prateleiras. *Tudo*. Tudo estava repleto de *fotos*. E eu não estava em nenhuma delas.

Íris estava se tornando uma nova pessoa e vivendo coisas as quais eu não fazia parte. Não em presença.

Peguei com cuidado o polaroide na mesinha de cabeceira, que era da noite passada.

— *Deve ser por isso que ela não me respondeu direito ontem.*

— *Ela não pegou muito no celular ontem, a gente não deixou. É que a gente saiu, também. Tipo, levamos ela pra sair. Pra espairecer, sabe? Comemorar.*

Íris sorria, congelada para sempre na foto. Eu não conhecia *ninguém* ao redor dela. Mas de uma coisa eu sabia: eu não estava lá.

Eu sou boa em amar em sacrifício. Deixei de fazer amigos para amar a minha mãe em presença. Deixei de estar perto da minha avó para que ela tivesse tanta qualidade de vida que sobrasse tempo até mesmo para o amor. E, naquele dia, eu decidi deixar Íris Pêssego para trás. Para que ela ficasse livre para viver e para amar, sem que eu fosse sua eterna espera. O espaço vazio em todas as suas fotos.

Amar às vezes é ir embora. De todas as coisas na minha mala, esse era o presente mais caro e valioso que eu poderia dar a ela. Um espaço livre para ser ocupado por alguém que realmente pudesse estar lá. No bom e no ruim.

No acerto e no erro. Acompanhando cada pequeno passo, conquista, capítulo de sua novela.

Voltei para o aeroporto e só peguei o meu celular de novo quando consegui um voo de última hora de volta para Montana. Não atendi as ligações de Lizandra, ignorei as mensagens do meu pai sobre o que eu tinha acabado de gastar no cartão de crédito e abri a janela das minhas conversas com Íris Pêssego para falar com ela pela *última* vez.

"Íris, eu quero terminar." Então, eu disse a *única* coisa que eu sabia que a faria não me procurar nunca mais: "Eu acho que eu não sou mais apaixonada por você."

Freei abruptamente quando percebi que estava prestes a avançar no sinal vermelho. Engoli o nó que os últimos pensamentos formaram na minha garganta. No retrovisor interno do carro, eu tinha dezessete anos.

▷ TO LOVE – SUKI WATERHOUSE

5.

▷ JE TE LAISSERAI DES MOTS – PATRICK WATSON

QUANDO EU ERA CRIANÇA, MINHA AVÓ adorava pentear os nossos cabelos combinando. Ela fazia tranças nela e em mim. Às vezes, fazia duas tranças que se conectavam na parte de trás e o restante dos cabelos caía solto. Às vezes, tranças embutidas, pegando o cabelo inteiro e transformando em uma parada só, como a calda de uma sereia. E às vezes só algum acessório, uma tiara, uma flor dando vida a uma trança simples. O meu avô adorava isso. "Minha Rapunzel", ele dizia para ela, "e sua fiel escudeira", ele dizia para mim. Eu *odiava* ter cabelo longo. A única hora que eu entrava em oração e agradecia internamente por ele era quando as mãos de minha vó o segurava. O momento – só nosso – de pentear os cabelos combinando era sagrado para mim. Ana Símia sempre foi a mais vaidosa das avós. Brincos, pulseiras, aneizinhos de pedrarias modesta, todos os tipos florais de perfume. Vestidos bordados, bolsas baguete, sombrinhas vintage saídas de um filme dos anos 50, luvas de renda. Quando minha mãe morreu, lembro do bazar que fizemos. Chapéus de praia afivelados com fitas azul-marinho, maiôs listrados em vermelho e branco, saltinhos transparentes e tamancos de madeira do ateliê da Adélia Guimarães. Antes de ser a minha avó por tempo integral, ela era professora. E, antes de ser professora por tempo integral, ela era militante pelo meio ambiente. Isso ficou eternizado na legenda de uma foto de jornal. Estava assim: "Empresa de refrigerante polui principal praia de São Patrique. Jovens adolescentes reúnem provas de alterações na água." Ela estava no canto direito, tímida, com óculos enormes de grau, segurando o troféu-cidadão com as outras duas amigas – Genevive e Vadete. Depois que o pai da minha avó morreu, e ela se libertou da dura criação religiosa a qual foi submetida, ela decidiu seguir todos os sonhos dela. E, segundo ela mesma, ter tirado o aparelho depois do ensino médio lhe fez perceber que ela sempre foi vaidosa, só não se sentia segura o suficiente para ser. A grana pouca e o fato de seus pais acreditarem que usar saia era *coisa do diabo* também não ajudava muito. Com o primeiro emprego na telerede de comunicação da TV Vinhedos, vieram os trocados para o primeiro tamanco de madeira do ateliê da Adélia Guimarães. Depois disso, começou a usar bobes no cabelo, sprays, tiaras, chapéus. E foi nessa época que surgiu o amor por novela. Depois do expediente, ela amava acompanhar o corre-corre dos atores que participavam dos programas locais. Quase nunca acontecia isso. Mas, quando acontecia, era uma festa pra ela. Dividia o tempo entre a faculdade de Letras e o estágio na maior rede televisiva na nossa região. Quando a crise econômica atingiu o país, a emissora precisou demitir alguns funcionários e ela teve que procurar um emprego na sua área de faculdade. Começou a alfabetizar... adultos.

    Meu avô era caminhoneiro, transportador de todo tipo de carga. Mas gostava mesmo era de planta. Sabia cuidar de hortaliças, matar as pragas, mexer com a terra. Só não tinha o próprio canto para fazer tudo isso. Ele dizia que queria duas coisas na vida: aprender a escrever o nome completo e ser dono de uma plantação. Entregaria mil cargas se fosse preciso, para juntar dinheiro suficiente para isso. Minha avó o ensinou a escrever o nome dele. Ele disse obrigado. Ela disse disponha. Ele disse que passaria às 19h para buscá-la de caminhão, um encontro. Ela disse que sim. E a primeira coisa que ele escreveu – depois do nome dele – foi uma carta de amor.

    Minha mãe nasceu numa primavera. Todo o dinheiro que ele juntou para ter uma plantação foi gasto no jardim-vivo que ela era. Até seus últimos dias.

Meu avô lutou contra a diabetes e, por fim, também contra um câncer. Ele disse que a doença da minha mãe era uma praga passada por ele. Da plantação áspera que ele se dizia ser – para o jardim-vivo que acreditava que ela era. Fui chamada na diretoria da minha nova escola, em Vinhedos, para saber que a plantação dele havia acabado. Meu pai decidiu voltar a morar em São Patrique depois disso. E pela primeira vez passei a morar com ele.

No enterro do meu avô, a minha avó não foi de trança. Nem de tiara. Nem de chapéu. Nem de luvas de renda. Nem de tamanco de madeira. *Nada*. Apenas um vestido modesto e o longo cabelo branco preso num coque.

Fiquei muito tempo sem escutar o som da risada dela. Eu estava quase me esquecendo do timbre que tinha. Um dia, decidi passar em sua casa na volta da escola, entrar de fininho pelos fundos e aparecer de surpresa. Eu tinha acabado de tirar minhas meias soquetes da farda do colégio e encostar os pés no piso gelado do chão da cozinha quando escutei – aguda, contida, alargada, preenchedora, acústica – sua risada. Morna, como a sensação de uma xícara de chá de cerâmica esquentando a palma de nossas mãos. Segurando meu tênis, dei alguns passos em silêncio.

E lá estava ela, sentada em sua poltrona, de costas para mim. Completamente distraída... assistindo à novela.

O corpo pálido, magricelo, rígido como algo que pode se partir a qualquer momento em toda sua fragilidade. Mas, sempre quentinho, como a temperatura que imagino que o amor teria. As mãos cheias de carinho, os olhos cheios de paciência, a boca cheia de palavras. O rosto que, se você olhar bem, antes que complete três segundos, volta a ser o mesmo da garota impressa naquele jornal.

E, na rota para a casa dela, enquanto eu parava em semáforos, minha cabeça se dividia entre três pensamentos. Um: *Que tipo de pessoa alguém como a minha avó se apaixonaria?* Ela se casou com o primeiro namorado. Tudo o que ela gostava estava nele, nunca tinha olhado para o lado. Uma vida inteira de um casamento estável. Nenhuma paquera depois disso, nenhuma troca de olhares. Elogios? Só para galãs da TV. Mas, na vida real, uma incógnita. Eu não fazia *ideia* do que esperar, o que nos leva para... Dois: Que ele seja legal. Isso é mais uma oração do que um pensamento. Um pedido. Fui encarando pela janela do carro os vendedores de peixe do mercado, os floricultores em suas barracas, espantando as abelhas, a turma do dominó em seu habitat natural (a praça), todos de sandálias ortopédicas. *Com qual deles a minha avó se casaria e qual deles é legal?* O mais legal. Porque esse cara precisa ser legal. Bacana. Precisa. *Mesmo.* Porque... Três: Eu *não vou* estragar tudo. *Não vou ser "a praga na plantação da minha avó".* Meu avô se envergonharia disso, minha mãe se envergonharia disso. Esse é o momento *dela*. Depois de uma vida inteira onde os momentos foram sempre de todo mundo. Uma vida inteira dedicada as pessoas que ela amava. E agora ela vai se casar. *Casar.* Minha ficha nem caiu ainda, mas eu não tenho muito tempo para elaborar isso. Minha ficha ter caído ou não também não importa. Vou entrar na onda. Me mesclar a novidade. Se, nos quarenta e cinco do segundo tempo, a minha avó decidiu *finalmente* voltar a viver algo fora daquela poltrona – onde sua vida ficou resumida por anos – não sou eu que vou questionar. Minhas preocupações não cabem aqui. Essa vai ser uma viagem pacífica. Inteiramente sobre ela.

Sem dramas, sem confusões, sem brigas.

É.

Sem dramas. Sem confusões. Sem brigas.

▷ BURNING DOWN THE HOUSE – TALKING HEADS

Por isso, ignoro completamente a casa dos Pêssego do outro lado da rua, ignoro meu celular vibrando no meu bolso e ignoro minha vontade de problematizar absolutamente *tudo* sobre a minha avó estar se casando com alguém que eu não faço a *menor* ideia que é. Um milhão de cenários possíveis, um novo avô. Que pode muito bem ser um vendedor do mercado de peixe, um floricultor com alergia a abelha ou um competitivo jogador de dominó com problemas no quadril. Mas, quando passo pela porta da cozinha segurando meu tênis e tenho ampla visão da sala, dou de cara com Cadu Sena. Levantando pesos de ginástica. Um porta-retratos gigantesco dele abraçado a minha avó estampa uma parede. Ela o beija no rosto, os braços – que ele flexiona nesse exato momento segurando halteres rosa e laranja neon – passam por cima do ombro dela. Olho para outra parede e tem mais uma foto de Cadu Sena com a minha avó, numa mesa de restaurante, sozinhos. Me aproximo de uma foto minúscula presa na geladeira. Cadu Sena sorri, numa fazenda. *Com* a minha avó.

— Mas que *porra* é essa?

Lembra quando eu falei sobre ser uma viagem pacífica? "*Sem dramas. Sem confusões. Sem brigas.*" Pois é. Esqueça tudo que eu disse. Cadu Sena vai ser a porra do meu avô. E eu vou *matar* esse cara.

— Agora. Braço direito. Muito bem, você consegue. É isso mesmo. Um, dois. Um, dois. Agora vamos lá, gatinhas. Esse bíceps não vai crescer sozinho. O outro braço. Três, quatro. Três, quatro. Quem é a minha Miss bíceps? Vamos lá, não estou ouvindo. Quem é a minha Miss bíceps?

— Sou eu. — A voz de Cadu Sena saiu abafada, o hálito quente respirando com dificuldade contra o meu antebraço. Obrigada, aulas de defesa pessoal, jiu-jitsu e muay thai.

Eu não sou uma mulher alta, nem musculosa. Cadu Sena tinha quase o dobro do meu tamanho e umas três vezes o meu peso, mas ainda assim estava ali, imobilizado. Não sei exatamente em que posição nós dois estávamos. Foi tudo muito rápido. Me subiu uma raiva. Queria esmagar a cabeça dele como um coco. Sinceramente, eu não podia acreditar que isso estava acontecendo. Eu devo ter arrancado a cruz do chão com as minhas mãos e usado a madeira pra acender uma fogueira. Não. É. Possível. Enquanto eu e Cadu Sena nos rebatíamos no chão, uma turma de ginástica dos anos 80 fazia um treino de bíceps na televisão ligada da sala de minha avó. Que, por sinal, não estava lá. Nenhum sinal dela. Só Cadu e um rapaz completamente apavorado, usando um uniforme do supermercado Pêssego's — reconheci pelo boné — que saiu correndo assim que se deu conta de que Cadu Sena estava caído no chão e que eu estava tentando matá-lo. Apertei o pescoço dele com mais força quando o rapaz nos deixou a sós, saindo pela mesma porta que eu entrei.

— Eu sei que é *você*. Agora *fale*. — Inclinei meu corpo pra trás, pra que a chave de braço ficasse ainda mais travada. — Quando começou essa merda? Bora, vá falando.

— *Pra que você quer saber?* — A voz dele saiu completamente embolada, e ele babou meu braço todo.

— Porra, você não tem vergonha?

— *Um, dois. Um, dois. O que uma Miss bíceps quer? Uma Miss consegue.*

— Eu só tô me divertindo, Édra — disse ele. — Por que eu vou ter vergonha de tá vivendo a minha vida? *Não sabia que você era tão preconceituosa.*

— Preconceituosa?!

— *Três, quatro. Três, quatro.*

— Claro, tá parecendo que eu cometi um crime.

— *O outro braço.*

— É como se fosse.

— Cara, a gente começou a sair tem duas semanas. E eu sou solteiro. Saio com quem eu quiser.

— Você tá *iludindo* a minha avó?

— O quê?!

— *Quem é a minha Miss bíceps?*

CADU SENA E EU ESTÁVAMOS DIVIDINDO a mesma compressa de gelo. Ele sentado em uma das quatro cadeiras de ferro com estampa florida da cozinha de minha avó, e eu apoiada na pia. Quando eu passava a compressa para ele, ele a encostava no canto direito da boca inchada. Quando ele passava para mim, eu a encostava no meu olho roxo. Em completo silêncio como dois caubóis arrependidos depois da trégua. A essa altura eu já sabia de tudo. Cadu Sena não seria o meu avô. Me veio uma súbita vontade de rir quando esse pensamento me veio à cabeça mais uma vez, só que minha sobrancelha estava doendo demais até mesmo para franzir com a risada. Cadu esticou o braço, a palma da mão aberta oferecendo a compressa. Senti o gelado encostar o meu olho fechado mais uma vez e passei a nossa gambiarra de gelo para ele. Respirei fundo. Encarei todos os porta-retratos mais uma vez. Ouvi Cadu

Sena soltar mais um gemido de dor. E percebi que para qualquer hipotético xerife naquela cozinha – seja ele quem fosse – não éramos caubóis. Éramos uma piada. Quero dizer, *eu* sou uma piada. Cadu Sena é a Miss bíceps. E o avô dele é *o noivo* da minha avó.

Nem floricultor alérgico a abelhas, nem robusto vendedor de peixes, muito menos um membro do Social Clube de Dominó da Praça. Um cara que construiu um império de locadoras e acumulou uma boa quantia de dinheiro investido em DVDs para, no auge do seu investimento, vender absolutamente tudo. No tempo perfeito. Porque logo depois vieram a pirataria digital e os primeiros streamings. O rombo na indústria dos *blue-ray* pela modernização das coisas sequer fez cócegas nas contas de banco de Júlio Sena. Quando tudo o que ele construiu e vendeu desmoronou em ruínas, já estava muito longe. Morando numa rota parcialmente escondida, num trajeto que eu nunca fiz de carro, entre São Patrique e Vinhedos. Criando porcos, galinhas, bezerros, cavalos. E deixando Cadu Sena dar o nome de estrelas dos anos 80 a todos eles. Depois de DVDs e animais, a coisa que seu Júlio mais apreciava era registrar os momentos em fotos. Isso explicava Cadu Sena estar por toda parte na casa da minha avó. Casa essa que ele cuidava, na maior parte do tempo que ela ficava fora. Era como se agora ele morasse aqui. É. *Cadu Sena. Morando* na casa da minha avó. Porque o avô dele é *o noivo* dela. Mais estranho que isso só ter sido acertada acidentalmente no olho pelo cotovelo da "Miss bíceps".

– Enfim, se não for pedir muito, quando a gente chegar lá – disse Cadu Sena, num tom de voz acuado, passando para mim novamente a compressa de gelo –, não comenta com ninguém sobre *isso*.

– Que você é a Miss bíceps ou que você é bi? – provoquei, encostando a compressa com todo cuidando do mundo no meu supercilio. Doeu mesmo assim.

– Eu não sou a Miss bíceps.

– Então você é bi?

– Eu não sou a Miss bíceps – resmungou ele, esticando o braço. Se sua mão tivesse boca, falaria: *"Ei, minha vez, com a gambiarra de gelo."*

– Calma, acabei de pegar. – Meu rosto inteiro franzia de dor e relaxava ao mesmo tempo, com a temperatura anti-inflamatória da compressa. – Teve alguma história sobre isso na época do colégio, mas não lembro direito de nada. Eu não reparava em você. Mas, e aí – falei, com um olho aberto e o outro fechado. As gotas de água fria escorrendo pela lateral do meu rosto –, você é gay?

– Não sou gay. – *Ele era gay!* – Também não sou a Miss bíceps. – *Ele era a Miss bíceps!* – Só curto coisa antiga. Eu tenho uma loja de velharias no centro da cidade. Eu tava só – ele abaixou o tom de voz – *testando*.

– Testando com halteres?

Afastei a compressa do meu rosto para olhar *bem* pra cara dele.

– Tá legal. Se você quer saber, não era meu *"plano de carreira"* ser dono de uma loja de velharias. Infelizmente, eu farreava mais do que estudava pra passar na faculdade, então, ser *educador físico* não rolou. Mas alguma alma caridosa deixou uma caixa de DVDs e cassetes todos temáticos de educação física dos anos 80 e 90 lá na loja essa semana. Então sim, estou testando.

– E por que você não quer que ninguém saiba *disso*?

– Não é *isso* que eu quero que ninguém saiba. Você não é a única pessoa que não se lembra direito de nada sobre mim. E tem coisas que eu não sei se consigo contar de novo – disse ele, com o olhar distante. – Mas isso não importa. O que importa mesmo é que todo mundo vai passar as férias na fazenda. E seria legal se ninguém achasse que aconteceu alguma coisa *aqui* entre a gente antes de chegarmos *lá*. Então vamos manter a naturalidade. O clima de paz.

Eu quis rir. Meu olho tava parecendo que alguém tinha feito uma maquiagem roxa ao redor, já o lábio dele tava inchado como se ele tivesse levado uma bolada de um grupo jogando altinha na Praia da Sardinha. Mas, porra, *ninguém* vai achar que aconteceu nada. Paz e naturalidade. Pode confiar. O que uma Miss bíceps quer, uma Miss bíceps consegue.

Fui até a geladeira. Deu pra sentir pontadas na minha testa a cada passo. Entortei a boca para um lado e franzi o cenho com dificuldade. A tensão tomava todo o meu rosto. Meus olhos marejaram um pouco. Sinto *qualquer* mísera dorzinha de nada e já viro um cão sem dono. O bom é que sou boa em fingir que não. Negligenciei completamente meus sintomas de cachorro abatido, abri a geladeira – que só tinha cerveja – e descobri a provável dieta de Cadu Sena.

– Não como muito aqui. – Ele foi se explicando atrás das minhas costas, do outro lado da cozinha. Eu fui fazendo uma nota mental com os meus olhos. *Champanhe, tequila, vinho branco, vinho tinto, vinho ro...* – E nada disso é meu. – Me virei, segurando a porta da geladeira e fitei Cadu Sena por meio segundo. – É sério. É pra levar. – *Vinho rosé, licor de mousse de maracujá, uís...* – É pra levar pra fazenda.

– Seu avô bebe?

– Sua avó também.

– Minha avó não bebe.

– Ela adora vinho rosé. Ela que me pede pra ficar comprando.

– E você vai parar de ficar obedecendo.

O som da lata da cerveja abrindo dividiu o nosso diálogo no meio. De um lado ficou o que eu *mandei* Cadu Sena parar de fazer. Do outro ficou ele, achando que foi um *pedido*.

– Não vou fazer isso.

– Claro que vai. – Eu me sentei na cadeira com um sorriso cínico na boca e virei um longo gole de Solar. *Gelada.* – Vai, sim.

– Você não contaria... – Ele me olhou, incrédulo.

Me inclinei para trás e balancei a cabeça, afirmando.

– Em detalhes.

E eu nem sabia exatamente qual das partes *do todo* era a que ele mais queria esconder.

– Não adianta, quando ela vier dirigindo da fazenda para cá em dia de Feira da Quinzena, ela mesma vai comprar. – Cadu Sena desencostou a compressa da boca para sorrir. – Vinho rosé, geleia de morango e chá. Ela não vive sem nada disso.

– Minha avó não dirige – respondi a última parte que meu cérebro escutou antes de parar de raciocinar.

– Não é *ela* que dirige. – Cadu tentou sorrir com a boca inchada, mas não deu certo. – É a Vadete. – Me engasguei com a cerveja. – Genevive não tá podendo mais por causa da perna. – Ele abaixou o tom de voz antes de continuar: – *Mas ela não gosta que fale.*

– Minha avó não vê a Vadete e a Genevive há anos. – Encarei perplexamente o nada. Minha mente desacoplada do cenário, do país, das circunstâncias recebeu de vez a constatação a seguir como uma bala.

– Quem não vê sua avó há anos, Édra – começou Cadu, e não houve nenhum som de impacto da minha ficha caindo no chão –, é você.

Não sou boa em lidar com mudanças. Quando alguma coisa muda de repente na minha vida, sinto que eu fico congelada. Parada. Segurando as coisas velhas nos braços, rejeitando o novo, porque gosto das mesmas camisas. Dos mesmos lugares. Das mesmas músicas. De dormir sempre no mesmo lado da cama. De pedir sempre a mesma comida. De fazer os mesmos caminhos de bicicleta. E espero poder cumprimentar as mesmas pessoas pelo caminho, espero ver as mesmas tonalidades no céu das cinco da tarde, espero tudo igual. Rezo por tudo igual. Gosto de tudo igual, como sou acostumada. Mas as coisas mudam. As pessoas mudam. Os quereres mudam. Às vezes mudam porque queremos, às vezes porque não temos outra escolha e às vezes simplesmente acontece. Seu corpo cresce e rejeita a sua camisa favorita, sua cama agora fica em outro quarto, você descobre que um pôr do sol pode ser azulado em outro país e sua bicicleta começa a enferrujar – enferrujar de tanto se cansar de ficar te esperando. Mudam. As coisas simplesmente mudam. Coloquei minha bicicleta – parte tão significativa da minha vida – nos fundos do carro. Dei um sorriso quando vi a letra "V" do letreiro de boas-vindas. Ao lado da minha bicicleta, estavam caixas e engradados de bebidas. Ajeitei tudo com Cadu. Minha avó tinha pedido que ele viesse até a cidade para comprar várias paradas para levar até a fazenda. Eu tinha tomado banho e vestido minhas roupas antigas, guardadas com zelo no fundo do guarda-roupa. Quando viu meu cabelo molhado depois que a agonia passou, Cadu percebeu que ele tinha mudado. Dessa vez, cortei um pouco mais baixo que o de costume. Me senti estranha nas minhas próprias roupas quando me encarei no espelho. Eram minhas. Minhas *mesmo*. Mas não pareciam ser mais. Eu adorava essa camisa azul-marinho de botão, adorava esse short branco e até senti saudade de usar sandália e ver meus pés sem mil camadas de meias por causa do frio de Montana. Mas algo sobre aquelas roupas serem de anos atrás me dava a sensação de que eu não estava com algo meu. Pareciam roupas que eu tinha pego emprestadas de uma Édra que eu deixei pra trás. Que eu não permiti que subisse no avião comigo. Não sei. Talvez tenha subido comigo no avião pra Montana. Mas uma Édra que não teria demorado tanto pra voltar, como eu. Uma Édra que acho que não

Cadu Sena tinha me implorado para, de todos os mercados possíveis, fazer uma parada no Pêssego's. Porra, namoral. Namoral. Eu tenho vontade de pegar a cara de Cadu Sena e bater contra...

— Seu Ermes. — Sorri, amarelado. Um caubói fugitivo da polícia cumprimentando o cara que prega os folhetos de recompensa. *Não me pergunte como eu estou.*

— Como você tá? — Ele me soltou do abraço. — Meu Deus, a última vez que eu te vi, você estava se formando. Eu tava com seu pai antes de ontem, no churrasco do futebol beneficente dos Superpais de São Patrique.

— Ah. — Arqueei as sobrancelhas, sorrindo com os lábios fechados. Balancei a cabeça positivamente. *Superpais de São Patrique.* — Tô bem. E o senhor?

— E a faculdade? Tudo bacana? — Ele estava na casa dos 50 anos e tinha a aparência de um Golden Retriever. Parecia genuinamente interessado nas respostas, não passava a impressão de estar levando a conversa no automático, como eu estava fazendo.

— Tudo certo, também. — Comecei a coçar meu braço esquerdo instintivamente por cima da camisa. *Eu não sabia o que falar.* — Essa unidade é nova?

— É. — Ele sorriu, orgulhoso. — Agora eu tenho duas. A cidade tá mais agitada depois que fizeram uma rota alternativa na rodovia principal. Muito turista o tempo todo. Param aqui pra almoçar, pra dormir uma noite, pra conhecer. Essa estrada nova foi uma mão na roda pra gente. Seu pai que ajudou. A gente é muito grato. Vou votar nele sem pensar duas vezes.

Ah, claro. *Augustus Norr, o Superpai, para prefeito de São Patrique.* Mantive um sorriso falso no rosto.

— Pô, legal. — Foi tudo o que eu consegui dizer.

— Vamos marcar alguma coisa lá em casa antes de você ir embora, tenho muito carinho pelo seu pai. Filha de amigo meu é quase uma filha minha também.

— O que é isso, Seu Ermes. — *Pelo amor de Deus, não.* — Não precisa.

— Eu faço questão. — Sorriu, incisivo. — A Jade faz um ensopadinho de carne que é uma delícia. É de comer rezando.

Fiquei ali, parada. Fingindo que estava sorrindo.

— Você fica até quando? — Ele piscava os olhos de maneira formidável.

– Acho que até o fim do mês. – Lembrei de relance de todas as mensagens e ligações de Pilar que eu estava ignorando. – Não sei ainda.

– Mas fica pro casamento de sua avó, né? – Ele cruzou os braços, deixando escapar uma risada breve. – Seu Júlio é uma figura.

– Tô ansiosa pra conhecer ele. – *Essa conversa não acaba nunca.* – E pro casamento.

– Pede pro Cadu te levar lá na fazenda, é saindo de São Patrique, mas é aqui pertinho. Num instante vocês chegam lá. Cadu tá lá nos fundos, ele tá indo pra lá agorinha. Veio só buscar umas coisas pra Íris. Uma pena, vocês duas se desencontraram. Ela chegou ontem.

▷ POR ONDE ANDEI – ANAVITÓRIA

Eu estava no banco do carona, com a cabeça encostada na janela. Uma garrafa de vinho rosé balançava no meu colo, dentro da sacola plástica, enquanto as árvores passavam rapidamente do outro lado do vidro. Como imagens sendo transmitidas numa televisão. Como uma cena de uma das novelas que a minha avó gostava de assistir. Meu celular tocou algumas vezes, era Pilar. Coloquei em modo avião. As mensagens que meu pai mandou também tinham se acumulado, mas eu não estava com cabeça. Pedi pra Cadu Sena dirigir, eu estava cansada da viagem. Era verdade, mas também era mentira. Acho que Cadu Sena percebeu, porque respeitou meu silêncio. Eu que o quebrei para perguntar se ele gostava quando as coisas mudam. "Gosto das mudanças e das coisas ficando mais modernas, mas prefiro mesmo as coisas antigas, como eram." Eu sabia que ele estava falando de objetos e filmes. Mas, ao mesmo tempo, alguma coisa em mim sabia que ele não estava falando só disso. Ficamos mais um tempo em silêncio depois. Cadu me olhava de soslaio e depois voltava a se concentrar na estrada, então olhava de novo. Percebi que ele estava ensaiando dizer algo, porque tomou fôlego para falar algumas vezes e engoliu o próprio ar, sem falar nada. Me olhava, suspirava, desistia e repetia. Até que as palavras saíram.

— Édra, me desculpa por não ter te avisado que eu tava indo buscar algumas coisas pra Íris lá no Pêssego's.

Trincou alguma coisa dentro de mim, num minúsculo pedaço. Eu sabia que, se eu insistisse no assunto, ia chorar... No meio da estrada, num carro, com Cadu Sena. Balancei a cabeça discretamente para embaralhar meus pensamentos, respirei fundo e mudei o meu semblante.

— Você acha que ela vai gostar? — perguntei.

— Do quê? — Ele estava dividido entre me olhar e prestar atenção na estrada. As sobrancelhas demonstrando completa confusão. Meio "que merda você tá falando?".

— Do vinho. — Engoli em seco. — Você acha que minha avó vai gostar do vinho?

— Ah. — Ele suspirou, sem se impressionar com a minha mudança de assunto. — Bom — disse ele, fazendo uma curva brusca para fora da pista e para dentro do assunto novo —, isso você vai ter que perguntar a ela.

Entramos numa estrada de terra. Do lado esquerdo o sol estava começando a cair no céu, entrando no chão de uma imensa área verde plana. Uma paisagem repleta de colinas se desenhava ao fundo. Do lado direito, um emaranhado de árvores altíssimas formava um muro. O único som agora era o barulho da terra e das pedras na roda do carro, o carro balançando com o desnível. E então, um casarão branco com detalhes em azul-marinho se revelou à distância.

— Olha ela ali. — Ouvi Cadu dizer, mais baixo do que o meu coração batendo. A silhueta da minha avó, usando um delicado chapéu de palha, na escadaria da frente da casa, acenava para nós. Eu abri com tudo a porta do carro.

▷ ESPATÓDEA – ANAVITÓRIA

Eu gritei: "Vó." Assim que ouviu, ela deixou o chapéu sair voando. E eu comecei a correr. A correr como uma criança. Quando corremos na direção de quem amamos, ficamos em câmera lenta. Eu tinha uma garrafa de vinho rosé em uma das mãos, na outra, amor. A terra subindo com a minha sandália.

Elayne Baeta

Meu avô nas colinas, minha mãe no vento. Minha avó abrindo os braços. O sol laranja me dando impulso. Como eu disse, quando eu era criança, a minha avó adorava pentear os nossos cabelos combinando. Ela fazia tranças nela e em mim...

E qualquer pessoa que me olhasse bem, bem mesmo, naquele caminho de terra, me veria de trança

correndo,

"Aí as meninas começaram a rir e disseram que não vou poder dançar a coreografia, porque não tenho mais mãe."
"Mas tem vó. Vai dançar, sim, porque tem vó."

correndo,

"Não é pra chorar porque riram do seu short, passarinho. Toda menina na sua idade passa por isso. É normal, é seu corpo crescendo e mudando, por isso que sujou assim. Quem riu é besta. A gente liga pra gente besta?" "Não." "Pois é, a gente não liga pra gente besta."

correndo,

"Vai pra onde uma hora dessas, Édra?" "Vou num aniversário." "Avisou a seu pai também?" "Avisei." "E a bênção?" "Bença a minha avó." "Deus lhe abençoe, passarinho. Não é pra voltar tarde, não, quando der dez horas vou trancar a porta." "Viu."

e correndo.

"Vó." "Oi." "Descobri essa semana lá no trabalho que hoje seria Dia das Mães, feliz Dia das Mães, vó. A senhora é a melhor mãe do mundo." "E a melhor vó?" "Também."

Conforme eu ia chegando perto, a silhueta de minha avó tomava formas mais nítidas. De braços abertos para me receber, usava um vestido, brincos consigo ser mais. Porque estou tão acostumada agora com a minha versão mais contida, mais reclusa, menos corajosa e menos faiscada que se desenvolveu em mim, em Montana, que agora parece que a mudança de fato seria voltar a ser quem eu era. O engraçado é que, nesse caso, parece que estou de pé segurando camisas que não gosto, em lugares que não gosto, ouvindo músicas que não gosto, do lado da cama que não gosto, comendo comidas que não gosto. Numa infinidade de caminhos de bicicleta por ruas de Montana, tomadas por Bettas 2019, com pessoas que não se cumprimentam. Num céu azulado. É tudo o que eu conheço agora. É como sei viver agora. É a minha nova forma de existir. Não sei se vou saber mudar. Não sei se estou pronta para todas as coisas que ficaram para trás e que *também* mudaram.

    Eu estava encarando fixamente uma prateleira cheia de garrafas de vinho rosé. Cadu e eu arrumamos a casa, os nossos rostos, o carro com as coisas que precisávamos levar para a fazenda e fizemos uma rápida parada no supermercado, por causa de uma ligação que ele recebeu. Ele disse que precisava buscar algumas coisas. Eu pretendia chegar na fazenda antes do pôr do sol, então pedi que ele fosse rápido. E ele sumiu.

    Cadu Sena era quase do tamanho das prateleiras, mas ele não estava visível em lugar nenhum. Depois de dar uma volta inteira pelo supermercado procurando por ele, dei de cara com a seção de bebidas alcoólicas. Repleta de vinhos rosé. E entrei em transe. Eu estava completamente alheia à realidade. Minha cabeça martelava todas as mudanças que eu já tinha observado e absorvido até ali. A maioria através de relatos do próprio Cadu sobre a minha avó. Era conflituoso pra mim. Como um ringue de boxe. Meus ideais de que eu já estou velha demais pra ficar resetando toda a minha vida a cada inconveniência que aparecer *versus* a minha avó mudando drasticamente a vida dela na terceira idade. As mudanças da minha avó nocauteavam os meus ideais e todas as garrafas de vinho rosé pareciam bonitas, atrativas, *diferentes.*

    – Eu não acredito. – A voz familiar chegou primeiro, a mão no meu ombro chegou depois, a terceira coisa que chegou foi o meu nome sendo dito. – Édra Norr. – Eu me virei. – No meu supermercado.

    Não tive muito tempo pra reagir, quando me dei conta estava sendo abraçada por Ermes Pêssego. Meus olhos escancararam feito duas janelas.

coloridos, tamancos de madeira. Minha avó tinha mudado. Mudado para o que ela era *antes*.

Essa coisa, flutuando na atmosfera entre nós duas, é amor. Senti que voltei pro meu país quando finalmente nos abraçamos.

Todas as minhas versões correram pra ela. E ela abraçou todas. Especialmente, a uma pequena eu, que foi embora de São Patrique por um tempo, a deixando para trás.

— Que surpresa boa, minha filha, achei que tinha esquecido de sua avó. — Foi a primeira coisa que ela disse, minha cabeça deitada no ombro dela, suas mãos de amor nas minhas costas.

— Você é meu país, vó — falei com olhos fechados. O cheirinho dela, a respiração, a pele. Amor em tudo, tudo, tudo. — A senhora é meu país favorito.

— Simmy! — A voz de Cadu Sena surgiu atrás de nós.

— Dudu! — respondeu ela no mesmo entusiasmo, seu tom de voz vibrando ao lado de minha cabeça, repousada como um passarinho aninhado em seu ombro.

Me afastei para olhá-la melhor. E percebi a garrafa de vinho rosé na minha mão.

— Trouxe pra mim? — perguntou ela, sorrindo. Os dentes reluzentes numa dentadura nova. Estava linda. Os cabelos cortados, o rosto corado, os olhos brilhando mais que seus brincos. Fiz que sim com a cabeça, sem fôlego nenhum, completamente tomada de adrenalina. Foi a primeira vez que notei minha respiração desde que tinha descido do carro.

— Como você sabe que eu amo esse vinho? O mexiriqueiro do Dudu te contou?

— Fo...

— Eu não disse nada a ela, Simmy. — Cadu Sena me interrompeu. Minhas sobrancelhas se juntaram, uma interrogação pincelou o meu rosto. *Ele não estava fazendo o que eu achava que ele estava fazendo, estava?* — Ela que adivinhou.

— Conexão de vó e neta, meu filho — disse ela dando uma batidinha no braço de Cadu —, é coisa que não se explica.

Cadu Sena sorriu para mim acenando positivamente com a cabeça. Eu não sorri de volta porque não conseguia esboçar reação nenhuma sobre nada.

Continuei ali, respirando descompassadamente, assimilando todas as mudanças. Só percebi que estava chorando por causa do vento que assoprou com força o meu rosto e me fez sentir o molhado das lágrimas gelarem. Minha avó passou a mão na minha bochecha e pegou o a garrafa de vinho da minha mão, se virando em direção a porta de entrada do casarão.

– Vamos entrando, eu acabei de fazer um chá. – E se virando para mim mais uma vez, abriu um sorriso quente, vibrante, como um pôr do sol na boca. Tudo isso para dizer – Ah, a Íris tá aí.

▷ **POR ONDE ANDEI – ANAVITÓRIA**

6.

Quando cruzei a porta de entrada para o casarão da fazenda, a primeira coisa que eu vi foi o flash. O som mecânico inesperado estremeceu meu corpo num pequeno susto. Depois, foi se formando, como uma fotografia, a imagem de Seu Júlio, segurando uma câmera vintage prata e dourada. Os acabamentos da câmera em couro marrom combinavam com o suspensório que ele usava por cima de uma camisa vermelha xadrez dobrada nos antebraços, o pó branco do flash flutuando pelo ar revelando aos poucos o corpo de Seu Júlio se desenvergando da pose que fizera para ter o melhor ângulo para a foto. Ele se movimentava como se fosse uma árvore. Eu sei que uma árvore não se movimenta. Mas o corpo de Seu Júlio se levantando com dificuldade de trás de sua câmera vintage, poderia ter o mesmo som do tronco de uma árvore retorcendo. Tudo nele era mais antigo que seu corpo – a câmera, a roupa, os sapatos. Parecia estar coberto de poeira, de coisas guardadas, de tempo. E, ainda assim, havia algo triunfal em sua silhueta. Algo magnânimo. Era simploriamente elegante. Como uma árvore.

– Essa vai ficar boa – disse ele sorrindo, todo orgulhoso. – Agora só vocês duas.

Eu e minha avó nos abraçamos ao som dos passos de Cadu Sena se afastando do enquadramento. Eu sem jeito nenhum, ela orgulhosa, em seus tamancos de madeira Adélia Guimarães. Flash de luz. Pó branco. A silhueta de uma árvore. Seu Júlio. E a porta que atravessamos para entrar no casarão batendo.

— Agora só você, querida.

Seu Júlio sorriu com os olhos por trás de sua câmera. Minha avó me devolveu a garrafa de vinho e eu dei alguns passos para fora da moldura que Seu Júlio pretendia fazer. Cada passo meu fazia um som maravilhoso nas tábuas de madeira do chão da sala. Três sofás e duas poltronas formavam um quadrado perfeito ao meu lado. No centro de tudo, uma mesa de vidro acomodava uma escultura de araras de porcelana. Mantas e chalés davam aos sofás brancos um colorido artesanal. Eu sabia que tudo tinha sido costurado pela minha avó, porque pareciam versões muito maiores das minhas mantas de infância. Um aparador de mogno com portas de vidro sustentava a infinidade de porta-retratos pratas, dourados, de madeira, de ferro e todas as fotos subiam em molduras enormes que cobriam o papel de parede verde musgo da sala inteira. Cadu Sena tinha uma moldura imensa só para se exibir com um sorriso quase sem dentes e a bochecha encostada em um majestoso cavalo. Do outro lado, uma cristaleira imensa protegia de nós as xícaras mais delicadas que eu já vi. Minúsculos copinhos de cerâmica branca cujas alças formavam uma folhinha dobrada. Tão bonito, eu nunca beberia nada naquilo. Bules e taças e chaleiras e pratos com florestas inteiras pintadas. Numa travessa, exibida de frente em dois suportes de metal, retratava um dia de praia, pintado a mão. Os andares mais baixos da cristaleira eram fileiras de cassetes e DVDs. Estavam enumerados, subdivididos em categorias por etiquetas coloridas. O teto de madeira era robusto, rústico, forte, todas suas pilastras se uniam para o centro da sala, de onde se via o lustre de cristal valsando um espetáculo, de todos os objetos – a bailarina. Porque o corpo de seus cristais se curvava como uma cintura seguida de uma saia volumosa de ballet. O teto era uma áspera mão de madeira segurando as mãos para ajudar no giro de uma cristalizada bailarina. Fui varrendo os detalhes quando percebi, assim, mais atrás de tudo, sozinho numa parede, o maior dos quadros, onde na moldura dourada uma senhora sorria com um gato no colo. Os cachinhos prateados do cabelo cinza brilhavam como os olhos de Cadu Sena encarando-a do meu lado. Eu não tinha mais um avô e, pela saudade estampada no rosto dele, ele não tinha mais uma avó. Atrás de seu corpo, a continuação da vida. Seu Júlio envergava o tronco, minha avó passava suas pequenas mãos delicadas pelo tecido florido de seu vestido. *Flash.*

— O nome dela era Elizabete — disse Cadu Sena, ao meu lado. Fiquei observando o enorme quadro da senhora de cabelos prateados com seu gato. — E essa é a Bebel. A Bebel ainda é viva. *Eu acho.*

— Como assim *você acha.*

— É que, depois que vovó morreu, ela vive se escondendo. Parece um fantasma.

— Vocês chegaram numa boa hora. — Seu Júlio sorriu se aproximando de nós dois. A câmera pendurada na alça de couro balançando na frente de seu corpo. Colocou uma mão nas costas de Cadu e a outra no meu ombro. — Tem trabalho de sobra.

— O que o senhor manda? — perguntou Cadu, empolgado. Minha avó foi se aproximando por trás de Seu Júlio e sorriu para Cadu Sena de olhos fechados. — Não brinca! — Fogos de artifício explodiram nos olhos de Cadu. — Achei que fosse amanhã.

— É hoje. — Ela continuava sorrindo.

— Passou rápido, não foi, meu caju? — As cabeças dos pombinhos se encostaram.

— Caramba, um ano desde a *Valsa dos Brotinhos e dos Marotos*. Como eu pude errar o dia, se *eu* fui o DJ? — Cadu Sena balançava a cabeça negativamente.

— Hoje vamos dar uma festa aqui na fazenda, todo mundo vem — disse minha avó, sorrindo docilmente.

— Todos os *vivos* — emendou Seu Júlio, rindo.

— Juliano.

— Desculpe, Ana. Mas é a verdade. — Os ombros de Seu Júlio se ergueram. — A cada ano que passa, temos menos amigos. Depois do último surto de rubéola, quase ninguém vem. Chamamos as enfermeiras do lar de repouso, o pessoal da direção e os netos. Só cinco pessoas confirmaram até agora.

— Estou tão contente que você veio. — Minha avó me deu um abraço apertado.

Seu Júlio continuou falando:

— Pelo menos vocês estão aqui pra celebrar.

— E a Íris com as amigas da faculdade também — disse minha avó, suspirando. — Eu tô tão emocionada.

— Marcela veio? — Vi o exato momento em que os olhos de Cadu Sena arregalaram.

— Veio. Estão todas aí. — Minha avó se desconectou do nosso abraço, parecia afobada, tomada de alegria e adrenalina. — Nem desfizeram as malas ainda, chegaram cansadas.

— E Marcela tá onde?

— *Todas* elas foram conhecer o lago. Agora está próprio para banho. Não é *maravilhoso*?

Minha avó passava excessivamente as mãos pelo vestido, pelo cabelo, uma na outra. Tão bonita, tão energizada. Tão *diferente*. Diferente como *antes*.

— Bom, então... — Cadu Sena respirou fundo, mil dentes aparentes na boca. — É aqui que eu me despeço. Vou lá no lago.

— Não vai, não. — Seu Júlio segurou o braço dele, antes que escapasse. — Precisamos de braços. Achamos quatro. — *Meu Deus, os meus inclusos.* — Vocês vão me ajudar a pregar o varal de luzes lá nos fundos.

Minha avó me olhou com os olhos cheios de expectativa. E, de repente, seu sorriso desapareceu do seu rosto. Olhou para mim, olhou para Cadu Sena, olhou para mim.

— Vou buscar o kit de primeiros socorros lá dentro e quando eu voltar eu quero saber *o que foi isso* na cara de vocês dois.

— Já falei pra você parar de brigar com esses meninos, não falei? — Seu Júlio deu um tapinha de leve no braço de Cadu Sena. — Você já está no ensino médio, rapaz, precisa agir como um homem.

E todos na sala ficaram em completo silêncio. Minha avó olhou para Seu Júlio piedosa, para Cadu Sena amedrontada e para mim com uma certa cautela. Olhei para Cadu, mas ele estava olhando para o avô, entristecido. Fiquei confusa sobre o que estava acontecendo. Parecia que eu estava perdendo alguma coisa. Mas Cadu Sena relaxou o corpo e voltou a sorrir antes que o silêncio continuasse por mais tempo.

— Que tal o senhor ir adiantando as coisas e logo, logo Édra e eu te alcançamos, vovô?

— Verdade, querido, já, já anoitece. Daniel tá lá nos fundos pendurando os corações nas árvores. — Minha avó foi se aproximando de Seu Júlio com cuidado. — Ele pode ajudar com o varal e depois a Édra e o Dudu chegam para ajudar com o resto.

Seu Júlio sacudia a cabeça, confuso. Os olhos apertados buscavam respostas.

— É a nossa versão da *Valsa dos Brotinhos e dos Marotos* hoje, meu bem. Um ano desde que nos beijamos pela primeira vez. Nosso aniversário. Nosso dia. *Você é meu caminho, meu vinho...* — começou ela a cantarolar. — *Meu vício, desde o início, estava você...*

— *Meu bálsamo benigno* — continuou Seu Júlio.

— *Meu signo*. — Minha avó sorriu, iluminada.

— É hoje! — Uma lâmpada acendeu acima da cabeça de Seu Júlio.

— É hoje! — confirmou minha avó, o semblante mais calmo que antes.

— Vou adiantar as coisas — disse Seu Júlio e saiu risonho, o andar trêmulo e apressado. — Antes que os vivos cheguem.

Duas coisas que eu nunca tinha visto.

Uma árvore que anda e minha avó cantando Gal Costa.

Era uma cozinha enorme, digna de um cenário de programa de culinária. O *Manhãs com Dalva Dino* poderia ser gravado atrás daquele balcão de mármore enorme. No meio de tudo, a geladeira de duas portas e a televisão de vinte e duas polegadas presa na parede eram as coisas mais modernas que se podia notar. Todo o restante era antigo. A torradeira parecia ter visto as duas guerras mundiais e o micro-ondas estava lá quando o primeiro homem deu início às pinturas rupestres. Era a cozinha dos sonhos. Todos os detalhes na casa de Seu Júlio eram provençais. Sinto que se um rei desistisse de tudo e quisesse fugir para uma fazenda, esse seria o tipo de casa que ele construiria. Apesar da elegância, algo me dizia que nada disso tinha sido uma *escolha* de Seu Júlio. Ele estava mais para o micro-ondas pré-histórico do que para puxadores de gaveta em cerâmica e bronze. Ainda dava para espiar, da minha cadeira na cozinha, a avó de Cadu Sena e sua gata Bebel no quadro na sala. Isso porque havia uma ampla entrada, de onde viemos, que conectava tudo. Tudo que dividia a sala da cozinha era esse arco na parede, por onde se podia atravessar e chegar até aqui. A sala não era a única coisa que conseguíamos ver. Pela porta de madeira aberta, que dava para os fundos da casa, Seu Júlio e um rapaz desembolavam o varal de lâmpadas enquanto conversavam. Mesas e cadeiras de plástico por toda parte, esperando para serem arrumadas para a festa.

ENTRE OS MEUS MURMÚRIOS E OS de Cadu Sena, havia o som da chaleira apitando, da água borbulhando e dos tamancos de minha avó contra o chão da casa. Tudo cheirava a maracujá e a gengibre.

"Nós não vamos mentir, não tem pra que mentir, é só dizer como tudo aconteceu e pronto." "Você tá maluco?" "Ela vai entender que não foi de propósito." "Claro, meu olho tá roxo e a sua boca parece que passou por uma cirurgia plástica que deu errado, mas, sim, ela vai entender. Entender que a gente caiu na porrada." "A gente quem? *Você* me atacou, eu te acertei tentando me soltar." "Eu achei que você estava ficando com minha avó, só depois eu fui descobrir que você era gay." "Mas eu não sou *gay*." "Todo LGBT mente, o que você corre pra negar costuma ser o que você é." "Eu *realmente* não sou gay." "Sério?" "O que foi? Você queria que eu fosse gay?" "Que bonitinho você achar que eu fico querendo que você seja coisas. Eu nem penso sobre você." O silêncio que se seguiu durou menos de três segundos. "Bi." "Pelo amor de Deus, cara." "Você é bi, então." Comecei a rir baixinho. "Você não negou ser bi quando eu perguntei, porra, nem preciso pensar nas outras alternativas, você já se entregou todo nessa." "Achei que você não *pensava* sobre mim." "*Cadu Sena* é bissexual." "Você é insuportável." "É a verdade." "A verdade é que nos machucamos sem querer. E que eu sou hétero." "Você vai contar que brigamos pra uma senhora de idade que tá prestes a se casar com o seu avô?" "Sim. Eu prezo pela verdade."

"Aham." "Algumas pessoas são honestas, Édra. Eu sou um cara íntegro, não há nada que me faça ment..."

— Eram dois caras numa moto. — A voz de Cadu Sena atravessava o tecido áspero da gaze molhada com soro que minha avó aplicava no canto de sua boca. — Nós tivemos que parar o carro pra resolver porque eles estavam fechando a gente bem no meio da pista. O primeiro veio me bater, mas eu segurei a mão dele. *Assim.*

Faziam alguns bons minutos que Cadu Sena flexionava o braço e tentava parecer bonito em todos os ângulos possíveis, conforme a minha avó virava sua cabeça de um lado para o outro segurando-o pelo queixo, para aplicar a gaze com soro na boca dele. Estávamos eu, ela, ele e a pessoa que fez os olhos dele brilharem como dois lustres-bailarinas de cristal. Marcela, a amiga de Íris, tinha voltado do lago. Surgiu na cozinha de biquíni rosa. Ela disse: *"Com licença, Tia Símia, eu posso deixar o meu celular e os das meninas carregando aqui em cima?",* e Cadu Sena começou a mentir.

— Só machuquei a minha boca porque eu meio que me joguei na frente de um murro que iria acertar a cara da Édra. — Ele me lançou um olhar, implorando por aprovação. — Não foi, Édra?

Revirei meus olhos com tanta força que vi uma parte do meu cérebro.

— *Nossa.* — A amiga de Íris parecia impressionada. — Você foi tipo um herói. Hoje em dia isso é difícil as pessoas fazerem coisas desse tipo.

— Eu *jamais* deixaria nada de ruim acontecer com uma mulher. Quem me conhece sabe que...

— Pois é. — Balancei minha cabeça cinicamente, meus braços cruzados. — É que ele é um *cara íntegro.*

— Eu posso cuidar do seu olho, se você quiser. — Ela passou uma mecha do cabelo loiro e curto para trás da orelha. O corte caía reto cobrindo metade do pescoço dela. Parecia a filha mais velha numa mesa de café da manhã exageradamente feliz de um comercial de margarina. — Eu fiz enfermagem por um tempo.

— Legal. — Dei um sorriso breve. — Mas eu tô bem. Na verdade, o Cadu se machucou muito mais do que eu... — Pigarreei. — Na luta corporal.

— Você precisa avisar as meninas, querida — disse minha avó, sem desviar os olhos da pomada que aplicava no lábio do nosso herói —, que, quando

COISAS ÓBVIAS SOBRE O AMOR   97

anoitece, o lago fica cheio de borrachudos, e o caminho não é iluminado pra voltar. Então daqui a pouco é bom vocês já estarem em casa. – Minha avó se levantou da cadeira, limpando as mãos numa toalha. – Também para dar tempo de vocês ficarem prontas para a festa. A gente tem um problema horrível aqui com os chuveiros. Fica quente em um banheiro e gelado no outro. A fila pra tomar banho é demorada.

– Você sabe o caminho de volta, Marcela? – se intrometeu Cadu. – De volta pro lago? Eu posso levar você até lá, se você quiser.

– Não precisa. – Ela sorriu. – É bem aqui atrás, eu vim sozinha. As meninas nem saíram da água até agora. Vou avisar isso dos chuveiros e do horário. A gente é meio lenta pra se arrumar. Você não gosta, não? – perguntou ela.

– De tomar banho no lago? A água tá quentinha. Tá muito legal lá.

Só percebi que ela estava falando comigo porque ninguém respondeu.

– *Eu?* – perguntei, para confirmar. Mas não precisava, ela estava olhando pra mim. – Eu vou ajudar o Seu Júlio a arrumar as coisas da festa. O lago vai ter que ficar pra outro dia.

– Eu amo quando a água do lago tá quentinha. – Cadu se inclinou com o braço dobrado na geladeira, como se estivesse num filme de comédia romântica. – Bom pra nadar. Eu adoro nadar. – Flexionou os braços. – É uma atividade boa pro corpo.

– Sabe o que mais é uma atividade boa pro corpo? – Seu Júlio apareceu na cozinha atravessando nosso diálogo com seu jeito específico de caminhar. – Pregar varal de luz no quintal. – Segurei minha risada. – Bora, vocês dois estão me enrolando. Vamos pro telhado, que lá eu não posso subir.

Levantei da cadeira e fui arrastando ela de volta para o lugar que estava, quando senti a mão de Seu Júlio tocar as minhas costas, com cuidado.

– Desculpe estar te botando pra trabalhar, minha jovem – disse ele. – É que o tempo é curto, o trabalho é muito e as outras donzelas fugiram. No próximo serviço, você e Cadu descansam. – Seu Júlio lançou um olhar comedido para Marcela. – E *elas* trabalham.

– Estaremos prontas – respondeu ela ao olhar recebido, divertida. – Somos boas trabalhando em equipe.

– Por isso fugiram juntas – rebateu Seu Júlio. – Pode dizer para a líder da sua gangue que estou de olho nela. Nessas férias não vai ter isso de ficar ven-

Elayne Baeta

do novela o dia todo, comendo doce de compota. Vai trabalhar. Todos vocês vão. E meu lírio e eu – disse ele, abraçando vovó por trás – vamos apenas nos preparar para o grande dia.

– Não é bem assim, Júlio, as crianças também precisam se divertir. – Vovó sorriu, graciosa, segurando as mãos dele repousadas na frente da barriga dela.

– Onde tá o varal, Seu Júlio? – perguntei, para adiantar o trabalho. – Como faz pra pregar?

Seu Júlio mordeu a própria língua soltando a minha avó e indo com a palma da mão aberta na direção de Cadu Sena.

– *Percebe?* – Ele sacudia a mão, ameaçando dar palmadas nele. – A diferença de quem quer trabalhar. *Percebe?*

– Meu Deus, eu já vou pregar – Cadu revirou os olhos, arfando e se dando por vencido. – E depois eu vou lá no lago encontrar vocês – disse ele, dando uma piscadela de olho para Marcela.

Ela desconectou os celulares do carregador múltiplo na bancada com pressa e sorriu sem graça. "Tá bem, então a gente se vê lá", e saiu pela porta que dava para o quintal. Restavam apenas as gotas da água do lago que haviam pingado de seu biquíni pontilhadas sobre o chão. Cadu Sena deixou um suspiro escapar, aboballhado. Que idiota.

Seu Júlio, de costas para nós, abriu uma gaveta no armário da cozinha. Ele começou a retirar dela sem nenhum zelo uma série de ferramentas enferrujadas, empoeiradas e *pré-históricas de tão antigas*. Elas iam colidindo em um som tilintante no limpo, polido, requintado, chique balcão de pedra branca da cozinha. Minha avó olhava com reprovação, mas a boca sorria só pra um lado do rosto, apaixonada. O feitiço de ver quem amamos fazer a coisa mais estúpida e cotidiana do mundo... e achar bonito.

– O que falta fazer, vovô? – perguntou Cadu, preguiçoso. Analisando as ferramentas com um tédio sonolento.

– Tudo.

A primeira coisa que ouvi de Íris Pêssego depois de três anos foi sua risada. Estávamos em cima do telhado do casarão de Seu Júlio. Eu tava tonta de fome e de sede, Cadu tinha bebido toda a minha garrafa de água depois de pedir *dois goles*, batido quatro pregos (sim, estou contando) pra enrolar o varal e embolado o fio, mais do que já estava. O sol ia se pondo acima de nossas cabeças. Aquele laranja esplêndido, quente, hipersaturado que em toda minha vida só vi ser *forte* assim nessa região. Eu tinha feito uma pausa pra observar, uma gota de suor descia pela lateral da minha testa, vinha do meu cabelo molhado, dava pra sentir nos pelos da minha nuca e no resto de franja que tinha sobrado. Meu cabelo estava mais curto que de costume, mas grande o suficiente para parecer uma sauna na minha cabeça completamente desacostumada a pegar trinta e cinco graus num fim de tarde. O vento, quando passava, era leve como o sopro de uma criança na frente de sua vela de aniversário. Não era forte, mas era bom, era bonito. Só não fazia muita diferença no calor. Seu Júlio tinha dito que às vezes a noite esfriava muito e às vezes o dia era mais quente que em São Patrique. Ele só tinha esquecido de mencionar que no telhado estaríamos sendo lambidos pelo sol. Parecia um pouco disso. O sol se pondo no horizonte era um segundo, que chegou finalmente depois de tanto a gente cantar sobre isso. Tinha dobrado a camisa que eu estava no braço e aberto a maior parte dos botões. Cadu me emprestou uma calça que não lhe servia mais (e que me engolia, tive que dobrar na cintura e dobrar no calcanhar para caber), tudo só me fazia superaquecer como se eu estivesse girando dentro de um prato no micro-ondas antigo de Seu Júlio. A gota de suor alcançava a minha sobrancelha, o sol cegava os meus olhos, passei o braço na minha testa contemplando o céu do fim de tarde e no silêncio disso tudo Íris Pêssego começou a rir. Meus pés descalços foram procurando brechas no topo do telhado para ir seguindo o som. Ainda que não desse para ver nada além das telhas.

"Primeirinha", disse alguém.

"Primeirinha nada, avisei do horário, eu tomo banho primeiro."

"Seu cabelo é curtinho, Marcela, fala sério. Vai secar super-rápido", alguém respondeu. "Vocês trouxeram secador?"

"Eu pretendia usar o seu."

"Eu não trouxe secador, ia passar do peso da mala se eu trouxesse tudo."

"Será que a avó da Íris tem?"

"Não é a avó dela, não."

"Tanto faz, é como se fosse. Dá pra pedir pra avó dela?"

"Mas será que ela tem? Hum, Íris?"

"Íris?"

"*Shhh*. Olhem", disse *ela, era a voz dela. Ela* disse: "Olhem o pôr do sol, que lindo!"

▷ BEIJA EU – MARISA MONTE

A voz estava diferente, mas ainda era dela. Não era mais tão aguda como antes. Parecia mais, bom, um tanto, só um pouco... *diferente*. Diferente é a palavra. Era só isso. Tinha mudado, de maneira sutil, mas mudado. Eu sabia que era ela. O vento da criança soprando suas velas de aniversário passou pelo meu rosto, entrou na minha camisa, fez cócegas na minha nuca. Fechei os olhos por um instante, senti o pôr do sol antes de olhá-lo de novo. Se eu desse mais um passo pra frente, cairia do telhado. Estiquei meus braços a procura de equilíbrio. E ouvi a voz de Cadu Sena se mesclar com todas as outras, bem abaixo dos meus pés.

"Marcela", disse ele, tinha descido do telhado sem eu *sequer* perceber. *Esse filho da...* "Eu posso perguntar pra Simmy se ela tem secador pra você."

"Cadu!", gritou Íris. *Gritando a voz dela era mais como antes.* "Me põe no chão!" As risadas de todo mundo harmonizaram num som só.

"Nem me chamou, né, pro lago", resmungou ele. "Sua falsa!"

"Você nem tava aqu... *Meu Deus!*", silêncio. "O que foi isso na sua boca?"

"*Isso* aqui é uma longa história..."

"*Comece contando!*"

As vozes foram se afastando para dentro da casa. "Eram dois caras numa moto..."

Respira, expira. Respira, expira. Respira, expira. Respira, expira. Respira.

— ÉDRA! — O som oco das batidas na porta ao meu lado ainda era mais baixo do que o da minha respiração ofegante dentro do blazer. — Eu preciso escovar os dentes, você está há mil horas aí dentro.

Expira. Eu estava segurando a pia bem firme. Meu reflexo trêmulo no espelho me encarava de volta. *Respira, expira. Respira, expira. Respira.* As batidas de Cadu Sena na porta continuavam. *Expira.*

— ÉDRA — CHAMOU MINHA AVÓ, horas antes, quando eu desci do telhado.
Eu tinha terminado de pendurar o varal sozinha. Vi quando o céu laranja se azulou e a noite foi esfriando, a brisa suave e tímida virando rajadas de vento encorpadas e geladas, balançando os corações de cartolina vermelha pendurados nas árvores do quintal. Lá embaixo, as mesas já estavam arrumadas, todas com toalhas quadriculadas em vermelho e branco, como um enorme piquenique noturno. Uma cestinha de palha com doces, pipoca e maçãs do amor embaladas em papel celofane era o centro de todas elas. Parecia uma festa junina temática de "barraca do amor". Corações maiores balançavam ao vento, amarrados no varal de lâmpadas que corriam em bolinhas de vidro de um lado ao outro, se cruzando diversas vezes e tomando todo o céu do quintal. Olhando de cima, tudo o que eu via estava abaixo dos fios que eu tinha ajudado a pregar. As cadeiras plásticas estavam vestidas com uma manta vermelha de crochê. Todas. "A.S. + J.S." bordado em branco. Várias mesas de plástico foram enfileiradas juntinhas para formar um longo balcão de buffet. Estavam arrumadas com vasos de vidro cheios de flores coloridas, recém-colhidas, frescas e exuberantes. Pequenos corações picotados espalhavam-se pelas toalhas brancas e vermelhas que se misturavam uma por cima da outra para cobrir todas as cinco mesas. Cinco mesas de um só buffet, composto por recipientes enormes de cerâmica e metal que falhavam em esconder com suas tampas de vidro as comidas de minha avó. O cheiro vinha com o vento. As louças expostas não eram as mesmas da cristaleira na sala, mas eram tão bonitas quanto. As barras das toalhas balançavam discretamente, fazendo uma taça ou outra ameaçar cair. Tudo já estava bastante bonito só com a iluminação das arandelas presas na parede do casarão. Elas deixavam o quintal

inteiro à meia-luz, mas foi o varal mesmo quem deu a vida e tornou tudo mais saturado, no amarelo-quente de cada pequena lâmpada. O resultado do meu trabalho, nem eu mesma tava esperando. "A hora é agora, vou ligar", gritou Seu Júlio. E tudo se acendeu. Todos os tons de vermelho de todas as coisas e todos os mínimos detalhes que não se viam antes, nítidos, embaixo das luzes do varal de Seu Júlio. Que, modéstia parte, *eu* tinha pregado. Seu Júlio se afastou no quintal pra conseguir me ver em cima do telhado. Quando me viu, fez um sinal de sim com o seu polegar. Agora, apesar de não querer, eu *podia* descer. Olhei para o céu denso, estrelado, azulado da noite. O céu do tempo todo em Montana. Tirando a parte das estrelas.

Pilar começou a fazer um rabo de cavalo na minha cabeça.

"Foi o que eu li", disse ela, passando o elástico por todas as mechas. "Se você encontrasse um amor seu antigo, *like* [tipo], de quando você era adolescente *or something like that* [ou uma coisa assim], as chances de você se sentir *the same way* [do mesmo jeito], são improváveis demais. Porque os amores da juventude só são intensos por causa dos hormônios e essas coisas. Esse amor exagerado não existe na vida real. O amor adulto é diferente. E é mais forte, porque *é* mais real." Ela se virou para mim. "É uma boa teoria, eu acredito nisso."

– Aqui, querida – continuou me chamando minha avó –, aqui dentro. Venha vindo.

Deixei o martelo de Seu Júlio na gaveta que o vi abrir mais cedo e fui seguindo o chamado de minha avó com muita cautela. Parecia que eu estava caminhando num campo minado. Cada passo, uma hesitação. Fiquei olhando de um lado pro outro até me deparar com um corredor cheio de fotografias e dei de cara com uma porta semiaberta. Uma luz azulada iluminava de dentro pra fora. Quando cheguei na entrada, minha avó estava de pé, passando numa tábua o meu blazer de formatura, o mesmo que eu tinha usado pra viajar. Lavado, limpo, cheiroso e tomando uma forma decente, desamarrotada. Na mão dela? O ferro de passar. Na intenção? Amor. Na televisão? *Novela*.

– Quando a senhora lavou isso?

Fui entrando, tentando não encostar em nada. Eu tava suada e suja do serviço no telhado e tudo no quarto era branco, limpo e polido. Vários detalhes de vidro. Um cheiro bom no ar. Cheirinho de vaidade de vó.

— Peguei sua mala e lavei todas as suas roupinhas. — Ela sorriu pra mim. — Botei na lava e seca, sai quase pronta. Mas gosto de passar, porque fica mais do *meu jeitinho*.

— A senhora... — O ar de uma risada que não se completou saiu do meu nariz — Eu não sei, não.

— Como você tá se sentindo, querida? — Ela voltou a passar a roupa prestando atenção na televisão. — Sabe, essa novela nova não é muito boa. — Ela virou a manga do meu blazer de lado. — Não gosto do casal principal, mentem muito um pro outro.

— Como é o nome dessa?

— *Frutos proibidos*. — O ferro deslizou quente pelo tecido. — Tô esperando eles se resolverem de vez, pra ver se volto a gostar dela. No início era bom.

— Às vezes o casal não fica junto na novela, vó, acontece. Depende da história — falei, dando de ombros.

— Ainda bem que na vida real não é assim, né? — Ela se virou para mim. O sorriso calmo. O rosto descansado, sábio. — Já pensou? Não poder decidir as coisas por causa do roteiro dos outros?

— Bastante ruim mesmo.

— É... — A cabeça cheia de bobes e presilhas se virou para a televisão de novo. — Eu também acho. Na verdade — disse ela olhando pra mim por cima do ombro —, não acho ruim, não. Acho uma pena.

— Eu posso usar que banheiro pra tomar banho, vó? — perguntei, virando uma esquina contrária ao assunto.

— Hoje você pode usar aqui o meu e o de Juliano mesmo. — Suas mãos delicadas abotoavam o meu blazer. — No quarto que você vai ficar, tem banheiro. Mas o chuveiro tá meio ruim. Vou pedir pro Daniel, o menino que trabalha aqui na fazenda, ver isso amanhã.

— Tudo bem, vó, sem problema.

— Olha que beleza. — Ela ergueu meu blazer no ar. O blazer da minha formatura. Todo passado. Como *novo*.

— Obrigada, vó. — Sorri pra ela. — Não precisava!

— Ô minha filha... — Ela deixou o blazer repousado sobre a tábua e se aproximou de mim. — Seu pai me contou que você tá indo bem no seu curso, trabalhando na sua área lá em Montana. Se esforçando muito pra ficar mandando dinheirinho pra sua avó, pra pagar meu plano de saúde, minha cirurgia do olho. Os passeios, o lar de repouso que eu tava ficando, a Judite, que é minha cuidadora, me ajuda em tudo. Tanta coisa que você faz por mim. O que é, minha filha, passar um blazer pra você?

Na televisão, dois caras discutiam. "Como posso falar a verdade, me diga? Ela nunca entenderia isso, Juan Pablo." "Tente ao menos, Diego. Vai largar a chance de um grande amor?" "Estou fazendo o que eu posso como eu posso." "Está deixando pra trás o amor de sua vida para manter de pé um castelo de mentiras." "Ela não pode ser o amor da minha vida, Juan Pablo." O personagem Diego olhou para mim através da televisão. "Ela é *o fruto proibido*."

— Minha Nossa Senhora das Telespectadoras — resmungou minha avó. — *Odeio* essa novela.

MEU PAI TAVA MENTINDO PRA MINHA avó. Ele tava mentindo pelos últimos *três anos*. Ela não sabe que é dele o dinheiro de tudo. Ela acha que é meu. Provavelmente é por isso que tá aceitando de bom grado. Porque ela acha que é meu. E que eu sou feliz em Montana, com um emprego que dá dinheiro suficiente pra eu me bancar por lá e pagar todas as contas e necessidades especiais dela por aqui. O que eu posso falar? Oi, vó, tudo bem? Então, eu prefiro trabalhar num delivery de comida brasileira pedalando numa bicicleta que nem é minha do que estagiar em *"business"*. Então, todo esse tempo, quem tá te dando dinheiro é Augustus. Surpresa!

Ou melhor: Oi, vó. Odeio Montana. Muito. Tudo lá é horrível. Mas preciso continuar lá porque, adivinha? O dinheiro que paga todas as suas coisinhas vem de Augustus, que me chantageia a continuar estudando do outro lado do oceano pra continuar arcando com isso. Surpresa! Pode começar a se sentir culpada a partir de agora. E, como eu te conheço bem, pode passar a recusar todo o dinheiro que você precisa pra, a senhora sabe como é, *viver*.

Eu sou uma otária. E uma covarde. As duas coisas ao mesmo tempo. No topo das duas, estou sendo o que mais me enoja na terra: uma merda de uma mentirosa.

Agora, se eu quiser que minha avó continue andando por aí com tamancos de madeira, tomando vinhos rosé e vivendo a vida. Uma vida de fato, depois de décadas dedicadas a todo mundo menos a ela mesma. Se eu quiser, se eu realmente quiser que isso continue acontecendo, vou ter que mentir. Vou ter que ser Diego na porra da televisão. Em *Frutos Proibidos*, ou seja lá qual for a merda do nome dessa novela. Porque eu vou precisar disputar pelo Oscar de melhor atriz fingindo que eu adoro Montana, que eu tenho um emprego maravilhoso lá (nada contra, Seu Garrilho, eu realmente gosto do Croquete Cabana, mas vamos ser honestos) e que eu sou feliz. Feliz morando naquele fim de mundo azul do caralho. Quando eu finalmente acho que fiz um mísero progresso sobre ser sincera comigo mesma e dar um passo para fora dessa teia de ilusões que eu criei durante todo esse tempo, eu vou ter que voltar mil passos.

Minha cabeça começou a dar voltas e voltas e voltas num emaranhado de pensamentos e tudo isso foi se acumulando dentro de mim, formando uma crise de ansiedade no meio do meu banho. *Claro*. Porque era só o que faltava.

Quis desistir de tudo. Quis procurar uma passagem de volta pra Montana; subir num avião; mandar uma mensagem pra Pilar fingindo que nada aconteceu, porque ela é tudo o que eu tenho naquele lugar, que é o lugar que eu vou ter que ficar pra sempre; vomitar; que a espuma do xampu nunca acabasse e eu pudesse ficar ali embaixo do chuveiro por oito horas seguidas; Quis procurar Íris pela casa, pra ver o rosto dela depois de três anos. Eu tinha mudado um pouco. Meu rosto tinha mais cara de, hum, o rosto de uma mulher. Eu continuava com meu semblante de bebê de sempre. Minha cara vive uma eterna adolescência, ser baixa não ajuda. Mas tinha algo de diferente. No meu reflexo, no meu rosto, na minha aparência. Não sei direito. Me perguntei se também tinha algo de diferente no rosto de Íris. Se seria uma diferença sutil, como na sua voz. Se quando franze o nariz, como quando grita, tudo volta a parecer como antes. Não posso abandonar a minha avó nas vésperas de seu casamento. Tudo o que eu faço é pela felicidade dela. Não posso fugir só porque não sei com que cara encarar Íris Pêssego quando eu tiver de frente para ela. Não que eu pretenda ficar de frente para ela em momento algum. *Será que ela sabe que eu tô aqui?* Não quero ficar pensando sobre isso. Cadu contou, tenho certeza. Quero ir embora. Quero que a teoria de Pilar seja um fato. Quero que Juan Pablo se foda, ele não entende que algumas coisas são maiores do que *escolher o amor*. Essa novela é toda idiota. Eu vou vomitar no meio do meu banho. Minha cabeça vai explodir.

Pilar está prendendo o cabelo. *"Você acha, Édra? Você acha que o amor adulto é mais real ou você acha que o amor adolescente é indomável?"* Íris Pêssego está andando de bicicleta. *"Hein, Édra?"*

– Édra? – Ergui o meu olhar do ralo na pia para o meu reflexo no espelho mais uma vez. Respirei fundo. Expirei. *Ok.* Ok, são só as férias de verão. Eu não vou morrer.

– Édra, eu *realmente* preciso escovar os dentes, cara. Sério – continuou Cadu, do outro lado da porta. – Eu quero ficar pronto antes que as meninas desçam.

Pressionei a descarga do banheiro pra disfarçar. Estava na suíte dourada e azul-turquesa que o Seu Júlio dividia com minha avó no casarão. Todas as minhas coisas estavam num canto do quarto dela, eu tinha me arrumado aqui, como ela tinha dito que eu poderia. E Cadu Sena tinha passado os últimos trinta minutos ajeitando o cabelo dele com gel e me perguntando se eu tava ansiosa. Eu tava. É por isso que eu tinha me trancado no banheiro. Porque eu tava tentando conter uma crise de ansiedade que insistia em se manifestar. Cadu Sena queria ficar pronto pra curtir a festa. Eu queria vomitar. A toalha branca da minha avó me trouxe de volta pra terra. "Ana Símia" bordado em azul com um cisne ao lado. Até as toalhas dela são bordadas agora. Porque eu pago por isso com meu trabalho imaginário na minha cidade perfeita imaginária. Foda-se. Tô grande demais pra ter crise de ansiedade porque uma menina que eu nem sequer posso chamar de ex está em algum lugar na mesma casa que eu. Foda-se. Na pior, ou melhor das hipóteses, junto ao meu emprego perfeito imaginário, meu dinheiro imaginário e minha vida imaginária, minha "não reciprocidade" imaginária também exista. Íris Pêssego acha que eu terminei com ela por causa disso. Ela nunca me disse uma palavra. Talvez ela me odeie. Talvez ela nem me cumprimente. E eu tô aqui criando cenários ridículos e ficando ansiosa à toa. Provavelmente a gente vai se ignorar durante essa viagem inteira. E depois eu volto pra casa. Pra todas as minhas mentiras. E mantenho minha avó com toalhas bordadas cheias de cisnes. É. Foda-se.

— Você tá bem? — Foi a primeira coisa que Cadu Sena disse quando eu abri a porta. — Você parece meio...

— Eu tô ótima, *Miss bíceps*. — Sorri. — Onde o seu avô guarda as bebidas?

— Meu Deus, Édra. — Ele sorriu de volta. — É *disso* que eu tô falando.

— Não era disso que eu tava falando. — Cadu Sena me olhou, preocupado. Eu estava tentando equilibrar três garrafas diferentes nos meus braços. — Isso é cachaça de fazenda, Édra. Fermentação natural. É o diabo, se ele fosse líquido.

— Ah, vai se foder, Cadu — arfei, me levantando da dispensa secreta do avô dele. Onde os "diabos líquidos" estavam escondidos. — Pegue uma pra ajudar.

— É sério. — Ele agarrou uma garrafa, pálido. — Eu não acho que a gente deva beber isso tudo.

— *A gente?* — Bati as portas do armário. — Eu tô pegando *pra mim*.

— Édra.

— Tô brincando. — Dei uma cotovelada nele, tinha uma garrafa em cada mão. Dois diabos. — Antes sobrar do que faltar.

— Na terceira dose — disse ele e desligou a luz da dispensa — a gente vai morrer.

— *Putz...* — Fui seguindo seus passos no escuro até a saída. — *Mal posso esperar.*

A primeira foi Marcela. Cadu Sena e eu estávamos saindo da dispensa secreta de bebidas do avô dele, quando Marcela surgiu no topo escada do hall que conectava todos os cômodos da casa. No andar de cima, ficavam os quartos de visita, outros banheiros e eu sei lá mais o que. Marcela estava usando um curto vestido florido de cetim. Quando a viu, Cadu Sena me puxou pelo braço e ficamos atrás da parede, espiando. "Droga", sussurrou ele. "Droga, droga, droga. Elas ficaram prontas primeiro. Agora vou ter que ensaiar do zero a porcaria do assunto que eu queria puxar." Revirei os olhos. "Cara, você..." "Fala baixo." Ele me olhou, furioso. "Elas estão vindo. Vão passar pela gente. Não quero que Marcela me veja agora." *Pelo amor de Deus.* "A loira é a Marcela. Essa, que tá vindo, de cabelo preto é a Suri Lee, ela é muito gata, mas é lésbica." Ele disse sobre a menina de vestido verde de pelinhos que tinha surgido como se fosse algo *horrível*. Eu dei um soco de leve no braço dele. "Calma, não quis dizer *isso*. É só que pra mim ela sempre foi *indisponível*."

As meninas estavam rindo no topo da escada. Pareciam estar esperando alguém.

Íris Pêssego.

Quando me dei conta do que eu estava prestes a ver, coloquei uma das garrafas no chão e comecei a girar a tampa da outra. "O que você tá fazendo?", perguntou Cadu, impaciente. "O que parece?" "Guarda isso, vai fazer barulho." Foda-se. Virei um longo gole da cachaça artesanal de Seu Júlio. Meu gole dava umas duas doses juntas, facilmente. Desceu rasgando. Meu corpo inteiro sentiu o calafrio. Teor alcóolico de um milhão por cento. Cadu não tinha mentido. Minha cabeça fez tudo o que eu estava olhando girar antes de voltar pro lugar. Cadu me olhou querendo rir. "Eu disse. Mais uma gota disso e você morre." "Eu não vou mo..." "*Shhh.* Elas vão descer. *A Íris chegou.*"

Talvez pela cachaça, talvez pela novela, talvez pela minha eu de dezessete anos andando de bicicleta dentro do meu peito, talvez por isso, Íris Pêssego na minha visão tonteada, surgiu se movendo em câmera lenta. Passou entre as amigas segurando um longo vestido preto com as duas mãos. Como uma travessura, Marcela esperou que ela desse o primeiro passo no degrau da escada para puxar o palito de madeira que segurava no topo de sua cabeça todo o seu cabelo num coque. Até a risada de Marcela eu escutei em câmera lenta. A outra amiga, Suri, também se divertia com a cena, se movendo todas *bem* devagar. As risadas agudas se misturavam tocando arrastadas no meu ouvido, como um disco de vinil quebrado. O cabelo de Íris começou a se desenrolar para baixo sem nenhuma pressa. Quando ela percebeu, começou a sorrir.

Os pés dentro de sandálias rasteiras pretas, de tiras finas, como as alças de seu vestido. Um anel prata brilhando no dedo do meio do pé direito. *Detalhista. Delicada.* A barra do longo vestido preto alcançando o calcanhar. As mãos segurando o tecido pra conseguir descer pelos degraus sem pisá-lo. Cada passo, uma parte do cabelo castanho que se soltava, escondendo o rosto. O decote no vestido ia até o início da barriga, terminava pouco antes do umbigo. Ele não aparecia, mas não se podia dizer o mesmo da infinidade de pintas, castanhas como seu cabelo, uma constelação espalhada por toda parte. Os seios pequenos não se desenhavam muito no decote, deixando para destaque, além de um fino cordão prateado com um pontinho de luz na ponta, as clavículas, marcadas, que acomodavam a alça fina do vestido. Outro passo e mais uma parte de seu cabelo se soltava. Agora, as amigas a acompanhavam na descida. Coitadas, mal apareciam. Não parecia que tinha ninguém naquela escada além dela. Não parecia que tinha ninguém naquele hall de entrada, além dela. Esqueci até mesmo que Cadu existia. Esqueci que *eu mesma* existia. Nem tinha mais certeza se eu estava respirando, mas *ela*, ela estava. O peito inflava de ar, levantava levemente as clavículas, as alças iam junto, respirar movimentava quase imperceptivelmente o vestido. Outro passo e mais um pouco de seu cabelo se desarmava. Sedoso, iluminado, castanho. Soltando-se com preguiça. Parecia uma menina acordando, se espreguiçando, se revelando em ondas a cada degrau. E a cada degrau, maior em comprimento. Os fios encorpados e ondulados escondiam o rosto que eu queria poder ver direito. *O fruto proibido, a cachaça, os anos que se passaram.* Muitas coisas ao mesmo tempo presas nos seus passinhos calculados, no seu anelzinho de prata brilhando no dedo do pé, nos aneizinhos de prata nos dedos das mãos, no bracelete que brilhava discretamente por trás dos cabelos. Parecia que eu não estava olhando pra ela, a Íris que eu deixei pra trás, *mas parecia que eu estava.* Ela tomava todo cuidado para não tropeçar no vestido e quem estava tropeçando nela inteira era eu.

No último degrau, levantou o queixo. O cabelo terminou de cair na altura da cintura. A boca entreaberta, o olhar procurando algo de longe. O rosto, antes mais arredondado, estava marcado. Tinha mais formato. As maçãs mais desenhadas, o maxilar mais rígido, o contorno do queixo mais destacado. O nariz, pequenininho, arrebitado, teimoso, estava *igual*. Sem óculos os olhos pareciam maiores. Dava para vê-los melhor sem as lentes de vidro como escudo. Sua sandalinha rasteira atingiu o chão. Meu corpo se contraiu por inteiro. Cadu Sena me puxou mais para trás, pelo braço. E ela passou sem me ver, sem sequer saber que eu estava ali, a passos dela. O cabelo foi indo de um lado para o outro conforme ela se afastava, encorpado e brilhoso, varrendo o vento. O quadril desenhado com os movimentos do tecido de seu vestido. Foi assim. Vê-la depois de três anos foi assim. Pode ter durado três horas ou doze segundos. Eu nunca vou saber dizer, porque o tempo passou diferente. Íris Pêssego foi embora deixando um rastro de perfume frutado, um cheiro adocicado, que tentei guardar nos meus pulmões respirando fundo. Suri e Marcela seguiram logo atrás. Desapareceram de vista.

O barulho de algo quebrando trincou a minha fantasia e me trouxe de volta para a realidade.

— Caramba, Édra — reclamou Cadu, revoltado. — Você *quebrou* a garrafa. Agora a gente vai ter que limpar isso tudo. Eu todo arrumado já. A gente vai ter que... — *E eu parei de escutar.*

Parei de escutar Cadu Sena. Meu estômago girou e girou e girou dentro de mim.

— Onde tem um banheiro? — perguntei, em êxtase. — *Eu preciso vomitar.*

— *O quê?!* Ah, não, Édra. Tá brincando. Meu Deus, eu te avisei que... — *E eu parei de escutar de novo.*

▷ BAD DECISIONS – THE STROKES

SAÍ ANDANDO, TONTA, DESNORTEADA, VENDO AS coisas meio duplicadas, meio lentas, meio arrastadas, meio supernítidas e depois embaçadas. Fui instintivamente refazendo os caminhos da casa, uma mistura de intuição com fragmentos do que eu me lembrava. Meus braços esticados na minha frente, segurando nas coisas, apalpando paredes, em busca de um banheiro. Uma senhora deslizou de trás de uma porta, secando as mãos em um papel toalha. Esperei que ela se virasse e entrei o mais rápido que pude. Girei a chave no trinco. Meu corpo se encostou de lado. Minha respiração rebatia na madeira da porta e voltava pro meu rosto com o cheiro doce da cachaça artesanal da dispensa secreta de Seu Júlio. O estômago revirando. Meu corpo fervendo dentro do blazer. *Respira, expira. Respira, expira. Respira, expira. Respira, expira. Respira, expira. Respira,* a voz de Pilar tocando como um disco na minha cabeça.

"*Você acha, Édra? Você acha que o amor adulto é mais real ou você acha que o amor adolescente é indomável?*" Expira. Respira, expira. Respira. Expira. Respira,

"*Hein, Édra?*"

Três batidas na porta, o tremor ressoando na minha bochecha. *A imagem da boca entreaberta de Íris Pêssego.* Expira. Respira, Ex...

– Édra?

7.

▷ I ONLY HAVE EYES FOR YOU – THE FLAMINGOS

Eu li *Romeu e Julieta* quando tinha dezesseis anos. O amor é traiçoeiro. Não faço ideia de qual foi a reação de Íris Pêssego ao me ver pela primeira vez depois de todo esse tempo. Quando olhei pra ela, ela já estava olhando pra mim. Marcela rindo de algo que dizia em seu ouvido, Suri Lee entretida com uma maçã do amor. Corações de cartolina vermelha voando numa árvore ao fundo.

A boca entreaberta. As mãos segurando uma taça com vinho rosé pela metade. O vidro encostado na pele, entre os seios, exposto no decote do vestido. Engoli em seco. Meus dentes se apertaram dentro da minha boca, a pressão travou o meu maxilar.

"Está tão crescida." "Sim, morando bem longe, essa é a parte mais difícil." "Sozinha, Ana?" "Sozinha. Lá em Montana." "Faz um frio terrível, não é, minha filha?"

Cadu Sena atrapalhou meu campo de visão, parando na frente de Íris com duas taças cheias de vinho. Uma taça ele ergueu para Marcela, a outra ficou com ele. Marcela agradeceu olhando meio de lado. De costas para mim, ele disse algo que fez Suri balançar negativamente a cabeça. O blazer de Cadu Sena era o mesmo da coletiva de imprensa com os Jovens Prodígios do Esporte, onde ele ganhou prêmio como um dos melhores jogadores de futebol do Colégio São Patrique. O meu blazer era o mesmo da formatura. O vestido de Íris não era o mesmo de nada.

Meu corpo inteiro arrepiado. Anos de coisas que não foram ditas. Depois que terminamos, Íris trancou todas as redes sociais. Mas eu parei de segui-la primeiro. Não fazia sentido ficar ali, assistindo, enquanto ela desbravava um mundo sem minha silhueta em cada foto, porque eu estava longe demais para participar. E ocupada demais mantendo uma mentira que fizesse ela ter coragem de se distanciar cada vez mais de mim. Sem olhar pra trás.

As meninas começaram a rir de algo que Seu Júlio disse, conforme ele se aproximava com a câmera. Seu Júlio estava vestindo um conjunto de roupas brancas, bem passadas. O cabelo penteado para trás disfarçava as falhas da calvície, os cachos que conseguiram sobreviver ao tempo se formavam no fim da nuca, eram prateados de tão brancos e estavam endurecidos por uma camada de gel. Ele era um noivo bonito.

Cadu se abaixou no chão e sorriu com os dentes a mostra. Suri sorriu com os lábios selados e melados pelo caramelo da maçã do amor que segurava, Marcela erguia as sobrancelhas finas e douradas em surpresa, parecia não saber o que fazer. Íris Pêssego não tinha uma pose. Íris Pêssego estava olhando pra mim. Podia perceber seus olhos piscando em câmera lenta. Senti que ela podia ouvir a minha respiração descompassada. Meu coração estava batendo no meu pescoço. Segurei o ar por poucos segundos. Engoli em seco.

Flash.

Ouvi a voz da minha avó me chamar como se estivesse saindo do fundo de um poço no meu inconsciente. Mais distante do que o barulho da câmera de Seu Júlio.

— Sim, é. — Sacudi a cabeça, desnorteada, redirecionando a minha atenção para ela. Tudo voltou ao normal, a temperatura, a velocidade das pessoas, os barulhos da festa. Minha avó estava com um conjunto de saia e blusa de chiffon. O cabelo arrumado. Linda. Sua amiga, uma outra senhora com uma bengala de madeira e um vestido de plumas extravagante, esperava minha confirmação para sua pergunta óbvia. — Faz bastante frio em Montana.

— Não disse, Afonso. — Ela entortou a cara para o marido, completamente distraído ao seu lado, observando o remake da *Valsa dos Brotinhos e dos Marotos* com os braços para trás das costas. A cabeça balançando trêmula, como uma tartaruga de cem anos. — E você querendo ir pra lá um dia.

— Hein? — perguntou ele.

— Montana — repetiu ela. — Faz frio lá.

— Onde?

— Em Montana.

— O que tem Montana, Ivone?

— Faz frio lá.

— Tenho vontade de ir. — Ele me olhou, como uma tartaruga de cem anos me olharia. — Meu amigo Kleber, que fiz na minha época de marinheiro, pescou no mar aberto da base naval de lá um peixe de cento e vinte quilos.

— Uau. — Balancei a cabeça como se pescaria fosse o assunto que mais me importasse.

— Era uma monstruosidade. — Ele arregalou os olhos. — Uma coisa enorme.

— Júlio adora pescar, Afonso, aqui mesmo pelo litoral. — Minha avó sorriu, agarrada ao meu braço. Os cachinhos formados artificialmente pelos bobes que tinha usado mais cedo agora cheiravam a xampu de camomila, encostados no meu blazer. — Vocês deveriam marcar. Ele ia *adorar*.

— Ele quem? — perguntou a tartaruga.

— Juliano.

— O que tem ele?

— Ele ia adorar, Afonso — repetiu a amiga da minha avó. — Ela disse que ele ia adorar.

— Ele ia adorar o quê?

— Pescar — eu me intrometi, para ajudar — com o senhor.

— Em Montana? — Seus olhos voltaram a saltar.

— Não, Afonso. Aqui.

— Aqui aonde?

— No litoral. — Minha avó deu um sorriso amarelo. — Juliano pesca por aqui mesmo. Ele ia adorar. Ele acha uns bons peixes por aqui também. Faço uns caldinhos deliciosos.

— Peixe bom é peixe grande – resmungou a tartaruga. – Meu amigo Kleber, que fiz na minha época de marinheiro, pescou no mar aberto da base naval de Montana um peixe de cento e vinte quilos.

— *Pelo amor de Deus* – murmurei para que só minha vó ouvisse. "Era uma monstruosidade." Ele continuava contando, ela gargalhou no meu braço. – Com licença, Dona Ivone – falei sorrindo. – Com licença, vovó. Com licença, Seu Afonso. Vou pegar alguma coisinha pra comer.

Assenti com a cabeça, antes de me virar. Nas minhas costas, a tartaruga de cem anos perguntou prontamente: *"Ela disse que vai aonde?"*

ERA A PRIMEIRA PAUSA QUE EU fazia desde que a minha avó tinha batido na porta do banheiro e me abduzido para a *Valsa dos Brotinhos e dos Marotos, versão A.S. + J.S. Para Sempre*. O vento gelado balançava as decorações, as toalhas de mesa, as cestinhas de palha, o varal de lâmpadas. Eu nem sabia mais com quantas pessoas eu já tinha conversado. Minha avó queria me apresentar pra todo mundo enquanto o que eu mais queria era continuar invisível, trancada em qualquer banheiro – de preferência, com uma garrafa de bebida artesanal do Seu Júlio. Martha era a diretora do Lar de Repouso, Lilian era fofoqueira, mas era cega, então confundia um pouco as pessoas quando contava as histórias. Foi Lilian que me disse que Valdinho traiu Princesa. Sim, *Princesa*, que é uma jovem senhora de setenta anos. Serafim e Adalberto não se falam mais porque "Serafim não paga o que deve", mas os dois vieram no mesmo táxi. Adalberto disse que só veio porque ele que pagou. Serafim disse que foi fiado. "O taxista", contou Adalberto cuspindo no meu rosto, "nunca mais vai ver esse dinheiro." Danna se acha. Ninguém convidou, mas ela veio. Disse que o batom da minha avó estava muito forte para uma serva de Deus. O marido dela é Lair. "Que eu acho que é gay", disse Lilian. "Eu vi ele com um rapaz", mas ela era cega. "Eu conheço o perfume, minha filha", ela cochichou no meu ouvido. "De todo mundo." Alguns outros amigos e amigos de amigos e *não-tão-amigos-assim* se balançavam no centro da festa. Seu Júlio tirava fotos de todo mundo. Danna tentava excessivamente puxar algum assunto com ele. *Aposto que Lilian sabe qual é a dela.* Flash. E flash. E flash.

Cruzei o quintal de cabeça baixa, não olhei pros lados. Minha respiração não seguia um ritmo saudável, minha cabeça estava zonza por motivos óbvios e também pelo teor de álcool, que eu nem faço ideia de quantos por cento seja, nos goles que eu dei na bebida do diabo.

Estômago vazio, ansiedade na nuca, mãos suando. Receita perfeita pra uma coisa nada agradável: vômito. Meu plano era comer e distrair o meu corpo do mix de coisas somatizadas que ele estava sentindo. O cheiro das comidas da minha avó me alcançou antes que eu encostasse no buffet improvisado com a união das mesas de plástico forradas com as toalhas brancas e vermelhas. Tirei um prato da pilha para os convidados. Algumas coisas estavam destampadas e outras não. Tudo continuava quentinho, o vapor saía de algumas travessas. Eu estava sentindo uma fome do caralho. E lutava contra uma ansiedade, também, do caralho. Fazia anos que eu estava longe das comidas da minha avó. Se isso não me animasse, nada mais me animaria. Tudo o que eu precisava para sobreviver era comer, respirar e ficar longe de Íris Pêssego. Mas o braço dela tinha *acabado* de se esticar ao meu lado.

– Você tá me evitando? – Ela puxou um prato. *Não vou te olhar.* E sou boa em fingir. *Só não posso te olhar.* Destampei a travessa do picadinho de carne e peguei a concha parcialmente afundada dentro da panela.

– Não tô te evitando – falei.

O caldo se espalhando no meu prato.

– Parece que você tá – respondeu ela, pegando a mesma concha, com a mesma comida.

Não vou te olhar. Não adianta, eu não vou te olhar.

– Não tô te evitando – repeti.

– E o que é isso você tá fazendo agora?

– Procurando um garfo. – Fingi desinteresse na conversa. *Queria que ela fosse embora.*

– Você *tá* me evitando. – Ela pegava as mesmas coisas que eu para colocar no prato. Estava me imitando. *Em tudo.* Menos na desonestidade. – Que coisa ridícula, sério. – O tom de voz ressentido me beliscou em algum lugar lá dentro. Pisquei por um instante que pareceu uma eternidade. Queria continuar com os olhos bem fechados. Soltei o ar preso no meu peito, mantendo a pose de desinteresse. Mas ela continuou falando. Eu só via o seu braço, me repetindo em tudo. — Apesar das coisas todas, eu fiquei feliz de saber que você vinha, sabia? Fiquei mesmo. E você aí, *escolhendo me ignorar.*

— Não tô te ignorando.

— Sério, isso?

Ela deixou uma tampa de porcelana colidir com muita força na mesa. Olhei para o meu lado sutilmente, algumas pessoas na festa encaravam de volta em nossa direção, curiosas. Mas retornaram para o que estavam fazendo quando perceberam que não era nada demais. *Só eu mentindo.*

Foi tudo muito rápido, quando voltei o meu olhar, esqueci de manter a minha guarda alta, acabei me virando um pouco demais e olhando pra ela.

— E o que é isso que você tá fazendo agora?

De perto ela estava ainda mais bonita, e eu conseguia reparar em coisas que não tinha visto na escada. Uma franja discreta, desfiada ainda deixava aparente a testa. As sobrancelhas curvadas e juntas, como um bichinho confuso ou como uma princesa de desenho animado. Os olhos enormes procurando respostas no meu rosto, os cílios levantados e as pálpebras sutilmente amarronzadas pela maquiagem leve. Suas maçãs do rosto, agora mais marcadas pelo amadurecimento dos anos, coradas num tom pêssego. Ainda dava para ver, um pouco apagados, seus sinais. O nariz arrebitado. O bico na boca rosada e chateada comigo.

Não faça isso, não, que eu não posso com isso.

Respirei fundo.

Olhei para sua boca, olhei pra Seu Júlio e minha avó rindo a uma curta distância entre os amigos. E cometi o erro de olhar de novo para sua boca.

Tive que tirar o olhar dali à força, como se fosse um adolescente rebelde sendo arrastado pelos braços. E arfei, mirando a sua pupila, fingindo estar sentindo o maior tédio da porra do mundo todo. Tentando deixar claro na minha linguagem corporal que a coisa que ela mais estava conseguindo fazer ali, era estar me atrapalhando.

— Procurando um garfo — repeti, enfadada, me certifiquei de adicionar uma dose de descaso na entonação de *cada* palavra.

Ela balançou a cabeça, ofendida, uma fúria começou a se acender a partir de uma pequena faísca, prestes a se tornar uma fogueira nos seus cílios modelados com rímel. A sobrancelha curvada agora tinha despencado na testa. O nariz franzia em repulsa. Os lábios se retraíam para cima, acompanhando o movimento do nariz. Fechou a cara pra mim. Seu prato tilintou sendo jogado sobre a mesa. A comida que tinha colocado respingou de leve por cima da toalha. Os olhos incendiados vasculharam o buffet improvisado da festa onde estávamos e fixaram num ponto específico. Segui a direção onde eles tinham pausado e assisti sua mão, com todos os seus delicados aneizinhos de prata, empurrar a lata que agrupava os talheres. Todos caíram sobre a mesa.

— Tá aí a droga do seu garfo.

E saiu, arrastando seu longo vestido preto pelo chão do quintal, desviando de todos os convidados, se apressando em sumir para dentro do casarão. Marcela e Suri a seguiram. Os convidados da minha avó voltaram a olhar para mim, curiosos com o barulho que os garfos tinham feito quando caíram espalhados na mesa. Cadu Sena, abandonado numa mesa por Marcela, cruzava o quintal como se fosse me matar.

Peguei "a droga do meu garfo".

Ótimo.

Que noite agradável.

Enquanto Cadu Sena falava sem parar, minha mente vagava em como Shakespeare era um grandíssimo filho da puta. Ter lido *Romeu e Julieta* tinha me traumatizado para sempre. Fiquei esperando as coisas darem certo. Os dois morreram. Não sei em que mundo eu vivia para não ter recebido esse spoiler antes do livro terminar. *Mortos.* Os dois. Pra que diabos matar o casal principal no final? Quem se diverte com uma merda dessas? Apesar disso, ele tinha conseguido provar um ponto. O amor, o amor proibido, é traiçoeiro.

— Então — saí dos meus pensamentos e voltei a escutar Cadu Sena —, se você não pretende estragar as férias de todo mundo, pensa no que eu te disse. De verdade.

— Não pretendo estragar as férias de ninguém, Cadu. — Estávamos sentados em duas cadeiras de plástico num canto isolado do quintal, observando a festa acontecer de longe. Eu estava aproveitando a benção da privacidade que a situação me concedia pra comer direito pela primeira vez *em dias*. Ou, talvez, em *anos*. Nada no mundo é como a comida da avó da gente. — Só quero ficar na minha, ver a minha avó se casando e voltar pra Montana. Fim. Nada além disso.

— Acho um bom plano. Você não sabe, mas as coisas não são só flores por aqui, Édra. — Eu estava prestando atenção nele, mas observando os nossos avós dançando valsa. As mãos da minha avó enrolavam o pescoço do avô dele. As mãos do avô dele seguravam a cintura da minha avó. — Você reparou na situação do meu avô. A sua avó mantém a casa viva e bonita porque ela *se lembra* de fazer isso. Eu ajudo como eu posso. Esse casamento é um respiro nas coisas que eles têm passado. Que todo mundo tem passado. Então, por favor, cara, não estraga tudo. Não começa uma tempestade. Tô te pedindo isso como alguém que quer ser seu amigo.

Minha avó, girando, na ponta dos dedos de Seu Júlio, rindo.

— Não vou fazer nada, Cadu. — Era isso, tinha perdido o apetite. Coloquei o meu prato na cadeira vazia ao meu lado. — Já disse. Vocês nem vão perceber que eu estou aqui.

— Não foi isso que eu falei. Eu quero que você participe das coisas... É o casamento da sua avó também. E são as férias de verão, Édra — continuou Cadu. — Todo mundo quer curtir as férias de verão.

Metade dos convidados já tinham ido embora. Porque dormiam cedo ou porque iam pegar a estrada, ou porque tinham horário pra tomar remédio. A festa no quintal estava muito menos povoada.

— Eu não quero curtir nada — respondi, limpando os meus dedos no guardanapo de tecido bordado com as iniciais da minha avó e do Seu Júlio. Quase sorri vendo isso. Mas eu estava ficando triste demais com o tom da conversa para esboçar sorrisos sobre qualquer coisa. — Vou só esperar o dia do casamento, participar e ir embora.

– O que você vai fazer até o dia do casamento? Ele só acontece daqui a três semanas – disse Cadu, dando de ombros. Eu me inclinei apoiando os meus antebraços nas minhas pernas. De longe, eu adorava como o varal de luz se parecia com São Patrique do topo do Submundo. – Você não pode se *isolar* até lá. – Fiquei em silêncio. – É sobre o que isso tudo, cara? – continuou Cadu Sena. – Não vale a pena começar um drama à toa só porque as coisas não vão poder sair cem por cento do seu jeito.

– Você não sabe nada sobre nada – falei, fatigada, me levantando da cadeira. Não porque aquilo não me magoava, mas porque não havia mais energia dentro de mim pra discutir. – E, se você quiser ser meu amigo um dia – disse, olhando para ele, de pé –, pare de ficar deduzindo coisas sobre mim. Você nem me conhece.

– Mas eu *quero* conhecer – respondeu, ainda sentado. – Só não dá pra fazer isso se você decidir ser radical e se isolar. Por que você precisa fazer isso pra não se meter em problema, cara? O que você tá tentando evitar? – Olhei pra frente, pra ele não ver o meu rosto. *Porque eu sabia o que ele ia perguntar.* – É a Íris? – De costas pra ele, eu respirei fundo.

– Por que você acha que eu tô *tentando evitar a Íris?* – falei, fingindo o máximo de desdém que eu pude. – Eu *terminei* com ela. Você acha mesmo que eu me importo?

– Eu acho que tudo bem, Édra. – Cadu Sena se levantou da cadeira, contrariado. – Se você *não se importa* com a Íris, tudo bem. Mas tratar ela mal depois de tudo, não falar com ela direito e estragar a festa dela sendo grossa só te torna uma babaca. E sabe o que é pior? – Ele parou ao meu lado, desapontado. – Eu te acho legal, às vezes. E eu me importo. – Ele me deu um sorriso discreto, abatido. – Então eu ia ligar, sim, se você fosse uma babaca.

– Eu não sou uma babaca – disse para as costas dele, quando ele se virou.

– O quarto da Íris é do lado do seu. Na primeira porta no corredor do andar de cima – respondeu Cadu, caminhando de volta para a festa. – Se você não é uma babaca – hesitou, sem se virar –, não aja como uma.

Íris não tinha mais voltado pro quintal. Quando me aproximei da festa, a primeira coisa que fiz foi procurar por ela em todas as cadeiras de plástico, embaixo de todas as árvores enfeitadas com corações, perto da mesa de buffet improvisada, onde tínhamos nos falado pela primeira vez depois de tanto tempo.

Nada dela. Nem um só rastro.

Marcela também não tinha descido, Cadu Sena estava abraçado com Seu Júlio, que dava tapinhas no peito dele. Cadu, apesar de enorme, sorria como se fosse o mesmo menino pequeno e banguelo de sua foto pendurada na sala. Estavam conversando com Afonso. Que tinha as duas mãos abertas no ar em mensura, provavelmente falando sobre o peixe de cento e vinte quilos pescado no mar aberto da base naval de Montana.

Boa parte das panelas e travessas de comida estavam entreabertas. Na antes pilha de pratos para os convidados se servirem, só dois restavam. Eu percebi que tinha passado muito tempo sentada no ponto afastado que eu e Cadu tínhamos criado pra nós dois.

Suri Lee passou por mim, com um prato abarrotado de quitutes, docinhos e salgados para petiscar. Pensei em falar com ela. Mas eu não sabia o que dizer.

Enchi o peito de ar pra nada.

Quando ela percebeu que eu estava olhando, fez uma cara de poucos amigos e se virou, voltando para dentro do casarão. Quis seguir e senti uma mão apertando com muita força o meu braço.

Au.

— Meu São Patrique do céu. — O volumoso e crespo cabelo grisalho contrastando com a pele negra e aveludada de uma revendedora de *Cremes Roberta Shallon* por *décadas* só me dizia uma coisa. — Genevive, venha ver com seus próprios olhos!

— Misericórdia! — Os óculos de grau deixando seus olhos enormes. — Meu pai amado!

O cabelo branco ralo quase da mesma cor de sua pele pálida e enrugada só me dizia uma coisa. Vadete e Genevive. As melhores amigas de vovó desde o colegial. Vivíssimas. Em carne e osso. Não sei dizer nem quantos anos depois daquela fotografia no jornal da cidade.

— Mas é a cara da mãe, como pode uma coisa dessas. — Genevive ajeitou os óculos em cima do nariz. — Se é que eu não tô vendo coisa.

— Menina! — Vadete continuava segurando firme o meu braço. — Eu tô besta. Olhe pra isso.

— Igualzinha. — Genevive fazia que sim com a cabeça. — Contando ninguém acredita.

— Como é que a gente pega no colo e fica desse tamanho.

— Não achei que cresceu muito não.

— Mas tá é bonita.

— Isso é.

— Oi, Senhora Vadete. — Sorri, sem graça. — Oi, Senhora Genevive. Quanto tempo. Tudo bem? — Tudo saiu no automático, parecia que eu tava lendo as coisas em algum lugar.

— Olha, Genevive! — Vadete soltou o meu braço, curiosa. Dando passos para trás até ficar ombro a ombro com Genevive. — Ela fala.

— Claro que fala — respondeu Genevive, sem parar de me analisar. — Tem boca, fala.

— Claro que não. Nem todo mundo fala, que conversa é essa, Genevive? Tá caducando? — Vadete cotovelou ela de lado. — Seu marido mesmo não fala.

— Mordeu a língua, minha filha? — Genevive se inclinou um pouco pra frente, para me contar. — Coisa horrível.

— Sinto muito, Senhora Genevive. — Contraí os lábios, assentindo com a cabeça, em respeito.

— Não sinta, não, querida. — Vadete balançou a mão na minha frente. — Aquele ali quando falava era insuportável.

— E seu marido que só sabia falar de jogar no bicho. — Genevive se defendeu.

— Deixa o morto em paz, Genevive.

— Sinto muito pela sua perda, Senhora Vadete. — Me virei para ela.

— Não sinta, não, querida. — Vadete balançou de novo a mão na minha frente. — Aquele ali quando tava vivo era insuportável.

— Ah, vocês acharam ela! — A voz aconchegante e delicada de minha avó passou no meio do nosso assunto como um dente de leão voando ao vento. — Não está linda?

— É a cara de Eva, Ana. — Vadete sorriu, emocionada.

— Parece que foi feita numa máquina de fotocópia — concordou Genevive.

— Mas o formato do rosto é do pai. Eva não tinha esse osso assim ressaltado.

— É mesmo, era mais redondinho, o rosto dela. Mais delicado.

— Mas tá é bonita.

— Isso é.

— Só tá magrinha, né, Ana? — Vadete esticou o braço para apertar minha bochecha. Deixei. — Não tá comendo direito, minha filha?

— Tá morando onde mesmo? — quis saber Genevive.

— Em Montana. — Minha avó suspirou, olhando pra mim com o pensamento longe. — Fico com uma saudade dela...

— E lá não tem comida, não, minha filha? — perguntou Vadete, soltando meu rosto.

— Não a de Ana Símia. — Eu sorri para minha avó, que sorria de volta pra mim, com um olhar perdido. Nostálgico. Mais distante que Montana.

— Aproveita que tá aqui e come. — Genevive deu umas palmadinhas no meu rosto. — Vê se ganha um pesinho antes de voltar.

— E volta quando? — Vadete inclinou a cabeça para o lado.

— Depois do casamento. — Engoli em seco.

— Tá trabalhando? — interrogou, Genevive.

— Tô. — Balancei a cabeça. — Tô trabalhando, sim.

— E tá estudando? — As pálpebras de Vadete se afunilaram um pouco, me olhando com uma mira.

— Sim. — Forcei um sorriso. — Estudando também.

— E tá feliz? — O dente de leão que era a onda sonora da voz da minha avó girou no ar, bem na minha frente. Segurei a respiração por um tempo. Encarei um olho dela de cada vez. Franzi o cenho, confusa. *Ela parecia que estava me testando.* Mas se minha avó pensa que vou permitir que ela me pegue em algum tipo de flagra e se vista de orgulho e de preocupação *comigo*, para passar a recusar o meu "suposto dinheiro" e voltar a viver como antes, ela tá muito enganada. Eu não ia permitir que ela se colocasse em sacrifício pela milésima vez em sua vida por outra pessoa de nossa família. Ela fez isso por meu avô, ela fez isso por minha mãe e eu não iria deixar que ela fizesse isso por mim. Se há uma pessoa entre nós duas que vai fazer sacrifícios daqui em diante, essa pessoa sou eu. Ela vai viver bem. E feliz. Até o fim de sua vida. Chega de concessões. Chega de renunciar às coisas. Chega de pensar em todo mundo, menos em si mesma. E, por isso, acredite, eu estou disposta a ganhar um Oscar de melhor atriz. Deixei meus ombros relaxarem e mostrei todos os meus dentes num sorriso entusiasmado.

– Feliz? – Repousei minha mão no ombro de Vadete, empolgada. – Lá é o *melhor* lugar do mundo. As pessoas, a forma como as coisas funcionam, *tudo*. Eu tenho um trabalho que nem parece que eu tô trabalhando. É *tão* divertido. Já fiz tantos amigos lá, eu até chamei eles pro casamento da vovó. – Olhei calorosa para Genevive. – Mas eles já tinham marcado viagens com as famílias nessas férias. São pessoas incríveis, muito educadas. Vocês iam *adorar* conhecer todo mundo. E conhecer Montana também. É impossível não se apaixonar. – Olhei para minha avó e ergui minhas sobrancelhas, derrubando o rei no tabuleiro dela. – Parece até novela.

– Com essa propaganda toda vamos ter que ir mesmo. – Vadete riu e se virou para minha avó, que me analisava com um semblante que eu não conseguia interpretar muito bem. – Não é, Símia?

– É. – Ela me olhou de cima abaixo. – Vamos ter que ir, sim.

Eu tava me sentindo irritada, bebericando champanhe num copo descartável sem a menor classe. Foi a primeira garrafa que eu vi num balde de gelo, foi o primeiro copo que eu vi na mesa. Agora eu estava sentada, mordendo a borda do plástico, observando os amigos da minha avó que sobraram dançarem Roupa Nova. Alguns netos, mais velhos que eu, impacientes em suas mesas, algumas cuidadoras tentando convencer alguns senhores e senhoras de idade a irem pra casa, porque o expediente como cuidadora já tinha acabado. Ivone girando com sua bengala. Danna fazendo o sinal da cruz repetidas vezes – da testa, para a barriga, para um ombro, para o outro –, olhando com desaprovação e ressentimento enquanto a minha avó, Vadete e Genevive faziam passinhos de dança contidos, no tanto que seus corpos enrijecidos pelo tempo aguentavam. *Estavam se divertindo muito.* Mas eu tava irritada, repassando a conversa que tive com elas diversas e diversas vezes dentro da minha cabeça.

Cadu Sena arrastou uma cadeira e se sentou ao meu lado. Vi a garrafa de champanhe, já pela metade, flutuar da minha mão para a dele bem na minha frente. Ele também segurava um copo descartável. Começou a se servir, em silêncio.

Voltei a prestar atenção na dança engraçadinha que minha avó, Vadete e Genevive pareciam ter ensaiado. Ainda eram as mesmas garotas rebeldes do jornal. *Diferentes como antes.*

— Eu nunca vi um casal ter tantos amigos. — Ouvi a voz de Cadu e os barulhos do copo plástico ao meu lado. — Apesar dos pesares, hoje foi um dia legal.

Olhei para ele de relance tentando entender o que ele estava fazendo.

— Desculpa se eu fui grosso com você naquela hora, Édra – disse ele, tropeçando nas palavras. — Não devia ter te chamado de babaca.

— Mas eu tô... — Arfei. Minha avó, Genevive e Vadete giravam de mãos dadas. — Eu tô sendo uma babaca. Eu sei disso. Só é – murmurei e me virei para ele, tomando a garrafa de champanhe de volta – *mais complicado do que parece.*

— Mesmo assim, eu não devia ter te chamado de babaca. Foi mal por isso. — Coloquei mais champanhe no meu copo mordiscado enquanto Cadu falava. — Só que eu também não quero que você faça coisas nessas férias que vão fazer você se arrepender pra sempre.

— Tudo bem, Miss bíceps. — Virei o copo. O champanhe desceu pela minha garganta. — Eu entendi.

— Você pensou sobre o que eu disse?

— Sobre eu ser babaca?

— Não. — Olhei para ele esperando que ele falasse. Eu sabia o que ele ia falar. Mas eu quis fingir que não sabia. — Sobre pedir desculpa pra Íris. Você foi meio – *Babaca.* — Não-muito-legal – *Ou seja, babaca.* — Com ela mais cedo na festa.

— Cadu, eu e a Íris — hesitei, respirando fundo —, a gente se viu pela última vez na festa da formatura. A gente teve um *lance* pelo celular. Eu percebi que eu não correspondia aos sentimentos dela da mesma forma. E foi isso. A gente tava três anos sem se falar. Não é numa festa, nem numa noite só, que a gente vai conversar como se nada tivesse acontecido. Então relaxa — dei outro gole no champanhe —, isso *não vai* virar uma confusão. E eu *não vou* estragar tudo. É importante pra mim também. Minha avó tá muito feliz.

— Ela vai ficar triste se souber o que aconteceu hoje. — Cadu fez uma pausa pra beber. — A melhor forma de dar sossego pra ela nessas férias é tendo uma relação amigável com a Íris. Ela *ama* vocês duas. Na verdade, ela ama mais a Íris do que você.

— Ah, vai se foder.

— Mas, sério — disse ele, tentando conter o riso —, pensa em tudo o que eu te falei. — E então se levantou da cadeira, com um sorriso formidável. — Conselho de amigo.

Uma versão minha esquecida, *a pequena germofóbica* sem amigos, passou correndo dentro de mim. De trás de uma árvore para outra. As mãozinhas no tronco. *O olhinho espiando.*

Balancei a cabeça negativamente para dissipá-la dos pensamentos:

— Eu não sou sua amiga.

— Mas vai virar.

"Não faça isso. Não faça isso. Não faça isso." Repetia o mantra na minha cabeça andando de um lado pro outro na frente da porta do quarto de Íris Pêssego. Eu já tinha ajudado alguns amigos de minha avó a ir para casa, batido as portas de seus táxis, escutado mais histórias de "pessoas que me pegaram no colo" e partido pra limpeza do quintal — onde eu recolhi copos, taças, pratos, palitos de maçãs do amor e até uma caixa de remédio para controle de pressão alta que alguém esqueceu por lá. Minha avó tinha me dado um beijo na testa e me dito para usar o banheiro do corredor quando fosse tomar banho porque agora ela iria ficar na suíte dela. Desejou que eu gostasse do quarto e me prometeu que cuidaria do chuveiro na manhã seguinte para que eu pudesse ter um banheiro só meu durante as férias. Perguntou também se eu queria comer mais alguma coisa, eu disse que não. Então, me deu toalhas limpinhas e um beijo na testa. Seu Júlio tinha pegado no sono sem tomar banho, com a câmera subindo e descendo acompanhando a respiração de sua barriga.

"Boa noite, querida." "Boa noite, vó." "Qualquer coisa é só chamar." "Até amanhã."

Minha cabeça parecia estar dando voltas por causa do champanhe, eu não me sentia bêbada, mas também não me sentia sóbria. Meu pijama e minha toalha dobrados nos meus braços. Eu sabia que quando tomasse banho e subisse as escadas, já teria perdido boa parte da adrenalina que eu tava sentindo naquele momento. A casa em silêncio deixava meus pensamentos mais altos. E era difícil de calar a porra da boca da minha eu de dezessete anos querendo saber como a Íris estava. Ela não tinha aparecido mais. Os conselhos de Cadu rebobinavam nos meus ouvidos como uma merda de um disco arranhado. Por um lado, eu queria evitar Íris Pêssego pelas férias inteiras. Seria o melhor pra ela, pra mim, pra minha avó, pra todo mundo. Por outro lado, Cadu tinha razão. Se a minha avó soubesse que qualquer coisa de ruim pairava na atmosfera entre ela e eu, ficaria chateada. Mais do que chateada. Ela ficaria triste. E conhecendo minha avó como eu conheço, eu sei que ela esqueceria de si mesma para tentar ajudar. Para tentar consertar seja lá o que fosse. Os outros sempre estão degraus acima dela mesma. Provavelmente, ela se esqueceria até de que é uma noiva prestes a se casar. Só sossegaria quando eu e Íris estivéssemos nos falando normalmente. É, Cadu tinha um pouco de razão nessa parte. A melhor forma de manter a paz durante essas férias era convivendo com Íris. Ele estava certo. (Mas ele não era meu amigo.)

Deixei meu pijama e minha toalha sobre o balcão de mármore da cozinha. O banheiro ficava ali perto, mas meu banho podia esperar. Subi as escadas que vi Íris descer, a adrenalina querendo iniciar o protocolo de ataque de pânico no meu corpo. Fui monitorando minha respiração, me deixando perder a guerra pela tensão, fechando e abrindo meu punho a cada degrau.

Não faça isso. Não faça isso. Não faça isso. Ainda dá pra voltar.

"Se você não é uma babaca", ouvi a voz de Cadu, "não aja como uma."

▷ **KEEP ME AROUND – LYN LAPID**

Eu estava indo bater à porta quando ela se abriu. Dei um passo pra trás. Íris Pêssego surgiu, com um vestidinho curto de pijama.

— Achei que eu tivesse escutado alguma coisa na porta — disse ela, meio dentro do quarto, meio fora. A mão na maçaneta, pronta pra fechar a porta na minha cara a qualquer momento. *Com razão.*

— Desculpa. — Coloquei as mãos nos bolsos da calça, meio sem jeito, olhando para os meus pés. Mas levantei o queixo e olhei para ela. — Desculpa por não ter falado com você direito hoje. — Meu coração acelerado e sombrio, como um peixe nadando nas profundezas do mar aberto, perto da base naval de Montana. — Eu fui uma babaca.

Ela me olhou de cima a baixo.

— *Hum.* — Não parecia convencida. *Mas aí, também, foda-se.* Arrebitou o nariz, desconfiada e cruzou os braços, me... analisando.

— E o que foi isso aí no seu olho?

A risada que eu quis dar escapou em forma de ar pelo meu nariz.

— Dois caras numa moto...

— Eu sei que isso é mentira. — Ela entortou um biquinho divertido pro canto da boca. — Cadu inventou isso pra impressionar a Marcela.

Entortei um bico divertido no canto da minha boca também, me balançando ainda com as mãos enfiadas nos bolsos da calça.

— E esse já é o segundo segredo dele que eu tô guardando — falei. — Vou começar a cobrar.

— Qual é o primeiro?

— É segredo.

— Eu acho que *eu sei* o que é.

— Ah, é? — Me aproximei *quase que imperceptivelmente*. — E o que é?

— É segredo — respondeu ela.

COISAS ÓBVIAS SOBRE O AMOR

A boca entreaberta, a respiração acelerada.

Deslizei meus olhos pelas pernas, pela transparência do vestido, parei na boca de novo. Muito champanhe na minha cabeça.

— Acho melhor você descer lá na cozinha e passar um gelo nisso antes de dormir — disse ela, apressada, quando percebeu que estávamos em silêncio por tempo demais. — Talvez acorde melhor.

— Tá bem — assenti com a cabeça. *Não vou fazer isso.*

— Não vai fazer isso, né?

— Não — respondi.

E *ela* olhou pra minha boca.

— Boa noite, Édra.

— Boa noite.

Esperei Íris dar mais alguns passos para trás, de volta ao quarto, na distância perfeita para bater a porta e encerrar o nosso diálogo. Ela estava encostando a porta e eu estava me virando para descer a escada, quando ela me chamou.

— Édra?

— Hum? — respondi, ainda de costas. *Não faça isso, não faça isso, não faç...*

— Eu ia gostar *muito* se a gente fosse amigas.

Puxei todo o ar que eu pude antes de me virar. Mas eu tinha sido nocauteada com força demais pra interpretar qualquer versão de mim que não se afetaria com aquilo.

— Eu também — concordei.

Porque era verdade. *Mas também era mentira.*

Ela sorriu com a minha resposta, dessa vez, com os dentes a mostra. Eu adorava tudo sobre o sorriso dela. Tinha um sorriso de quem tá aprontando. *Serelepe.* Vívido.

— Que engraçado, né, se a gente tivesse seguido por esse caminho, talvez a gente *nunca* tivesse parado de se falar.

Fiquei cara a cara, pela primeira vez em anos, com as circunstâncias.

— É. — Meus olhos começaram a arder. — Boa noite, Íris.

— *Boa noite, alien* — disse ela, baixinho e doce. Me dando um último sorrisinho antes de fechar a porta. Agora parecia convencida. Me deixando ali, de pé e desculpada.

Quando cheguei na cozinha para buscar no balcão tudo o que tinha largado lá para tomar banho, percebi que esqueceram a porta que dava para o quintal aberta. Antes de fechar, me senti observada pelos corações dançando ao vento, presos nos galhos das árvores. Na toalha de banho que a minha avó tinha me dado, as iniciais dela e de Seu Júlio. A.S. + J.S. *Para sempre.* Foi como se algo tivesse me puxado pelo pé, de volta à realidade. Eu sabia, no fundo eu sabia, a contar por tudo o que eu tava sentindo depois de ter visto Íris Pêssego pela primeira vez em anos, que, se eu continuasse perto dela, não ia conseguir *fingir nada*. Por isso, ignorei quando o meu celular, que estava carregando no balcão da pia, mostrou as notificações de que Íris tinha pedido para me seguir nas minhas redes sociais. Me enviado uma solicitação de "amizade virtual".

Que irônico.

Eu podia ser amiga dela durante as férias, seria bom pra minha avó e pra ela, mas com regras. Mantendo uma distância segura de seu mundo.

O vento frio da noite na fazenda desprendia alguns corações de papel das árvores. Antes de fechar a porta e de ir tomar banho, voltei até o meu celular uma *última* vez. Não para tomar alguma atitude sobre a solicitação de Íris. E sim para fazer a *única* coisa que poderia continuar me mantendo longe dela. Independentemente de suas investidas, do que Cadu ache, do que minha avó desconfie e do que eu sinta, no meu coração nadando no fundo do mar dentro de mim.

É isso. É *disso* que eu preciso. De um ponto de onde não dê mais pra voltar. Um alarme que fique tocando. Um lembrete. De que meu lugar não é mais aqui.

Visualizei a última mensagem de Pilar no meu telefone.

Eu só quero uma chance, Édra, de conversar com você melhor. Por favor. Vou parar de te mandar mensagem. Se você por acaso decidir ler isso, me responde. Eu só preciso de uma conversa. ✓✓

Olhei as árvores repletas de corações vermelhos balançando uma última vez antes de ouvir o estrondo da madeira, transformando toda cena em uma porta fechada pra mim. Lembrei de *Romeu e Julieta*.

O amor proibido é traiçoeiro.

E também é uma merda.

"Eu não acredito que você concorda com isso, Édra." Pilar se virou pra mim, incrédula. Me arremessando uma de suas almofadas. *"Você acha mesmo que o amor adolescente é indomável?"* Eu dei de ombros, sorrindo. *"Ué."* Levantei o meu rosto de trás da almofada.

Ok ✓✓

"Eu acho."

▷ OK WITH IT – LYN LAPID

8.

Embaixo do chuveiro, meu corpo competia com a temperatura da água. *Mais do que isso.* Eu estava em estado líquido também. Pelas piores razões possíveis. Eu poderia estar me questionando sobre as mentiras que meu pai inventou para a minha avó usando meu nome, eu poderia estar ruminando de ansiedade porque depois do meu "ok" Pilar não enviou nada como resposta. Nem a porra de um emoji. Eu poderia estar deixando a minha vontade de arrumar todas as minhas coisas e voltar pra Montana de onde eu nem deveria ter saído vencer. E, para ser bem honesta, todos esses impulsos estavam dentro de mim. Coexistindo. Orbitando ao redor de uma coisa maior. Maior e ilógica... Dadas as circunstâncias.

A boca entreaberta de Íris Pêssego.

E todos os seus dentes.

Sorrindo.

Tive que deixar minhas mãos o tempo todo espalmadas no azulejo. Onde os meus olhos pudessem monitorar. Foi o banho mais difícil da história da minha vida.

Quando eu era adolescente, costumava pensar que tinha algo de errado comigo. No fundo, eu sempre *soube*, mas *saber* e *aceitar* são coisas diferentes.

Ainda que meu primeiro beijo tivesse sido com uma menina, do grupo de escoteiro, eu insistia no fato de que eu precisava gostar de garotos. Precisava *mesmo*. Como quando você tem que engolir um comprimido enorme que não quer. Que tem efeitos colaterais horríveis. Que deixa um amargo na boca. "Tome o remédio, querida, vai ficar tudo bem." Na minha cabeça, eu tinha que gostar de garotos pra tudo ficar bem no final. Eu morava só com o meu pai nessa época. Ele já parecia me desprezar a troco de nada. Imagine se eu fosse *lésb*... Não. Eu não podia. Eu não sabia como meus avós podiam reagir. Eu não sabia nem como eu mesma poderia reagir se eu fosse qualquer coisa que não hétero. "Engula o comprimido, querida." Eu saí com alguns garotos. Mas até beijá-los me enchia de tédio. Nunca consegui transar com um. Não só por genuinamente não me sentir atraída por eles, mas também pelo medo. Minhas colegas do curso de inglês contavam as coisas mais horríveis no intervalo. As que tinham perdido a virgindade se embarrelhavam nas histórias "Doeu por dias." "Sangrou muito." "Doeu, mas passou." Eu me intrometia: "Passou, mas doeu?" "Doeu." Eu tinha pânico em pensar sobre todas essas coisas. *Sentir dor por algo que eu nem me sinto atraída em fazer.* Sei que metade das coisas que eu escutei eram verdade, a outra foi por falta de educação sexual nas escolas. E aí eu ia tentando me mesclar nas outras coisas. Tentando fazer amigos. Saindo com garotos, rezando para sentir qualquer coisa. "O comprimido, querida, engula o comprimido." "Vocês se tocam?" Lembro do chiclete de Tatiana se agarrando e se soltando em cada um de seus dentes enquanto ela perguntava isso depois da aula de anatomia no oitavo ano. Quase ninguém quis responder em voz alta. Mas a verdade é que teve de tudo entre as respostas: com vídeo de namorado, com pornografia, com revista, por ligação com outra pessoa, com almofada, com vibrador escondido no fundo do guarda-roupa.

Primeiro pensei que eu tivesse algum problema. Eu já tinha lido no livro da escola e estudado por conta própria sobre hormônios. Talvez eu tivesse algum déficit em alguma coisa, porque não me sentia instigada a me tocar pensando em garotos. E nunca tinha pensado em fazer o mesmo visualizando *uma menina*.

"É a sua cabeça, cara", disse Tatiana para outra pessoa. "Você pode pensar no que você quiser, da forma como você quiser. E aí se concentra no pensamento que for melhor. Pra mim, pensar", o chiclete indo de um lado pro outro, "é melhor do que todas essas coisas aí que vocês ficam fazendo."

Comecei a tentar pensar em coisas. Nas situações mais aleatórias. Todas com garotos. E nada. O silêncio constrangedor de se tocar e não chegar lá dá vontade de passar cinco dias úteis sem se olhar no espelho. Entre os primeiros barbeadores, sutiãs, absorventes e acnes, ser uma garota para mim era um verdadeiro inferno. Um inferno sem nenhum diabo. Porque eu não me sentia estimulada a nada. Todo mundo achava Lucas bonito, menos eu. Todo mundo gostava do sinal que Matheus tinha perto da boca, menos eu. Todo mundo queria perder a virgindade com Gabriel, menos eu.

Não lembro exatamente como foi que eu cheguei naquele pensamento. Eu estava ali, tomando banho, tentando mentalizar qualquer garoto. Pronta para. Entediada por. E, de repente, Tatiana surgiu na minha mente. Sorrindo. Com o chiclete na boca. "É a sua cabeça, cara", o chiclete cheio de saliva indo de um lado para o outro. "Você pode pensar no que você quiser." Foi antiético? Foi! Foi filha da putice minha. Mas eu tinha quinze anos. Se essa coisa de se tocar pensando em alguém *que existe* for motivo suficiente pra te levar pro inferno, estou na fila do inferno com muita, muita gente. Eu descobri assim que gostava de me masturbar pensando em meninas. Eu nunca mais falei com Tatiana depois disso. Coloquei uma placa escrita "Apenas mulheres" na porta do meu cérebro e deixei todos os meninos de fora.

Com essa descoberta nasceu o meu diabo. Quase toda garota adolescente tem um. Geralmente ele te dá cólica, peitos doloridos, acne, queda de cabelo e pensamentos sexuais intrusivos. *O. Tempo. Todo.* Comigo foi assim. Em banhos de mil horas.

Lucas começou a namorar Tatiana. Meus exames hormonais vieram normais. E eu troquei o comprimido ruim de engolir por chicletes.

Me sentia a Hanna Montana da sexualidade. Uma versão de mim, de vestido, tentava parecer uma hétero desinteressada na própria vida sexual em todos os jantares que meu pai me levava. A outra demorava no banho pensando em meninas. Tentando deixar que elas adivinhassem que eu fazia esse tipo de coisa indo pra festinhas de aniversário dentro de camisas de botão e calça.

Perdi a minha virgindade com Tatiana. Encontrei ela cabisbaixa no corredor de uma festa. Conversa vai, conversa vem, descobri três coisas cruciais sobre ela. A primeira, que tinha terminado com Lucas. A segunda, que morava só com a irmã mais velha, e a irmã vivia dormindo na casa do namorado. A terceira saiu depois de um gole de Frutto Loco (uma batida de frutas e a vodca mais barata do mercado, que a galera da escola fazia): ela também só conseguia se masturbar pensando em meninas. *Bingo.* Bingo, não, *chuveiro.*

E aí veio a primeira decepção sexual da minha vida, logo na minha *primeira vez.* Sabe quando partem seu coração? Bom, o meu coração estava intacto, porque eu não era apaixonada por Tatiana, nem por ninguém nessa época. Mas o coração da minha libido, do meu diabo, foi partido. Esmagado. Mastigado e cuspido como um chiclete.

Eu fiz todas as coisas *possíveis* em Tatiana. Tatiana não fez *nada* em mim. E foi assim por um tempo. Eu me submetia a isso. Eu pensava comigo mesma: "Cara, é melhor isso do que nada. E não é ruim." Me dava, inclusive, combustível para imaginar. Eu girava o registro do meu chuveiro como quem colocava um disco num DVD. O problema era que a minha cabeça criava cenários onde Tatiana queria me retribuir. Onde ela me olhava e sentia vontade de fazer em mim as mesmas coisas que eu fazia nela. Ela não queria nada além de me beijar. Era o máximo que o seu corpo chegava de querer algo vindo do meu. "Eu amo transar com você", dizia ela quando acabávamos. E eu vestia de volta uma blusa que eu havia tirado a troco de nada. A sensação de fazer coisas com Tatiana, uma menina que todo mundo achava bonita, enganava o meu cérebro com frases como: "E daí que ela não toca em você. Ela é tão bonita. Olha o que você conseguiu. Nem o Lucas teve isso", e "Você não precisa ser tocada pra ser bom, não pode ser divertido assim, do jeito que é?". E era verdade. As duas coisas. Ela era bonita, e eu tinha conseguido, não precisava ser tocada pra ser bom e, sim, era divertido do jeito que era. Mas eu queria ser desejada mesmo assim. Mesmo levando em consideração tudo isso. Eu não entendia. Não entendia como eu podia olhar pra Tatiana e querer, mas ela me olhar de volta e, bom, "querer", mas sem retribuir. Resolvi testar com outras meninas porque eu e Tatiana não tínhamos nenhum acordo de exclusividade. Ela só me mandava mensagens quando a irmã dela ia dormir na casa do namorado e eu trocava o vestido de algum jantar por uma camisa de botão. E ia. Fiquei com algumas – várias – meninas. Me sentia bem quando "conseguia" ficar com elas. Mas faltava a parte que eu estava procurando. A parte em que elas também *me conseguiam.*

Roberta transava com meninas. Eu sabia disso. Metade da escola sabia disso. E, sua melhor amiga, Nádia, parecia ser a *Tatiana* dela. Eu pensei que, como eu tinha certeza sobre ela gostar de garotas e de fazer *coisas* com garotas, ali morava a minha chance de saber como era *fazer* e *ser* retribuída. Comecei a flertar com Roberta aos poucos, ela era filha de um amigo do meu pai. Ela já tinha me visto de vestido em um jantar. Combinamos um cinema. Eu fui de camisa de botão. Ela entortou o rosto. Do cinema, fomos para a casa dela. O coração da minha libido se partiu pela segunda vez. Eu fiz coisas em Roberta. Roberta não retribuiu. E ainda falou que me preferia de vestido. Eu disse que me preferia de camisa de botão. E ela disse: "Não gosto de meninas que querem ser meninos." Eu disse: "Eu não quero ser um menino." E ela disse: "Então pare de usar essas roupas, você fica melhor de vestido." Nádia contou a Tatiana que gostava das coisas que Roberta fazia. Tatiana contou pra mim. E eu descobri que eu fui usada. Nádia não fazia *nada* em Roberta, porque Roberta era menos feminina do que ela. E Roberta não fez nada em mim, porque era mais feminina do que eu. O mundo das garotas que transam escondido foi se dividindo em duas partes.

De um lado, as garotas que me viam como uma delas. Do outro, as garotas que me enxergavam diferente. E, dentro disso, uma grande roleta russa de qual delas iriam me querer. Algumas me viam como uma garota, mas não me queriam. O que, por mim, tudo bem. Não é porque eu gosto de garotas que eu vou dizer sim para todas elas. Outras não me viam como uma garota, mas me queriam. E me queriam justamente porque achavam "interessante" não me classificarem como uma.

Gostavam de fingir que eu transitava entre ser um menino e ser uma menina.

Eu só era uma menina.

O tempo todo.

Mas elas não se importavam com o que eu dizia que eu era.

Pra elas, era mais fácil ficar com meninas parecidas comigo porque também nos achavam parecidas com garotos, então soava ótimo experimentar meninas, pensando em meninos. Parecia o pacote completo de adubo para a fantasia de algumas delas. E tinha também as meninas que podiam me ver como um menino ou até me ver como uma menina, mas de qualquer uma das formas, não iriam me retribuir. E esse era o denominador comum entre a maioria. Elas podiam me querer, mas não queriam *encostar* em mim. Não me queriam *assim*. Não tomariam banho pensando no que gostariam de fazer *comigo*, só do que gostariam que *eu* fizesse com elas. No início, dá pra empurrar isso com a barriga, porque, a princípio, se topa qualquer coisa para viver essas experiências. Se sentir parte da sua sexualidade, perceber que seu corpo vibra, treme e arde e que ele sempre foi capaz de fazer isso, você só demorou pra descobrir porque demorou a direcionar os seus quereres por garotas. Mas chega uma hora que, se você for como eu (*uma garota que quer ser tocada de volta*), depois de uma transa você vai olhar pro ventilador de teto, girando sem parar, ao lado de uma menina completamente feliz por conta de todas as coisas que você fez nela. E você vai se sentir um lixo. Porque algumas delas preferem ter na boca um chiclete, mesmo que ele tenha perdido todo o gosto, do que você.

Quando eu falei sobre isso na rodinha das *meninas que ficavam com meninas* na semana da conscientização LGBT+ promovida na escola pela nossa psicóloga da época, a Doutora Marília, Nádia riu por quase cinco minutos inteiros. "Meu Deus, que engraçado", eu sentia o meu rosto queimar de vergonha. "A Édra é passiva." Tatiana parecia estar mais envergonhada do que eu. "Caramba, Tati", uma outra garota levantou o olhar, curiosa. "Você é ativa?" "Claro que não", Tatiana se defendeu. "Deus me livre." "Eu não sou passiva e mesmo se eu fosse...". Eu *percebi tudo.* "Por que quando você é, isso é *ok* e quando eu sou, isso é *engraçado* pra você?" "Ué", Nádia deu de ombros, "você se veste toda *sapatão.*" Roberta estava em silêncio, quietinha, com o semblante nauseado, como se tivesse guardando uma mosca voando dentro de sua boca. "Você transa de roupa, Nádia?", ergui minha sobrancelha. "Eu, não." "Cada um faz o que quiser, gente, meu Deus", Roberta coçou o braço, sem fazer nenhum contato visual comigo. "E você é o que, Roberta?", outra garota perguntou, puxando o canudo de dentro da garrafa de refrigerante. "Eu *sempre* quis saber." "Tá me estranhando?", Roberta me lançou um olhar ameaçador. "Eu sou ativa." Não fiquei para o fim da discussão porque Tatiana saiu furiosa. Disse que eu não tinha direito de expor ela daquele jeito. Eu me defendi, não tinha exposto ela, tinha *me* exposto. O que eu de fato achava, como eu *realmente* me sentia. Não fazia sentido na minha cabeça que eu querer ser desejada fosse engraçado, enquanto meninas mais femininas do que eu podiam tranquilamente querer isso. Eu achava preguiçoso e injusto que ela nem ao menos se perguntasse como eu me sentia. Se eu gostava das nossas trocas de verdade. Se aquilo estava bom *pra mim*. Eu não nasci sabendo, aprendi a forma que ela gostava por ela. Me enfurecia em segredo que ela me olhasse e nunca sequer cogitasse. Como se só o corpo dela fosse digno de ser satisfeito. Era egóico, na minha cabeça, que ela extraísse *tanta atração* em me imaginar fazendo coisas *nela*, tirando a roupa *dela*, meu dedo dentro *dela*, minha língua na pele *dela*, tudo *nela, ela e ela*. E nada nunca era eu.

Depois de um tempo, essas coisas vão minando a sua autoestima. Você começa a se perguntar o que você tem de errado pra nada nunca ser sobre você. Parecia que, se elas me tocassem, se tornariam menos mulheres por isso. Mas isso deixava subentendido no ar que eram mais mulheres do que eu.

"Quantas vezes você transou com uma menina, só *você* fazendo coisas nela?", me perguntou uma coroa lésbica de cabelos grisalhos no balcão do bar que eu ia com identidade falsa, quando começamos a conversar sobre drinks destilados. *Aquele* assunto. Sobre garotas como eu que gostariam de ser tocadas também, mas nunca são. "E quantas meninas transaram com você sem que *você* precisasse retribuir nada? Só porque elas te viram e não aguentaram. Como se a coisa mais importante no mundo delas, naquele momento, fosse tirar sua camisa?" Aquela merda me colocou pra pensar. "Quando uma mulher te quiser, te quiser mesmo, vai começar pelo olho. Ela não vai te olhar como um cara ou como uma máquina de dar prazer só pra ela, você não é um homem e nem é um vibrador. Ela vai te olhar com uma *outra coisa*. Um feitiço. Você vai saber."

"Acho que nunca fui olhada desse jeito aí", tomei um gole, "que você tá falando."

"É...", ela deu um gole na bebida dela também. "As desgraças e as delícias de se parecer como a gente se parece", e riu. "Menos delícias do que desgraças", eu ri junto, um riso triste. E terminei com Tatiana no dia seguinte. Ela voltou com Lucas. Depois de todas as coisas que tinham acontecido, evitei tanto a escola que repeti de ano. Tudo tinha me afetado muito. Como eu disse, ser adolescente é um inferno. Com a transferência para o Colégio São Patrique, eu pretendia seguir o meu plano de ser uma pessoa invisível. Eu não iria me meter de novo numa rodinha tóxica de *meninas que ficam com meninas*. Eu não queria mais discutir as minhas questões com quem não queria me entender. Tudo o que eu tinha como plano era não repetir nenhuma matéria de novo, me formar, me mesclar na cidade, passar tempo com a minha avó (e arranjar um emprego de meio período pra cuidar dela) e ficar longe de meninas que não me olhassem como a lésbica grisalha do bar tinha me dito.

Foi só eu descobrir o Submundo que eu tive recaídas. Quis meninas. Meus dedos estavam com saudade. Para evitar decepção e rejeição, eu sempre mentia. Fazia como se não quisesse ser retribuída. Já mudava o assunto no final de tudo, saía do banheiro, girava o registro do chuveiro, pedia um táxi, dizia que eu tinha alguma coisa muito importante pra fazer. Se elas pretendiam me retribuir ou não, eu *nunca* vou saber.

A primeira vez que Camila Dourado me olhou, eu confundi as coisas, pensei que ela quisesse tirar a minha camisa. Ela *disse* que queria tirar a minha camisa. "Posso tirar a sua camisa?" "Pode", e foi isso. Ela só queria mesmo, *literalmente*, tirar a minha camisa. Não aconteceu nada. Uma Tatiana com outro nome. O problema eram as declarações amorosas e as coisas todas. "Eu amo os seus olhos, Édra." *Eu amo os seus olhos, Édra.* "Eu gosto tanto de você, tanto, tanto, tanto." *Tanto, tanto, tanto.* Eu caí nessa. Me pegou. Eu não podia *não ficar* com Camila só porque ela não me retribuía. Porque ela me dava amor. E aquilo era algo que eu queria muito, também. *Mais* do que ser desejada. Eu queria ser amada – como uma menina. Por isso eu disse *sim*.

E aí, um dia, eu me inclinei no bebedouro para beber água. Quando levantei o meu olhar, Íris Pêssego, a filha dos vizinhos dos meus avós, a garotinha que eu já tinha brincado de bonecas Sally, por quem eu já tinha tido uma quedinha platônica, estava me olhando como se, naquele momento, a coisa mais importante do mundo fosse tirar a minha camisa. "Vem, Édra", a voz de Camila Dourado parecia um zumbido distante no fundo da cena. *Quando uma mulher te quiser, te quiser mesmo,* a voz da lésbica grisalha do bar tocou na minha cabeça, num som mais alto do que a voz de Camila chamando por mim, *vai começar pelo olho.* "Édra, vamos." Íris Pêssego. Me olhando.

Eu tinha passado uma vida inteira querendo ser olhada assim. Mas Camila era a primeira menina que tinha me escolhido no lugar de um cara, escolhido de verdade (ou, pelo menos, ela fez parecer que tinha feito isso). Eram duas coisas que eu queria muito em pessoas diferentes. Naquela manhã, eu passei o meu braço por cima do ombro de Camila e escolhi o amor. Mas o jeito que Íris Pêssego me olhou nunca mais saiu da minha cabeça. E sabe qual é a pior parte? Ela continuou me olhando *assim*. Por muito tempo. Isso me fazia perder todo o meu controle. Eu era impulsiva perto dela. Eu não conseguia disfarçar totalmente. Ela tinha um ímã. Uma espécie de poder sobre mim. "O amor sempre vence", minha avó me dizia, "de qualquer coisa." Eu usava isso como um conselho universal que se aplicava até mesmo nessa situação.

O problema era a boca semiaberta de Íris Pêssego. E o seu sorriso *serelepe*, cheio de dentes. Começamos a nos aproximar como se *tivesse* que acontecer. Onde deveria morar só a curiosidade do desejo começou a nascer o que não podia – *amor*.

Depois de tudo o que vivemos juntas naquela festa de formatura, eu quis deixar que ela tirasse a minha virgindade de ser amada e desejada ao mesmo tempo. Mas eu não consegui. Eu travei. Eu tive medo de descobrir que ela seria mais uma Tatiana, ou uma Camila, ou uma Roberta, ou qualquer uma das muitas meninas que passaram pela minha vida. Eu não pretendia entregar essa parte de mim para ser machucada de novo. Então, fiz *coisas* em Íris Pêssego e ela não fez *nada*, porque eu fui embora antes de descobrir se ela faria. Eu *nunca* vou saber o que teria acontecido se eu tivesse ficado.

Fui perder a minha virgindade de ser tocada por Pilar Mountwagner. E isso explica *tanta* coisa... Ela inaugurou uma nova categoria. A categoria *Pilar*. Tatiana não fazia nada, Roberta fazia, mas não em mim, Pilar fazia em mim, mas não sabia fazer.

Quando terminei o curso de inglês e comecei a fazer aulas de francês, aprendi um termo num livro – que eu não deveria estar lendo – chamado *la petite mort*, que é o pequeno momento sagrado que uma pessoa vivencia depois de um orgasmo. Em que o seu corpo está em transe e parece que você acabou de morrer. A tradução é essa mesmo, a pequena morte. Achei a coisa mais bonita do mundo. Porque parece algo que alguém que desejou e amou ao mesmo tempo sentiu. Eu sempre quis morrer de forma pequena. Não sozinha, no chuveiro. Queria que alguém quisesse me matar de tanto amor e desejo. Mas ficava superviva depois de transar com Pilar. Superciente de tudo, sentindo o tecido do lençol da cama com muita nitidez grudando no meu corpo. Nenhuma pequena morte. Nada. Pilar se achando uma serial killer e eu ali, viva. Tinha a parte do amor, é claro. De estar sendo escolhida. E de ser bom tocar nela. Eram as duas coisas numa pessoa só, pela primeira vez, o amor e o desejo. A parte do desejo só, *hum,* não era *exatamente* como eu estava imaginando. Mas ainda era o mais perto que eu tinha chegado de ter amor e desejo numa só pessoa. Porque com Íris, por telefone, eu não tinha como saber. Ela era uma incógnita pra mim. Eu tinha medo de tocar no assunto, ela parecia tímida demais pra perguntar. As coisas ficavam sendo ditas e entendidas pela metade, de acordo com as nossas próprias interpretações. Eu não sei o que teria acontecido se eu tivesse ficado em Nova Sieva. Pedido ela em namoro. E dormido no mesmo quarto que ela. Pela primeira vez na vida. Eu, ela e uma cama. Sem cadeiras contra portas. Sem ninguém para atrapalhar. Só eu, ela, o amor e o desejo. Eu ficaria viva? Eu teria *uma pequena morte?*

Ela seria a minha *milésima* Tatiana? Minha *segunda* Pilar?

Ou a minha *primeira* Íris Pêssego?

"É a sua cabeça, você pode pensar no que você quiser." Girei o registro do chuveiro, sem fôlego, interrompendo meus pensamentos com a água quente. Não vou pensar em nada com Íris.

SUBI AS ESCADAS ESFREGANDO A TOALHA no cabelo molhado. Tinha esfriado na fazenda. O vento que sacudia os corações de cartolina agora corria pelas gretas das portas e deixava tudo gelado. Como se um ar-condicionado estivesse ligado. Evitei olhar a porta do quarto de Íris, pendurei a toalha no ombro e me concentrei em girar a maçaneta da minha.

Era um quarto adorável. Todos os acabamentos em madeira e azul-marinho. O quarto de visitas parecia feito para uma princesa. A cama, os móveis, a mesinha de cabeceira, o abajur bege de tecido com uma franja de tassel dourada, elegante como a avó de Cadu Sena. Eu podia apostar que tudo nessa casa tinha sido pensado por ela. Menos as árvores plantadas ao redor. Isso, com certeza, era coisa do Seu Júlio.

Minha avó tinha deixado a minha mala num cantinho e colocado toalhas limpinhas dobradas na cama de casal. Olhei pela janela imensa, que tinha vista para a entrada do casarão, e vi meu carro alugado estacionado do lado de fora com outros dois carros parados ao lado. Sorri pensando em como tinha sido bom chegar ali. Em um dia eu já tinha me sentido melhor do que em três anos. Não dava pra ver completamente o caminho de terra que cruzei de carro com Cadu. As luzes do casarão iluminavam até onde os carros estavam, o resto era engolido pelo breu da noite. A fazenda tinha som de fazenda. Dava para ouvir o barulho dos animais muito distante no escuro, o canto dos grilos, as árvores balançando. Um vaga-lume pousou do outro lado da janela, bem na minha frente. Apagou e acendeu. Encostei o dedo, estávamos separados por uma espessa camada de vidro. Ele girou, girou e parou. E eu pensei que adoraria ter uma vida tranquila. Que terminasse todo dia assim. Com um bichinho pequeno me dando boa-noite. Até o frio era diferente do frio de Montana. Esse era um frio que eu poderia realmente gostar em vez de só me acostumar.

Bati no vidro da janela com os dedos dobrados e espantei o vaga-lume.
Eu não posso querer nada.

Minha avó tinha dito que esse quarto era uma suíte, ainda que o chuveiro não estivesse funcionando, com certeza teria onde estender a minha toalha. A primeira porta que eu abri achando que pudesse ser o banheiro do quarto era um guarda-roupa imenso. A segunda porta que abri, ainda era ele. Num canto da parede, numa porta toda detalhada com um acabamento provençal esculpido na madeira, estava o banheiro.

Quando abri e acendi a luz, percebi que era como todos os outros, só um pouco menor. Os mesmos azulejinhos, o mesmo espelho, a mesma pia.

A luz amarelada dos banheiros deixava tudo com uma aparência ainda mais monárquica. Uma princesa escovaria seus dentinhos ali antes de dormir. E escovou. Porque tinha uma escova de dente azul-turquesa molhada no copo de cerâmica da pia. Arregalei os olhos para o outro lado do banheiro quando reparei que tinha outra porta esculpida. Me aproximei, na ponta do pé, e encostei a orelha. Não ouvi nada. Abaixei para espiar pelo buraco da fechadura e chutei a lixeira de alumínio sem querer. Me assustei com o barulho e corri de volta para o meu quarto. Bati a porta com o peso do meu corpo. Vasculhei o quarto com os olhos por uma fração de segundos.

Arrastei a minha mala, a mesa de cabeceira com o seu delicado abajur de tassel, um quadro da parede. Saí desmontando o quarto inteiro e empilhando todas as coisas que eu encontrei numa torre de tralhas na frente daquela porta. Porque aquela merda era um banheiro compartilhado. E porque o único quarto ao lado do meu era o quarto de Íris.

Porra, ótimo. Ótimo mesmo. Sentei na cama e apoiei minha cabeça na palma das mãos. Deixei o denso ar da adrenalina escapar dos meus pulmões. Só podia ser brincadeira. Deslizei as mãos pelo cabelo molhado, respirei fundo e deixei o meu corpo afundar no colchão macio. Minha visão estava turva de tanto cansaço. Pela viagem, pelos acontecimentos, pelas paradas todas sendo reviradas dentro das minhas gavetas internas.

É melhor eu ir me preparando... vai ser uma *longa* viagem.

Encarei o teto do quarto até que minhas pálpebras fechassem como duas cortinas anunciando o fim da cena. Senti algo vibrar do meu lado. Abri os olhos, a imagem do teto se remontou de novo, estiquei o braço sobre a cama e peguei o meu celular.

Você tem (1) nova mensagem de Pilar Mountwagner.

Édra, I will write this to you in English, because I don't think it's even worth it to me to say to you what I am gonna say in Portuguese, since we use that language to be lovely with each other. I'm glad you gave me the chance to talk to you in person. I will wait for you here, in Montana. I want to make things right with you. But I've talked to your father and we both know where you are. And I know who you are with So, if you get any closer to you ex – or whatever you both are – more than the necessary during this trip... If you flirt with her, if you touch her, if you kiss her... Tell me. Then block me. Delete me. I won't fight for you, if you already have a winner. I want to make things right, I truly do. I love you. But don't let me be here waiting for someone that won't come back. So, if you kiss her, let me know. Tell me. And forget me. Forever. ✓✓

[Édra, vou escrever isso para você em inglês, porque acho que nem vale a pena para mim dizer o que vou dizer em português, já que usamos esse idioma para sermos amáveis uma com o outra. Estou feliz que você me deu a chance de falar com você pessoalmente. Vou esperar por você aqui, em Montana. Eu quero acertar as coisas com você. Mas falei com seu pai e nós dois sabemos onde você está. E eu sei com quem você está. Então, se você se aproximar de sua ex – ou o que quer que vocês duas sejam – mais do que o necessário durante esta viagem... Se você flertar com ela, se tocá-la, se a beijar... Me diga. Então, me bloqueie. Me delete. Não vou lutar por você, se você já tem uma vencedora. Eu quero consertar as coisas, eu realmente quero. Eu te amo. Mas não me deixe ficar aqui esperando por alguém que não vai voltar. Então, se você a beijar, me avise. Me diga. E me esqueça. Para sempre.]

ACORDEI COM ALGUMAS BATIDAS OCAS NA PORTA. Meu cabelo ainda molhado demarcava o tempo, não tinha dormido muito. Foi mais uma espécie de *apagão*. Um cochilo súbito. Porra, eu tava morta de cansada. E eu tinha certeza de que era tarde. Não tarde "acabou a novela das 21h". Estava "para eu estar batendo à sua porta a esse horário, a casa provavelmente está pegando fogo, alguém morreu ou o planeta terra está sendo invadido" tarde. *Esse* tipo de tarde. Esperei irem embora porque eu não estava com um sono "acho melhor eu dormir". Eu estava com um sono "por mim, a casa pega fogo, não me acorde". *Esse* tipo de sono. Mas continuaram batendo inconvenientemente. E eu me levantei com os olhos caídos, grunhindo, meio acordada, meio dormindo. Quando abri a porta, Íris passou por mim, entrando sem pedir licença.

— Eu trouxe gelo. — Ela foi dizendo, analisando tudo ao redor. — Nossa, o seu é muito maior do que o meu. — Seus olhos pararam em cima da pilha de tralhas que eu montei contra a porta do banheiro que dava passagem para o quarto dela. — O que é *isso*?

— Eu tava dormindo, Íris — gemi, coçando a cabeça, sem me mover do lugar ou soltar a maçaneta. Eu não tava raciocinando direito o que tava acontecendo. — O que você tá fazendo aqui?

— Eu já disse. — Ela se sentou na minha cama. — Eu trouxe gelo. Pro seu olho.

— Obrigada. — Eu abri ainda mais a porta. — Pode deixar aí em cima em algum lugar e eu passo antes de dormir. — *E rala*.

— Eu não vou sair. — Ela deu de ombros. — Você vai deixar o gelo derreter.

— Eu vou passar. — Apontei com o meu queixo para a saída. — Pode ir. *Rala*.

— Sua cama é melhor do que a minha.

Pelo amor de Deus, cara.

— Íris, eu fiz uma viagem de quinhentas horas de avião — grunhi, com os olhos semicerrados que sequer conseguia abrir de tanto sono. — Eu preciso dormir.

— Eu *conheço* você. Eu sei que você não vai passar o gelo. E, se seu olho piorar e você faltar os ensaios do casamento por isso, a Simmy vai ficar muito triste.

Respirei fundo, apertando a maçaneta da porta.

— Se quiser que eu saia e deixe você dormir — disse ela se balançando na cama —, passe o gelo no olho.

— Agora? — perguntei sem acreditar.

— Sim.

É foda.

Fechei a porta e praticamente rastejei até a cama, peguei a tigela com o gelo da mão dela e olhei em volta. Não tinha nenhum outro lugar onde eu pudesse me sentar, porque a cadeira também estava com a tralha de todas-as-
-coisas-que-tinham-no-quarto que eu montei na porta do banheiro. Sentei o mais longe que pude dela na cama. E encostei um cubo de gelo diretamente no meu olho roxo. *Valeu mesmo, Miss bíceps.*

— Não *assim*, né. Eu trouxe um pano.

Fiquei imóvel, exatamente onde eu estava. Ela subiu na cama e se arrastou até a mim. O vestidinho curto do pijama, o cheiro adocicado do perfume, o rosto atrás do cabelo, o *"forget me forever"* de Pilar, os livros em francês que eu li escondido e eu.

Ela pegou um cubo de gelo na tigela de cerâmica que eu estava segurando, colocou sobre um pano e deu uma volta, aprisionando-o no tecido. Eu me sentia como o vaga-lume no vidro de uma janela, ela era o dedo do outro lado da barreira invisível. *Delete me, block me.* O gelo encostou na minha pálpebra e eu fechei os olhos. Quando a temperatura gelada atravessou o pano, gemi baixinho de dor e abri um olho só, e ela afastou a compressa abruptamente e eu pude abrir o outro. O gelo derreteu e escorreu pelo meu supercílio, pela lateral do meu rosto. Olhei para ela, inclinada em minha direção, a alça do seu vestido de pijama caída de um lado, o colo exposto, as clavículas, as mechas de cabelo. Os olhos hiperfocados na minha boca. *So If you kiss her, let me know.*

— Posso terminar isso sozinha. — Soltei um ar espesso, minha mandíbula travou. Engoli em seco.

— *Então, tá* — disse ela, baixinho, para a minha boca.

— *Então, tá* — repeti. Sem ar suficiente para respirar.

Ela pretendia me beijar naquele momento.

Eu pretendia deixar.

Íris subiu no meu colo. A tigela de cerâmica anunciou sua queda ao chão com o estalo de seu estilhaço. Gelo e cacos para todos os lados. O cheiro adocicado dela muito perto do meu nariz agora, a clavícula a um palmo da minha boca. As duas alças do vestido caídas nos braços, os cabelos escondidos atrás dos ombros, as mãos delicadas nas minhas bochechas, deslizando as pontas dos dedos para trás das minhas orelhas.

— Íris. — *Forget me, Forever.* — É melhor você ir dormir. Você deve ter bebido.

— Você não quer que eu vá. — Seu corpo se aproximou ainda mais do meu, se esfregando para se movimentar. Senti a pressão se arrastar nas minhas coxas, parando apenas quando as nossas barrigas estavam *quase* encostadas. — Você quer descobrir quem eu sou. Se eu sou a Tatiana, a Pilar ou se eu sou só *eu*.

O molhado do gelo, ainda escorrendo pelo meu rosto, pingou na perna dela.

Uma gota, tanta coisa.

Senti os seus lábios encostarem na minha orelha.

– Você não quer que eu te dê a resposta? – Ela se curvou inteira, flexível como um gato. Seu hálito quente ressoou dentro do meu ouvido: – *Tira a camisa, Édra.*

E EU ACORDEI. DE VERDADE, DESSA vez. Pingando de suor. Com o cabelo parcialmente seco. Não sei por quanto tempo eu tinha dormido. O vaga-lume que eu tinha tentado espantar e se debatia na janela do quarto, tinha voltado – teimoso, desafiava o vidro. Olhei meu celular. A mensagem de Pilar ainda estava lá, com seu ultimato. A pilha de tralhas na frente da porta do banheiro ainda estava lá *também*, com o seu portal para a fortaleza da princesa.

Alguém começou a bater na porta.

Não vou abrir.

Continuaram batendo.

Foda-se, não vou abrir.

E continuaram batendo.

Levantei da cama, impaciente. Girei a maçaneta com tanta força que ela se soltou da porta, caindo e rolando até o meu pé. Na minha frente, Íris segurava uma tigela de cerâmica com um sorriso amigável. Meu corpo se arrepiou inteiro contra a minha vontade. Senti o meu rosto corar.

Desviei o olhar para os cubos de gelo.

– Tive um pesadelo, aí fui lá embaixo buscar água, aproveitei e trouxe gelo – disse ela. Estendendo a tigela na minha direção. – Você disse que não ia...

Puxei a tigela da mão dela antes que ela conseguisse pronunciar qualquer outra palavra.

– Obrigado.

E bati a porta.

Que inferno.

9.

QUANDO ABRI A PORTA DO MEU quarto e olhei para o chão, sorri cinicamente diante da bandeja prateada. *O primeiro prato* eram torradas com geleia de morango feita na fazenda, ovos mexidos com cebolinha em cima e alguns biscoitinhos de polvilho doce salpicados com açúcar e canela. Ao lado, uma xícara de café, um copinho com xarope e dois comprimidos.

Naquela manhã, minha avó tinha dado duas batidas à minha porta. Eu olhei de um lado pro outro no quarto procurando uma desculpa perfeita para não descer. Pensar em ter que encarar Íris no café da manhã depois daquele sonho e de ter batido a porta na cara dela me dava náusea. Eu até queria descer e papear com minha avó, perguntar sobre mais coisas, jogar conversa fora assoprando o café pela borda da xícara. Mas Íris estaria lá. E eu sabia disso. Então, quando minha avó me chamou – "Édra? Querida?" – fingi que estava tossindo. "Oi, vó, nossa...", fui dizendo do lado de dentro do quarto numa voz manhosa, "Não tô muito legal", tossi. "Meu Jesus Cristo", ela se assustou do outro lado, "Vou ligar para Doutor Cleber, isso pode ser uma virose horrível." "Não, vó, eu tô bem, eu só...", procurei respostas pelo quarto como se os móveis fossem me dizer alguma coisa. Eles não disseram nada, mas a minha mala, compondo a pilha de tralhas na porta do banheiro disse: "Eu só devo tá estranhando a mudança do tempo, deve ser isso." "Tem certeza, minha filha?" "Sim, vó, acho que eu só preciso descansar." Ela ficou em silêncio. "Amanhã já devo acordar boa", depois de sonhar com outra coisa. "Hoje tem ensaio da valsa das madrinhas, para você e Íris dançarem no casamento. O cerimonialista deu a ideia, vai ficar lindo." *Não.* "Mas aí você ensaia amanhã. Hoje a Íris pode treinar com uma das amigas dela." Não, não, não. "Legal, vó", minha vida é uma piada, "vai ficar legal a valsa." "Sim, eu tô tão feliz que você veio e vamos poder incrementar as coisas da cerimônia, querida", ela deu uma risadinha empolgada do lado de fora. "O cerimonialista está lá embaixo falando várias coisas. Veio tomar café da manhã com a gente. Queria que você o conhecesse, *um amor*, é amigo do Cadu." "Amanhã eu vou estar melhorzinha pra fazer o que a senhora quiser", falei, querendo morrer. "Tudo bem, querida, vou trazer uma bandeja de café da manhã pra você não precisar descer e se cansar." Ufa. "Tira o dia pra dormir. Se você se sentir melhor, você desce." "Sim, vó", sorri amarelo, como se ela pudesse me ver. "Vou fazer isso." Dez minutos depois e ela bateu à porta de novo. Ela, não, Íris.

— Édra? — chamou, do outro lado da porta. — Sua avó me pediu pra trazer o seu café da manhã. Ela disse que você acordou *meio ruim*. Seu olho piorou?

— Não, meu olho tá bom — falei mais alto, sem sair da cama. Eu não queria ficar perto dela nem com uma porta entre nós duas. Eu não sabia dizer se era por causa do meu sonho, do "*forget me forever*" de Pilar ou se um pouco dos dois. — Não precisa se preocupar.

— Tudo bem. — Ouvi o som de prataria e louça balançando. — Vou deixar a bandeja aqui.

Inclinei minha cabeça, o corpo dela se abaixando sobrepôs a luz que entrava pela greta da porta do quarto. A louça e a prataria encerraram seus barulhos de delicadas colisões quando se estabilizaram no chão. Íris se levantou, a luz voltou a passar, se esquivando das coisas na bandeja e se derramando de volta no chão do quarto.

— Hoje quando o ensaio de casamento acabar, a gente vai fazer um monte de coisa legal. Eu, o Cadu, a Su, a Mar — disse ela antes de ir embora. — Se você se sentir melhor...

Eu comecei a fingir uma crise de tosse.

— Claro — disse, tossindo. — Se eu melhorar — falei, tossindo um pouco mais —, vou colar, sim.

— Legal — respondeu ela. — Eu sei que você odeia médico — *começou* —, mas você tá tossindo muito. Talvez seja o caso, né, de ir em um.

— Acho que eu só preciso dormir mesmo — bocejei bem alto. — Tô muito cansada da viagem.

— Tá bem. — Ouvi os passos de Íris recuarem com o barulho de sandálias rasteiras. Me perguntei se ainda estava usando o anel no dedo do pé. Aí me senti idiota pelo pensamento e afundei meu rosto de vergonha no travesseiro. — Se cuida. Qualquer coisa, você grita. Meu quarto é ao lado do seu.

É, Íris. Eu sei.

— Tá. — Minha voz saiu abafada pela fronha. *Porra, eu sou muito idiota mesmo.*

— O que você disse? — *Que eu sou muito idiota mesmo.*

— Eu disse *"tá"* — Afastei o meu rosto do travesseiro. — Qualquer coisa, eu aviso.

— Tá bom então. — Ela saiu andando. E eu puxei o cobertor para cobrir a minha cabeça.

O SEGUNDO PRATO ERA FRANGO GRELHADO com sementinhas de maracujá (eu adorava essa receita antiga da minha avó, ela tinha feito de propósito) e vários legumes cortados, temperados só com azeite e sal, cobertos por grãozinhos de chia. Ao lado um montinho de arroz integral com cenoura. Também estavam na bandeja um copo de suco de laranja, outro copinho com xarope e mais comprimidos. Dessa vez, quem bateu à minha porta foi Seu Júlio. Os passos dele tinham som de botas ásperas de fazendeiro. Imaginei ele do outro lado com cinto de fivela, luvas de jardineiro e chapéu de caubói. Clássico.

— Sua avó tá pegada na cozinha — disse, quando eu respondi *"oi"*. — Vim trazer seu almoço, filha, saco vazio não para em pé, não. O vento carrega.

— Obrigada, Seu Júlio. — Agradeci, sem graça pela minha mentira e pela possibilidade de eu estar dando trabalho para todo mundo, só para evitar encarar os meus fantasmas. — Pode deixar aí na porta, não precisa se incomodar. Não precisava nem ter vindo.

— É que sua turma da pesada foi de novo pro lago — fofocou ele. — O ensaio acabou cedo. Ninguém voltou pra almoçar até agora. Devem comer pela estrada. Acho que vão passear.

Fiquei em silêncio. Eu me senti esquisita. Não queria fazer parte daquilo, mas pensei que talvez estivesse sendo massa o dia de "lago, comer na estrada e passear" que eles estavam tendo. Me senti meio de fora. E o pensamento endurecido de evitar tudo e todos foi ficando maleável. Como uma massa de modelar sendo esticada e amassada.

Não posso passar as férias inteiras trancada nesse quarto.

Minha cabeça tá uma zona. Eu não sei dizer todas as coisas que eu tô sentindo. Eu só sei o que eu preciso fazer: ver a minha avó se casar, voltar pra Montana, conversar com Pilar, recomeçar minha vida lá. Deixar que minha avó fique com todos os vaga-lumes, que ela viva essa vida feliz de fazenda, de valsas, de amigos, de casamentos, de corações de cartolina longe de mim. Porque é a minha distância que paga por boa parte disso.

Fechei os olhos e pensei no anel no dedo do pé de Íris Pêssego, no tamanho de seu cabelo, no formato de seu rosto, no timbre da sua voz, no tamanho dos seus olhos sem óculos de grau. Ela não era mais a Íris do colégio. A Íris do bebedouro. A Íris da formatura. A Íris do meu telefone. Ela era uma nova pessoa. Outra pessoa.

Eu sabia que eu ainda me sentia vulnerável pela Íris das minhas memórias. Mas a Íris das minhas memórias — assim como eu — cresceu.

Então, talvez, só talvez, eu tivesse fazendo uma grande tempestade num copo d'água. Olhando para a Íris do agora e vendo a Íris do passado. Achando que ainda sinto coisas e me importo com essa nova versão que eu nem conheço. Me trancando no quarto e perdendo um dia incrível. Por causa de uma menina que eu nem sei mais quem é e que só me balança pelo que um dia já foi.

Porra, foda-se o seu anelzinho de dedo de pé. Eu nem conheço mais você. Não faço ideia de quem você é. E, honestamente, não quero saber. Não me importo. Não me atrai nem me interessa. Eu não sinto *nada* pela você de agora. E eu não tenho mais dezessete anos.

— Você tá melhor? — perguntou Seu Júlio atrás da porta, depois de deixar a bandeja com o meu almoço no chão. Eu balancei a minha cabeça me dando conta de uma série de coisas.

– Eu tô *começando* a melhorar, Seu Júlio – respondi – Começando a melhorar.

O BARULHO QUE ME ACORDOU À TARDE não foi de batidas na porta. Alguém estava batendo um martelo na parede do banheiro que conectava o meu quarto com o quarto da nova-Íris. As vozes de Seu Júlio e outro rapaz se mesclavam. "Tava feia a coisa, viu." "Deve ser por isso que não tava esquentando." "Agora como é que um rato rói os fios de um chuveiro?" "A gente morre e não vê de tudo."

Revirei os olhos e me virei na cama, apertando as pontas do travesseiro contra as minhas orelhas. Uma bandeja, a do café da manhã, na mesa da penteadeira. A outra, do almoço, se equilibrando na mesa de cabeceira que eu arrastei para a pilha de tralhas. Eu tinha pegado no sono depois de almoçar lendo um livro de poemas. Não tinha televisão no meu quarto, não tinha banheiro que eu pudesse usar, minha bexiga dava pontadas finas, eu ainda não tinha tomado um banho decente. Nem escovado meus dentes. Nem *existido*. Eu tava tão cansada e ansiosa que eu tinha paralisado por uma manhã e início de uma tarde inteira. E o sentimento de estar "perdendo coisas" foi virando raiva de mim mesma. A raiva era um combustível pra fazer algo sobre tudo aquilo. Não dá pra ter controle em uma crises de ansiedade, não era cem por cento justo me culpar por não ter conseguido sair do quarto. Mas eu já tinha chegado a conclusões importantes sobre o que estava acontecendo. E sobre como eu ia querer me comportar dali em diante.

A água começou a cair.

"Temos um chuveiro que funciona." "E tá esquentando bem, bota a mão aí, pro senhor ver." "Espetacular!"

Com o diálogo empolgado dos dois *homo sapiens* descobrindo a eletricidade, uma lâmpada acendeu na minha cabeça. E, como na idade da pedra, eu decidi que iria reivindicar o meu território. Foda-se a princesa da escova de dente azul-turquesa. Aquele *também* era o meu banheiro. Ao menos até que as férias acabassem.

Eu me levantei da cama. E declarei guerra a um anel de dedo do pé.

— *You know, the world looks a little brighter* — soou a música, enquanto bati o travesseiro no forro da cama, levantando as partículas de poeira. — *and there's no need for conversation.* — "Forgive & Forget", do The Kooks, uma das minhas bandas favoritas no planeta terra, tocando no volume máximo da minha caixinha de som portátil. Se alguém perguntasse, eu só diria que tava triste pela indisposição e a música me faria melhor. Estiquei o lençol. — *Tell me why you give it away, you give it away, you give it away, you give it away so eaaaaasy.* — Pulei em cima da cama. — *Baby!* — Assisti minha dancinha no reflexo do espelho da penteadeira. — *But I can't stand, an hour break, another day, so let me make it.* — Caí de joelhos no colchão. Fingindo ter a guitarra do Luke Pritchard ou a do Hugh Harris. — *Eaaaaasy, baby*! — Que saudade da música.

— *And it goes on!* — Saltei da cama. Com a toalha de banho pendurada no meu ombro. — *You say you need someone to love you.* — Apontei para mim mesma no espelho.

A música parou de tocar abruptamente. A luz azulada da caixinha de som se apagou. Porra, a bateria tinha morrido na melhor parte – a bagunça do refrão no último minuto. Foi como se tivessem cortado meu microfone no meio de um show. Voltei para a realidade do quarto silencioso. "Forgive & Forget" ficou pausada na tela do meu celular, me esperando dar play para o *grand finale*. Logo abaixo dela, nas notificações, Augustus tinha enviado novas mensagens que pareciam implorar para serem abertas.

Já Pilar não disse mais nada.

Seu tratamento de silêncio parecia uma forma de enfatizar a seriedade de suas últimas palavras. Mas a ameaça feita por ela não me incomodava em nada, nem fazia a menor diferença pra mim.

Eu não precisava de um ultimato para ficar longe de Íris Pêssego.

Mesmo que eu *pudesse*, eu não teria *nada* com ela.

Existe, sim, uma Íris que me balança muito. E que tenho medo de chegar perto. Só que ela está presa no meu passado. No presente, ela não existe mais. E a Édra de dezessete anos – apesar de relutar as vezes em submergir – também não assume a cabine de controle do meu cérebro. O tempo passou, as coisas mudaram e acabaram, fim.

Eu não entendo por que Pilar sempre foi tão implicante sobre um assunto que, honestamente, já está batido. Porra, três anos. Não tem necessidade desse pânico todo. Nem da parte dela nem da minha. Meu cérebro imaginou coisas por ter sido pego de surpresa. Quis me sacanear. Mas o fato é que está tudo bem. Mesmo. Eu não preciso ter medo dos fantasmas do meu passado. Se são fantasmas, estão mortos. E ponto-final.

Foi com esse olhar presunçoso e orgulhoso que eu observei o quarto – agora em ordem – uma última vez antes de ir tomar um banho no meu-banheiro-também.

Todas as coisas em seu lugar. A mesa de cabeceira, o quadro, a cadeira da penteadeira, o abajur bege e dourado de tassel.

Tudo lindo e habitável. Empilhei as bandejas e as louças para levar até a cozinha, lavei os copinhos com xarope na pia e dei descarga nos comprimidos. Estendi a toalha, puxei a cortina do box e girei o registro. Meus cílios pesados da água corrente. A brisa fria do campo arrepiando a pele numa bagunça térmica contra o vapor quente, o barulhinho da bomba d'água vindo de dentro da parede por atrás dos azulejos delicados. As cigarras ciciando de longe...

Fim de tarde na fazenda.

A luz atravessando a centelha do banheiro era azulada e alaranjada ao mesmo tempo. Quente e fria. Energética e calma. Tudo cheirava a xampu.

Faltava pouco para as cinco da tarde. O horário da minha mãe. Fechei os meus olhos. E me envolvi com meus braços embaixo da água. Dei um sorriso confortável. E fiquei ali, parada, por um instante.

Acabei meu banho e parti para os outros autocuidados. Escovei os meus dentes, passei hidratante no meu corpo todo, até o pé. Peguei um pouco de maquiagem, como Pilar tinha me ensinado a fazer, e contornei o meu olho, ainda roxo pelo incidente com a Miss bíceps. Ficou bem melhor. Sequei meu cabelo, dessa vez, da maneira certa, com o meu secador portátil. Os fios curtos levavam minutos para secar. Usei as coisas mais cheirosas da minha nécessaire.

Borrifei perfume e finalizei a minha guerra pessoal demarcando *de vez* o meu território. Ao lado da escova de dente azul-turquesa de Íris Pêssego, eu coloquei a minha, preta.

Brinco em uma única orelha, 1. Anel de dedo de pé, 0.

O TERCEIRO PRATO VEIO COBERTO POR uma tampa de inox acompanhado apenas de uma colherzinha de sobremesa. Eu estava terminando de trocar de roupa. Bateram três vezes na porta antes que eu pudesse abri-la. Olhei de um lado para o outro. Não tinha ninguém. Peguei a bandeja do chão e voltei para o quarto. Quando removi a tampa, um grilo saiu saltitando.

Dei um pulo, um grito e derrubei tudo.

Cadu Sena surgiu logo em seguida, abriu a porta se acabando de rir.

Se jogou todo sujo, com o cabelo molhado, nos lençóis brancos e limpos que eu tinha acabado de arrumar, enquanto eu xingava todos os palavrões que já foram inventados.

— É isso que você ganha — disse ele, cruzando os braços — por ter passado o dia todo *fingindo* que tá doente. Se aproveitando de dois idosos.

Como ele sabia?

Ele leu a dúvida sobre o flagrante estampada no meu rosto e me respondeu, apontando com o queixo para a janela perto da cabeceira da cama.

— Eu te vi pulando na cama parecendo uma maluca. — Ele apertou os olhos, curioso. — Você curte *performances*?

— Não me aproveitei de ninguém — resmunguei, me abaixando pra recolher tudo o que eu tinha derrubado no chão. — Só tô cansada. — O grilo saltitante aproveitou meu momento de distração para se esconder pelo quarto. *O que em resumo significa que eu não vou dormir.* Eu odeio Cadu Sena. — Peguei um voo de mil horas, emendei numa festa e acordei no dia seguinte sem energia pra viver. Eu mal consigo ficar *em pé* de cansaço.

— Édra, você tava tocando uma guitarra invisível.

— Vai se foder.

— Mas, sério — quis saber ele, imundo na minha cama —, você curte *performances*?

— Por que você tá falando assim?

— Assim como?

— *Performances*. Assim.

— Porque tem um *quê*.

156 *Elayne Baeta*

– Um *quê* do quê?

– Um algo.

– De que *algo* você tá falando?

– Você vai descobrir. – Ele se levantou da cama. Olhei para o forro todo bagunçado com desgosto. Eu tinha *acabado* de arrumar. – Vou te levar pra sair.

Comecei a rir.

– Vai levar sim. Porra, Cadu, e eu vou *demais*. – Levantei do chão com todas as coisas da bandeja arrumadas. – Ainda vou levar minha guitarra.

– Você vai mesmo. – Ele começou a recolher as minhas bandejas acumuladas transformando tudo em uma coisa só. Numa única pilha enorme. – Não vou te deixar apodrecer nesse quarto o verão todo. Pô, o verão em Montana faz, sei lá, seis graus num dia bom. Você tinha que ter vergonha de tá desfazendo do seu país.

– Desfazendo do meu país?

– Maju Coutinho chama a meteorologista, ela te dá de presente uma previsão do tempo de trinta graus, e você, cercada de praia, lago e cachoeira, prefere ficar tocando uma guitarra que nem existe.

– Se o lago tava tão bom assim, por que você já voltou? – provoquei. – Não tô ouvindo o barulho das meninas.

– Voltei porque eu vou sa... – Ele se corrigiu: – Porque *nós* vamos sair.

– *Nós*. Eu, você e a Maju Coutinho.

– Édra, relaxa, não precisa se preocupar. – E aí, ele me deixou *furiosa:* – A Íris não vai.

– Como assim *"a Íris não vai"*. Eu tenho *o que* a ver com isso?

– Eu sei que você tá evitando ficar perto dela. Mas fica tranquila, ela não vai.

– Não tô evitando ninguém.

– Você tá.

– Eu não tô.

– Você tá.

– Por que você *acha* que eu tô?

– Porque eu sou sensitivo.

– Agora pronto.

— A melhor forma de você conquistar a Íris de volta é se fazendo um pouco de difícil. De nem aí, sabe? Sair pra outro lugar, deixar ela se perguntando onde você foi sem ter chamado ela. Esse tipo de coisa. Você tem que disfarçar que tá interessada. Ainda mais ela sendo a sua ex. Tem que *jogar o jogo*. — Ele piscou um olho pra mim. — Eu tô fazendo isso com a Marcela. Quando ela acha que me tem na mão dela: *Bang!* — Ele deu uma pisada na minha direção, balançando todas as coisas na pilha de bandejas dele. — Eu paro de demonstrar interesse. Também foi por isso que eu voltei mais cedo do lago. Se eu fico demais, ela não vai ter do que sentir saudade.

Eu estava completamente inebriada com tanta burrice.

— Primeiro — falei, arrumando as coisas que ameaçavam cair da pilha de bandejas nos braços dele —, eu não vou sair com você. Segundo, Marcela quer que você morra. E, terceiro — prossegui, dando alguns passos pra trás —, eu não sou mais apaixonada pela Íris.

— *Hum.*

— Não sou mesmo.

— *Se você tá dizendo.*

— Eu *tô* dizendo.

— Uhum.

— Uhum, o quê?

— Tô concordando com você. Se você não é, você não é.

— Eu não sou.

— Aham.

— Aham *o quê?*

— Enfim, Édra — disse ele, e girou a maçaneta da porta —, esteja atenta ao sinal. Quando eu der o *sinal*, você vai saber que é a hora de me encontrar — comentou, em tom misterioso. — Vou estar dentro do seu carro.

— Como assim você vai estar *dentro* do *meu* carro?

— Ué, a gente vai nele. — Ele falou como se fosse algo que eu já deveria saber. — Eu tô com a chave até hoje. Você nem lembrou de pegar de volta quando eu estacionei. — Então, disse num tom de voz mais baixo, completamente envaidecido: — *Marcela acha que é meu.*

Deus, por favor, preencha com paciência o meu coração. Eu não quero que Maju Coutinho anuncie no *Jornal Nacional* que eu matei um homem.

Antes que eu dissesse qualquer coisa, o corpo dele passou para o lado de fora do quarto. Levando todas as minhas bandejas.

– Esteja atenta ao sinal, porque vai ser discreto.

– Desista. Eu não vou – falei, cheia de ódio –, e meu carro também não.

– Sabe, Édra, o tempo tá ameaçando mudar, parece que vai chover e as meninas tão planejando fazer uma noite do pijama. Sua avó disse que vai levar os seus álbuns de fotos, de quando você era criança, pras meninas ficarem olhando – disse Cadu com uma voz diabólica. – Eu odiaria ter que dar a ideia pra elas subirem até o seu quarto pra te animar. E ver os álbuns com você na sua cama.

– Você não seria tão escroto assim.

– A Íris tá bastante empolgada.

– Você não faria isso.

– Sua avó tem mais de quatro álbuns.

– Você tá tão fodido...

– Sinal discreto. – Ele foi fechando a porta, como um agente secreto. – Preste atenção no sinal discreto.

Eu ouvi quando Íris Pêssego voltou do lago. Já tinha anoitecido. O céu azul-escuro da fazenda nessa noite estava inteiramente acinzentado. As risadas sincronizadas entre ela, Marcela e Suri na entrada do casarão foram o primeiro sinal de sua chegada. Deu pra ouvir da minha janela. O segundo sinal foi a porta do quarto dela batendo. O terceiro, foi o som dos seus passos até o banheiro. E o último, foi o chuveiro.

Do outro lado da porta, Íris Pêssego estava tomando banho. A passos de mim. Se eu entrasse sem querer, era exatamente o que eu veria. O mesmo que Marcela viu quando invadiu o banheiro para pedir alguma coisa emprestada a ela. O barulho da bomba de água e da resistência do chuveiro picotavam as ondas sonoras das vozes. Existia o diálogo que estava realmente acontecendo e o diálogo que eu estava preenchendo na minha cabeça com o que dava pra ouvir. Marcela saiu do banheiro, deixando Íris sozinha. Depois que a porta bateu novamente, ela começou a cantarolar no banho.

Eu tava deitada no escuro. Não vou dizer que *sozinha* porque existia um grilo escondido em algum lugar. Meu plano era fingir que eu tava dormindo pra evitar ser incomodada. Por baixo das duas camadas de cobertores, como um adolescente rebelde, eu tava de calça, um blusão de moletom preto e meias brancas. Os tênis eu tinha enfiado embaixo da cama, era só encaixar nos meus pés como pecinhas de brinquedo de boneca e estaria pronta. Barbie Lésbica em Chantagem da Miss bíceps.

Quando Cadu Sena desse seu sinal discreto, eu iria tentar descer as escadas sem ser vista. Até a festa do pijama da "noite das meninas" começar, com o entretenimento oferecido por quatro álbuns de fotos minhas, eu já estaria muito longe. Num carro com Cadu Sena dentro. E uma guitarra invisível.

Fiquei esperando que Íris aparecesse na porta do meu quarto pra reclamar por eu ter deixado a minha escova com a dela na pia. Ou por eu ter estendido minha toalha por cima da dela. Ou por eu ter pego um pouco do seu condicionador, mesmo tendo um. Ou pelo fato de que, propositalmente, nem sequei o piso do chão. Eu já tava pronta pra rir, quando ela viesse se queixar. Eu não fazia ideia se ela sabia que os nossos banheiros eram conectados. E, talvez eu tenha exagerado nos sinais, mas achei importante que ela soubesse. Eu fiquei esperando que ela achasse tudo estranho, revirado, e partisse pra uma investigação. Nem tranquei a porta. Imaginei que ela poderia vir direto, girar a maçaneta e dar de cara com o meu quarto. E comigo deitada na cama. Quando o chuveiro desligou, consegui ouvir as coisas com mais clareza. Como um disco masterizado. Os barulhos na pia, sua escova de dente, seu gargarejo, seu cuspe, as tampas de produtos sendo abertas, seu secador de cabelo, o borrifar de seu perfume, algo como um brinco caindo no chão, ela pegando, o desodorante em spray, alguma coisa de plástico se abrindo, alguma coisa de plástico se fechando, a água caindo da torneira da pia, uma canção assobiada, a descarga e a porta batendo. Nenhuma piadinha, nenhuma curiosidade, nenhum impulso, nenhuma investigação, nenhuma batida na minha porta, nenhuma atitude tomada, nenhum *binóculo*. Nada.

Minha avó anunciou sua presença com um toc-toc, eu disse que ela podia entrar e me mantive embaixo das camadas de coberta, como se eu tivesse quinze anos e fosse proibida de sair à noite. A roupa nova por baixo dos panos e a mão dela sem nenhuma desconfiança encostando na minha testa. "Não está quente, ainda bem", ela sorriu à meia-luz do quarto, formada apenas pela luminosidade que entrava pela porta aberta e pela janela. "Eu trouxe uma xícara de chá e um bolinho pra você. É de laranja, eu fiz hoje. Tá fofinho, como você gosta." "Obrigada, vó", foi o que eu disse, envergonhada. Eu tava, sim, dando trabalho a idosos. Cadu tinha razão. Eu sou ridícula. "Mais tarde vou bater na porta. Se você não estiver dormindo, responde", ela alisou meu cabelo. "Eu e as meninas vamos entrar pra te fazer companhia. Cadu deu a ideia de ficarmos vendo os álbuns de família juntos. Se você não tiver pegado no sono, a gente pode se espalhar pela cama pertinho de você e ficar tricotando." "Eu adoraria, vó", passei o meu tom de voz no açúcar, "mas eu tô tão cansada, que eu acho que eu prefiro ficar sozinha, dormindo." "Você é quem sabe", ela me deu um beijo na sobrancelha do olho machucado. "Amanhã tenho certeza de que você vai acordar mais disposta. Não se esqueça de tomar o chá. Antes que esfrie", ela caminhou até a porta. "Depois que esfria, não tem mais volta".

"Ah, olha!", ela se curvou, capturando com cuidado o grilo saltitante da maçaneta. Foi até a janela e o empurrou para cima. O vento gelado entrou no quarto. Minha avó libertou o grilo na noite acinzentada da fazenda. Suspirou, contemplativa, assistindo a noite da janela aberta, como se fosse sua televisão ligada numa novela. Ela era feliz assim.

"Vai chover", foi a penúltima coisa que me disse antes de sair. A última foi: "muito."

O sinal discreto de Cadu Sena foi arremessar uma pedra na janela. O barulho foi tão alto que me acordou do meu cochilo. Levantei da cama tropeçando e fui até a janela. Ele estava na frente do casarão. Fazendo gestos estranhos para mim com os braços esticados no ar. Achei engraçado. Eu não precisava mais ir porque eu já tinha dito a minha avó que pretendia dormir a noite inteira sem ser incomodada. Fiquei – por um curto instante – observando ele perder a paciência comigo. Achando que eu não tava entendendo os sinais. Andando de um lado pro outro. Querendo arrancar seus músculos fora. Dei uma risada genuína. E cheguei à conclusão de que eu já tinha passado tempo demais naquele quarto.

Talvez, fosse bom. Bom mesmo. Sair sem as meninas. Só para depois poder contar isso a elas. Meio que, é, pois é, nós fomos num lugar *foda* e vocês não foram. Fica pra próxima. Isso seria divertido demais. Seria pior do que o lance do banheiro. Talvez irritasse a Íris. Ao ponto dela querer reclamar dessa vez.

Eu gostei de como tudo ficou parecendo na minha cabeça. Desci as escadas como uma flecha. Cruzando a casa em direção à porta de entrada, ouvi as vozes das meninas vindas do corredor onde o quarto de minha avó ficava. Risadinhas, tilintar de colheres de chá girando dentro de xícaras de porcelana e a televisão ligada ninando todos os barulhos. Abri a porta para sair do casarão com a voz de Marcela ao fundo – *"Ela tinha quantos anos nessa foto?"* – e fechei.

– Nossa, que demora. A gente vai perder a diversão toda – reclamou Cadu, impaciente, assim que me viu. – E eu ainda vou chegar atrasado.

– Atrasado – falei, com medo de concluir a pergunta –, *pra quê?*

Ele entortou um sorriso na cara, pressionando o botão na chave metálica que girava nos dedos. O carro alugado apitou, as portas se destravaram e os olhos de Cadu Sena *brilharam*.

– Mambo-Rambo, minha cara – disse ele, balançando a cabeça, empolgado. – *Mambo-Rambo*.

– Que porra é essa, Cadu?

– O *melhor* lugar do mundo. Onde as coisas *realmente* acontecem. – Ele entrou no carro sentando no banco do motorista. – Você tá pronta pra uma noite cheia de adrenalina?

Eu olhei pra ele. Ele olhou pra mim.

Era a minha chance de poder dizer *"nós fomos num lugar foda e vocês não foram. Fica pra próxima"* na cara de Íris. Mesmo que eu não tivesse uma razão muito específica pra isso.

Eu estava *pronta* pra uma noite épica.

Cadu parecia ter lido minha mente, porque quando entrei no carro e puxei o cinto de segurança do banco ao lado dele, foi isso o que ele murmurou: "Vai ser uma noite épica."

— Nossa! — Congelei, desacreditada. — Eu *acabei* de pensar isso.

— Eu disse. — Ele girou a chave, despertando o motor do carro. — Eu sou sensitivo.

Era um bar com umas cinco pessoas. Seis com um funcionário varrendo o chão, sete com uma mulher enfadada de batom vermelho, repensando todas as suas escolhas de vida enquanto girava um pano de prato sujo dentro de um copo americano atrás de um balcão. Um globo feito de cacos de espelho quebrados girava no teto e refletia luzes coloridas nas roupas da gente. Havia um palco improvisado nos fundos com uma cortina de lantejoulas, caixas de som, um teclado com os pés enferrujados, alguns leques extravagantes decorativos. A escada para subir ao palco tinha só três degraus de madeira. Os pregos mal martelados, meio pra fora. Mesas e cadeiras de plástico com o símbolo da Cerveja Solar estampados em tudo. Duas das quatro pessoas eram um casal brigando em uma das mesas. Ele resmungando coisas, ela com suas unhas postiças enormes sacudindo um sachê de sal numa porção de batata frita. A terceira pessoa no quarteto da clientela era um senhor triste bebendo sozinho. Balançando a cabeça com a seresta. *Estou guardando o que há de bom* — Roberto Carlos cantava pra ele nas caixas de som — *em mim*. Ele vai chorar.

— Meu Deus, eu não vou conseguir. — Cadu sussurrou para mim, pálido. — Hoje tem público.

A quarta pessoa era um homem com um bigode encorpado, parecia um bicho agarrado no rosto dele. O palito na boca, o chapéu de caubói, o cinto de fivela, as botas. Veio até nós com os dois braços abertos. Mostrando um dente canino *de ouro*.

— Minha estrela. — Ele abraçou Cadu Sena, rindo, os tapas nas costas de Cadu faziam parecer que ele estava tentando apagar fogo da camisa. — Você veio. — Ele se afastou, colocando as duas mãos na cintura. Me fitou de cima abaixo. — E trouxe cliente.

— Édra, Raí. — Cadu nos apresentou. — Raí, Édra.

— Bem-vinda ao Mambo-Rambo. — Raí apertou a minha mão. Senti o meu dedo estalar. Ele começou a sacudir o meu braço como se quisesse arrancá-lo. — Dalva. — Se virou para a moça do bar. Ela olhou para o teto, desgostosa, como se estivesse pedindo paciência pra Deus. — Três tequilas. Pra gente molhar o bico.

— Meu salário tá atrasado. — Dalva bateu o copo americano com força contra o balcão.

— Dalva, *baby girl*, você tá *olhando* pro seu salário. — Raí se sentou num banco giratório em frente ao balcão do bar, apontando com a palma da mão para Cadu Sena. — É o nosso cara!

Cadu sorria tímido e lisonjeado.

— O que é isso, Senhor Raí. — Ele encolheu os ombros. Se juntando ao Indiana Jones do Mambo Rambo nos bancos giratórios de couro vermelho.

— Senhor tá no céu. — Raí apertou o ombro de Cadu, sorrindo com seu dente dourado. — *Já falei que somos amigos.*

— Falou mesmo. — Cadu Sena parecia só um menino diante de um ídolo. Um ídolo *estranho*.

Eu me sentei em outro banco, observando a conversa. Dalva servia três copos de tequila. Uma mosca sobrevoava o bar buscando onde pousar. Pousou no ombro de Raí. E ficou.

— O que você preparou para a gente hoje, hein? — Raí agarrou o copo e virou de uma só vez. — Mandei pendurar um pôster com o seu rosto lá fora. Em preto e branco e numa folha A4 porque, você sabe — disse ele, fazendo uma cara de cachorro abatido —, o bar não vai bem das pernas.

— *Um pôster.* — Cadu visivelmente tinha parado de prestar atenção nessa parte. Os olhos brilhando para o nada. O pensamento longe. Parecia emocionado. Deu um gole na tequila. Eu não estava entendendo nada, mas não estava gostando do *tom* daquilo tudo.

— É, meu amigo. — Raí puxou a garrafa de tequila da mão de Dalva. — *Um pôster.* Você merece um pôster, não fiz nada demais. Nada além da minha obrigação como seu futuro empresário.

A mosca voou do ombro de Raí para a boca da garrafa de tequila, deu uma volta completa e caiu no copo. Sendo afogada pelo líquido dourado que agora ele despejava, para beber mais.

— Não precisava ter se preocupado, Senhor Raí, digo — corrigiu-se Cadu, com um sorriso amarelo —, *Raí*. Eu faço até questão de pagar com a minha taxa de apresentação.

Taxa de apresentação?!

— Não precisa disso, filho. — Raí bebeu a mosca. — Faço isso porque acredito no seu potencial. — O copo americano voltou para o balcão completamente vazio. — Agora suba no palco, não deixe o público esperando.

Cadu assentiu com a cabeça, entusiasmado. Assoprou o ar do nervosismo de seus pulmões e alongou o pescoço de um lado para o outro, antes de me lançar um olhar sugestivo e caminhar até o palco com toda sua altura e músculos dentro de uma camisa lilás de botão, ele repetiu "você é o cara" para si mesmo. Nas costas dele, Dalva passava o pano de prato, o mesmo que tinha usado nos copos, pela madeira suja do balcão, balançando a cabeça negativamente, enfadada.

— Deixe o garoto, Dalva — disse Raí, malicioso, conforme Cadu subia no palco. Começou a rir, zombeteiro. — Ele é o nosso astro.

— Boa noite. — O microfone fez um barulho agudo. Todos encolheram as feições em agonia. — Eu gostaria de agradecer a todo mundo por ter vindo esta noite. É a nossa segunda semana juntos. É uma honra pra mim assumir o palco durante as férias do nosso querido Luan, O Canarinho Encantado. — Cobri parcialmente o meu rosto de vergonha. *Pelo amor de Deus.* — Para a música de hoje, ensaiei bastante. É um clássico. Espero que todos gostem e me acompanhem. *Pode dar play, Faustino.*

O rapaz da vassoura subiu até o palco com um pendrive na mão e se enfiou entre as caixas de som. A batida que começou eu reconheceria em qualquer lugar do mundo. Cadu tinha um microfone na mão direita e estalava os dedos da mão esquerda seguindo o ritmo. O casal parou de brigar, o homem triste parou de chorar, Dalva parou de passar pano no balcão, Raí continuou enchendo o copo com mais bebida. E eu arregalei os meus olhos, sem acreditar.

– *Young man! There's no need to feel down, I said young man!*

Não é possível.

– *Pick yourself off the ground. I said young man! Cause you're in a new town. There's no need! To! Be Unhappy!*

O homem triste começou a bater palmas no ritmo da bateria.

Não. Não tem como.

– *Young man! There's a place you can go!* – Cadu Sena começou a ganhar segurança para andar pelo palco. – *I said young man! When you're short on your dough! You can stay there and I'm sure you will find, many ways! To! Have! A good time!*

Virei a tequila – no copo americano imundo que Dalva tinha servido – *toda* de uma só vez.

– *It's fun to stay at the* – cantou, direcionando o microfone pra plateia. Ninguém respondeu. Então, ele mesmo cantou: – *YMCA! It's fun to stay at the...*

– *YMCA!* – gritou Raí.

Cadu apontou para Raí sorrindo e fazendo passinhos como se fosse uma mistura implacável de Elvis Presley surfista de cabelo cacheado cantando Village People. No refrão, ele começou a perder a timidez, e eu reparei uma coisa que era – inegavelmente – verdade. Que afinação. Todos os graves e os agudos perfeitamente colocados. Eu era uma boa apreciadora de música. A voz dele, nem muito aguda, nem muito grave, boa pra valer, como se fosse o vocalista de uma banda.

Os giros, as pernas, os estalos de dedo, o gingado. Puta que pariu. Eu sorri, em choque. Cadu Sena é *mesmo* a porra de uma estrela.

QUANDO A CANÇÃO TERMINOU, O HOMEM triste deu um longo assobio empolgado. Dalva virou a cara. Faustino puxou o pendrive. O casal das batatas fritas voltou a brigar. Eu aplaudi. Raí se levantou do banco, de braços abertos, andando em direção ao palco. Vi quando ele segurou o rosto de Cadu Sena com as duas mãos, como um pai orgulhoso. Eles se abraçaram. Então, reparei algumas notas de dinheiro saindo do bolso da calça de Cadu diretamente para a mão dele. Tive um clique. Raí era, sem sombra de dúvidas, um aproveitador.

Apesar de ser uma estrela. Uma estrela de verdade. Cadu Sena *pagava* pra cantar.

Nós tínhamos dirigido por menos de meia hora pela estrada escura. Desviando de caminhões enormes, carregando todo tipo de carga – tanques de óleo, barris de cerveja, vacas e galinhas. A estrada era mal iluminada e esburacada. O Mambo-Rambo ficava no meio do nada, entre um posto de gasolina e um motel. Levei um tempo pra conectar as coisas. O posto se chamava Abastece Raí e o motel se chamava Raízes do Amor, com um letreiro enorme piscando em vermelho. Todas as coisas eram dele. O posto, o motel e o bar. Não satisfeito com isso, ele também parecia querer ser dono de Cadu Sena. Me dei conta de uma coisa que eu já tinha começado a desconfiar, mas que agora, observando Cadu e Raí conversarem de longe depois de sua apresentação, tinha ficado muito clara pra mim. Impossível não reparar. Cadu tinha um coração bom. Bobo. Porém, bom. Bom de fato. Raí era só uma mosca pousando nele.

– E aí? – Cadu se sentou ao meu lado, tentando fechar a boca para esconder o sorriso. Ela continuava se abrindo. Ele continuava com um sorriso largo, afobado. – O que você achou?

– Porra – comecei e sorri pra ele –, eu achei massa. Você canta muito bem. Sério. Você devia se inscrever em algum lugar, botar uns vídeos na internet, sei lá.

– Tá doida? Não. – Ele se encolheu no banco, tímido. – *Ninguém sabe que eu gosto de performances* – disse baixinho. – E eu não quero contar.

– Por que você me trouxe aqui, então? – perguntei. – Se você não quer que *ninguém* fique sabendo.

– Primeiro, porque você passou um dia inteiro trancada no quarto, sem querer viver. – Suas sobrancelhas se ergueram na testa. – Segundo, porque – disse ele, sorrindo – nós somos amigos. É isso que amigos fazem. Quando tem alguém sofrendo pela ex.

– Eu não tô sofrendo pela minha ex.

– *Hum.* – Ele deu uma risadinha. – Não negou a parte de que somos amigos.

– Não somos amigos – falei. – E eu não tô sofrendo por ninguém.

– Nem sofrendo nem aproveitando. – Ele balançou a cabeça. – Duas tequilas, Dalvinha. *Por favor.*

— Quem vai dirigir, se a gente ficar bebendo?

— *Você.* — Ele ajeitou o corpo no banco. — As duas tequilas são pra mim. Você veio de motorista.

— Ah. — *Claro.* Dalva serviu dois copos com tequila. — Tá explicado. Você é um filho da puta.

— Não mude de assunto. — Ele semicerrou os olhos, me analisando. — Por que você terminou com a Íris? Eu sempre quis saber.

— Não vou ficar falando disso num bar.

— É um bar. — Cadu deu de ombros. — Foi feito pra gente falar disso.

— Eu não tenho nada pra falar sobre isso, Cadu. Nem gosto desse assunto.

— É segredo?

— Não.

— Vocês brigaram.

— Não.

— Traíram uma à outra.

— Não. — O assunto me fazia querer virar uma garrafa de tequila. — Por que você tá batendo tanto nessa tecla?! Ela mandou você vir me perguntar alguma coisa?

— Não — respondeu ele. — Você derrubou uma garrafa quando viu ela descendo a escada. Eu *sei* o que é isso. Já senti isso por alguém, só que não deu muito certo.

— Por quê? — perguntei.

— Eu não sei dizer direito. — Cadu deu um gole na tequila. — Queria ter uma explicação boa. Detalhada. Queria, sei lá, ver os vídeos de todos esses momentos pra ir repassando e descobrir onde foi que começou a dar errado. Mas essa é uma das merdas de ser adulto. As coisas acabam antes de você se dar conta, sabe? Tipo quando você abre um armário da cozinha e não tem mais pão. Ou quando uma conta de luz venceu porque o prazo acabou e você esqueceu de pagar. A gente vai crescendo e as coisas, as tarefas, do dia a dia, ficam mais complicadas. Uma hora você só tem que passar numa prova e escolher a roupa pra ir numa festa de aniversário, na outra você tem três boletos e uma pilha de roupa pra lavar. Daí, quando você menos espera, no meio disso tudo, um amor acaba. O prazo dele venceu e você nem viu. O tempo passou e você nem viu que vocês dois estavam se perdendo no meio das roupas pra lavar e das tarefas e das coisas todas. Só aconteceu. Às vezes não tem um culpado. É horrível porque a gente sempre quer que tenha uma razão. A gente quer que o outro conte o que a gente fez de errado. Mas algumas pessoas só vão embora. E nos deixam sem que a gente saiba exatamente o motivo. – Ele tomou mais um gole. – Algumas pessoas só deixam de estar apaixonadas pela gente. Ou a gente segue em frente, ou a gente segue em frente. Não tem opção *além* de seguir em frente. Não dá pra ficar parado esperando uma pessoa notar que *"era você esse tempo todo"*. Porque a vida real *é real*. – Ele riu. – A gente não tá dentro de um livro de romance.

– É – concordei.

– É – repetiu ele. – Mas não fique com pena de mim, já me apaixonei mais de dez vezes depois disso. Eu me apaixono o tempo todo. – Ele ergueu o copo no ar. – Ao amor! Eu *amo* amar. Sairia com Dalvinha, se ela me desse uma chance.

– Me erra, menino – resmungou Dalva de trás do balcão.

– Mas e você, Édra? – Cadu girou na cadeira, virando-se pra mim. – Como são as meninas em Montana? Você já ficou com alguma?

Desviei o olhar.

– Você é muito fofoqueiro.

– Você é muito reservada, cara. – Outro gole de tequila. – Que porre.

– As meninas e os meninos de Montana são mais reservados do que eu, todo mundo é meio frio lá, você não ia se apaixonar por ninguém.

– Ah, eu duvido. – Ele riu. – Alguém me dá um oi e eu já me imagino vestido de noiva.

Comecei a rir.

– É sério – disse ele, se divertindo. – Eu tenho a doença do amor, cara.

– Fique longe de mim, então – murmurei, ainda rindo.

– Relaxa, não é contagiosa – ele se defendeu. – A única pessoa pra quem eu pretendo passar o meu vírus carinhoso nessas férias é a Marcela. Eu passei *um ano* esperando a Íris trazer ela pra cá, no ano passado a Íris veio só. Quase trouxe a namorada dela, mas apareceu aqui sozinha no final das contas.

O quê?

– A Íris tem uma namorada?

Tentei respirar fundo, mas o ar parecia insuficiente.

— Que vive em outro país, igual a você. — Cadu respondeu, a voz embargada pelo álcool. — A Íris tem mesmo um tipo de mulher, né? — Ele riu, dando de ombros. — *As que moram longe.*

Meu corpo estava entrando em colapso. Meus pulmões pareciam ter se esquecido de como funcionar. Meu coração palpitava descompassado, o sangue corria veloz pelas veias da minha garganta. Meu estômago inteiro se revirava. Minha mente, ineloquente, tentava processar.

— A Íris namora? — Refiz a pergunta.

— Não. Ela *namorava*.

— Com quem?

— De que importa? Elas terminaram. Ela queria *se casar* com a Íris, dá pra acreditar?

— Como é que é?

— Pois é. *Lésbicas*. — Ele sorriu, balançando negativamente a cabeça. — Mas a Íris não sabia se tava pronta pra aceitar. E aí, terminaram.

— Ah.

Senti minha mandíbula trancar.

— Mas acho que vão voltar. E *você*... — Ele me encarou, apontando o copo na minha direção. — Você devia aproveitar.

— O quê?

— Eu disse que você devia aproveitar. — Ele virou o resto da tequila. — Sua ex pode literalmente se casar, mas aí ela viaja solteira pra pensar melhor. E fica toda felizinha que durante a viagem dela você também vai estar. Leia os sinais, cara. — Ele girou no banco. — Leia os sinais.

— Você já tá ficando bêbado, não tá falando coisa com coisa, eu vou te levar pra casa.

— Você não quer me levar pra casa porque eu tô ficando bêbado. — Ele rebateu, erguendo as sobrancelhas. — Você quer me levar pra casa porque Íris tá lá.

— Ah, vai se foder.

— Aposto que você tava com saudade.

— Eu terminei com Íris faz anos, Cadu. — Engoli em seco. — Não me sinto mais *assim* sobre ela.

Desviei meu olhar, tentando esconder meu rosto atrás do copo de bebida.

— Uma pena. — Ele deu de ombros, cínico. — Eu acho que ela ainda ficaria com você.

Quase engasguei.

— Ela não ficaria comigo.

— Ela passou a manhã inteira lá no lago falando sobre você, Édra. Foi in-su-portável. — Ele revirou os olhos. — Ela ficaria com você, *sim*. Mas *você* terminou com ela, até onde eu sei. Então é a sua vez de correr atrás. Ela já te seguiu o suficiente. — Ele tentou conter o riso, bebendo. — *Literalmente.* — E murmurando. — *Com binóculos e tudo.*

— Ela disse que queria ser minha amiga. Foi isso que ela disse.

Eu não sabia nem porque eu tava discutindo com ele sobre algo tão idiota.

— Ela tá na sua. — Ele insistia, incisivo. — Ela é com você como a Marcela é comigo. — E, dando um sorrisinho abobalhado, ele continuou depois de um suspiro. — Não consegue disfarçar.

Ri, tomada pelo nervosismo.

— Vamos embora. Você já bebeu demais.

— Mas fala sério. Você não é mais apaixonada por ela?

— Não.

— Mesmo?

— Mesmo.

— Tem certeza?

— Tenho.

— Hum, tá. Você é quem sabe. — Ele se deu por vencido. — Desista então da sua chance, eu vou aproveitar a minha deixando a Marcela com ciúme.. Quando a gente voltar e eu encontrar com ela, eu vou falar: *"Cara, estávamos numa festa foda, cheia de gente massa."* Eu tenho *certeza* de que ela vai surtar. Porque ela me quer só pra ela. Eu *sei* disso. Ela tá afim de mim demais.

— Certo, Miss bíceps. — Eu o puxei pelo braço. — Agora vamos.

— Não sem pagar. — Dalva parou de limpar as coisas no balcão. Furiosa.

— Raí disse que hoje era por conta da casa. — Dei um sorriso vingativo. — Estrelas não pagam.

COISAS ÓBVIAS SOBRE O AMOR

▷ FORGIVE & FORGET – THE KOOKS

Assim que chegamos à fazenda, Cadu foi atrás de Marcela e eu me tranquei sozinha na dispensa secreta de bebidas de Seu Júlio. Escolhi uma garrafa qualquer, sem nenhum critério, e abri.

Noiva. Quase *noiva*.

De uma mulher que mora em outro país. Outra porra de outro país, como eu. Construindo um relacionamento sem nenhuma presença. Trocando seis por meia dúzia. Eu poupo ela de sofrer com a distância e ela *escolhe* sofrer com a distância, só que a distância de uma outra pessoa, que deve ter um jogado qualquer conversinha fiada e ela deve ter caído. Começa com um anel no dedo do pé e termina com um anel no dedo anelar, né? Aparentemente. Quase noiva. Dá pra acreditar? Não aceitou, mas tá ponderando sobre. Como é que viaja *assim*?! Recusa um pedido de casamento e entra num avião como se fosse nada. Me deu oi, disse que estava feliz em me ver, mas não me contou que sua viagem também era sobre isso. Veio até aqui para o casamento da minha avó, para ver como se sente sobre o casamento dela.

A pior parte disso tudo é que três anos se passaram. Três anos. E ela nunca me mandou nenhuma mensagem. Eu sei que fui eu quem terminou e que a intenção, no fim, era essa mesmo: afastá-la. Mas ela só acatou. Não tentou me impedir de ir, não tentou me segurar pelo braço, não me disse nada. Acho que no fundo eu esperava um pouco de relutância, qualquer mísera coisinha que me fizesse sentir que aquilo seria tão difícil pra ela, quanto estava sendo pra mim.

Íris só aceitou as circunstâncias. E, por mais idiota e hipócrita que isso pareça (porque é mesmo, sentimentos sempre são), apesar de saber que cada pessoa reage à sua maneira, é difícil quando o *"seguir em frente"* pro outro parece tão... *fácil*. E natural. Como se as memórias de vocês não valessem nenhum protesto, manifesto ou período de luto.

Você precisa se forçar para se adaptar a um novo relacionamento e ela quase fica *noiva*.

Queria que ela tivesse me contado. Eu acho que eu merecia saber da boca dela.

Não que isso interfira na minha vida. Eu também segui em frente do meu jeito. E se ela não quis me contar que foi pedida em casamento, ótimo. Que seja assim. Ela de um lado e eu do outro.

Eu e Íris Pêssego ficamos pra trás.

Tudo o que sentimos e tudo o que vivemos ficou definitivamente para trás.

– Oi. – Íris sorriu assim que me viu parada na porta.

– Eu tava numa festa foda – falei. – Cheia de gente massa.

– Achei que você tava doente. – Ela me encarou, confusa, dentro de um vestidinho de dormir.

– Eu melhorei.

– Que bom – respondeu, desconfiada. Como se tivesse percebido algo de errado. – Você tava bebendo?

– Tava. – Eu balancei a cabeça positivamente. – Numa festa foda. Cheia de gente...

– Já entendi. – Ela me interrompeu, cruzando os braços e se encostando no batente. – E por que você bateu aqui?

– Porque... – hesitei, pensando: por quê? – porque eu queria saber se a escova de dente que eu vi na pia do banheiro era sua. Eu acho que a gente tá usando o mesmo banheiro. Você sabia disso?

– Sabia, sim.

– Ah.

– Era só isso? – Ela levantou a sobrancelha.

– Era só isso.

– Ok.

Senti alguma coisa me fervendo por dentro.

– Você não tem nada pra me contar?

– Eu, não. – respondeu ela, evasiva. Não sabia se estava mesmo desentendida ou fingindo. E isso me fez borbulhar. – *Ah*. – Ela sorriu. – Na verdade, tem, sim, uma coisa, que eu tava pra te falar.

– Então fale. – Dei um passo a frente. Estávamos muito perto uma da outra. Minhas sobrancelhas se uniram na minha testa.

Vá em frente e conte.

Conte que você foi pedida em noivado por outra pessoa.

— Quando você tomar banho — começou a dizer —, se não for *cair* o seu braço — sugeriu, debochada —, tente secar o banheiro.

E bateu a porta na minha cara.

Eu fiquei ali de pé, sozinha, como uma grande otária. Fechei o meu punho e pensei em bater na porta dela até que ela abrisse, mas voltei pro meu quarto, furiosa, como um vulcão erupido.

Ela não sentiu nada.

Nem um pouquinho de ciúme.

Cadu é um palerma mesmo. "Festa foda, cheia de gente massa." *Argh*.

Mas do que isso importa? Talvez eu nem seja mais apaixonada por Íris Pêssego. Empurrei a cadeira do meu caminho me sentindo ridícula. Estava andando de um lado para o outro e precisava me acalmar. Me afundei na cama e coloquei os fones. "Forgive & Forget", do The Kooks, voltou a tocar estrondosamente de onde havia parado mais cedo.

E no meio das batidas, eu entendi tudo.

Oh, oh, oh, yeah! You say you need someone to love you!

Como se Luke Pritchard tivesse quebrado a guitarra invisível na minha cabeça.

But it ain't me!

Não sou eu que não sou mais apaixonada por Íris Pêssego.

Yeah! I forgive and forget you. You say you need someone to love you! But it ain't me!

É Íris Pêssego que não é mais apaixonada por mim.

So I forgive and forget you.

10.

A GUERRA COMEÇOU ASSIM. Eu acordei na manhã seguinte, coloquei meus fones de ouvido e tive que escovar os dentes desviando de quinhentos produtos de skincare espalhados por toda parte. Coloquei hidratante para os olhos na minha escova porque a embalagem era idêntica a do creme dental. Cuspi tudo. Entrei no quarto dela feito um furacão. Ela estava tentando encaixar o fecho de um sutiã preto. As costas à mostra, o cabelo solto todo reunido em um único ombro, o cheiro doce do seu perfume solto pelo ar. Joguei todas as coisas que eu recolhi da pia na cama dela. Ela, que nem me ouviu abrir a porta, tomou um susto. "Eu tô trocando de roupa, você tá ficando doida?" "Aprenda a guardar suas coisas." Eu me virei e atravessei o banheiro até o meu quarto. Em poucos segundos, senti algo molhado cobrir a minha cabeça. Era minha toalha. "Você tem algum problema?" "Aprenda a estender sua toalha em outro lugar que não seja em cima da minha." E bateu a porta, furiosa.

Nossos países romperam acordos de paz. Mas tentamos manter tudo escondido da imprensa. "Dormiu bem, querida?", minha avó perguntou e nós duas respondemos que sim, ao mesmo tempo. "Ela estava falando comigo", Íris murmurou. "Ela tava falando *comigo*", respondi dentro de outro murmuro. "Eu estava falando com *as duas*", minha avó gargalhou, tentando amenizar o clima. "Cadê suas amigas? Só você acordou para o café da manhã, meu bem?" "Devem ter perdido o alarme, Simmy." Eu estava mastigando sem paciência nenhuma e com muita força. "Édra?" "*Hum*", resmunguei, como se os ovos mexidos fossem pedras. "E Cadu?" "Deve ter perdido o alarme também, Simmy", Íris se meteu, "já que os dois saíram ontem. Pra beber juntos." "Que perigo!", minha avó me olhou assustada. "*Fofoqueira*", olhei pra Íris, furiosa. Ela sorriu cínica para mim: "Pois, é, Simmy. Eu também acho. As estradas horríveis, cheias de buracos. Sem falar que eles foram de carro. Devem ter dirigido..." Apertei meus talheres com força. "Bebendo. Uma irresponsabilidade sem tamanho mesmo." "Édra", minha avó parou de mexer a panela no fogão para me encarar. "Que decepção. Espero que vocês não façam isso de novo. Vou ficar muito chateada com você. E Juliano também vai ficar. Com você e com Cadu. Isso não se faz", minha avó dizia e Íris sorria. "Não vai se repetir, vó."

Apareci no ensaio pra dizer que não iria dançar. "Por que, querida?", perguntou minha avó. Íris parou de mexer na caixinha de som pra prestar atenção. "Não quero dançar, não gosto de dança. Mas o que a senhora quiser que eu faça, tirando isso, eu faço." "Eu posso dançar com a Íris", Cadu se ofereceu. Íris me olhou, desapontada, balançou a cabeça negativamente e voltou a prestar atenção na caixinha de som.

Eu voltei pro meu quarto.

Liguei pra Pilar, perguntei como ela estava. Ela começou a falar sem parar sobre as férias com os pais. Me chamou de "amor". E eu a corrigi. Não estávamos namorando e eu não sabia dizer se iríamos mesmo voltar. Eu tava aberta a possibilidade, mas disso para *"amor"* é um longo caminho. Quando desliguei, fui tomar outro banho. Eu estava tirando a camisa, Íris entrou sem bater. Começou a escovar os dentes em silêncio. Eu encostei na parede, também em silêncio. Nos olhamos algumas vezes pelo espelho. Ela cuspiu a pasta da boca e abriu a torneira. Eu *quis* perguntar. "Você quase ficou noiva e não me disse?", mas, em vez disso, o que eu falei foi: "Feche a torneira direito, você sempre deixa pingando." Ela revirou os olhos e saiu batendo a porta. Tomei banho me sentindo uma idiota por me importar com uma coisa que nem era da minha conta. E por estar irritada com isso. Quando acabei o banho e estava secando o cabelo, ela abriu a porta do banheiro de novo. "Seu secador faz muito barulho, você pode secar em outro lugar? Eu tô numa reunião de trabalho por videochamada." *Você quase ficou noiva e não me disse?* "Não posso, não."

Cadu jogou uma pedra na minha janela. Ignorei. Ele jogou outra. Virei a página do livro que eu estava lendo cautelosamente, ainda o ignorando. Na quarta pedrada, por zelo ao vidro, eu desci. Esbarrei em Íris na escada. Eu descendo, ela subindo. Ela não me deu nem um oi, então eu também não disse nada. "Você precisa conhecer os amigos do Sérgio", falou Cadu, de costas pra mim. "Quem é Sérgio?", perguntei. Ele se virou, dando mamadeira a um filhotinho de cabra com o focinho mais rosado que eu já tinha visto na minha vida e orelhas desproporcionais a cabeça. Dei um sorrisinho derretido. "Me dá ele. Eu seguro", peguei Sérgio com todo cuidado do mundo. Ele fazia um barulhinho engraçado puxando o bico da mamadeira. Cadu não se moveu, estava esperando alguma coisa acontecer. "A Íris foi chamar as meninas."

Quando elas apareceram, saltaram em cima do Sérgio. Começaram a conversar com ele fazendo voz de bebê. A Íris foi fazendo carinho nele enquanto ele tomava mamadeira no meu colo. Cadu ia guiando a gente, explicando as coisas mais para Marcela do que para o resto de nós. Suri nos acompanhava, se enchendo de repelentes. Atravessamos a fazenda rumo ao lar de Sérgio.

Tinha tantos bichos. Tantos. Um galinheiro com casinhas pintadas e ao lado cercadinhos com porcos e cabras.

Cadu começou a recuperar os pintinhos perdidos e a devolver para o galinheiro. Marcela me perguntou se Sérgio era pesado de segurar. Suri começou a rir de Cadu e a ajudá-lo com os pintinhos. Eu respondi pra Marcela que Sérgio não era pesado de segurar. "Posso carregar ele um pouquinho?" "Claro." *"Oi, Sérgio."*

Sem Sérgio no meu colo, fiquei sem saber o que fazer com minhas mãos e comigo mesma. Íris estava em pé, ao meu lado. "Vocês não vão ajudar, não?", reclamou Cadu, colocando pintinhos numa bolsa de canguru improvisada com a barra de sua camisa branca dobrada para cima. Fomos em busca dos pintinhos fugitivos. Eu capturei um. Íris capturou outros dois. Um deles começou a se afastar muito depressa. Eu corri atrás e Íris também. No meio da perseguição, escorreguei na lama. Íris começou a rir.

"Ele é responsabilidade de vocês!", Cadu gritou. Foi assim que percebi que já tínhamos nos afastado demais de onde todo mundo estava. "Espera", pediu Íris, apoiando as mãos nos joelhos, e continuou, dizendo: "Tô cansada." "Não dá pra parar agora. Tem uma mãe em casa, preocupada", brinquei. Ela deu uma risada escandalosa e descompassada. "Depois você descansa." "Vai indo você na frente, então." Como estávamos perto do filho perdido desgarrado do ninho, desacelerei e comecei a caminhar bem devagar. Nosso último pintinho tinha se aninhado na grama, embaixo de um ramo de florezinhas selvagens e amarelas. Me agachei, com cuidado.

– *Achei você.*

Estendi as minhas mãos até ele. As florezinhas amarelas deslizando pela minha pele conforme eu me esticava para alcançar a felpuda penugem do fugitivo em miniatura. Senti o corpo de Íris, o calor de sua aproximação, bem ao meu lado. Ela alisou a cabeça do filho perdido com o dedo, nossas mãos se encostaram de relance.

– *Oiii* – disse ela, com uma voz manhosa. – Meu Deus, você me fez correr muito, cara.

Eu segurei a risada, que acabou virando um sorriso torto na minha boca. Fiquei assistindo a mão dela, delicada, fazendo carinho nas penas alvinhas dele. Só percebi que estávamos muito perto uma da outra quando ela olhou pra mim, sorrindo também. O rosto iluminado, a franjinha desfiada, ralinha, lisa, espalhada pela testa, as sardas no nariz, a boca corada, os olhos gigantescos, os cílios. *Por que você quase noivou, Íris? Por que você quase ficou noiva e nem me disse?*

– Ai, que *bonitinho*. – Marcela surgiu, se curvando ao nosso lado. – Posso carregar ele um pouquinho?

Voltei de cabeça baixa o caminho todo. Cadu deixou Suri falando praticamente sozinha quando viu Marcela surgir com o pintinho capturado. Íris sorriu uma última vez enquanto o fugitivo em miniatura, tropeçando em si mesmo, entrava na casinha de madeira pintada de vermelho. Os irmãos piaram alvoraçados.

Ficamos mais um pouco. Olhamos os porquinhos por algum tempo. Cadu contou o nome de cada uma das cabras. Mais distante, no pasto, estavam as vacas de Seu Júlio. "Sabe uma curiosidade engraçada?", Cadu se inclinou, flerteiro, para Marcela. "Uma das vacas se chama Marcelina. É quase o seu nome." Ela disse: "Ah." Suri riu. Íris também. E eu fiquei observando ela se mover, tecer piadas, beliscar as amigas, deixar o vento assanhar seu cabelo. "A próxima vaca vai se chamar Édra", Cadu me deu uma cotovelada. "*Vai se foder*", resmunguei, rindo. Íris olhou pra mim, por um curto momento, sorrindo.

Voltamos pro casarão. Minha avó estava na cozinha cortando legumes para a sopa. Seu Júlio fazia contas numa caderneta. "Esse cerimonialista que Cadu arranjou vai nos custar uma fortuna, hein." "Mas ele é bom, vô. Ele é o melhor da região." "Quem te disse isso?" "Ele mesmo, confio nele." Ouvi a conversa com o polegar pressionando o filtro de água. "Viu, Íris?", Marcela provocou, baixinho, para que só as duas ouvissem: "Casar custa caro." O copo transbordou, minha avó se apressou com um pano. Íris e Marcela subiram, discutindo, eu sequei o balcão. Suri, que estava esperando pra beber água, elogiou o cheiro da sopa da minha avó. "Nossa, Dona Símia, o cheiro tá muito bom." "Está esfriando, querida, vai chover. Nada melhor que uma sopinha, não?" A água que eu engoli não dissolveu o bolo que se formou na minha garganta. *Viu, Íris? Casar custa caro*. Revirei os olhos. Avancei em direção ao quarto. Quando cheguei, o chuveiro estava ligado.

Encostei na porta, sem a menor pretensão de abrir. E fiquei ali, respirando fundo. Esperando a minha vez de tomar banho. Sentindo a fumaça do vapor escapar pelas gretas. Dei duas batidas contra a madeira. "Vai demorar muito aí?" Ouvi a água cair acumulada no chão. O cheiro do xampu começou a exalar por todos os cantos do meu quarto. "Não", respondeu ela, com a voz abafada pelo barulho do chuveiro, "já tô acabando."

Fui procurar uma roupa na mala. Encontrei um moletom da Charles Monté. Lembrei de Pilar. Eu ainda não sabia como estava me sentindo sobre tudo. Lembrei dela no telefone, falando sem parar como se nada tivesse acontecido. Pilar não fez nenhuma pergunta sobre como estava sendo a minha viagem. Eu não sabia dizer se por medo ou se por desinteresse.

Íris abriu a porta.

— Você pode me ajudar? — perguntou, se aproximando, uma mão segurando o cabelo todo para cima, a outra, *hum*, segurando um colar. — Já tentei, não tá indo.

— Minha mão ainda tá meio suja — falei com meu corpo inteiro tensionado — da perseguição com os bichos.

— Que besteira. — Ela se posicionou de costas para mim. — Eu não me importo.

Peguei as duas pontas do seu colarzinho dourado como se tivesse segurando as granadas de nossa guerra silenciosa. Passei ao redor do seu pescoço. A nuca cheia de pintinhas e fiozinhos de cabelos menores, espalhados. Seu pelo castanho. Sua pele pêssego. Seu cheiro de banho tomado, ainda sem perfume nenhum. O cabelo, enorme, sedoso, no alto da cabeça. Era alguns dedos mais alta que eu. Se eu me inclinasse para a frente, poderia encostar a boca na nuca dela. Poderia acabar uma guerra e começar outra. Poderia explodir uma bomba.

— Não tá indo mesmo, não, Íris — falei, tentando abrir o fecho pra conectar com o outro lado. Estava endurecido. Parecia não desemperrar por nada. Já tínhamos minutos ali.

— *Droga* — xingou, baixinho —, então deixa. — E se virou de frente para mim, com um cropped de manga longa e uma saia, também longa. O colo à mostra exibia apenas os sinais de nascença. Ela soltou o cabelo, deixando que ele caísse pelas costas. Uma única mecha, teimosa, ficou como um equilibrista por cima de um dos ombros. — Você acha que fica feio assim, sem o colar?

Olhei para a boca dela, que tinha acabado de me fazer uma pergunta. Ouvi, mas não *escutei*. Inclinei a cabeça. Meus olhos encontraram os dela.

— O que você disse?

— Se você acha que vai ficar feio. — O colo exposto de Íris entregava sua respiração acelerada. — Só *assim*. Sem o colar.

Se eu chegasse mais perto.

Viu, Íris, Marcela repetiu, dentro da minha cabeça, *casar custa caro.*

— Tanto faz. — Dei meia-volta, recolhendo as minhas coisas pra tomar banho. — Com colar ou sem colar. Não vi diferença. Dá na mesma. Nada demais.

— *Nossa*. — Ela saiu, furiosa, em direção ao banheiro. Bateu a minha porta, depois a dela. Deixando pra trás só o cheiro de seu cabelo. De repente, a porta se abriu de novo. — Eu deixei o banheiro todo seco. Mantenha ele assim, fazendo o favor. Porque eu vejo diferença.

Desci as escadas com o meu moletom da CMU. Meu cabelo meio molhado de um banho quente. Todo mundo já estava na mesa de jantar. Vadete e Genevive tinham aparecido na fazenda. Quando me viram, começaram o interrogatório. Como era a faculdade, se era grande, se era boa, se o moletom era quentinho pro frio de lá, até elogiaram o brasão. A conversa rapidamente virou-se para Íris, suas amigas e o curso de cinema. Íris está fazendo uma especialização em roteiro, estagiando nos bastidores de uma novela nacional, que está sendo gravada em Nova Sieva. Suri gostava mais da parte que envolve o figurino dos personagens, começou a explicar as escolhas das roupas, da maquiagem, de tudo. Marcela quieta o tempo todo, no início achei que secretamente odiasse o próprio curso, mas a coisa foi se desenvolvendo, ganhando detalhes da vida profissional de todas elas, de como se conheceram nos bastidores da novela. "Eu conheci a Íris na entrevista", contou Marcela, de cabeça baixa. "Fizemos juntas. Eu não passei, mas a gente não se desgrudou mais. Ela e Suri trabalham na novela. Eu voltei a estagiar em enfermagem." Vadete e Genevive pareciam que tinham ganhado na loteria com o novo rumo da conversa. Começaram a perguntar de primeiros socorros a cremes para dores nas pernas – o que fazer, o que comprar, o que tomar, a melhor hora para procurar um hospital, quando sentir o que e de que forma. Ninguém falou de amor, ninguém falou de quase-noivados e a sopa estava ótima.

Evitei olhar para Íris durante todo o jantar. O que foi bastante difícil porque ela estava sentada na minha frente. Sem colar.

Minha avó e Seu Júlio começaram a comentar sobre o casamento – o que ainda faltava resolver, os detalhes que não podiam faltar, como o orçamento estava ficando cada vez mais caro. "Mas vai ficar tão bonitinho quando essas duas estiverem dançando", disse Genevive.

Levantei o olhar. Íris parou de comer para olhar pra mim.

– A Íris vai dançar com o Dudu agora. – A voz da minha avó passou entre o jarro de flores brancas, o cesto de pães, eu e ela. Levei a colher até a minha boca. – A Édra tá tímida.

Seguramos o olhar, sem desviar. Eu, firme. Ela, chateada. Ela desistiu, balançou a cabeça, voltou a tomar a sopa. Eu suspirei. "Que pena", queixou-se Vadete, "ia ser uma *coisa*."

Todo mundo ficou para ajudar com a louça. Eu sugeri que a minha avó fosse descansar. Ela disse que ia tomar chá com Vadete e Genevive antes que elas fossem embora para fofocarem mais um pouco. Marcela e Suri retiraram as coisas da mesa. Cadu fingiu que ajudou, mas passou a maior parte do tempo explicando pra Marcela como funcionava a colheita dos legumes na fazenda. E como os doces de leite em compota eram reservados nos vasos de vidro, que podíamos comer de sobremesa, quando o serviço na cozinha acabasse. Eu puxei as mangas do meu moletom para lavar os pratos. Suri trouxe as louças pra pia. Íris pegou uma toalha para secar o que eu estava lavando. Não conversamos nem nos olhamos. Tudo foi feito em silêncio.

Seu Júlio cruzou a cozinha com uma garrafa de álcool e um maçarico. "Cadu", chamou ele, "vem me ajudar." Cadu odiou abandonar o monólogo com Marcela. Mas foi. Íris largou a toalha para correr até o lado de fora, de onde os gritos empolgados de Marcela e Suri estavam vindo. Enxaguei a última colher que faltava. Sequei minhas mãos e caminhei até a porta abaixando as mangas do meu moletom.

Suri e Marcela batiam palminhas, empolgadas. Cadu remexia a brasa com um espeto de aço de churrasqueira! Seu Júlio abanava com um chapéu de palha. As faíscas subiam douradas. Íris, ao fundo do fogo, enfiava os braços dentro de um cardigã colorido de lã, sentada numa cadeira de praia. A fazenda e as árvores se iluminavam até onde a luz amarelada da chama vívida alcançava.

Era uma fogueira.

Seu Júlio pegou o espeto de aço das mãos de Cadu e o encostou contra o braço da cadeira, se sentou e apoiou o chapéu na coxa. Como mágica, surgiu um cigarro de palha, eu não fazia ideia de onde tinha saído. Ele riscou um palito de fósforo, puxou o ar. "Quebra essa, Seu Júlio", desci os degraus até a cadeirinha de praia roxa e azul. Me sentei ao lado dele. Afastei um pouco as minhas pernas na cadeira, achei uma posição confortável e escondi uma das mãos dentro do bolso do moletom. A outra, eu estiquei.

- Santo Deus! – Seu Júlio me passou um cigarro de palha. E a caixa de fósforos. – Sua avó vai matar a gente.

Dei um sorrisinho. Passei o cigarro de um lado pro outro entre os meus lábios, fixei no canto da boca, risquei o palito na lixa da caixa. E vi Íris me olhar, irritada, do outro lado da fogueira, atrás, também, da pequena chama do fósforo. Sacudi o palito no ar para que ele se apagasse e devolvi a caixa a Seu Júlio sem desviar os olhos dela. Traguei. Ela cruzou os braços, sacudindo a perna dobrada, me desaprovando de longe. Marcela, Cadu e Suri foram afoitos procurar milhos e marshmallows pela cozinha. "A gente vai achar alguma coisa pra queimar na brasa, certeza, deve ter aqui em algum lugar", ouvi a voz de Cadu se afastando com elas cozinha adentro.

— Deixa eu ir atrás dele — disse Seu Júlio se levantando da cadeira, contrariado. — Esse menino só quer comer porcaria. Chega as férias da escola, e ele só pensa nisso. — Ele subiu os degraus de volta ao casarão com seu andar envergado.

Eu puxei o ar, traguei e assoprei a fumaça olhando para Íris.

Ela levantou da cadeira, o corpo iluminado pela luz que refletia nas chamas. A cintura desenhada na saia longa, a pele da barriga à mostra até que o cropped de manga longa começasse a cobrir tudo acima, o cardigã de lã colorido, o longo cabelo balançando e os braços cruzados de frio. Dei uma risadinha baixa, me certificando de que só eu pudesse ouvir e acabei engasgando com a fumaça. Tossi. Ela estava com a porra do anel no dedo do pé.

Sentou na cadeira ao meu lado, antes ocupada por Seu Júlio. Eu nem me preocupei em disfarçar, continuei olhando diretamente pra ela. O pescoço sem nenhum colar, os sinais, o decote discreto da blusa. Desviei o olhar pra fogueira e puxei o ar.

— Você voltou a fumar? — perguntou ela, irritada. — Hein, Édra? Você voltou? — Assoprei a fumaça em silêncio. — Eu tô falando com você, pode olhar pra mim, por favor?

— Diga. — Me virei para ela, inclinando meu corpo mais para trás, até conseguir encostar a minha cabeça. Ela se ajeitou na cadeira, abraçando o próprio corpo, segurando com mais força as pontas do cardigã. Uma mecha do cabelo dela se desprendeu de trás da orelha e seus dedos cheios de anéis colocaram de volta onde estava, com todo cuidado do mundo. Desviou o olhar por um tempo, respirou fundo e voltou a me encarar. Eu a analisei por alguns segundos. Puxei o ar.

— Quando você voltou a fumar?

— Não sei. Não reparei — respondi batendo as cinzas do cigarro de palha no espaço entre a minha cadeira e a dela. Espaço esse que não era muito.

— Por quê? — A cara de brava dela me dava uma mistura de vontade de rir e alguma outra coisa. Uma outra coisa que meio que me desmanchava. Entortei a boca pra um lado, mordi o meu lábio. — Você tá querendo rir?

— Não, Íris — falei, querendo rir.

— Tô te perguntando uma coisa séria, Édra.

— E eu tô te respondendo.

— Por que você voltou a fumar? — As sobrancelhas franziram na testa. O nariz empinado, furioso comigo. A boquinha entreaberta. Fiquei olhando pra boca. — Hein, Édra?

— Eu não sei. — Voltei a olhar nos olhos dela. — Acho que foi ansiedade. Mas não faço isso sempre.

— Você voltou a ter crises de ansiedade em Montana? — Seu semblante furioso se desmanchou. Parecia uma princesa da Disney olhando um esquilo em apuros numa floresta. Piedosa. Superprotetora. O beicinho. Os olhos apertados. Os cílios enormes.

— Pra que você quer saber? — Traguei, encarando a fogueira. — Você nunca mais falou comigo.

— Você terminou comigo, Édra.

Senti a mágoa no seu tom de voz. Não consegui olhar.

Foi como se a fogueira tivesse dito.

— Eu terminei com você — falei e assoprei a fumaça —, não morri.

— Mas eu morri. — Fique observando enquanto Íris se movimentava. Ela se inclinou para um lado na cadeira, puxou o cabelo junto. Cruzou os braços. Quando virei a cabeça, ela estava encarando a fogueira com o semblante ressentido. Os lábios contraídos, o queixo trêmulo. — Você queria que eu fizesse o quê? Corresse mais atrás de você depois do que você me disse? Eu fiquei mal. Eu precisava do meu tempo. Você nem sabe de tudo.

Que você quase ficou noiva de alguém que você estava namorando?

— Não sei mesmo. — Eu me virei, balancei negativamente a cabeça observando a madeira em brasa. Traguei. Não vou perguntar essa merda. Se ela não quer falar, quer esconder. E, se quer esconder, que esconda.

— A gente achou *algumas coisas* pra assar na fogueira. — Cadu ressurgiu, com as meninas e uma monte de sacolas. Íris levantou da cadeira, de braços cruzados dentro de seu cardigã colorido, saiu batendo as sandálias rasteiras pela grama. "Tô sem fome", disse ela, subindo os degraus de volta para o casarão. Fiquei assistindo, inquieta. Ela foi entrando na casa, se virou para subir as escadas e sumiu. Marcela se sentou ao meu lado. Antes que ela dissesse qualquer coisa, eu me levantei, joguei o cigarro na fogueira e fui atrás de Íris.

Tenho certeza de que Cadu falou alguma coisa comigo, mas não sei o que foi. Cruzei a cozinha com muita rapidez. E fui parada por Vadete e Genevive. Elas estavam indo embora. Minha avó pediu que eu acompanhasse as duas até o carro. Eu ajudei Genevive a descer a escada. E abri a porta para Vadete. Meu corpo estava tremendo de ansiedade — uma ansiedade de impaciência. Queria ver Íris. Era só o que eu queria fazer. Tenho certeza de que tive diálogos incríveis com Vadete no caminho até o carro, mas também não sei dizer o que foi. Nem o que ela disse nem o que respondi. Eu estava agindo no piloto automático. Na minha cabeça só tinha uma coisa. *Íris Pêssego.*

Quando fiquei livre, me preparei para dar boa noite a minha avó. Ajudei com as meias térmicas dela, por causa do clima frio que estava fazendo. Peguei um copo de água para Seu Júlio poder tomar seus últimos comprimidos do dia, me escondendo o máximo que pude de Cadu contando histórias do ensino médio para Suri e Marcela enquanto assavam milhos na fogueira. Um raio rasgou o céu. O som estridente de um trovão me assustou no caminho de volta para o quarto da minha avó. Ela estava com a televisão ligada. Estava reprisando um capítulo de *Frutos Proibidos* que tinha passado durante o dia. A novela inteira por si só já era uma reprise. *Frutos Proibidos* era uma novela mexicana antiga. Tudo muito colorido, sentimental, exagerado. A hipérbole das hipérboles. Entreguei o copo de água a Seu Júlio prestando mais atenção na tela do que nele.

— Esses dois não se odiavam? — comentei sobre o casal da novela.

— O amor tem seus mistérios — disse minha avó, se aninhando embaixo das cobertas. — Agora eu tô começando a gostar de ver *Frutos Proibidos*. — Ela deu uma risadinha singela.

— Por quê? — perguntei, curiosa, de pé na porta do quarto.

— Porque agora é a minha parte favorita da história.

— Qual parte?

— É quando já entendemos o que precisávamos entender na trama. — Minha avó alargou um sorriso no rosto. — Agora vai começar *o romance*.

▷ SPARKS – COLDPLAY

Subi as escadas com o barulho de trovoada ecoando pelos quatro cantos do casarão. Fui desacelerando toda a pressa que eu estava carregando. Assentando a minha ansiedade. Me deixando respirar. Quando chegou o momento, na iminência de bater na porta do quarto de Íris, hesitei, perdendo partes da minha armadura. Primeiro, fui atrás dela para continuar a conversa. Mas ela estava triste. Ela saiu do nosso círculo em volta da fogueira ressentida. Magoada. E a intenção foi essa. Que ela me odiasse, que ela se magoasse, que se ferisse – porque de outra maneira, talvez, fosse mais difícil que eu ficasse longe dela e que ela ficasse longe de mim. Havia tantas camadas entre nós duas. Tanta história, tanta coisa. Quando cheguei na frente da porta do quarto dela, eu nem sabia mais o que dizer. Não tinha sequer a minha espada. Meu país perdeu a guerra para o anel de dedo do pé dela. Eu era um cão sem dono pedindo pra voltar pra casa depois de ter fugido. Dei três batidinhas na porta. Da nova-Íris. Que era *tudo* o que eu queria ver antes de dormir. Encostei minha cabeça no batente. Quando a porta se abriu, ela já estava dentro de seu milionésimo vestidinho-pijama, só que dessa vez, usando meias. E ainda usava o cardigã de lã colorido por cima de tudo. Inebriada de saudade, olhei de relance para as suas coxas. Mas voltei meu olhar para o rosto e para os olhos dela, que era onde eu realmente queria estar. Pelo menos naquele momento.

— Desculpa ter saído batendo pé — começou ela, antes mesmo que eu inventasse qualquer coisa pra dizer. — Só fiquei muito triste de ver que você voltou a fumar. Por causa de tudo o que você já me contou.

Engoli em seco, olhei para a boca dela, respirei fundo.

— Então eu vou parar.

— Mesmo? — falou, a voz dela se encheu de faísca de fogueira.

— Uhum. — Voltei a olhar nos olhos dela. — *Mesmo*.

Ela franziu o nariz, sorrindo, dando alguns saltinhos e grunhindo de alegria. O cabelo, antes preso, se soltou. Os babados do vestido indo de um lado para o outro.

E então, ela me beijou.

No rosto.

Todo o meu corpo se encheu de faísca de fogueira. Meu semblante, de cão sem dono, se despertou da sonolência e calmaria de estar perto dela. Acendeu.

— Vou te ajudar com tudo isso de novo. — Íris sorriu, doce. — Agora, nós vamos ser amigas.

E minha fogueira se apagou.

Ela ficou esperando que eu dissesse qualquer coisa. Me afastei da porta, enfiando as mãos no moletom. Senti o nó se apertar na minha garganta. E forcei um sorriso torto no canto da boca.

— Nós vamos, sim — falei, dando alguns passos para trás. — Boa noite, Íris.

— Boa noite, *alien*.

Eu arfei dentro de um sorriso golpeado e falso. Me virei em direção à porta do meu quarto, poucos passos ao lado da dela. Entrei, vencida. Me dando conta de que essa era uma guerra perdida. Que eu *quis* perder. E que agora era tarde demais. Um clarão iluminou todo o quarto com uma luz violeta, o estrondo veio em seguida. E as primeiras gotas de chuva começaram a cair do lado de fora. Ouvi Cadu resmungar no eco silencioso da noite. As meninas darem gritinhos histéricos e risadas. A fogueira tinha se apagado. O fogo derrotado pela natureza do tempo. Eu me arrastei até o banheiro para escovar os dentes, ignorando o meu celular me notificando de que eu tinha chamadas perdidas. Do meu pai e de Pilar. Eu só queria tirar o gosto do cigarro de palha da boca, deitar, ficar na minha.

A chuva começou a escorrer da centelha. A luz do banheiro começou a piscar. Parecia que os azulejos estavam vibrando com os estrondos da trovoada. Meu reflexo, escovando os dentes na frente do espelho, se iluminava em violeta conforme os raios iam cortando o céu. Assisti a água levar embora a espuma da pasta de dente que eu tinha cuspido para o ralo da pia. O banheiro se iluminou mais uma vez em violeta.

Foi quando eu vi, ao lado da escova de dentes de Íris, uma peninha branca. Minúscula. Do filhote que tínhamos resgatado juntas.

Ela *guardou*.

11.

NAQUELA MANHÃ, ACORDEI DECIDIDA A NÃO ser mais uma grande idiota. E isso, meus caros, foi um pequeno passo para um homem, mas um grande salto para a humanidade. Estava chovendo, a água do chuveiro estava gelada e tinha faltado energia na fazenda. Ainda assim, mesmo que todos os sinais apontassem o contrário, eu *escolhi* ser otimista. Meu cérebro rebobinou tanto o semblante de Íris e os vestígios de sentimentos que ela deixou cair na nossa curta conversa nas cadeiras de praia da fazenda, que eu tinha sonhado com tudo aquilo. Repassando na minha cabeça como um episódio de *Frutos Proibidos*. Eu a magoei de propósito pra que ela seguisse em frente sem me levar como um peso nas costas, só que eu não precisava continuar fazendo isso. Manter meus sentimentos trancados, deixar o passado exatamente onde ele está e controlar meus impulsos é a ordem cronológica perfeita de atitudes para que eu consiga chegar com êxito na missão da minha espaçonave: fincar a bandeira branca do fim da guerra no solo lunar de Íris Pêssego. Amigas de novo. Como nunca deveríamos ter deixado de ser. Voltaríamos a ser duas alienígenas orbitando uma perto da outra. *Quem eu quero enganar, estou há duas horas passando uma calça.* Mas aí voltamos ao crucial: manter meus sentimentos trancados dentro de mim. Irrelevantes agora, como Plutão. Mais importante do que isso e toda a parte sobre deixar o passado no passado combinada a parte de tentar controlar meus impulsos estava uma coisa muito simples, mas que faria toda diferença no processo. É. Pois é. Eu sequei o banheiro.

— *Nossa*. — Ouvi Cadu Sena dizer assim que eu cheguei no salão de festas. — Você tá um coturno!

Não era pra ele que eu estava olhando, Íris se virou rapidamente. Estava puxando a caixa de som da tomada. As gotas de chuva escorriam pelas vidraças das janelas enormes do salão.

— O que você tá fazendo aqui tão cedo? — perguntou ela, enrolando fio da caixa de som.

— Eu vim ensaiar — respondi, sem me mover da entrada da porta. — A dança, do casamento.

— Você mudou de ideia? — Os olhos dela se iluminaram, mas Íris não parecia animada.

— Já ensaiamos hoje — Cadu se meteu na conversa. Ele estava sentado em uma pilha enorme de cadeiras plásticas, como se fosse o rei do sétimo ano do topo de seu trono de mentirinha.

Ignorei ele completamente.

— Mudei — respondi, olhando pra Íris. — Vim ensaiar com vocês. Não sei dançar.

— A gente ensaiou mais cedo hoje porque vou ter que ir a São Patrique. — Íris engoliu em seco.

— Aconteceu alguma coisa? — perguntei.

— Ela vai fazer uns orçamentos pro casamento e ajudar os pais com algumas coisas, vou levar as meninas na vinícola de Vinhedos pra aproveitar o friozinho — Cadu se meteu de novo.

— Eu posso ir com você — falei pra Íris.

— Eu vou com seu carro — Cadu disse pra mim.

— Você tem certeza? — Íris me perguntou.

— Claro, eu adoro esse carro. É como se fosse meu. — Cadu respondeu a Íris.

— Tenho. Posso ajudar — respondi a Íris.

— Eu sei dirigir sozinho, não precisa. — Cadu recusou a proposta que ninguém fez.

— Tudo bem — Íris me disse.

— Cadu — dessa vez, me virei para falar com ele —, vou precisar do carro.

— *O quê?!* — Ele saltou da pilha de cadeiras. — *Não!* A Marcela topou ir comigo na vinícola. Vamos ela e eu. E a Suri. Mas vamos *ela e eu*. Por favor, Édra. Hoje eu preciso do seu carro mais do que preciso de qualquer coisa nessa vida.

— Não tem problema — intrometeu-se Íris. — Meu carro tá aí. A gente pode ir no meu, se você não se importar. Mas talvez eu durma por lá essa noite. Não sei como você voltaria, *caso você quisesse voltar*.

— Não preciso voltar, posso dormir na casa da minha avó.

— Que agora é meio que minha — Cadu se intrometeu de novo. — Mas empresto as chaves.

— Você é folgado pra caralho, né?

— Tem quase um ano que eu moro lá!

— Vocês dois! — Íris aumentou o tom da voz. — Não precisa disso. Cadu, você leva as meninas à vinícola. Édra, eu não preciso de ajuda, mesmo, vou ficar bem. Mas se você quiser vir.

— Você quer que eu vá?

— Se você quiser vir.

— Você quer?

Cadu começou a rir baixinho, era o elefante branco entre nós duas.

— O que é? — Lancei um olhar furioso para ele.

Recebendo meu olhar, ele encarou os próprios pés.

— *Nada*.

— Hoje não vai ser um dia muito legal. Só vou fazer coisas chatas. Tem três anos que você não vem pra cá, talvez não seja um dia muito divertido pra você. — O olhar de Íris parecia distante e preocupado com alguma coisa. — Talvez você se divirta mais na vinícola.

— Ela *quer* que você vá. — Cadu colocou a mão no meu ombro. — Mas não vai admitir porque agora ela é assim. Ela acha que é a Mulher Maravilha. Prefere levar um soco do que pedir ajuda. Se acha *grandinha* demais pra isso.

— Não é verdade.

Cadu afinou a voz para imitar Íris:

— *Não é verdade*.

— Se você prefere ir sozinha, tudo bem. — Dei de ombros.

— Ela *quer* ir com você. — Ele colocou a mão no ombro de Íris. — Mas é cínica.

— Sua boca tá melhorando agora. — Fingi um sorriso para ele. — Não faça ela piorar de novo no mesmo lugar.

— Aqui. — Ele balançou um conjunto de chaves no ar, entre nós duas. — Façam bom proveito.

— *O quê?!* — Íris queria matar ele. Eu queria rir, mas depois de rir, eu *pretendia* matar ele também.

— *Lésbicas...* — murmurou Cadu, fazendo graça, me entregando as chaves. O chaveiro de Cadu tinha uma miniatura de plástico da cabeça de Michael Jackson usando óculos escuros. — Não aguentam ver uma ex que já querem fazer uma viagem de carro.

— Cadu... — tentei frear ele pela coleira imaginária do meu tom de voz. Ele nos deu as costas.

— Protejam esses dedos! — disse ele, saindo do salão de festas. — Sou muito novo pra ser tio.

— *Cadu Sena!* — As mãos de Íris fecharam, apertadas. O pezinho bateu no chão. Saiu completamente irritada do salão logo atrás dele. *"Cadu Sena!"*, ouvi Cadu imitar a distância. Fiquei parada com as chaves, sem saber o que fazer.

Íris voltou até a porta, corada demais para me olhar nos olhos.

— Eu vou sair em meia hora! — gritou. E sumiu.

Eu me flagrei sorrindo *sem querer*. Sacudi a cabeça e me forcei a lembrar que o que eu precisava mesmo fazer era fincar uma bandeira branca na lua. Até o fim do dia, Íris e eu *seremos* amigas. *Eu só preciso...*

MANUAL PARA CHEGAR ATÉ A LUA.
MÓDULO I – MANTER MEUS SENTIMENTOS TRANCADOS DENTRO DE MIM.

A última coisa que escutei foi o barulho do porta-malas batendo com força. O carro de Íris Pêssego era um rosado vermelho-cereja. Com um cacho de pêssegos de tricot pendurado no retrovisor interno. Os bancos tinham cheiro de tutti-frutti. Algumas sandálias jogadas no chão. Entre elas, um salto preto, sem par. Um copo de café feito de papel, vazio e esquecido no porta-copos. Álcool em gel dentro de um suporte de silicone de abelhinha, preso na grade da saída de som. A alavanca para passar a marcha com uma roupinha de tricô, costurada sob medida, toda colorida, *isso deve ser coisa da minha avó*. Vi alguns papéis e livros jogados nos bancos de trás, ao lado de uma mochila e headphones brancos. A chave do carro dela – como a de Cadu – estava presa num excêntrico chaveiro de miniatura de cabeça. Deduzi que tinham comprado juntos. Ela entrou no carro sem fazer barulho. E girou a cabeça de Janis Joplin para dar a partida. A chuva tinha dado uma brecha, mas a estrada continuava molhada. Ficamos em silêncio nos primeiros dez minutos. Pigarreei algumas vezes. Ela parecia irritada. O cabelo preso num coque, dois brinquinhos de borboleta, uma camiseta branca apertada escrito *"written and directed by Maritza"*, uma calça colorida com uma estampa psicodélica. Gloss vermelho. Unhas verde abacate. Anel de dedo do pé, para variar. *O quê?! Anel de dedo do pé?!*

▷ **LITTLE GAMES – THE COLOURIST**

– Você tá descalça?! – perguntei, com os olhos totalmente arregalados.
– Eu sei que é errado, tá – respondeu ela, sem desviar o olhar da estrada. – Mas quando tô irritada não consigo dirigir de sapato. – Nesse momento, um carro ultrapassou a gente, irregularmente. – *Vaca.*
– O que uma coisa tem a ver com a outra? – perguntei. – E por que você tá irritada?
– Não sei dirigir conversando.
– Se é por causa das brincadeirinhas sem graça de Cadu, relaxa, cara. – Eu me virei para olhar a estrada também. – A gente não vai transar, não.
– Eu sei disso. – Saltamos no banco por causa de algum buraco. Parece que a sacudida lhe deu um *momento de clarividência*. – Mas, nossa, por que você tá dizendo isso assim? Desse jeito?
– De que jeito?
– Assim. *"A gente não vai transar, não."*
– Ué, e nós vamos, por acaso?

– Não! – Outro buraco. – Mas você falou como se fosse a coisa mais horrível do mundo.

– Eu falei normal.

– Você disse *relaxa, cara, a gente não vai transar, não.*

– E nós vamos, por acaso?

– Não. Mas você não precisa falar como se fosse a última coisa do mundo que você faria.

– Você quer que eu adicione transar com você na lista de coisas no mundo que eu faria?

– Eu não disse isso em momento algum.

– Você tá procurando uma discussão à toa, Íris.

– Eu sei fazer coisas, Édra. E eu não tenho mais catapora. Então você não precisa falar como se fosse a pior coisa da face da terra alguém querer transar comigo.

– Aham. – *Aprendeu com a sua quase noiva?* – Aposto que sabe.

– Existem pessoas que adoram transar comigo.

– Pessoas?

– Pois é.

– No plural. – Senti minha mandíbula travar.

– Não ao mesmo tempo.

– Engraçado, porque eu só lembro de ter perguntado se você tava dirigindo descalça.

– E eu respondi.

– Eu não quero saber com quem você transa ou deixa de transar. Você não me deve satisfação.

– Não tô dando satisfação. Só estou dizendo porque foi agressivo como você disse aquilo.

– Aquilo o quê, Íris?

– *Nossa*, e você disse super-rápido.

– O que eu disse *super-rápido*?

– Pra eu relaxar. – Ela me olhou por uma fração de segundos. – Porque você não transaria comigo.

– Eu não disse que *não transaria* com você, eu disse que nós *não vamos* transar.

E aí eu percebi o que *eu disse*. Ela ficou em silêncio. Depois riu. Depois voltou a ficar em silêncio. Me olhou de canto de olho, querendo rir mais. *Pessoas,* no *plural.* Argh. É cada uma.
— Que cara é essa.
— A minha.
— Você zangou comigo?
— Há?!
— Sua cara. Tá de zanga. — Ela sorriu, sem olhar pra mim. — Eu *conheço* você.
Revirei os olhos com tanta força que quase tive um acidente vascular cerebral.
— Você conhece muitas pessoas pelo visto — arfei. — *No plural.*
Ela parecia estar se divertindo muito com a minha cara.
— Você se importa?
— Você dirige conversando?
— Você continua chata, sabia?
— Você também.
Sunrise got us up early. Ela ligou o rádio. *So we put on our shade.* E continuamos na estrada. *Somehow, the bedsheets are dirty. Like sticky sweet lemonade.* Você está ouvindo. *Never wanna leave this room.* "Rose Colored Lenses". *Daydream dèjá-vu.* De Miley Cyrus. *If I had control over you...*

Íris parou o carro no estacionamento de um restaurante aos fundos de um posto de gasolina. "Preciso fazer xixi." Eu olhei em volta, estávamos no meio do nada. Ela voltou correndo, abriu a porta do carro, puxou um par de sandálias de trás do banco, "desci descalça", e saiu de novo. Eu fiquei ali, sozinha e desconfiada sobre a precedência do lugar que estávamos. Não tinha nenhum funcionário no posto de gasolina, parecia um estabelecimento fantasma. Já o restaurante parecia ter sido o tipo de lugar que bombou nos anos oitenta e que agora estava falindo. Se chamava Joycenete'n'love. Tudo junto. Joycenete parecia ser uma mistura de Joyce com lanchonete. O 'n' love eu não fazia ideia.

Cinco minutos foram o suficiente para que eu começasse a criar cenários na minha cabeça, todos terminavam em algum desastre. Íris metida em confusão, Íris perdida, Íris sequestrada. Puxei a cabeça de Janis Joplin da ignição e desci do carro. Olhei de um lado para o outro, bati a porta e fui atrás dela.

Tudo era vermelho. Bancos, mesas, parede, teto, portas. Com exceção do piso, de alguns detalhes no balcão e na farda da atendente, esses eram em xadrez preto e branco. Ela estava abrindo uma garrafa de refrigerante, Íris estava sorrindo. As duas pararam de cochichar assim que me viram.

— Eu ia levar alguma coisa pra você comer no carro, mas a gente pode ficar por aqui mesmo, se você quiser. É bom que assim não suja a *Reddie*.

— Quem é *Reddie*?

— Meu carro. — Ergueu os ombros, orgulhosa. — Você também veio fazer xixi? É bom. Ainda faltam alguns quilômetros até São Patrique. Eu já fiz o meu, vai na quarta porta, é a única descarga que funciona.

— Precisamos de reformas — falou a atendente e se virou em direção a uma fritadeira.

— Não, obrigada. — Eu me sentei na banqueta ao lado de Íris. — Não quero usar o banheiro.

Desse lugar estranho.

— Sabe o que é mais irônico, Édra? — Vi o refrigerante subir pelo canudo vermelho até a boca com gloss (igualmente vermelho) dela. — Estamos em um *motel*.

— Um motel-lanchonete. — A moça a corrigiu. *'n' love*.

— Que ideia *incrível* — elogiei, horrorizada.

— E estamos com desconto pro quarto vermelho. Sério. É diferente de *tudo* o que vocês já viram. — Ela se virou. — É todo vermelho.

— Todo vermelho... — Balancei a minha cabeça. Olhando em volta. — Nem dá pra imaginar como seria um lugar assim.

— Tem correntes e tudo — contou ela, empolgada, e o refrigerante de Íris saiu pelo nariz e tudo.

— Vai ficar pra próxima, Rebecca — Íris se apressou em dizer, enchendo o nariz de guardanapos. — É Rebecca, né?

— É.

– Então, vai ficar pra próxima, Rebecca. – Íris recuou, se secando. O semblante carregado de deboche. – Prometo voltar com alguém que transaria comigo.

Ah, claro.

– Você já tem alguém em mente? – indaguei, forçando um sorriso.

Tipo, a sua ex. *Quase noiva.*

– Estou pensando em deixar as vagas abertas – disse ela, retocando o gloss. – *No plural.*

– Não teste minha paciência, Íris. – Foi o que eu pensei, mas acabei dizendo em voz alta.

– Ou o quê? – Ela inclinou a cabeça pro lado, fechando o gloss. A franja desfiada na testa. As sobrancelhas erguidas, me desafiando. Os pequenos brincos de borboleta balançando em cada uma de suas orelhas.

– Sessenta e dois reais. – Rebecca, a garçonete-atendente, surgiu entre nós duas com um sorriso camarada. – Sessenta e dois reais a hora.

Comemos em silêncio. Íris segurava o hambúrguer sentada no banco vermelho, com os cotovelos apoiados na mesa vermelha, abaixo de um teto vermelho. Da janela lateral, podíamos ver *Reddie*, seu carro vermelho-cereja. Era tudo tão vermelho que já estava me dando dor de cabeça. Para piorar, o meu celular não parava de vibrar no meu bolso. Íris me observava desconfiada. A televisão do Joycenete'n'love ligada competia com o barulho do meu telefone tocando. Quando percebeu minha determinação em fingir que o celular não existia, Íris parou de mastigar. Mordi o meu hambúrguer, despropositadamente.

– Você não vai atender? – perguntou ela, arremessando uma batata frita em mim.

– Não. – Fingi que estava prestando atenção na televisão.

– E se for alguma coisa importante? – indagou, de boca cheia.

– Não é.

– Como você sabe?

– Sabendo.

– *Hum.*

– Hum, o quê?

— Nada. — Ela deu de ombros. O canto da boca sujo de maionese. — Seu telefone tocando não é da minha conta.

Peguei um guardanapo pra limpar a boca dela.

— Ainda bem que você sabe.

— Você é grossa.

— Vire seu rosto aí, fazendo o favor — pedi. Ela virou, revirando os olhos.

— E se for seu pai? — perguntou, fazendo um biquinho pra que eu conseguisse limpar.

— Não é meu pai — respondi, amassando o papel com cuidado.

— Então quem é? — questionou ela. Eu encostei no almoxarifado vermelho do banco. — Aliás, não responde. — Ela balançou a cabeça. — Eu não quero saber com quem você tá.

— Eu não tô com ninguém. — Engoli em seco. — *Agora*.

— Eu disse que eu não queria saber.

— Eu também não queria saber das coisas que você me contou.

— Você fala como se você se importasse.

Respirei fundo. **Módulo um – Manual para chegar até a lua**: *Manter meus sentimentos trancados dentro de mim*. A forma mais saudável para conseguirmos ser amigas. Como antes. *Como aliens*.

— Eu não me importo, Íris. De verdade — falei. — Não me importo com quem você sai, com quem você transa, seus plurais, com nada disso. Não é a parte sobre você que me interessa. Eu me interesso pelo resto. Eu quero saber do seu trabalho, dos seus amigos, dos seus planos. Se você quiser me contar sobre sua vida amorosa, tudo bem, mas eu não me importo. Porque o que eu quero mesmo é saber sobre você. O que eu quero mesmo — disse, olhando para ela por alguns instantes antes de conseguir dizer: — é ser a sua amiga. Como antes.

— Tudo bem. — Ela me olhou, desconcertada. — Você tem razão, desculpa. Eu não deveria tá brincando com isso. Até porque me magoa um pouco ainda. Mas eu já superei.

— O que você já superou?!

— Você não ser apaixonada por mim. Eu demorei pra entender, mas entendi. E já superei. E eu também quero — falou, sorrindo, recolhida — ser sua amiga. De verdade. Senti sua falta.

Uma jarra de vidro surgiu entre nós duas na mesa. Rebecca abaixou a cabeça, desajeitada. Tirou uma caderneta e uma caneta do bolso do avental e ajeitou o quepe xadrez do uniforme. Fatias de limão e cubos de gelo flutuavam no líquido transparente da jarra.

— Você vai querer mais alguma coisa, senhorita? — perguntou ela pra Íris. Que fez que não com a cabeça, encostando mais guardanapos na boca. — E você, rapaz? — Ela se virou para mim. Eu fiz que não com a cabeça, desconfortável. Íris apertou os olhos.

— É uma mulher — disse ela, entortando o rosto. — É uma mulher, Rebecca. Não é um *rapaz*.

— Desculpe — Rebecca deixou um riso escapar. — É que parece um...

— Mas não é — disse Íris, ríspida.

— Tudo bem, desculpe, senhorita — respondeu Rebecca, nervosa. — É que realmente confunde. Eu quero dizer, uma menina não se vestiria dessa...

— *Ok.* — Íris começou a limpar dos dedos no guardanapo agressivamente. — A conta, Rebecca.

— Eu não quis ofender, é que, nossa, todo mundo sabe que uma menina não se ves...

— A conta. — Íris sorriu, passivo-agressivamente. — Ou você quer que a gente saia sem pagar?

— Tudo bem, eu só queria deixar claro que eu não quis ofender. É que *Deus...*

— Você não quer ter essa conversa comigo, Rebecca. Vai por mim. A conta, por favor.

— Nossa — disse Rebecca, e parecia ofendida —, certo.

— *Ótimo.* — O queixo de Íris estava trêmulo. As pernas sacudindo embaixo da mesa, o maxilar travado, ressaltado, um bico na boca, a respiração pesada saindo pelo nariz. — O quê?! — Ela me notou encarando ela. — Por que você tá sorrindo?

— Nada. — Tentei fechar a boca, mas não consegui. Balancei a cabeça, desviando meu olhar para as minhas mãos em cima da mesa. *Sorrindo.*

Quando Rebecca voltou com a máquina de cartão, eu já estava com o cartão de crédito na mão. Íris estava procurando pelo dela nos bolsos da calça.

Eu estendi o meu para Rebecca, sem perguntar o valor. Só queria sair dali antes de uma catástrofe.

— Achei o meu — disse Íris.

— Não precisa. — Eu peguei a máquina. — Eu posso pagar. — Comecei a digitar a senha.

— Eu *convidei* você pra lanchar, eu pretendia pagar. Deixa eu pagar pelo menos o meu.

— Agora já era — falei, devolvendo a máquina para Rebecca.

— Transação recusada — Rebecca sorriu, cínica, para mim. — Senhorita.

— Como assim, transação recusada? — Minhas sobrancelhas se uniram na minha testa. Peguei o meu celular no meu bolso. Várias mensagens de Augustus. A notificação da transação recusada. Abri as mensagens enquanto Íris pedia a máquina para Rebecca.

"Você vai ter que falar comigo, Édra. Eu sou seu pai."

Foi a última mensagem que Augustus tinha enviado. Isso e um print do aplicativo, ele bloqueou meu cartão. Senti a raiva arrepiar todos os pelos do meu corpo. Fechei os olhos pra contar até dez. Íris discutia com Rebecca nos fundos da minha ansiedade. "Eu quero pagar sem os dez por cento de serviço. Não sou obrigada." No escuro dos meus olhos fechados e no embaçado da minha cabeça, ouvi o barulho da máquina emitindo a nota fiscal. Abri os olhos, Rebecca arrancou o papel, furiosa: "*A Joycenete'n'love agradece a preferência.*"

Senti a mão de Íris encostar na minha em cima da mesa. Olhei os dedos dela, com suas unhas verde abacate, acariciando os meus, com cuidado. O calor da pele dela e o gelado do metal de seus anéis de falange.

— Tá tudo bem? — perguntou preocupada. Eu olhei para ela e para a mão dela na minha. Meu coração disparado. Eu nem sabia mais onde terminava a minha ansiedade e começava o meu nervosismo. Ela percebeu, recolheu a mão rapidamente. Vi todo o sangue dela se acumular nas bochechas e no nariz.

— Tá — respondi, atordoada. — Só vou precisar resolver algumas coisas. Posso transferir o dinheiro depois?

— Não precisa, eu não quero — falou, firme. A preocupação foi tomando conta do semblante dela. — Você ficou pálida. Quer que eu compre uma água?

— Não, não precisa. — Encolhi meu corpo no assento. — Só quero ir embora.

— Tudo bem. — Ela respirou fundo, cuidadosa. — Então é isso o que vamos fazer, tá bem?

Vi a mão dela deslizar em direção a minha sobre mesa e hesitar no meio do caminho.

— Tá bem — respondi.

Esperei ela se levantar primeiro. Quando passamos pela porta, ela resmungou: *"Joycenete'n'love, que ideia idiota."* E eu sorri, seguindo seus passos de volta até o carro sem olhar pra trás.

MANUAL PARA CHEGAR ATÉ A LUA.
MÓDULO II – DEIXAR O PASSADO EXATAMENTE ONDE ELE ESTÁ.

Passamos completamente distraídas pela placa de boas-vindas de São Patrique. Engatamos numa conversa que parecia não ter mais fim. Primeiro, foi sobre o nome "Joycenete", depois a cor vermelha como simbolismo de sensualidade. Íris pôde ser totalmente nerd com paletas de cores e estudos da faculdade dela. O que funcionava ou não no cinema, nas novelas, nos filmes, nas séries e as cores por trás disso tudo. Eu adorei ouvir, dando os meus pitacos. Ela me atualizou sobre a faculdade. Como era uma das melhores da turma, mas ainda se sentia insegura. Como se ela fosse uma eterna impostora. Mas que ela seguia em frente, como se a cada dia que passasse ela estivesse longe demais para poder voltar ou, mudar de ideia sobre qualquer coisa que ela tivesse decidido. "Sabe quando você sai com uma blusa de frio, sem nada por baixo, só a blusa de frio, e o tempo abre? Agora é tarde demais, você vai ter que lidar com o tecido pinicando e o calor insuportável. Ou quando você só lembra que guarda-chuvas existem quando o tempo vira e você descobre que todo mundo tem um guarda-chuva, menos você. Porque você sequer pensa sobre eles. E parece que todo mundo sabe do tempo e todo mundo ao seu redor tem um guarda-chuva e tira da mochila bem quando o tempo fecha, como se fosse, eu sei lá, instintivo. E aí você descobre que nem sempre é instintivo, algumas pessoas só veem jornal e acompanham a previsão do tempo. Você entende onde eu quero chegar? O que eu quero dizer é que me sinto assim enquanto adulta, sabe? Parece que todo mundo vai lidando com as coisas que vão surgindo, todo mundo sabe do tempo, todo mundo tem um guarda-chuva. As pessoas só se lembram automaticamente o dia de pagar um boleto, o que dizer no aniversário de alguém, o que pedir num restaurante, o melhor assento do cinema. Todo mundo tem esses instintos de adulto. Todo mundo presta atenção na previsão do tempo no jornal. Todo mundo sabe quando vai chover. Menos eu. Ninguém me ensinou a ser adulta. E eu fico fingindo que já me tornei uma porque agora é tarde demais, eu não tenho mais idade para falar que eu não faço nem ideia de que tipo de loja vende um guarda-chuva." E eu entendi. Entendi absolutamente tudo o que ela disse. E eu poderia ouvir por milhares de horas o que ela tinha para falar. Mas ela também queria que eu acrescentasse meus trocados a discussão. Mesmo que no final daquele monólogo eu só conseguisse dizer:"Eu também não sei em que tipo de loja vende guarda-chuva" e nós duas começássemos a ter uma crise de riso, num sinal fechado, na cidade que foi – com todas suas cores, chuvas, previsões de tempo – palco de nós duas.

    Olhando Íris dirigir e falar e falar e falar sobre diversas coisas, quase que ao mesmo tempo, tecendo um assunto no outro como uma manta de crochê sendo bordada com palavras, me causava uma sensação nostálgica. Não uma sensação ruim. Uma boa. Realmente boa. Eu não conseguia me sentir inteiramente triste por tudo o que tinha acontecido. Naquele carro, parte de mim só conseguia se sentir grata. Grata e sortuda. Porque, em algum período dessa vida, eu fui a garota dela. E ela foi a minha. Por um espaço de tempo, era para mim que ela teria contado tudo isso desde antes. Eu receberia uma foto dela emburrada por estar usando blusa de frio e o sol ter aparecido. Ri imaginando que cara ela teria feito na foto. Qual das suas muitas caretas. O beicinho, o nariz totalmente franzidos, a boca torta num bico pro lado, os olhos pra cima cheios de cílios.

    Não acredito que ela já foi minha para amar.

Fiquei olhando ela falar e se mover. Sua voz foi pouco a pouco desaparecendo. O mundo ficou sem som. Só tinha ela. As mãos no volante com unhas verde abacate, a franjinha desfiada na testa, o rosto se transformando em várias personas diferentes acompanhando suas expressões faciais. Os ombros se movimentando com a história, os fios de cabelo querendo se soltar do coque, se afrouxando aos poucos, os braços, os pelinhos castanhos no braço. Todos os dentes. Você já olhou alguém alguma vez na sua vida e pensou algo como: "Meu Deus, eu nunca poderia não te amar. Teria acontecido na sexta série, teria acontecido no ensino médio, teria acontecido adulta, teria acontecido quando eu fosse idosa, teria acontecido em qualquer idade, local e circunstância. Se eu te visse, em qualquer contexto, eu nunca poderia evitar de te amar?" E de sentir gratidão por isso? Porque está além daquela pessoa. Às vezes, o final nem foi dos melhores. Mas você sabe que aquilo te humanizou de alguma forma.

Você *se sentiu* amar.

— Édra. — A voz dela retornou em volume máximo. Ela tava me encarando com uma cara divertida, mas, ao mesmo tempo, confusa. — Você tá me ouvindo? *Chamando nave-mãe.*

— O que você disse? — perguntei, recobrando o estado de presença. Eu estava num carro. *Reddie.* Em São Patrique. Na Avenida dos Sapateiros. Indo para... não faço a menor ideia. Com Íris.

— Eu perguntei se você quer que eu te deixe em algum lugar ou se você quer ir ao bazar.

— Que bazar? — indaguei, percebendo que meu devaneio me fez perder parte da conversa. — Desculpa, eu me distraí, não dormi direito.

— Você quer que eu te deixe na casa da sua avó, então, pra você descansar?

— Não. — Passei a mão pelo meu cabelo, coçando a minha nuca. Pisquei várias vezes. Porque eu estava com sono *mesmo* e em transe. — Quero saber sobre o bazar. Que bazar?

— A minha mãe faz parte de um grupo de mães de São Patrique agora. Elas falam sobre tudo. Fazem tudo juntas. Criam esses projetos, discutem as coisas, levam pautas pra prefeitura. Conseguiram até tornar obrigatório ter fraldário no Shopping.

— São Patrique tem um shopping agora?

— Dois shoppings. — Ela fofocou. — São novos. Um já tava meio que construindo. O outro, uma empresa de fora que construiu às pressas. Foi feito rápido demais. Dizem que vai cair. Ninguém quer entrar nele.

— Meu Deus do céu.

— É. A Polly trabalha lá. Ela tem uma loja de roupas. E ela também faz parte do grupo da minha mãe. Mas não sei se ela vai estar no bazar. Essa hora ela deve tá trabalhando.

— Por que a Poliana tá no grupo de *mães* da *sua* mãe?

— Porque ela tem um filho. Com o Wilson. O Theo – disse ela, com o maior sorriso do mundo. — Eu sou a tia lelé da cuca dessa criança. Eu *nasci* pra isso.

— Vocês ainda se falam com frequência? — eu quis saber.

— Não, não com frequência. Ser adulto é essa coisa de marcar pra marcar. Morar longe também não ajuda. Quando você vai ver, o fim de semana chega e a última coisa que você quer fazer é estar no telefone, sabe? Você acaba ficando mais próximo de quem tá ali, na vida real, perto de você. E as coisas vão se afunilando de acordo com as mudanças. Tipo — explicou ela, começando mais uma de suas tacadas extraordinárias sobre as coisas mais banais —, eu curso cinema, vou entrar num período de vida, digamos assim, que eu vou falar muito mais sobre isso. E vou me unir a pessoas com o mesmo interesse. A Polly, bom, ela é mãe agora. Ela acaba discutindo muito sobre marcas de fraldas que não apertem as pernocas do Theo. Entre as minhas novelas e a linha Dino, O Dinossauro, Fraldas Descartáveis Respiráveis acabamos indo pra caminhos diferentes. Hoje em dia ela fala mais com a minha mãe do que comigo. E tudo bem. Porque toda vez que a gente se ver, ela vai receber de mim o abraço mais apertado que eu puder dar. Acho que é *algo* sobre ser adulto. Soltar as coisas.

— É, Íris Pêssego — falei, erguendo minhas sobrancelhas sorrindo —, você é uma mulher adulta.

— Eu *sou*, né? — Ela franziu o nariz sacudindo a cabeça, a franjinha saindo do lugar. — *Doideira*.

— *Doideira* — repeti. — E o Wilson?

— Fazendo faculdade de pedagogia em Vinhedos. Vai e volta todo dia de carro. Não mudou em nada, mas agora tem barba e bigode.

— Tatiele e Priscila Pólvora?

— Não faço ideia. Mas sei de fontes confiáveis que ficam com mulheres. Acho que já ficaram entre elas, inclusive. Não moram mais aqui.

— Gênesis?

— Pastora.

— Luiz Zerla?

— Corno. Tipo, sério. A ex dele traiu ele com o tio dele. Wilson que me contou.

— Por que ele *te contou* isso?

— Porque eu perguntei. Eu já tava desconfiada pelas coisas que ela postava.

— Ah, você segue ela nas redes sociais?

— Eu, não.

— Íris!

— *O quê?!* Eu sou fofoqueira. Isso que você tá fazendo comigo agora é *fofocar.*

— Tá. – Dei de ombros. – Camila Dourado?

— Tá perguntando por quê?

— Maurício Mansinni?

— Longa história. – Ela arfou segurando com firmeza o volante. – Mas, em resumo, Cadu e ele começaram a ficar, depois começaram a namorar e aí as coisas ficaram estranhas. Faltando um semestre pra se formar em biblioteconomia, Maumau me contou que aquilo não era pra ele. Que ele não tava mais feliz como ele ficava antes quando decidiu seguir essa profissão. E que não queria que o fato de ele já estar quase se formando fosse uma espécie de sentença. Meio que: "Você estudou disso até aqui e agora você é obrigado a trabalhar nisso pelo resto da sua vida." Aí ele decidiu continuar sonhando, o que eu achei lindo e apoiei totalmente. Cadu queria fazer coisas de namorados, mas ele nunca tinha tempo pra nada. Só estudando pra passar numa faculdade nova. Eles foram ficando cada vez mais distantes. Maurício passou em Design... *Em Belismonte.* E os dois terminaram. Fim. Eu odeio essa história porque parece a vida esfregando na nossa cara que as coisas simplesmente acontecem. Quebrando completamente todas as nossas expectativas. Pra dar tudo minuciosamente certinho, só sendo uma novela. Nas minhas, ninguém nunca vai terminar por causa de coisas assim.

— *Meu Deus!* — Fiquei em estado de choque. — Cadu Sena namorava Maurício Mansini.

— Ué, você não sabia? — Íris me olhou, quase batendo o carro no sinal vermelho.

— Como eu ia saber?! — Arregalei os olhos, ainda boquiaberta. — Eu nunca reparei muito neles, só desconfiava. Devo ter visto uma coisa ou outra, mas não lembro de tudo sobre o ensino médio. Faz três anos.

— Mas você disse que sabia três segredos dele! — gritou ela, desesperada. — Meu Deus, eu sou a *pior* pessoa do mundo.

— Eu sei três segredos dele, mas nenhum dos três era esse!

— E quais são os segredos que você sabe?

— *Íris!*

— *O quê?!* Perguntar não ofende.

Apontei pro vidro do carro. O sinal abriu. Ela acelerou para longe das buzinas impacientes dos motoristas atrás de nós.

— Mas, olha, eu acho certo que tenham terminado. Morando longe, não ia durar muito.

— Você ouviu o que eu disse? — Ela me olhou de soslaio, irritada. — Eles estavam perto um do outro e já estavam distantes. Às vezes, Édra, você pode tá do lado de alguém e sentir que vocês estão em países completamente diferentes. Planetas diferentes. Parece que você não tá totalmente ali nem a pessoa. Ou só um dos dois se sente presente. Sabe? Às vezes isso acontece. Você descobre tentando. E, tudo bem, acho que algumas pessoas realmente não têm paciência pra ficar com alguém que mora longe. Eu consigo entender isso. Eu também acho horrível querer um abraço e dar e cara com a tela do telefone. Mas, eu sei lá, queria que algumas pessoas fossem *suficiente* para outras pessoas pelo menos tentarem. Já que a distância não seria uma coisa para todo o sempre. E, sim, algo temporário. Até a vida se ajeitar.

— Algumas pessoas só não se sentem confortáveis em não fazer parte das paradas, Íris.

— Algumas pessoas mudam de ideia muito rápido. Um dia elas estão com você, no outro elas não são mais apaixonadas por você.

— Algumas pessoas passam por coisas que outras pessoas não fazem a *menor* ideia.

— Algumas pessoas não vão fazer a menor ideia mesmo, porque elas não têm uma bola de cristal.

— Algumas pessoas não são do tipo que se abrem completamente sobre tudo. Cada um tem seu jeito.

— Enfim... — Ela respirou fundo. — Talvez tenha sido algo parecido com isso que aconteceu com Maumau e Cadu. Eu ainda falo com os dois por telefone quando tô em Nova Sieva.

— É... — Virei meu rosto para a janela. — Talvez tenha sido algo parecido com isso mesmo.

Íris estacionou *Reddie* na frente de uma igreja. Eu achei que era uma parada provisória, mas ela tirou o cinto de segurança.

— Você vai ficar aí? — perguntou, séria, puxando Janis Joplin pelos cabelos sintéticos. Eu tirei o meu cinto, mais perdida do que nunca. Desci do carro sob a sombra de uma árvore gigantesca. Dei uma volta completa em *Reddie* até Íris, na calçada. Ela estava fazendo um exercício de respiração silencioso, com contagens sibiladas, sacudindo as mãos e tentando relaxar o pescoço.

Não precisei perguntar o que estava acontecendo. Havia um pôster rosa gigantesco pregado na frente da igreja. *Bazar Beneficente – Associação de Mães de São Patrique (AMSP).*

Assim que entramos, uma arara cheia de casacos pendurados passou deslizando na nossa frente, a imagem foi se revelando aos poucos por trás de tudo. Várias mesas cobertas com tecido rosa exibiam fileiras de sapatos usados, chapéus, bolsas, bijuterias. Havia bancos para se sentar. Balões rosa. Uma cabine sobre a prevenção ao câncer de mama, um adolescente tirando fotos de tudo para o jornal local e um bom grupo de pessoas espalhadas, bisbilhotando, perguntando o preço e experimentando todas as coisas. Num canto mais afastado, com alguns balões pendurados no guidom, vi *Yellow*, a bicicleta de Íris.

— Édra Norr! — Jade Pêssego surgiu, com um sorriso na boca, num vestido florido, com a mão repousada em cima de uma barriga enorme. — Quanto tempo, você esqueceu a gente. — Ela me deu um abraço rápido, soprando beijinhos no ar, de um lado e de outro.

— Oi, Senhora Jade. — Dei um sorriso meio sem graça. — Como vai?

— Vou grávida. — Ela riu. — Pra você é só *Jade*. Tô feliz em te ver! A Íris achou que ia se ver livre de mim, que ia chegar em São Patrique, almoçar comigo e com o pai dela rapidinho e se enfurnar naquela fazenda, e eu disse *nananinanão*. Tem trabalho de sobra nessas férias. Que bom que você veio junto. — Ela sorriu para Íris e apontou para mim, sussurrando. — *Voltaram?!*

Eu ouvi.

— *Mãe!*

— *Vai saber, lésbicas terminam e voltam o tempo todo.* — Ela deu de ombros, andando com dificuldade. Fomos acompanhando. — Já nós, héteros, ficamos entediados e fazemos um filho, como se não existisse menopausa.

Eu não conseguia parar de olhar na direção de *Yellow*, exposta à venda. Os balões meio murchos.

— Como anda a faculdade e a vida toda, em Montana? — ouvi Jade perguntar. — Faz frio lá?

Uma mulher com uma criança se aproximou da bicicleta, pegou a etiqueta de preço presa ao guidom, olhou, a criança esperneou, mas ela a puxou pelo braço para continuarem andando.

— Tudo bem, sim, tudo tranquilo. — Me virei, percebendo que elas tinham parado de caminhar. — Faz frio lá — falei, percebendo que tínhamos parado na mesa expositora de Jade. Repleta com coisas de Íris. CDs, livros, cadernos, quadros que com certeza tinham sido pintados por ela quando criança, as flores tortinhas, o sol grande demais para a casa. Um deles tinham três bonecos de palito, um pai, uma mãe e uma filha, dentro de um coração vermelho gigante.

— Tem que vir mais vezes aqui, Édra. — Jade arrastou uma cadeira para se sentar diante de sua mesa repleta de memórias de Íris. — Tomar um solzinho brasileiro, Montana te deixou pálida. Em Nova Sieva não tem praia, né... A Íris quando vem no inverno chega aqui parecendo um frango descongelado. Eu nunca moraria em um lugar friento assim, mas, fazer o que, não é mesmo?! É onde ficam as faculdades que vocês escolheram, a brincadeira acabou, tem que crescer. — Ela balançou a cabeça, alisando a própria barriga. — Já levou ela à praia, Íris?

Íris estava distraída segurando o quadro da família de palitos dentro do coração gigante.

— Íris? — chamou Jade.

— Oi. — Ela soltou o quadro, como se fosse proibido estar encostando.

— Vocês deveriam ir na praia, o tempo é meio doido, chove e faz sol, depois chove, depois faz sol de novo. Olha aí... — Jade olhou para a entrada da igreja, atrás de nós. As portas de madeira escancaradas deixavam a paisagem da rua e o céu a mostra — o tempo abrindo de novo.

— Ah, é — Íris disse. — Vou levar. Tô ajudando a Dona Símia com as coisas do casamento.

— E como ela tá? Nunca mais veio à cidade. Vi Seu Juliano saindo da hidroginástica. Mandei um abraço pra ela, mas ele é meio esquecido, né. Ficou me perguntando quem eu era.

Duas garotas pré-adolescentes se aproximaram de *Yellow*. Começaram a rir. Apertaram a buzina. O estalo fez Íris girar o corpo inteiro, como se fosse intuitivo. Uma delas subiu em *Yellow*, se sentou. A outra começou a dizer alguma coisa, as duas compartilhando a histeria de uma crise de riso. A que estava na bicicleta começou a apertar a buzina sem parar.

— Ei! — Íris apressou os passos, irritada. — Não pode ficar apertando desse jeito. — Assisti enquanto ela repreendia as garotas. — Assim vai quebrar. Precisa ser com cuidado.

As meninas se afastaram assustadas, pedindo desculpas. E correram para perto da mãe, que estava provando um chapéu da mesa de outra expositora. Jade estreitou os olhos para Íris, em total desaprovação.

— Se você assustar os clientes desse jeito, Íris — disse Jade, assim que Íris voltou —, ninguém vai comprar essa bendita bicicleta, e eu nunca vou me livrar dela.

— Eu também não quero que seja vendida pra quem vai quebrar ela em uma semana.

— Por que você tá vendendo a sua bicicleta? — perguntei, tentando ler as entrelinhas.

— Estamos nos mudando, a casa nova é maravilhosa, mas a garagem é um pouco menor. — explicou Jade Pêssego. Íris engoliu em seco. E eu me senti incomodada, como se fosse comigo.

— Entendi. — Balancei a cabeça. — E não tem nenhum outro lugar onde ela possa ficar?

— Não posso levar pra Nova Sieva e, de qualquer maneira — explicou Íris, sem me olhar, mexendo nas coisas sobre a mesa, com o olhar distante e cheia de dedos para tocar no que fosse, como se nada daquilo tudo pertencesse mais a ela —, não adianta de nada guardar em outra garagem aqui. Vai ficar parada e enferrujar. Eu concordei em doar minha bicicleta pro bazar. — Ela olhou pra Jade. — Mas não é por isso que ela tenha que ser vendida pra qualquer pessoa.

— São adolescente, Íris. — Jade cruzou os braços. — São irresponsáveis. Foram feitos para não serem cautelosos com coisas. Você também já foi assim. As meninas só estavam se divertindo

Íris arfou, revirando os olhos.

— E todas essas coisas? — Eu segurei um dos quadros dela. — Você não consegue levar pra Nova Sieva na sua mala?

— Não quero levar — disse Íris, ríspida. — São coisas idiotas. Tudo isso aqui. Um monte de coisa que eu fui acumulando, sempre fui assim, de ficar guardando tudo. Mamãe disse que essas coisas atraem bichos, acumulam poeiras, pode ser ruim pro bebê. — Ela olhou para os objetos espalhados com um ressentimento contido. — Um monte de besteira, coisa boba de criança, tralha de adolescente. Ninguém vai querer comprar.

— Eu trouxe uns saltos meus que eu não uso há muito tempo, meus pés nem entram mais neles. Umas calças também. Deixei lá atrás. — Jade começou a se abanar com uma revista em quadrinhos de Íris. — É tudo tão velho, nem sei se vai vender também. Mas tudo bem. O importante mesmo é se livrar dessas tralhas todas. Abrir espaço para o novo.

Íris parecia estar segurando o choro. Ela abaixou a cabeça.

— Vou buscar as coisas lá nos fundos — disse ela, passando por mim.

— Você quer ajuda? — perguntei, preocupada.

— Não — respondeu, já de costas, se afastando em direção aos fundos da igreja. — Não precisa. Eu já volto.

Quando fiquei sozinha com Jade Pêssego, engoli em seco, pegando o quadro do sol enorme e desproporcional com a paisagem desenhada.

— Quanto custa esse? — perguntei.

— Custa um copo de água, se você for buscar ligeiro. — Jade piscou pra mim. — Meus pés estão me matando.

– Onde fica o bebedouro? – Procurei em volta. – Ah. – Estava do lado de *Yellow*. – Gelada ou natural?

– Gelada, por favor. – Jade sorriu. – Está esquentando, o sol tá voltando, essa cidade vai virar *um forno* até que a noite caia e chova de novo.

– Jade... – Hesitei.

– Diga, minha linda.

– Acho que você deveria ficar com *esse*. – Estendi para ela um quadro. Ela olhou para mim, surpresa. Segurou. Ergueu no ar. E viu a família de palitos dentro do coração gigante.

– É. – Ela sorriu para a pintura. Olhando para mim, ela disse: – Acho que vou comprar esse. Vou embrulhar o seu enquanto você busca a minha água, como pagamento.

Eu assenti com a cabeça, sorrindo.

– Jade. Mais uma coisa.

– Vou morrer de sede desse jeito – resmungou ela, brincando.

– É uma pergunta esquisita, mas talvez você saiba onde eu posso encontrar.

– Eu sei onde ficam todas as coisas do mundo, querida, pode perguntar.

– *Perfeito*. – Eu me inclinei sobre a mesa. – Você sabe onde vende guarda-chuva?!

MANUAL PARA CHEGAR ATÉ A LUA.
MÓDULO III – CONTROLAR BEM OS MEUS IMPULSOS.

Puxei o copo descartável do dispenser, tentando não olhar para *Yellow*. Só de estar em pé, num bebedouro, próxima a ela, algo se embrulhava no meu estômago. Eu nem sabia dizer o que aquilo me fazia sentir. Se alguém me perguntasse, eu não conseguiria explicar. E, tudo bem, nem tudo o que a gente "sente" faz "sentido". Não precisamos de uma explicação lógica para tudo – e isso é algo que tento constantemente me lembrar. Porque eu escrevo poemas. E músicas. Ou, pelo menos, era o que eu costumava fazer. Exatamente na mesma época que essa bicicleta tinha um lugar caloroso numa garagem, em vez de uma etiqueta de preço, com duas adolescentes avaliando. Uma delas, vestida com uma camisa super larga e uma calça cargo, a outra era seu extremo oposto, usando saia jeans, blusa listrada e o cabelo totalmente reunido embaixo de uma tiara delicada

— Você sabe como é a minha mãe. — Passei a ouvir a conversa, a garota da tiara delicada, suspirava. — Ela nunca me deixaria ter uma bicicleta, nem nada que ela considere *perigoso*. Às vezes eu acho que, na cabeça dela, eu parei de crescer com doze anos. — Ela revirou os olhos.

— Se ninguém comprar até o brechó acabar, a gente pode, sei lá, dar um lance. Pra ver se vendem. E eu guardo ela pra você na garagem lá de casa — sugeriu a de camisa super larga.

— Como se *a sua* mãe fosse deixar. Elas são amigas por um motivo. Tia Vera é liberal, mas acredita em quase tudo o que minha mãe fala. Aí começa a mudar de ideia.

— Nós duas *também* somos amigas por um motivo — Camisa super larga piscou. E, por um momento, podia jurar que vi Tiara Delicada ruborizar. — Talvez o nosso chamado seja comprar uma bicicleta escondido. Se eu falar que é minha, consigo domar a fera.

— Esquece, Thiessa, eu não vou fazer nada duvidoso antes da formatura. Se alguém da igreja me vê pela rua em cima de uma bicicleta e conta pra minha mãe...

— É só você passar por cima. — E, então, Thiessa-camisa-larga, apertou a buzina de *Yellow* três vezes seguidas. — Blem-blem, adolescente atropela fiéis em São Patrique.

— Não faça isso! — reclamou Yasmin-tiara-delicada, parecendo muito brava. — Assim pode quebrar a buzina, é uma bicicleta antiga, tem que encostar com cuidado. — Ela sorriu, passando a mão delicadamente pelo guidom. — Ela é especial.

— "Ela" — Thiessa balançou a cabeça, sorrindo provocativa. Mas, no fundo, parecia encantada com tudo o que Yasmin falava. — Você disse de um jeito como se a bicicleta fosse uma *pessoa* agora.

— É como se fosse uma pessoa mesmo. — Íris surgiu em cena. — O nome dela é *Yellow*.

Yasmin se acendeu num sorriso sem tamanho.

— Eu *sabia*, cara. É o nome perfeito!

— Você vai comprar? — perguntou Íris, observando a garota de cima a baixo. Me mantive de longe, observando.

— Não. — Yasmin riu brevemente, como se a pergunta pra ela soasse absurda. — Minha mãe nunca me daria dinheiro pra isso. Ela provavelmente me acharia louca só de pedir. Ela me leva e me busca em todos os lugares. Aliás, eu nem sei andar de bicicleta direito, uma vez, quando eu era criança, ganhei uma de aniversário do meu tio Mauro Roberto e caí. Perdi um dente e tudo. Minha mãe vendeu no dia seguinte. É meio *perigoso*, né?

— É só uma bicicleta — disse Íris, sorrindo um tanto contrariada. — Não é *perigoso*. Você só precisa pegar o jeito.

— Pra Tia Arlete *tudo* perigoso. Ela é o dragão da torre. — Thiessa se intrometeu na conversa. — O que Yasmin deveria mesmo era *pegar o jeito* de fazer alguma coisa fora da curva de vez em quando. Antes do ano acabar, enquanto a gente ainda tem dezessete anos e não pode ser preso. Enquanto ela ainda não entrou numa máquina de fazer adultos e saiu *igualzinha* a mãe dela.

— A vida não acaba depois dos dezoito anos. — Íris balançou cabeça. — Não se preocupem tanto com esse lance da liberdade. Pra alguns pais a gente sempre vai ter doze anos. Mãe é *quase* tudo igual, só muda o endereço. — Íris deu uma piscadela. — E, olha só pra mim, eu posso fazer o que eu quiser hoje em dia, mas sinto a maior saudade de ter a idade de vocês.

— Acho que depois da formatura também vou sentir saudade de tudo. Por isso eu faço as coisas escondido. — Thiessa deu de ombros. — Tô acumulando mais coisas pra sentir falta.

— Eu passei minha adolescência inteira vendo televisão e indo pra igreja. Acho que não tenho nada pra sentir saudade, não aconteceu nada de legal até aqui. — Yasmin foi murchando a cada palavra.

— O ano ainda não acabou — disse Thiessa num tom sugestivo. — Dá tempo de fazer algo perigoso.

Yasmin torceu o nariz para Thiessa. Para *Yellow*, lançou um último suspiro apaixonado.

— Você pode ficar com ela se quiser, eu deixo você ficar com ela de graça — disse Íris quase que instintivamente. Os olhos de Yasmin se arregalaram.

– Vai por mim – ela sorriu, repousando uma mão sobre o ombro de Yasmin –, ainda dá tempo de fazer algo sobre o seu último ano do ensino médio. Você só precisa desligar a televisão e ir viver as coisas *fora* dela. Ter uma bicicleta pode ajudar. *Só fica longe de binóculos.*
– O quê?
– Binóculos foi, *hum*, uma metáfora – esquivou-se Íris. – Você sabe, para os olhos da sua mãe.
– Eu acho que entendi o que você quis dizer – respondeu Yasmin, entusiasmada. – E acho que sei *exatamente* o que eu quero fazer antes do ano acabar. Eu quero ser a dona dessa bicicleta, eu quero viver fora da minha televisão e eu quero fazer coisas longe dos binóculos da minha mãe! – Yasmin proclamou as palavras como se fossem a independência da república. *Ela* era a república. Íris arregalou os olhos sem conseguir elaborar nenhuma reação.
– Yasmin, acho que não foi exatamente isso que eu...
– Eu vou falar com minha mãe! – Ela saiu saltitando. – O não eu já tenho! Se ela me negar isso, vou fazer o que eu quiser assim mesmo. Cansei de sempre fazer tudo o que as pessoas querem. O ano tá acabando! Chega de ficar na mira dos binóculos das pessoas.
– Meu Deus! – se empolgou Thiessa, incrédula. – Blem-blem, adolescente atropela fiéis em São Patrique.

Eu, que estava assistindo a cena toda do bebedouro, fui me aproximando devagarinho, Íris tinha sido abandonada por Thiessa e pela República Independente de Yasmin e parecia ter aceitado o fato de que não iria conseguir contornar a situação do seu conselho frustrado. O tiro já tinha saído pela culatra. Só restava honrar a promessa. Estava a sós com *Yellow* novamente, deslizando a mão em tudo com delicadeza. Suspirando, sorrindo. Não era mais dela.
– Pronta pra se despedir? – perguntei, me posicionando atrás dela.
– *Não* – respondeu ela. – Mas preciso fazer isso. Ela já me tirou de casa e me levou pro mundo real, acho que ela vai adorar fazer o mesmo por outra pessoa. – Íris se virou, segurando o próprio braço, acanhada. – Alguém que *sabe* que a buzina dela é frágil.

— Pois é — falei, entrando na onda dela —, importantíssimo saber disso.

— Pois é! — Íris respirou fundo, como se pudesse rever todas as suas pedaladas em sua cúmplice metálica passando num telão bem diante dos seus olhos. — É isso — disse ela. — Ser adulta é aprender a se despedir.

Eu assenti com a cabeça. Ficamos assim, olhando a *Yellow* por alguns instantes. Em silêncio. Até que um senhor envergado veio arrastando uma bicicleta preta para dentro da igreja. Quando nos viu, mudou a rota para a nossa direção.

— Soube do bazar — disse ele, robusto. — Quero vender esse trambolho aqui.

— Só vendemos as coisas que testamos, senhor — inventei na hora, na adrenalina de um impulso. — Preciso ver se a bicicleta funciona antes de expor.

— Tem duas rodas. Um guidom. É claro que funciona.

— Sem teste, sem vendas, senhor.

— E vai testar como?

— *Édra*. — Íris sussurrou pra mim, completamente confusa. — *O que você tá fazendo?*

— *Uma despedida* — sussurrei de volta. — Vou levar essa água pra sua mãe antes que ela me venda por duas pratas. E volto pro nosso rolê de bicicleta.

— Quê?! — Ela deu um salto pra trás. — Não. Eu não vou andar de bicicleta.

— Eu aposto que eu dou uma volta pelo bairro e ainda chego antes de você.

— Não adianta, eu não vou andar de bicicleta. E não — complementou, erguendo a sobrancelha, desafiada —, você *não* chegaria antes de mim.

— É o que vamos ver! — Eu sorri, cínica, me afastando. Eu sabia que ela estaria em cima da *Yellow* antes mesmo que eu voltasse, porque era competitiva.

O problema é que, bom, eu sou competitiva também.

▷ QUIT YOUR JOB, RUNAWAY! – JUNIOR MESA

Meu rosto contra o vento. A força nos meus pés contra o pedal. A luz do sol brincando comigo, tentando me alcançar escapando nos espaços entre as construções das casas. A risada de Íris Pêssego se derramando por cima de tudo. O que é ser jovem e o que é ser adulto, o que é o tempo, o que é o passado e o futuro, o que são as escolhas humanas de vida para uma árvore? Para um poste de luz? Para o chão de uma rua? Como uma bicicleta vai saber quando você se sentar nela para pedalar por uma última vez e que aquilo se trata de uma despedida? Como o pedal vai saber se você tem seis, doze, sessenta e oito anos? O que é a velhice e juventude do ponto de vista de um sol se pondo? Quantos anos tem a risada de alguém que você ama?

Pedalando em cima do tempo, desviando dos carros pelas ruas de São Patrique, eu me senti com todos os anos que já vivi. Eu tive sete, eu tive doze, eu tive quinze, eu voltei a ter vinte e um. Eu vi Íris com nove, com quatorze, com dezessete e de volta com vinte. A testa inteira aparecendo, a franja sendo arremessada para trás junto ao cabelo todo. A boca aberta, gargalhando. "Perdeu seu pique?", gritava ela, passando na minha frente. Eu desviava dos carros, como se tudo o que eu precisasse fazer, naquele momento, fosse não me atrasar para o colégio. Na vida, a gente nasce algumas vezes. Estamos nesse parto contínuo. Toda vez chora uma versão nova nossa. Toda vez precisamos cortar o cordão umbilical de uma parte de nós. Parar de alimentá-la, deixá-la para trás. Do dia que choramos pra arrancar um dente de leite até o primeiro boleto que atrasamos sem querer (viramos adultos!). Não é uma escolha nossa. Vamos oxidando. Já chegamos no mundo morrendo. Todo dia se vai uma parte. Todo dia precisamos saber quais das partes não vamos abrir mão nunca. As partes inegociáveis não envelhecem. E também não morrem. Viver só é especial porque acaba. As coisas são especiais porque vão terminando. Rompendo com todas as nossas expectativas, a vida vai acontecendo. A roda vai girando. A bicicleta vai chegando em algum lugar. Nem sempre o lugar que gostaríamos. Mas não é bonito? Não é bonito, de alguma maneira, passar assim pelo tempo? Nascer para uma época. Morrer antes de uma árvore. Virar vento.

"Queria que a senhora tivesse mais tempo", lembro de dizer para minha mãe, sem nem entender o que tempo por si só significava. Ela segurou meu rosto, como se eu tivesse dito a coisa mais estúpida do mundo. "Querida", abriu um sorriso sereno, "eu tive *todo* o tempo do mundo."

Fechei os meus olhos no sinal vermelho. Íris e eu paramos com as bicicletas. Senti o vento no meu rosto de novo. Respirei fundo. No silêncio do meu sorriso, ouvi quando Íris disse: "Nossa, eu tô me sentindo laranja-forte." "O que é isso?", perguntei, sem abrir os olhos. "Na verdade, não responde", falei antes que ela dissesse qualquer coisa. Ela não precisava dizer *nada*. "Eu sei. Eu acho que entendi. Eu tô me sentindo assim também."

"Quem chegar por último é a mulher do padre!", gritou ela. O sinal abriu. E partimos. Passamos na frente do colégio, rimos com a farda e a pintura na parede novas. Passamos na frente do Banana Club, sentimos vontade de entrar, mas não daria tempo. E pedalamos pela orla da praia. Com o sol se pondo, laranja e vibrante, atrás das silhuetas de nossas sombras. Rindo e rindo e rindo e rindo. Rir é coisa de quem tem quantos anos? Se sentir vivo é coisa de quem tem quantos anos? Se sentir *laranja-forte* é para quem tem quantos anos?

O dia estava acabando, ultrapassei Íris e pedi que ela fosse me seguindo. Guiei ela até a loja que vendia guarda-chuvas, que sua mãe tinha me explicado onde ficava. Paramos as bicicletas na calçada e eu pedi que ela me deixasse levá-la com os olhos fechados. Ela demorou muito pra concordar, é claro. Mas topou no final. Fomos andando em tropeços. Ela de costas pra mim, nossos corpos muito próximos um do outro, minhas mãos nos seus olhos, a franjinha dela fazendo cócegas na minha pele. Os funcionários da loja nos observavam, rabugentos, irritados, como se fôssemos adolescentes. Eu fui andando com ela assim até achar uma parede enorme de guarda-chuvas. Jade Pêssego tinha me dito que era o lugar favorito dela, pela variedade e pelo preço. Destampei os olhos de Íris. Guarda-chuvas por toda parte, de todas as cores, de todos os tamanhos, de todos os tipos. Uma prateleira inteirinha deles. "Vá", eu disse, "seja adulta."

— E se eu não quiser ser adulta? E se eu tiver *medo* de ser adulta?

— Adultos sentem medo o tempo todo, Íris. Isso é *parte* de ser adulto. Uma parte *bem grande*.

— E se eu for uma adulta ruim? E se eu não for *boa* em *ser adulta*?

— Você vai aprendendo. Com o tempo. Com as experiências. Com as coisas todas.

— E se eu for *tão ruim* em ser adulta e acabar virando a *pior* pessoa do mundo?

— Aí você refaz o caminho de bicicleta. Muda a rota. Começa de novo. Você consegue.

Ela escolheu um guarda-chuva preto. Completamente comum, como o de qualquer pessoa num ponto de ônibus, no metrô, passando com pressa pela calçada. Eu paguei com as sobras de dinheiro que eu tinha. Precisaria me resolver com o meu pai, mas não queria estragar o restinho do dia pensando sobre isso. Então, só respirei fundo. E ri de Íris Pêssego dizendo: "O nome dele vai ser *Young Adult*." "De onde você tira essas coisas, Íris?" "Eu sei lá", nós duas rimos.

"Eu queria ser personagem de um livro Young Adult, com meu guarda--chuvinha chamado Young Adult."

E eu queria beijar você, pensei.

Mas eu disse: "Acho que vai chover."

Voltamos para a igreja. As mães da associação desmontando as mesas expositoras, correndo de um lado para o outro porque o céu azulado da noite chegando estava ganhando um acinzentado – era a chuva, anunciando que iria voltar.

Íris conversou com Yasmin e a mãe dela, Jade se uniu a conversa, sempre alisando a própria barriga. Eu estava ouvindo o senhor, dono da bicicleta, falar por mil anos sobre a minha irresponsabilidade. Em silêncio, por respeito. E porque ele tinha razão. Tomou a bicicleta da minha mão, furioso, e levou embora. Não prestei atenção numa só palavra, minha cabeça queria explodir de coisas para processar. Meu coração bombeando sangue num desespero, como se o mundo fosse acabar a qualquer momento. Eu tava sentindo muitas coisas ao mesmo tempo. Muitas. Várias. Intensas. Não lineares.

— Caraca! — Thiessa surgiu na minha frente. — Você é a garota do vídeo. Do festival de São Patrique, de anos atrás. Você é meu maior ídolo vivo. Você é minha fã! – gritou ela. E aí, ela disse um compilado do que eu nunca achei que fosse ouvir na minha vida. — Quer dizer, eu... eu sou sua fã! Eu faço aulas de música por sua causa! Tenho um ukulele e tudo. Meu sonho é cortar meu cabelo igual ao seu. Sério. Eu queria muito ser igual a você. Você pode autografar o meu ukulele?

O mundo girou mais devagar.

– Você quer que *eu* autografe o seu ukulele?

– Claro! Vou mostrar a todo mundo – disse ela, abrindo a mochila, apressada. – Juro, eu tenho dois priminhos que já tiveram até aula com você. Sortudos. O seu vídeo viralizou muito. Você nunca parou pra assistir?

– Não... – respondi. Estatelada.

– *Aqui.* – Ela me estendeu um ukulele e um piloto. Eu fiquei meio estátua.

– Desculpa, eu não sei o que escrever, eu nunca autografei nada antes. Deixa só eu pensar um pouco. – Sorri, sem graça, balançando o piloto de um lado pro outro. Tentei resgatar na minha memória qualquer vestígio de um autógrafo. Eu não tinha nada autografado na vida. Nem mesmo um pôster de banda local. Nada. Nunca. O mais perto de um autógrafo que eu tinha chegado, eram as assinaturas de bilhetinhos da minha mãe. Para Édra. Com amor, Eva.

"Minha mãe disse que você vai jantar com a gente", Íris me distanciou brevemente desse pensamento. "Vou, é?" "É. Meu pai que vai cozinhar, vamos sobreviver. Se fosse *Jade Pêssego* na cozinha não dava pra dizer o mesmo." Dei uma risadinha, me sentindo meio desconexa da realidade. Olhei para Íris pegando todo seu cabelo enorme e reunindo para cima para prender num coque. Olhei para Thiessa com o ukulele e o piloto, esperando pelo meu, *hum,* que estranho, *autógrafo?* Íris riu, percebendo o que estava acontecendo. Como se não fosse estranho pra ela que alguém tivesse pedindo um autógrafo num instrumento musical *pra mim.* Atrás de nós, na minha visão turva por tantos acontecimentos, Jade Pêssego gritava para nós duas: "Ei, preciso de ajuda pra guardar isso tudo no carro. Vamos, vocês não estão grávidas." Thiessa me olhava com uma cara de *por favor, não esqueça de mim.* "Vamos, Thiessa", a mãe de Yasmin, Dona Arlete, surgiu, arrastando *Yellow* para fora com ela. Independência ou morte. "Calma, tia, só um pouco", gritou Thiessa para a mãe de Yasmin. Para mim, apenas olhou, como um filhote de cachorro. "Vou cuidar bem dela," Yasmin disse pra Íris. E ela já de coque respondeu com um sorriso: "Eu sei que vai."

Tirei a tampa do piloto.

Para Thiessa.
Com amor,
Édra Norr

Nem quis ficar para a reação dela, entreguei o ukulele e já fui correndo para ajudar Jade com as caixas. Íris me olhou com um orgulho silencioso. Thiessa foi embora, quase que contra a própria vontade, sendo puxada pelo braço pela mãe de Yasmin. Ajudamos Jade a fechar a igreja. Guardamos todas as coisas. Jade também estava de carro, então colocamos tudo no porta-malas dela. E voltamos para *Reddie*. Só Íris e eu.

▷ **CAROLINE – JUNIOR MESA**

Dirigir pela cidade anoitecida foi silencioso. Silencioso e confortável. Não senti vontade de dizer nada, nem ela e não foi estranho por isso. Nas poucas vezes que nos entreolhamos, sorrimos. Com os semáforos, as árvores, os postes de luz e as ruas – que já tínhamos passado antes, de bicicleta e de dezessete anos – como testemunhas.

Foi assim que finquei uma bandeira branca na lua, com uma garfada de macarrão na boca. Dei o meu primeiro passo pela sua superfície depois de ter tomado banho, me arrumado e batido na porta dos Pêssego. Tudo foi agradável. Ermes consegue ser o cara mais engraçado e desajeitado do mundo. Jade ficou falando excessivamente sobre o bebê. Mas eu perguntava coisas direcionadas apenas a Íris, para que a conversa também pudesse ser um pouco sobre ela, apesar da empolgação de todos com o novo Pêssego. O quadro da família de palitos dentro de um coração gigante estava junto aos porta-retratos, no buffet de madeira, atrás da cadeira que Íris Pêssego estava sentada para jantar. Ela, Jade, Ermes e eu ríamos das coisas mais banais da vida. Felizes. Na barriga de Jade Pêssego, Sol, a irmã de Íris.

— Ei — chamei, quando seus pais foram repor os nossos pratos com mais macarronada. — *Sabe quem foi a primeira pessoa a pisar na lua?* — sussurrei, olhando para a boca dela.

— Neil Armstrong — respondeu ela, olhando para a minha boca de volta.

— *Édra Norr* — corrigi, me aproximando com um sorriso.

Um sorriso que eu pretendia transformar num beijo. E estragar *tudo*. Absolutamente tudo.

"Quem quer mais?", Ermes Pêssego surgiu, empolgado com os nossos pratos. "*Opa*", sorri.

Quando eu estava indo embora, Íris me gritou da porta. "*Édra!* Isso não é meu pra eu ter que desapegar", ela me estendeu os binóculos do meu avô. "Tá na hora de voltar pro lugar de origem." Ficamos ali, caladas, segurando os binóculos juntas. Ela me entregando, eu recebendo, as duas, sem soltar. *Manter meus sentimentos trancados dentro de mim, deixar o passado exatamente onde ele está e controlar bem os meus impulsos.* Olhei para a Íris, uma mulher adulta. Uma nova versão de si mesma. Eu precisava – também – deixá-la ir. Era tarde demais. Eu não podia fazer isso. Nem com ela, nem comigo. "Boa noite, *alien*", puxei os binóculos. "Boa noite, *alien*."

Eu me virei para atravessar a rua, com a lua no meu bolso. Quando ela disse: "Sabia que dá pra ver o seu quarto do meu?" Eu não entendi o que ela quis dizer com aquilo. Então, continuei andando. Se eu ficasse mais meio segundo, se eu olhasse pra trás, se – qualquer coisa – eu poderia me virar, enfiar a minha mão entre o cabelo dela e beijá-la com uma saudade de três anos. *Continue pedalando para outra rota, Édra*. Eu disse a mim mesma. *Continue pedalando.*

Quando bati a porta de casa, senti o ar pesado escapar pelos meus pulmões, minha boca se ergueu no sorriso mais honesto que eu poderia dar naquele momento. Me senti bem, nostálgica, viva, grata por tudo. Caminhei até a parede da sala, onde costumava ficar os binóculos do meu avô. Os binóculos que eu fingi por muito tempo que não estavam me seguindo, por medo de, no final, viver de novo uma réplica de história de amor na qual eu sairia magoada, não desejada, não retribuída, não escolhida. Pensei em todas as vezes que tentei falar com Íris sem ela nunca ter percebido. Em como passei um tempo achando que ela podia só estar me querendo porque viu alguém me querer. Que me magoaria como todas as outras. Que me tiraria um pedaço pra sempre. Até isso evoluir para eu querer. Querer ser vista por ela. O tempo todo. Em situações quase propositais. Apelativas. Para que ela quisesse garotas. E, querendo isso, me escolhesse. Eu nunca vou saber as razões e os sentimentos mais profundos dela, e ela *nunca* saberia os meus.

Um sentimento que, se eu pudesse descrever de qualquer maneira, seria como aquela sensação do fim da tarde, no pôr do sol. Laranja-forte.

Engoli meu sentimento, deixei o passado no passado.

"Sabia que dá pra ver o seu quarto do meu?"

Corri até o quarto com os binóculos. Encostei na minha janela. A luz do quarto de Íris estava acesa. A janela dela parcialmente aberta. Sem cortinas. Uma visão ampla de tudo. *Dei zoom.*

Íris surgiu no enquadramento de tudo, conseguia vê-la de costas para cima. Na meia-luz quente de um abajur... Abrindo o feche do sutiã. Com todo o cuidado, lentidão e pirraça do mundo. O perfil do rosto, como uma lua crescente, parcialmente escondido por uma parte do cabelo.

Ah, que se foda.

Deixei os binóculos caírem no chão. Desci o mais rápido que pude. Bati a porta de casa, desci os degraus da entrada tropeçando em mim mesma e atravessei a rua correndo até a casa dos Pêssego.

Comecei a bater na porta. Sem parar. Seu Ermes abriu. "Édra?" "Esqueci uma parada", atropelei ele, subindo as escadas como se minha vida dependesse daquilo. Olhei em volta, nunca tinha estado naquela parte da casa dos Pêssego. Olhei o batente de todas as portas e segui o feche de luz escapando no chão, vindo de apenas uma delas.

Girei a maçaneta. E a porta se abriu.

Íris estava de calcinha e sutiã, sentada na cama, como se já estivesse me esperando. Eu fechei a porta nas minhas costas. Ela se levantou, saltando em minha direção. Corri os meus dedos pelos cabelos dela, apertei os fios reunidos com força na palma da minha mão e fui dando passos largos, trazendo o corpo dela junto, e a empurrando contra a parede do quarto. A cabeça dela bateu no concreto. *"Desculpa"*, eu disse, baixo, sem fôlego nenhum, a um dedo de distância dos lábios dela. *"Tudo bem"*, a boca entreaberta, a respiração ofegante, o corpo exposto, a pupila dilatada, o peito inflando de ar, o meu inflamando de vontade. Podia sentir as nossas pernas travadas uma na outra. Ela segurou o meu braço, com muita leveza e zelo, enquanto as minhas mãos seguravam os cabelos dela.

Ela estava ali. Capturada por mim, sob a luz da lua.

Minha.

Minha?

Um clarão se acendeu na minha mente. Eu podia sentir meu coração latejando na minha garganta,

— Íris — comecei, pronta para partir a bandeira branca —, você foi pedida em casamento?

12.

— *Um, dois, três. Um, dois, três. Um, dois, três. Um, dois, três. Girou. Um, dois, três. Afasta. Se olha. Caminha. E volta. Um, dois, três. Um, dois, três. Um, dois, três. Mão na cintura. Pra lá, pra cá, pra lá e gira. Gira ela devagar. Se olha. É pra se olhar. Não estão se olhando. Tem que se olhar. Isso. Um, dois, três. Um, dois, três. Um, dois, três. Levantem o braço, é pras mãos se encostarem. Assim. Excelente. Agora é aquele passo que eu já expliquei. Vai girar só com uma das mãos encostadas no ar e se olhando. Tem que segurar o olhar. A mão que sobrou é pra ficar atrás das costas, ok? Vamos. Um, dois... Girou.*

— Você vai ficar me ignorando pra sempre? — perguntou Íris, assim que a Senhora Lobo se distraiu, conversando com minha avó do outro lado do salão de festas. — *Hein, Édra?*

— *Afasta. Caminha* — ordenou a Senhora Lobo, prestando atenção em nós duas e em minha avó ao mesmo tempo. Cadu se deliciava com a cena, comendo um misto quente sentado em seu trono de cadeiras de plástico empilhadas, balançando os pés como um garoto de doze anos. Revirei os olhos. A gola da minha camisa já estava começando a incomodar no meu pescoço. Era o terceiro dia seguido tendo que ensaiar de blazer e calça. Para cada ensaio, a Íris surgia com um vestido longo diferente. Eu repetia o blazer da formatura em *todos* eles. Meus blazers estavam na casa de Augustus e eu pretendia continuar fazendo o que fosse necessário para não pisar lá. Mesmo que isso significasse morrer de fome, sem dinheiro.

— *Se olha* — comandava a Senhora Lobo, de longe. Levantei o olhar para Íris Pêssego. O vestido desse ensaio era longo, azul, acetinado, duas alças se conectavam na nuca dela.

Nós duas fomos instruídas a irmos com roupas similares as que fossem ser usadas no dia do casamento. "Para não atrapalhar a arte da dança", ou seja lá o que isso significasse.

A Senhora Lobo parecia uma general de ballet. É alta. Quase da mesma altura que Cadu Sena. Usa um coque no cabelo repleto de gel, nenhum fio para fora, roupas até os tornozelos e mocassins de couro. Ela só caminha com as mãos para trás, ereta. E está sempre com um semblante de que algo a está incomodando.

Os trejeitos me lembravam a Senhora Trunchbull, de *Matilda*, a que eu assisti repetidas vezes quando era criança.

Ela tinha surgido na fazenda como uma ideia de Vadete e Genevive, era professora de salsa no Clube do Bingo das Viúvas. Diferente de Vadete, o marido de Genevive não morreu ainda, mas foi ela quem achou o grupo e é uma frequentadora assídua.

"Achei que seu marido ainda fosse vivo", lembro de ter comentado, curiosa.

"Ele é. Mas a gente tem que ir atraindo as coisas, minha filha."

Para Vadete e Genevive, era importante que minha avó investisse em alguém que entendesse de dança. O assunto surgiu depois que elas viram como a coreografia proposta por Íris e Cadu estava ficando. "Horrível", foi o que Vadete disse quando saiu do salão de festas. Eu estava tomando meu café da manhã na cozinha, ouvindo tudo por alto. "Ana, minha amiga, você *precisa* de uma professora de dança para esses dois." Genevive sugeriu: "Eu conheço uma."

Minha avó suspirou preocupada. Pegou o contato telefônico, assou um bolo de banana, preparou tudo. Estava feito. A Senhora Lobo chegou de carro no dia seguinte pela manhã.

"Eles não têm química, é um ultraje", ela declarou, depois de assistir ao ensaio de Íris e Cadu. "Mas o bolo está ótimo."

Enquanto a conversa entre elas acontecia na cozinha, Íris me parava no meio da escada.

"Você vai continuar tomando banho no andar de baixo? Só pra me evitar?" "Não estou te evitando." "Você sabe que tá, você tá esquisita comigo desde aquele dia." "Eu estou normal com você, Íris." "Então, ainda somos amigas?" "Sim." "Sim?" "Sim." "Eu tenho dois ingressos para *Nobre Marinheiro*, o filme que o meu professor da faculdade roteirizou. Vai passar no cinema. Tem cinema no Shopping de São Patrique. Se somos amigas, vem comigo." "Quando vai ser o filme?" "Entra em cartaz no fim de semana." "Vou estar ocupada." "Com o quê?"

Fiquei em silêncio.

A Senhora Lobo, que estava saindo da cozinha, sorriu – provavelmente pela primeira vez na vida – ao flagrar Íris discutindo comigo.

"Tá vendo? Você nem tem o que fazer. Só tá falando isso pra me evitar. Eu tô de saco cheio! Quando você pretende voltar ao normal? Eu tô falando com você! Olha pra mim, Édra."

A Senhora Lobo andou até a escada, os olhos admirados brilhavam.

"É *disso* que precisamos, Senhora Símia. *Química.*"

Eu tentei dizer que não, recusar com delicadeza, de uma forma que ninguém se chateasse comigo. Mas percebi que aquilo – como todos os minúsculos e minuciosos detalhes do casamento – era algo importante para minha avó. Ela queria um dia especial. Ela tinha *contratado* uma professora de dança para isso, não era como se a Valsa das Madrinhas fosse algo dispensável. Ela *queria* que a valsa acontecesse. E tudo dependia do meu: "*Sim, vó, eu danço.*"

Quando apareci no ensaio de calça moletom, camisa de banda de rock e sandálias, a Senhora Lobo me olhou como se eu tivesse cuspido num patrimônio público diante dos olhos dela. "Volte com roupas apropriadas, mocinha, não *desrespeite* a dança." Eu perguntei o que seria uma roupa apropriada para o ensaio e, minutos depois, eu estava com o único blazer que eu trouxe – o da minha formatura.

Íris Pêssego, que estava de costas para mim, se virou. Com a boca entreaberta.

Quando uma mulher te quiser, te quiser mesmo, vai começar pelo olho.

"Você vai segurar a cintura dela", ordenou a Senhora Lobo. "*Édra*", Íris disse baixinho para mim. Provavelmente de tanto girarmos e girarmos e girarmos. "Édra." "Hum." "*Você não precisa apertar.*" "Não estou apertando, estou segurando." "Senhora Lobo", Íris falou, para trás dos meus ombros, "preciso de uma pausa pra beber água" e saiu correndo.

Voltou corada.

A franja suada me desconcentrava toda vez.

"Édra." *"Sem conversa vocês duas!"* "Não precisa apertar..." "Prenda seu cabelo, Íris."

No segundo dia, ela levou uma toalhinha de rosto. Sempre fazia pausas para dar batidinhas com a toalha pelo pescoço e na testa. O sangue circulava nas bochechas, como se ela tivesse levado um tapa na cara. "Você tá suando", senti sua toalha encostar minha testa, "obrigada", afastei o rosto, "mas não precisa." "Quando vamos poder conversar sobre aquela noite?" "Que noite?", perguntei. Ela arfou, furiosa, apertou a toalha na mão e disse para Senhora Lobo que tinha ficado um pouco enjoada e precisava descansar.

"Você, não", a Senhora Lobo gritou na minha direção, quando eu estava passando pela porta. "Você fica. Precisa soltar mais esse corpo." Fiquei dançando com o fantasma. Segurando uma cintura invisível. *"Um, dois, três. Um, dois, três. Um, dois, três. Afasta, se olha."*

E o invisível tomava forma.

Íris Pêssego, de calcinha e sutiã, como no quarto dela. A aparição que durava o tempo de um piscar de olhos. Até desaparecer novamente.

Aqueles ensaios pareciam uma sessão de tortura.

– E volta.

Segurei a cintura de Íris. Uma das mãos dela deslizou pelas minhas costas, a outra encontrou a minha no ar. Um, dois, três. Eu evitava contato visual, olhando sempre por cima do ombro dela. Mas podia sentir seus olhos sobre mim.

Principalmente enquanto discutíamos.

– *Quantas vezes eu vou ter que falar* – murmurei, discretamente, para que a Senhora Lobo não me percebesse conversando – *que eu não estou te ignorando?*

– Você tá e *sabe* que tá – respondeu ela. Giramos. – Quando vamos falar sobre aquela noite? Você vai mesmo ficar fingindo que nada aconteceu? *Isso é ridículo.*

— O que você *acha* que aconteceu, Íris? – perguntei. *Um, dois, três. Um, dois, três.* – Eu fui até a sua casa buscar um quadro que comprei com a sua mãe, subi até o seu quarto e aproveitei pra te fazer uma pergunta. – Engoli em seco. – Você lembra o que você me respondeu?

— Eu te respondi que *sim*. Eu *fui* pedida em casamento. Por alguém que eu estava namorando. E eu *não* aceitei. O que tem de errado nisso?

Nos afastamos na dança.

Caminhados em círculo. E, porque fazia parte da coreografia nesse momento, eu olhei para ela. Respirei fundo, tentando não perder o controle revisitando aquilo.

Voltamos.

Segurei novamente sua cintura.

— Você não vai dizer nada?

— Eu já disse. Eu disse que tudo bem – respondi. – Porque realmente tá tudo bem. Perguntei só por curiosidade, não significa nada pra mim.

— Se não significa, por que você ficou tão ofendida? – *Um, dois, três. Um, dois, três.*

— Você acha que uma mulher qualquer te pedindo em casamento tem o poder de me ofender? – perguntei. – Que autoestima.

Giramos.

— Ela é uma boa pessoa, Édra.

— Não me lembro de ter perguntado.

— Eu disse não pra uma boa pessoa. Que gosta de mim de verdade. Eu é que sou o problema. Não gosto de falar sobre isso, porque eu tô processando isso ainda.

— É só voltar. E dizer sim.

Nossas mãos se encostaram. Começamos a girar no centro do salão.

— Não é tão simples assim, eu preciso pensar. Ela me disse para voltar com uma decisão.

— Se você se arrependeu de ter dito que não, você já tá decidida.

— Você se importa com o que eu decidir?

Ela se aproximou. Coloquei minha mão em sua cintura.

— Não.

Voltamos pra valsa.

— O que você foi fazer no meu quarto, Édra?
— Procurar o quadro.
— O quadro não estava lá.
— Eu achei que estivesse.
— Você invadiu o meu quarto sem bater.
— Meu pai não me deu educação.
— Você me segurou pelo cabelo e me prensou contra a parede.
— Senhora Lobo – chamei, interrompendo a dança, soltando a cintura dela –, preciso ir ao banheiro.
— Não demore – respondeu a Senhora Lobo, rispidamente.

Subi as escadas correndo, esticando a gola da minha camisa, para abrir um caminho que me ventilasse. Torcendo para que qualquer resquício de brisa – passeando pelo casarão – desviasse o caminho e encontrasse o meu pescoço, suado. Minha jugular pulsando. As batidas do meu coração vibrando na minha garganta. Minha boca seca pelo nervosismo.

Girei as maçanetas, primeiro a da porta do quarto, depois a do banheiro, que eu tinha parado de usar desde o dia seguinte àquela noite.

Quando voltei pra fazenda, a primeira coisa que eu fiz foi recolher os meus objetos de lá. Agora a escova de Íris estava sozinha, só a sua toalha pendurada, só os seus produtos de higiene pessoal espalhados, o piso no chão estava seco. Tudo no lugar.

Depois que Íris me respondeu sobre seu pedido de casamento recusado e eu fingi que estava tudo bem, me virei, desci as escadas, perguntei a Seu Ermes onde estava o quadro que eu havia comprado, se ele sabia, porque eu o tinha esquecido com Jade. Ele me pediu um segundo e retornou com embrulho.

Íris estava no andar de cima ainda, não tinha descido atrás de mim.

Eu atravessei a rua com meu quadro embrulhado e o meu estômago também. Instantes depois, Íris bateu na porta da casa de minha avó. E eu não abri.

Ela só desistiu quando começou a chover.

O que vivi naquela noite, dentro de mim, não desejo a ninguém. O que eu senti foi pior do que qualquer dor física que eu pudesse ter experienciado. Eu não tinha direito de reagir daquele jeito e eu sabia disso. Mas meu peito não queria entender. Doeu da mesma maneira.

Íris Pêssego tinha perdido a virgindade de ter sido pedida em casamento por alguém.

E esse alguém não foi eu.

Obriguei Cadu Sena a me buscar em São Patrique e a me levar de volta para a fazenda. Não respondi nenhuma das trezentas vezes em que ele perguntou o que tinha acontecido e por que eu não tinha esperado pra voltar com Íris – que tinha ficado na cidade para fazer orçamentos e resolver coisas do casamento como minha avó a tinha pedido.

Fui o caminho todo em silêncio.

Ele entendeu, eventualmente, que era melhor não insistir no assunto.

Depois disso, a série de eventos foi remover tudo o que eu tinha do banheiro, evitar Íris Pêssego, passar boa parte dos dias no quarto, evitar Íris Pêssego, comer nos horários que ninguém usava a cozinha ou chegar antes de todos para o café da manhã, para terminar primeiro, enquanto eles ainda dormem, evitando Íris Pêssego.

Estava decidida a ouvi-la bater na porta e não abrir. Ouvi-la chamar para fazer qualquer coisa e recusar. Sair do quarto sempre que ela ligasse o chuveiro e ir correr.

Íris costuma tomar banho nos mesmos horários, três vezes ao dia. O banho da manhã consigo evitar tomando café antes que ela desça ou dormindo até mais tarde. No banho da tarde, invento qualquer coisa ridícula para fazer. Conheci o lago, pescando com Seu Júlio. Ajudei minha avó a estender as roupas. Me meti em chás da tarde com Vadete e Genevive.

Quando Íris desce, banhada e perfumada, com suas saias longas, seus vestidos, suas calças folgadas de tecido, eu subo. E me tranco novamente no quarto.

O problema é o banho da noite. Que não há ninguém precisando de nenhum favor, nenhum chá acontecendo, nem um peixe a ser pescado, nem nenhum lugar lógico para onde ir.

Foi assim que comecei a amarrar os cadarços dos meus tênis, preparar playlists e ficar lendo os livros que eu trouxe de Montana na mala, esperando pelo barulho do chuveiro.

Quando a água começa, eu fecho o livro, dou play na música e desço.

Enquanto ela toma banho, eu corro pelos arredores do casarão, como um cachorro de pastoreio.

Com o volume máximo nos fones de ouvido, dou várias voltas até onde a luminosidade dos postes de luz se expande. Tentando controlar os pensamentos que insistem em cogitar o que poderia ter acontecido se eu não tivesse feito aquela pergunta.

Dentro do capuz do moletom, a minha mente remonta a cena.

E preenche todo o resto com a imaginação.

Dentro da minha cabeça, tudo sempre começa comigo correndo até a casa dos Pêssego, mesmo que na realidade eu só esteja correndo ao redor do casarão da fazenda, com as batidas de "Do I Wanna Know" nos meus fones.

"Édra?", Seu Ermes abre a porta. "Esqueci uma coisa", digo e subo as escadas. Encontro o quarto dela pela luminosidade escapando pela greta da porta. Ela se levanta assim que me vê, usando um conjunto preto de calcinha e sutiã, como se *estivesse* esperando por mim. *Do I wanna know.* Enfio a minha mão em seu cabelo e seguro com força. *Sad to see you go.* A boca dela se abre o suficiente pra que minha vontade piore. *Baby, we've both know.* Vou andando e empurrando seu corpo. A cabeça dela bate contra a parede. *"Desculpa." "Tudo bem."* E eu deslizo a minha língua para dentro de sua boca. *Crawling back to you.* Finalmente nos beijamos. A língua dela na minha boca é macia, delicada, mas precisa. Doce. Nosso beijo é lento, mas desesperado. Ela me ajuda a tirar a camisa, mas as nossas bocas se encontram de novo enquanto o tecido ainda está deslizando pelos meus braços acima de nossas cabeças. Minha camisa cai no chão, eu viro o corpo dela contra a parede, tento abrir seu sutiã. Íris me ajuda, o sutiã cai sobre os meus pés e eu me inclino para beijar as costas dela. Ela ajeita o cabelo pro lado, deixando o caminho livre em sua pele para a minha boca. Os seios, a bochecha amassada contra a parede, as coxas. Eu desço meus lábios rastejando até o fim de suas costas, onde ficam as covinhas, um caminho de saliva. Me esbarro num tecido. Estou de joelhos.

Seguro a calcinha dela com as duas mãos. Quero olhar para ela, antes de tirar. *Too busy being yours to fall.* Viro seu corpo de frente para mim. O cabelo vem junto, cobrindo os seios. *Ever thought of calling, darling?* Ela coloca a mão no topo da minha cabeça. *Do you want me crawling...* Olho para ela, *Back...*, pedindo uma autorização silenciosa. *To you?*

— Já vou — grito para o lado de fora do banheiro. As gotas de água escorrem do meu rosto até a gola da minha camisa branca. Passo as mãos no meu cabelo. Respiro fundo.

— A Senhora Lobo mandou eu vir te chamar — disse Cadu assim que abri a porta do quarto.

— Eu disse que já vou. — Bati a porta com força e passei por ele sem dizer nada. Desci as escadas sem pressa nenhuma, não sequei o meu rosto nem nada. Cruzei o casarão até o salão de festas. Íris estava esperando de pé, sozinha, bem no centro, dentro do vestido longo e branco, como uma noiva prestes a se casar no campo. O pensamento fez a minha mandíbula travar com força. Engoli em seco, caminhando até ela. A Senhora Lobo começou a resmungar coisas pela minha demora. Decidi não ouvir. Não estava com cabeça pra isso. Meu cérebro estava perturbado. *Eu* estava perturbada. Eternamente atravessando a rua e batendo na porta dos Pêssego. E vivendo todo o restante até onde a minha imaginação sem limites fosse capaz de ir. Deslizei minha mão pela cintura de Íris, voltamos ao ensaio. A Valsa das Madrinhas. *Um, dois, três. Um, dois, três. Um, dois, três. Girou. Um, dois, três. Um, dois, três. Um, dois, três. Um, dois, três. Afasta. Se olha. Caminha. E volta.* "Édra?", Seu Ermes diz, abrindo a porta. "Esqueci uma coisa."

Um, dois, três. Um, dois, três. Um, dois, três. Mão na cintura. Pra lá, pra cá, pra lá e gira. Gira devagar. Se olha. Um, dois, três. Um, dois, três. Um, dois, três. Hora da dança das mãos. Segurem o olhar. "Desculpa." "Tudo bem." *E volta.*

— Édra — disse Íris, com o rosto corado, os olhos enormes, a respiração descompassada, minha mão em sua cintura. Nós duas nos beijamos contra uma parede que só existe dentro da minha cabeça. — *Você não precisa apertar...*

Me afasto, num susto.

Entre a imaginação e a realidade.

— Por hoje é só — decretou a Senhora Lobo. — Vocês duas ainda têm muito o que melhorar. Retomamos os ensaios na semana que vem. Estão liberadas.

Íris não esperou nem meio segundo para recolher o cardigã colorido deixado num canto e correr para fora do salão. Cadu Sena saltou de seu trono de cadeiras de plástico e veio até mim, com uma cara esquisita.

— Ela vai desistir — disse ele. — E você vai se arrepender.

Ele se virou, indo atrás de Íris. A Senhora Lobo foi embora logo depois dele.

E eu fiquei sozinha ali, no meio do salão.

Ela vai desistir? O que ele quis dizer com isso?

Para evitar o banho da tarde de Íris, desci as escadas em busca de alguma coisa ridícula para fazer. Minha avó está na cozinha com uma chef, há fatias de bolos, dezenas de tipos diferentes de doces e salgados em caixas de papelão por toda parte — na mesa, no balcão, na pia. Em todas as caixas, uma logo escrita *"Mascavo Buffet de Festas"* com um chapéu de mestre cuca e espátulas de bolo desenhadas. Me encosto no batente da porta, esticando o pescoço para bisbilhotar as caixas de longe. Minha avó sorri ao me notar e interrompe a conversa com a chef para falar comigo. "Chegou em boa hora", disse ela, "vamos provar os docinhos, os salgadinhos e o bolo." Seu Júlio está com a boca toda suja de glacê, segurando uma fatia num guardanapo, sentado no cantinho ao lado da geladeira. "Na minha opinião, essa é a melhor parte. Se eu soubesse que teria tanta coisa feita de goiabada, casava toda semana", ele brincou, e minha avó riu. "Casamento é a coisa *mais cara* que eu já vi na minha vida, ninguém conseguiria casar toda semana, Juliano." Eu não sabia *até que ponto* aquilo tinha sido só uma resposta num tom de piada da parte dela, ou se ela estava passando algum aperto para pagar as coisas todas com Seu Júlio. Cerimonialistas, chefs, professora particular de dança, buffet. Barato, de fato, não estava saindo. "Eu faço questão de pagar os doces de goiabada do Seu Júlio", joguei a rede de pesca para colher o peixe. Minha avó me olhou aliviada: "Só se não for incomodar, você já ajuda demais", ela disse, sem jeito. "Mas, meu Deus, como é caro isso de casar. Cada dia que passa as coisas que o cerimonialista sugere para nós ficam mais caras. Já pensei em deixar tudo o que ele propôs pra lá, mas ele é amigo do Cadu e está arrumando o casamento mais lindo do mundo", ela contou para mim e para chef. "O mais lindo do mundo e o mais caro", resmungou Seu Júlio, com a boca cheia de bolo. "Mais um número fora do orçamento e eu vou ter que vender a fazenda inteira para pagar os serviços dele." "Vai valer a pena", minha avó suspirou em compostura, mas no fundo parecia apreensiva, "eu acho."

Minhas sobrancelhas se juntaram, aquilo ali soava como algo que eu *precisaria* me meter. Alguma coisa estava errada. Só que para ajudar a "pagar coisas feitas de goiabada" eu *precisava* de dinheiro. "Não vai ficar para provar os docinhos, querida?", minha avó perguntou quando me viu dando meia-volta para fora da cozinha. "Vou, vó", respondi, "só preciso fazer uma coisa no meu celular antes, vou lá no quarto buscar."

Quando entrei no quarto, Íris já tinha acabado o banho. Tudo cheirava ao shampoo dela. Meu celular estava carregando na mesa de cabeceira, arranquei ele da tomada. As mensagens de Pilar se acumulavam, as chamadas perdidas dela também. Abri a minha conversa com o meu pai. Mentalizei o rosto apreensivo da minha avó na cozinha, antes de criar coragem para digitar.

> Preciso do cartão. ✓✓

Enviei e ele começou a digitar na mesma hora.

> E eu preciso ver a minha filha. Venha jantar com o seu pai. ✓✓
>> Desbloqueie o cartão, realmente preciso dele. ✓✓
> Você vai aceitar o meu convite para jantar? ✓✓

Escroto. Controla *todos* os aspectos da minha vida, me arranca todas as oportunidades de conseguir minha independência por contra própria, me mantém numa teia construída com a força das suas chantagens financeiras e emocionais. Me faz *precisar* do dinheiro dele para *ter* que aturá-lo. E a lista de coisas ruins só continua.

> Quando? ✓✓

Desci as escadas sem o meu telefone. Eu faria qualquer coisa para ajudar com o casamento da minha avó e para que ela tivesse *o dia perfeito dos sonhos dela*. Um casamento de novela. Do qual ela nunca fosse se esquecer.

Caminhei até a cozinha. Seu Júlio agora estava provando os salgadinhos. A chef explicava para minha avó do que era feito cada coisa. Minha avó estava radiante. Arrastei a minha cadeira e pedi licença para pegar um docinho da caixa. Era uma surpresa de uva. Explodiu na minha boca, estava uma delícia. "Gostou?", perguntou minha avó, entusiasmada. "Achei maravilhoso", respondi, ainda mastigando. Cadu, Suri e Marcela invadiram a cozinha. Procuraram onde se sentar. Suri escolheu a cadeira perto de Seu Júlio, o acompanhando nos salgados. Cadu se sentou mais afastado, mantendo uma cadeira vazia ao lado dele, a qual ele achou que fosse ser ocupada por Marcela. Quando ela não fez o que ele claramente estava esperando, ficou desesperado. "Marcela", chamou ele, "tem um lugar aqui pra você." Marcela arrastou uma cadeira da mesa até o meu lado e sorriu para mim assim que se sentou. Eu não esbocei nenhuma reação, apenas vi e continuei comendo surpresas de uva. "Vou ficar aqui mesmo", ela respondeu para Cadu. Para mim, ela disse: "Posso pegar uma também?" Eu dei de ombros. "Pergunte a minha avó se você pode, acho que sim."

Senti o cheiro de Íris se alastrar pelo ar, antes mesmo que ela se materializasse na cozinha. Quando apareceu, olhou para mim, depois para Marcela, depois para mim. E se sentou perto de Cadu. Suri e Seu Júlio estavam classificando os salgados como se estivessem num programa de culinária. "Esse começa agridoce e termina com o toque perfeito de pimenta", disse Suri, de olhos fechados. "Vai ser difícil desbancar ele", Seu Júlio ria, enfiando dois salgados de uma vez na boca. Cadu e Íris sussurravam coisas entre eles que eu não conseguia ouvir. Algumas risadinhas, algumas cotoveladas. Comiam as mesmas coisas juntos. Fomos separando as nossas comidas favoritas. Avisando em voz alta para a chef quando gostávamos de algo. "Eu acho que o último doce a entrar pra lista deveria ser esse, de chocolate amargo", sugeriu Íris, quando já estávamos no final da prova. Balancei a cabeça. "Tem gosto de remédio." "Todo mundo gostou, Édra, menos você", ela parecia impaciente comigo, irritada, de um jeito mais áspero, mais frio. "Não é verdade", se intrometeu Marcela, "eu concordo com a Édra, tem gosto de remédio." Cadu semicerrou os olhos, incrédulo. Íris forçou um sorriso. "É claro que você concorda", Suri deu de ombros, "mas ainda são cinco contra dois." "Ainda tem gosto de remédio", Marcela rebateu. "É só você não comer", Suri retrucou. Íris segurou o riso, apertando a boca. Cadu parecia magoado. Eu não estava entendendo nada.

Me levantei, satisfeita. Queria aproveitar que todos estavam na cozinha para tomar banho e me isolar no meu quarto até que a noite caísse de vez e eu pudesse correr em volta do casarão.

— Édra, querida — chamou minha avó, me vendo levantar da cadeira —, a costureira está vindo da cidade para tirar as medidas do seu blazer. Vi que você só tem o da formatura. Vou encomendar um novo junto aos nossos vestidos.

— Não precisa, vó — falei, preocupada. — Eu mesma posso comprar qualquer um na cidade. Não tem problema. Vacilei em não ter colocado outros blazers na mala.

— É o casamento de sua avó — disse ela, sentimental. — Não quero você vestindo qualquer coisa. Estamos encomendando as roupas de todo mundo. O meu vestido, o blazer de Juliano, o blazer de Cadu, o vestido de Íris. Você também merece um blazer novo para essa data.

— Se eu mesma puder pagar, tudo bem — concordei, fazendo a minha dívida de promessas aumentar. *Doces de goiabada, blazer sob medida...* Eu precisava daquele maldito cartão de volta.

— Seria bom se seu blazer combinasse com o vestido que estamos fazendo para Íris. — Ela sorriu, levando as mãos para o peito, emocionada. — Para a *Valsa da Madrinhas*. Vai ser lindo.

— Pode ser.

— Quando a costureira chegar, eu te aviso. — Ela deu um sorriso gentil, eu assenti com a cabeça, me retirando.

Assim que saí da vista de todos, perdi o controle da minha respiração. E corri para tomar um banho quente. Fiquei meia hora sentindo a pressão da água na minha cabeça. Toda vez que fechava os olhos, via Íris, o fecho do sutiã, nossas mãos, a parede, o beijo. Lento e exagerado. Cheio de saudade, de memória, de vontade, de carinho, de desejo, de sentimento. Sua boca, minha boca. Sua língua, minha língua. A saliva. O gosto. Tudo.

Como combinado, a minha avó me chamou quando a costureira chegou. Eu desci as escadas. Segui os sons das conversas sobre medidas de roupa e tipos de tecido que vinha do quarto da minha avó, no corredor. Eu estava de pé na porta, Íris estava de calcinha e sutiã, sendo medida com uma fita métrica. "Pode tirar sua roupa, minha flor, estamos só entre meninas aqui", disse a costureira, saindo de trás da minha avó, com uma almofada de alfinetes. Minha avó tinha um tecido sem forma e sem costura, sustentado por grampos, dando voltas no corpo dela, tentando criar alguma camada, algum caimento, o que – quando costurado – se tornaria seu vestido de noiva. Íris estava com um conjunto de calcinha e sutiã brancos de renda, a calcinha parecia um microshort com transparência nas laterais. "Sua avó me disse que você não é muito de vestidos, então...", começou a costureira, se aproximando de mim com a fita métrica caída por cima do ombro, "vamos fazer um blazer sob medida que caiba perfeitamente em você, tudo bem? Não é um pedido muito comum, mas vai ficar linda de qualquer forma." Eu fiquei ali, de pé, calada. Reparando nos detalhes da lingerie de Íris. "Pode tirar a roupa", pediu a costureira, me puxando para dentro do quarto. Tirei minha camisa pela gola de uma só vez: "Pode tirar a calça também, nós vamos medir tudo." "Vai ficar tão bonita, minha netinha." Desabotoei minha calça e abri o zíper. Eu estava cerrando todos os meus dentes, respirando com muito cuidado para que meu nervosismo não fosse perceptível. Íris estava com a mandíbula trancada, um bico na boca, as sobrancelhas curvadas, respirando apressadamente. Olhou para o canto oposto ao que eu estava. "Vejam se não é uma cinturinha linda que ela tem." "O corpinho é igualzinho ao da mãe, Eva tinha essa mesma cintura, esse mesmo quadril." "Ela esconde uma joia embaixo dessas rouponas folgadas, né?" "Só não sou a maior fã do mundo das tatuagens, mas jovem você já sabe, não é, como são." "Sei, sim, viu, Ana, tenho dois em casa que me tiram o juízo." A assistente, que media Íris, veio até mim com a fita métrica. Passou pela minha cintura dando a volta. Íris me olhou rapidamente, sacudiu a cabeça e pegou as próprias roupas acelerada. "Já posso ir?" "Pode, sim, querida, seu vestido vai ficar uma verdadeira graça, você vai ficar parecendo uma noiva também." "Certo", foi tudo o que ela disse. Nem se vestiu. Desviou de mim e correu para fora do quarto, de lingerie, carregando as roupas contra o peito. Ela estava indo de: me confrontar para: ficar me evitando. *"Ela vai desistir e você vai se arrepender."* Pensei que, se tivesse aceitado o pedido de casamento, podia ser *Íris* enrolada num tecido completamente branco, como o que minha avó estava agora, tirando as medidas de seu vestido de noiva.

Meu coração diminuiu um pouco de tamanho, mas não havia uma fita métrica para isso.

Eu já tinha memorizado seus horários, estava perto da hora do banho noturno de Íris. Então, fechei o livro. Puxei os meus tênis de baixo da cama, coloquei as meias, enfiei os meus pés neles e amarrei os cadarços. Tinha me distraído na leitura. Estava terminando o laço no cadarço do pé esquerdo quando a porta do banheiro de Íris se abriu. Sempre pontual para os próprios banhos, quase ritualística. Me levantei para pegar meus fones de ouvido e a porta do banheiro, a da entrada do meu quarto, se abriu também. Íris apareceu, descalça e de roupão. O cabelo preso, a franja caída sobre a testa, os braços cruzados segurando com firmeza o tecido. Parou de frente para mim. Eu olhei para ela, firme nos meus planos, continuei colocando os fones de ouvido na orelha, como se não estivesse me importando.

– Eu vou perguntar uma última vez – avisou ela. – E depois eu não vou tocar nesse assunto de novo. *Nunca mais.*

Estávamos *muito* perto uma da outra.

– Édra – ela deu um passo na minha direção –, o que você ia fazer comigo quando entrou no meu quarto naquele dia? *Por que* você entrou no meu quarto, Édra?

▷ DO I WANNA KNOW? – ARCTIC MONKEYS

Corro até a casa dos Pêssego. "Édra?", Seu Ermes abre a porta. "Esqueci uma coisa", digo e subo as escadas. Encontro o quarto dela pela luminosidade escapando pela greta da porta. Ela se levanta assim que me vê, usando um conjunto de calcinha e sutiã pretos, como se *estivesse* esperando por mim. Enfio a minha mão em seu cabelo e seguro com força. A boca dela se abre o suficiente pra que minha vontade piore. Vou andando e empurrando seu corpo. A cabeça dela bate contra a parede. *"Desculpa." "Tudo bem."* E eu deslizo a minha língua para dentro de sua boca. Finalmente nos beijamos. A língua dela na minha boca é macia, delicada, mas precisa. Doce. Nosso beijo é lento, mas desesperado. Ela me ajuda a tirar a camisa, mas as nossas bocas se encontram de novo enquanto o tecido ainda está deslizando pelos meus braços acima de nossas cabeças. Minha camisa cai no chão, eu viro o corpo dela contra a parede, procuro o feche de seu sutiã, tento abrir – sou péssima nisso, ela ajuda –, o sutiã cai também e eu me inclino para beijar suas costas. Ela ajeita o cabelo deixando o caminho livre em sua pele para a minha boca. Os seios, a bochecha, as coxas, *tudo* contra a parede. Eu desço rastejando meus lábios até o fim de suas costas, onde ficam as suas covinhas, esbarro num tecido. Estou de joelhos.

Seguro a calcinha dela com as duas mãos. Quero olhar para ela antes de tirar. Viro o corpo dela de frente para mim. O cabelo vem junto, cobrindo os seios. Ela coloca a mão no topo da minha cabeça. Olho para ela, pedindo uma autorização silenciosa. Ela faz que sim. Deslizo a calcinha dela pelas coxas até chegar no chão, ela passa os pés para o lado de fora, um de cada vez, ficando completamente nua. Dou um beijo de idolatria em seu joelho e vou arrastando a minha boca pela sua perna. Coloco a língua para fora, encho o caminho trilhado de saliva, subo pela lateral interna da coxa, como um pincel molhado num quadro. Ela aperta o meu cabelo com força e se contorce na ponta dos pés. Estabilizo seu corpo, segurando suas pernas. Encaixo o meu rosto onde quero. A adrenalina corre dentro de mim, sinto seu gosto. Ouço seu primeiro gemido instintivo. Ergo o meu olhar, vejo sua boca entreaberta e sinto vontade de sorrir, abro caminho entre os meus dentes para que dois dedos meus possam passar. Meu dedos entram na minha boca e eu os deslizo para fora, agora cobertos com a minha saliva. Ela se contorce mais um pouco, puxa meu cabelo sem zelo nenhum, ainda não fiz nada, ela está pré-reagindo ao que sabe que vai acontecer. Me aproximo, sem desviar o olhar, com os dedos molhados e a boca entreaberta.

Supondo o que eu estou *prestes* a fazer, ela geme.

"*Édra...*"
"Fui buscar um quadro, Íris."

Too busy being yours to fall...
Ever thought of calling, darling?
Do you want me crawling... back... to you?

13.

▷ CULPA – O TERNO

EU ACHAVA QUE NÃO TINHA NADA pior do que ser completamente ignorada pela Íris-adolescente. Até a Íris-adulta passar a interagir comigo como se eu fosse qualquer pessoa no mundo.

Uma polida educação mesclada de um profundo desinteresse.

Nos ensaios, a boca dela não se entreabria mais ao me ver de blazer. Nem quando eu tirava a minha roupa na frente dela, para acertar as medidas das roupas do casamento.

"Se vire um pouco, querida", pedia a costureira. Eu me virava, só de top e cueca, e ela nada. Olhava por meio segundo – indiscutivelmente desinteressada e se virava de volta para a televisão ligada no quarto de minha avó. "Meu Deus, que lindo o cenário das gravações dessa novela, né, Simmy?"

Voltei a tomar banho no nosso banheiro compartilhado, coloquei minha escova ao lado da dela de novo, molhei tudo e não sequei. No dia seguinte, a escova de dente dela não estava mais lá. Encontrei com ela nas escadas, eu descendo e ela subindo de roupão branco e cabelo molhado.

"Ei!" "Oi!"

"Você não está mais usando o banheiro?", eu quis perguntar, mas seria uma pergunta idiota porque era claro que ela não estava. Deixou ele todo, cada azulejo molhado, só para mim.

Até na minha imaginação ela se tornou insuportável.

"Édra?", Seu Ermes dizia. "Esqueci uma coisa", eu respondia e subia as escadas, quando girava a maçaneta da porta do quarto dela na minha cabeça, ela se virava, com uma cara enojada, e dizia: "O que você tá fazendo no meu quarto?" "Eu vim, bom, *hum,* você sabe o que eu vim fazer." "Eu não quero mais, imagine outra pessoa."

Fomos todos juntos cuidar dos animais da fazenda, ela brincou com os pintinhos sozinha. Sua roupa encheu de fiapos de palha e de penas. Ela passou a mão impaciente, limpando os vestígios de tudo, nenhuma pena foi guardada.

"Acho que aquele ali é o pintinho fugitivo", comentei, me aproximando dela na cerca.

"É?", ela estreitou os olhos na direção onde eu estava apontando. "Não reparei."

Eu queria subir no telhado do casarão da fazenda e ameaçar me atirar de lá. Mas, se eu fizesse isso, ela provavelmente olharia, tomaria um gole de café com a mão na cintura e voltaria para dentro da casa sem dizer uma só palavra.

Marcela passou a sentar ao meu lado mais vezes durante o jantar, tentava puxar assunto, fazer amizade. Mas eu não conseguia responder nada porque eu estava ocupada cortando a carne enquanto assistia Íris e Cadu rindo e cochichando entre eles. Eu estava de fora.

Ela foi até São Patrique de carro, eu procurei qualquer motivo para ir junto, mas ela preferiu levar Suri e Marcela no meu lugar. Fiquei andando de um lado pro outro no meu quarto, esperando *Reddie* trazê-la de volta. Olhava pela janela de dez em dez minutos. Ela não voltou. E eu dormi me perguntando o que ela poderia estar fazendo na cidade acompanhada apenas das amigas.

Elas voltaram no dia seguinte, ouvi por cima a conversa na cozinha.

"Nem me chamaram!", reclamou Cadu. "Na próxima, você vai", Íris se desculpava.

Ninguém tocava no meu nome.

"Segura o olhar", pedia a Senhora Lobo. *"E girou!"*, girávamos com as mãos encostadas, olhando uma nos olhos da outra. Eu não conseguia extrair nenhum interesse na forma que ela me olhava. Nada.

Parecia estar o tempo inteiro entediada.

Na minha imaginação em looping infinito, ela bocejava na cama: "Você de novo?" "Estou procurando um quadro que comprei da sua mãe, não vim beijar você." "Tanto faz."

Meu corpo estava se desintegrando, desejando *qualquer* contato. Qualquer diálogo que não fosse monossilábico. Qualquer coisa, Deus, podia ser *qualquer* coisa. Mas ela não me dava *nada*.

Nada.

Um, dois, três. Um, dois, três. Um, dois, três. Afasta. Se olha. Caminha. E volta. Apertei a cintura dela, esperei que ela reclamasse. Que ela perdesse o fôlego. Qualquer mísera reação.

"Vocês estão *excelentes*, meninas, eu estou *realmente* impressionada. Estão lindas. Divinas. *Isso* é dança."

Íris sorriu, calada. Eu a encarei, irritada.

"Estamos liberadas, Senhora Lobo?", ela perguntou. "O tempo abriu, a gente tem mil dias morrendo pra pegar uma praia." "Estão liberadas, sim", respondeu Senhora Lobo. "Podem ir."

— Íris! — Eu a segui para fora do salão. Ela se virou para mim com um olhar distante. Parou de andar e ergueu a sobrancelha, me esperando falar. — Cês vão à praia hoje? — Eu me intrometi, a encurralando. *Ela não tinha me convidado.*

— Encontrei com uma amiga em São Patrique, a gente já tinha combinado — respondeu, evasiva. — Mas, se quiser ir, o Cadu disse que também iria à praia hoje, você pode ir com ele. E encontrar com a gente lá.

— Em que praia vocês vão estar?

— Na praia da Sardinha.

— Foi a Polly que te chamou? — indaguei, tentando continuar o assunto. — O Theo vai estar lá? — Forcei um sorriso.

— Hum, *não*. — Foi tudo o que ela disse. — Vou me arrumar, tô atrasada, já. Aparece por lá.

Aparece por lá.
É sério isso? *Aparece por lá.*
Argh.

Cacei Cadu pela fazenda inteira. Encontrei ele nos fundos, diante do varal, estendendo shortinhos tactel dos anos noventa, que parecia tudo o que ele tinha para vestir. Quando me viu, ele parecia já saber do que se tratava. Eu avisei que iria à praia com ele, que podíamos ir com o meu carro. Meu cartão estava desbloqueado, me custou o combinado de ceder um sábado a noite para jantar com Augustus. Dava para colocar mais gasolina, comprar uns óculos escuros em alguma loja pela cidade e um protetor solar na primeira farmácia que a gente encontrasse pelo caminho. O resto eu tinha como me virar com as coisas na minha mala: um biquíni preto, um short, qualquer camiseta, um boné.

Comecei a me arrumar com muita pressa e acabei me distraindo enquanto usava o barbeador, pensativa sobre a última vez que Íris tinha me olhado com alguma faísca:

"Édra", chamou e deu um passo na minha direção, "o que você ia fazer comigo quando você entrou no meu quarto naquele dia? *Por que* você entrou no meu quarto, Édra?"

"Fui buscar um quadro, Íris", respondi, engolindo em seco.

Ela me olhou desapontada, magoada. Mas respirou fundo. Tão fundo que ao final, quando expirou o ar, já estava com um semblante completamente novo. Relaxado. Calmo. Diria que quase vilanesco. "*Ok*", disse ela. Eu abri a boca, querendo falar alguma coisa, pensando em insistir no assunto, remexê-lo com um graveto como se ele fosse uma água-viva morrendo na areia da praia. Sem nenhuma pretensão de revelar nada sobre mim, porque um graveto é só um graveto, eu queria apenas descobrir mais sobre a espécie híbrida dos sentimentos dela, camuflados por trás daquela pergunta. De que parte do mar eles vieram, se davam choque, se sobreviveriam por mais alguns dias caso eu os arrastasse de volta para água com o graveto da minha curiosidade. Ou se só estavam expostos na areia porque já tinham morrido.

"Boa noite, Édra." Ela bateu a porta.

Minha perna começou a sangrar embaixo do chuveiro. Afastei o barbeador, me dando conta de que, mais uma vez, eu tinha entrado em transe completo. Num devaneio sobre Íris.

Eu sempre ia parar nessa ilha deserta dentro da minha cabeça. Minha avó me chamava, eu não ouvia. Cadu me zoava com alguma coisa, eu não ouvia. Seu Júlio me cumprimentava e eu continuava ali, pensando e pensando.

"Eu vou perguntar uma última vez", disse Íris, na ilha, *"e depois, eu não vou tocar nesse assunto de novo. Nunca mais."* Ela girando comigo no salão, ela trocando de roupa na minha frente para tirarmos medidas juntas, ela na mesa de jantar ignorando a minha presença, colocando garfadas inteiras de comida na boca e rindo do que qualquer pessoa dissesse, menos eu, ela limpando as penas da roupa, a falta da escova de dente dela no banheiro, o rosto apático dela para a minha mão em sua cintura, sua versão do meu imaginário me olhando, desinteressada, em seu quarto na casa dos Pêssego.

"Nunca mais."

Mesmo saindo atrasados, Cadu e eu chegamos no ponto de encontro que ele tinha combinado com Íris e as meninas antes delas. Estávamos no estacionamento de um restaurante chamado Toca dos Piratas. A poucos passos da orla da Praia da Sardinha. Um sol para cada cabeça, dava para fritar um ovo no chão do asfalto. Cadu com uma camisa vermelha, escrito "Salva-Gatas", de braços cruzados e encostado na porta do carro. Eu, inclinada, me olhando no retrovisor, ajeitando os óculos escuros que eu tinha comprado numa loja no caminho. O band-aid na perna cortada pelo barbeador. Minha cabeça como numa sauna, embaixo do boné. "Que demora do caralho", resmunguei, achando que a frase tinha ficado só na minha cabeça. "Lá vêm elas", Cadu descruzou os braços, empolgado.

Reddie veio rolando pelo asfalto bem devagar até estacionar do outro lado.

A primeira porta que abriu foi a de trás. Suri Lee desceu cheia de protetor solar no rosto, com uma roupa de surfista com mangas curtas, um bucket preto escrito "social distancing", sandálias slides e uma bolsa de pano. Eu nunca tinha reparado que ela tinha uma gueixa enorme tatuada na perna.

A segunda porta a se abrir foi a do carona. Marcela desceu, batendo a porta com força. *"Cara, estamos combinando, dá pra acreditar? Nem foi de propósito"*, Cadu murmurou para mim, tentando conter o entusiasmo. Marcela estava com um biquíni vermelho, uma minissaia jeans, sandálias cor-de-rosa, uma bolsa de palha e os óculos prendiam o cabelo loiro para trás.

Quando a porta do motorista se abriu, a primeira coisa que vi foi um pé, dentro de uma sandália branca, usando um maldito anel em um dos dedos.

▷ GROWN WOMAN – MARY J. BLIGE, LUDACRIS

Ela bateu a porta. Abaixei os óculos para ver direito. Os faróis de *Reddie* piscaram.

"É...", Cadu começou a rir, ao meu lado, *"você se fodeu."*

O short jeans claro minúsculo com o zíper totalmente aberto, mostrando o comecinho do biquíni preto. A amarração de cada lado na parte de baixo de seu biquíni escapando para fora do short. Um pequeno piercing de argola brilhando contra a luz do sol no umbigo. Os pelos iluminados e descoloridos da barriga, os incontáveis sinais de nascença. A parte de cima do biquíni cortininha amarrado atrás das costas e do pescoço tapava os seios pequenos. Uma ecobag *"Lesbian Baby"* no ombro direito. Ela puxou o elástico do cabelo, desmanchando o rabo de cavalo e colocou os óculos escuros enquanto os fios cobriam as costas, caminhando em câmera lenta pelo estacionamento, girando no ar a cabeça de Janis Joplin.

— Ué, as meninas não chegaram ainda? – perguntou ela, brilhando sob o sol. Marcela de um lado, Suri do outro. Eu não fazia *ideia* do que ela estava falando. – Cadu?

Ele estava olhando para Marcela fixamente.

— Não sei, Édra e eu chegamos tem uns bons minutos. – Cadu ergueu os ombros. – Ninguém apareceu além da gente e da galera que costuma colar aqui na Toca do Pirata.

— Vou ligar pra ela – disse Íris, enfiando a mão na ecobag *Lesbian Baby*. Começou a mexer no celular. A capinha era verde com pêssegos ilustrados por toda parte. – Oi! Sou eu. A gente já chegou. Você tá vindo ou já desceu na praia? Ah. Certo. – Ela deu uma *risadinha*. Uma risadinha estranha. – Tá. Nós vamos procurar vocês pela areia. Vou ficar perto da rede de vôlei, ali, onde fica o carrinho do Coco Gelado do Ivan. Ok. Beijinho. – *Beijinho?* – Até já. – Enfiou o celular de volta na bolsa. – Vamos? Ela já tá aí.

— Quem é *ela?* – perguntei baixinho, para que só Cadu me ouvisse.

— Não faço ideia — respondeu Cadu. — Mas, pelo pouco que eu sei sobre todo o lance de vocês duas, três, né?, vocês *três*, a minha aposta de *quem seja* só vai te estressar. — Ele me lançou um olhar, preocupado. — Tente disfarçar, quando ver ela.

— De *quem* você tá falando? — perguntei.

Íris, Marcela e Suri estavam andando mais na frente. Conversando entre elas, dando risadinhas, fofocando. Relembrando da noite que passaram em São Patrique, sem terem voltado para a fazenda.

— Hein, Cadu?

— Melhor eu nem falar, porque eu não tenho certeza — murmurou. — *Se for ela*, você vai saber.

▷ MEU ERRO – CHIMARRUTS

Da Toca do Pirata para a orla da Praia da Sardinha era uma caminhada de menos de dois minutos. Atravessamos a sinaleira e já dava para sentir a brisa do mar batendo no rosto, o sal enfrestando nossos cabelos. Os coqueiros faziam sombra até onde as folhagens alcançavam. Os vendedores ambulantes desviavam das cadeiras de praia dobráveis, as pessoas passavam seus sprays bronzeadores, as crianças gritavam, brincavam, gargalhavam, se sujando com sorvete e fazendo castelinhos de areia. Homens malhavam na Academia Voluntária da Praia, carregando halteres feitos com barras de ferro e garrafas pet cheias de cimento, seladas. Mulheres se bronzeavam com suas caixinhas de som ligadas. Adolescentes carregavam uns aos outros nas costas, em brigas de galo na água. Bolas voavam de um lado para o outro, por cima das redes de vôlei espalhadas por toda a parte. Isopor, sombreiro, cheiro de protetor solar. Praia da Sardinha, exatamente da forma que eu me lembrava. Só mais expansiva, repleta de quiosques novos e garçons indo de um lado para outro, levando e trazendo bandejas, servindo drinks com minissombreirinhos de papel, porções de batata frita e garrafas d'água.

Íris olhava em volta com as mãos protegendo os olhos. Suri apontou para o mar e elas voltaram a andar. Eu e Cadu fomos seguindo. A areia fervendo, salpicando em nossas sandálias a cada passo que dávamos. Então, elas pararam. Tiraram as cangas de dentro de suas respectivas bolsas e abriram no ar, até que alcançassem a areia, em estampas diferentes. A de Marcela era vermelha com uma mandala indiana. A de Suri Lee era toda preta, com uma franjinha de tassel nas laterais. A de Íris parecia o conjunto de vários retalhos bordados de tecidos diferentes.

Eu não tinha uma canga, Cadu me olhou com a mesma cara de: *"Eu não tenho uma dessas."*

— Pode sentar aqui, se quiser — disse Marcela, olhando pra mim.

Cadu sorriu tirando as sandálias afobado para sentar com ela. Percebi ela revirando os olhos assim que ele se sentou.

Eu fiquei de pé, sem saber exatamente o que fazer. Suri percebeu e chegou para o lado na canga: "Tem bastante espaço, cabe todo mundo", disse ela. Eu tirei as sandálias e me sentei ao lado dela.

Íris não desviava os olhos do mar. Vi, de longe, a silhueta de duas mulheres na água. Íris começou a balançar o braço no ar, acenando. Foi quando ela deu outra risadinha, Suri também. As garotas, da água, acenaram de volta e nadaram até a parte rasa da praia. De onde foram emergindo. Cadu atirou um punhado de areia em mim, eu olhei para ele com a sobrancelha franzida. Ele levantou as duas mãos espalmadas, sibilando para mim: "Fica fria, relaxa." Eu voltei a olhar para a praia, apertando os meus olhos atrás das lentes escuras dos óculos.

Ira Alfredinni estava saindo da água.

Ela sacudia os cachos loiros com uma das mãos e sorria pra Íris de longe. Uma amiga vinha acompanhando. Ira estava usando uma bermuda e um biquíni azul-marinho, a amiga tinha uma roupa cinza e preta de surfista, como a de Suri, só que de manga longa, e carregava uma prancha. Ira e a amiga estavam conversando e rindo. O céu azul, o sol vibrante, o mar de pano de fundo. A forma lenta que caminhavam. Estavam se sentindo na porra de um videoclipe.

— *Cinderela.* — Foi a primeira coisa que ouvi sair da boca de Ira depois de anos sem ter o desprazer de escutar a voz dela.

Ela se jogou ao lado de Íris na canga. Começou a sacudir o cabelo em cima da barriga de Íris, que reagiu com gritinhos histéricos. *"Para, para"*, ela pedia, rindo, tentando se esquivar da água gelada dos cachos de Ira.

— Cheguei cedo pra aproveitar você, aí você faz *o quê*? Se atrasa. Deveria te molhar mais.

— Eu dirigi o mais rápido que pude — resmungou Íris, dando um empurrãozinho no corpo de Ira com o peso de seu próprio. Estavam sentadas na canga, juntas. Juntas não, grudadas. As gotas que tinham desprendido do cabelo de Ira agora escorriam pelo seu braço, sua perna, sua coxa. — Palhaça.

E o Detran agradece.

— O restante das meninas não vem? — perguntou Suri, ainda sentada ao meu lado. — Eu criei expectativa com aquele papo sobre a gente jogar um futevôlei juntas. Ainda mais se for valendo tudo.

— É, Ira... — Íris abaixou os óculos até o nariz. — Cadê as meninas do bar? Suas primas? Suas amigas?

— Eu não o sou suficiente pra você, *gatinha*? — perguntou Ira, se inclinando.

— Para de ser ridícula, garota. — Íris subiu os óculos de volta. *Bom, é isso aí, é disso que eu estou falando, pelo menos isso.* — Eu dirigi mil quilômetros por você.

— *Duas* vezes, tá? — reclamou Marcela. — A gente já pegou a estrada pra ver vocês *duas vezes*. E eu *não concordei* com isso. Fico muito enjoada nessas viagens de carro. Meu estômago é sensível.

— Cala a boca — zombou Suri. — Você se "divertiu" tanto no bar que até vomitou no banheiro.

— Porque o *meu estômago* é sensível. — Marcela revirou os olhos. — Vocês bebem demais.

— Ontem foi *incrível*. — Íris sorriu.

— Mesma cidade, e apesar de eu já ter me formado, mesma faculdade. A gente já teve mil chances de se esbarrar. Mas o nosso reencontro só veio agora, mil anos depois, sem querer, na cidade em que a gente se conheceu. Quais são as chances de estarmos no mesmo bar, no mesmo dia e no mesmo horário? Eu *amo* São Patrique. Isso que eu chamo de — Ira se inclinou novamente — *destino*.

Argh.

— E sabe do que eu chamo quem faz um desafio e não aparece? — perguntou Íris. — De medrosa! Suas amigas *medrosas* provavelmente sabiam que iam perder de lavada pra gente no *vale-vôlei*.

— Bom. — Ira sorriu, olhando para longe na areia. — Isso você vai ter que dizer na cara delas.

Biquínis coloridos, óculos de sol, adesivos de atléticas de universidade grudados por toda parte em coolers abarrotados com cerveja, energético, água de coco (em caixinhas com canudinhos). As garotas chegaram sorridentes. Uma delas, girando uma bola de futevôlei nas mãos. Se apresentaram como Diana, Fernanda, Cidinha e Safira. A amiga de Ira na canga se apresentava como "Guimarães". Só Guimarães. Diana, Fernanda e Cidinha eram amigas, Safira era prima de Ira. E foram criadas como irmãs. Safira era uma espécie de irmã caçula para ela, pelo menos, foi o que ficou parecendo quando a algazarra começou e as historinhas foram saindo com as bebidas. Estavam todas no bar na noite em que Íris não voltou para a fazenda. Beberam tudo o que conseguiram e marcaram o rolê de hoje. Ira e Guimarães jogavam futevôlei na praia e convidaram todas para assistirem a um jogo. Aparentemente, ninguém viu graça nessa ideia. Ao contrário do proposto na mesa, Diana, Fernanda e Safira desafiaram Íris, Marcela e Suri a jogarem *vale-vôlei* – vôlei de praia só que valendo tudo *(chutes, arremeços, cabeçadas, você escolhe)*. Ira e Guimarães ficariam só assistindo, não podiam participar, porque treinavam sempre, não seria justo.

O combinado fechou com Cidinha como juíza. "Adoro apitos e mandar nas coisas", ela prontamente concordou, entusiasmada.

"Vai ser o jogo das *safipatis*, as sáficas patricinhas", disse Fernanda, segurando sua água de coco de caixinha. "Isso é *maravilhoso*." Combinaram assim: as Nativas da Ilha de Lesbos contra as Namoradas de Cássia Eller. De um lado, as nativas eram Diana, Fernanda e Safira. Do outro, as namoradas eram Marcela, Suri e Íris. Monopolizaram uma das redes da praia. Se separaram em lados opostos. E começaram a discutir os termos.

Íris prendeu o cabelo num rabo de cavalo e tirou o short jeans.

De costas, seu biquíni preto era *praticamente* um fio dental. O símbolo do signo de peixes, *minúsculo*, tatuado na bunda. Vestiu uma blusa colada no corpo por cima de tudo, tinha *"Made in Brasil"* estampado e terminava bem acima do umbigo. O suor escorrendo nos pelos descoloridos do corpo faziam ela reluzir. Brasileira mesmo.

▷ **WHY DON'T YOU LOVE ME – BEYONCÉ**

Embaixo do sol quente, as meninas encararam umas as outras, divididas pela rede. As mãos nos joelhos, prendendo cabelos, apertando laços de seus biquínis – todas com as unhas coloridas e cortadas. Íris fez uma pintura de guerra com o protetor solar nas bochechas, Safira estreitou os olhos. Cidinha apitou. A bola batida por Diana subiu em câmera lenta. Girou no ar, brilhando. E desceu na direção do time de Íris. Agora era oficial. *Tinha começado o jogo.*

– Toma. – Ouvi o barulho inconfundível do lacre de metal sendo aberto. Cadu Sena se sentou ao meu lado na canga, me passando uma lata gelada de cerveja. – *Você vai precisar.*

Dei um longo gole na cerveja gelada, observando Ira e Guimarães rirem e fofocarem no meu campo de visão, para além da minha lata. Tinham sentado nas cadeiras de praia que as outras meninas trouxeram. Bebi a cerveja cheia de ódio. E voltei minha atenção para o jogo.

Suri marcava pontos no time adversário como se fosse uma máquina programada para isso. Íris defendia todas, se esticando de um lado para o outro, os joelhos vermelhos de tanto se ralarem, deslizando na areia. Quando batia a bola de volta para o ar, o rabo de cavalo se movia junto. A franjinha grudada na testa. A blusa começando a fazer parte da pele. "Brasil" molhado – como todo o resto – de seu próprio suor.

Marcela não ajudava em nada. Ficava com a mão na cintura quase o tempo todo, os olhos semicerrados e irritados com a luminosidade do dia sem nuvens.

Fernanda jogava a bola para o ar, diante da rede, Safira batia, Íris defendia, a bola subia, Suri marcava um novo ponto. Cidinha apitava de uma cadeira de praia, se abanando com o menu de drinks do quiosque, acumulando taças numa mesinha dobrável ao lado dela.

Namoradas de Cássia Eller *2*. Nativas da Ilha de Lesbos *0*.

Diana chutou a areia com raiva. Safira balançou a cabeça negativamente. Fernanda refez o rabo de cavalo com mais força. Todas com o rosto franzido pelo sol fervente.

Íris e Suri começaram a inventar comemorações. 3: Íris jogou o rabo de cavalo para o lado, dando um beijinho no próprio ombro. 4: Suri, rindo, bateu nas mãos de Íris com força e voltou a posição de ataque. 5: Íris caminhou até o chuveirão do quiosque, girou o registro, afastou a cabeça e deixou a água cair pelo seu corpo inteiro do pescoço para baixo. Os laços laterais da parte de baixo do biquíni pesados com a água que absorveram encostaram nas coxas. Ela se virou de costas para nós, pegou um pouco de água para molhar o rosto. O fio dental do biquíni preto, o bronzeado começando a dourar a pele, a tatuagem. Desfez o laço de uma lateral com todo cuidado do mundo – a água do chuveirão descendo sem empecilhos pela pele – amarrou de novo.

    As meninas se dispersaram. Fernanda e Diana foram para a fila do chuveiro, onde Íris estava se molhando. Suri, Marcela e Safira correram até Cidinha para bisbilhotar o menu de drinks do quiosque. Eu amassei a lata vazia da cerveja. Ira passou na minha frente, rindo e enchendo a canga *toda* de areia. Guimarães foi atrás, *é claro*.

    – Íris tá ficando com Ira? – perguntei para Cadu, assistindo ela se enfiar no chuveirão com Íris e puxá-la para mais perto, molhando todo o seu rabo de cavalo e impedindo que ela voltasse pro jogo. Começaram a rir juntas. Íris puxou a blusa para cima. Todo o corpo agora a mostra.

    – Não que eu saiba – disse Cadu, dando um gole na cerveja –, mas eu bem que tentei te avisar que isso *poderia* acontecer.

    – *Isso* o quê?

    – Isso.

    Ira estava abraçando Íris por trás, segurando o corpo dela com força. Íris tentava se soltar para sair de baixo do chuveiro. As duas riam, *felizes*.

    – Ponto para as *Nativas da Ilha de Lesbos* – gritou Cidinha, a voz enrolada de tantos drinks. – Ira imobilizou a adversária!

    – Ela não é do time das Nativas. – Íris ria, envolvida pelos braços de Ira. – Nem tá jogando.

    – *Mas é minha prima!* – rebateu Safira, entrando na brincadeira. – O ponto é marcado pra mim.

    – Imobilização *não faz* pontos! – defendeu Suri. – Se for assim, *tudo* faz.

    – A jogadora que beber mais drinks marca algum ponto? – perguntou Diana. – Se marcar, coloca mais um pra gente aí. A Cidinha já está no quarto drink de morango. E ela é *nossa* amiga. Então, ponto para as *Nativas da Ilha de Lesbos*.

— Eu não posso marcar pontos. — Cidinha sorriu, bêbada. — Eu sou o juiz.

— Enquanto você fica aqui parada — disse Cadu se levantando da canga e me julgando com olhar — e deixa a *cachinhos dourados* tomar banho com a *sua* mulher, eu vou fazer alguma coisa sobre a minha. — E saiu andando.

— *O quê?* Que mulher? — Tentei dissuadi-lo de passar vergonha. — Cadu?! — Era tarde demais.

▷ THE MAN – THE KILLERS

Quando chegou diante das meninas, Cadu Sena tirou a camisa de *Salva-gatas*. Eu coloquei a mão na testa, preocupada. Todas as meninas pararam de rir e conversar para olhar para ele. Íris saiu de baixo do chuveiro, com a boca aberta, completamente confusa do que iria acontecer ali. Diana arregalou os olhos, Fernanda também, Cidinha virou o drink todo, Safira inclinou a cabeça para o lado, confusa, Ira entortou um sorriso de superioridade na boca, estava se divertindo. Guimarães quis rir, Marcela escondeu o rosto atrás das próprias mãos. Suri balançava a cabeça negativamente. O sol tinindo no céu.

Ele começou a fazer polichinelos.

Tudo virou um videoclipe. Cadu Sena pulando de braços abertos sem camisa. Cadu Sena fazendo flexões com as mãos espalmadas na areia quente, Cadu Sena carregando Cidinha com um só braço. Cidinha no ar, segurando um copo vazio de drink, apenas o palito de dente enfiado na azeitona girando dentro do vidro. As pessoas da praia se amontoavam ao redor, parando de fazer as próprias coisas para tentar entender *o que* estava acontecendo. Cadu Sena respirando fundo, olhando o horizonte, se preparando fisicamente. Uma expectativa imensa da plateia curiosa, tentando entender o que estava por vir. E então Cadu Sena saiu correndo e rodopiando seus músculos no céu azul da Praia da Sardinha. Dando saltos múltiplos, como um medalhista olímpico. As pessoas que pararam para assistir começaram a aplaudir calorosamente. Ele, todo suado, colocou as mãos na cinturinha Elvis Presley dele. Os bíceps e o tanquinho desenhados contra a luz do dia. Ele sorria para os aplausos, se *fazendo* de tímido, balançando a cabeça.

Comecei a rir.

Piii. Cidinha assoprou o apito.

– Ponto para as *Namoradas de Cássia Eller* – disse ele, sem fôlego e orgulhoso. – Por *porte físico*.

Porra, eu adoro esse cara.

Íris aproveitou a distração das pessoas para se desvencilhar de Ira e vir até as cangas, que agora era uma fortaleza de bolsas, coolers e cadeiras de praia abertas. Torceu a camisa, que estava toda molhada, e estendeu no encosto de uma das cadeiras. Só estávamos nós duas ali.

– Você tá com fome? – perguntou ela, sem me olhar. Remexendo nas bolsas, como se não tivesse prestando muita atenção em nada. – Posso comprar por causa do problema com o seu cartão. Não comentei antes porque tinha muita gente aqui.

– O meu cartão já tá funcionando, tá tudo bem – respondi. – Tô te devendo, inclusive.

– Você não tá me devendo nada. – Ela me olhou de relance, espalhando protetor solar no corpo molhado, corado de sol. – Não paguei a conta por que seu cartão não funcionou, paguei porque eu quis. Eu já pretendia pagar – disse ela, abrindo uma toalha de banho na cadeira para se sentar.

Do outro lado da areia, dois vendedores ambulantes estavam se aproximando, iam passar perto de onde estávamos. Um, abarrotado de chapéus de palha, todos ridículos, bregas, imensos, como de madames socialites. O outro, com um carrinho de algodão-doce feito na hora e pequenos cata-ventos de papel pendurados para serem distribuídos como brindes. Assim que viram, seus olhos cristalizaram imediatamente. E eu descobri exatamente como eu poderia pagar a minha "*dívida*". Procurei meu cartão no bolso e acenei para o senhor no carrinho de algodão-doce. Ele assentiu com a cabeça me olhando. "Pra *quem* você vai comprar isso?", perguntou Íris, mas ela *sabia* a resposta. "Você vai querer de quê?" "Édra, não precisa." "Você não adorava isso quando era criança? Lembro de uma história dessas por telefone." "Pois é, quando eu era criança, não precisa gastar com isso agora." "Vem com um cata-vento." "*Eu sei!*", ela sorriu, pega no flagra. "É *tão bom* de ficar assoprando", comentou. Eu ri: "Pois é", e ela inclinou a cabeça para mim, chutando um pouquinho de areia no meu joelho. "É sério, isso?" "Sério, o quê?" "Que você vai comprar." "Sem saber o sabor, não tem como."

Naquele momento, Ira veio de longe, assobiando e sacudindo o braços.
– Ei! – chamou ela, alto. E fazia assobios com os dedos na boca. "Já tô chegando, é que o carrinho tá pesado!", o senhor do algodão-doce gritou. – Não você, cara. – Ela esticou o pescoço. – Ei! Você! – "Eu?", o vendedor ambulante dos chapéus perguntou confuso, apontando para si mesmo. Ira fez que sim com a cabeça. – *Sim!* Pode vir! Eu vou querer!

Ela esperou ficar perto o suficiente para sacudir o cabelo molhado em cima da barriga de Íris de novo, que já tinha se secado, passado cuidadosamente o protetor solar, e estava quietinha em sua cadeira.

Íris se encolheu, desconfortável. "Ira, não!", reclamou, entortando o rosto. "Acabei de passar protetor." Mas Ira apenas riu, continuando a brincadeira.

Quando o vendedor de algodão-doce chegou, se inclinou para mim e disse: "Só tenho do tradicional, pode ser?" Olhei para Íris, em silêncio. Ela não disse nada. "Pode ser", falei para o vendedor. E ele começou a girar o palito de madeira dentro da máquina. O algodão-doce se formando vagarosamente a cada volta que ele dava. O cheirinho açucarado se misturando ao aroma específico de um dia ensolarado de praia. Eu estendi o cartão. "É só um mesmo?", perguntou ele. "Isso", respondi.

Ira apoiou uma mão na cintura, de pé ao lado da cadeira de Íris, e começou a rir, me fitando. O julgamento pesado em seus olhos, sarcástico e ardiloso. Eu respirei fundo porque não pretendia estragar o clima da praia de todo mundo por causa de nada que ela tentasse fazer para me provocar. Mas ela continuava dando risadinhas, parecia estar esperando uma reação minha. "Vai querer um cata-vento de papel?", perguntou o vendedor, estendendo o algodão-doce, branquinho como uma nuvem, em minha direção. "Sim, por favor", respondi. E então, Ira murmurou baixinho.

– *É claro* que quer. – Apoiou as mãos na cintura, o nariz pro alto, o ar de superioridade. – *Combina muito com a sua altura.*

– O que você quer dizer com isso? – perguntei.

– Que é engraçado.

– Por que é engraçado?

– Ah, você sabe.

– Não, eu não sei. Me explica você. É engraçado *por quê?*

— Ué, porque você... você não é femini... e, aí acaba sendo meio engraçado você ser... como você também é baixa e é que... tudo junto fica meio, ah, fica meio...

Ela se embolou nas próprias palavras. Qualquer resposta que me desse seria um atestado de idiota. Não só pela tentativa de fazer eu me sentir mal com meu corpo, como se isso me desclassificasse, como se me tornasse inferior e, de alguma maneira, menos atraente que ela, menos interessante que ela, menos *uma mulher lésbica e não feminina* do que ela. Ela daria risada de mim às custas de uma estrutura na qual nossas alturas eram apenas a *pontinha* de um imenso *iceberg*. Ela flertava com Íris, abraçava Íris, rodeava Íris sem achar o corpo de Íris "engraçado". Não havia graça no corpo de Íris, havia conforto. O conforto de se parecerem um *casal hétero perfeito*. Mulher de qualquer altura, contanto que o homem ao seu lado seja mais alto. São os protagonistas da novela, o casal favorito nas seis temporadas de uma série, as princesas da Disney com os seus príncipes encantados. O contrário disso? É engraçado. Porque não é viril, másculo, forte, atraente, sexy, superprotetor e sensual que um homem seja mais baixo que a mulher com a qual ele se relaciona. Ele tem que protegê-la, abrir a porta do carro pra ela, ser o único a penetrá-la — porque o contrário, digo, se deixar ser penetrado por ela, poderia torná-lo... *"Me tornar o quê? Tá me estranhando?"... engraçado.* Ele não pode ser o mais baixo, sensível, delicado, tocado, cuidado, submisso — porque isso é uma princesa. E uma princesa *é feminina*. Não é como um homem, não é como eu. E quando a Ira diz que *eu sei* do que ela tá falando, ela sabe no que o meu navio vai bater. É um iceberg.

Seja lá o que Ira dissesse para tentar justificar o injustificável, ela também bateria no *icerbeg da heteronormatividade*. Rir de mim só alimentaria a estrutura que viria a rir dela mesma depois. Então, ela seria *duplamente* "engraçada". Por algum motivo que a afetasse nesse *iceberg* e por ter sido baixa. É, *baixa*. Porque tentar me diminuir nesse naufrágio a tornaria menor do que eu.

— *Meu Deus, algodão-doce!* — Uma voz rompeu a tensão de nossa conversa. — Eu *amo* algodão-doce!

— Você não tem mais idade pra isso, Safira. — Ira segurou a prima pelo braço.

– Não sabia que algodão-doce era proibido para maiores de dezoito anos – disse Safira, e se desvencilhou –, *me poupe*.

– Pelo amor de Deus, vai dizer também que você quer um *cata-ventinho*?

– Se vier junto... – Safira deu de ombros, sem se deixar abater, procurando a própria bolsa no meio da bagunça nas cangas.

Enquanto eu pagava pelo algodão-doce, percebi que Íris tinha abaixado a cabeça, constrangida. Parecia estar num embate silencioso com a sua eu adulta enquanto ouvia a conversa entre Ira e Safira.

– Safira – falou Ira e se virou, com um tom de voz autoritário –, eu trago você pro rolê e você quer agir igual uma criança na frente de todo mundo? Você já tem dezenove anos. Pô, cresce. Eu vou parar de te levar pros lugares.

Safira jogou a bolsa com força de volta na cadeira e correu na direção das amigas, que bebiam drinks no quiosque com Cadu.

– Opa, *muito boa tarde*. – O vendedor de chapéu chegou, fincando seu varal na areia. Os chapéus bregas estavam todos presos por grampos organizados em fileiras. – Qual vai ser?

– Pergunte a ela. – Ira piscou para Íris. – Ela não tirava os olhos deles, vi de longe e vim correndo.

– Ira, eu...

– Não se preocupe com o preço – assegurou –, pegue o que você tinha gostado.

O vendedor de algodão-doce foi se afastando pela areia. Os cata-ventos giravam, presos ao carrinho. Íris respirou fundo. As meninas voltaram empolgadas, rindo com Cadu. Tudo virou uma montagem de vozes. "Mais tarde nós vamos num lugar incrível. Cadu vai levar a gente." "Ele disse que lá tem *performances*." "Qual vai ser o chapéu, Dona?" *"Eu não se..."* "Eu voto no Submundo. Vai ter noite de karaokê hoje. Toda noite de karaokê é épica." "Meu Deus, eu amo karaokê." "O que é um Submundo?" "Pode escolher qualquer um, Íris, qual você tinha gostado?" "É que eu não..." "É perigoso?" "Perigoso é vocês voltarem pra Nova Sieva sem conhecer esse patrimônio histórico dos LGBTs são patricenses." "Mas e o lugar das performances, gente?" "O chapéu..." "É, eu também fiquei curiosa sobre o lugar que o Cadu sugeriu." "Vamos decidir no palitinho." "Justo!" "Íris?" "Cadu?" "Alguém tem palitinhos aí?" "Íris?" "O chapéu, Dona." "Íris, gatinha, você precisa escolher. Qual chapéu você q..."

– Eu não quero um chapéu! – disse Íris, num tom de voz mais alto e agressivo do que gostaria. – Obrigada. – Ela se recompôs, percebendo que todo mundo tinha ficado em silêncio pra assistir à interação entre ela, Ira e o vendedor ambulante. – Eu não quero um chapéu. Desculpa ocupar o seu tempo, moço – disse ela, se levantando da cadeira e indo em direção ao mar.

A discussão na areia logo se restabeleceu. "Submundo ou lugar misterioso?" "A gente já falou que vai ser decidido na sorte." "E se a gente fizer um par ou ímpar?" "Caralho, vocês."

– Ué, eu... – Ira se afundou na areia, assistindo Íris sumir no mar, dentro de um mergulho. – Eu não sei o que eu fiz de errado. O que ela queria?

A verdade é que eu não estava ali para competir com Ira Alfredinni. E, se ela quisesse isso – competir, no caso, comigo –, faria sozinha. Primeiro, porque ela era como eu, mesmo que não conseguisse ver isso de sua soberba heteronormativa. Segundo, porque eu não podia sequer me dar ao *luxo* de entrar numa competição por Íris Pêssego. Eu estava sendo punida pelo tratamento de silêncio dela por não ter tido coragem de dizer com todas as letras o que eu queria ter feito com ela quando entrei naquele quarto. Naquela noite. Naquele momento. Eu não podia sentir, mesmo que já tivesse sentindo. E ali estava Ira, disposta. Errando feio pra caralho, como uma completa idiota. Mas disposta. As coisas acontecem muito mais para os dispostos do que para os que desejam muito. Querer uma coisa é diferente de lutar por ela. Eu não podia nenhum dos dois, nem querer, nem lutar. Para além do meu alcance, para além das minhas promessas com outras pessoas que eu amo. Era a hora de respirar fundo, dar um passo pra trás, deixar a vida acontecer sem me atirar no meio das circunstâncias que não são sobre mim. Sem impedir que as pessoas lutem pelo que eu não posso lutar. É preciso jogar limpo, até mesmo quando estamos fadados a perder. "O certo é o certo", meu avô costumava dizer, "e o errado é o errado", eu repetia seu bordão. Era assim que abríamos o pote de vidro com bichinhos dentro, no meio do mato, para que ficassem livres.

Lembro quando o Arsenal de Garcia, o time que ele me ensinou a amar, foi eliminado nas oitavas. No dia da final do campeonato, Franscesburgo vs. Libertários da Zigô, o melhor amigo de vovô, Seu Isaías, levou uma travessa de fricassê pra comer enquanto assistiam ao jogo lá em casa. Eu escalei o sofá pra dizer em alto e bom tom: "Espero que seu time perca!", dei língua, saí correndo. Meu avô veio atrás de mim, contrariado. "Édra", disse ele, "saia de baixo da cama." Saí prevendo a bronca. "Por que disse isso, filha?" "Porque o Arsenal perdeu." "Pois é, o Arsenal já perdeu. Já tá fora do campeonato." "Vovô, não é justo." "Se o time do tio Isaías perder, a gente ganha o quê?" "Nada." "Então." "Então preciso pedir desculpa...", falei, emburrada. "Precisa mesmo, mocinha, porque o certo é o certo. E o errado é o..."

– Um cata-vento – falei –, ela queria ter ganhado um cata-vento.

Reuni as minhas coisas, procurei minha sandália na areia e enfiei a chave no bolso. Cadu decidiu voltar de van, para ficar mais tempo com a galera. Caminhei de volta para o estacionamento. O sol estava sonolento no céu, querendo se pôr, querendo dormir. O alaranjado forte, típico da cidade. A brisa que vinha do mar, mais gelada do que antes, anunciava que a noite não demoraria a chegar. Bati a porta do carro, coloquei a chave, liguei a rádio.

– *Você está na rádio Belíssimos Gafanhotos. Fique agora com "Cigano, Ao vivo", de Silva, com participação especial de Liniker.* – Peguei meu celular. – *Rio, receba com muito carinho essa deusa... Liniker!* – Abri minha conversa com Pilar e comecei a digitar.

"So, you asked me to tell you if I do anything. To let you know, if anything ever happens, because you deserve the truth. You are not the type of person that would wait for someone to make up their mind and I get it. I understand that. And I understand your need to get the hard truth instead of a sweet lie. I'm in the same boat. My grandfather used to tell me that the right thing is always the right thing, and the wrong thing is always the wrong thing. And even if you didn't gave me that, your honesty, I'll give you mine, anyways.

The fact is – *Te querer* –, I already kissed her. – *Viver mais pra ser exato.* – Not physically – *Te seguir* –, but I did it a thousand times in my mind. – *E poder chegar onde tudo é só meu.* – Kissing her is everything I can think about. – *Te encontrar* – I can't sleep, I can't eat, I can't stop running in circles. I kissed her yet. – *Dar a cara pro teu beijo* – I did it. *I kissed her.* – *Correr atrás de ti* – And the tiny thought of doing this – *Feito um cigano* – was warmer than your country."

"Então, você me pediu para te contar se eu fizer alguma coisa. Para deixá-la saber, se alguma coisa acontecer, porque você merece a verdade. Você não é o tipo de pessoa que esperaria que alguém se decidisse e eu entendo. Eu entendi aquilo. E entendo sua necessidade de ter a dura verdade em vez da doce mentira. Estou no mesmo barco que você. Meu avô costumava me dizer que a coisa certa é sempre a coisa certa e a coisa errada é sempre a coisa errada. E mesmo que você não tenha me dado isso, sua honestidade, eu vou te dar a minha, de qualquer maneira. O fato é que eu já a beijei. Não fisicamente. Mas eu fiz isso milhares de vezes na minha mente. Beijá-la é tudo em que consigo pensar. Não consigo dormir, não consigo comer, não consigo parar de correr em círculos. Eu já a beijei. Eu fiz, eu a beijei. E o minúsculo pensamento de fazer isso foi mais caloroso do que o seu país."

Girei a chave e peguei a orla da praia. – *Veja o Sol,* – Laranja-forte. – *é demais essa cidade.*

A gente vai ter um dia de calor, de calor, de calor.

– E COMO VOCÊ SABIA PRA ONDE ela tava olhando? – perguntou Ira, ao meu lado, na areia. Na água azulada e cristalina da praia, Íris subia e descia com a leveza das ondas.

– Eu sempre sei pra onde ela tá olhando.
– Então pra onde ela tá olhando agora?
– Pra você.

"Libertários da Zigô levam pra casa a Taça dos Estádios de 2006! É deles! É do Brrrrraaasil!"

– Submundo! – As meninas começaram a gritar nas cangas. – Nós vamos para o Submundo!

Ira se levantou para buscar a taça, eu me levantei para ir embora.

Íris Pêssego estava olhando pra mim.

14.

— Édra! — Ira gritou, assim que passei pela porta do Submundo. — Você veio! — Ela se levantou.

Estavam todos aglomerados numa única mesa.

"Juro que não vai doer se um dia eu roubar." Eu conheço essa voz. *"O seu anel de brilhantes."* Cadu Sena. *"Afinal de contas, dei meu coração e você pôs na estante."* No palco do Submundo. *"Como um troféu".* Íris surgiu de trás dele. A voz doce, suave e manhosa nas caixas de som. *"No meio da bugiganga."* Vestido preto colado, de luvas, cintilando embaixo do jogo de luzes do palco. *"Você me deixou de tanga."* De olhos fechados, sorrindo. *"Ai de mim, que sou romântica."* Rebolando de um lado pro outro segurando o microfone preso na haste. *"Kiss, baby, kiss me, baby, kiss me."* Cadu invade o microfone por um instante e Íris retoma: *"Pena que você não me..."* Abre os olhos e me vê. *"... quis",* ela diz, fora da melodia. E para de cantar. O playback do karaokê segue sozinho, as letras rolando na televisão presa na pilastra.

— Édra! — Ira surge na minha frente, me abraçando como se eu fosse uma de suas amigas. — Que bom que você veio! Preciso da sua ajuda. O conselho lá dos cata-ventos deu super certo, ela já me desculpou por aquilo. — Eu estico o pescoço para tentar olhar pra Íris de novo. "Que bom", respondo com indiferença. No palco, Íris e Cadu voltam a cantar dividindo o microfone. — Pois é. — Ira continua. — Mas eu preciso de mais ajuda do que isso. — Ela aperta o meu ombro com força, visivelmente bêbada. "Com o quê?", eu pergunto. *"Como um mutante!"*, Cadu canta, se remexendo num rebolado: *"No fundo, sempre sozinho, seguindo o meu caminho"*, e está cheio de gel no cabelo. *"Ai de mim que sou romântica!"*, as luvas de Íris encostam as laterais deslizando para cima pelo tripé do microfone, bem devagar. *"Kiss, baby, kiss me, baby"*, Cadu faz o coral, inclinando a cabeça para perto do tripé, sem interromper a dancinha dela. *"Kiss me..."* Ela canta, minha voz interna preenche o resto da música, se junta num dueto à voz dela, que estala de todas as caixas de som no ambiente. Cantamos juntas. Ela do palco, me olhando, no microfone. Eu, de dentro de mim mesma. *"Pena que você não me quis."*

— Eu quero que você me ajude a terminar a noite com ela. — Ouço Ira dizer, passando um braço pelo meu ombro. Estamos as duas olhando Íris e Cadu terem uma crise de riso no palco, fazendo dancinhas sincronizadas, como se fossem uma banda dos anos 80. — É isso o que eu quero. *Ela.* Íris Pêssego. Nem que seja *só por uma noite*. — A música no karaokê acaba. Todas as pessoas espalhadas pelo Submundo começam a aplaudir. — E então? — Ira pergunta pra mim. — Qual é o plano?

— O PLANO É O SEGUINTE... — Cadu estava empolgado. Eu podia ver a silhueta desfocada do corpo dele se mover de um lado, por atrás do meu livro aberto.

Eu já tinha voltado há umas duas horas da praia, as meninas tinham chegado uma hora depois. Cadu foi o último a chegar. E agora espalhava areia pelo quarto todo.

— Eu vou me arrumar todo, vou pentear meu cabelo de algum jeito que fique irado e vou cantar todas as músicas românticas que tiverem no karaokê olhando pra ela. Se ela não entender até o fim da noite que também é recíproco da minha parte e que eu também quero ela, eu desisto.

Eu queria revirar os olhos até ser capaz de ver o meu cérebro.

— Vai, Édra. Fala alguma coisa.

Fechei o livro.

— Eu acho que você devia tomar banho. Tem areia na porra do chão todo.

— Que horas você pretende se arrumar? — perguntou ele, ignorando o que eu tinha dito. — Vem um carro buscar a gente aqui e vamos entrar de graça, cortesia da Alfredinni. Se você perder o horário vai ter que dirigir até lá e pagar pra entrar.

— Eu não vou dirigir até lá nem pagar pra entrar. — Abri o meu livro de novo e cruzei as pernas na cama. — Porque eu não vou.

— Você vai.

— Não vou.

— Vai.

— Já disse que não.

— Olha, eu ouvi Ira e Guimarães cochichando *coisas* no estacionamento. Eu acho que elas estão tentando *passar a noite* com a Íris e a Suri. Você deveria ir pra me ajudar a cuidar de todo mundo. Sozinho, acho difícil. Meu foco essa noite deveria ser paquerar Marcela. Ou eu cuido da minha mulher ou eu cuido da sua.

— Primeiro — comecei, abaixando o livro —, eu não tenho mulher. — E o ergui novamente. — Segundo, Íris e as amigas são adultas. Com quem elas dormem ou não, não é da minha conta. Nem da sua. Porque, terceiro, *você* também não tem mulher.

— E você tá em paz com isso? Com o fato de que uma estranha vai passar a noite inteira tentando enfiar as garras lésbicas dela na sua ex-namorada? — perguntou Cadu, perplexo. Eu continuei fingindo que estava lendo. O que ele disse me irritou profundamente. — *Quando foi comigo e com minhas garras, você teve bem mais atitude* — murmurou ele.

Respirei fundo, tentando ignorá-lo.

— Vamos lá, Édra! — Ele pegou o livro das minhas mãos. — *Girl Power!* Reaja!

Eu expulsei ele do quarto.

Ignorei quando ele tentou me dissuadir mais um pouco do outro lado da porta.

Espiei pela janela quando os carros de Ira e das amigas de Safira chegaram. Ira estava segurando um buquê feito de cataventos.

O perfume de Íris e o vapor quente do seu banho entraram pela greta da porta.

A algazarra de todas elas era mais alta do que o barulho do meu silêncio, do que o som das páginas do meu livro passando para o lado. Escutei quando minha avó ofereceu café com bolo e quando Seu Júlio ordenou que tomassem juízo.

Pilar tinha visualizado minha mensagem, mas não tinha respondido uma só palavra. Seu silêncio também fazia um barulho que eu podia ouvir.

Os carros deram a partida.

Como um mau presságio, o vagalume pousado no vidro da minha janela foi embora.

Eu fechei os olhos. E sonhei com Íris beijando Ira. No Submundo. Como eu já tinha visto antes. Então acordei, tirei da minha mala uma calça jeans escura, uma camiseta e uma jaqueta de poliuretano pretas. Tomei um banho. Coloquei a carteira no bolso, ajeitei o cabelo. Borrifei um pouco de perfume. Desci as escadas e corri até o quarto da minha avó. Ela e Seu Júlio assistiam TV dividindo um pratinho de bolo com um único garfo. A cena me fez sorrir.

Me inclinei sobre a pequena cabeça de minha avó.

"Te amo." "Vai pra onde?" "Torcer contra o time dos outros."

"Hoje é dia de jogo?", Seu Júlio quis saber.

"É."

O SUBMUNDO ESTAVA DIFERENTE, MAS AINDA era o mesmo do qual eu me lembrava. Algumas coisas pareciam ter sido substituídas por novas, como as banquetas do balcão, o jogo de luzes, os microfones. Haviam espelhos na parede, tudo estava pintado, o letreiro "Karaokê & Lipsync Night" piscava no palco. Algumas coisas eu nunca tinha visto, outras permaneciam iguais. Os arranhados nas cadeiras, o ranger das portas dos banheiros, a carta de drinks, o valor do ingresso, Nicole sorrindo e acenando para mim, ocupada com os clientes no bar. Muitas perucas, muita gente, muita maquiagem, muito salto alto, era incrível como os rejeitados pareciam glamurosos ali. Tudo o que não podíamos ser cintilava no Submundo. Era um lugar seguro. E nostálgico. Paguei o meu ingresso, cumprimentei rapidamente alguns rostos de funcionários que eu conhecia. E fui sacudida pelo hálito de cachaça de Ira e sua insistência no assunto. "Por favor, Édra", pedia ela, "por favor, por favor, por favor. Você *precisa* de um plano, Édra. Eu preciso do *seu* plano. A ideia toda do buquê de cata-vento não teria rolado se você não tivesse me dado a dica. Eu preciso que você faça de novo, seja lá o que foi que você fez naquela hora da praia, pra adivinhar o que ela tava querendo, eu preciso que você faça de novo. Porque desde que a gente chegou no Submundo, a Íris só tá me evitando."

Ira estava me segurando pelos dois braços. Atrás dela, Cadu Sena era ovacionado pela mesa de amigas de Safira. Até Suri e *Marcela* batiam palmas. Quando meus olhos – que buscavam por Íris – a encontraram, ela já estava vindo em minha direção, furiosa. Desviando de todos, olhando pra mim. As sobrancelhas franzidas na testa. O vestido colado no corpo, o quadril desenhado, os brincos balançando com o movimento dos passos, as luvas.

– Édra – disse ela, me arrastando pelo braço –, posso falar com você um instante? *Obrigada* – perguntou e *se* respondeu, me raptando para longe sem nenhum cuidado ou paciência.

Íris estava me levando para fora do Submundo. Meu corpo se esbarrava em todos pelo caminho, fui pedindo desculpas. Ira tinha ficado pra trás. Mal pude ver a reação dela e mal soube calcular a minha. Quando Íris parou de me puxar, já estávamos no estacionamento. No meio da noite, no meio dos carros. Sozinhas. Ela me empurrou contra um Ford preto.

– Você tá ficando louca? Onde – falou enquanto procurava a palavra certa, apertando as mãos – *merdas* você tava com a cabeça?!

– *Do que* você tá falando? – Eu inclinei a cabeça. – Ou melhor, *agora* você tá falando direito comigo?

– Por que você disse pra Ira que eu tava a fim dela, querendo ficar com ela, *apaixonada* por ela? – Ela me empurrou de novo. – Qual é o seu problema?!

– Eu não disse nada disso pra ela!

– Cadu ouviu ela conversando com a Guimarães quando a gente chegou. E dizendo que hoje eu tô na mão dela, porque *você disse* na praia que eu tava *tão a fim dela* que não conseguia – disse, e fez uma voz muito estúpida: – *"nem tirar os meus olhos dela."* – Suas mãos me seguraram pela gola da camisa. – Por que merda você fez isso?! – perguntou ela, perto demais da minha boca. Senti sua respiração assoprar o meu rosto. Ela estava usando uma camada de gloss e uma mecha do cabelo dela tinha se agarrado em seu lábio como numa teia. Eu queria poder tirar. – Você passou dos limites, Édra. – O cheiro do perfume, o hálito de chiclete, o aveludado da luva encostando de leve nas laterais do meu pescoço. Íris soltou a minha camisa. Deu um passo pra trás. – Você vai consertar a brincadeira sem graça que você arrumou.

– Eu não disse nenhuma dessas coisas pra ela, Íris. – Ajeitei minha gola, passando a mão para ajeitar minha camisa. – Mas você acredita no que quiser, eu só tentei ajudar.

– Ajudar quem? – Ela começou a rir, escandalosamente no estacionamento. – Você queria *me ajudar* a quê? A ficar com a Ira? Você? Você ia me ajudar nisso? De todas as pessoas no mundo, você? Ah, Édra. Dá um tempo. Você pode não ser apaixonada por mim e tudo bem, eu já entendi isso. Mas você não precisa me tratar como se eu fosse uma coitadinha e ficar me empurrando pra outras pessoas como se eu fosse uma encalhada. Eu tô ótima! Poderia estar noiva agora, se eu quisesse. Da mesmo forma que se eu quisesse ficar com Ira, já teria ficado. E não precisaria da ajuda de ninguém pra isso. Muito menos da sua.

Eu ri, passando a língua pelos meus dentes.

– Ah, claro. – Balancei a cabeça positivamente. – Então você vai lá dentro e diz isso a ela. Eu não tenho nada a ver com isso. – Desencostei do carro e passei por Íris, borbulhando.

– Não! – Ela segurou o meu braço. E eu me virei. – Você vai me ajudar com essa merda. Porque o clima não estaria horrível agora se *você* não tivesse se metido. *Você* fez isso e *você* vai me ajudar a desfazer. De uma forma que eu não tenha que dar um fora humilhante numa pessoa que, sinceramente, é muito mais legal comigo do que você é. Eu não vou magoar ela.

– E como você pretende não magoar uma pessoa que paga IPTU pro próprio ego na porra dessa cidade? Vai falar o que pra ela entender e levar numa boa? Que você é minha *"noiva"*?

— Eu vou falar pra ela que ainda gosto de você, ela vai entender e respeitar, ela tá a noite inteira te vangloriando. Ela acha que agora vocês duas são amigas. Irmandade lésbica, *girl-code*, ou seja lá o que for.

— Eu contei a ela o lance do cata-vento, não faz sentido eu ter ajudado ela com você *estando* com você. Eu não funciono assim, não faria isso.

— Eu posso falar pra ela que eu gosto de você, mas que você não sabe disso. Não precisa ser recíproco da sua parte. Eu posso até pedir *ajuda* sobre *você*. É só você ser você mesma e não sentir nada por mim. Não vai ser tão difícil. — Íris sorriu, ardilosa, soltando o meu braço. — Você tem três anos sendo *ótima* nisso.

— Deixa eu ver se eu entendi. — Eu fui andando atrás dela, confusa. — Você quer dar em cima de mim a noite inteira enquanto eu... me esquivo?

— É. Já que você gosta tanto de me fazer de coitadinha, vou agir como uma a noite toda.

Arfei, sentindo a minha mandíbula trancar de raiva.

— Vamos lá, você consegue! — Ela voltou a olhar pra mim, abrindo os braços no ar e andando de ré com um sorriso vitoriosamente perdedor nos lábios. — Parta a droga do meu coração, Édra — disse ela, alto o suficiente pra que as poucas pessoas a nossa volta pudessem escutar. Quando me deu as costas outra vez, pude ouvir seu murmuro, enquanto ela se afastava de mim no estacionamento —, *de novo*.

A TRILHA SONORA DA FESTA OSCILAVA entre as pessoas que arriscavam no karaokê, a galera performática do lipsync (drags muito, muito competitivas) e músicas internacionais ecoando pelas caixas de som espalhadas por toda parte, nos intervalos das apresentações da galera. As meninas — Safira, suas amigas, Suri e Marcela — se adaptavam às circunstâncias. Se alguém subisse no palco para cantar karaokê? Faziam silêncio. Se fosse lipsync, berravam a letra junto. E, nos intervalos, gastavam as solas de sapato na pista de dança com o que quer que estivesse tocando. Muitos copinhos de shot espalhados em cima da mesa, muitos brindes seguidos de lambidas em sal e pedaços de limão, passinhos sincronizados e flertes com pessoas aleatórias. Guimarães estava claramente tentando uma forma de chegar em Suri. Cadu dava uma de "rei do camarote" torrando dinheiro, oferecendo drinks, ia com os copos vazios e voltava com eles cheios, Marcela era sempre a primeira garota para quem ele oferecia uma batida nova. "Esse é feito de manga, abacaxi e gin", "Isso se chama Morango-Doçura", "Esse é vodca pura com suco de limão e água de coco", "Você quer, Marcela?", *"Hein, Marcela, você quer?"*. Ira e Íris não se desgrudavam, nem por meio segundo. O plano dela não fazia nenhum sentido, porque ela se esqueceu da parte onde ela imita uma coitadinha que me quer. Eu estava sentada, imóvel, naquela cadeira já fazia meia hora. Ela e Ira riam, provavam bebida uma do copo da outra, brindavam e dançavam quando alguma apresentação acabava e as músicas internacionais voltavam pra esquentar a pista de dança. Ira piscava pra mim, em aprovação, como se quisesse dizer: "Tá tudo indo bem aqui", e Íris não me olhava por mais de meio segundo, sem desviar e voltar a fazer seja lá o que fosse. Acompanhada de Ira, pra cima e pra baixo.

— Hortelã, gin, xarope de frutas vermelhas e gelo. — O copo apareceu no meu campo de visão primeiro, depois, Cadu. Com uma camisa muito apertada pro corpo atlético dele. — Se chama Tango.

— Tô dirigindo — neguei, ranzinza, girando a tampa da garrafa de água que eu estava bebericando com agressividade. Dei um gole assistindo Íris dançar de costas pra Ira.

— É, elas vão ficar. — Cadu ocupou a cadeira ao meu lado. — Eu sabia que isso ia acabar acontecendo, eu te disse. Faltou o seu *power*, você veio só *girl*. E tá dando no que tá dando.

— Elas não vão ficar. — Engoli em seco, enojada. Meus lábios retraídos. O maior bico do mundo. — Íris não quer. — Ira se inclinava na orelha dela para dizer coisas.

— Posso tá errado — Cadu começou a dizer, cauteloso com as palavras —, porque, claro, né, todo mundo pode errar nessa vida. Ainda mais com deduções. Mas se você reparar bem, parece muito que ela q...

— Cadu — interrompi, com um sorriso passivo-agressivo —, o copo da Marcela tá vazio.

— Já volto. — Ele se levantou, prontamente, como um cachorrinho adestrado. Eu arfei, revirando os olhos. Apertei a garrafa de água. E me levantei. Dei passos largos até a pista de dança. Me enfiei no meio das risadinhas de Íris e Ira dançando, peguei Íris pelo braço e fui guiando até o banheiro feminino principal. Sem dizer absolutamente nada.

— Oi?! — Foi o que ela disse quando eu entrei numa cabine e fechei o trinco com nós duas dentro.

— Você não disse que queria minha ajuda pra se fazer "de coitadinha" e dar um fora em Ira? — perguntei, me apoiando com uma mão na parede.

— Sim, e? — Ela me olhou como se eu fosse louca. Tentou passar pelo meu braço, pra destrancar a porta. Me posicionei na frente do trinco e encostei, cruzando os braços.

— Você não tá parecendo alguém que *não quer* ficar com alguém. Vocês duas estão praticamente se engolindo na pista de dança. Ou você pede ajuda ou você *se comporta* assim.

— Eu só tô me divertindo, Édra. — Íris balançou a cabeça negativamente. — Ela já sabe que eu gosto de você, eu já contei. Ela provavelmente não vai mais tentar ficar comigo, ela já sabe. Já sou uma coitadinha. Agora, dá licen...

— Ela tá *tentando* ficar com você, Íris. — Eu continuei na frente do trinco. — Ela tá fazendo isso. E você tá deixando. Se você ficar dando espaço, ela vai achar que tem chance. Ou você quer ou você não quer. Eu não tô entendendo você.

— Eu que não tô entendendo você. — Ela franziu o cenho. — Você me trouxe até o banheiro pra me dar sermão por estar, hum... dançando? Você me trancou aqui nesse banheiro sujo pra falar *isso*? Dá um tempo! Eu que deveria tá com raiva, não o contrário! Você não tem nem *direito* de se irritar comigo.

— Me poupe.

— Te poupar do quê? *Você* começou tudo isso!

— Eu comecei tudo isso? *Você* começou tudo isso. Você bebeu com ela por uma noite inteira, depois você marcou uma praia com ela, deixou claro que dirigiu *até lá* por ela, ficou com ela pra cima e pra baixo. Veio pra essa festa dentro da porra do carro dela, ela te deu um buquê, que você aceitou. E vocês estão se esfregando desde a hora que chegaram na pista de dança. E agora você finge que "nossa, não faço ideia do porquê ela tá achando que eu quero ficar com ela. A culpa é sua, Édra, por ter dito duas merdas de frase numa praia". – Quando terminei de falar, meu rosto estava queimando. Meu corpo ardia só de ruminar.

– Por que você tá com tanta raiva? – Íris me encarava confusa e ofendida. Suas sobrancelhas se curvaram. Parecia procurar respostas no meu rosto pro meu temperamento. Estávamos tão perto, que eu sentia sua respiração ricocheteando o meu rosto. Lembrei da mensagem que tinha enviado quando meus olhos despencaram para a boca dela *"a thousand times in my mind"*. Engoli em seco. – Por que, Édra?

– Porque...

– Ei! – Alguém começou a bater freneticamente na porta. – Parem de se comer aí dentro, tem gente querendo usar o banheiro.

– Se você continuar agindo desse jeito, Íris – falei, ríspida –, ela *vai* tentar te beijar e eu *não vou* te ajudar.

E é claro que não era isso o que eu queria dizer.

– Tá! – Ela respirou fundo, impaciente. – Não me ajuda, então. Tanto faz. Faz o que você *quiser*. Eu também vou.

Quase caí pra trás quando a porta abriu de vez, Íris tinha alcançado o trinco. Passou por mim, furiosa. Seu ombro empurrou o meu corpo pro lado. "Íris!", chamei. Mas era tarde, ela já havia cruzado a porta do banheiro, de volta para a pista de dança. *"Aleluia!"*, murmurou a garota que estava esperando a vez na cabine, batendo a porta com força.

ASSISTIR ENQUANTO AS DUAS DANÇAVAM ERA TORTURANTE. E não era só por causa de todo contato físico desnecessário que se estabelecia entre elas. Era o *Faça o que você quiser, eu também vou*. Era o *Posso tá errado, porque, claro, né, todo mundo pode errar nessa vida. Ainda mais com deduções. Mas se você reparar bem, parece muito que ela...* Quer. Uma coisa é assistir Ira Alfredinni contar vantagens inexistentes enquanto ela girava Íris no meio do salão e dançava atrás dela. Outra coisa é eu não fazer a menor ideia de como Íris estava se sentindo sobre isso. O porquê de ela estar sendo tão, mas tão contraditória sobre o que ela dizia querer e sobre o que ela fazia, no final das contas. Eu não conseguia ver lógica em nada daquilo. Me dava náusea. E, ainda assim, eu não conseguia *parar* de olhar. De tomar drinks sem álcool que em nada anestesiavam o que eu tava sentindo – e olhar. Olhar enquanto elas conversavam dançando. Indo uma até a orelha da outra pra dizer coisas que eu não podia ouvir da minha cadeira. Rindo.

Ao meu lado, na mesa, acontecia toda algazarra da galera.

— Vira. Vira. Vira. Vira. Vira. Vira. Vira. — As vozes soavam em uníssono, dando murros na mesa. Cadu tinha três shots coloridos para tomar.

No primeiro, fez uma careta antes mesmo de conseguir engolir. No segundo, sacudiu a cabeça e colocou a língua pra fora, o que deve estar entre as reações mais dramáticas para um bomba-shot que eu já vi. No terceiro, bateu com força o copo de vidro contra a mesa e sorriu, zonzo. O olhar sempre procurando a aprovação de Marcela, que parecia não estar totalmente presente. O semblante de Marcela era o de alguém que queria estar em casa. Desde que tinha chegado, ainda estava no segundo drink. Todo o gelo já tinha derretido no copo e ela girava o canudo sem parar, olhando para a festa que acontecia embaixo de seu nariz completamente desinteressada. Não se movia da cadeira para nada. Só abria a boca para perguntar quanto tempo faltava para ir embora. Cadu criava diálogos unilaterais e tentava chamar a atenção dela das formas mais desastrosas possíveis. Ele perguntou se ela duvidava que ele conseguiria beber os três bomba-shots, ela não esboçou nenhuma reação silábica, o ombro levantou e caiu como quem diz: "Tanto faz." E isso foi o suficiente pra Cadu ter virado os três shots especiais da casa. O barulho do último copo de shot colidindo contra a mesa fez Marcela olhar na direção dele por um segundo. Então, ela respirou fundo, o canudo fez um 360 dentro do copo, ela olhou para o palco e demonstrou interesse por algo, pela primeira vez na noite toda. "Quem será que vai levar o urso gigante pra casa?", suspirou ela, fitando o urso no palco. "Eu adoro bichinhos de pelúcia."

Madame Loyola, sete vezes melhor dragqueen de São Patrique, também CEO do Submundo, subiu ao palco, deu duas batidinhas no microfone e sorriu embaixo de uma imensa peruca cor-de-rosa. "Esta noite está quentíssima! Peço a colaboração de vocês com os nossos artistas quando eles estiverem no palco. Quem será que vai ganhar o prêmio felpudo? Façam suas apostas!" Os olhos de Cadu Sena saltaram, Marcela sugou mais um pouco seu drink em temperatura ambiente, voltando a ficar alheia a todos os acontecimentos a sua volta. Suri se divertia com Guimarães, Safira e as outras meninas estavam entretidas em assuntos intermináveis e doses duplas de caipivodca. No meio da pista de dança, Ira e Íris esperavam a música voltar a tocar para continuarem dançando. As duas pareciam sem graça uma com a outra agora que o DJ tinha dado uma pausa. Ira passava as mãos nos cabelos da nuca, Íris evitava contato visual, fingindo prestar atenção no palco. Virou por pouco tempo, me viu olhando, contraiu os lábios encarando os próprios pés, desviou o olhar. Virou de costas para mim de novo. "Agora, quero que vocês recebam com uma salva de palmas: Cássia! Que veio para algo mais ousado do que o karaokê ou lipsync!" O público esticava o pescoço, curioso. Até Suri e as novas amigas pararam de conversar. "Ela vai apresentar um cover, tocando ao vivo pra gente!" O olhar de Cadu para o palco era de puro nervosismo e ansiedade. Parecia já estar calculando a rota a fim de conquistar o urso gigante e dar para Marcela. Recebendo dela o melhor dos prêmios: dois segundos de contato visual. Eu cruzei os meus braços. "Drink sem álcool de frutas amarelas?", o garçom ficou de pé na minha frente, a bandeja tapando meu campo de visão. "É meu", respondi, recolhendo o copo amarelado com um pequeno guarda-chuva de sua bandeja. Quando ele saiu da minha frente para colocar mais shots na mesa, a pedido das meninas, a minha boca se abriu. Cássia, a garota que iria se arriscar na apresentação, era Thiessa. Segurando o ukulele que eu autografei.

Eu não conseguia ver a reação de Íris porque ela tinha congelado, olhando para o palco, de costas para mim. Ira parecia confusa. Íris não movia um músculo sequer. "Oi, meu nome é Cássia", disse Thiessa, tímida. As feições da maioria das pessoas se contorceram com o ruído agudo que escapou do microfone logo em seguida. Thiessa engoliu em seco, a mão trêmula segurando o ukulele. "E-e eu v-vou cantar 'Aliens'." Quando meu copo partiu no chão, na minha frente, as pessoas que ouviram o som olharam pra mim. Íris se virou, pálida. Me olhou, olhou pros vidros com toda a bebida se espalhando pelo chão e voltou a olhar pra Thiessa. Os acordes de "Aliens" começaram em todas as caixas de som. "Não fique assim, não", o garçom me consolou, surgindo com um pano de chão e achando que meu rosto inteiro colapsando entre procurar uma reação cabível ou ficar em choque fosse por causa do copo que eu tinha derrubado. Ele sorriu, se abaixando. "Fique tranquila, essas coisas acontecem." *Quais são as chances de essas coisas acontecerem?* No palco, Thiessa começou a cantar.

"Eu bebo água sem sede, eu peço uma caneta. E eu tenho três. Me mudei de cidade. Me mudei de carteira. Depois de você, eu mudei de vez..."

O mundo todo ao redor de Thiessa parou de se mover. Tudo foi ficando lento. Os lábios do garçom se moviam, mas eu não conseguia escutar nada. Cadu estava saltitando ao meu lado, falando coisas que eu também não conseguia escutar. Tudo devagar. O mundo girando-quase-parando. Quando entendi o que estava acontecendo, minha boca começou a sorrir, o sorriso mais largo do mundo, contra minha vontade. De maneira natural, espontânea, implacável. Uma parte de mim também queria vomitar de nervoso, a outra queria chorar. Thiessa tinha cortado o cabelo todo. Tocava e cantava *Aliens*. Dedilhava as cordas do ukulele dando o melhor que ela podia naquele momento.

"Ooooh, que pena, o seu olho não me vê, me faz querer apelar. E explodir tudo, no seu ecossistema."

Engoli o nó na garganta. E sorri mais ainda, sibilando a letra – a letra que eu sabia. Porque eu tinha escrito. Foi quando percebi que a maioria das pessoas estava sibilando também. Thiessa não mentiu quando disse que o vídeo tinha viralizado.

"Pra mexer..."
Todos cantavam.
"E bagunçar e..."
Todos.
"Te causar algum problema..."

Sabiam a minha música.

"*Você enxerga aliens e novelas de antena, tudo, que pena que não eu. Que não garotas e que não eu.*"

Então, Thiessa ficou em câmera lenta também. As roupas largas e não femininas, o cabelo curtinho, a coragem de estar ali no palco sozinha. Cantando e tocando uma música sobre ser uma menina que gosta de meninas e não é vista o suficiente. Eu só conseguia pensar que ela teria sido uma boa amiga, alguém com quem contar, em quem me espelhar. Ela poderia ter sido uma companhia, ela poderia ter feito eu me sentir menos sozinha. Ela se parecia comigo. O meu nome brilhava no verniz do ukulele. Thiessa existia. E algo nisso fez com que eu me sentisse menos sozinha.

"*Obrigada!*", ela disse ao microfone, depois de cantar o último refrão e de tocar o último acorde. Eu comecei a aplaudir. E os sons dos aplausos fizeram o planeta voltar a girar em sua velocidade normal. Todos os barulhos voltaram. Meus olhos procuraram por Íris na pista de dança, mas ela não estava mais lá. Me levantei da cadeira. Olhei para todos os cantos da festa e nenhum sinal dela. Saí perguntando a Cadu, a Suri, a Safira, a todas as amigas de Safira, a estranhos no Submundo. "Vocês viram a Íris?", "Íris.", "Cês viram a Íris em algum lugar?", "Ela tava na pista de dança, com a Ira", "Íris Pêssego", "Alguém viu a Íris?" Esbarrei com Ira bem na minha frente. Ainda parecia bêbada. "Parabéns!", ela se aproximou, batendo palma. "O lance da adolescente cantando foi *genial*. Não sei quanto te custou armar isso, mas valeu cada centavo." Eu tentei abrir a minha boca pra dizer alguma coisa, mas ela continuou falando. "Não, não, não. Eu já saquei qual é a sua, Édra", Ira apertou meu ombro, cheia de ironia, "eu achei que você tava do meu lado, mas você provavelmente tá me dando conselho errado desde cedo. E eu demorei pra sacar. É claro que ela não ia preferir um monte de cata-vento idiota a um chapéu. Aí você me boicota com seu conselho e me faz pagar um papelão indo buscar ela com aquele buquê de cata-vento imbecil, que nem fui eu que fiz. Eu paguei pra um idiota qualquer colar aquela merda. Aí você vem pra festa também e chama ela pro estacionamento, depois chama ela pro banheiro. E eu imagino o que vocês fizeram por lá." "Ira", tentei interromper o monólogo patético. "Não, tá tudo bem", ela coçou o nariz, forçando um sorriso, "de verdade. Eu só acho o cenário com a Íris meio difícil pra você depois dessa cena toda. Não sei se você viu, mas ela odiou. Saiu com cara de choro da pista de dança e tudo. Doideira, né? Ela preferiu *se esconder* a continuar ouvindo a sua música." Ira sorriu com todos os dentes à mostra: "Engraçado que você *quase* ganhou. Porque ela passou a noite inteira olhando pra você. Eu tentei aprender seu truque, de ficar adivinhando pra onde ela tava olhando. Nem precisei de muito. Você se distraía por dois segundos e ela virava o rosto, procurando por você." Eu engoli em seco. *Ela tava olhando pra mim. Esse tempo todo.* "Mas relaxa, a gente ainda pode ser amiga. Águas passadas, eu teria feito o mesmo." Ela deu um soquinho de leve no meu peito. "Que a gente termine essa noite *do jeitinho* que a gente tenha que terminar, Édra. Seja lá como e com quem for. Você praticamente já estragou sua chance, mas, sei lá, joga pro universo", ela passou por mim, rindo, "você que acredita em alienígenas e essas coisas", e sumiu entre as pessoas.

A música voltou estourando nas caixas de som. As pessoas se espalharam ainda mais pela pista de dança. As luzes oscilavam como eu costumava me lembrar. Por um segundo, me senti com dezessete anos no meio do Submundo. Agora eu sabia exatamente onde Íris estava.

COISAS ÓBVIAS SOBRE O AMOR 277

— Você sempre teve razão. — Eu me abaixei ao lado dela. — Parece mesmo um pisca-pisca de natal embolado.

▷ ANYONE BUT YOU – STILL WOOZY

Estávamos no topo do Submundo. No terraço com vista para toda a cidade de São Patrique. Eu me lembrei da última vez que tínhamos ido parar ali. Em circunstâncias tão diferentes e ao mesmo tempo *tão* parecidas. Eu daria tudo para ter dezessete anos, eu não daria nada para ter dezessete anos. Envelhecer é uma experiência dúbia. Contraditória. Não voltaria ao passado, voltaria ao passado. Mudaria o que aconteceu, deixaria acontecer como foi. Retiraria o que eu disse, repetiria cada vírgula. Tudo é do jeito que tem que ser, queria que tivesse sido diferente. Algumas coisas mudam, outras seguem iguais. Ali, do terraço, a cidade ainda parecia um pisca-pisca de natal embolado. Agora com mais luzes, com mais cores, com um mega shopping center, com a modernidade do avanço do tempo. Íris balançava as pernas no ar como se tivesse dezessete, eu a queria *tanto* com vinte e um. Ficamos em silêncio. Lá embaixo, os carros pareciam de brinquedo. As pessoas pareciam formigas. O vento na nossa cara era gelado e salgado, noturno e praiano.

"*Tá tudo bem?*" "*Queria ter dançado com você hoje.*" "*Thiessa cantou 'Aliens'*", tantas coisas que eu poderia dizer.

— Thiessa cantou "Aliens" — Foi o que eu disse.

— Eu vi — respondeu ela, sem olhar pra mim.

— Tá tudo bem? — perguntei, me aproximando milimetricamente. Nossas mãos se esbarraram. Agora segurávamos o batente uma do lado da outra.

— Tá. Eu só queria tomar um ar. — Ela me olhou de soslaio. — Gosto daqui de cima.

— Eu queria ter dançado com você hoje. — Engoli em seco.

Meio minuto de puro silêncio.

— A Thiessa cantou *mesmo* "Aliens". — Ela respirou fundo.

— É. — Eu voltei o meu olhar pra cidade. Minha mandíbula travou, senti um nó querendo se formar na garganta. Uma confusão de sentimentos. Dezessete anos, vinte e um, o mesmo terraço.

— Tá tudo bem? — Senti os olhos dela em mim, como tantas vezes antes. — Eu queria que você tivesse me tirado pra dançar hoje.

Eu estava respirando de uma forma tão pesada que parecia que meu corpo ia explodir dentro da jaqueta. Íris me olhava como se estivesse pensando em alguma coisa. Ela piscava e fixava os olhos em diferentes partes do meu rosto. Ficamos assim, imóveis. Um vento forte bagunçou toda a sua franjinha, assoprando seu cabelo inteiro para o lado. Os brincos se moveram junto. Meus olhos tropeçaram e caíram em cima da boca dela, me fazendo molhar a minha com a saliva da minha língua. Ela engoliu em seco. A respiração descompassada por dentro do vestido.

— Você tinha dito que parecia o céu no chão — disse ela, olhando para a minha boca. Se aproximando sem nem perceber. Deixei que ela viesse. *Queria* que ela viesse.

— Eu mudei de ideia — falei, sem fôlego, para a boca dela, diminuindo o meu tom de voz. — Mudo muito de ideia, concordo com *tudo* o que você diz.

Fechei os meus olhos. O nariz dela foi se encostando e se esfregando de mansinho no meu. Ela colocou a mão em cima da minha. Estiquei meu pescoço mais um pouco, inclinando a cabeça pro lado. Meu nariz passou pelo seu lábio, senti o macio da textura. Ela respirou, doce, contra o meu rosto. Eu abri a minha boca devagar.

▷ **SINNER – THE LAST DINNER PARTY**

— Agora já era — gritou Thiessa atrás da gente —, simplesmente já era. A gente perdeu o metrô, a gente não tem como voltar pra casa das meninas, a gente não tem como voltar pra nossa casa. E amanhã de manhã, quando a gente tiver na rua igual duas fugitivas da polícia, sua mãe vai te mandar pro convento e a minha mãe vai me expulsar de casa. E adeus festa de formatura. E a culpa é meio que sua porque você não tava no ponto de encontro no horário combinado.

— Minha culpa? — Yasmin riu, uma risada furiosa, fervendo de raiva. — Ah, claro. Minha culpa. Eu vim te apoiar nisso porque eu sei o quanto esse lance de música é importante pra você. Tô fazendo algo *totalmente* fora da curva, louco, perigoso. *Você* deveria ter se apresentado desde que a porcaria da noite do karaokê começou, mas você fez o quê? Pois é – gritou ela –, você foi atrás da Thalita Prata! Então, é claro que eu não tava no ponto de encontro no horário combinado, eu nem achei que *você* estaria lá!

— Ela veio atrás de mim! – Se defendeu Thiessa. Nessa hora, Íris e eu já estávamos olhando a briga, perplexas. Thiessa e Yasmin não tinham *sequer* nos notado ali.

— E você adorou que ela tenha feito isso – disse Yasmin, com uma voz de nojo. – E agora, ta aí, se a gente perder a formatura a culpa não é minha, é *sua*! Por ficar atrás de uma babaca que te trata feito uma boba. Porque, às vezes, Thiessa, você é mesmo uma boba!

— Qual é o seu problema, Yasmin? Porque, assim, você não pode falar muito sobre esse assunto. Você tem anos correndo atrás do mesmo menino e, adivinha, ele não gosta de você desse jeito! – Thiessa gritou de volta.

— Pelo menos eu sou consistente sobre os meus sentimentos. Você decidiu gostar da Thalita do nada, nos quarenta e cinco do segundo tempo. E tá quase reprovando em química por causa disso – alfinetou Yasmin, cerrando os punhos. – Por uma menina que nem decide se gosta de você ou não. Que uma hora parece que gosta de garotas e, na outra, parece que é completamente hétero!

— É. – Thiessa apertou o ukulele com força. – De ser hétero você pode falar com propriedade mesmo. Mas você não sabe nada sobre meninas que gostam de meninas, Yasmin!

— Eu acho que eu sei muito mais do que você! – gritou ela. – Espero que a tia Vera pare de ser tão flexível com seus vacilos e te deixe perder a formatura pra você aprender! Talvez você precise de alguma consequência pelos seus atos, só pra variar. Pra ver se você deixa de ser inconsequente e cria juízo. Porque ficar correndo atrás de uma garota que não te quer, não te torna mais lésbica do que ninguém. Só te torna mais imbecil!

— E o que você sabe sobre ser uma mulher lésbica, Yasmin? Vai, fala. Fala qualquer coisa que não gire em torno de Lucas Prost! É mais fácil a gente voltar no tempo e pegar o último metrô do que você pensar em qualquer coisa que não seja ele!

— Você não sabe no que eu penso! – Yasmin entortou o nariz. – Acho que no fundo, Thiessa, você nem me conhece.

— Talvez no fundo você também não me conheça, Yasmin. E quer saber?
— Thiessa ergueu os braços no ar. — Eu acho ótimo que você não me conheça.

— Eu nem quero! – gritou Yasmin. Pisando firme no chão.

— Ótimo! – gritou Thiessa.

— Ótimo! – gritou de volta Yasmin. – Agora a gente fica pela rua até o metrô abrir de novo e torce pra não morrer antes que as nossas mães possam nos matar. Espero que beijar a Thalita Prata tenha valido a pena. – Foi a última coisa que ela disse antes de sair correndo em direção as escadas. Thiessa arfou, indo atrás.

Íris e eu nos encaramos cientes de que aquilo ali tinha *acabado* de sobrar pra nós duas. "A gente precisa levar elas de volta pra casa ou pra qualquer lugar", disse Íris, com os olhos arregalados. "Eu sei", respondi, tensa, me afastando dela. "Meu Deus, você viu isso? Eu não lembrava que adolescentes podiam ser tão intensos." "Íris...", eu segurei a risada. Ela continuou falando horrorizada: "Achei que elas fossem se matar!" "Talvez antes da noite terminar, elas consigam." "Não! A *Yellow* não pode ficar órfã agora, a gente precisa intervir, acho que na festa inteira só a gente sabe quem elas são. Sem nós duas, elas estão sozinhas e perdidas aqui." "A gente pode dar um jeito. Eu procuro a Thiessa, você procura a Yasmin. Depois a gente pensa num plano." "Combinado, mas...", Íris hesitou, cautelosa, "tem *algo* que eu preciso fazer antes." "O quê?" "Ira me pediu pra estar, meia-noite em ponto, sentada sozinha na nossa mesa. Ela disse que tinha uma surpresa pra mim e que..." "Ah, Íris!" Eu revirei meus olhos. "Eu não posso fazer isso com ela." "Seja lá o que ela for entregar, ela pode entregar pra Marcela. Ela já virou parte daquela mesa. Todo mundo sai, bebe, dança, conversa, menos ela. Marcela pode receber e te entregar depois." "Eu não vou fazer isso com Ira, Édra. Terceirizar a surpresa. Foi a *única* coisa que ela me pediu, preciso cumprir com isso pelo menos." "Eu procuro as meninas sozinha, então, posso tentar deixar as duas em casa, vim de carro, nem tô bebendo e já queria ir embora mesmo." "Mas eu quero ir com você, me espera. Eu pego seja lá o que for que Ira tem pra me dar e encontro você, aí procuramos as meninas juntas." "Tá bem." "Tá bem?" "Tá bem." Nos levantamos. Ela passou a mão pelo vestido. "Será que a Thalita Prata é bonitinha?" "Íris!" "O quê? Estou tentando imaginar a história toda, os personagens. Mas é claro que eu sou Team Yasmin." "Você não precisa torcer por ninguém. Elas são só amigas, Íris." "Ah, Édra, falando assim até parece que você nunca teve dezessete anos."

— Preciso de ajuda. — Foi a primeira coisa que eu disse assim que avistei Cadu virando mais bomba-shots no balcão do bar. Mas ele estava bêbado, *completamente* bêbado. "E eu preciso de dançarinas de apoio! Vamos, meninas, conquistar esse urso!" Ele apontou para o urso gigante exposto no canto do palco. Como se tivesse travado uma guerra. Suri, Safira e as amigas começaram a gritar histericamente. Correndo até a mesa, poucos passos ao lado do bar, deixando bolsas, celulares e casacos pra trás. Todas as coisas no colo de Marcela. Sentada sozinha, girando um canudo no copo vazio. O cotovelo apoiado sobre o mármore, a mão apoiando a bochecha, a respiração entediada. Assisti Cadu e as meninas irem em direção ao palco em uma fila indiana. Íris estava no meio do salão, meio perdida. Quando me viu, apressou o passo. "Achou as meninas?" Fiz que não com a cabeça: "Ainda vou procurar." "Marcela, você viu a Ira?" Marcela ergueu o queixo: "Não é ela ali no palco?" Ao redor do palco, Cadu Sena e todas as garotas resmungavam por não terem conseguido a vez. Ira Alfredinni já tinha reservado o palco. Uma luz branca fortíssima refletiu diretamente em Marcela, sentada sozinha. Lembrei do que Íris havia dito no terraço. A Ira me pediu pra estar, meia-noite em ponto, sentada sozinha na nossa mesa. *A Ira me pediu pra estar, meia-noite em ponto, sentada sozinha na nossa mesa. Ela disse que tinha uma surpresa pra mim.* Marcela abriu os olhos com dificuldade, os cabelos loiros esbranquiçados e iluminados pela luz. O rosto completamente franzido, confuso sobre o que estava acontecendo. Íris, de pé ao meu lado, colocou as duas mãos sobre a boca. Todos os olhos se voltaram pra Marcela. A atenção estava dividida entre ela, na mesa, e Ira, no palco. De costas, com o microfone na mão, ela disse: "Essa é para uma garota muito especial. Uma garota que eu não esperava gostar tanto

assim, tão rápido. E que eu gostaria que, quando voltasse para Nova Sieva, levasse um pedaço de mim junto. Você não é como as outras garotas, você diverge de todo mundo, você é diferente de tudo. Porque, *baby*, você é..."
Ira se virou, o rosto murchou em choque. Já o de Marcela, pulsava corado, tomado por adrenalina. "*Confiante*", disse Ira, num respiro.

E a música começou a tocar nas caixas de som.

Don't do it to me. Don't do it to me. Oh, na-na, oh, na-na. Don't do it to me.

Sem saber o que fazer, murcha, Ira começou a dançar. E a fazer o lipsync da letra de "Confident", de Justin Bieber.

"*Focus, I'm focused.*"

Ela se virou para nós.

"*She got a body like that, I ain't never see nothing like that.*"

Íris se encolheu, apoiando a cabeça nas mãos. Eu mordi o lábio pra segurar uma risadinha. Ira começou a se movimentar, fazendo passinhos no palco, ganhando confiança, embora estivesse estampado na cara dela que não sabia o que fazer e só estava seguindo o plano no automático. O corpo dançava sensualmente, mas o rosto mantinha um semblante confuso e assustado. Suas admiradoras, espalhadas pelos quatro cantos do Submundo, gritavam a cada movimento.

"*That's right, I think she foreign, I think she foreign, got passports.*"

Ela movia as pernas.

"*Mi amor started slow.*"

Desenhava um coração no ar e colocava a mão por baixo da camisa, para simular um coração batendo rápido.

"*Got faster.*"

Eu comecei a balançar minha cabeça no ritmo da música, só de graça.

"*She gon work some more.*"

Ela rebolava segurando o cinto da calça.

"*Work some more.*"

E a plateia ia à loucura.

"Qual parte disso tudo exatamente ela queria que você levasse pra Nova Sieva?", perguntei, murmurando para Íris. "Cala a boca, Édra!" Na mesa, Marcela suspirava. Eu inclinei a cabeça, impressionada com os passinhos de Ira. Íris estava ocupada demais morrendo de vergonha para reparar em tudo sobre a apresentação. Quando Ira finalizou a música, tirando a camisa e ficando apenas de regata, o DJ entregou o urso gigante para ela, que era ovacionada em cima do palco. Mesmo perdida sobre o que fazer, ela parecia estar gostando de toda a atenção do momento. Ela foi indo na onda do público.

▷ **FEATHER – SABRINA CARPENTER**

Saltou de lá de cima, carregando o urso gigante nos braços e todos abriram caminho pra ela passar. Um a luz branca de outro holofote vinha acompanhando. A gritaria não cessava. Todos os olhos voltados para aquela cena. A luz do holofote de Ira e do holofote sobre a mesa de Íris, onde Marcela ocupava o seu lugar, se encontram. Íris arregalou os olhos, assustada. Marcela se levantou e começou a caminhar até Ira, que não sabia o que fazer, olhando em volta, segurando um sorriso falso na boca. O Submundo ia à loucura a cada passo que Marcela dava para mais perto. Meu queixo caía gradativamente. Ira entregou o urso gigante a Marcela, colocando o grande bicho de pelúcia entre elas duas, quase como se estivesse se escondendo atrás dele. Marcela abriu o maior sorriso do mundo, jogou o urso pro lado. Deu um pulinho para frente, se inclinou com as duas mãos no rosto de Ira Alfredinni, levantou apenas uma perna no ar. O holofote sobre a cabeça delas fazia com que parecessem duas criaturas bíblicas e angelicais, com seus respectivos cabelinhos dourados. "Como você sabia?", perguntou ela, sorrindo, "eu adoro bichinhos de pelúcia!" Parecia a final de uma copa do mundo lésbica. Ira Alfredinni e Marcela estavam se beijando.

"Ai... Meu...", falei em estado de choque. A boca de Íris é um "o" em formato perfeito. Aproveitando a distração do casal, que segue se beijando, agora de olhos completamente fechados, duas garotas começam a brigar pelo urso gigante, caído no chão. Como num musical, as luzes do holofote voltam para o palco. Cadu Sena está horrorizado, segurando o microfone. As batidas de uma nova música começam. É a vez do lipsync *dele*. Com Katy Perry.

"*You...*"

Ele aponta para Marcela, nos braços de Ira.

"*Change your mind...*"

Ah, não.

"Like a girl..."

Não, não, não.

"Changes her clothes..."

Ira está completamente confusa; Marcela, segurando a mão de Ira, olha pro palco com cara de nojo.

"I should know..."

Cadu a encara lá de cima, mais enojado do que ela.

"That you're no good for me!"

O braço do urso sobe, arrancado, no ar. E mais pessoas se aglomeram por um pedaço. "Não!" Marcela grita: "Meu urso!"

"You!"

Cadu ri, vingativo, no lipsync.

"You don't really wanna stay, no!"

A perna direita do urso voa para outro lado

"You!"

Cadu faz dancinhas, se deleitando com a cena que ele assiste do palco.

"But you don't really wanna go-oh!"

"Eu consegui uma orelha!" "Meu Deus, eu tenho o braço do urso gigante!" "Me devolve, eu peguei esse braço primeiro!" A briga tinha virado uma histeria coletiva. "Soltem! É o meu urso!", berrava Marcela, se agarrando nas partes que conseguia. "Ira! Faz alguma coisa!" Uma garota puxou a perna que sobrava, acertando de vez o nariz de Marcela. Ira deu um grito e uma menina esticou o braço para cima com um tufo dos seus cachinhos nas mãos. "Meu Deus, desculpa, achei que fosse do urso!" No palco, Cadu fazia danças sincronizadas cercado por Safira e suas amigas. Suri está parada, assistindo à confusão com Marcela, sem saber o que fazer, o rosto congelado de pavor.

"You change your mind like a girl changes clothes, cause you're hot, then you're cold!"

"Soltem o meu cabelo!", gritava Ira.

"You're yes, then you're no!"

"Meu nariz!", gemia Marcela.

"You're in, then you're out..."

"Meu cabelo não é parte do urso, caralho!"

"You're up, then you're down. You're wrong, when it's right. You're black, when it's white. We fight..."

"Eu peguei a cabeça do urso!"

"We break up! We kiss, we make up!"

"Que confusão é essa na minha boate?"

"You!"

Cadu se inclinava, apontando o microfone pra galera cantar.

"You don't really wanna stay, no!"

A plateia inteira gritava. Todo mundo estava completamente entregue ao show. Todos batiam palmas e dançavam, vidrados. Não tinha o que ser feito. Ele era mesmo a porra de uma estrela. "Fora!", gritou Madame Loyola com todos nós. "Fora agora da minha boate! Todos vocês, arruaceiros! Fora!"

Os seguranças nos expulsaram do Submundo na base dos gritos e da grosseria. Não só a gente, mas todos que pegaram um pedaço do urso gigante de Marcela. Que tentava reaver os pedaços, com papel higiênico enfiado no nariz para estancar o sangue. Suri, Safira e as amigas desceram do palco assim que viram os seguranças se aproximando de nós. Resmungaram num canto do estacionamento porque queriam ter ficado mais. "Ela pediu meu contato e depois me expulsou mesmo assim", contou Cadu sobre Madame Loyola, com as mãos enfiadas no bolso, encostado no carro de alguém. Eu esticava o pescoço e acompanhava a movimentação de pessoas deixando o Submundo. Íris estava andando de um lado pro outro, perguntando pras pessoas se elas tinham visto alguém com as descrições físicas de Thiessa e de Yasmin. Todo mundo negava com a cabeça ou nem respondia. Safira deu a ideia de irmos todos para o Castelo Alfredinni. Marcela se enfiou no banco da frente do carro de Ira, como se já fossem namoradas. Ira estava acatando tudo, meio atônita, segurando o rolo de papel higiênico que ela tinha roubado do banheiro antes de ser expulsa também.

"Eu não vou", Cadu disse só pra mim, assim que Marcela bateu a porta do carro de Ira. "Vou pra casa, no caso, a casa da sua avó. Foi um dia muito longo pra mim." "Eu posso dormir lá também, não tô nem um pouco a fim de ir pro castelinho de Ira." "Na verdade, Édra", suspirou ele, com as feições de um cachorro abatido, "eu acho que preciso ficar um pouco sozinho." "Tudo bem", assenti. "Mas qualquer coisa, já sabe", fiz o sinal de um telefone, encostando o *hang-loose* da minha mão na orelha. "Obrigado", ele sorriu e me deu um abraço. Como eu não estava esperando e muito menos fazia ideia do que fazer com as minhas mãos, dei tapinhas nas costas dele. Ficamos assim por um tempo. Ele deu alguns passos pra trás e atravessou o estacionamento, para se despedir de Íris. Eu observava tudo, encostada no meu carro. Suri, Safira e as meninas se dividiam entre seus carros. Guimarães abriu a porta da frente do carro dela para Suri, que entrou, passando uma mecha do cabelo para trás da orelha.

"Você pode vir também, Édra, se quiser", disse Safira, quando o vidro do carro dela abaixou, ao meu lado. "Tô esperando pra ver o que a Íris vai fazer." "Bom, vocês sabem onde fica! Vai ter bebidas, vocês podem dormir lá." Ela deu uma piscadinha. O vidro da sua janela deslizou para cima, o carro deu a partida. Marcela e Ira num carro, Suri e Guimarães em outro. Diana, Fernanda, Cidinha nos bancos do carona de Safira. Deixaram no ar a poeira e a proposta. E foram embora, rumo ao Castelo Alfredinni.

Íris surgiu furiosa, segurando Thiessa num braço e Yasmin no outro. Como se fosse mãe das duas. Como se Thiessa e Yasmin tivessem entre doze e dezessete anos.

– Anda. Entrem no carro – ordenou Íris, batendo seu pezinho no chão em autoridade. Eu deixei o arzinho de uma risada escapar. – *Agora.*

Apertei o comando da chave para destravar as portas e olhei para ela, tentando entender qual era o plano. "Pra onde nós vamos levar elas duas?", sussurrei para Íris enquanto Yasmin e Thiessa entravam no carro. "Eu não faço ideia, não pensei nessa parte", Íris sussurrou de volta. Nós duas olhamos pelo retrovisor enquanto Thiessa e Yasmin colocavam o cinto de segurança. "Amanhã de manhã, quando os pais delas descobrirem isso tudo, elas estão *ferradas* e sem formatura." "E o que tem?" "Édra!" Íris me olhou, como se fosse óbvio. "A gente precisa fazer alguma coisa. Tadinhas. Elas precisam ter uma noite legal, antes de tudo ir por água abaixo." "Pra onde nós vamos levar elas, então?", Íris começou a sorrir, empolgada e serelepe. "Não", falei. "Sim", ela alargou ainda mais o sorriso. "*Sim, sim, sim!* A gente teria *adorado* isso naquela época!" "A gente não pode fazer isso. Eu voto em levarmos elas pra casa e aí elas se viram." "Édra." Íris me fitou com um olhar decepcionado. "Sem chance, Íris. A gente vai levar essas meninas pros pais delas. E vai ser isso", falei, dando meia-volta no carro. Puxei o cinto de segurança e ajeitei o espelho retrovisor. No fundo do carro, Thiessa e Yasmin esperavam por um milagre. "Merda", girei a chave do carro, dando tapas no volante. *"Merda, merda, merda."* Íris colocou o cinto, sorrindo docilmente.

– Só pra deixar uma coisa clara – Thiessa rompeu o silêncio. – Eu *não beijei* a droga da Thalita Prata.

E lá vamos nós de novo.

▷ **SINNER – THE LAST DINNER PARTY**

15.

PARTE I

▷ YOU WERE MINE – PALMS

YASMIN QUERIA IR AO BANHEIRO, mas agora ela odiava Thiessa e alguém precisava olhar a droga do carro. "Quinze minutos", eu disse, "vocês têm quinze minutos pra fazer o que quiserem, depois disso eu vou embora e quem tiver ficado pra trás, vai ficar pra trás." Íris e Yasmin saíram do carro separadas, mas se encontraram no meio do caminho. Íris colocou o casaco que tinha roubado de Cadu Sena nas costas de Yasmin, enroscaram os braços e assim, em passinhos sincronizados, elas foram até o banheiro do Joycenete'n'love. Juntas.

Eu fiquei assistindo pela janela.

Estávamos embaixo de luzes vermelho-neon, no meio da estrada. O vento era gelado, os caminhões de carga e carros passavam como balas disparadas, a noite era um céu metade-metade. Metade nublado, metade hiper-estrelado. Podia ser uma noite inacreditável, podia chover. Uma moeda hipotética subindo numa aposta dentro da minha cabeça. Thiessa abriu a porta do carona, ocupou o lugar de Íris, travou o cinto e arfou furiosa, sem sequer olhar pra mim.

"Odeio gostar de mulher."

Ah, os dezessete anos. Ser lésbica aos dezessete anos. O céu e o inferno.

"Não odeia, não", murmurei, as laterais da minha boca quase cedendo ao sorriso que eu contive.

"Gostar de mulher não me rendeu nada de bom até agora. Vou me formar sendo uma lésbica virjona, encalhada e que passou de raspão em química." Eu dei de ombros: "Se formar já é alguma coisa." "Mas eu não vou me formar por ser *lésbica,* eu vou me formar porque entrei pro grupo de estudos da Thalita Prata." "E, no final das contas, você beijou ela mesmo ou não?" Thiessa revirou os olhos: "Já falei que não! Yasmin é doida. E Thalita só faz brincar comigo. Eu nunca sei se ela bem-me-quer ou se ela mal-me-quer."

"Ela te olha como?", perguntei.

Thiessa me encarou, confusa: "Como assim?"

"Quando uma garota te quiser, te quiser mesmo", falei, "vai começar pelo olho."

Thiessa se virou no banco, se debruçando na janela do carro. "Ninguém me olha de droga de jeito nenhum", ela suspirou, deitando sobre o braço, "é horrível ser lésbica. E eu nem sei se eu posso *dizer* que eu sou lésbica." "Ué...", minhas sobrancelhas arquearam, "por quê?" A cabeça de Thiessa se virou rapidamente, de relance, para me encarar como um scanner processando internamente se confiava em mim ou não, mas, com dezessete anos, nós confiamos em todo mundo.

"Eu nunca beijei uma menina", ela me contou, voltando a olhar pela janela do carro.

"Como você se sente quando pensa que é lésbica?", perguntei.

A brisa fria assoprou o rosto de Thiessa, o invisível, cintilante e hipotético pó mágico da juventude desgarrando de seu cabelo, da pele, dos cílios, indo com o vento naquela noite. A calça jeans de loja de departamento, a camisa de banda, a acne na bochecha. Dezessete anos. Ser lésbica aos dezessete anos. O céu e o inferno. "Em casa", disse ela. "Me sinto em casa."

"Então, Thiessa", respondi, acenando com a cabeça e dando um meio sorriso, "você é lésbica."

Thiessa sorriu de olhos fechados, colocou o braço pra fora do carro, sentiu o vento entre os dedos.

Encostei a cabeça no banco. Fechei os olhos. *O nariz dela foi se encostando e se esfregando de mansinho no meu. Ela colocou a mão em cima da minha. Estiquei meu pescoço mais um pouco, inclinando a minha cabeça pro lado. Meu nariz passou pelo seu lábio, senti o macio da textura. Ela respirou, doce, contra o meu rosto. Eu abri um pouco a minha boca.* Minha cabeça foi virando uma montagem de memórias.

Íris Pêssego descendo as escadas, de vestido preto e longo, o cabelo desmanchando a cada passo, meu coração acelerado carregando garrafas de bebida com Cadu. Ela sob o flash de Seu Júlio e me cumprimentando no buffet. Todos os garfos caindo. "Boa noite, Édra", na porta do quarto, de pijama. Sua escova de dentes no meu banheiro. Sua tigela de gelo para o meu olho machucado, no meio da noite. "Oi!" "Eu tava numa festa foda. Com um monte de gente massa." *Um, dois, três. Um, dois, três.* Nós duas correndo atrás do pintinho fugitivo. A pena dele na pia. *Afasta. Se olha. Caminha.* Ela dirigindo, nós duas fofocando. O bazar beneficente, Young Adult, seu novo guarda-chuva. Seu olhar saudoso para *Yellow* sendo levada por Yasmin. *E volta. Um, dois, três. Um, dois, três.* "Ei. *Sabe quem foi a primeira pessoa a pisar na lua?*" Eu, deixando os binóculos para trás e atravessando a rua como se fosse a única coisa que eu conseguisse fazer. "Neil Armstrong?" Seu sutiã, seu vestido preto, suas roupas usadas nos ensaios, seus pijamas, seu biquíni, suas luvas escorregando pelo microfone, seu pescoço, quando me pediu para colocar o colar, suas pernas, sua boca entreaberta, o barulho do chuveiro ligado do seu banho enquanto aperto o cadarço para correr dando voltas intermináveis na fazenda. Seu cabelo, sua franja, seu nariz franzido, suas unhas cor de abacate, seus olhos gigantes. *Mão na cintura. Pra lá, pra cá, pra lá e gira. Gira ela devagar. Se olha.* "Édra Norr!" A cabeça dela batendo contra o concreto. *"Desculpa!" "Tudo bem!"* A boca entreaberta, a respiração ofegante, o corpo exposto, a pupila dilatada, o peito inflando de ar, o meu inflamando de vontade. *"A thousand times in my mind."* Nós duas no banheiro do Submundo antes de baterem na porta. *Gira devagar. Se olha.* "Eu mudei de ideia. Mudo muito de ideia, concordo com *tudo* o que você diz." *Um, dois, três. Um, dois, três.* "Íris, eu quero terminar." *Um, dois, três. Um, dois, três.* "Eu acho que eu não sou mais apaixonada por você."

"Eu não acredito que você concorda com isso, Édra." Pilar se virou pra mim, incrédula. Me arremessando uma de suas almofadas. "Você acha mesmo que o amor adolescente é indomável?" Eu dei de ombros, sorrindo. "Ué." Levantei o rosto de trás da almofada. Fechei os olhos no sinal vermelho. Íris e eu paramos com as bicicletas. Senti o vento segurar o meu rosto de novo. Respirei fundo. No silêncio do meu sorriso, ouvi quando Íris disse: "Nossa, eu tô me sentindo laranja-forte." "O que é isso?", perguntei, sem abrir os olhos. "Na verdade, não responde", interrompi antes que ela dissesse qualquer coisa. Ela não precisava dizer *nada*. "Eu sei. Eu acho que entendi. Eu tô me sentindo assim também." *"Eu acho."*

São óbvias. Todas as minúsculas coisas sobre o amor são óbvias.

O amor, por si só, profundo de mistérios, pode não ser. Mas o que o compõe é. São as risadas, as mãos, a música que toca apenas dentro da nossa cabeça. Tudo o que não dizemos é dito na obviedade das coisas mais minúsculas. O "eu te amo" quase-universalmente segurado ao máximo pela boca foi dito pelo olho muito antes.

Estava lá quando apareci na janela para ser vista pelos binóculos. Quando recitei "Eucalipto" ao telefone. Quando dancei no Submundo depois de me permitir ser seguida até lá. Estava nas luzes da cidade vistas do terraço, naquele bebedouro, na cadeira que arrastei para travar a porta. "Você tem razão. Não somos amigas." Ah, ser lésbica aos dezessete anos. "E nem tem como sermos amigas." O céu e o inferno. "Porque eu sou apaixonada por você."

"Sabe, Thiessa", abri os olhos. "Talvez a Yasmin goste de você." E olhei para ela, ao meu lado. "Não ajam feito babacas."

Ela parecia ter se esquecido rapidamente de como respirar. Ainda distante de nós, no estacionamento, Íris e Yasmin vinham carregando sacolas de fast-food, rindo, como se fossem melhores amigas há anos.

"Por que você acha isso?", perguntou Thiessa, com os olhos arregalados.

"É óbvio", respondi.

Yasmin abriu a porta: "A gente trouxe comida pra vocês." Íris entrou pelo outro lado, apertou os olhos para Thiessa, que tinha roubado seu lugar, mas sem criar caso, ela ainda parecia distraída, risonha, conectada com a conversinha que vinha tendo com Yasmin e que interromperam assim que se aproximaram do carro. "O seu combo de hambúrguer é o que tem um x marcado, Édra. O outro é, *hum,* da Thiessa", Yasmin enfiou o braço entre os bancos, "ela é alérgica a corante." Thiessa agarrou a sacola virando-se para trás. "Como você sabe que eu sou alérgica a corante?" Yasmin revirou os olhos, travando o cinto de segurança: "É óbvio."

Meus olhos e os de Íris se encontraram através do retrovisor do carro. Ela sorriu discretamente. E eu, também.

A PAZ DUROU POUCO, PASSOU RÁPIDO, como tudo na adolescência. Thiessa agradeceu pelo hambúrguer, Yasmin se manteve rígida, ainda que a cautela na escolha já deixasse claro que ela se importava. Eu ofereci o rádio do carro, elas aceitaram, mas não tive nada a ver com o que aconteceu depois disso. Começou a tocar uma espécie de banda local de rock, integrantes jovens, coisa que nasceu numa garagem e foi crescendo. Garotos Chorões. "Eles vão tocar uma semana depois da nossa formatura", disse Thiessa do banco da frente. "Eu sei", respondeu Yasmin, do banco de trás. Eu deixei que uma picape me ultrapassasse, foi o tempo do silêncio. "Você quer ir?", perguntou Thiessa do banco da frente. "O Lucas já me chamou", respondeu Yasmin do banco de trás.

"E você vai?" "Vou." Pronto. Estava feito.

Foi o suficiente para Thiessa começar a mentir descaradamente. Disse que *beijou* Thalita Prata depois da apresentação, nos fundos do Submundo. Que foi bom, que Thalita beija bem, que foi de língua, que tinha gosto de pastilha de morango misturado ao sabor do drink de maçã-verde que tinham dividido escondido, que só não rolou "mais coisa" porque ela não quis, porque sentiu que uma menina como Thalita Prata não merecia transar daquele jeito, nos fundos de uma boate, num sábado à noite.

Eu lancei sobre ela alguns olhares de desaprovação em silêncio, enquanto movia o volante. Íris segurou a mão de Yasmin com cuidado, lhe entregando olhares de zelo. Yasmin ficou calada por mais quatro músicas. Batatas fritas são macias, mas Thiessa mastigava como se fossem fósseis. "Linger", dos The

Cranberries, começou a tocar. A voz de Yasmin escapou doce, sussurrando a letra. O hálito quente embaçando a janela fechada. A noite fria na estrada, a carinha triste desenhada com o dedo indicador no vidro, o drama.

Todo dia é fim de mundo quando se é adolescente. Basta algo não sair como se quer.

"You know, I'm such a fool for you", foi o que ela cantarolou baixinho antes de falar que queria ir pra casa. "Quero ir pra casa", ela disse. "A gente tá quase chegando, Yas, o castelo é logo ali, tá vendo?" Íris se inclinou no banco, encostando o dedo indicador na janela. Eu fiz a curva na estrada. "O que a gente tá indo fazer lá? Prêmio de consolo antes de amanhã?", Thiessa perguntou, ranzinza. "Eu achei que vocês fossem achar a coisa mais legal do mundo", Íris respondeu, se encostando de volta no assento. "Quero ir pra casa, também", Thiessa resmungou, cruzando os braços. *"Prefiro o castigo logo, essa noite tá uma bosta"*, ela murmurou, Yasmin ouviu. "Sei que é difícil, porque a sua namorada não veio junto, mas não custa nada você agir com um pouco menos de estupidez com duas pessoas que só estão tentando ser legais com a gente." "Primeiro, ela não é minha namorada. Segundo, você não precisa fingir que é a pessoa mais empática e graciosa e *frufru* do mundo, Lucas não tá aqui pra ver, pode agir normalmente." "Ah, certo, e como eu *ajo normalmente*?" "Se você não sabe, não sou eu quem vou dizer." "Não, Thiessa." Yasmin se inclinou para a frente, entre os bancos do carro, a cabeça ao lado do meu ombro. "Fala, pode falar, Thiessa. Como eu *ajo normalmente* pra você? Fala como é o *meu* normal já que você me conhece *tão* bem." Thiessa estava procurando palavras, enfurecida. A boca se abria, os lábios se movimentavam, mas nem um único som saía. "Você não tem nada a dizer porque você não me conhece", disse Yasmin, e voltou a se recostar no assento. Vi pelo retrovisor a decepção arder em seus olhos marejados. "Eu sei até ao que você é alérgica e você não sabe nada sobre mim", disse Thiessa, e foi a sua vez de se enfiar entre os bancos, o cinto de segurança se esticou junto a ela: "Eu faço de tudo por você, Yasmin, sempre!", berrou ela, como se estivesse no topo do palco de uma peça shakespeariana. "Eu faço todas as suas vontades. Kleber Mendonça me apelidou de O Diabo Veste Prada. Ele disse que você era a velha e eu era a assistente." "Não chama ela de *velha*", Íris se meteu, como se fossem ouvir, "ela tá na flor da idade." Elas continuaram discutindo como se nós duas não existíssemos no carro.

"Ninguém liga pro que Kleber Mendonça diz, Thiessa." "O seu namoradinho liga, porque é o melhor amigo dele." "Eu não tenho um *namoradinho*." "Por enquanto, vamos ver como fica a situação depois do show dos Garotos Chorões." "É, vamos ver." A resposta evasiva de Yasmin inflamou ainda mais Thiessa por dentro. "Ele provavelmente só quer tirar a sua virgindade, Yasmin." Íris e eu nos entreolhamos, boquiabertas, por um relâmpago de segundo. "É o que ele e o Kleber Mendonça fizeram o ano *todo* com *todas* as meninas. Tem até uma lista. Você *sabe* disso." "Não tem como ele tirar a minha virgindade, Thiessa, até porque eu não sou mais virgem! Já tive a minha primeira vez e foi com uma menina!" *"O quê?!"* Os olhos de Thiessa arregalaram e os meus também. Procurei pelo rosto de Íris no retrovisor, mas ela não parecia chocada com nada. Seu semblante era estável como o de quem já sabia sobre o que tínhamos acabado de descobrir. A reação de Thiessa só parecia ter sido algum tipo de confirmação negativa pra Yasmin. "É", disse ela, "você é alérgica a corante, Thiessa, e não sabe nada sobre mim."

Eu engoli em seco, como se fosse comigo. Thiessa se afundou no banco, ao meu lado, como se não fosse com ela. Yasmin não disse mais nada.

O silêncio que se estabeleceu foi barulhento, como uma orquestra sinfônica sentimental.

"Édra", Íris decidiu acrescentar ainda mais tensão ao momento, "para o carro."

Desviei para o acostamento. Ao lado, a vegetação e as pedras gigantes como um canyon seguiam com a estrada. Íris e Yasmin saíram do carro. Yasmin estava chorando e Íris continha os danos causados pelas farpas da briga. Era só *digno* que aquilo não acontecesse na frente de Thiessa.

A noite era um breu azul-marinho. Nossos rostos se iluminavam com os faróis acesos que passavam pela estrada. Joguei todo o peso do meu corpo contra o volante. "Parabéns", arfei, "*Parabéns!*"

"Eu não fiz nada", Thiessa se defendeu, a voz trêmula de culpa. "Por que você disse aquelas coisas todas sobre ter beijado a Thalita?" "Porque eu gosto dela." "Da Thalita?", olhei para Thiessa. "Da Yasmin." Um carro passou iluminando suas pupilas, ela se virou para mim. Engoliu em seco para limpar a garganta, precisava de espaço para deixar as palavras saírem. "Eu gosto da

Yasmin", repetiu ela, no escuro, "mas não consigo deixar que ela goste de mim de volta, sempre faço isso, sempre faço alguma coisa. Porque eu sei que não ia dar certo." O rosto de Thiessa se clareou por um caminhão de carga que vinha de longe. "Se a gente tivesse *uma* chance...", ela *quase* sorriu, um sorriso triste, vencido. Sorriso de quem sabe perder. "Duraria quinze minutos."

O caminhão de carga passou, nos deixando novamente no escuro. Respirei fundo. A temática do assunto só me fazia querer encerrar a conversa. Mas ali estava uma adolescente precisando de mim.

"Acho que não sou a melhor pessoa do mundo pra te dar conselhos sobre isso, mas, se eu tivesse quinze minutos, faria valer a pena", falei.

Foi a vez dela de respirar fundo.

"Quinze minutos podem estragar tudo." "Você tem dezessete anos, Thiessa, depois dos vinte é que as coisas *realmente* podem estragar tudo." "Você não tem ideia de quanta coisa eu já estraguei com dezessete anos." Eu quis rir: "Ah, dá pra consertar." "Diga isso pra minha professora de química." "Não, isso aí você se fodeu mesmo", minha respiração entrecortou com a risada, "mas é só estudar." Thiessa suspirou, melodramática: "Eu queria mesmo era ser *você* por quinze minutos." "Eu?", perguntei. "Sim, você", confirmou ela o que eu tinha ouvido. "Eu também queria poder ser eu mesma por quinze minutos", falei.

Thiessa me encarou, confusa, como se estivesse tentando entender o que eu tinha acabado de dizer. "Longa história", balancei a cabeça. "Te disse que depois dos vinte dá pra *realmente* estragar tudo." "Sinto muito", lamentou, e eu devolvi para ela o sorriso triste de quem sabia perder. "Tudo bem."

Ficamos em silêncio enquanto uma picape nos iluminava e nos apagava. O ócio da espera pelas meninas e a tentativa de abrir as redes sociais numa área sem sinal, fez com que Thiessa reparasse no céu. "Parece que tem muito mais estrelas no céu da estrada do que no céu da cidade, né?" "É..." "Eu nunca vi uma estrela cadente na minha vida." "Eu também não." Faróis nos iluminaram, faróis nos apagaram. Thiessa se inclinou na direção do porta-luvas, procurando mais estrelas para além do para-brisa. "Se passasse uma aqui e agora, eu ia pedir pra sentir o amor, saber como é." "Você não precisa de uma estrela pra isso. Existem vários jeitos de sentir o amor, você só precisa reparar." Ela riu e soltou ar pelo nariz, como se eu tivesse dito a coisa mais idiota do mundo: "Mais fácil eu passar em química."

Balancei a cabeça negativamente, ela continuou rindo até sobrar só silêncio.

"Seria legal, né, se estrelas cadentes existissem." Olhei para ela como se *ela* tivesse dito a coisa mais idiota do mundo dessa vez, porque ela disse. "Estrelas cadentes *existem*." "*Na sua época deviam existir mesmo*", murmurou ela. "Eu tô na flor da idade", repeti o argumento de Íris em minha defesa. "Que flores são essas?", ela se esquivou, segurando a risada, "Só porque você fez vinte anos você não pode nem ter quinze minutos só seus, você precisa de adubo." "Tá aí", pressionei o volante do carro, "isso que eu pediria a uma estrela cadente, se ela *existisse*." "O quê?", Thiessa me encarou confusa e curiosa. "Quinze minutos", respondi.

Ela se virou como se fosse um monge, num mosteiro, com a sabedoria de uma década e sete anos: "Você não precisa de uma estrela pra isso." *Ah, Thiessa*: "Mais fácil você passar em química", falei.

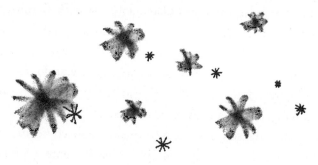

COISAS ÓBVIAS SOBRE O AMOR

QUINZE MINUTOS PARA ESTRAGAR TUDO. MINHA cabeça não conseguia parar de pensar naquilo. E tentar me impedir de pensar fazia com que eu pensasse ainda mais. Era como se eu estivesse enviando comandos ao meu cérebro: *"Não pense tanto nisso"*, e ele, pensando, me respondesse com uma pergunta: *"Por quê?"*

E se fosse coisa da minha cabeça? E se eu tivesse vendo sinais românticos, respingos do passado, sentimentos laranja-forte como pôr do sol descrito por Íris em tudo o que, na verdade, não tem. Eu podia estar inventando. O lado que eu reprimi nos últimos três anos tinha acordado e tudo podia ser resquícios dos sonhos dele. Podia ser o que eu queria, no fundo, que acontecesse, não o que *estava* acontecendo.

Se Íris quisesse me beijar, já teria feito isso. Se quisesse entrar no meu quarto pela porta do banheiro, teria feito. Nas vezes em que bati na porta dela, em que a provoquei, na noite em que atravessei a rua e a prensei contra a parede. Ela poderia ter me beijado, se quisesse. Mas eu tive espaço suficiente em todas as vezes para eu mesma me interromper. Espaço suficiente todas as vezes para desistir de tudo. Eu agi por impulso até certo ponto e ela não completou o resto. *Por que ela não completou o resto?* Olhei para Íris pelo retrovisor do carro: *"Ei, não pense tanto nisso"*, distraída contra a janela. *"Por quê?"*

Se passasse uma estrela cadente e me desse quinze minutos. Quinze minutos para estragar tudo...

ÍRIS E YASMIN PASSARAM TODO O RESTANTE do caminho fazendo piadinhas internas, se futucando no banco, tampando a boca para abafar as risadinhas, cantando as músicas que sabiam da rádio (que elas mesmas exigiram que eu ligasse de novo) e fofocando sobre a vida. Íris contou para Yasmin como era morar em Nova Sieva, sobre a faculdade, sobre os cafés bonitos e fotografáveis, sobre as bandas internacionais – que nunca tinham pisado em São Patrique –, sobre as marcas caras que dava pra descolar nos brechós e como o mundo era colorido, acelerado, fluorescente e bem-vestido. Yasmin contou sobre os vestibulares, as angústias de fim de ano, a indecisão sobre o futuro, o amor por animais e a vocação para cuidar, mas também sobre a obsessão por séries ambientadas em escritórios de advocacia e sobre conseguir se imaginar facilmente trabalhando todo dia com um blazer diferente. Que Nova Sieva era um plano, mas era o vestibular quem ia decidir por ela o que fazer.

Thiessa ouviu tudo calada, vez ou outra enfiava o dedo na boca, puxava a pelinha do canto da unha com o dente, respirava fundo, olhava pela janela, batucava o vidro com o dedo machucado por ela mesma e se mantinha neutra dentro de um escudo de silêncio. Quebrado apenas para perguntar: "Falta muito?"

Troquei a marcha do carro e entrei devagar no caminho extravagante de árvores e arbutos podados em formatos exuberantes, alguns formavam até mesmo pequenos cupidos de arco e flecha, aquilo nos levaria direto ao imenso e amplo jardim da entrada do Castelo Alfredinni, onde todos os caminhos davam no chafariz central. Em cada ponto do jardim havia uma estátua de uma figura feminina da mitologia grega. Já no chafariz que unia tudo, Afrodite descansa deitada sobre as águas, esculpida em mármore branco. O jardim dos Alfredinni se chamava Jardim dos Ventres, e foi todo feito sob encomenda por Paulina Alfredinni, que ali passava as férias de verão. Havia herdado um castelo brasileiro para chamar de seu. Tudo isso a gente aprendia na escola, tendo que conviver com parentes próximos e distantes dos Alfredinni, que se gabavam pelo legado deixado. O castelo ainda era deles, mas tombado pela prefeitura de Vinhedos. O Jardim dos Ventres, por exemplo, fica aberto para visitação durante o ano todo. As exceções são para as épocas de poda e manutenção do sistema hídrico e elétrico. Quando está tudo bonito e reajustado novamente, os visitantes miram suas câmeras na cara de Atena, Ártemis, Gaia, Perséfone, *flash*. É difícil conseguir uma boa foto de Afrodite descansando deitada na água. Todo entorno do chafariz é bloqueado por cordões e vigiado constantemente.

Às vezes, turistas bêbados se jogavam no chafariz. Um ano de cadeia e serviços públicos para os engraçadinhos que tirassem foto beijando as estátuas, especialmente a de Afrodite, que era a mais fácil de se alcançar com a boca, uma vez que todas as outras precisam ser escaladas já que ficam presas em suas respectivas pilastras. É difícil de acreditar, mas homens bêbados não foram os únicos danificando tudo no Jardim dos Ventres, quando se espalhou o boato de que a água trazia o amor. Mulheres desesperadas começaram a aparecer no Jardim dos Ventres com garrafas. Era comum em dia de visitação que ninguém conseguisse sequer ver a estátua direito. Virou uma algazarra. Em pequena escala quando a fofoca era regional e em larga escala quando o *"the Brazilian love water that promises you a ring!"* [A água do amor brasileira que te promete um anel!], uma coluna de uma turista britânica que visitou Vinhedos, viralizou. O Castelo, é claro, sobreviveu a isso e a tudo, ao contrário de Paulina, que morreu de tuberculose. Deixando para trás seu amado lar de verão, que depois de muitos anos de completo abandono e incontáveis décadas de disputas familiares, agora era ponto turístico, obra de arte arquitetônica reconhecida ao redor do mundo e o salão de festas mais cobiçado do estado.

Tudo estava infestado por *não* Alfredinnis. E os *legítimos* Alfredinnis só tinham acesso exclusivo a algumas áreas lá dentro. Todo o resto pertencia a prefeitura. Era como ter uma casa aberta ao público. E o público sempre estava lá.

"Chegamos", falei, abaixando o vidro para pedir informação ao guardinha noturno do Castelo, vestido com a farda da prefeitura de Vinhedos. Quando me viu, ele abaixou o volume da televisão portátil e se aproximou: "Meia-volta, o castelo tá fechado. Abre às oito da manhã. Pra ver o jardim é de graça, pra entrar é doze reais. Informações pelo site", resmungou ele com um palito de dente no canto da boca. O panfleto foi atirado no meu colo: *Castelo Alfredinni, Traga sua família para embarcar em mais de 267 anos de história*. "Vou mandar uma mensagem pras meninas", disse Íris, percebendo que o guardinha noturno tinha nos dado as costas antes que eu pudesse dizer qualquer coisa. O volume de sua mini-televisão foi às alturas e eu já reconhecia aquele som. Eu sabia *exatamente* ao que ele estava assistindo. *Frutos Proibidos*.

"Elas falaram pra gente dar a volta e entrar pelos fundos, a entrada pelo jardim é da prefeitura", explicou Íris, com o rosto iluminado pela luz azulada de seu celular. "Safira já autorizou nossa entrada, mas vai buscar a gente lá." "Ok!" Dei a ré vagarosamente, o pneu foi recuando e arranhando em atrito com a terra. Um vento entrou pelas janelas, fazendo o folheto voar do meu colo para o de Thiessa. "Uau", disse ela, sem parecer ter movido um único músculo no próprio rosto, "conhecer um castelo antes de ser expulsa de casa." Em suas mãos, a família impressa sorria com o Castelo Alfredinni ao fundo: "*Que grande sonho.*"

▷ FESTA – KAMAITACHI

A ENTRADA PELOS FUNDOS era uma trilha de bambuzal, só dava para ver o céu estrelado pelas brechas dos bambus. Parecia uma espécie de portal mágico. Não era exuberante como Afrodite em seu descanso, mas eu podia *apostar* que ela tinha ciúmes.

Segurei firme no volante enquanto cruzávamos o caminho. Se eu me soltasse por meio segundo, chegaria do outro lado com dezessete anos.

Thiessa tinha rasgado o folheto em um milhão de pedaços e aberto a palma da mão no ar, com o braço esticado para fora da janela. O vento ricocheteou, exigindo respeito, todos os papéis voltaram para dentro do carro, como confetes. Vi pelo espelho retrovisor Íris rindo, puxando os picotes do cabelo. *Por favor, por favor, não pense tanto nisso.* Ela me olhou pelo espelho, tirando o pedacinho de papel que tinha colado na boca dela. Minha cabeça sussurrou de novo: *"Por quê?"*

"Ah, ótimo", murmurou Yasmin, incomodada com os picotes.

Fui dirigindo entre hortas e árvores frutíferas. O céu estrelado voltou iluminado acima das nossas cabeças. Vigias se comunicando por rádios em todas as partes e Safira acenava à distância no escuro da noite. Estávamos nos fundos do Castelo Alfredinni, no pomar pessoal de Paulina.

Yasmin colocou a cabeça para fora da janela. Thiessa cruzou os braços, fingindo total desinteresse. Eu sorri, porque era tudo tão estúpido, mas tão, *tão* honesto. O vento brincava com o cabelo de Yasmin, fascinada com tudo. Thiessa disfarçava, olhando pelo retrovisor, o peito se inflando de ar, a respiração descompassando. Balancei a cabeça negativamente, tentando conter o meu sorriso cada vez mais largo em lábios selados como um zíper

Yasmin fechou os olhos, Thiessa arregalou os dela. O amor adolescente é indomável.

Eu parei o carro ao lado de uma laranjeira. Girei a chave. As lanternas dos faróis se apagaram, desvanecendo a silhueta de Safira. Yasmin voltou ao banco, Thiessa enfiou o dedo de volta na boca, Íris abriu a porta do carro e saiu encantada, elogiando tudo. Yasmin foi atrás. E eu tentei repreender Thiessa, enquanto catava os pedacinhos de papel picotados de cima de mim. "Você tá demais, hein, cara. Por que você só não curte um pouco o momen..." Thiessa saiu batendo a porta do carro com força, me deixando pra trás. Levei um tempo até assimilar tudo. Onde eu estava, com quem eu estava e o que estava acontecendo.

Uma laranja se desprendeu do galho, rolou madura pelo para-brisa. Respirei fundo e pensei comigo mesma: *"A noite vai ser longa."* Joguei os papeizinhos que eu tinha reunido no porta-luvas e saí do carro.

Olhei em volta, era realmente enorme e *arrogante* de tão bonito. Não se poupava em nada, era lindo de um jeito triunfal. "Nossa", interrompi a conversa de Safira e Íris enfiando minhas mãos no bolso da calça, "aqui é muito bonito." "Vamos entrando", Safira me respondeu, empolgada. "Lá dentro é *muito melhor."*

— Eu tava dizendo a Safira — disse Íris, e foi me acompanhando nos passos e falando mais baixo — que é melhor a gente não ficar *no after* lá em cima — continuou, enquanto Thiessa e Yasmin andavam em lados opostos na nossa frente — por causa das meninas. — Seguíamos Safira pela gigantesca área de serviços e cozinha.

— E você não acha uma boa ideia, por quê? — perguntei no mesmo tom de voz que Íris estava usando. Thiessa olhou pra trás desconfiada, mas continuou andando com o dedo dentro da boca, repuxando a pele. Yasmin andava olhando pra cima, fascinada com o teto, os detalhes no gesso, os quadros pendurados no alto da parede. — Você que quis trazer as duas pra cá, eu nunca concordei.

— Tá, mas... — Íris franziu o cenho observando as meninas. — Já vi que foi a pior ideia da minha vida. E eu já tive muita ideia ruim. Se elas começarem a brigar de novo, acho que minha cabeça explode. E eu vou ter que viver uma vida do pescoço pra baixo, *eu juro por Deus.*

— E qual é o seu plano agora? — perguntei.

Safira falava coisas sobre o castelo que eu não conseguia prestar atenção, mas Yasmin ouvia atentamente e reparava em tudo. Thiessa fingia que ouvia tudo e reparava atentamente em Yasmin.

— *Trancar as duas num quarto* — disse Íris, baixinho, ao meu lado. — E *obrigar* elas a dormirem.

— As duas têm dezessete anos, Íris — murmurei. — Não dois.

— Mas elas *agem* como se tivessem, melhor a gente cancelar tudo, se fazer de doida e encerrar a noite por aqui — rebateu Íris. — Antes que elas se matem.

— Tem certeza? — perguntei.

— Tenho. E não tenho — respondeu ela. — Não sei o que fazer, tá me deixando meio ansiosa mediar esse conflito.

– Então não medie – falei, parando de andar. – Deixe as duas se resolverem. Elas têm dezessete anos, não dois. *Precisam* conversar sobre as próprias paradas, sem ninguém se meter.

Íris parou de andar também.

– *"Tem certeza?"* – perguntou ela.

– Tenho. – Meus olhos foram para onde não deveriam. – E não tenho também. – Engoli em seco.

"Safira!", Íris chamou e se virou, acelerando os passos. *"Deixa eu te perguntar, tem como você conseguir quartos pra gente? É que, como eu tava te falando..."* E eu demorei pra me dar conta de que precisava voltar a andar para acompanhar todo mundo. Distante, Íris parecia ter saído ilesa do portal de bambus. E se tudo só fosse muito maior *dentro* da minha cabeça? É, Édra, não pense tanto nisso.

"Por quê?"

Assim como Yasmin, eu acabei sendo abduzida pela beleza do castelo. Enquanto Íris e Safira se resolviam sobre a nossa hospedagem ali, eu caminhava olhando pra cima, tirando fotografias oculares dos formatos que o gesso no teto fazia quando se cruzava, o papel de parede aveludado, os quadros pintados a mão de membros históricos da família com molduras de ouro puro. Muitas portas e escadarias, muitas passagens para outros lugares. Algumas com faixas de aviso "Área Restrita. Prefeitura de Vinhedos" impedindo qualquer avanço. Era um castelo cortado ao meio, dividido, metade para o povo, metade para os herdeiros de Paulina Alfredinni. Eu nunca tinha estado nesta parte, então tudo me interessava. Parecia um castelo novo.

Fiquei de pé diante de uma caixa de vidro que emoldurava um bilhete escrito a mão, presa a parede. Era diferente de todas as outras molduras provençais. Cheguei mais perto e apertei os meus olhos. A iluminação nos corredores do palácio era amarelada, vibrante e muito ruim. Algumas lâmpadas piscavam, implorando por reparos. Diferente da área tombada pela prefeitura, a manutenção do castelo na parte dos Alfredinni era só da conta deles mesmos. E isso explicava o quão acabada a parte herdada estava em comparação com a parte turística. Farpas de madeira soltando de batentes, pisos e azulejos rachados, muita poeira polvilhando tudo. Passei a mão com cuidado sobre a caixa de vidro para retirar o pó e poder ler com nitidez o que tinha escrito no bilhete emoldurado.

Ao meu amado, Olavo.

A ti toda a minha energia pela manhã, a ti todo o meu tédio da tarde. As noites na minha cabeça são, sim, somente minhas, mas as entrego para pensar-lhe. Porque pensar-lhe é o que move meus passos, são os pontos nas costuras, a água que bebo. Estás vós em tudo, a todo tempo. Para ti são todas as palavras portuguesas já inventadas, ao menos as que deixarem a minha boca. Somente contigo falo a língua. A ti, minha voz. Seguro com ternura o dicionário que te pariu ao mundo em sociedade. Vosso filho se mexe, os pés em minhas veias se enroscam. Muita náusea e saudade. Lutas uma guerrilha, e eu, outra. A ti, doce Olavo, a paz da vitória. Que perdas te esquivem os caminhos. Teus ideais também são meus, em mãos firmes os seguro. Te acredito. Leio tuas cartas numa oração infinita. Durmo com tuas vestes. Limpo-me com tua lâmina. Os frutos chegam nas árvores, passado o tempo, o filho cresce. A saúde de um Alfredinni, a perseverança de um Silva. Quanto a mim, não há muito. Ando os jardins, como pouco. Penso-lhe. Penso-lhe muito. Nasci com o coração de mulher, todo som que escuto corro para o jardim depressa, tantas vezes é só ele batendo. O professor se mudou para um dos quartos, trará a esposa também ao Brasil. As aulas secretas mantêm-me lúcida. Immanuel Kant e Pierre-Simon de Laplace. Estou aprendendo a esperar-lhe e aprendendo os planetas. O avanço nos estudos me diminui o tamanho, mas aumenta o teu. Somos um grão de poeira para o universo, mas, para alguém, em algum lugar do mundo, o sol. És o meu. Concordes ou discordes. A ti, tudo.

Demoras tanto...

Sua,
Paulina Antonienina Rizzo-Bourgernesse Orleans di Alfredinni.

Ela era apaixonada por um brasileiro, essa parte da história não contam em sala de aula. Toda a vida particular de Paulina era cuidadosamente preservada, a atenção inteira se concentrava no castelo. Talvez tenha sido assim o começo da disseminação dos Alfredinni pelo litoral. Inclinei a cabeça pro lado. *Somos um grão de poeira para o universo, mas, para alguém, em algum lugar do mundo, o sol.* Eu podia jurar já ter visto fragmentos daquela carta antes. Alguém já deveria ter lido, se apropriado e reescrito em algum lugar.

"*Édra*", ouvi a voz de Íris chamar "*vamos, você vai acabar se perdendo.*" E voltei a andar.

Fiz força na maçaneta. "*Nada aqui*", eu disse. Estávamos procurando um quarto que tivesse sido esquecido destrancado ou que se abrisse com uma das chaves de Safira. Ela parecia perdida, o álcool na cabeça borrava a memória fotográfica do castelo. A gente já tinha dado milhares de voltas. "Eu acho que a gente já passou por aqui", avisava Íris. Safira titubeava: "Ai, é!" As meninas não paravam de ligar, enchendo o saco pra que Safira voltasse: "*Você tá perdendo toda a diversão, cadê você? Deixa elas aí e vem looooogo!*" A vontade de voltar pro *after* fazia Safira ter cada vez mais má vontade, mexia mais no telefone do que conferia as portas. Não era de propósito. Ela nem tinha obrigação de ceder um teto temporário a quatro estranhas, sendo que dessas quatro, duas nem tinham *idade* ou *autorização* dos pais pra estarem ali.

A madrugada ia chegando, e, no tempo certo, o sono encontraria o olho de todo mundo. Safira queria aproveitar o restinho da noite. Ajudar a encontrar um quarto de hóspedes com a porta destrancada pra quatro estranhas não era *exatamente* "proveitoso", nem *parte* dos seus planos.

O mutirão das maçanetas parecia ter aproximado Thiessa e Yasmin em alguns centímetros. Se dividiam entre as portas e se davam satisfações "*a minha não abriu*", "*a minha também não*". E eu sabia que, se dependesse delas, as portas não se abririam nunca, porque o "*minha porta não abriu*" foi virando um "*você acha que vai ser legal a formatura aqui? Nem tem muita cara de festa*", que foi virando um "*ah, é que a parte legal mesmo fica no lado tombado *pela prefeitura"*, que foi virando um *"hum, você já sabe a roupa que você vai usar?"*, que foi virando um *"minha mãe com certeza vai cancelar tudo e me enterrar viva depois de hoje"*. Quando o assunto morria, voltavam para as satisfações: *"Não abriu de novo, que merda, né?" "É."* Yasmin sorria, abaixando a guarda: *"Que merda."* Então Thiessa caiu para dentro de um quarto, e Safira, que tinha encaixado aleatoriamente uma chave, respirou aliviada: "Graças a Deus." Thiessa ficou nervosa por ter escolhido justo aquela porta para a tentativa, como se tivesse estragado seu jogo de caça-tesouro, os ombros de Yasmin se encolheram e ela deu o sorriso mais falso do mundo quando Íris disse: "Podem comemorar, meninas, vocês não vão dormir na estação do metrô essa noite."

    Safira deixou o molho de chaves com Íris e foi andando em ré, recuperando o brilho que tinha perdido a cada passo pra trás: "Todos os quartos são suítes e todas as suítes já têm toalhas de banho, roupões, xampu, essas coisas. Fiquem à vontade. Tem comida na cozinha lá nos fundos por onde entramos. Stelle, a chef, só trabalha em eventos, então, *hum, eu* resolvo tudo pedindo pizza por telefone. Espero que gostem do Óregano's, só eles entregam aqui. Tentem não quebrar nada. E nem ultrapassem as fitas de contenção, o outro lado é da prefeitura de Vinhedos e não adianta vocês darem uma de engraçadinhas porque tem vigias noturnos por toda parte. No mais, se vocês precisarem de mim...", ela abriu um sorriso ácido, *"não precisem.* E se mudarem de ideia, nós estamos bebendo no *rooftop.* É isso. *Beijinhos." "Safira!"*, chamou Íris, desesperada, nem parecia saber o que queria perguntar, seu semblante indicava o horror a responsabilidade. Safira já tinha virado de costas: *"Não precisem de mim!"*, respondeu, desaparecendo completamente da nossa vista.

    Íris respirou fundo e constatou exatamente a situação em que nós estávamos em voz alta. Na... *"Merda".*

ERA UMA CAMA KING-SIZE, UM DIVÃ recamier ou o chão. Na cama seria estranho, no divã seria desconfortável e no chão seria frio. Restava arriscar refazer o trajeto de onde tínhamos vindo e ir dormir dentro do carro, sob a laranjeira. Fui traçando a logística para dar o fora dali enquanto Íris procurava nos armários e nas gavetas tudo o que poderia ser útil. Cobertores, sabonetes, toalhas, roupões. Ela ia agrupando o que encontrava em cima do divã. Cada quarto tinha sido projetado para comportar dois hóspedes. Havia o suficiente de tudo para Yasmin e Thiessa, as quantidades de cada item estavam em dupla. Íris continuava xingando e resmungando enquanto agia como uma mãe que precisava improvisar. As meninas, jogadas na cama, não podiam ligar menos. *"Aquilo ali é o quê?" "Acho que é uma jabuticabeira." "Como você sabe? Você já viu uma jabuticabeira antes?" "Não."* Nem tinham tirado os sapatos sujos e já conversavam com os dedos apontados para o teto. O quarto era verde musgo, com detalhes em dourado e madeira. A pintura acima de nós eram réplicas das plantas espalhadas pelo jardim e pelo pomar. As raízes de todas se uniam até o lustre de cristal, no centro. Íris surgiu com uma embalagem de xampu infantil cheia de teia de aranha: "Acho que isso aqui era um quarto de hóspedes pra crianças."

Yasmin e Thiessa davam risadinhas com os tênis imundos em cima da cama.

"*Porra*", eu me impressionei com a ideia de ser um quarto de crianças, "com divã e tudo."

"A gente precisa continuar procurando mais quartos, pelo menos pra saquear outros banheiros." Íris desdobrou a toalha de banho. "Olha o tamanho disso, são toalhas de rosto." "Pra que toalha?", perguntou Thiessa. "Ué", Íris ergueu as sobrancelhas, "pra tomar banho antes de dormir." "Fala sério, a gente tá num castelo", resmungou Yasmin, deitada ao lado de Thiessa, ombro com ombro, "a última coisa que eu quero fazer é dormir." "Vocês não disseram que trouxeram a gente aqui pra que a gente se divertisse?", provocou Thiessa."Foi o que elas disseram", concordou Yasmin e continuou falando: "Eu quero ver tudo, todas as partes." "Ninguém vai acreditar quando a gente contar!", Thiessa se virou na cama, empolgada.

"A gente pode até sair pra procurar as coisas", falei baixinho pra que só Íris me ouvisse, *"mas eu não confio nelas." "Nem eu"*, Íris balançou a cabeça, *"ou elas fazem as pazes e destroem o castelo juntas ou elas brigam e destroem o castelo separadas." "A* opção de elas não destruírem nada não existe, não é?" "Não." "É. A gente acertou no quarto, então", Íris revirou os olhos, *"são hóspedes-crianças."*

Thiessa e Yasmin riam, sujando os lençóis impecavelmente brancos da cama sem sequer perceberem.

"E se a gente saísse pra procurar bebidas?", sugeriu Thiessa.

"Não tão-crianças assim", corrigi Íris.

Da cama, as meninas nos ignoravam. Era como se existissem sozinhas e nossas vozes fossem apenas o subconsciente delas.

"Vem", Íris me puxou pelo braço.

ELA ME ARRASTOU PARA FORA DO QUARTO. Fechou a porta e passou a chave, abafando o som das risadas alegres das meninas no lado de dentro. *"Íris?"*, meus olhos saltaram. *"O quê?!"* Ela deu de ombros, se fazendo de desentendida. Ou, acreditando *mesmo* que aquilo era uma ótima ideia. E eu não sabia qual das duas alternativas era *a pior*. "Você *não pode* trancar as duas aí dentro", constatei o óbvio, "elas vão *se matar* e você *sabe* disso." "Elas estão numa boa, olha." Ela ergueu a palma da mão aberta para a porta. As risadas abafadas de Yasmin e Thiessa atravessavam a madeira. "Você é quem disse que elas precisavam se resolver sozinhas!" "Eu disse sozinhas, não disse *trancadas*." "Vai ser só por uns quinze minutos, Édra. O que pode acontecer em quinze minutos?" Respirei fundo, sentindo a minha mandíbula travar: "Quinze minutos podem estragar tudo." "Elas vão sobreviver, e a gente também vai, *é só você não ficar pensando tanto nisso.*" Minhas sobrancelhas se curvaram acima do meu olhar despencado, eu parecia um cachorro de rua, sem dono. E só eu sabia sobre ao que eu estava me referindo. "Por quê?", perguntei, golpeada. "Porque você provavelmente tá aumentando *tudo* dentro da sua cabeça. As coisas podem parecer maiores do que elas realmente são." Digeri a coincidência daquele diálogo em silêncio por um tempo. Enfiei minhas mãos nos bolsos da jaqueta e passei por ela, andando mais à frente.

– Vamos – chamei. Ela segurou meu braço. *"O que foi?"*, perguntou ela. Eu respirei fundo antes de me virar: – Nada. Você tem razão. Não posso deixar uma hipótese crescer na minha cabeça. Preciso me controlar mais sobre o que fico pensando. – *"Ah"*, ela inflou o peito de ar, procurando mais palavras no meu rosto: "Sim, é. *Claro.*" – Então, vamos? – perguntei, erguendo o meu queixo em direção ao corredor. Ela acenou com a cabeça: "Vamos."

PARTE II

▷ **WARM HONEY – WILLOW**

"A minha não abriu." "A minha também não." "Nada aqui, de novo." "Nem aqui." "Você tentou essa ou você pulou?" "Pulei." "Eu abro." "Não, deixa." "Eu abro." "Tem que colocar mais força no braço." "Eu tô colocando, Édra." "Eu abro." "*Eu* abro." Ela virou, se inclinando para encaixar a chave antes de puxar a maçaneta. As costas nuas à mostra no vestido e o cabelo todo reunido em um único ombro deixavam o caminho livre para uma única gota de suor deslizar na pele. Desviei meu olhar para os meus pés. "Foi?", perguntei pros meus cadarços. "Nada", respondeu ela. "Eu acho que o ar-condicionado não estão funcionando nessa parte do castelo." Levantei a cabeça e observei Íris deslizar até o chão. Quando se sentou de vez no carpete do corredor, apertou o pescoço com os olhos fechados, girando a cabeça de um lado pro outro: "Eu tô derretendo", resmungou ela, quase gemendo. *Você provavelmente tá aumentando tudo dentro da sua cabeça. As coisas podem parecer maiores do que elas realmente são.* Sua voz tocou na vitrola da minha mente. Enrijeci a minha postura, entrando na defensiva. "Se tá com tanto calor assim, então levanta." Eu me desencostei da parede para voltar a andar: "Porta nenhuma vai se abrir sozinha." "*Eu sei*, Édra", disse ela, ríspida. "Se sabe, levanta."

Continuamos as tentativas infinitas, conversávamos na maior parte do tempo apenas dando satisfações de costas uma pra outra. Às vezes virávamos de frente e voltávamos para as maçanetas de novo. Minha nuca estava molhada de suor. O tecido da minha camiseta preta estava ficando úmido, começava a grudar de leve no meu corpo. "Não abriu de novo." "A minha também não." "Tentou essa? Essa é estranha." "Não deve ser um quarto." "Você tentou abrir?" "Tentei." "E conseguiu?" "Estamos dentro?" "Não." "Então, não." *"Nossa!"*

— *Nossa*, o quê? — Eu me virei. Ela já estava furiosa, olhando pra mim. — Eu nem queria tá fazendo isso. A gente podia tá na fazenda uma hora dessas. Dormindo. Amanhã cedo tem ensaio. Mas, não, você quis ser a fada madrinha de duas adolescentes que a gente nem conhece direito.

— E você topou! – rebateu ela. – Se você odiou tanto a ideia, por que é que a gente veio *dentro* do seu carro?

COISAS ÓBVIAS SOBRE O AMOR   309

Revirei os olhos, tentando não perder a cabeça. O clima abafado no castelo era insuportável. Passei o braço para secar minha testa. E apontei pra uma porta. "Tentou essa?" "Tentei", respondeu ela, impaciente. "E nada?" *"Por acaso estamos dentro?"*, ela me remedou. Aí eu acabei rindo de raiva. Ela ainda estava séria antes de se virar. Sua risada só escapou depois. Novas gotas de suor apostavam corridas sobre a pele dela, desciam afoitas pela escorregadeira da coluna. *Muito maior na minha cabeça, é tudo muito, muito maior na minha cabeça.* Me virei. "Abriu, aí?" "Não." "E aí?" Silêncio. "Íris?" Ela estava com a testa encostada na porta. "Eu acho que não tô me sentindo muito bem, tá muito abafado", disse ela, a voz contida e trêmula, seu corpo fez menção de cair de joelhos e eu saltei num pulo para segurá-la. "Eu preciso de água, vamos voltar, por favor." "A gente já se afastou muito, você não vai conseguir voltar assim, precisa respirar agora." Eu fui dizendo e me abaixando com ela. Sentamos no carpete do corredor. Ela se sentou no meio das minhas pernas, se apoiando de costas para mim. Dava para vê-la nitidamente agora, o pescoço estava a menos de um palmo da minha boca, os pelinhos arrepiados brilhavam de suor. Mesmo suada, seu cheiro era adocicado de perfume.

Ela se inclinou pra trás para respirar melhor, deitou a cabeça no meu ombro, de olhos fechados. Eu a olhava de cima. A boca dela seca, entreaberta, expirando naquela atmosfera abafada, a respiração assoprando o meu rosto. "Eu vou prender o seu cabelo", sugeri. "Tudo bem." Eu não sabia o que fazer direito com as minhas mãos, só sabia o que elas queriam... *Você provavelmente tá aumentando tudo dentro da sua cabeça.* Fui reunindo seus cabelos com cuidado, tentando ao máximo não encostar na pele dela, nem mesmo de relance. As costas nuas de Íris estavam coladas na minha camiseta, mas a barreira heroica do tecido já me salvava um pouco de não morrer por aquilo. "Afasta um pouco a cabeça", pedi e juntei o restante do cabelo. Fui torcendo tudo, girando, dando voltas intermináveis. Torci tudo e puxei, apertando. Estava feito – um nó de seu próprio cabelo. Mais uma gota de suor descia, dessa vez, na pele descoberta pelo decote, sumindo para dentro do vestido. *Elas vão sobreviver e a gente também vai, é só você não ficar pensando tanto nisso.* Merda, eu tô pensando tanto nisso.

Estiquei os meus braços eretos para trás, meu corpo se inclinou para ela como o encosto de uma poltrona. Íris respirava fundo em silêncio. Eu não fazia ideia de onde estávamos, já tínhamos explorado praticamente toda aquela ala dos hóspedes. As luzes amareladas piscavam presas na parede e aumentavam a sensação de calor. Olhei em volta, ruminando um plano B. Foi quando vi, à distância, no final do corredor, uma faixa esticada por duas estruturas de metal: *Área Restrita, Prefeitura de Vinhedos*. "Íris?" "Hum..." "Você viu alguma entrada pro salão de festas ou qualquer parada dessas por onde a gente já passou?" "Não, por quê?" "Isso tudo fica do outro lado do castelo, certo?" "Sim." "Em área restrita, tombada pela prefeitura." "O que você tá falando, Édra?" "Que eu acho que sei onde tem água por perto." Íris abriu os olhos ainda deitada no meu ombro: "Onde?"

Era a primeira vez que eu dava graças aos céus por *Frutos Proibidos*. A novela reprisava a madrugada inteira na TV Vinhedos, e, pelo visto, era bastante popular ali. Todos os vigias noturnos estavam aglomerados ao redor da televisão portátil, dividindo doses de café em copinhos descartáveis e compartilhando um único pacote de biscoito de polvilho. Eram com aquela minúscula TV ligada o que os mosquitos são com uma lâmpada.

"*Ó, pra isso, ó, eu falei a vocês que Mirante tava vivo. Quem apostou comigo nisso?*" "*Foi Danilo.*" "*Apois, eu passei a semana inteira dizendo a vocês. Mirante tá vivo, Mirante tá vivo e ninguém acreditou em mim.*" "*Você vive com sono, Gilmar, quem é que ia acreditar no que você acha? Você perde a novela toda.*" "*Eu perco de madrugada quando tô de serviço, em casa eu assisto tudo.*" "*Cadê Danilo?*" "*Foi ao banheiro.*" "*Deve ter se perdido de novo, quem é que coloca um menino de dezesseis anos magrelo desses de vigia noturno?*" "*Ele que quis.*" "*Tanto trabalho melhor.*" "*Agora ainda tá devendo dinheiro a Gilmar.*" "*E eu vou cobrar.*" "*Você vai é dormir, Gilmar. Você vai é dormir.*"

Antes de passarmos, Íris e eu tiramos os sapatos e deixamos num cantinho do corredor, atravessamos na ponta dos pés. Obcecados pelo reaparecimento do personagem Mirante em *Frutos Proibidos*, os vigias noturnos não nos perceberam. Nem mesmo quando Íris esbarrou na faixa e sussurrou um "*desculpa*" pra mim. Foi a coisa mais fácil do mundo.

O plano era pegar água, insumos de banheiro e voltar. Diferente de Thiessa e Yasmin, nós *podíamos* ser presas por isso. Ninguém acreditaria em nada que não fosse uma manchete alarmante: "*Dupla criminosa invade Castelo Alfredinni com duas reféns adolescentes*", Íris murmurou a chamada da matéria enquanto perambulávamos intuitivamente no escuro. "*Sabonetes, toalhas de banho e água foram roubados do local*", acrescentei, me entregando à risada que veio logo depois disso.

O chão era gelado. Tudo o que nos iluminava era o clarão azulado da lua vindo das brechas nas cortinas de veludo, que cobriam os janelões do teto até o chão. Estávamos admiradas, era difícil manter a concentração no que tínhamos ido fazer ali. A parte do castelo preservada pela prefeitura era deslumbrante. Um espetáculo histórico. Estátuas enormes, pilastras esculpidas em mármore, lustres de cristal extravagantes cintilando azulados, balançando com a brisa da noite, emitindo sons tilitantes como se fossem sinos de vento. As pinturas penduradas na parede retratavam a família Alfredinni no decorrer dos séculos. Estávamos numa área que funcionava como um museu. Algumas plaquinhas apontavam as direções e explicavam brevemente o que era o quê. Eu estava adorando reparar em tudo, chegando bem de pertinho para tentar ler no escuro. "Jogo de xícaras de Paulina Alfredinni, pintado a mão por sua melhor amiga, Duquesa Beatrice Gargonjertto", "Tapeçaria persa da coleção particular de tapetes da família Alfredinni", "Quadro extraído do acervo das aulas de pintura de Paulina Alfredinni. Obra – Tons de verde em Minas Gerais."

– *Psss, ei, Édra.* – Íris tentou me gritar num sussurro. – Olha. – Ela se virou, com uma coroa na cabeça. Me aproximei com um sorriso preso na boca. Cada passo mais perto e ela trocava a pose, imitando uma princesa acenando para o público.

– Me dê isso aqui. – Eu tirei com cuidado a coroa de sua cabeça. – Não brinque com isso.

– Ah. – Ela torceu o nariz. – Você tá *negando* o meu título de nobreza?

Desenrosquei a mechinha do seu cabelo, presa em uma das pedras. Íris estava de pé na minha frente, ao lado de uma placa expositora que dizia "Presente de Aniversário de 15 anos de Georgina Alfredinni".

– Não foi isso o que eu disse – eu me inclinei para deitar a coroa de volta em sua almofadinha de cetim cor-de-rosa –, Duquesa.

Íris estreitou os olhos para mim.

– Guardas! – disse ela, alto demais. "*Íris!*", eu olhei em volta. – Prendam essa vigarista! – "Íris! *Shhh!*" – Arranquem a cabeça! – ordenou ela, rindo.

A silhueta de um vigia noturno surgiu no clarão de um corredor, a uma curta distância de nós. O vigia, de corpo esguio, acendeu uma lanterna, vindo em nossa direção. Puxei Íris pela cintura para trás da cortina imensa de uma das janelas, tapando sua boca. Ela continuava dando risadinhas na minha mão.

Os olhos imensos atrás dos meus dedos, a respiração contra o meu rosto. Tentava dizer alguma coisa embolada e eu pressionava mais a mão contra sua boca, balançando a cabeça negativamente pra que ela não desse um pio

"Tem alguém aí?", ouvi o vigia perguntar, numa voz jovial, deveria ser o novo segurança da fofoca que tínhamos escutado. Pressionei Íris contra a parede, nossos pés descalços se encostaram. A luz da lanterna atravessou com dificuldade o tecido espesso da cortina, iluminando temporariamente os nossos olhos. Agora ela não ria mais, respirava ofegante na minha mão. Só a via do nariz pra cima, as sobrancelhas curvadas, os olhos procurando pontos diferentes do meu rosto para reparar, as pupilas dilatadas.

"Danilo!", outra voz surgiu. *"Se perdeu de novo? A gente tava procurando você, cara."* O som dos passos de coturno foi se afastando de nós. Estávamos dentro da cortina e eu só percebi que minha mão ainda estava segurando a cintura de Íris quando parei de segurar. Ela continuou encostada na parede. "Desculpa, eu não sabia que..." "Tudo bem", eu a interrompi, saindo depressa de trás da cortina. "Vamos continuar procurando as paradas pra voltar logo."

"Você é chata", disse ela, acompanhando os meus passos para fora do salão que estávamos. "A gente *nunca* vai poder viver isso de novo." "Dá pra viver isso de segunda a sexta, Íris, e custa doze reais", rebati. "Você *entendeu*." Eu estava mais preocupada em não sermos pegas, cruzando o salão em passos largos, de trás de um expositor para o outro. Ela me seguia, abaixada. "Estamos num castelo! À noite! O castelo da nossa formatura! O lugar mais legal *do mundo* pra gente, quando a gente era adolescente! *Não te dá um frio na barriga?*" Abaixamos atrás da estátua de uma mulher nua. "Me dá medo de ser presa", confessei, olhando de um lado para o outro, antes de correr para me esconder atrás da próxima mesa expositora. "Viu?", Íris se levantou, "Você é chata." *"Íris!"*, chamei numa espécie de grito sussurrado. *"O que você tá fazendo? Abaixa. Volta aqui e abaixa."* "Não!" "Como assim, *não?*" "Eu vou olhar as coisas que eu quero olhar." "*Volta amanhã, compra um ingresso e olha.*" "Quero olhar agora!" "*Íris...*" "Meu Deus! Tem mais coroas!", saltitou, descalça, azulada pela noite. "Vou provar todas!" "Íris!" Eu fui atrás dela. Quanto mais eu apressava meus passos pra perto, mais ela apressava os dela pra longe. "Como deve ter sido tomar chazinho nessas xicarazinhas?", ela pegou um conjunto e fingiu, como uma boneca, estar bebendo um líquido imaginário sem encostar a xícara na boca. "Íris!", chamei e ela saiu correndo com o conjunto nas mãos. Sem saída, passei a correr atrás dela.

"Quer chá?" "Íris!", rindo, ela largou a o conjunto de xícara e pires pintado a mão no colo da estátua da mulher nua. Deu a volta pela mesa de objetos esportivos dos Alfredinni, que exibia raquetes e tacos, parando em frente ao manequim vestido com um conjunto de esgrima. "Não, Íris", era tarde, ela tinha puxado a espada. "Cuidado!", ela riu. "Eu tô armada." "Você vai acabar se machucando feio com isso..." "*Você vai acabar se machucando feio com isso*" Ela apontou a espada para mim. Fui me aproximando na direção da agulha, a ponta da espada encostou no meio do meu peito, espetando o tecido da minha camiseta, me esquivei com cuidado, sem desviar meus olhos dos dela, segurei o braço dela e deslizei minha mão sobre a dela. Os dedos dela se abriram devagar. Respirava sem fôlego pela boca entreaberta. Tomei de sua outra mão a capa da espada e cobri a lâmina de vez. Ela continuou parada, me olhando. "Você deveria me agradecer", disse ela, ofegante de sua própria correria. "Eu poderia ter *tirado* a sua vida." "Bendita seja a sua misericórdia", respondi, "agora vamos." Ela arfou se sacudindo e batendo os pés, mas cedendo. "Eu tô dizendo, você *nunca mais* vai viver *nada* parecido com o que a gente tá vivendo agora. Deveria tá aproveitando. O que pode ser mais *legal* do que isso?" "Não ter passagem na polícia." "*Argh!*", resmungou ela, "*Chata.*"

E voltamos, descalças, a caminhar no escuro.

Era um corredor inteiro de portas trancadas e armaduras completas do capacete até as botas, como corpos vazios de prata. Mais nada. Tínhamos saído do salão onde ficava instalado o museu de objetos pessoais da família Alfredinni e não fazíamos *ideia* onde tínhamos ido parar. Estávamos perdidas, caminhando lado a lado. Era uma ala tão silenciosa que até os nosso passos descalços faziam eco. "Nossa", disse Íris, *nossa, nossa, nossa, nossa* o eco repetia, "eu preciso de água." *Eu preciso de água, eu preciso de água, eu preciso de água.* "A gente vai achar", respondi, baixinho, para que o eco não me remedasse. Uma das armaduras tilintou, no susto, Íris saltou para perto de mim. "Calma, deve ter sido só um rato ou algo assim." "Essa parte é sinistra" Ela se encolheu dentro de um auto abraço: "Quero ir embora daqui."

Viramos à direita e demos de cara com uma lâmpada acesa, iluminando uma nova ala de longe, eu segurei a mão dela instintivamente: "Vem." Correremos um pouco e paramos rapidamente. Um vigia passava, assobiando distraído. *Não sei não, assim você acaba me conquistando,* a música vazava de seus fones de ouvido, baixinha, no eco do castelo. *Não sei, não, assim eu acabo me entregando...* "Calma, presta atenção", sussurrei pra Íris, "quando ele virar de costas, a gente atravessa. Deve ter água do lado de lá, deve ter bebedouros em toda parte, porque a gente tá na área turística. Aqui *precisa* ter algum ponto pra encher garrafa. É lei." "Tá bem", assentiu ela. Parecíamos dois piratas em fuga. Assim que o vigia virou de costas, nós corremos. Quando paramos, tínhamos chegado numa espécie de lounge. Poltronas, cadeiras, sofás, mesas, tomadas para celular, estantes enormes de livros e pequenos quiosques fechados. *"Édra!",* Íris gritou e eu percebi que ela tinha saído de perto de mim. Estava em pé, parada ao lado de um bebedouro de metal. Abriu um sorriso: *"Água."*

▷ **TEOREMA – LEGIÃO URBANA**

Íris afastou o cabelo pra trás e inclinou a cabeça pro lado, a boca abriu embaixo da água corrente. Os lábios ressecados foram corando aos poucos, brilhando, ganhando vida. As gotas escorriam pelos lados e pingavam do queixo direto no ralo. Assisti de longe. *"Você não quer?"*, ela se afastou um pouco para perguntar. *"Melhor tomar."* Meu sorriso se abriu, discreto. No meu peito o coração batia acelerado. Lembrei do passado, lembrei da escola, lembrei de tudo. Dentro da minha cabeça, os armários do Colégio São Patrique foram se erguendo por trás dela, o vestido preto virou a farda, podia ver, entre nós duas, as pessoas passando. A fofoca correndo. Priscila Pólvora mascando chiclete ao lado de Tatiele. Cadu se exibindo com os amigos. Wilson Zerla vestido de homem preservativo, distribuindo panfletos. Poliana Rios atrás de uma porta de armário aberta, distraída, deslizando o dedo pela tela do celular. O sinal tocou para que só eu pudesse ouvir. Podia sentir até o peso da mochila nas minhas costas. "O que foi?", perguntou Íris, passando o braço na frente da boca. "Nada." *As coisas são mesmo muito maiores na minha cabeça.*

Dei uma risada breve, deixando que tudo sumisse, que toda a mágica acabasse. Que a abóbora virasse carroça, que badalasse o sino da meia-noite, que voltássemos a realidade. Íris se afastou do bebedouro, eu me curvei para beber água. "Depois daqui", comecei a dizer, antes de encostar a minha boca na torneira, "vamos procurar logo as paradas que a gente precisa, pra voltar logo, antes que aquelas duas se matem." Depois de alguns goles, continuei falando: "Você acha que elas estão bem?" Íris estava em silêncio. Levantei o meu olhar: "O que foi?"

"*Nada*", ela sorriu de braços cruzados, balançando a cabeça discretamente, "não foi nada."

Vasculhamos o lounge inteiro em busca de um expositor que tivesse um mapa do castelo. Essas coisas sempre ficavam em algum lugar para fins de curiosidade do público ou para que os turistas não se perdessem completamente de seus guias turísticos durante as visitações. Íris e eu imaginariamente dividimos o lounge no meio, eu procurei do lado esquerdo, e ela, do direito. Era enorme e tinha incontáveis expositores com informações inúteis.

"*Você sabia? Durante as manhãs de verão, os mosaicos pintados nas janelas do castelo emanam luzes de diferentes cores com o passar do sol pelo vidro. Essa é uma das coisas favoritas sobre o castelo para os Alfredinni. O amanhecer, aqui, se chama A hora sagrada de Paulina.*"

Me afastei do expositor, me sentindo exausta. Estava voltando a suar de novo. Tentei recuperar o fôlego, apoiando as minhas mãos na cintura. "Nada?", perguntei pra Íris. "Calma", respondeu ela, do outro lado, abaixada, espalhando vários folhetos informativos no chão, ao redor de si mesma. "Se achar alguma coisa, avisa", pedi e voltei a perambular pelo lounge. "*Você sabia? A prefeitura de Vinhedos instalou, em 2015, placas de energia solar em* todo castelo. *A energia que você utiliza durante o seu passeio é cem porcento ecológica. Demais, né?"* Aham, demais. *Argh.* Que calor do caralho.

— *Édra.* — Íris se levantou do meio do seu círculo de folhetos. — Vem, me segue. — "Você achou alguma coisa?", corri na direção dela. Mas ela também estava correndo, em direção a saída. — *Vem.*

"O que você achou?", sussurrei quando paramos escondidas ao lado de uma armadura, esperando um vigia passar.

— *Só me segue* — sussurrou ela. Minhas sobrancelhas franziram. — *Anda.* — Íris saiu depressa, andando na ponta dos pés. — *Vem.*

Eu a segui em silêncio. Parávamos para nos escondermos sempre que qualquer pegada de coturno ecoava por perto. Era excitante, divertido. Nossos pés descalços agora deveriam estar mais sujos do que os tênis de Thiessa e Yasmin naqueles lençóis brancos.

Avançávamos por corredores, nos escondendo atrás de estátuas e cortinas. Abaixamos atrás de uma longa mesa central e atravessamos o salão engatinhando. Ela guiava o caminho e eu só replicava seus passos. Quando chegamos diante de uma longa escadaria de mármore branco, hesitei. O deslumbrante lustre da escadaria, ao contrário de todos os outros que eu tinha visto na nossa aventura até aqui, estava aceso. Suas lâmpadas envelhecidas nos pintavam em meia-luz, quente, âmbar, como mel. Estávamos indo *longe demais* por simples insumos de banheiro, talvez não fosse uma boa ideia.

Ela desceu a escadaria como uma princesa, na pontinha dos pés. Quase deixou pra trás um sapatinho de cristal imaginário. Se virou abruptamente já no penúltimo degrau, no reflexo do movimento a franja bagunçou na testa, as mãos seguravam a barra do vestido curto, como se precisasse subi-lo ainda mais para movimentar melhor as pernas em sua correria desgovernada. "Você não vem?" Balancei a cabeça negativamente. Algo me dizia que aquilo não era *mesmo* uma boa ideia. Ainda assim, eu fui. O resto do caminho foi traçado em completa escuridão. Eu não enxergava um palmo à minha frente. O azulado tinha sido engolido pelo breu completo da falta de janelas. Não havia nenhuma para iluminar minimamente qualquer detalhe que fosse. *"Íris"*, perguntei no escuro, sem fazer ideia de onde o corpo dela estava, *"Você tem certeza do caminho que você tá fazendo?"* "Sim, é por aqui."

E então, tudo clareou.

Era uma imensa piscina redonda, o teto acima dela era uma cúpula de vidro. A lua brilhava no céu. Tudo tinha voltado a ser azulado. Dentro da água, algumas luzes-spots ajudavam a luminosidade. As paredes eram rochosas, como se estivéssemos dentro de uma caverna. Haviam roupões e toalhas dobradas nas espreguiçadeiras. "Achamos, finalmente!", eu sorri, recolhendo todas as toalhas e roupões que eu via pela frente "Isso já deve servir, agora vam..."

Inúmeras partículas de água espirraram em mim, abracei as toalhas com força e meus olhos fecharam com o susto. Quando os abri, Íris estava dentro da piscina. Todas as toalhas caíram.

▷ **WARM HONEY – WILLOW**

Dei um passo para a frente e pisei em seu vestido. Ela voltou a superfície com os cabelos castanhos para trás. Não se via mais sua franja escorria água pelo rosto inteiro. Os cílios molhados ficaram maiores do que já eram.

"Achei toalha", ela disse, sorrindo, "e água", cínica, "você não vai me agradecer?" "Você deve tá achando que tudo isso é uma piada, Íris, você *só pode* tá brincando comigo!" "Você tá em cima do meu vestido." "Você tá dentro da piscina." Meus olhos arregalaram de pânico. Como diabos eu ia resolver aquilo? Como a gente ia refazer todo esse caminho molhadas? Com que roupa dormiríamos agora? Como a gente ia pra casa? Como... "A gente nunca vai poder viver uma noite como essas de novo, Édra", disse ela, tranquila, dentro da água, batendo os braços e as pernas para não afundar, "Eu acho que essa é uma das coisas mais legais que eu já vivi na minha vida *inteira*. Você não sente nada? Nem uma adrenalinazinha?" "Não é adrenalina, Íris, é irresponsabilidade." "O que aconteceu com você?", ela recuou, ofendida. "Você era mais...", mapeou uma lista de adjetivos na cabeça, "*destemida*, antes." "Antes eu não podia ser presa. Nós somos adultas agora. Não dá pra simplesmente se jogar na piscina de um castelo tombado pela prefeitura. A gente nem *deveria* estar aqui." "A gente não vai ser presa, Édra." "Como você sabe que *não* vamos?" Ela me olhou como se *eu* fosse a pessoa dizendo absurdos: "Como você sabe que vamos?", *"Isso vai dar problema..."* Comecei a andar de um lado pro outro. Isso vai dar problema. Isso com certeza vai dar problema.

Íris afundou dentro da piscina. E eu sentei na espreguiçadeira, cobrindo o meu rosto com as mãos. Soltei todo o ar de tensão que eu estava segurando. Merda. *Merda, merda, merda.* Várias gotas começaram a pingar sobre os meus pés. Descobri o meu rosto. Íris estava em pé, na minha frente, de lingerie preta. As gotas deslizavam pelo corpo dela. Olhei para cima. Ela esticou a mão. "*Vem, vamos.*" Fiquei em silêncio. "Vai ser uma das memórias mais legais das nossas vidas. A gente *se deve* isso. Poxa, quando eu era adolescente eu não vivi *quase nada*. Se pra ser adulta, eu tenho que matar todos os meus impulsos, então eu não quero. Quero ser uma terceira coisa." E então, ela deu um sorrisinho: "Prefiro ser, eu sei lá, *um alien.*" Eu me levantei da espreguiçadeira: "Amanhã de manhã a gente vai se arrepender amargamente disso..." Ela segurou a minha camiseta: "*Não vejo a hora.*"

Tiramos a minha camiseta juntas. No curto momento antes que a camiseta saísse totalmente do meu corpo e caísse no chão, acima do vestido dela, eu quis sorrir. Um meio sorriso escondido pelo tecido. Fiquei de top nadador preto e calça, puxei o zíper para baixo. Íris deu um passo pra trás. Combinando com o top, minha cueca também era preta. Tirei o resto da calça com os meus pés. Ela olhou dos meus pés aos meus joelhos, das entradas da minha barriga ao meu umbigo, do meu top às minhas clavículas e subindo. Nos encaramos.

"Viu?", disse ela, "Ninguém veio te prender." "Aham." Eu revirei os olhos. "*Ainda.*"

Peguei impulso passando por ela, inclinei o corpo de braços esticados e caí de cabeça na piscina. Fui envolta num abraço gelado. Mergulhei por poucos segundos, logo busquei a superfície. Continuei submersa dos ombros pra baixo e sacudi a minha cabeça para que meu cabelo se ajeitasse bagunçado. "Ah", falei, percebendo que Íris tinha congelado, "Agora você desistiu?"

Ela estava me olhando ainda de pé na borda da piscina. Seu rosto me entregou um sorriso irritado de longe e ela se jogou de volta na água. "Gelada, né?", foi o que ela disse quando voltou à superfície depois do seu mergulho. "Eu tava morrendo de calor, então pra mim tá ótima", respondi, "Viu só? E você teimando comigo. *Como sempre.*" "Como assim, como sempre?" Estávamos batendo as pernas e os braços e girando em círculos, de frente uma pra outra. "Você é a pessoa *mais teimosa* que eu já conheci na minha vida." "Você também é a pessoa mais teimosa da minha." "*Hum.*" Ela ergueu um único ombro. "Eu não me acho teimosa." "Não tem problema, eu te acho teimosa por nós duas." Sorrimos um pouco e mergulhamos de novo. Ela foi primeiro. Eu fui atrás. Passávamos uma pela outra no fundo da piscina. Embaixo da água, tudo parecia infinito. Queria que meus pulmões aguentassem mais tempo.

"Aqui é bonito, né?" "É." "Você tá ansiosa pro casamento da sua avó?" "Sim." "O que você vai fazer depois?" "Depois do quê?" "Do casamento." "Voltar pra Montana", respondi, séria. Não era um assunto que eu queria entrar. Ela estava de costas pra mim, como se só tivesse tendo coragem de perguntar as coisas por não estar me vendo. "E você?", perguntei. "Eu, o quê?" Ela se virou. "O que você vai fazer depois do casamento?" "Voltar pra Nova Sieva." "E o noivado?" "Eu *não* estou noiva." "Mas você acha que você pode, sei lá...", desviei o olhar para a cúpula de vidro, "mudar de ideia sobre isso?" "Eu não faço a menor ideia, Édra." "É uma decisão muito importante, Íris." "E é por isso que eu não tomei ainda", ela respondeu, seca, como se esse fosse um assunto que ela não quisesse entrar. Ficamos em silêncio.

"Eu esperei você me ligar", disse ela, e eu continuei calada, de costas.

Meus olhos se fecharam e eu senti um ardor se propagar pelo meu peito.

"Sabia?", insistiu ela, "Quando você terminou comigo, eu fiquei esperando você me ligar."

E riu.

"Eu fiquei achando que em menos de vinte e quatro horas você ia se arrepender do que tinha feito." *Não faça isso.* "Aí passou uma semana." O tom de voz dela mudou. "Depois um mês, depois três." Ela riu mais um pouco, não pareceu genuíno. "Aí eu parei de esperar que você se arrependesse e fui viver a minha vida." Ela continuou falando: "E sabe o que é mais engraçado? É que tudo o que eu fazia, tudo o que eu conquistava, eu ficava torcendo que fosse algo que você ficasse sabendo. Era como se eu ainda quisesse que você se arrependesse. Mas não pra te aceitar de braços abertos quando você me procurasse. Mas pra ser a pessoa a te magoar. Eu queria que você voltasse pra que eu terminasse com você."

"Por quê?", eu me virei.

"Eu não sei, acho que eu só queria que você se fodesse." Ela deu de ombros, os olhos ardendo de honestidade. "Queria que você sentisse um pouco do que eu senti quando você foi embora. Eu não sabia nem onde colocar minhas mãos sem você, Édra. Eu não sabia segurar mais nada. Meu corpo era mais seu do que meu. Quando você foi embora, foi chocante pra mim. Pensei: *Meu Deus do céu, eu tenho pernas e braços*. Posso ir pra qualquer lugar, mas eu só queria o seu endereço. O primeiro amor que uma mulher sente por outra mulher é maluco demais. Muito entregue, muito cego. A culpa não foi sua, te amei assim porque eu não sabia ser de outro jeito. Queria ir num cartório e me passar pro seu nome, sabe? Eu queria ser uma jaqueta sua, eu queria ser um anel no seu dedo, eu queria ser um gato jogado aos seus pés. Eu nunca vou conseguir replicar a intensidade disso com ninguém. Não que isso seja ruim, *graças a Deus pela terapia*. Eu sempre fui muito sozinha, entende? Tinha um pouco disso também. Eu gostava de novela como se os personagens fossem as pessoas mais importantes no mundo. Então, essa coisa emocional desregulada sempre foi tudo o que eu sabia sobre mim mesma, tudo o que eu *conseguia* ser. Meus outros relacionamentos foram bons, menos intensos, mas bons. Fiquei com uma garota por dois meses, com outra por um. Beijei muito, transei até no set de gravação do meu trabalho e me apaixonei de novo por outra pessoa."

Um nó foi amarrado cuidadosamente dentro da minha garganta.

"Que bom, Íris", o engoli. "Fico feliz por você."

"Gosto de mulher e sou lésbica, *mesmo*." Ela deu uma risadinha. "Tenho, tipo assim, *certeza*. E você foi grande parte disso. Então, apesar de tudo, obrigada."

"Pelo quê?"

"Por isso, por ter me feito sentir alguma coisa."

Respirei fundo, sentindo a minha mandíbula travar. Meus dentes se apertaram dentro da minha boca. Soltei o ar espesso pelo nariz. "Eu não sei o que falar, Íris." "Tá tudo bem, só queria que você soubesse."

"Ok", eu disse. E *"Ok"*, respondeu ela.

Ela estava completando a volta para ficar de costas pra mim, de novo, quando eu falei o que a fez se virar.

"Entrei no seu quarto naquele dia pra beijar você", contei.

Ela me olhou assustada.

"Mais cedo, no terraço, também."

Ela continuou me encarando, com os olhos esbugalhados, em silêncio.

"Fui no terraço beijar você."

Vamos, fale alguma coisa. Qualquer coisa.

"Eu sei", respondeu ela. Foi a vez dos meus olhos arregalarem. "Você sabe?" "Sei." "Fiquei me perguntando se era coisa da minha cabeça ou não, se você queria também, ou não", eu fui dizendo, tentando não tropeçar nas palavras. *Eu não fazia ideia do que eu estava fazendo.* "Eu quis", respondeu ela, e fomos jogadas de volta ao silêncio, de lados opostos na piscina. "Mas eu não posso", completou ela. Aquilo me acertou como um soco. "Eu não quero mais ser sua jaqueta, nem seu anel, nem um gato jogado aos seus pés. Eu não quero me sentir assim de novo nunca mais", disse ela, firme. "Eu gosto muito de ser minha, Édra. Quando estou com outras pessoas, eu *ainda* me sinto minha. E assim é bom pra mim. Com você é diferente." "Eu entendo", foi tudo o que eu consegui dizer. "Não vou te desrespeitar. Nem fazer nada que você também não queira fazer. Só contei pra ser honesta, já que você tá sendo comigo." "Tudo bem", respondeu ela, ríspida, "Obrigada por contar."

Eu quis chorar, senti o meu olho arder.

"De nada", falei e saí da piscina.

"Ei", chamou ela, "aonde você vai?" "Acho melhor a gente voltar antes que as meninas deem falta e percebam que a gente trancou elas lá dentro." Passei a minha camiseta pela cabeça, mas percebi que ela ficaria totalmente ensopada pelo top. Tirei, sem nenhuma paciência e agarrei um dos roupões da espreguiçadeira. *"Calma, espera"*, ela saiu da piscina. Vesti o roupão por cima do top e da cueca, amarrei o cinto com firmeza e dobrei as minhas roupas, em silêncio, enquanto Íris torcia o cabelo e se secava. "Deu frio agora", comentou, voltando ao tom de voz divertido. Eu não sabia nem o que fazer para que saíssem palavras da minha boca. Continuei calada. Queria sair dali correndo, queria me trancar em algum lugar, queria chorar um pouco. Queria ficar sozinha.

Ela amarrou o cinto do roupão e abraçou o vestido.

"Pronto." Sorriu.

Eu me levantei e saí andando. Ela veio atrás de mim.

▷ **A LITTLE MORE – ALESSIA CARA**

Refizemos todo o caminho, antes divertido, agora sem dizer *nenhuma* palavra. Nossos fantasmas passavam correndo de um lado pro outro ao meu redor. Ela girava com a coroa e apontava a espada de esgrima pra mim. Enxugava a boca de água no meio do meu caminho e eu atravessava seu fantasma até que ele se desmanchasse como uma névoa.

"Me Deus do céu, Édra", a voz da Íris-real ressoou passos atrás do meu corpo. Continuei andando. *"Édra, espera!"* "Vamos logo, Íris." "Calma, espera." "Se você não quiser vir agora, pode ficar e vir depois. Mas eu vou voltar." *"Édra!"*, Íris gritou e eu parei de andar. Me virei para ela. Seus olhos brilhavam como duas bolas de gude raras. "É o salão de festas da formatura."

"O que tem?" "Você nem ficou pro resto da formatura. Você não quer ver direito como foi?", perguntou, diante da porta de entrada do salão, tomada por bons sentimentos, cintilando, como se brilhasse azulada no escuro. "Todo mundo dançou aqui depois." Ela olhava apaixonada para o lado de dentro. "Eu queria tanto ter dançado, mas você teve que ir embora, por causa da sua prova em Montana", disse, nostálgica, "Você lembra?" Ela se virou para mim, como uma criança mostrando uma coisa fantástica que na verdade é só um graveto, ou uma pedra, ou um desenho de bonecos de palito. "Lembro", respondi, contida. "Agora vamos." "Pode ir, se quiser. Eu vou olhar mais um pouco." Íris sorriu pra mim. Ela estava sendo sincera, não queria me convencer a ficar nem ficaria chateada se eu me virasse e fosse embora. Respirei fundo, contrariada. E andei até lá.

Ela foi entrando no salão abraçada em seu vestido preto. Quando a alcancei, ela estava lentamente olhando tudo em volta. O teto, os cantos, as paredes, andando em círculo para olhar tudo. "A formatura foi muito especial pra mim", disse ela, emocionada, "queria que tivesse sido pra você também. Sinto muito que você tenha tido que viajar no meio da madrugada", ela engoliu em seco, "não foi justo, a gente tinha esperado o ano inteiro por isso. Você merecia ter aproveitado. Queria que você tivesse ficado."

Fui atingida numa intensidade que eu não imaginava que seria. Nunca tinha parado para pensar sobre aquilo. Foi só mais uma das dezenas de mágoas causadas pelo meu pai. Uma ferida cutucada no mesmo lugar tantas e tantas vezes, que já não doía mais. A vontade dele acima de todas as minhas. Não me sobrava tempo nem de querer qualquer coisa que fosse. Nem de saber o que teria sido importante *pra mim*, se eu pudesse escolher. Foi assim, ali, que fiquei triste por ter perdido a minha formatura pela primeira vez. Três anos depois de ela ter acontecido. Uma tristeza somente minha. Um sentimento que ele não podia tomar de mim, nem decidir o que eu faria sobre, que horas eu sentiria, se podia sentir ou não. Fiquei feliz em estar triste por algo somente meu. E triste, eu sorri. "Deve ter sido bonito", eu disse, olhando em volta. Teto, parede, cantos. "Sinto muito que você não tenha dançado, nem vivido tudo o que você queria ter vivido, porque eu não tava...", tentei tecer um pedido de desculpas. Mas fui prontamente interrompida por Íris: "Tudo bem, eu gostei daquele *pouquinho*", ela me olhou, doce. "Aquele pouquinho foi *imenso* pra mim." Sorri, dessa vez, sem tristeza.

Fui reparando nas coisas. Todas as cadeiras empilhadas nos cantos, toda a poeira, todas as vidraças banhando cada detalhe em azul. "As pessoas dançaram aqui?" "Sim, todas elas. Todos os casais e não casais, todo mundo que foi junto e quem não foi, mas achou um par quando chegou." Íris riu, se divertindo com as lembranças, caminhando abraçada no vestido. "Eles giravam", ela estendeu o vestido no ar, como se fosse seu par, "e giravam e giravam e giravam." E então, abraçou o vestido de novo. "Foi legal, eu amei assistir." Ela me deu um sorrisinho e olhou por cima do meu ombro, apontando o dedo para algo atrás de mim. "Eu fiquei ali, sentada." Eu me virei para olhar, "Ah, foi?" "Foi." "Em pé?" "Não, tinha uns banquinhos." "Ah, sim." Sorri. "Queria que você tivesse participado da dança", falei. "Ah", ela desviou o olhar, tímida, "até me chamaram, eu que não quis. Queria ter dançado com você." Entortei a boca pro canto, não sabia se sorria ou se voltava a me sentir triste sobre aquilo. Era tudo *agridoce*.

"Você quer dançar?", perguntei. Ela riu como um porquinho até parar de vez: "Você tá falando sério?" "Sim, ué, a gente não dançou." "Mas, *agora?*" "É!" Ela parecia nervosa: "Édra, eu acho que eu nem sei dançar isso, não tem nem música." "Pensa numa música dentro da sua cabeça e pronto, a gente já ensaia isso quase todo dia, é só repetir o que a gente aprendeu até aqui." "*É sério?*", perguntou ela, um pouco de ânimo, um pouco de receio de ser tudo

Elayne Baeta

uma piada. "É sério!", falei com a firmeza e a delicadeza que ela precisava para acreditar. Aí ela se abaixou no chão e deixou o vestido. Eu fiz o mesmo com as minhas roupas. Andamos até o meio do salão em silêncio. Dentro da minha cabeça, eu dei play em "A Little More", de Alessia Cara, e a segurei delicadamente pela cintura.

Um, dois, três. Um, dois, três. Um, dois, três. Um, dois, três. Gira. Um, dois, três. Um, dois, três. Um, dois, três. Um, dois, três. Afasta. Se olha. Caminha. E volta. Um, dois, três. Um, dois, três. Um, dois, três. Um, dois, três.. Mão na cintura. Pra lá, pra cá, pra lá e gira ela devagar. Se olha. Um, dois, três. Um, dois, três. Um, dois, três. Levanta o braço. Uma mão atrás das costas, a outra se ergue, encontra a dela e se encostam. Segura o olhar, gira. Se afasta. Caminha. E se olha. Estávamos de roupão, descalças e ainda molhadas da piscina. Enquanto andávamos distantes no círculo imaginário da coreografia, visualizei toda a formatura acontecendo a minha volta. Tudo foi preenchido por pessoas, pela alegria da festa, pelas partículas da juventude caindo em nós duas com os confetes invisíveis também imaginados. Todos os rostos conhecidos dançando ao nosso lado. Girando e girando e girando. Meu sorriso se abriu. Eu estava na minha formatura. Era uma alegria só minha. Ninguém podia tomar aquilo de mim.

E volta. Um, dois, três. Um, dois, três. Um, dois, três. As pessoas foram se apagando aos poucos ao meu redor. As mesas de convidados foram desaparecendo. A banda foi desvanecendo de cima do palco. Pouco a pouco, voltávamos a ser só eu e Íris, dentro de roupões, descalças, no salão de festas do Castelo Alfredinni. A música ainda tocava dentro da minha cabeça. Era *o suficiente*. Eu tinha ido na minha formatura.

Os braços de Íris enrolaram o meu pescoço, mas aquilo não fazia parte dos ensaios. Não daquele jeito. Fomos dançando e girando por conta própria, completamente descoreografadas agora. Cada vez mais devagar. E mais devagar. E mais devagar.

"Hoje eu ouvi uma coisa muito engraçada", quebrei o silêncio porque eu não sabia *exatamente* o que estava acontecendo e meu coração batia em estrondos. Tão alto que eu sentia que precisava falar qualquer coisa por cima dele para que ela não o ouvisse. Lembrei imediatamente da carta. *Penso-lhe. Penso-lhe muito. Nasci com o coração de mulher, todo som que escuto, corro para o jardim depressa, tantas vezes é só ele batendo.* O barulho me fazia querer correr até o jardim, como Paulina.

"A Thiessa não acredita em estrelas cadentes, você sabia?" Forcei um sorriso e meu melhor tom conspiratório. "Tem uma teoria agora, né, *entre os jovens*, de que...", e Íris me beijou.

Senti suas mãos subirem minha nuca para as minhas orelhas e então para o meu rosto. Apertei forte a cintura dela. Era um beijo desesperado. Não foi lento e cauteloso. Foi um beijo atrasado, correndo, um beijo que não queria perder o ônibus de volta pra casa. Ela me puxava cada vez mais pra perto, não havia mais onde eu pudesse ir, minha língua já estava dentro da boca dela. Não parecia o suficiente. Queríamos virar parte uma da outra com aquele beijo. Ela continuava me segurando como se quisesse que eu fosse sua jaqueta, seu anel, um gato jogado aos seus pés. Subi minhas mãos da cintura dela para o rosto e a segurei pelas bochechas, afastando nossas bocas. Queria que ela me visse. Queria que ela soubesse que eu estava bem ali. E que eu não iria a lugar nenhum. E que estava tudo bem. Ao menos, pelos próximos e sagrados quinze minutos prometidos a mim para qualquer estrela cadente que ainda exista. Ela me puxou de volta e, dessa vez, nos beijamos devagar. Eu podia sentir a saliva dela dentro da minha boca. Eu queria tudo que fosse dela. Fui inclinando a minha cabeça e encaixando o nosso beijo com mais intensidade. Seu polegar fez um carinho de leve na minha bochecha. Uma das minhas mãos ainda segurava o rosto dela, a outra, voltou para a cintura. Nossas línguas pareciam *simplesmente certas*. Aquilo parecia *simplesmente certo*. Como se eu tivesse sido colocada no mundo *apenas* para isso. Apenas para beijar Íris Pêssego. Aquela sensação foi crescendo dentro de mim de uma forma descontrolada. Eu queria *explodir*. Mas não era justo fazer aquilo. Eu ainda lembrava de tudo o que ela tinha me dito na piscina.

"Acho melhor a gente voltar pro quarto, agora", falei, me afastando. "Não quero que você faça nada que vá se arrepender depois." Respirei fundo, "Não é justo com você, nem comigo. Nem com tudo o que você me disse."

Ela parecia completamente confusa, aérea, perdida,

"*Tudo bem*", foi tudo o que eu a ouvi dizer antes que ela recolhesse o vestido do chão e saísse andando, de cabeça baixa, na minha frente.

▷ **HOME – GOOD NEIGHBOURS**

Não falamos mais nada. Apenas nos seguimos e nos direcionamos para as entradas, escadas e portas certas, com olhares, dedos apontados e réplicas dos passos uma da outra. Passamos tranquilamente pelos guardas, todos estavam dormindo em cantos diferentes do castelo. Por grande ironia do destino, a televisão que antes reprisava *Frutos Proibidos*, agora estava passando um episódio qualquer de *Amor em Atos*, era a sessão de novelas da madrugada. Atravessamos o corredor ao som da música de abertura. Eu segurei a faixa para que ela passasse por baixo e depois me inclinei para passar. Voltamos para a ala de hóspedes do castelo, a que ainda pertencia aos Alfredinni. Estávamos seguras.

Seguimos andando. O cabelo dela ainda pingava. O meu estava só úmido, secou mais rápido. Eu parei de acompanhar os passos dela. Íris estava de pé na frente do quarto das meninas. Estranhamente, elas não estavam conversando, nem rindo, nem gritando por socorro. Ela enfiou a chave na porta, quando se virou para me olhar, percebeu que eu estava muitos passos atrás dela. *"Você não vem?"*, perguntou. Eu não conseguia ler a expressão em seu rosto. "Acho melhor eu voltar pro carro. Vocês podem me encontrar lá de manhã, embaixo da laranjeira." Ela soltou o ar: "Édra, você não precisa fazer isso." "Isso, o quê?" "Parece que você tá, eu sei lá, me protegendo." "Eu não tô protegendo *só* você." Acho que ela não estava esperando ouvir aquilo. Seus olhos brilharam levemente com a camada aquosa que se formou. Ela desviou o olhar pra chave encaixada na porta, *"Tudo bem"*, e girou, "Boa noite, Édra." "Boa noite, Íris."

Fiquei ali, em pé, esperando que ela entrasse sã e salva no quarto para seguir o meu caminho. Mas ela continuou parada, imóvel, diante da porta recém-aberta, olhando para dentro do quarto em uma espécie de estado de choque. "O que foi? O que houve?", eu corri eufórica até ela, rezando que Thiessa e Yasmin não estivessem mortas lá dentro.

▷ **TEOREMA – LEGIÃO URBANA**

Quando cheguei na frente da porta, ao lado de Íris e olhei para dentro, lá estavam elas. Dormindo abraçadas embaixo do edredom. As mãos entrelaçadas, os tênis jogados pelo chão, roupas por toda parte. Thiessa respirava na orelha de Yasmin, dormia sorrindo, como quem sonhava com estrelas cadentes.

"*Viu, bestona?*", pensei alto, tomada de alegria, "*Durou mais do que quinze minutos.*"

"O que você disse?", perguntou Íris. "Eu disse que Thiessa é lésbica." Eu sorri para ela, adormecida. "Ela é... *lésbica.*"

PARTE III

Me virei de um lado pro outro no banco do carro. Acordei quando uma laranja se desprendeu da árvore e caiu em cheio no para-brisa. O som da pancada contra o vidro fez o meu corpo descolar do assento por meio segundo. Olhei em volta, bocejei e voltei a dormir. A laranja continuou no para-brisa.

O frio veio com o pico da madrugada. Pra piorar, minhas roupas ainda estavam úmidas. Eu e Íris tínhamos vivido uma aventura inteira e voltado sem nada além dos roupões. Tudo havia ficado pra trás. Yasmin e Thiessa dormiam como pedras, sem se importar de estarem sujas, diferente de mim e de Íris, que só queríamos nos livrar do cheiro de cloro em nosso cabelo.

Decidimos improvisar com os tubinhos de xampu e sabonete disponíveis no quarto e revezamos: enquanto uma olhava as meninas, a outra tomava banho. Sem fazer muito barulho, para não acordá-las. Elas estavam vivendo um momento mágico. Não queríamos estragar nada.

Assim foi feito.

E agora eu tentava tirar um cochilo no banco inclinado do carro, usando um roupão como cobertor. Antes de estar ali, eu tinha me perdido tentando achar o caminho. Antes de me perder tentando achar o caminho, eu tinha dado boa-noite de novo a Íris e, antes de dar boa-noite de novo a Íris, eu tinha saído do banheiro, já vestida e de banho tomado.

Íris tentou me convencer a ficar e a dormir no quarto, em qualquer canto que fosse.

Eu estava uma completa bagunça, queria respirar um pouco de ar fresco sozinha.

"Vou voltar pro carro", foi o que respondi às investidas dela.

Não tocamos mais no assunto do beijo. E eu estava tão confusa que, no meio do banho, me perguntei quão real foi tudo aquilo e quais partes eu podia ter inventado, imaginado, *"aumentado"* dentro da minha cabeça.

Quando decidi interromper o beijo, ela prontamente concordou. E isso me assegurava toda vez que eu me perguntava se tinha feito a coisa certa. Íris não estava se importando muito com nada que não fosse a minha segurança pelo restante da noite. Dormir do lado de fora, no carro, pra ela era uma loucura. Uma escolha exagerada. Mas, quando eu perguntava o porquê de ela achar isso, Íris não contra-argumentava. Porque, para contra-argumentar, ela precisaria citar o beijo e o que tinha achado sobre ele. E, honestamente, eu não acho que ela sequer tinha uma resposta para isso.

Quando eu saí do banheiro, ela entrou. E, quando ela saiu, eu não estava mais lá. Assim que ouvi o chuveiro se abrir, encostei a porta com cuidado e tracei o meu caminho do corredor até o lado de fora. Sorri para a carta de Paulina Alfredinni quando passei por ela e só parei de andar quando encontrei o carro estacionado. Me joguei no banco como se tivesse esperado aquilo por anos. Era rígido, desconfortável e não se reclinava por completo. Mas, ah, no auge do meu cansaço com aquele dia? Era perfeito.

Me ajeitei. Abri o roupão em cima das minhas pernas. Olhei pra rua, liguei o rádio no volume mínimo. Um cochilo com uma musiquinha de fundo. Naquele momento, isso era tudo o que eu podia pedir a uma estrela cadente.

Todo o resto podia ser pensado e processado depois... De manhã, de barriga cheia, na fazenda, com o colo da minha avó por perto.

"*Você está ouvindo a sua, a minha, a nossa, Rádio Andorinhas. E essa é a Sessão Coruja, só entende mesmo quem namora. As músicas mais quentes da estação, as mais ardentes e românticas. Se tocou na cena de beijo da novela, toca na Rádio Andorinhas. Agora, três e vinte e três da manhã. Fiquem com 'You're Beautiful'. James Blunt.*"

Música de cena triste de novela. Xinguei mentalmente e fechei os olhos. Eles se abriram logo depois com a queda da laranja no para-brisa. Passado o susto, cedi ao sono.

Acabei dormindo, não sabia nem dizer quanto tempo tinha se passado. Horas ou minutos até que alguém começar a bater na janela. Fiquei em silêncio, como se isso fosse o suficiente pra desistirem e me deixarem em paz. Mas as batidas continuaram. Desliguei o rádio antes de abaixar o vidro do carro. Esfreguei os olhos.

Era Íris. De roupão.

– O que foi? – perguntei, meio acordada, meio dormindo.

– Não tô conseguindo dormir – disse ela, pressionando com força os braços cruzados contra o próprio corpo. O vento assoprava seu cabelo lavado, agora parcialmente seco. – Aquele divã é muito desconfortável. Derrubei algumas coisas no chão pra ver se as meninas acordavam e ficava menos inconveniente e ridículo eu pedir pra dormir no cantinho da cama com elas. Mas elas não acordam por nada.

Destranquei a porta do carro em silêncio e voltei a fechar os olhos.

"*Rádio Andorinhas, a sua, a minha, a nossa...*"

– Íris? – perguntei, de olhos fechados.

– Desculpa, apertei sem querer.

Eu me virei pro outro lado e puxei um pouco mais o roupão que me cobria.

– Tá muito frio aqui – queixou-se ela.

Respirei fundo. Tirei a minha jaqueta e entreguei a ela sem dizer nada. Fechei os olhos de novo.

– Vá dormir – resmunguei. Ela não respondeu.

Senti que ela estava me olhando.

– Vá dormir, Íris.

– Não consigo.

A porta do carona bateu ao meu lado. Pelo para-brisa, observei confusa enquanto ela se afastava. *Não vá atrás, não vá atrás, não vá atrás. Não. Vá. Atrás.*

Saí do carro.

▷ PARTILHAR – RUBEL, ANAVITÓRIA

– Íris! – Apressei os meus passos pra acompanhar os dela. – O que foi? Pra onde você tá indo? – "Desculpa", disse ela, andando apressada, de costas pra mim, "não quero atrapalhar o seu sono, não deveria ter te acordado. Vou voltar pro divã." – Você nem tava conseguindo dormir lá, Íris. – "Daqui a pouco amanhece." – A gente tem ensaio hoje, na fazenda – falei, parando de andar, mais um passo e eu estaria dentro do castelo de novo. E eu sabia que se eu entrasse, não voltaria pro carro. – Tem um monte de coisa acontecendo, você precisa descansar. – Ela continuou andando: "Vou ficar bem, pode ir." – Íris! – gritei. Ela hesitou e gritou de volta: *"O quê?"* Eu não sabia o que pensar, o que fazer, o que dizer. – Minha jaqueta!

Ela rebobinou os passos. Tirou a jaqueta. Esticou na minha direção. Respirei em descompasso. "Você não vai pegar?", perguntou ela, impaciente. Estiquei o braço. Segurei a jaqueta e ela a soltou. "Íris", falei, para as suas costas. "Vá dormir", ela resmungou, se distanciando. *Não vá atrás, não vá atrás, não vá atr...*

– Eu tava dormindo – falei, entrando no castelo –, e *você* me acordou. – "E o que você quer que eu faça?", ela continuou andando apressada. "Te coloque de novo pra dormir?" Arfei. – Você é muito difícil, às vezes. – "Você é *muito difícil* o tempo todo." – Eu não fiz *nada* com você, Íris. – "Claro que não fez, quando é que você *faz* alguma coisa?" – *Do que* você tá falando? – segurei a mão dela.

– Você me deixou numa situação *humilhante!* – Ela se virou, furiosa. – É *por isso* que eu não posso ficar *perto* de você. Sempre que eu fico, faço papel de idiota!

– *Do que* você tá falando? – repeti a pergunta. O pulso dela estava preso na minha mão. Ela se desvencilhou e, antes de seguir, me olhou no fundo dos olhos. "Você *sabe* do que eu tô falando." – Eu não faço *a menor* ideia do que você tá falando.

– Você me deu um fora, Édra! – gritou ela, parando no meio do corredor. A luz amarelada piscava na parede entre nós duas. – Você é uma *expert* nisso. Até quando eu acho que eu tô imune a você, você vem e me balança só pra me empurrar *de novo*. Eu não acredito que eu caí nisso.

– Um fora? Que fora? *Quando* eu te dei um fora? – perguntei, completamente perdida na história.

– No meio do beijo! – Ela me olhou com desdém. – Eu fiz um discurso inteiro sobre não cair mais na sua, abri os meus sentimentos igual uma idiota. Eu praticamente *te agradeci* por ter terminado comigo! E, no final, só porque você não teve a reação que provavelmente você queria, se aproximou de mim mais um pouco, só pra poder me empurrar.

— É isso o que você acha que aconteceu ali? — disse e a encarei, decepcionada. — Que eu *usei você* pra alimentar meu ego? Pra te empurrar? Você acha que eu me sinto *bem* com isso? Com esse tipo de coisa? Você me vê... assim?

— De que outro jeito você quer que *eu* te veja? — perguntou ela, cheia de sarcasmo. — Eu não tô entendendo como você pode estar *ofendida* com a forma como *eu* te vejo. Você *se mostra* assim. O que você quer que eu veja? Quando você não mostra isso, não mostra nada! Na maior parte do tempo, Édra — gritou ela: — Eu nem vejo você!

— Ah, então, na dúvida — falei, e ergui os meus ombros, devolvendo o sarcasmo —, vamos preencher as lacunas da história com a porra do que a gente quiser, não é mesmo? Não sei o que ela tá sentindo? *Opa!* Fácil de resolver. Vamos preencher com "surto egocêntrico". — Eu me aproximei dela, forçando um sorriso. — É bem engraçado você citar isso, depois de dizer que queria que eu voltasse correndo pra você só pra que você pudesse *pisar* em mim. Porque, *bom* — continuei, apontando para ela segurando a jaqueta —, nas suas palavras — e fechei a cara —, você queria que eu *me fodesse!*

— Nossa, você prestou *tanta* atenção em tudo o que eu disse, só esqueceu da parte de como eu me senti *horrível* quando você foi embora. Como as coisas ressoaram pra mim, na minha cabeça, por tanto tempo. Esqueceu disso e me beijou, só pra me empurrar de novo. Você não se importa nem um pouco com os meus sentimentos, só com os seus. Se você não quer ser vista como uma pessoa com o ego inflado — berrou ela —, é só não agir como uma a droga do tempo todo!

— Primeiro. — Eu dei um passo para a frente. — *Você* me beijou. Segundo — hesitei. — Foi justamente por ter prestado atenção em tudo o que você disse que eu interrompi aquele beijo. Você iria se arrepender depois, você já se arrependeu. Não é o que você quer, Íris. Não de verdade. É o que você quer por *um* momento, por *quinze* merdas de minutos.

— Não é você quem decide o que eu quero. Eu sou uma mulher adulta. Não só quando pago conta, vou trabalhar e compro um guarda-chuva. Eu *ainda* sou uma mulher adulta quando faço escolhas erradas, Édra. Mas adivinha! – Ela também deu um passo para a frente. – Minhas escolhas erradas são *só minhas*. Não é você quem decide do que vou me arrepender ou não. Você não precisa me proteger de mim mesma. Nem me proteger contra nada. Eu tenho três anos sem ver sua cara. Eu sei viver sem você!

Nocaute.

– Então continue vivendo. – Eu me virei de costas rapidamente, antes que meus olhos começassem a marejar na frente dela. Apertei minha jaqueta com força e saí andando.

– Sabe, Édra – disse ela, num tom de voz baixo, atrás de mim –, você é *tão* difícil de entender que é impossível às vezes não desejar que você se foda.

Continuei andando.

"Aonde você tá indo?", perguntou ela, gritando. Ainda andando, gritei de volta: "Me foder."

– Eu sabia que você vinha pro casamento! – Eu parei de andar. – Eu sabia que você vinha, sabia que você não ia perder! – Continuei parada, de costas pra ela. – Foi por isso que eu não fiquei noiva. Eu precisava saber. Eu queria saber se eu sentia alguma coisa ainda. Não seria justo dizer *sim* sem saber isso! Não seria justo com ninguém! – Eu me virei para ela. – Eu precisava saber!

Ela estava chorando, e eu estava em estado de choque.

– Você não vai dizer nada?

Me virei de lado em silêncio e fiz força numa maçaneta. A porta não abriu. E eu fui para a frente de outra. *"Édra?"* Nada. Próxima porta. "Édra, o que você tá fazendo?" Também não abriu. Desviei do corpo de Íris como se ela não estivesse ali, tentei abrir a porta atrás dela. Nada. "Você não vai mesmo dizer nada?" "Abriu!" Empurrei a porta. E como ela não veio, eu fui buscar.

▷ **LOVER, YOU SHOULD'VE COME OVER – JEFF BUCKLEY**

O BEIJO COMEÇOU AINDA NO CORREDOR. Quando entramos no quarto, a cabeça de Íris bateu com força na parede. Puxei o cinto do roupão que ela usava de uma só vez. Puxamos juntas, de maneira afobada, a minha camiseta pra cima. Só interrompemos o beijo para que conseguíssemos terminar de tirá-la. Não faço ideia de onde a jogamos.

Ela trouxe o meu rosto novamente pra perto. Nossas mãos estavam por toda parte. Eu apertava seu quadril e sua bunda, pressionando-a cada vez mais contra a parede. Ela puxava os fios do meu cabelo com as mãos firmes na minha nuca. O beijo se movia tão descompassado quanto a nossa respiração.

Eu estava fervendo.

Queria que houvesse um eco ainda maior no quarto, que amplificasse os gemidos deixados por ela dentro da minha boca e todos aqueles estalos de nossas salivas.

Ela me mordia e eu gostava. Nossas línguas se enroscavam enquanto nos esfregávamos uma na outra. Podia senti-la fazendo força contra a minha perna. Indo e vindo na minha coxa. Imaginei que já pudesse estar molhada e quis meus dedos dentro dela.

Mas ela me fez esperar.

Seu corpo se desencostou da parede e passou a guiar o meu. Fui dando passos pra trás, sem fazer ideia de onde estava pisando. Colidi com a beirada da cama. Ela se afastou dos meus lábios, um fio de saliva se esticou até se romper. Não entendi por que tinha parado e não queria que parasse.

Inclinei a cabeça, confusa.

Íris me olhou como se estivesse pedindo uma autorização silenciosa. Sua mão alisou a minha calça em busca do zíper. Eu engoli em seco. Observei o zíper se separar até embaixo. Dava para perceber a respiração irregular pelos movimentos da minha barriga.

Voltei a encará-la.

Foi assim que Íris tirou a minha calça. Olhando pra mim.

Depois, me empurrou na cama. E eu caí de costas no edredom gelado.

O peso do corpo dela subindo no meu foi me afundando no colchão. Ela beijou a ponta do meu queixo. As mechas de seu cabelo fizeram cócegas no meu rosto. Os lábios foram roçando pela linha da minha mandíbula, até que sua língua encostasse o meu pescoço. Se pôs a lambê-lo e a chupá-lo com cuidado. Então, as nossas barrigas respiravam descompassadamente juntas, coladas. Ela se arrastava em mim, de lá pra cá. Eu podia sentir o algodão úmido de sua calcinha na minha perna, conforme ela ia se esfregando, se friccionando com tanta força, ficando encharcada. Gemia com o rosto escondido no meu pescoço, passava só a pontinha da língua pela minha orelha. As pernas trêmulas, a respiração ofegante na minha orelha, a boca babando o meu pescoço com beijos ensopados.

Ela foi descendo e empurrando o meu top para cima, estiquei os braços, o tecido foi se arrastando pela minha pele. O arrepio veio logo em seguida. O gemido escalou a minha garganta assim que ela abocanhou o meu peito. A sensação era quente e molhada.

Eu não tinha força pra pensar no que estava acontecendo. Nem vontade de interromper. Aquilo era diferente pra mim. O que eu costumava causar, dessa vez, eu estava recebendo.

Eu me sentia zonza, sensorialmente embriagada.

Tentei me conter, abafando com a mão os meus gemidos. Mas Íris agarrou o meu pulso, destampando a minha boca. Me escutei outra vez. O som era tímido, contido, trêmulo e falhado, de um corpo que não sabia que podia sentir o que estava sentindo. A depender do que a língua dela fazia, eu puxava um "s" entredentes e soltava o ar carregado logo em seguida, aliviando a tensão no meu abdômen.

Íris desceu em zigue-zague pela minha barriga. Me fazendo apertar com força o lençol da cama. Queria ser dela. Queria deixar.

Ela se afastou sem nenhum aviso.

Tentei me apoiar com os cotovelos para vê-la direito e entender o que estava acontecendo. Ela reunia o cabelo inteiro num coque, parada entre as minhas pernas.

"Quando uma mulher te quiser, te quiser mesmo, vai começar pelo olho."

Íris agarrou as laterais da minha cueca, meu corpo falhou e eu caí. Passei uma perna e depois outra, olhando para o teto. Meu coração estava saindo pela boca. *Ela me queria.*

Quando sua língua me encostou, pela primeiríssima vez, uma sensação feita de pólvora e fogo se alastrou pelo meu corpo inteiro. Uma mão agarrou o lençol com força, a outra procurou pelo cabelo dela.

Todos os impulsos incontroláveis de gemer voltaram. Mais intensos, mais trêmulos, mais altos.

Suas mãos deslizaram pelas minhas coxas. O coque se desfez, as mechas se espalharam, mas ela continuou fazendo o que estava. Meu quadril se movia involuntariamente, acompanhando os movimentos de sua língua. Eu parecia estar derretendo. E ela era a causa.

Eu a queria *tanto*... Eu queria *tudo*.

Ensaiei a abertura da boca para dizer alguma coisa, mas os gemidos empurravam as palavras. Precisei me concentrar pra conseguir pedir que ela não parasse. Chamei seu nome tantas vezes. Disse rouca as coisas que consegui. "Íris", "isso" e "por favor".

O queixo dela ficava cada vez mais escorregadio. Eu estava suando. Sentia meu cabelo grudando na testa. Minhas costas se arqueavam umedecidas no edredom.

Íris só parou quando eu *dissolvi*.

Eu morri por alguns segundos. *La petite mort*, como nos meus livros de francês. Me lembro do som do meu último gemido. Tudo o que eu tinha sentido ali era inédito. Agora eu era uma mulher que foi tocada por outra mulher.

Íris engatinhou para cima de mim. O beijo manhoso que ela me deu tinha o meu gosto. E o meu gosto era bom. Minha alma flutuou até o teto do quarto, se mesclou às pinturas, nos olhou de lá de cima. Eu estava imóvel, atordoada, respirando pela boca. Íris deitou ao meu lado, seu dedo tateou o meu rosto, enquanto ela me olhava sem dizer nada.

Minha alma retornou ao corpo, caiu do teto na cama como a laranja caiu da árvore no para-brisa. Eu quis tanto fazer alguma coisa. Eu quis tanto retribuí-la. *Tanto*...

Mas não consegui.

Em silêncio, me levantei da cama. E me tranquei no banheiro.

BEING SEEN – ARIYEL

MINHA CABEÇA ENCOSTOU DE LEVE NA PORTA. Eu ainda não tinha voltado a respirar direito. Da claraboia redonda, no alto da parede, o dia amanhecia. O mosaico da janela recebia as primeiras luzes da manhã. Elas atravessavam o vidro e derramavam suas cores sobre o meu corpo.

"*Você sabia?*" – relembrei a explicação do expositor – "*Durante as manhãs de verão, os mosaicos pintados nas janelas do castelo emanam luzes de diferentes cores com o passar do sol pelo vidro. Essa é uma das coisas favoritas sobre o castelo para os Alfredinni. O amanhecer, aqui, se chama..."*

A hora sagrada de Paulina.

Me aproximei do espelho. Observei meu rosto, meu peito, minha barriga. Deslizei minha mão sobre a minha bochecha, meu queixo, minha clavícula. Senti a pele sob os meus dedos.

Que incrível.

Eu sou *mesmo* uma menina.

Me parecer como eu me pareço, me vestir como eu me visto, cortar o cabelo como eu corto, nada disso tinha me arrancado de quem eu era. Não era verdade. Mentiram pra mim. Mentiram pra mim esse tempo todo.

Eu estava ali. Bem ali.

Eu era uma menina. *Só uma menina.* Como qualquer outra.

▷ **WARM HONEY – WILLOW**

Foi isso que eu sussurrei, BAIXINHO, na orelha de Íris. Ela estava mais dormindo do que acordada, bocejava dengosa, de olhos fechados.

– *Não, Édra* – respondeu ela, antes de se entregar de vez ao sono, se ajeitando para encaixar o corpo no meu. – *Você é, sim, uma menina* – disse –, *mas ninguém é como você.*

Escondi um sorriso entre os fios do cabelo dela.

Nós duas estávamos amanhecendo abraçadas na cama. A xícara estava amanhecendo no colo da estátua. A laranja estava amanhecendo no para-brisa do carro. Meu coração de mulher estava amanhecendo – e batendo – em algum lugar no jardim.

"Somos um grão de poeira para o universo, mas, para alguém, em algum lugar do mundo, o sol. És o meu. Concordes ou discordes. A ti, tudo."

16.

Algumas pessoas acreditam que, quando você se reapaixona por alguém, você, na verdade, nunca *deixou* de ser apaixonado por essa pessoa. Aquilo ficou guardado em alguma gaveta dentro de você. Outras pessoas acreditam que, dadas as circunstâncias certas – passado o tempo pra fechar as feridas ou acumulada uma dose suficiente de saudade, quando você gira o mundo todo e com mais ninguém é *daquela* maneira ou quando o ônibus atrasa e o próximo vem com a pessoa dentro –, é possível se apaixonar de novo por alguém que você já foi apaixonado antes. Se estava numa gaveta ou num ônibus fretado pelas circunstâncias, eu não sei. Só sei que os eventos que se sucederam naquela semana foram uma espécie silenciosa de milagre. Eu já tinha lido algo sobre isso, sobre esse tipo de milagre, num livro da Carla Madeira, no verão passado.

Alguns amores são daqueles que você vive e, enquanto ainda está vivendo, já sabe que vai sentir saudade pra sempre. De amar com tanta força, tanta força, como se você escalasse cada vez mais uma montanha, subindo e sabendo, que, se você cair dali, acabou. De rir pensando *"Rapaz, quando acabar, eu nunca vou me recuperar disso"*. De olhar pra alguém carregando essa certeza, bonita e triste ao mesmo tempo, de que aquilo ali você nunca mais vai sentir de novo, por ninguém. Que pode até voltar a acontecer, de você se apaixonar, mas aquele amor ali foi uma outra coisa. E amor assim não é sobre ficar pra sempre com ele ou não. É só um milagre ganhado, que a vida achou engraçado te dar. O milagre que você recebeu, pra não morrer sem saber como era. Quando acaba, acaba. Às vezes leva um mês pra gente entender, e às vezes, três anos. É triste cruzar com alguém que nunca se apaixonou assim antes e acha que em você há um possível milagre. Sem saber que sua mão é incapaz de reproduzir aquela forma de segurar de novo, seu lado emocional como uma bateria viciada de celular, agora só tem oitenta porcento da capacidade máxima a oferecer.

Viver outros amores é bom. São bonitos de outras formas. Há um pouco de milagre em todo amor, especialmente nos que tentamos sem ajuda divina nenhuma. Mas aquilo foi aquilo. Ou você aceita ou você busca outras coisas pra acreditar, muda de ideia, blasfema. *"Eu não acredito que o amor adolescente seja indomável assim, acho que eram só os hormônios e a ingenuidade da época,* anyway", resmungava Pilar, com uma caixa embaixo da cama, cheia de cartas de Tory, a segunda namorada dela, mas *a pessoa* que lhe trouxe o milagre. O que Pilar dizia era verdade e mentira ao mesmo tempo. As crenças são relativas, as formas de seguir em frente, também. *"Verdade"* é toda e qualquer coisa em que escolhemos acreditar. O que um acha é tão verdadeiro quanto o que o outro acha. E tão mentiroso também. Perspectivas.

Os amores seguintes, quando chegam, podem ser de muitos jeitos. Muitas vezes, passado o amargor da perda, você entende. Era preciso que um milagre acontecesse. Aquilo deixa de ser sobre a pessoa e ganha um novo sentido. Era preciso, não pelo outro, mas pra que você enxergasse algumas coisas na vida, pra que você pudesse ver um pôr do sol e achar bonito, para dar de comer a um gato de rua, para ajudar alguém a carregar as compras, para dizer bom-dia a um estranho, para entender as letras de músicas e os textos que foram escritos sobre os milagres dos outros. Um milagre dá de comer à nossa sensibilidade, alimenta nosso lado humano e isso ainda fica quando ele passa. É claro que pode acabar com a gente, mas também nos começa. E é importante saber que às vezes a gente tá *acabando de começar.*

E as nossas escolhas sempre serão as nossas escolhas, o milagre não é o que é feito com o amor, nem o que é sentido em si. Isso é *parte* do milagre.

O milagre é a chance. O milagre não é o que está dentro, é a gaveta e o ônibus. São os meios. É o que permite que você conheça e seja conhecido por alguém que você vai amar com *toda* a sua capacidade de bateria, com o otimismo nas suas mãos, com a saudade precoce da certeza de que ainda que acabe, durará para sempre. O milagre é não ter chovido quando você escalou a montanha, são todas as coisas que te fizeram perder o primeiro ônibus, para se sentar ao lado de quem você deveria, no segundo, é o impulso de limpar o guarda-roupa e todas as gavetas. A vista lá de cima do topo da montanha é que é o amor. O outro ônibus chega, a gaveta se abre, dentro, o amor.

Eu estava me apaixonando de novo. Parecia *um milagre*. Mas já tinha acontecido antes. Eu não sabia do que chamar aquilo, então não chamei de nada. Fiquei calada. Por ter ficado calada, parecia um milagre silencioso. E, como eu acreditei, também parecia verdade.

Íris foi a primeira a querer desistir. Quando acordei no castelo, eu estava sozinha no quarto. Tive um pesadelo. O lado de Íris da cama, bagunçado, era a única prova de que eu não tinha inventado tudo na minha cabeça. Me vesti e cruzei o corredor da ala de hóspedes. Thiessa e Yasmin dormiam juntas, Íris estava encolhida no divã. Dei algumas batidas na porta já aberta. Todas foram abrindo os olhos, confusas. "Já são oito da manhã", falei, antes de me virar. "Tô esperando vocês no carro."

Cada passo e eu me sentia pior sobre tudo. Era frustrante. Íris não tinha como saber o tanto de importância que aquela noite teve pra mim, eu *nunca* falava abertamente sobre as minhas questões e não tivemos tempo o suficiente de relacionamento na época pra que eu me abrisse sobre *isso*. Sobre nunca ter sido tocada como uma menina e como isso era uma parte enorme das minhas feridas. Agora era tarde. Ela ter me deixado no quarto sozinha tinha estragado parte da experiência. Eu tinha me encantado, ela tinha se arrependido. Nós não controlamos as pessoas e as formas como elas reagem às coisas. Tirei a laranja murcha do para-brisa e a arremessei longe. Entrei no carro e bati a porta com força. Por um lado, *eu sabia*. Eu não merecia ter a paz de quinze minutos dada por alguém que magoei por três anos. Mas aquela era uma questão de uma vida inteira. Ela tinha sido, sim, a minha primeira Íris

Pêssego, diferente de todas as meninas que eu já tinha conhecido. E, ainda assim, eu estava ali, respirando fundo com a cabeça encostada no volante. Lembrando de tudo e me sentindo *horrível,* como foi com todas as meninas que eu já tinha conhecido.

Yasmin, Thiessa e Íris entraram no carro um tempo depois. Como Thiessa quis ir ao lado de Yasmin, Íris veio na frente comigo. Puxou o cinto sem dizer nada, ficou olhando para a frente. As mãos deitadas no colo, recolhidas, nem pareciam as mesmas que passearam por mim. Girei a chave balançando a cabeça. É, o recado estava dado e eu tinha entendido.

"As outras meninas, suas amigas, não vão com a gente?", perguntou Yasmin. "Vão depois", respondeu Íris. "A gente não pode chegar em casa num carro com vocês, a gente já tem toda uma mentira programada", disse Thiessa, explicando por alto o plano. Minha cabeça estava tão distante que eu não conseguia prestar atenção em nada além das mãos recolhidas de Íris e no quanto ela estava decidida a me evitar. "Certo", respondi, para seja lá o que for que Thiessa e Yasmin tenham falado.

Quando deixamos as meninas na estação, o clima ficou ainda pior. Íris saiu do carro pra comprar bilhetes de metrô pras duas, quando voltou, bateu a porta do banco de trás.

Eu não queria iniciar uma discussão por algo tão humilhante – uma pessoa ter se *arrependido* de ter ficado comigo, tanto que não suporta nem ir ao meu lado num banco de carro. Então passei a marcha, tentando me manter com um semblante tranquilo.

Mas era tarde demais para impedir a formação do nó na garganta. O que restou foi ignorá-lo pelo resto do percurso.

Assim que chegamos à fazenda, Íris saiu apressada do carro. Esperei um tempo antes de ir. O dia estava ensolarado, bonito e sem nuvens. Não combinava em nada com a nebulosidade que eu estava sentindo. Subi ligeiramente os degraus da escada, para evitar conversa fiada com as amigas da minha avó. Dava para ouvir as vozes delas vindo do quarto, no final do corredor.

Ficar sozinha depois de tudo aquilo foi esquisito. Eu não sabia o que fazer. Se cedia àquela vontade acumulada de chorar ou se me fazia de forte, pra não jogar milho pra esses sentimentos inseguros ciscarem.

Uma das vozes lá embaixo era da Senhora Lobo. Íris e eu estávamos atrasadas pro ensaio da valsa das madrinhas. No banheiro que conectava nossos quartos, o chuveiro ligou. E eu tive que esperar a minha vez de tomar banho andando em círculos. Pensando se dizia alguma coisa ou não, se batia ou não na porta. Fiquei de um lado pro outro, repassando tudo na minha cabeça, com as mãos suadas de nervoso. Tentando secá-las na mesma calça que ela tinha tirado na noite anterior.

O chuveiro desligou e a porta do quarto dela bateu. Entrei no banheiro logo depois. Girei a maçaneta da porta dela com muito cuidado. Só queria testar uma coisa.

Dito e certo, não abriu. Ela tinha trancado a porta para que eu não fosse atrás dela.

É, balancei a cabeça, o recado estava *mesmo* dado. Íris estava me evitando.

Tomei meu banho, mordida. Esfreguei meu corpo com muita agressividade, como se ele tivesse alguma culpa naquilo tudo. Me perguntei se ela tinha feito de propósito, já que queria tanto que eu me fodesse. Se era esse o plano, me levar do céu ao inferno.

Meu lado emocional piorava tudo. Íris ia ganhando acessórios e roupagem de vilã de novela. Até o sabão que tinha caído no meu olho, naquele momento, parecia culpa dela. Eu me sequei, me vesti e desci para o café da manhã.

"Bom dia, querida", minha avó me cumprimentou com um sorriso. "Bom dia", respondi.

Assim que me viu, Íris parou de comer. "Vocês estão mais do que atrasadas", reclamou a Senhora Lobo, levando o guardanapo de pano até a boca. *"Um ultraje!"* Eu arrastei a cadeira e me sentei. Íris colocou o garfo e a faca sobre a mesa, recolheu um guardanapo de pano, disse: "Com licença", e saiu.

A Senhora Lobo foi logo atrás.

"Vou estar no salão esperando a dupla de irresponsáveis", disse ela.

Minha avó se virou cheia de bobes no cabelo. Estava testando penteados, maquiagens e adereços para o casamento. Tinha feito uma pausa pra passar um café e oferecer a todas as amigas que esperavam afoitas no quarto. Ela me lançou um olhar de *"está tudo bem?"*. Eu passei uma fina camada de manteiga em uma torrada e enfiei tudo de uma só vez na boca: "Eu adoro a manteiga daqui!", comentei, tentando agir com naturalidade.

Minha avó me olhou de cima a baixo.

"Tenho certeza que sim, querida."

Um, dois, três. Um, dois, três. *Um, dois, três. Girou. Um, dois, três .Girou. Um, dois, três. Girou. Um, dois, três. Girou. Um, dois, três. Girou. Um, dois, três. Afasta. Se olha. Caminha. E volta.* No final do ensaio, a Senhora Lobo queria conversar com a gente. "A dança está boa, vocês aprenderam os passos. Mas precisam levar mais ânimo pra performance. Além disso, precisamos treinar com roupas mais...", ela fitou meu moletom cinza e a camiseta preta, e a saia longa e a blusa de Íris, "*adequadas*", continuou ela. "Vocês precisam entender o calor do corpo e a dificuldade dos movimentos quando estiverem vestindo corsetes e blazers. Nosso último ensaio será com os mesmos trajes da cerimônia, já estou combinando isso com a costureira. Vejo vocês duas na semana que vem." "Senhora Lobo", chamou Íris, parecendo preocupada, "meu vestido só vai ficar pronto na manhã do casamento, faltou um bom pedaço de tecido e alguns botões tão vindo da fábrica de tecidos de Taripe pra cá. Eles só vão conseguir entregar em cima da hora." "Não se preocupe, querida, já conversei com a costureira sobre isso também. Ela vai te emprestar um vestido parecido com o seu e com o mesmo peso para você testar na dança." "E os ensaios *dessa* semana?", perguntei, porque ela tinha dito *semana que vem*. "Vocês vão ensaiar sozinhas. Espero que tenham disciplina pra isso. Preciso acompanhar minhas alunas de ballet numa viagem pra apresentação do fim do ano. Mas volto a tempo do último ensaio", respondeu ela, antes de deixar o salão, andando retilínea, com as mãos para trás. *"Tentem não destruir a dança até lá."*

"Que horas amanhã, então?", perguntei a Íris. "A hora que você quiser", respondeu ela, sem olhar para mim, seguindo afobada os passos da Senhora Lobo para fora dali.

Procurei Cadu pela fazenda inteira. Seu Júlio disse que uma hora daquelas ele só poderia estar *"na escola"*. Minha avó, que estava sendo penteada por várias mãos com o cabelo indo de um lado para o outro, falou que ele tinha ficado em São Patrique, em sua loja, cobrindo o turno para o funcionário dele ir ao médico, mas que a noite ele já devia estar de volta.

O tédio me consumiu por completo, como um cupim faminto numa madeira. Naquela tarde, cortei lenha. Passei cera de abelha nos móveis que seriam usados como decoração do casamento acumulados no galpão. Dei de comer aos bichos. Ouvi as meninas fofocando sobre a noite delas, tomando sol do outro lado do lago, enquanto Seu Júlio me ensinava a pescar.

Marcela, que tinha passado a noite com Ira, era a mais empolgada, com o nariz roxo pelo incidente com o urso no Submundo. "Passamos a noite em um quarto de realeza mesmo. Foi incrível. Eu não imaginava que ela fosse apaixonada por mim. Foi tudo tão rápido. Aquela declaração me pegou. Acho que dessa vez achei A pessoa", disse ela, como se falasse de um milagre. Os peixes desviavam arteiros do anzol, como Íris desviava do assunto. *"E você, amiga?"*, perguntou Suri, repondo o protetor solar nos braços. As cadeiras de praia abertas embaixo do enorme salgueiro. "Nada." Íris virava a página do livro, atrás dos óculos escuros, usando o chapéu de palha da minha avó. "Não aconteceu nada de mais."

Eu entreguei a vara de pescar para Seu Júlio. "Vai aonde sem peixe, mocinha?" "Fazer um lanche." Na cozinha, minha avó era paparicada por todas as amigas. Serviam fatias de bolos de laranja, colocavam cubos de açúcar nas minúsculas xícaras de café, fatiavam doces de goiaba. Metade do rosto da minha avó estava com uma maquiagem e a outra, com outra. O cabelo estava metade em bobes e a outra, solto. As mãos esticadas sobre a mesa sendo pintadas por uma mulher que parecia ter a minha idade, de touca rosa. *Fátima & Dalva Salão em Casa* bordado em letras douradas. Genevive e Vadete sorriram ao meu ver. "Aí está ela, a nossa estrela internacional", disse Vadete. "Senta aqui, querida", Genevive arrastou a cadeira, "vou cortar um pedacinho de bolo para você." Eu comi de tudo enquanto mentia. "Agora nos conte como é a neve!", pedia uma das amigas da minha avó, que eu ainda não conhecia. "Quero que meu neto estude lá!", dizia outra, "Ah, se não é um sonho adorável!".

Minha avó estava mais calada do que de costume, ouvia mais do que falava. Quando perguntavam sobre ter orgulho, só concordava com a cabeça. Quando sua unha acabou, eu ainda respondia perguntas sobre Montana. Ela fatiou metade de um bolo de coco com melaço, expôs numa bandeja de madeira com alguns guardanapos e três garfinhos. "Tome", ela me entregou, "leve para as meninas."

Saí de lá furiosa. Quis jogar tudo aos patos.

Seu Júlio ainda pescava paciente. Marcela tirava uma selfie em seu telefone. "Vou mandar para Ira e perguntar o que ela tá fazendo agora." Suri revirava os olhos e Íris estava de costas para nós, deitada numa imensa boia preta em formato de donut, flutuando dentro da água.

"Íris!", gritou Suri, assim que estendi a bandeja. "Bolo!" Ela não respondeu nada. "Íris!", Suri gritou de novo. "Sem fome!", ela gritou de volta. "Bom que sobra mais." Suri deu de ombros. Eu deixei a bandeja deitada sobre a cadeira de praia de Íris. Quando me virei, tomei um susto com Seu Júlio de pé na minha frente. "Já lanchou", disse ele, me puxando, "agora de volta aos peixes." "Seu Júlio, eu tenho que levar a bandeja de volta." Sorri, amarelado, pensando numa forma de fugir. O contorno que fazíamos pelo lago daria justamente de frente para Íris na boia. "Você pode levar a bandeja de volta", ele sorriu, "com peixes dentro."

Íris estava de olhos fechados, os pés para o ar, a cabeça inclinada para trás, o cabelo molhado como na noite passada, metade submerso dentro da água escura do lago. Os pelos dourados brilhavam de longe, o biquíni de amarrar era azul marinho. "Ande, pegue", disse Seu Júlio me entregou novamente a vara de pescar, "vamos ver o que você consegue tirar dessa água", insistiu ele, otimista, voltando a se sentar ao meu lado. Assim que me viu, Íris afundou dentro da boia. Foi nadando para fora do lago. Torceu o cabelo, se cobriu com a toalha, pegou o livro, o telefone, o chapéu, os óculos, disse alguma coisa para as meninas e foi embora.

A boia preta ficou ali, flutuando sozinha, se movimentando pouco com o soprar do vento. A tarde estava caindo. A noite chegaria logo. E a única coisa que eu consegui tirar daquela água foi Íris Pêssego.

Coloquei a bandeja vazia em cima da mesa da cozinha. Seu Júlio deu tapinhas no meu ombro. "Não fique triste, querida", ele passou por mim em seu andar envergado, "quem sabe na próxima."

Quando chegou a noite, fiquei sentada nas escadas da entrada da fazenda, esperando Cadu chegar. Como ele não apareceu, decidi ir aonde eu sabia que ele iria estar. *Mambo-Rambo*. Quando me viu, ele começou a sorrir com a boca grudada no microfone. "*Tchutchuriru tchutchutchuru*", ele cantava

"Rebel Rebel", na versão de Seu Jorge, para a moça do bar e um homem dormindo, com botas de caubói, numa mesa. Uma mosca também dormia na borda do seu copo. Eu arrastei uma cadeira, cruzei os braços e assisti toda a *performance* da estrela.

"A maquiagem vai desmanchar para o seu medo aparecer. Zero a zero, agora eu vou. Você deu mole então eu marco o gol. Zero a zero, você venceu, passe amanhã e pegue o que é seu. Tchutchuriru tchutchutchuru."

"O que você tá fazendo aqui?", perguntou ele, empolgado, assim que desceu do palco, se juntando a mim, na mesa. "Você se fodeu no amor e sumiu, vim checar como você estava", respondi, ainda de braços cruzados. Ele se acendeu inteiro num sorriso: "Mas *por quê?*"

No caminho de volta pra fazenda, nos momentos em que não estávamos gritando as músicas da rádio como dois loucos, Cadu me contou que ele não tinha se fodido no amor, como eu pensava. "Eu não *me fodi* no amor e sumi", explicou, no banco ao meu lado, sentado todo torto, com os pés acima do porta-luvas, pernas dobradas e encolhidas, e os braços para trás da cabeça. "O ponto é que eu ainda estou no processo de entender muita coisa dentro de mim, toda distraçãozinha é boa e bem-vinda. Não tenho muito o que fazer, sou um *puto*", ele deu de ombros, rindo "e é claro que ser rejeitado é uma merda, ainda mais a rejeição sendo a réplica do meu maior trauma na época do colégio. Você, Édra Norr, me gerou danos irreversíveis", ele riu mais um pouco e eu me uni a ele na risada dessa vez. "Mas, de qualquer forma, eu não gosto da Marcela. Eu gosto de *gostar* dela, distrai minha cabeça de pensar em outras coisas. Ser adulto, as contas, se realmente amo ou não o que eu faço, se vou me apaixonar pra valer de novo..." Ele se ajeitou no banco, se encostando de lado na janela do carro. "Às vezes sinto que nunca mais vou viver aquilo, sabe? Não da maneira que foi, só versões menores." E aí estava, dito nas entrelinhas, Cadu Sena tinha vivido uma espécie de milagre com Maurício Mansinni.

"Eu não sei direito o que tô fazendo em *nenhuma* área na minha vida. De repente, a gente é adulto e *puff*, tudo muda. Gosto de esporte, mas não passei no vestibular. Gosto de velharias, mas minha loja não é tão lucrativa quanto eu pensava, gosto de cantar, mas eu sinto que tô muito atrasado pra começar só agora a sonhar com isso. Tem uma galera já muito mais preparada na minha frente. A única coisa divertida é sair, beber, paquerar. Fico me distraindo o máximo que eu posso pra não ficar pensando o tempo todo sobre tudo isso, entende? Marcela era minha distração garantida das férias. E aí, *puff*. Agora nem isso eu tenho mais. Depois do ensino médio parece que eu perco mais coisa do que eu ganho. Por isso, quando meu avô se confunde e acha que ainda sou adolescente ou criança, uma parte de mim fica meio...", ele sorriu com o olhar embargado, "*querendo que fosse verdade.*" E passou a mão no rosto pra secar uma lágrima ou duas que rolaram.

"Eu vim ver se você tava bem porque você é meu amigo", falei, de uma só vez, com as mãos firmes no volante, sem olhar pra ele.

Ficamos em silêncio.

"O que você disse?"

Eu me controlei pra não revirar os olhos. *Ele ia mesmo me fazer repetir aquela merda.* "Eu disse que você é meu amigo", pigarreei, me fazendo de séria enquanto dirigia.

Cadu começou a rir. "Eu sabia."

Na rádio do carro, os primeiros acordes de "Rebel Rebel", na versão original de David Bowie, começaram a tocar. E aquilo, *aquilo* bem ali, também era uma forma de milagre.

Quando chegamos à fazenda, o plano era andar de fininho até o depósito secreto de bebidas do Seu Júlio, mas o silêncio da casa fez com que a gente se entreolhasse e chamasse por nossos avós. Ele disse: "Vô?", eu disse: "Vó?", e ninguém respondeu. Decidi olhar na cozinha, ele foi até os quartos. Não havia ninguém na cozinha, então, voltei para encontrar com ele. Não precisei nem chegar perto para perceber que havia algo de errado. Cadu estava parado, em silêncio, como um menino curioso, espiando. E havia muitos murmúrios ao mesmo tempo. Íris estava deitada na cama, dormindo, com uma toalha molhada sobre a testa. Marcela e Suri estavam sentadas aos pés da cama. Seu Júlio parado em um canto, minha avó parada em outro, uma

348   *Elayne Baeta*

médica colocava os acessórios de volta na maleta. "Deve ser emocional, pode ser sintoma de estresse", ela ajeitou a postura, "não há nada de errado com ela, tudo está bem, os sinais vitais estão *ótimos*, nada que me faça suspeitar de um quadro infeccioso. O que essa mocinha precisa mesmo é de um pouco de descanso. E, talvez, Ana, um daqueles seus chazinhos de camomila. O que ela tem provavelmente é a doença do século", a médica sorriu para todos no quarto, "ansiedade."

Naquela noite, Íris dormiu com a minha avó no quarto. Seu Júlio dormiu com Cadu. E eu não dormi. Fiquei andando de um lado pro outro, corri em volta do casarão. Fiquei procurando motivos para espiar pela porta, mas minha avó recusava tudo o que eu oferecia. Ou respondia certeira as minhas dúvidas inventadas. "Quer alguma coisa, vó?" "Não, querida" "Vó, como faço pra, hum, tirar uma mancha do meu tênis. Tava correndo e pisei na lama, sem querer." "Deixa num cantinho que amanhã de manhã eu lavo." "Vó?" "Diga, Édra." "Tem alguma coisa pra comer?" "Sopa de legumes e picadinho de carne de panela na geladeira, só esquentar, fiz hoje." Tomei a sopa pensando na minha próxima desculpa. Quando lavei o prato, eu já sabia o que seria. Iria perguntar sobre o blazer do casamento, contar que a Senhora Lobo tinha dito que no último ensaio usaríamos as roupas da cerimônia. Mas a porta estava trancada. Do lado de dentro, uma conversinha acontecia, baixinha, como uma oração. Eu não conseguia ouvir direito, o barulho da televisão ligada reprisando a novela atrapalhava muito. Encostei a orelha na madeira e as duas pararam. "Juliano?", chamou minha avó. Suas sandálias se arrastaram no chão, em minha direção, e eu saí correndo antes que ela abrisse a porta.

Passei a noite inteira deitada de bruços na cama, com o rosto amassado contra o travesseiro, encarando fixamente o vagalume que tinha pousado no vidro da janela do quarto. O tom do céu foi mudando de azul-escuro para uma mistura de azul-claro, rosa e lilás. Tinha amanhecido. Depois disso, achei que só tivesse piscado, mas acordei duas horas da tarde.

No segundo dia, não nos vimos. Quando me levantei da cama, ouvi o som da porta de um carro bater, lá embaixo, na entrada do casarão. Eu me aproximei da janela. Seu Ermes acenava para minha avó e Seu Júlio, dando a volta no carro. Vi uma parte da cabeça de Íris encostada no banco de passageiro dos fundos. E fiquei ali parada, até que só restasse a poeira que o pneu tinha levantado.

Minha faca dividiu o filé de carne ao meio. "Íris foi embora?", perguntei para minha avó na cozinha, estávamos a sós, todos já tinham almoçado.

Minha avó contornou o meu prato de comida com o pano úmido, limpando a mesa inteira ao meu redor. "Dê tempo ao tempo, filha", ela se virou de costas, abrindo a torneira da pia.

"Vó?", empurrei o prato. "Eu fiz alguma coisa?"

Ela torceu o pano embaixo da água corrente.

"Cada pessoa funciona do próprio jeito, querida."

Minhas sobrancelhas franziram, queria poder torcer o que ela estava dizendo para que saísse mais coisas de dentro, resíduos líquidos de respostas. Mas eu conhecia minha avó. Nunca me falaria mais do que achasse preciso falar, ainda que eu pedisse. Ela terminou de limpar a cozinha em silêncio e sumiu casarão adentro. Eu continuei ali, cutucando a comida com o garfo, sem apetite.

O resto do dia se resumiu a ler no quarto, ver as nuvens passarem pela janela e remoer as memórias repetidas vezes, como um disco arranhado. À noite, Cadu conseguiu me convencer a jogar baralho no quarto dele. Eu me inclinei na cômoda de madeira pra ver todos os porta-retratos. E ri de sua roupa de cama do *Carros*. Estávamos nos divertindo muito, quando Seu Júlio começou a bater na porta do quarto. "Cadu, seu moleque!", gritava ele, do lado de fora. "Quantas vezes preciso falar pra você que em semana de aula, você não pode dormir tarde. Apaga essa luz e vai dormir!" Naquela noite, descobri que Seu Júlio tinha um diagnóstico complicado. As atividades físicas e os remédios ajudavam, mas uma hora ou outra, ele se esqueceria de tudo. "Nossa família não concorda muito com o casamento. Todo mundo gosta tanto da Simmy que a gente sabe que a longo prazo isso não é o certo pra ela." Perguntei a Cadu se ele já tinha conversado sobre essas coisas com minha avó. Ela nunca me contaria nada que pudesse me preocupar, me protegia de saber sobre todas essas partes. "Ela disse que não liga se ela for esquecida por ele, que ela pode lembrar de tudo pelos dois." Era bonito, mas não deixava de ser difícil. "Sabia que sou o único neto que ele não consegue identificar como adulto?", Cadu deu uma breve risada, carregada de nervosismo. "Ele consegue lembrar de todo mundo e do rumo que todo mundo tomou, confunde uma coisa ou outra, mas... Eu sou *o único* que parou no tempo." "Sinto muito, Cadu!" "Não sinta, não. Eu já me acostumei. E acho *Peter-Pan* um desenho *pica!*", ele sorriu cínico, piscando pra mim.

Voltei pro meu quarto, parecendo um pinguim, enrolada na manta que tinha levado para o quarto de Cadu. Deixei a manta na cama e fui até o banheiro. Fiz força na maçaneta da porta de Íris e, dessa vez, ela se abriu. Ainda tinha coisas dela lá. Abri e fechei uma caixinha de música com uma bailarina, derrubei sem querer um livro de cinema da mesa de cabeceira e deitei na cama dela. O travesseiro tinha o cheiro do cabelo dela, o cheiro que eu dormi sentindo no Castelo Alfredinni. Peguei no sono. Sonhei com minha avó e Seu Júlio dançando juntos, embaixo do salgueiro, a beira do lago. Girando e girando e girando.

No meio da madrugada, um feche de luz invadiu o quarto, iluminou a caixa de música na cômoda e se apagou de novo.

Eu não conseguia enxergar nada.

O som das rodinhas da mala deslizaram pelo chão de madeira no escuro. O colchão afundou ao meu lado, minha manta foi puxada com cuidado. Um pezinho se encostou no meu.

"*Oi*", disse ela.

"*Ah*", eu bocejei, meio acordada, meio dormindo. "*Ei, alien.*"

▷ I WANT IT ALL – ARCTIC MONKEYS

Eu estava de olhos fechados. Senti o seu dedo deslizar pelo meu nariz, passar pela minha boca e parar no meu queixo.

"*O que você tá fazendo no meu quarto?*", perguntou ela.

"*Te esperando*", respondi.

Ela deixou escapar uma breve risada de porquinho. "*É sério*", disse, como quem pedia por uma resposta honesta. Achei que eu estivesse presa em um sonho. Abri os olhos com dificuldade, a visão foi se ajustando ao escuro, o cansaço acumulado dos últimos dias faziam peso sobre as pálpebras. No breu, na cama, ela estava mesmo lá. Sorri, sonolenta. Deslizei meu dedo do nariz até a boca dela.

"*É sério*", falei.

Meu dedo foi descendo pelos lábios dela num carinho tateado. A boca se entreabriu numa passagem estreita. Deixei que meu dedo escorregasse para o lado de dentro. O queixo dela cedeu como quem cai de joelhos e a língua enrijeceu, permissiva, se encostando. Olhei para ela, que olhava pra mim. Segui uma trilha com o dedo molhado pelo seu pescoço. Os pelos no corpo dela foram se eriçando. Dava para sentir a respiração oscilada quando desci um pouco mais e alisei sua barriga.

Minha mão encontrou uma passagem para dentro do vestido. Meu dedo foi subindo pela lateral da perna até esbarrar na costura da calcinha. A respiração dela falhou, e eu parei. A testa, o nariz, a língua, a coxa – tudo estava quente.

"*Eu acho que você tá com febre*", falei, embriagada de sono.

"*O que você tá fazendo no meu quarto, Édra?*", insistiu ela.

Respirei fundo, fechando os olhos. "*Eu tava te esperando, Íris.*"

E então, ela me beijou. Minha língua se movia, maleável. O beijo era lento, molhado e preguiçoso. Eu estava molinha de sono. Meio acordada, meio dormindo. Podia jurar que estava sonhando. Fui despertando aos poucos. Ela não sabia se me apertava ou se me dava carinho. Nossos movimentos eram borrões, as intenções eram turvas. Os sentimentos estavam ligados. Antes de arrastar a calcinha dela pro lado, quis senti-la ainda coberta pelo tecido. Esfreguei a minha mão devagar. O algodão foi se umedecendo. Ela gemeu cheia de manha. Seu polegar no meu rosto fazia uma carícia gentil.

Empurrei a costura de sua calcinha pro lado e deixei que meus dedos escorregassem para dentro dela. Quente, macia e molhada por dentro. Toda a espera tinha acabado.

Existe algo diferente em comer a mulher que você ama.

Quanto mais o meu dedo se movimentava, mais frio eu sentia na barriga. Nossa maneira de beijar oscilava entre o cuidado e o descuido. Ela gemia dentro da minha boca e eu podia sentir sua a voz ecoando baixinho dentro de mim. Meu coração disparado também a estava escutando, meu abdômen se contraía arrepiado e a adrenalina de tudo aquilo me fazia querer ir mais rápido.

Interrompi nosso beijo. Meus lábios se esfregavam intuitivamente pelo seu pescoço. Ela abaixou a alça do vestido, me autorizando a ir até lá. Completei uma volta vagarosa ao redor de seu mamilo e o suguei. Queria sentir seu peito inteiro na minha boca, chupá-lo como se pudesse engoli-lo. Sua mão fazia carinho no meu cabelo, dando pequenos puxões em reflexo, para descontar o que estava sentindo.

Não demorou muito para que seu corpo se contraísse por inteiro. Ela amoleceu logo depois, estava feito. Eu queria secar o suor da testa dela, eu queria lhe dar água, mas eu *também* queria continuar. E continuei.

A cama arrastava com força sobre o piso de madeira. Ela escondeu o rosto no meu pescoço. O gemido manhoso parecia ter sido passado no açúcar. A perna trêmula ajudava o quadril a completar os movimentos. Quando levantava a cabeça para me olhar, perdia a força, os olhos reviravam, como se estivesse delirando. *Era a febre ou era eu?* A mão agarrou impetuosa meu cabelo. E então, os gemidos cessaram, por poucos segundos, ela estava em transe. *Era eu.*

Quando meus dedos saíram, o elástico trouxe a calcinha de volta para onde estava. Íris continuou com a cara escondida em mim, febril e ofegante.

Eu queria secar o suor da testa dela, eu queria lhe dar água, eu queria dizer que a amava.

▷ STUCK ON THE PUZZLE – ALEX TURNER

Me virei na cama, frustrada. Encarei o breu do teto, me sentindo irreversivelmente apaixonada e idiota – não necessariamente nessa ordem.

Agora eu entendia o provável motivo que a fez me ignorar:

Não parecia certo.

Depois que acabava, aquilo não parecia certo.

Dava pra ouvir o *tic-tac* da bomba-relógio, a sirene de alerta, a risada da plateia.

Eu me levantei da cama. Ela não tentou me impedir, eu não tentei ficar.

Ninguém precisou verbalizar nada. Nós sabíamos.

"Se der", foi a única coisa que eu disse antes de voltar para o meu quarto, "tome um remédio de febre antes de dormir."

Eu fui a segunda a querer desistir. No terceiro dia, ensaiamos a valsa das madrinhas sem dizer uma única palavra. Não fiz nenhum tipo de contato visual com ela, nem quando giramos com as mãos encostadas, mesmo que isso fizesse *parte* da coreografia. A amarga sensação de ser uma *completa* idiota tinha me tomado.

"Nós passamos o dia turistando em Vinhedos", disse Marcela, de boca cheia, no almoço, "mas a Ira não quis ir junto, uma pena." Cadu, do outro lado da mesa, ergueu a faca perto do pescoço e revirou os olhos pra mim. "Achei que você ia passar uns dias com os seus pais, Íris", disse Suri, cortando os legumes. Minha avó me lançou um olhar cauteloso, tomando um gole de suco. "Que horas você chegou ontem mesmo?", perguntou Suri. Eu me concentrei em comer, o mais rápido que pudesse, toda a comida no meu prato. "De madrugada, eu te disse", se intrometeu Marcela, respondendo a Suri, "eu ouvi a barulheira toda enquanto ela faxinava tudo, arrastando aquela cama sem parar." Eu me engasguei com o arroz. "É, eu mudei de ideia", respondeu Íris, evasiva. "No meio da madrugada?", retrucou Suri. "Isso não foi meio... *perigoso?*" Atrás do meu copo, Cadu me fitava desconfiado, enquanto eu virava o suco. "As estradas não estão moles, não, dona mocinha", protestou Seu Júlio, com a boca cheia de carne. "Quando for assim, venha de manhã. Bem melhor, não é, Ana?", ele balançou a cabeça e rezingou, contrariado. *"Essas estradas não estão moles."* Minha avó parecia alheia, olhava para mim e para Íris respectivamente. "Sim", respondeu ela, "bem melhor."

▷ MEU PEDAÇO DE PECADO – MÃEANA

Eu precisava terminar meu trabalho restaurando os móveis do galpão de Seu Júlio, aplicando camadas de cera de abelha e polindo tudo que seria usado na decoração do casamento. Naquela tarde, Íris me seguiu até lá, dentro de um vestidinho florido com botões, usando galochas sujas de lama. *"Ei!"*, ela largou o balde de metal cheio do milho no chão, o milho que ela deveria estar dando para as galinhas naquela hora. "Por que você não tá falando comigo?" Eu só fiz levantar o meu olhar por meio segundo e continuei aplicando a cera de abelha nas pernas da cadeira. "Eu tô falando com você!", ela esbravejou. "É", respondi, "*agora* você está", não demorou muito pra que ela entendesse do que eu estava falando. "Eu precisava de tempo, Édra, pra me organizar por dentro. Aquela noite no castelo foi algo que eu nunca achei que aconteceria. Eu nem sabia se te veria de novo um dia, nem mesmo se nossa *amizade* podia funcionar", disse ela, ateando palavras ao meu silêncio. "Eu não tinha ensaiado essa parte, eu não me preparei pra nada daquilo! Você me contou que não era mais apaixonada por mim e sumiu! Por três anos! E as coisas estão acontecendo muito... de um jeito que eu..." As galocha sujas foram se aproximando enquanto ela buscava palavras. "Eu acordei naquele dia sem saber o que fazer comigo. Se você tá confusa, imagine eu!" "Olha, Íris", eu me levantei do chão com a espátula na mão, "eu não acho que *isso*", usei a espátula para apontar para nós duas, "seja uma boa ideia", disse, "melhor a gente se afastar, daqui a pouco as férias acabam e tudo volta ao normal." "Eu também não acho que seja uma boa ideia, Édra", rebateu ela, defensiva. *"Ótimo"*, falei e voltei a me sentar. "Concordamos em alguma coisa."

Ela pegou o balde de milho e saiu, furiosa, batendo suas galochas para fora do galpão. Esperei que ela desaparecesse de vista pra soltar todo o ar que eu estava segurando. Expirei fundo. E enfiei a espátula de volta no pote de cera de abelha.

▷ OUTRO (DIA SEM PÔR DO SOL EM GUARAJUBA) – FLERTE FLAMINGO

À NOITE, SEU JÚLIO REACENDEU A FOGUEIRA. Encostou um palito de fósforo aceso num cigarro de palha. Tragou olhando em volta, se certificando de que minha avó não estava por perto. Íris me encarava, autoritária, sentada numa cadeira de praia do outro lado.

"Quer, filha?", ofereceu ele.

Os braços de Íris imediatamente se cruzaram.

Ela me escaneou com um olhar categórico.

"Não, Seu Júlio", respondi, respirando fundo, irritada. *"Obrigada."*

De madrugada, ela bateu na porta do meu quarto e eu abri. "Vi que você não aceitou o cigarro." "Ah, é? E daí?" "Nada." Senti sua boca pelo meu corpo todo. O meu gosto estava de novo dentro dos beijos dela. Depois foi a minha vez de retribuir. Lembro a sensação de suas pernas nas minhas orelhas.

O pijama de Íris amanheceu jogado na minha mesa de cabeceira.

Ela não estava mais lá, mas o chuveiro estava ligado.

Entrei sem nenhuma cerimônia, peguei a minha escova de dente, coloquei a pasta e abri a torneira. No reflexo do espelho, Íris lavava o cabelo olhando pra mim. Tudo tinha o cheiro dela. Os vidros foram embaçando com o vapor. Ninguém viu quando fui parar embaixo daquele chuveiro, de roupa e tudo.

Água quente e frio na barriga.

Os passarinhos anunciavam o começo de um novo dia.

No ensaio daquela manhã, enquanto girávamos, nos olhamos. E no café da manhã, nos olhamos. No almoço, nos olhamos. E nos trabalhos pela fazenda e subindo as escadas enquanto a outra descia e estendendo nossas roupas no varal, entre os lençóis, nos olhamos. Entre as paredes nos olhamos, entre as gretas das portas nos olhamos.

Ah, e entre as árvores. Entre as árvores, nos olhamos.

Não falávamos nada. Era um acordo silencioso. Eu passava o dia *inteiro* esperando a madrugada chegar. Ninguém sabia. Ninguém podia. Nem nós duas podíamos. Porque era uma bomba-relógio prestes a explodir. Porque a plateia daria risada. Porque a sirene estava tocando. Negávamos, nos olhando.

"Você tá estranha", disse Cadu, atrás do leque de baralhos. "E você perdeu", bati a carta no chão de seu quarto e me levantei, com pressa. "Ué", ele inclinou a cabeça confuso, "aonde você vai?" Girei a maçaneta da porta, "Ué", dei de ombros, "Dormir."

"*Édra*" Tic-tac, tic-tac. Íris sussurrava, deslizando o dedo pelo meu nariz. O mesmo dedo que ela tinha colocado dentro de mim. O vagalume piscava, pousado na janela. *"Com mais ninguém é assim."*

De manhã, os comentários de Marcela inflamavam a desconfiança de Cadu Sena. "Íris, você pode *por favor* parar de arrumar seu quarto toda noite? Aquela cama arrastando é um saco." Íris fingia que não ouvia. Eu tentava ajudar, mudando o foco do assunto. "Eu adoro a manteiga daqui", falei, de boca cheia.

Minha avó comia na mesa sem dizer nada.

De tarde, me ofereci para estender as roupas no varal com ela. Entre um prendedor e outro, ela foi quebrando o silêncio. "Você sabe que eu te amo muito, não é, filha?" "Claro que eu sei, vó..." "Muito mesmo!" "Eu sei disso e eu também amo muito a senhora." "E eu amo muito a Íris, também, você sabe." Fiquei calada.

"Segure a ponta aqui, do lençol." Caminhei até ela, esticando a barra do lençol branco. O tecido cobriu o sol. Balançou num cheiro bom de sabão com o vento.

"Édra, filha", disse minha avó, tirando os prendedores do próprio avental, "Não magoe de novo essa menina. Ela é forte pra tudo, mas é fraca de coração."

De noite, Íris se jogou a minha cama, rindo, segurando dois ingressos de cinema.

▷ REAL LOVE BABY – FATHER JOHN MISTY

PARA QUE NINGUÉM DESCONFIASSE, ELA PEGOU a estrada até São Patrique pela manhã. Inventou uma desculpa qualquer envolvendo Ermes e Jade. Eu disse que jantaria com o meu pai naquela noite. Troquei de roupa um milhão de vezes, parecia que nenhuma camisa ficava boa com nenhuma calça. *"Nossa"*, disse Cadu, cheio de desconfiança, deitado na minha cama sem ser convidado, "você se importa *mesmo* com a opinião do seu pai." "É", respondi, andando de um lado pro outro de meias, samba canção e top, *"me importo demais."* Encostei uma camisa jeans-escuro de botão na frente do meu corpo, diante do espelho da penteadeira. *Acho que é isso.* "Hum", Cadu se levantou da cama com os olhos semicerrados, "bom jantar com o *seu pai."* "Valeu", respondi passando meus braços por dentro da camisa. "Não me espere pra jogar hoje, não sei que horas *o jantar* vai acabar." "Bom, aí depende do que você vai comer", rebateu Cadu. "É", concordei no automático.

"Na verdade, Édra, eu vim te perguntar uma coisa", Cadu parou na porta do quarto. "Diga", assenti, terminando de fechar os botões. "Eu queria saber o que você acha sobre eu perguntar pros nossos avós se eu podia cantar na cerimônia do casamento. O orçamento tá cada vez mais caro, o cantor tá cobrando um absurdo. E eu pensei que, bom, você já me viu cantando antes, o

que você acha disso? Não quero que eles passem vergonha por minha causa."
"O que eu acho é que você é uma estrela." Todas as palavras saíram, honestas, da minha boca, enquanto eu ajeitava a gola da camisa no espelho. Quando olhei para Cadu, estranhando seu silêncio, o vi parado na porta, metade dentro do quarto, metade fora, com todos os dentes à mostra.

"*Tá*", ele encolheu os ombros, tímido, "vou falar com eles, então, no jantar." "Faça isso", encorajei ele e me virei para procurar o perfume. "Édra", chamou ele uma última vez, "só mais uma coisa." "O quê?" "Diga a Íris que eu mandei um abraço", ele saiu e bateu a porta.

Eu não tinha tempo de ir atrás dele para fazer o que quer que fosse sobre aquilo. Eu estava atrasada.

No meio do caminho comecei a achar tudo aquilo uma péssima ideia. A ansiedade foi fermentando e crescendo dentro de mim a cada quilômetro rodado. Estacionei na frente da casa de Íris ensaiando uma maneira de dizer a ela, sem magoá-la, que aquilo *tinha* que parar. Não fazia sentido nenhum, não tinha futuro nenhum, era uma rua sem saída, uma bomba-relógio ativada que a gente fica chutando uma para a outra, como se fosse uma bola de futebol. Mas eu esqueci tudo o que eu *deveria* dizer quando ela apareceu na porta.

Ela estava com um vestido branco, botas rasteiras marrons e os cabelos caiam em ondas encorpadas, duas mechas davam uma volta para a parte de atrás da cabeça, presas por uma presilha em formato de flor, todo o resto estava solto.

Ela entrou no carro remexendo a bolsa distraída, impregnando a atmosfera com seu cheiro adocicado. *"Achei"*, ela me mostrou os ingressos do cinema antes de enfiá-los de novo na bolsa. *"Fiquei com medo de ter esquecido na fazenda"*, murmurou ela.

Eu estava ali, imóvel, atordoada com tudo. Ela se esticou para me beijar. Sua boca encostou na minha pelo instante de dois segundos.

"Oi", disse ela.

"Oi", eu sorri.

Esperei que ela colocasse o cinto de segurança e passei a marcha do carro.

Nossas mãos se encostavam, tímidas, na fila da pipoca. Um dedo passava no outro, completamente proibido. Eu a olhava, alertando, ela desviava o olhar se fazendo de desentendida. "Duas pipocas grandes e um refrigerante, por favor!", pediu ela, praticamente saltitando. Um rapaz entregou as pipocas e o refrigerante, nos revezamos para segurar tudo. Me senti uma equilibrista segurando todas as coisas para que ela entregasse os ingressos ao funcionário do cinema. Ele rasgou os papéis e nos devolveu. *"Bom filme!"* Agradecemos. Ela ia jogar os bilhetes dos ingressos fora, mas eu a pedi que colocasse de volta no meu bolso. Ela não fez perguntas. Entramos na sala, pisando macio naquele chãozinho de carpete de cinema. As luzes ainda estavam acesas, nem tinha começado o trailer. A tela era branca e opaca, os assentos, vermelho-clássico, as paredes eram escuras e as luzinhas eram amareladas em spots diferentes. Nos sentamos. Íris me explicou sobre o filme, e, como o professor dela era um dos roteiristas, ela falou sobre o contexto por trás da história sem estragar a graça com *spoilers*. Eu enchia a boca de pipoca, sem fazer perguntas. Não queria interromper o seu frenesi didático, seu fluxo *"tagarelético"*, suas observações pessoais. As luzes se apagaram e aquele nervosinho doce e mágico, típico de ir ver filme no cinema, foi tomando conta da gente. Nossas mãos aproveitaram o escurinho para ficarem se encostando, num chamego bom.

Nenhuma de nós fez perguntas.

Depois do filme, caminhamos até o banheiro. Ela segurou minha mão com firmeza e eu atravessei os olhares esquisitos em minha direção com muito mais coragem.

"O banheiro masculino é do outro lado", uma mulher me disse, num tom enojado de soberba. *"Ótimo"*, respondi, enquanto lavava as minhas mãos, "então eu tô *mesmo* no banheiro certo." Atrás de mim, no reflexo do espelho, Íris ergueu disfarçadamente o polegar, sorrindo. Entortamos o rosto numa careta assim que a mulher ficou de costas para nós. Ela foi embora e nós duas rimos.

O caminho de volta para a fazenda foi inteiramente preenchido com discussões sobre o que tínhamos assistido. A gente ria muito alto, discordando uma da outra com muita provocaçãozinha barata. *Tic-tac-tic-tac-tic-tac-tic-tac.* "Cadu sabe", decidi contar, num sinal fechado, na frente da passagem de trem, no meio da estrada. Ela mudou rapidamente de assunto. Voltou a falar do filme. O trem passou. E eu voltei a dirigir, incomodada com aquilo.

Fui deixando de fazer parte do assunto, falando cada vez menos, até chegarmos no caminho de terra que levava a fazenda. "O que aconteceu?" "Nada", respondi, sem olhar para ela e continuei, "Acho melhor a gente não dormir junto hoje." *"Por quê?"*, perguntou ela, já num tom de voz atingido. "Porque Cadu sabe." "Então deixe ele saber." "Outras pessoas podem estar desconfiando também, Íris." "E o que isso tem a ver com dormimos juntas ou não?" "Minha avó não apoia isso que tá acontecendo." "Claro que ela não apoia." "O que você quer dizer com isso?" "Que eu converso com a sua avó sobre tudo, Édra. Então ela sabe quando algo é bom ou não pra mim." "Você tá querendo dizer que minha avó me acha *ruim* pra você?" "Eu não disse isso." "Foi exatamente o que você disse." "O que eu quis dizer, é que ela sabe que eu posso me machucar fazendo o que estamos fazendo, diferente de você." "Por que só *você* pode se machucar e eu não?" "Eu não acredito que você tá me perguntando isso." "Por que eu não posso perguntar isso? Isso tudo é sobre mim também. Eu quero entender por que você sempre tá num lugar de correr todos os riscos e eu não." "A resposta é bem óbvia, Édra." "E qual seria a resposta *bem óbvia*, Íris?" "*Esquece*", ela começou a ajeitar a bolsa depressa, "isso tudo foi um erro." Estávamos discutindo dentro do carro, parado, na entrada da fazenda. "Você precisa *parar* de responder tudo por mim, você *não sabe* como eu me sinto o tempo todo." "Eu sei o suficiente", ela tirou o cinto. "Você já me contou, Édra." "*O que* eu te contei, Íris?" "*Íris, eu quero terminar*", ela abriu a porta do carro. "*Eu acho que eu não sou apaixonada por você mais*", e bateu.

Eu puxei a chave e fui atrás dela. "E o que você acha que estamos fazendo esse tempo todo? Sobre *o que* você acha que é tudo isso?", perguntei, seguindo seus passos, subindo os degraus da escadaria do casarão. "Só estamos dormindo juntas, não é como se você precisasse *me amar* pra isso." "Então, você acha que pra mim significa isso?" Eu parei, no meio das escadas. Ela se virou, segurando o vestido, as ondas formadas agora mais soltas sobre o rosto. "O que você queria que eu achasse?" *Tic-tac-tic-tac.* "Por que você tá se submetendo a isso então, Íris, se você acha que eu não sinto *nada* quando acontece?" "Todo dia eu me faço essa pergunta, desde que nos beijamos, Édra." Ouch. "Ok", falei, ríspida. *"Ok?"*, perguntou ela, estarrecida. "Se você continua me vendo desse jeito, não importa o que aconteça ou o que eu faça", *tic-tac-tic-tac,* "então, *ok.*" O queixo dela se contraiu, a boca foi encolhendo trêmula num beicinho de choro. *Tic-tac-tic-tac.*

"Você sempre faz isso", disse ela, e uma lágrima rolou pelo seu rosto, "você sempre termina todas as nossas brigas desistindo de mim", *tic-tac-tic-tac.* "Estava tudo indo bem, quer dizer, pelo menos estávamos criando memórias legais pra levar na mala quando a gente fosse embora. Tivemos uma noite mágica, Édra. E sua preocupação final foi as pessoas descobrirem! Você só me quer na hipótese! Você só me quer se for fácil! Você só me quer quando ninguém tá olhando! Você só me quer dentro da sua cabeça! Na vida real, você vive fugindo de mim!", *Tic-tac-tic-tac,* "Eu sei que dói, dói *mesmo,* ter uma pessoa *fugindo* da gente", ela continuava dizendo, "mas é a primeira vez que eu faço isso e tenho todos os motivos do mundo pra isso. Já você, você tem fugido de mim esse tempo todo! Você não aguenta *dois dias* do que *você faz* há anos", *tic-tac--tic-tac-tic-tac-tic-tac.* "Eu não acredito que eu estou *destruindo* o coração de uma pessoa que realmente me ama pra segurar o seu, Édra!"

Minhas sobrancelhas franziram. "Do que você tá falando, Íris?" "Eu deixei um noivado por isso! Como eu posso ser tão burra?! De um lado, tem alguém que se *casaria* comigo. Do outro, tem alguém que...", *tic-tac-tic-tac--tic-tac.* "Tem alguém que o quê, Íris?", perguntei, sentindo minha mandíbula travar de raiva. "Tem alguém que não sente *nada* por mim!", gritou ela.

"Eu *amo* você!", as palavras saíram furiosas da minha boca, Íris empalideceu, em estado de choque. "Tem uma árvore na entrada do seu edifício. As paredes são em azulejo branco. O botão do seu elevador, Íris, é uma merda! O primeiro piso de madeira da sua casa range quando a gente pisa. Tem um pôster de telenovela na porta do seu quarto. E da janela dele dá pra ver um pedaço tranquilo da cidade. Eu sei de tudo isso porque eu *estive* lá! E quando eu digo que você não sabe de tudo, é porque você não sabe de tudo! Mas eu estive lá! Eu peguei um avião e fui atrás de você! Eu fui até Nova Sieva te pedir em namoro! E eu posso não ter conseguido, eu posso ter estragado tudo, mas isso é só mais uma camada de outras coisas que você também não sabe! Eu erro, como você erra. Eu sinto coisas, como você sente coisas! E, *por Deus,* como eu posso me magoar! Eu posso me magoar *muito mais* do que você pensa. Não é porque eu não sofro gritando, que sou *pior* do que você em qualquer coisa. Se eu não sei me expressar da melhor maneira, se eu não pareço tão sensível do lado de fora, se quando eu estava aprendendo sobre sentimentos, sobre amor e sobre a dor, estava todo mundo ocupado demais com coisas mais importantes do que me educar, não significa que eu seja inferior a você ou a qualquer outra pessoa! Eu tenho um coração também, Íris. Tão fraco e bobo pro amor quanto o seu!" "*Édra, eu...*" "E eu não estava tentando *esconder* você. Eu nunca esconderia você. Eu só sabia que quando todo mundo ficasse sabendo disso, seria real. E no mundo real, nós duas não damos certo. Não funcionamos. Temos vidas completamente diferentes. Pelo amor de Deus, você quase ficou noiva! Esses podiam estar sendo os preparativos do *seu* casamento! Eu sei disso, você sabe disso. Eu só queria poder dar errado com você!", gritei, sentindo minha veia alterada. "Eu só queria poder ter dado errado com você um pouco, antes que tudo acabasse. Antes que subissem os créditos. Só por um instante. E se isso me torna uma pessoa ruim, porra", dei de ombros, abrindo o meus braços, *"que seja!"*, e o meus braços caíram de novo. "Agora volte lá e se case com ela."

"Édra!", Íris me gritou.

"Essa conversa pra mim acabou." Eu continuei subindo as escadas.

"Édra, por favor...", pediu ela.

"Deixe a porta aberta quando você for entrar, Íris", *tic-tac-tic-tac-tic-tac--tic-tac.* "Suas amigas e Cadu estão jogando baralho dentro do seu carro."

BOOM. EU DISSE PORQUE EU JÁ os tinha percebido ali, desde que tinha parado o carro no meio da discussão.

Entrei no casarão como um tornado. Deixei atrás de mim a porta aberta, escancarada. *"Édra!"*, gritou Íris de novo, da escada. Como eu continuei andando, ela veio atrás de mim. A porta bateu atrás dela. A esse ponto, nós duas estávamos chorando. "Por que você não me pediu em namoro?" "Eu não podia fazer isso." *"Por quê?"* E eu também não podia falar sobre aquilo dentro daquela casa, com o risco de ser ouvida por minha avó, da mesma maneira que Cadu, Suri e Marcela já tinham nos ouvido. O casamento estava tão perto de acontecer. Isso estragaria tudo. O que eu poderia dizer que não fosse causar nenhum dano? Qual parte da verdade, dos meus motivos, do meu acordo com meu pai, do dinheiro que minha avó aceitava sem saber de onde realmente vinha, da nova vida que ela tinha em um conforto viabilizado por esse dinheiro e como eu tinha vendido a minha alma e aberto mão de toda a minha felicidade por aquilo – o que disso cabia numa justificativa a ser dita bem ali, naquela sala, sem causar dano? No meio de uma outra história de amor acontecendo? As véspera de um casamento? Como eu poderia colocar o meu *felizes para sempre* acima do *felizes para sempre* de minha avó? Que merda eu era pra ter o direito de fazer aquilo e trair o meu país? Minha avó era o meu país. O meu país favorito. Por ela, eu estava disposta a *tudo*. Eu poderia ser feliz depois, ou, eu poderia ser feliz através da felicidade dela. Isso estava decidido. Eu não falaria sobre isso.

"Eu *precisava* ficar em Montana, Íris", respondi, evasiva. "Só até você se formar, Édra", insistia Íris. "A gente poderia ter dado um jeito. Eu teria te esperado!" Lembrei das fotos espalhadas pelo seu quarto e de não estar em nenhuma delas, eu não estava fazendo *parte* de nenhum momento importante em sua vida. E aquela parcela da briga também era sobre algo que eu não podia falar, porque eu não *conseguia* falar. Era sobre eu não desejar aquela dinâmica a ninguém. Era sobre tudo o que eu tinha presenciado naquele quarto de hospital. Era sobre a minha mãe. Eu não iria ser como o meu pai. Eu não submeteria *ninguém* a ficar vendo a vida passar, esperando por mim. Isso também estava decidido. Isso *sempre* esteve decidido.

"É mais complicado do que parece, Íris." "*Por quê*, Édra?" Sua mão segurou o meu braço. "Você podia me explicar, eu podia entender..." Esquivei o olhar e engoli o nó na minha garganta. "Você ama alguém em Montana, é *isso?*", perguntou ela, me soltando, as lágrimas esperando os olhos piscarem para caírem. "Eu amo alguém em Nova Sieva, Íris."

▷ SOZINHO – CAETANO VELOSO

Ela olhou para o teto, de queixo trêmulo, erguido, tentando evitar que mais lágrimas rolassem. Ainda assim, rolaram. Desceram velozes pelo seu pescoço. Ela passou as mãos pelo rosto, respirando fundo. Não adiantou nada, desaguou de novo.

"Eu amo alguém em um sinal fechado, aqui mesmo em São Patrique, Édra. Eu amo você desde que eu era só uma menina." Ela dizia, as palavras saindo emboladas, soluçando de chorar. "Eu seguia você pra cima e pra baixo, eu tinha um caderninho de anotações sobre você, eu pensava em você o tempo todo. Coisa boba, de adolescente. Mas foi especial pra mim. Me sentia uma idiota, foi tão maluco ter vivido isso. E até hoje, toda vez que você encosta em mim, eu esqueço quantos anos eu tenho. Eu tenho medo de você me sugerir uma maluquice, porque eu sei que eu toparia. Eu fugiria com você. Fiquei pensando que se você aparecesse no meu casamento, eu fugiria com você de bicicleta." "Eu nunca pediria pra você ficar me esperando, Íris." "Mas eu fiquei! Eu fiquei te esperando! Eu só sei fazer isso! A vida vai passando e um lado meu fica intacto, te esperando, como se tivesse chance ainda de qualquer coisa. Eu sei que é maluquice. Eu já rezei, uma vez. Eu pedi uma vez se, por favor, eu podia parar de amar você. Porque eu não aguentava mais não saber o que fazer com isso. Achava que você me odiava, que você tinha perdido todo seu interesse por mim. Que você não me queria mais. É ruim amar sozinho. Eu achei que só eu te amava. E agora você me diz que não. Eu não tenho como deixar você fugir de bicicleta sem mim." Ela soluçou no seu chorinho. "Estamos quase formando, Édra. Em um ano a gente estaria livre pra decidir *qualquer coisa* sobre nossas vidas! Por que você não escolhe, dessa vez, ficar comigo?"

Me dei conta daquilo pela primeira vez. Já tinham se passado *três anos*. Três anos inteiros. A esperança da hipótese de uma espera menos longa escorreu do meu olho numa delicadeza sem tamanho. "Você teria namorado comigo, então, naquela época?", perguntei. "Sim, se você tivesse pedido." Passou de bicicleta, dentro de mim, a *eu* de dezessete anos. "E você acha que você teria dito sim, ao noivado, se fosse comigo?" "Sim, se você me pedisse." Girou a chave do carro, dentro de mim, a eu de agora, no semáforo aberto para o coração de Íris. Me senti como um sol se pondo, devagarinho. Laranja-forte. *Ultra*. Andei em direção a ela com todas as versões de mim que eu já tive, porque tudo o que era eu a amava.

▷ **ORANGE BLOOD – MT JOY**

O beijo que começamos, não interrompemos nem mesmo para abrir a porta do quarto. Toquei o corpo de Íris com todo o amor e desejo que haviam no meu. Eu estava dentro dela, sussurrando em sua orelha, incansávelmente repetitiva: *Eu te amo, eu te amo, eu te amo. Você é minha. Eu sempre vou ser sua. Eu te amo. Eu te amo tanto.*

Aquela foi a noite mais bonita da minha vida.

A mais suada, entregue e apaixonada noite da minha vida.

O jeito como nos entregamos uma à outra naquele quarto foi diferente de todas as vezes anteriores. Foi íntimo, amado, perfeitamente compartilhado e, ainda assim, *inteiro*. Completo. Só nosso. Sagrado.

Foi um pacto, uma aliança e uma promessa.

O nosso amor estava, de alguma maneira, firmado para sempre.

▷ **PEOPLE EVERYWHERE (STILL ALIVE) – KHRUANGBIN**

No escuro do quarto, um sorriso se abriu largo na minha boca. O milagre do amor *acontece*. Não é preciso limpar as gavetas, perder o primeiro ônibus ou escalar uma montanha. Alguns simplesmente vem pedalando atrás de você, em zigue-zague, de bicicleta.

"Sabe o que eu tava pensando?" "Diga." "Eu provavelmente teria invadido mesmo o seu casamento." Ela deu um muxoxo. "Aham, é", arfou, deitada no meu peito, "vestida de noiva."

AVISO:
O CAPÍTULO A SEGUIR É TRADUZIDO SIMULTANEAMENTE DENTRO DOS COLCHETES EM CENA. A TRADUÇÃO É ADAPTADA PARA FUNCIONAR MELHOR EM AMBAS AS LÍNGUAS. BOA LEITURA.

17.

Íris acordou primeiro, abrindo todas as cortinas. *"Merda"*, murmurou ela, saltando da cama. *"O que foi?"*, perguntei, sem abrir os olhos. *"Só mais cinco minutos"*, pedi quase miando enquanto me espreguiçava como um gato por baixo das cobertas. O lado da cama dela ainda estava quentinho, me aninhei mais um pouco, sentindo a mudança de clima através da brisa fria. Seria um dia nublado na fazenda. Sem sombra de dúvidas, vinha chuva. Eu sabia só pela umidade no ar, pela temperatura das almofadas, pelo cheiro das árvores. Eu tava começando a ficar boa nisso, virando aos poucos um vaga-lume nato daqui. *Espero que vaga-lumes durmam muito*, foi o que pensei, fechando os meus olhos e me rendendo de novo ao sono. Acordei pela segunda vez com o barulho de coisas caindo ao chão, descobri o meu rosto, num susto. Eram cabides. *"Desculpa"*, Íris pediu, enrolada na toalha e com o cabelo todo molhado, de costas pra mim. O quarto inteiro estava impregnado com o cheirinho de xampu.

"Vou pegar um moletom emprestado, não tenho nenhuma roupa de frio na minha mala e eu tô *muito* atrasada." "Aonde é que cê vai?", bocejei, totalmente perdida. Ela se virou, com as bochechas coradas pelo banho quente: "Preciso ajudar minha mãe a arrumar o chá de fraldas", disse ela, passando a cabeça pela gola do meu moletom da CMU. "É hoje", sua voz saiu de dentro do moletom, só depois veio o rosto me fitando do outro lado do quarto, *"você vai?"*

"Você quer que eu vá?", cocei o meu olho, apoiada em um dos cotovelo, "Se você quiser, eu posso ir... Eu acho?" Íris voltou para o banheiro, continuou conversando comigo lá de dentro. "Eu não sei, na verdade, tô meio ansiosa com isso. Cadu, Marcela e Suri *sabem*. A gente *sabe* que eles *sabem*. E, não lembro em que volume a gente discutiu ontem. Então *talvez* Seu Júlio também saiba." "E minha avó?" "Sua avó *sempre* soube", disse ela, como se eu estivesse desatualizada. "Você contou a ela?", perguntei. "Não, eu achei que *você* tivesse contado, ela já me abordou como se soubesse." *Argh,* afundei de volta no travesseiro. "Então *todo mundo sabe."*

Sua voz veio temerosa de dentro do banheiro, "Meus pais não sabem." "E você não quer contar?", tentei entender. Íris passou pela porta desembaraçando o cabelo com um pente. "Não, não é isso", disse ela, andando de um lado pro outro, "Eu sou bem resolvida sobre minha sexualidade com eles e eles adoram você e sua família, a questão não é essa. É só que eu *acabei* de terminar um relacionamento, teve toda a coisa do pedido de noivado e disso ter *acabado* de acontecer e eles gostavam muito dela também. Não sei como tudo isso soaria pra eles, sabe? Eu não quero que achem que estar com você é uma decisão precipitada minha." "Eu posso não ir, então, você ganha tempo pra conversar com eles sozinha. Eu fico aqui na fazenda, ajudando minha avó com, eu sei lá, qualquer coisa. Mais tarde você me conta como foi." "Sua avó não vai *estar* na fazenda hoje, porque a sua avó vai, Seu Júlio vai, Cadu vai, tirando os bichos, todo mundo vai." Ela disse sem pausas pra respirar, desesperada. O pente enfiado no cabelo molhado, a franja desgrenhada, o narizinho vermelho; tudo cabendo dentro do moletom da minha faculdade.

Voltei a afundar no travesseiro da cama. Eu não sabia o que sugerir e não queria me meter.

"Talvez você possa ir também, a gente só vai ter que disfarçar um pouco. Só até o fim da festa. Que é quando eu vou conseguir conversar com eles, sozinha. Quero fazer tudo do jeito certo. Nada pode dar errado dessa vez. Eu não aguento mais as coisas dando errado, chega. Só acertos a partir de agora." "Tudo bem", falei. "Tudo bem?", perguntou ela, piscando, com um semblante metade nervoso, metade otimista. "Sim", dei um sorriso da cama por isso, "tudo bem."

"Então aproveite o seu último dia como uma mulher solteira, Édra Norr!", ela apontou o pente em minha direção, "porque depois dessa noite, você não vai mais ser uma!" "Ah, é? Por quê? Vai me pedir em namoro?", perguntei, querendo rir, "ou em casamento?" "Qual você acha que eu deveria?", ela arrebitou o nariz, me analisando. "Nenhum dos dois, porque eu ainda gosto do meu amor de adolescência", forcei uma cara de cachorro abatido, "ela também faz faculdade em Nova Sieva, inclusive, não sei se você conhece." "Ah, é?", suas sobrancelhas se ergueram, "Eu devo conhecer", e ela foi se aproximando da cama, arteira, com seu perigoso pente, "mas por acaso ela sabe sobre as coisas que você me disse ontem?" "Não sei do que você tá falando." *"Eu te amo, eu te amo. Você é minha. Sempre vou ser sua.* Blá-blá-blá. *Eu te amo."* Arremessei uma almofada nela, "Íris!" Ela começou a rir. Eu me enfiei embaixo das cobertas. "Eu achei que fosse ter uma parada cardíaca com isso. Vai ser difícil fingir que eu não sou apaixonada por você hoje, vou ter que me esforçar muito." Eu sorri com o que estava ouvindo, em paz e quietinha. Aquelas cobertas estampadas pareciam comigo por dentro. Quentinha, confortável, vibrante. Me descobri de novo. "Posso te dar um workshop disso, sou o mestre dos disfarces sentimentais", brinquei. Ela revirou os olhos: "Quero uma cláusula sobre isso no nosso acordo matrimonial." "Não é tão *difícil* quanto parece, o segredo é evitar o contato visual. Como diria Al Pacino vivendo o Tony em Scarface: *The eyes, chico."* Dei de ombros na cama. *"They never lie."* "É por isso que você não tava me olhando direito esse tempo todo?" "Eu tava, sim", me defendi. "Eu aproveitava pra te olhar, quando você não tava olhando pra mim." Expliquei e ela sorriu. Seu sorriso era como um ímã para o meu. Então, eu também sorri.

"Tenho que ir, *Scarface*", ela se inclinou. "Sim, senhora", respondi. Sua boca encostou na minha testa. *Smack.* O segundo beijo foi um selinho demorado. Antes de ir embora, ela disse: *"Tem uma sala refrigerada para as bebidas, no salão de festas. Fica depois da cozinha, nos fundos",* sussurrando na minha orelha, *"me encontra lá."*

Quando deixou o quarto, aproveitei para dormir mais um pouco. Sabendo que *qualquer coisa* que eu sonhasse, pareceria *menos um sonho* do que tudo isso.

Naquela manhã, eu desci as escadas fazendo dancinhas e assobiando. *Íris e eu. Íris e eu. Íris e eu.* Minha cabeça parecia um disco arranhado de nós duas, rebobinando nossos melhores momentos no *repeat*. Eu não conseguia nem conter os músculos do meu rosto, eles só sabiam sorrir. As nuvens encorpadas no céu, carregadas de chuva, ofuscavam toda iluminação interna do casarão e contrastavam com meu bom humor. O vento frio corria forte. Balançava com agressividade o lustre no teto. Senti a brisa fria enrolar o meu corpo, se encostando de leve no meu rosto, quase como um: *"Sinto muito."* Os cristais de vidro do lustre colidiam num som fino de aviso. Eu tive um mau pressentimento. E parei de sorrir.

"Deve ser ela", ouvi a voz de minha avó anunciar, vindo da sala. Meu pé descalço deixou o último degrau da escada e tocou o chão. Fui caminhando, o coração mais apertado a cada passo. Quando cheguei a sala, minha avó estava sentada no sofá com uma cara apreensiva. A pessoa com quem ela conversava, sentada de costas para mim, nem precisava se virar. Eu reconheceria aquele cabelo tingido de preto em qualquer lugar. O sorriso que se desvaneceu na minha boca, surgiu na boca de Pilar. Era um sorriso largo, caloroso, expansivo, perfurante. Como se estivesse deleitada em *pura* felicidade.

"Croquete Cabana, your favorite Brazilian delivery in town" estava bordado no bone que ela estava usando. *"Good morning, baby!"*, os olhos dela ardiam como dois isqueiros acesos, *"Surprise!"* [Bom dia, bebê! Surpresa!]

Caminhei até ela como se estivesse pisando num campo minado. "Eu estava agora mesmo contando a sua *grandma* [avó] que não era minha intenção estragar a surpresa", Pilar se virou para minha avó só para sorrir e voltou seu olhar de novo para mim: "Combinamos que eu viria para o casamento e eu acabei, *you know* [você sabe], confundindo as datas", ela riu ligeiramente, segurando meu rosto com as duas mãos e me dando um selinho.

Meu rosto não moveu um único músculo.

Pilar puxou meu corpo apático pelo braço até a poltrona ao lado dela. Me sentei devagar.

Minha avó me olhava pesarosa.

"Me desculpe aparecer antes da hora, *Miss* Símia, *I'm so sorry...*" [Me desculpe], disse Pilar, esticando a mão para segurar a minha. Havia uma mala de rodinha parada entre nós duas. Eu sentia como se eu não estivesse ali. Ouvi o resto da conversa, letárgica. As vozes distantes, ainda que elas estivessem bem ali, ao meu lado.

"*Quando Édra recebeu o convite, ficamos a noite inteira planejando como seria. Mas eu não pude vir antes, estava viajando com a minha família.*" "*E de onde você me disse que são mesmo, querida?*" "*Minha mãe é brasileira, meu pai é metade alemão, metade montanense. Eu sou um* little mix [pequena mistura] *de tudo.*" "*Ah.*"

– Édra! – chamou minha avó. Pisquei, redirecionei o olhar da mala para ela, que já estava de pé, enxugando as mãos nas laterais do avental. – Você não gostaria de levar sua amiga... – "*Namorada*", corrigiu Pilar. "*Somos namoradas.*" – Sua *namorada* – disse minha avó, e pigarreou com o peito inflado de ar – lá para cima? Ela já comeu e agora deve estar cansada da viagem.

"Ah, sim", disse Pilar, sentada ao meu lado, "mas vou *adorar* conhecer a fazenda inteira depois de um cochilo."

– Tenho certeza que vai – assentiu minha avó. – Agora, se me derem licença... – disse ela, se retirando em direção a cozinha.

Ficamos só Pilar e eu na sala. Voltei a encarar *fixamente* a mala. – "So [Então]", ouvi a voz dela como um zumbido distante, minha mão começou a..., "*which one is our room?*" [onde fica o nosso quarto?], tremer. "*Édra? Hello? Are you there?*" [Édra? Oi? Você tá aí?], de raiva.

"*Édra?*"

COISAS ÓBVIAS SOBRE O AMOR

A porta do quarto bateu num som absurdamente alto.

— *What the...* — comecei — *Fuck* — rezando para que ninguém ouvisse — *Are you doing* — ou entendesse — *here*. — O que estávamos falando. — *And what the hell is this?* — Puxei o boné da cabeça dela só para jogá-lo no chão. [Que. Porra. Você está fazendo. Aqui? E que porra é essa?]

— *Careful! When you come back you're gonna need this* — disse ela, recolhendo o boné de volta. — *This...* — ela deu palmadas na aba da viseira, limpando toda poeira — *"hell" is your new uniform.* — E fez um beicinho, sendo cínica. — *They gave it to me, when I showed up there looking for you.* [Ei, tenha cuidado. Você vai precisar disso quando voltar. Essa "porra" é o seu novo uniforme. Eles entregaram pra mim, quando eu apareci lá procurando você.]

— *And why are you wearing this...* — falei, tremendo. — *Here?* [E por que você tá usando isso aqui?]

— *Oh, sorry.* — Ela levou a mão até o peito, se encolhendo e amaciando a própria voz — *I thought you'd love it, you know?* — E então, mudou completamente de semblante. E de tom. — *I thought you were missing your shitty job, but I guess not. Not in this huge bedroom.* [Oh, desculpe, eu achei que você ia amar. Eu achei que você tivesse sentindo falta do seu empreguinho de merda, mas aparentemente não. Não nesse quarto enorme.]

— *Since you haven't answered me, I'll ask you one more time.* — Respirei fundo. — *What. Are you doing. In here?* [Eu vou perguntar de novo, já que você ainda não respondeu a minha pergunta. O que você tá fazendo aqui?]

— *I already told you!* — Ela deu de ombros. — *I came early for the surprise we've planned for your grandma. You were dying to introduce me to her, you know, since I am your girlfriend. And now, here I am. Just the way you dreamed of.* [Eu já te disse! Eu vim mais cedo pra surpresa que nós planejamos para sua vó. Você tava morrendo pra me apresentar pra ela, sabe, já que eu sou sua namorada. E agora, aqui estou eu. Do jeitinho que você sonhou.]

— *I don't* dream *about you or* with *anything related to you... And we* are not *girlfriends.*

[Eu não sonho com você e nem com nada relacionado a você. E nós não somos namoradas.]

— *Oh, we so are.* — Ela se jogou de costas na minha cama. — *Let me refresh your memory, ok? You just woke up, and must be confusing things. But, that's okay, let me get you updated.* – Ela ergueu a mão para cima, fazendo a contagem nos dedos, encarando o teto. – *First of all, you're a student in Montana with tons of friends and a cool job, you make lots of money and you even help that old lady by sending cash over here. Oh, the perfect granddaughter to a sick grandma. Cute, if you ask me. Second of all* – continuou, e outro dedo se ergueu –, *you do have a girlfriend and you are deeply in love with her. You have talked to her every single day since you came to Brazil. You did it to give her updates about your vacation, because you just miss her so much and because of that she decided to come early just for you. Surprise!* – Ela sorriu, se apoiando nos cotovelos. – *Of course I added some parts in between your lies, but, you don't mind it, do you? I mean, since you are lying about everything... Why can't I?* [Ah, nós estamos. Me deixe refrescar sua memória, ok? Você acabou de acordar, deve estar confundindo as coisas. Mas, tudo bem, deixa eu te atualizar. Primeiro, você é uma estudante em Montana cheia de amigos e com um emprego legal, você faz muito dinheiro e ajuda a essa senhora mandando grana pra cá. Ah, a neta perfeita para a vovozinha doente. Fofo, na minha opinião. Segundo, você tem uma namorada e é profundamente apaixonada por ela. Você falou com ela todos os dias desde que chegou no Brasil. Você dá a ela updates sobre as suas férias, porque você sente falta dela... Tanta, que ela decidiu chegar mais cedo só pra você. Surpresa! É claro que eu adicionei algumas partes no meio das suas mentiras, mas você não se importa com isso, né? Quero dizer, já que você está mentindo sobre tudo... Por que eu não posso mentir também?]

– *You have till the end of the day to get the fuck out of my grandma's house. And I'm not even joking.* [Você tem até o fim do dia pra dá o fora da casa da minha avó. E eu não tô brincando.]

– *Oh, baby, you didn't understand it at all, did you?* – Ela voltou a sorrir, o sorriso mais largo que eu já a tinha visto dar. – *I'm not going anywhere. I have a wedding to attend.* [Ah, querida, você ainda não entendeu, né? Eu não vou a lugar nenhum. Eu tenho um casamento pra ir.]

– *Oh, just shut up.* [Ah, cala a boca.]

– *No.* – Ela levantou da cama, inflamada. – *You shut up.* – E riu, arfando ao mesmo tempo. – *You didn't think you would mess with me and get away with it, did you? All of these years taking care of you, of your fucked up head.* – Os dentes dela trancaram de raiva, ela falava violentamente movendo mais os lábios do que abrindo espaço entre eles. — *Making sure you eat, sleep, study and still feel like a human being by the end of every single week, paying your fucking bills when your fucking job didn't make it. Taking you to have dinner and drinks and buying you books all around the city. Making people see you, speak to you, even though they didn't give a damn about your existence, because you were always so reclusive, so fucking boring and so weird all the time. I was the reason you were still alive in there. I picked you out of a fucking hole that you made by yourself to drown in.* — Ela respirou fundo, colocando as mãos na cintura. — *I put smiles in your mouth and others things too. And all I asked of you was to just, you know, not to put your fucking fingers inside your ex. But you couldn't do it, right?* — O beicinho falso e piedoso voltou para a boca. — *That was just a little bit too much for you. And now, after you left me without even saying goodbye and then humiliated me over a shitty text message, you really, like, really thought that would be it. That we were even? I wonder what were you thinking. That I would read that and move on? That I would let you have the last punch? How stupid are you?* — Pilar começou a rir freneticamente. — *I thought you knew me. But I guess you didn't even listen to me. To anything, ever. I bet you think I'm boring. Oh, no!* — Levou a mão para o peito de novo, em autopiedade. — *Now I have to prove you wrong and give you some entertainment.* [Não. Cala a boca você. Você não achou que ia me sacanear e ia ficar por isso mesmo, né? Todos esses anos cuidando de você, dos parafusos soltos da sua cabeça, garantindo que você estava comendo, dormindo, estudando e se sentindo a porra de um ser humano no fim de cada semana, pagando as merdas das suas contas quando seu trabalho te dava uma merreca. Te enchendo de jantares, drinks e livros em saídas pela cidade. Fazendo as pessoas verem você, falarem com você, mesmo que elas nem sequer se importassem com a sua existência, porque você é sempre tão retraída, esquisita, entediante pra caralho. Eu era a razão pela qual você ainda estava viva naquele lugar. Eu te tirei do seu buraco que você fez pra si mesma, pra se afogar dentro. Eu coloquei sorrisos na sua boca e outras coisas também. E tudo o que eu te pedi foi só pra você não colocar a porra dos seus dedos dentro da sua ex. Mas você não pôde se controlar, né? Isso era pedir demais de você. E agora, depois de você me deixar sem nem ao mesmo me dar um tchau e depois de você me humilhar por uma merda de uma mensagem de texto, você realmente, tipo, realmente achou que seria só isso. Eu fico me perguntando o que você tava pensando. Que eu iria ler aquilo e seguir em frente? E deixar você dar o último nocaute nessa luta? Quão burra você é? Eu achei que você me conhecia. Mas você não me escutou, em nada do que eu tentei dizer, esse tempo todo. Eu aposto que você acha que eu sou entediante também. E agora eu vou ter que te provar o contrário, te dar um pouco de entretenimento.]

— *Oh, Pilar. I don't think you are boring, you just fucking are. You can't talk about anything besides yourself and quotes from academic books. You are not funny, you never made me laugh. Also, you never made me come. You never made me feel anything, just some little shivers, any cold wind could have done this job for you. And, of course, you made me a human. You made the city more tolerable for me. You helped me a lot with so many things. And, honestly? I'm grateful for all of that. I really needed it. And you were really... there for me, so much that I thought I could fall in love with you, if I just gave it enough time. But you picked me from a hole and you throw me in another one. The firsthole, yep, I digged it myself. But the second one? You did. I felt more alone with you in a room with all of your friends, than in my own hole. You made me feel alone and empty. But I kept going, right? Because... What else should I do? Maybe I could learn how to love you in your own way. I was in for it. I was willing to do it. I was there. And you fucking cheated on me.* — Ergui as sobrancelhas e as dela despencaram na testa. — *With the guy from the restaurant. I saw you both.* [Ah, Pilar. Eu não acho que você é entediante, você simplesmente é. Você não sabe falar de nada que não seja sobre você mesma e trechos de livros acadêmicos. Você não é engraçada, nunca me fez rir. Você também nunca me fez chegar lá. Você nunca fez com que eu sentisse nada, só um arrepiozinho, qualquer vento frio poderia ter feito o mesmo no seu lugar. E, claro, você me humanizava. Você fazia a cidade ser mais tolerável. Você me ajudou com muitas coisas. E, sinceramente? Eu sou muito grata por isso. Eu realmente precisava disso. Você estava lá por mim e eu pensei que pudesse me apaixonar por você, que eu só precisava, eu sei lá, dar tempo ao tempo. Mas você me tirou de um buraco e me jogou em outro. O primeiro eu cavei sozinha. Mas o segundo? Você cavou. Eu me sentia mais sozinha com você numa sala lotada com seus amigos do que no meu próprio buraco. Você fazia eu me sentir sozinha e vazia. E eu continuei com você, certo? Até porque... O que mais eu deveria fazer? Talvez eu pudesse aprender a te amar da sua própria maneira. Eu tava dentro dessa. Eu estava disposta a tudo isso. Eu estava lá. E você me traiu. Com o cara do restaurante. É. Eu vi vocês dois.]

Ela voltou a rir.

— *Are you crazy?* — disse ela, como se eu tivesse contado a maior piada do século. — *I didn't fucking cheated on you. Yes, he asked me why I wasn't answering his messages and I said "I have a girlfriend" and he was like "oh, sorry, your mom gave me your number, she told me you had a little crush on me", and I deny it, of course. Because I didn't. And that was it. But you are so fucked up in your lesbian dramas and traumas, you are such a fucking cry baby about this "oh, they don't see me as a girl" and "oh, they treat me like a man" bullshit that you made a whole tale inside your mind and you believied it, without even giving me a chance to defend myself. And, since you thought you were cheated on, you were okay with fucking your ex.* — Ela cuspiu as palavras, seu peito se encheu de ar, de orgulho. — *Oh, you should have seen her face. I almost heard her heart breaking. She was like hi, who are you, and I was like oh, linda, hi, I'm Édra's girlfriend, from Montana, who are you? That was epic.* — Pilar balançou a cabeça, sorrindo. — *Like, really. She was trying to hide the logo of the Charles Mounté University on your fucking sweatshirt that she was wearing. Such a poor little thing, what a fucking bitch. I could smell you in her hair. And you both really belong to each other.* — Os lábios dela se curvaram para baixo, e ela me lançou um olhar impressionado. — *Really, because I did my research. That bitch was almost engaged* — ela arregalou os olhos, todos os dentes à mostra no sorriso estonteante — *then, she came all the way here, to your grandma's wedding, to stay close to you. And I bet, oh, I bet!, her personal-Pilar doesn't fucking know that.* — A feição alegre se dissolveu para um estado sombrio. — *You both disgust me.*

[Você é louca? Eu não traí você. Sim, ele me perguntou o porquê de eu não estar respondendo as mensagens dele e eu disse "eu tenho uma namorada", e ele "ah, desculpa, sua mãe me passou seu número de telefone e me disse que você tava afim de mim", e é claro que eu neguei. Porque eu não estava. E foi isso. Mas você é tão fodida da cabeça com seus dramas e traumas lésbicos, você é tão chorona sobre essa merdinha toda de "ah, elas não me veem como uma garota" e "ah, elas me tratam como um homem". Que você criou uma historinha dentro da sua cabeça e acreditou nela, sem ao menos me dar a chance de me defender. E, já que você achou que levou corno, você ficou ok com a ideia de dormir sua ex. Ah, você deveria ter visto só a cara dela. Eu quase escutei o barulhinho do coração se partindo. Ela disse "oi, quem é você?". E eu "ah, linda, oi, eu sou a namorada da Édra, de Montana e você?". Foi impagável. Mesmo. Ela tentando esconder a droga da logo da Charles Mounté University na merda do seu moletom que ela estava usando. Eu podia sentir seu cheiro no cabelo dela. E vocês realmente se merecem, porque eu fiz minha pesquisa. A piriguete tava quase noiva e veio até aqui, pro casamento da sua avó. Pra ficar perto de você. E eu aposto que a Pilar-pessoal dela não faz a menor ideia disso. Vocês duas me dão nojo.]

— *You don't know anything about her or about us. You don't understand it, because you can't. You have never felt this way for anyone in your life.* [Você não sabe nada sobre ela, nem sobre nós duas. Você não entende, sequer consegue. Você nunca se sentiu desse jeito por ninguém na sua vida.]

▷ **SNOW ANGEL – RENEÉ RAPP**

— *I did.* — Os olhos dela marejaram, sem vida, opacos. — *I felt this way for you. And you left me. You chose it. You chose to believe I cheated on you and you didn't give me the chance to set things straight. You used it as your chance: your golden ticket to be a fucking cry baby and to fuck your ex out of it. It's easier. You made me a villain, so you could have your pathetic love story going. And now, here I am. Because since you made me a villain, all I have left, Édra, is to be one.* [Eu senti, sim. Eu me senti desse jeito por você. E você me deixou. Você escolheu isso. Você escolheu acreditar que eu traí você e nem me deu espaço pra esclarecer as coisas, porque essa era a sua chance. Seu bilhete premiado pra ser uma coitadinha e transar com a sua ex. Assim é fácil. Você fez de mim uma vilã, tudo o que me sobrou, Édra, é agir como uma.]

— *You don't feel shit about me. And you don't even care with who I am with. I was a doll to you. You took me out of my hole and dragged me into yours. Made me agree to everything, changed me, made me dance like a circus monkey. And I stayed. Because I know how to be a doll to people and you loved it, you enjoyed my lack of voice, my lack of attitude. I was raised to obey without questioning, to sacrifice, to remain in silence. And you... love me... it, every single part of it.*

You love that I was traumatized and fucked in the head, because that means I am this Special Edition Doll to you. And of course, all my traumas made it seem that you've cheated on me. But that wasn't the only reason I had to leave you. That was just the last one I can remember. You don't care about me, you never did. And this? Right here? This is also your golden ticket, you've lost your doll and now you're bored. You came all this way just to feel something again. And I don't know exactly what it is, but I know it's not love. [Você não sente merda nenhuma sobre mim. Você nem se importa com quem eu tô ou não. Eu era uma boneca pra você. Você me tirou do meu buraco e me arrastou pro seu. Me fez concordar com tudo, me mudou da água pro vinho, me fez dançar como um macaco treinado de circo. E eu fiquei. Porque eu sou ótima em ser uma boneca para as pessoas e você amou isso, você se aproveitou bem da minha falta de voz e de atitude. Eu fui criada pra obedecer sem questionar, pra me sacrificar, pra continuar calada. E você amou isso, cada pedacinho. Você ama que eu seja traumatizada e todos os parafusos soltos na minha cabeça, porque isso significa que eu sou sua Boneca Sally Edição Especial. É claro que meus traumas fizeram eu achar que você tinha me traído. Mas essa não é a única razão que eu tinha pra terminar com você, só é a última que eu consigo lembrar. Você não se importa comigo, nem nunca se importou. E isso? Isso aqui que estamos vivendo? É o seu bilhete premiado também, você perdeu sua boneca e agora tá entediada. Veio até aqui só pra sentir alguma coisa de novo. E eu não sei exatamente o quê, mas eu sei que não é amor.]

— I wish it was the truth! — A voz de Pilar estremeceu. *— I wish everything you said were the truth, but it's not. And that's exactly the point. This is what makes me so full of anger. Because I was normal. And you made this fucking thing grow inside of me. I can't stop thinking about you. I can't even have sex without thinking of you. I tried, of course, before I came here, with that girl you hate from your class. I cried for five fucking days nonstop. You have broken me. You made me care. You turned me into this fucking intense love bullshit you believe in. I love you so much —* disse ela, entredentes. *— And I hate you for that. And I know you won't choose me. Honestly, I don't even care. I have already accept it. But she won't get you either. She will not have you. I don't lose anything. And if I'll suffer for not being with you at the end... so will she. We'll both suffer from it. Congratulations, Édra. You made two women fall deeply in love with you. And*

you'll end up with none of us. I once told you that I love Shakespeare, remember? That's it. That's my fucking version. Enjoy it. It will be a dramatic, intense and full of twists love story. I will burn. Everything around you will fall. — Uma faísca se acendeu nos olhos dela. — But don't worry. You're gonna love it. You said you love warm things. [Eu queria que fosse verdade! Eu queria que tudo o que você tá falando fosse verdade, mas não é. E esse é o ponto. Isso é exatamente o que me preenche de raiva. Porque eu era normal. E você fez essa coisa crescer dentro de mim. Eu não consigo parar de pensar em você. Eu não consigo nem transar sem me lembrar de você. Eu tentei, é claro, antes de vir até aqui, com a garota que você odeia da sua classe. Eu chorei por cinco dias sem parar. Você me quebrou. Você fez eu me importar. Você me transformou nessa merda de amor intenso que você acredita. Eu te amo tanto e eu te odeio por isso. E eu sei que você não vai me escolher. E, honestamente, eu não ligo. Eu já aceitei isso. Mas ela também não vai ficar com você. Ela não vai te ter. Eu não perco nada. Se eu vou sofrer porque eu não posso ficar com você no fim disso tudo... ela também vai. Nós duas vamos. Parabéns, Édra. Você fez duas mulheres se apaixonarem perdidamente por você. E você não vai ficar com nenhuma das duas. Uma vez eu te disse que adorava Shakespeare, lembra? É isso. Essa é a droga da minha versão. Aproveite. Vai ser uma história de amor dramática, intensa e cheia de plot twists. Eu vou. Botar fogo. Em tudo ao seu redor. Mas não se preocupe, você vai amar. Você disse que amava coisas calorosas.]

— You're leaving. I will drive you to the airport and this will be the end of it. As the fucking grown-ups we are. [Você vai embora. Eu vou te levar até o aeroporto e a gente vai encerrar isso. Como duas mulheres adultas.]

— Or what? — Ela inclinou a cabeça. — What can you still do to me? You have no idea how much pain you made me feel. I can't fucking care about anything else. You broke my heart. Losing you felt like losing everything. I have nothing, Édra. — Ela riu, se divertindo. — But you? Oh, you have so many things to lose... And you'll help me out. You will do as I say, so I'm satisfied. Don't make me fuck your grandmother's wedding. She's so sweet. I am not. [Ou, o quê? O que sobrou pra você fazer comigo? Você não tem ideia de quanta dor você me fez sentir. Eu não consigo me importar com nada além disso. Você destruiu o meu coração. Te perder foi como perder tudo. Eu não tenho mais nada,

Édra. Mas você, ah, você tem tanta coisa que ainda pode perder. E você vai cooperar comigo. Você vai fazer o que eu disser e o que eu mandar. Não me faça estragar o casamento da sua avó. Ela é um doce de pessoa. Eu, não.]

— *You wouldn't do that.* [Você não faria isso.]

— *Try me.* — Seu queixo se ergueu. — *All it takes is one step, just one step that I didn't allow you to do and I will blow everything up.* — Ela me arremessou o boné do Croquete Cabana. — *Don't forget, I know your lies. I know you. I know everything.* [Ah, é? Paga pra ver. Basta um passinho seu, só um, sem o meu consentimento e você vai ver o circo pegar fogo. Não esqueça que eu sei todas as suas mentiras. Eu conheço você. Eu sei de tudo.]

Ela caminhou lentamente até a saída do quarto e abriu a porta. Meu coração começou a acelerar.

— *Where are you going?* [Aonde você vai agora?]

— *I am going to sleep. And you'll give me some privacy to do this. It was a long flight. I need to rest before the baby shower.* [Vou dormir. E você vai me dar um pouco de privacidade pra conseguir fazer isso. Foi um voo longo. Eu preciso descansar antes do chá de bebê.]

— *How do you know about the baby shower?* [Como você sabe sobre o chá de bebê?]

— *A friend told me.* — Ela deu um sorriso cínico, abraçada à porta. — *Now, leave.* [Uma amiga me contou. Agora, saia.]

— *We shall not, we shoudn't, we can't, we are not going there. There's no need for us to go. Just... just... Listen to me, you don't wanna do this. You don't even have to do it. If you met Íris this morning and told her you are my girlfriend, trust me, she's done. For good. She'll never speak to me ever again. Wasn't this what you wanted it? To win? Whatever this means. You already did. Please. Think this through. You know you hate not being liked in a room full of people. Going there to hurt her will just turn everyone against you.* [Nós não... nós não podemos.. Nós não vamos lá. Não tem necessidade disso. Só... Só... me escuta, você não quer fazer isso. Você nem sequer precisa fazer isso. Se você já encontrou a Íris hoje de manhã e contou a ela que você é minha namorada, acredite, já era. De verdade, dessa vez. Ela não vai falar comigo nunca mais. Não era isso o que você queria? Vencer seja lá o que for que isso signifique? Você já venceu. Por favor. Pensa melhor nisso. Você odeia estar numa sala cheia de gente que não gosta de você. Ir lá pra machucar ela só vai fazer todo mundo ficar contra você.]

— *Oh, honey, we are not going there to hurt her. We are going there to hurt you* — rebateu Pilar, em pura malevolência. — *I'll decide when I'm feeling like a winner* — disse ela, com o nariz empinado. — *Be ready on time.* — Ela escancarou a porta, me indicando a saída. — *I don't wanna be late. I don't want you to miss a thing. Welcome back to your doll box.* [Ah, meu bem, a gente não tá indo lá pra machucar ela. A gente tá indo lá pra machucar você. Eu decido quando eu tiver vencido. Esteja pronta na hora certa, não quero me atrasar. Nem quero que você perca nada. Seja bem-vinda de volta a sua caixa de boneca.]

Não precisava de muito pra que eu soubesse que a minha avó estava decepcionada comigo. E ainda assim, era nítido que estava fazendo de *tudo* para me ajudar. "O tempo amanheceu muito frio hoje", disse ela, forçando uma tosse em cima da cama. "Preciso repousar, não quero que essa tosse se estenda até o dia do meu casamento", forçou um sorriso. "Imagine só, dizer sim tossindo." Pilar não fez nenhum protesto. "Melhoras, *Miss* Símia", desejou, dentro de seu vestido de cetim roxo com um lenço no pescoço combinando. O cabelo preto, tingido, estava preso num coque. "*Ask her If she needs something from the city*" [Pergunte se ela quer algo da cidade], murmurou, apertando a bolsa embaixo do braço.

Arfei, revirando os olhos.

"Pilar perguntou se a senhora quer algo da cidade." Minha avó arregalou os olhos da cama. "Mas vocês vão? Mesmo assim?" Eu *sabia* o que ela estava fazendo. "*What did she said? My portuguese is a little fucked up*" [O que ela disse? Meu português tá meio merda], Pilar olhou pra mim. "Ela quer que a gente fique, pra cuidar dela." "*Oh, no, there's no way*" [Ah, não, de jeito nenhum]. "Vocês poderiam ficar, eu poderia assar um bolinho para nós três", o sorriso da minha avó era o mais falso que eu já tinha visto, mas ela soava doce, mesmo assim, porque não conseguiria soar como qualquer outra coisa, mesmo se quisesse. Balancei a cabeça pra ela negativamente, respirando fundo. Eu sabia que nada do que ela tentasse funcionaria com Pilar.

Aquilo era uma batalha perdida.

"Miss Símia, vou deixar o meu *number* com a senhora, *alright? Anything, I mean*, qualquer coisa, qualquer coisa mesmo que precise, só *give me call, okay?* E voltaremos correndo", Pilar devolveu o sorriso indigesto, tomada pela ansiedade de uma possível não aprovação pela parte de minha avó. Ser adorada por todos era tudo o que importava para ela. Pilar apertou o meu braço. "*Tell her that I will be happy to take good care of her and spend a lot of time with her as soon as we're back from the baby shower. I don't want her to think that I don't care about what she's feeling or else she'll hate me.*" [Diga a ela que eu vou ficar muito feliz de cuidar e passar bastante tempo com ela quando voltarmos do chá de bebê. Eu não quero ela ache que eu não ligo pra seja lá o que for que ela esteja sentindo. Ela me odiaria.]

Minha avó parecia ter pescado tudo, antes mesmo que eu traduzisse. Se virou na cama com o nariz torcido, aumentou o volume da televisão. Pela primeira vez, senti sobre ela uma aura de fúria. A abertura da novela começou em volume máximo.

"Fechem a porta quando saírem, fazendo o favor."

Pilar foi andando e eu puxei a maçaneta vagarosamente, minha mão apertava firme o metal gelado enquanto os saltos finos de Pilar estalavam pelo corredor. Apoiei minha testa na porta e respirei fundo. Conseguia ouvir a música de *Frutos Proibidos* do lado de dentro do quarto, o cantor Miguel Abdias cantava em português, com um forte sotaque espanhol, a salsa bailada pela orquestra de saxofones. A trovoada vibrava nas paredes, no assoalho e nos lustres. *Un amorcito assim pode ser ruim, o que será que será desse amor, un amorcito assim há de ser o fim... De tudo...*

Pilar se virou para mim no final do corredor, o vento balançava o lenço de cetim em seu pescoço. "*Vamos!*"

— É um chá de bebê –, resmunguei, puxando a gravata que Pilar estava me obrigando a usar e que ela mesma tinha se encarregado de trazer. "*I know*"

[Eu sei], respondeu ela. Estávamos em pé, paradas, nas escadas de entrada do casarão. A trovoada estremecia o céu nublado, cinza como o meu blazer. Seria um dia escuro. – O casamento é só daqui alguns dias, a gente não *precisava* se vestir assim pra um. – *"I know"* [Eu sei], me interrompeu ela, impaciente. – A gente tá esperando *o quê*, exatamente?! Eu sei dirigir. – Os olhos dela me fuzilaram por um instante, voltando a se concentrar, logo em seguida, de volta no caminho de terra que levava até a fazenda. Não havia nada além da vegetação, das árvores e relâmpagos. – Vou subir pra tirar essa gravata.

– Você vai me *agradecer* por essa gravata, *trust me* [Acredite em mim] – resmungou Pilar, cruzando os braços enquanto batia o salto intermitentemente no chão, murmurando: – *I want you to look like someone that actually have a real job, a career and a life.* [Eu quero que você pareça alguém que tem um emprego de verdade, uma carreira e uma vida].

– *To whom?* [Para quem?] – perguntei.

– *To him* [Para ele] – respondeu ela.

O carro preto vinha se aproximando de longe, levantando a terra na estrada, entrando na fazenda.

▷ **FOIL – PASSION MANGO**

– Eu sou o pai dela. – A voz dele gritou no fundo da minha cabeça, remontando toda cena. – É comigo que ela tem que ficar. – *"Você não pode levar ela assim, sem mais nem menos!"*, rebatia minha avó, *"Ela tá matriculada na escola, tá fazendo amigos, não é assim que se resolve as coisas!"* A sequência dessa discussão era um borrão de memórias embaralhadas. A porta do carro batendo, minha avó chorando, minhas mãos pressionando com muita força minhas orelhas, uma curta pausa para abastecer o carro, o sorvete derretendo, o flash da fotografia, a placa de São Patrique no fundo, a promessa de uma vida normal e de um pai presente que nunca se cumpriu. Suas promessas durante aquela viagem, todas elas, duraram menos de vinte e quatro horas.

Augustus me explicou que moraríamos no hotel por alguns dias, até que a nossa casa ficasse pronta. Eu não estava entendendo nada, só queria tomar banho, ver *Garota-Detetive em Ação* e dormir. "Tem toalha fofinha?" "Vou procurar a rainha das toalhas fofinhas pra você." "Eu já sei tomar banho sozinha, sabia? Vovó diz que eu sou bem grande *desse* tamanho assim vezes dez." "Ah, é? Vezes dez?", respondia ele, com o corpo enfiado dentro do guarda-roupa do hotel, vasculhando tudo. "Vezes vinte e nove!" "Então tá bom, qualquer coisa você me chama se você diminuir de tamanho na água, vou ficar atrás da porta protegendo você e seu banho real." "Eu sei dar murro e latir bem alto, não precisa me proteger porque qualquer coisa eu viro cachorro!" "Então tá bom, *Garota-Detetive*." "Meu nome é Amor." "Achei que fosse Édra." "Minha vó me disse que era Amor também." Ele sorriu.

A pior parte sobre a memória desse sorriso é que tinha sido um sorriso *de verdade*.

"Achei sua toalha, *Senhora Amor*, hora do banho." "Preciso contar uma segredo antes." "Diga." "Eu tenho medo de aranha." "Eu não tenho, te protejo." "Contra as aranhas de parede?" "Sim. Se você vê alguma, grite *meu pai, meu pai*", ele estendeu a toalha sobre o ombro e se abaixou na minha direção com as mãos esticadas para me dar cosquinhas, "que eu apareço e *tcha-tchum!*", e mais cosquinhas, "acabo com a raça delas", e mais cosquinhas.

Mal dava pra respirar de tanto rir. Cabeça de criança se esquece rápido, já tinha me distraído da saudade dos meus avós e tava *adorando* cada segundo de ter um pai. Nunca tinha tido um pai só pra mim antes. Ele não estava quando nasci, nem em nenhum dos meus aniversários. "É que seu pai mora bem longe, num reino distante", dizia minha mãe. Ele não telefonava, não visitava. Eu tinha o poder de virar um cachorro e ele o poder de ser invisível.

Augustus me estendeu a toalha, *a rainha das toalhas fofinhas*, e soltei, mecha por mecha, a trança que a minha avó tinha feito.

Foi assim que tudo acabou.

O olhar compassivo de Augustus foi se desfazendo com a minha trança, sendo tomado pelas sombras do rancor. Me olhava como se eu fosse o maior arrependimento da vida dele. Arfando como um touro para um lençol vermelho. A respiração pesada foi acelerando, os olhos se enchendo de lágrimas. "*Papai?*", eu me lembro de ter perguntado, confusa, atrás do emaranhado do meu cabelo solto, o medo balançando a perna, a fita, que antes era o laço que prendia a trança, caída sobre chão. Naquela noite, Augustus se levantou tomado por uma raiva implacável. *"Só fale comigo o necessário, Édra"*, disse ele, depois saiu, batendo a porta. Me deixando sozinha no escuro. Imaginei todas as aranhas que podiam estar escondidas pelo quarto, me vigiando.

Chorei sem fazer nenhum barulho, até pegar no sono. Era uma habilidade que eu dominava. Sabia chorar sem que *ninguém* percebesse. Tinha aprendido a técnica pra não acordar minha mãe nas visitas ao hospital. Eu me imaginei como um filhote de cachorro. Vezes vinte e nove.

Os anos se passaram sem que meu pai fizesse qualquer tipo de contato visual comigo. Sempre me falava as coisas com os olhos escondidos atrás das coisas. De um jornal, de um livro, de costas, assistindo televisão no sofá da sala, encarando a tela do computador ou o telefone. Me olhava só de relance. Era minha avó quem comemorava as minhas mudanças físicas. Sempre a visitava por um dia ou por um fim de semana, quando ele viajava a trabalho. Os dentes, as acnes, os pelos, o sangue, a cólica. Minha avó era minha única testemunha. Meu avô piorava a cada visita e quanto mais eu crescia, mais ele se apegava ao meu eu do passado. *"Você lembra, por acaso, que você sabia virar cachorro, querida?"* "Não, vô", respondia minha rebeldia, meu amargor de crescimento. "Que pena", ele ria na cama, "eu me lembro."

Quando decidi cortar meu cabelo inteiro, cheguei em casa apreensiva. Não fazia ideia do que Augustus acharia, do que ele faria comigo, de que tipo de pai ele seria sobre isso. "Cortou o cabelo?", perguntou ele, me olhando pela primeira vez em muito tempo. Fiz que sim com a cabeça e ele também. Eu nunca entendi como ele podia ser tão *horrível* em tudo e, ao mesmo tempo, tão *neutro* sobre minhas descobertas. Era quase como se estivesse silenciosamente *aliviado* com todas elas. De neutro, ele passou a ser um entusiasta. Ao contrário de tudo o que eu poderia esperar, quanto menos feminina eu ficava, mais ele tentava interagir comigo. Passou a me obrigar a topar jantares silenciosos em sua presença. Quando ele não cozinhava, me levava em algum restaurante superfaturado da cidade. Eu sempre comia em silêncio.

"Você se lembra de quando dizia pra todo mundo que sabia virar cachorro?", perguntou ele, rindo. Continuei mastigando a carne, séria. "Não sei de onde você tirou essa história, mas era engraçado", ele me olhava, amigável. Estávamos no meio do Salt Burné, a melhor churrascaria da cidade, cada parede erguida pela construtora *dele*. Engoli a comida. "Não."

O carro preto estacionou diante de nós em frente a escada. Os faróis piscaram antes que a porta se abrisse dentro da névoa de poeira. Augustus estava com a mesma jaqueta que tinha usado para me arrancar da casa de minha avó. Uma relíquia de couro de seus tempos dourados e, provavelmente, pra me impressionar – era da Charles Monté University. O cabelo muito mais grisalho do que eu conseguia me lembrar, o rosto muito mais marcado do que quando fui embora, os traços, ainda assim, sutis, se pareciam com os meus. Dei um passo pra trás, Pilar apertou o meu braço. Ele vinha segurando um pequeno cachorro de pelúcia.

– Édra! Filha! – Me abraçou com força esse completo estranho.

O caminho até São Patrique foi como um teste de resistência. Meu pai insistiu que eu fosse no banco da frente. Eu não sabia se ficava triste por estar indo ao lado dele ou aliviada por não estar indo ao lado de Pilar. Acabei ficando no meio do fogo cruzado, os dois conversavam sem parar. As vozes se misturavam, ao meu lado e atrás de mim. O inglês de Augustus, apesar de enferrujado, ainda servia o suficiente pra investigar a minha vida, com perguntas que eu respondia de maneira monossilábica e Pilar incrementava com mentiras. *"In her spare time, she is a chess team captain." "Last year, she won a medal, for best student in her class." "She is the teachers' favorite, they usually call her Brazilian prodigy. Isn't that cute?"* [Ela é a capitã de um time de xadrez, nas horas vagas. Ela ganhou uma medalha, de melhor estudante da turma, no ano passado. Ela é a favorita dos professores, eles costumam chamá-la de prodígio brasileiro, não é fofo?]

O cachorro de pelúcia balançava no meu colo com os movimentos do carro. Os relâmpagos iam nos seguindo por entre as folhas das árvores. A chuva, ameaçava, mas ainda não tinha caído. Eu dizia que sim, que não, Augustus contava alguma coisa como se eu tivesse perguntado e eu dizia "que bom". Pedi que ele ligasse o rádio porque não suportava mais ouvir a voz de Pilar. Só o cheiro do perfume dela, com os vidros fechados e ar-condicionado ligado, era o suficiente pra que eu me sentisse sufocada. Com isso e com a gravata que ela me obrigou a usar. Meu corpo me dava sinais de que estava beirando o colapso. O olho tremia, a perna sacudia sem que eu pudesse controlar. Meu coração parecia ter perdido o ritmo, batia em completo descompasso. O cheiro, as vozes, as risadas, as palavras em inglês, os relâmpagos, o cinto de segurança comprimindo meu estômago, o balanço do carro nos desníveis da estrada. Eu sentia como se pudesse vomitar a qualquer momento.

"*Você está ouvindo a sua, a minha, a nossa, Rádio Andorinhas. E essa é a Sessão Vale a Pena Ouvir de Novo. Homenageando hoje, o nosso mestre, o inesquecível Tim Maia. Agora, duas e quinze da tarde. Fiquem com... 'Eu amo você.'*"

Respirei fundo.

Toda vez que eu olho – cantarolava Tim Maia – *toda vez que eu chamo* – na versão de estúdio – *toda vez que eu penso* – na rádio – *em lhe dar* – A paisagem foi passando relampejada, – *o meu amor* – correndo no sentido contrário – *meu coração* – Uma lágrima rolou, quieta, pelo meu rosto – *pensa que não vai ser possível* – encostei a cabeça na janela – *de lhe encontrar* – e fechei os olhos – *pensa que não vai ser possível* – "E esses dias, Édra?" – *de lhe amar,* – "Como foram?" – *pensa que não vai ser possível* – "Fez o quê? – *de conquistá*-la – Na fazenda?"

Eu amo você, menina. – "Tem uma sala refrigerada para as bebidas, no salão de festas. Fica depois da cozinha, nos fundos." – *Eu amo você.* – "Me encontra lá."

▷ IDIOTA RAIZ – JOYCE ALANE, JOÃO GOMES

ME INFLAMEI DE NEM SEI O QUÊ. Fiquei ruminando o que eu faria pelo restante do percurso, me soterrando em expectativas. Eu *sabia* onde encontrá-la. Eu tinha certeza de que, a princípio, *assim,* logo de cara, Íris não falaria comigo. Mas, na sala refrigerada de bebidas nos fundos, eu poderia explicar pra ela, quando estivéssemos a sós, tudo o que estava acontecendo. Talvez ela jogasse um drink inteiro na minha cara, mas, talvez, ela me ouvisse. Eu *precisava* acreditar que ela ao menos me ouviria. Eu podia, eu sei lá, pedir só que ela me desse um tempo. Um tempo pra resolver tudo. Ela tinha dito que me esperaria!

Ela tinha dito *ontem* que me esperaria. Talvez, porra, só *talvez*... Funcionasse. Eu não estava conseguindo ser racional. Meu corpo colapsado de nervoso não conseguia enxergar um palmo na minha frente. Minha cabeça parecia um *deck* de baralho se embolando fora de ordem. Eu precisava fazer alguma coisa, tentar qualquer c-c-coisa. Qualquer uma que fosse. *Foco, Édra. Foco*. Sala de refrigeração, nos fundos. Sala de refrigeração, nos fundos. E se ela estivesse lá me esperando? Eu não queria ser pessimista. Eu *não podia* ser pessimista! Sobrevivemos a três anos longe! A todos os empecilhos! A todas as falhas de comunicação! Vamos lá, ainda não acabou! Não tinha como ter acabado! A noite passada, o que fizemos... Nosso amor tinha se firmado. Aquilo era pra sempre. Eu sabia. Se eu sabia, ela *também* sabia. V-v-va-*v*a-vai ficar tudo bem. Eu *te-te*-tenho certeza d-d-disso. Vai ficar *tu-tu-tu*-tu-tu-tudo bem.

Foi acreditando nisso que, assim que chegamos no salão de festas, coloquei meu plano em ação. "*I'm feeling really sick, really nauseous from the trip. I think I need to throw up. Wanna come too?*" "*Ew. No. I'll be waiting with your dad. And, Édra*", Pilar apertou o meu braço, "*don't do anything stupid*". ["Eu tô muito, muito enjoada da viagem. Eu acho que eu preciso vomitar. Quer ir comigo?" "Eca. Não. Eu vou ficar com o seu pai. E, Édra, não faça nenhuma burrice."]

Quando me viram desviando das mesas, das cadeiras e dos convidados, Suri e Marcela perderam completamente a cor. Os olhos de Suri, se arregalaram, assustados. Os de Marcela se acenderam, curiosos. Elas se viraram depressa e sumiram entre a ornamentação de balões. Tudo era branco e lilás. Continuei andando, a cada passo puxava um pouco mais aquela estúpida gravata que Pilar tinha me obrigado a usar.

"*Querida!*", ouvi a voz de Genevive chamar, "*cadê a sua avó?*" "Só um segundinho, Dona Genevive. Preciso ir ao banheiro. Já falo com a senhora!" "*Mas, querida, o banheiro é pro outro lado!*" Continuei andando. "*Ora, ora, ora, quem é vivo sempre aparece! É você mesmo, cara? Não acredito!*", a voz parecia de Wilson Zerla, desviei dele, segurando um bebê no colo. "Opa!", forcei um sorriso, "Pera que a gente coloca o papo em dia, deixa eu só dá um pulinho no banheiro antes!" "*É lá na frente, ô!*", alertou ele, "*Não é desse lado aí, não!*"

— Com licença, licença, desculpa, na volta eu passo na mesa de vocês, opa, licença, licença, desculpa. Ops! – Desviei, por um triz, de uma torre de bebidas, o garçom tentou frear e, para que eu não colidisse contra sua bandeja, acabei praticamente me arremessando em alguém. Os olhos, fechados pelo susto do impacto, quando se abriram, deram de cara com Lizandra, completamente ensopada de cerveja. A primeira, e última, vez que nos vimos foi *anos atrás*! Naquela fatídica viagem a Nova Sieva, para pedir Íris em namoro.

— Lizandra, meu Deus! Oi! Foi mal. Foi sem querer. Mesmo! — falei, recuando. Lizandra encarava a própria roupa boquiaberta. — Eu preciso *muito* ir agora! Mas na volta eu te peço perdão de joelhos! Eu juro!

Me virei e continuei andando. Na adrenalina das expectativas, comecei a sorrir. Imaginei que abriria uma porta e ela já estaria lá. Nós conversaríamos, nos entenderíamos e ficaríamos *juntas*.

Eu já tinha cruzado o chá de fraldas inteiro, agora desviava de cozinheiras e garçons na cozinha. Esbarrada, empurrei e desviei das pessoas. Sentindo os ombros, as bandejas e as colherem me acertarem por todos os lados. Era tudo uma imensa bagunça de cheiros, aventais, caixas de papelão e pessoas. Os canos subiam pelas paredes, pingavam do teto sobre o chão de cimento. Alguns funcionários com a farda do Pêssego's descarregavam caixas e mais caixas de bebidas, passando como formigas agitadas, de um lado para o outro. Peguei um engradado de uma pilha que estava sendo formada embaixo de uma goteira. "Pra onde eu levo isso?" "Porta branca, lá nos fundos", alguém respondeu.

Agora tudo o que me separava de me resolver com Íris era uma porta branca. Coloquei o engradado num cantinho do chão, respirei fundo e girei a maçaneta.

"Íris?", entrei, com o pé direito.

"Édra?", a porta bateu atrás das minhas costas. "O que você tá fazendo aqui?", Cadu perguntou, pálido. "Não era pra você tá aqui."

"Eu preciso achar a Íris." "Não", ele desviou por trás de mim, ficando na frente da porta, "Você precisa se acalmar. *Tá tudo bem com você?*", ele me fitou, preocupado. "Bebe uma água." "Eu não quero água", me esquivei, impaciente, "preciso falar com a Íris." Cadu respirou fundo. *"Édra..."* continuei imóvel. Estávamos dentro de uma sala de refrigeração e o ar era terrivelmente congelante. "Olhe só pra você, cara", ele apontou para minha gravata, totalmente embolada, quase caindo do meu pescoço. Uma parte do meu blazer estava molhado de cerveja. Mas eu não estava me importando com isso. "Eu sei que parece que eu *não sei* o que eu tô fazendo, e que eu não tô legal, mas, confia em mim, *ok?*", expliquei, gesticulando. "Eu *preciso* conversar com a Íris e eu preciso fazer isso *rápido*", tentei passar por ele, para abrir a porta.

Cadu continuou na frente, como uma muralha.

"Édra, eu não posso deixar você fazer isso agora", disse ele, balançando negativamente a cabeça. Eu comecei a rir. "E o que você quer que a gente faça agora, Cadu? Vai, me diz. Quer ficar aqui dentro, jogando conversa fora, enquanto a gente *congela?*", arfei, o sorriso estático e incrédulo nos meus lábios, no fundo, eu ainda não estava levando-o a sério, por isso, tentei passar de novo. "*Cadu...*" "Eu não posso deixar você fazer isso agora, Édra. E a gente não precisa ficar aqui dentro. Eu vou te levar pra outro lugar, a gente vai sentar, você vai se acalmar, tomar uma á..." "Cadu", repeti, "*quero* passar." "Não é o momento pra fazer isso, Édra. Agora simplesmente não é o momento pra fazer isso. Você não sabe o que tá acontecendo." "Eu *não sei* o que tá acontecendo?"

A risada escalou embasbacada a minha garganta "*Eu?* Eu *não sei* o que tá acontecendo? *É você. Você* é quem não sabe o que tá acontecendo e nesse exato momento, Cadu, você tá sendo um grande idiota me atrapalhando. Eu *preciso* falar com a Íris." "O que você precisa é beber água." "Eu não estou com muita paciência, cara. Não estou mesmo. De verdade. Não é o momento de você me testar." "Eu não tô *testando* você, eu tô *protegendo* você. Na verdade, *vocês*. As duas. Você não faz *ideia* do que tá acontecendo. Você não faz *ideia* de como a Íris está. Você não faz *ideia* de muita coisa. E se você for comigo se sentar pra esfriar a cabeça, tomar uma água, eu posso te contar tudo. Eu posso te escutar. Eu *quero* te escutar." "Não é com *você* que eu preciso conversar, Cadu. É com a Íris. E eu preciso fazer isso *rápido*. Eu tenho pouco tempo. *Você* é quem não faz a menor ideia do que tá acontecendo." "A Íris não vai te ouvir, Édra", disse ele, retraindo os lábios. As sobrancelhas se curvaram, piedosas. "Seja lá o que for que você tenha pra dizer a ela aqui, agora, nessa festa... Ela não vai ouvir. E você não deveria *estar* aqui. A Suri e a Marcela conversam comigo, Ermes e Jade conversam comigo, a Íris conversa comigo. Tem algumas coisas, Édra, *acontecendo*. A Íris *não vai* te ouvir. Você *não deveria* estar aqui. A sua avó disse que te manteria em casa." "Eu achei que a minha avó não tinha vindo pra impedir a Pilar de vir. Não pra *me* impedir. Eu não sabia que ela tava *tão* contra mim." "Ninguém tá contra você,

Édra. Você só não consegue pensar direito agora porque você claramente não tá legal. Seu olhar tá estranho, você tá falando embolado, sua respiração tá acelerada. *Você. Não. Tá. Legal.*"

"Cadu", eu me apoiei com uma mão na cintura, revirando os olhos, colocando a outra mão sobre a testa e *tentando* ser paciente, "eu só preciso falar com a Íris. Vou melhorar quando eu conseguir contar pra ela o que tá acontecendo. Mas eu *não tenho* muito tempo. Você precisa *sair* da frente dessa porta!" "Você precisa voltar pra fazenda, Édra." *"Qual é o seu problema?"*, meu olho voltou a tremer. "Qual. É. O seu. Problema?", repeti, sentindo minha mandíbula travar.

Era tarde demais. Eu tinha levado minutos cruzando a festa inteira, eu ainda nem fazia *ideia* de onde Íris estava, Pilar provavelmente já deveria estar me procurando em todos os cantos e Cadu continuava na frente da porta, me impedindo de passar. Não iria dar tempo de ir atrás de Íris. Não iria dar tempo de resolver nada. Tim Maia começou a cantar, entrecortado, como um rádio quebrado, chiando no fundo da minha cabeça.

Eu estava tendo uma crise de ansiedade.

"Eu só tô tentando ser um bom amigo, Édra", a voz de Cadu riscou um fósforo e o ateou sobre todas aquelas sensações encharcadas de gasolina. *Penso que não vai ser possível. Penso que não vai ser possível. Penso que não vai ser possível. Penso que não vai ser possível.*

– Você não é a porra do meu amigo! – gritei.

E minha cabeça fez silêncio.

▷ **SPARKS – COLDPLAY**

O termostato da sala estalava num rangido mecânico que só agora eu conseguia escutar. Cadu fungou, com o nariz avermelhado. Os olhos brilhavam, molhados. Ele apoiou a mão na cintura, começou a sorrir e parou, sua boca se fechou, retraída, evidenciando o queixo trêmulo. Ele desviou o olhar para as garrafas de vidro, e então, para o teto, tentando não piscar os olhos.

Ajeitou a postura, balançou a cabeça e deu um passo para o lado, deixando o caminho livre pra mim.

Eu engoli o nó na garganta e continuei andando.

– Ela vai ser pedida em casamento, Édra – disse ele, assim que encostei a maçaneta.

Parei onde estava.

– Eu só não queria que você visse.

Pisquei com força, ainda estava recobrando a consciência. Aquilo não fazia *o menor* sentido. Olhei para ele de relance. Abri a porta e saí. Foi só depois de ter passado pela cozinha que me dei conta do que ele tinha me dito.

Ela vai o quê?

"Sai da frente!" "Licença!" "Essa parte aqui é só pra família e funcionários!", as pessoas se esbarravam descuidadas em mim.

Ele disse que ela vai *o quê?*

Refiz o caminho de volta para a sala refrigerada desviando de bandejas, engradados de bebidas, sacos congelados de salgados sendo carregados de um lado para o outro, pessoas. Segurei a maçaneta da porta branca e empurrei.

Quando a porta se abriu, Íris estava lá. Secando a camisa molhada de cerveja de Lizandra.

▷ **ROMANTIC HOMICIDE – D4VD**

"Ah", foi tudo o que eu disse. *Ah*. Íris olhou pra mim e se virou de novo, pressionando a toalha contra a barriga de Lizandra. "Eu acho que essa já era, vou precisar trocar." "Eu tô de carro, posso ir buscar, onde foi que você disse que deixou sua mala mesmo?" Elas continuaram conversando como se eu não estivesse ali. "No quarto dos seus pais, eu acho." "Eu vou lá buscar, você quer que eu traga qual?" "Sabe aquela florida?" "A branca?" "Isso." "Sei." "Eu acho que ela vai combinar com esse short e esse tênis. O que você acha?" "Ah, eu..." Bati a porta.

Lembrei do quarto de Íris repleto de fotos e do polaroide na cabeceira da cama. Lizandra estava lá. Ela sempre esteve lá.

"Ontem rolaram as gravações do episódio que ela escreveu praticamente sozinha. Ela chegou em casa muito ansiosa, sabe?" "Ela não pegou muito no celular ontem, a gente não deixou. É que a gente saiu também. Tipo, levamos ela pra sair. Pra espairecer, sabe? Comemorar."

Flash.

Lizandra tinha dado a Íris algo que eu não pude dar – sua *presença*.

A porta estava fechada, mas eu continuei segurando a maçaneta, criando coragem para soltar. Uma vontade de escancará-la de novo e perguntar se ela ainda queria fugir comigo de bicicleta. Mesmo sabendo que eu não poderia fazer aquilo. O que quer que eu fosse fazer, teria que esperar o casamento da minha avó passar para que Pilar voltasse a Montana e me deixasse em paz. Até ela se sentir vingada e achar uma distração nova. Antes disso, eu precisava levar a sério suas ameaças porque elas podiam custar o momento de felicidade da minha avó. Um dos primeiros em sua vida que era inteiramente sobre ela mesma. Uma maré de choro foi crescendo numa onda alta dentro de mim, querendo desaguar.

"Então aproveite o seu último dia como uma mulher solteira, Édra Norr!", ela apontou o pente em minha direção, presa dentro da minha memória. *"Depois dessa noite, você não vai mais ser uma." "Ela vai ser pedida em casamento, Édra",* Cadu Sena repetiu, *"eu só não queria que você visse."*

Eu teria dado qualquer coisa no mundo para que minha mãe tivesse recebido em vida um pouquinho de presença. Um amor que lhe nutrisse, participante de tudo. Que alguém surgisse, tomasse o lugar de Augustus e ficasse. Eu trocaria tudo o que eu tenho por alguém que tivesse apaixonadamente segurado sua mão. Posado ao seu lado em todas as fotos. Lhe dando um pouco do amor faiscante que ela lia, ouvia, escrevia, pintava e sonhava acordada na espera de viver. Achando que toda vez que a porta de seu quarto no hospital se abria, podia ser ele, em meu pai, chegando.

E eu tentei, *como eu tentei,* dar tudo isso a Íris. Como eu brinquei com o assunto, fiz piadas sobre ser quase uma "iniciação lésbica" se relacionar a distância. E como *sustentamos* isso até ela precisar de abraços que eu não estava lá para dar. Até perceber que eu só existia na maior parte do tempo através do telefone. E era do telefone, nos grupos de trabalho da faculdade, nos grupos de roteiro, saindo e entrando de reuniões, que saía toda sua ansiedade. Quando precisava se acalmar, Íris queria largar o telefone. Seus amigos queriam que ela largasse o telefone. Que ela desligasse o computador. Que ela fosse viver o mundo real. E no mundo real eu não estava. Eu estava ali, entre todas as notificações das coisas que a pressionavam diariamente, obrigando-a a deixar de ser aquela garota do ensino médio em São Patrique para virar uma mulher fazendo faculdade em Montana. Estagiando em uma das maiores emissoras do país. Trabalhando em superproduções. Crescendo. Crescendo fora do meu alcance. Tirando e emoldurando fotos sem mim. Sumindo por uma noite inteira para ser acolhida por abraços palpáveis. Fiz com ela o que eu acreditei que era certo: a deixei ir. O espaço que desocupei foi preenchido por Lizandra. E *ela. Estava. Lá.* Em presença. Íris tinha se permitido viver uma história de amor como nas novelas, nas músicas, nos quadros, nos livros. Lizandra não era uma notificação numa tela de vidro. Ela era a mão ao alcance de ser segurada, a segunda silhueta na foto, a porta que se abria, o amor palpável.

Eu não era nada.

— Édra! — O susto que o grito de Pilar me deu naquele momento, me fez soltar imediatamente a maçaneta. Dei um passo para trás. — *I've been looking for you everywhere! What the hell have happened to you? Why do you look like that?* — Ela se aproximou, me puxando pelos braços. Começou a passar as mãos pelo meu rosto, pelo meu cabelo, pelo meu blazer. — *Did you get into a fight or something? Oh, my God.* [Édra! Eu te procurei em todos os lugares! Que diabos aconteceu com você? Por que você tá assim? Você se meteu numa briga, por caso? Meu Deus!]

Meu corpo se balançava sob os seus cuidados, mas eu não reagia. Nem falava. Nem nada. Ela estava esticando a minha gravata para refazer o laço quando a porta da sala de refrigerada se abriu novamente, a poucos passos de nós. De dentro dela, Íris saiu.

▷ **DEVOLVA-ME – ADRIANA CALCANHOTTO**

Ela parou por um instante. Pilar estava de costas para ela, passando a gravata pelo meu pescoço e ajustando.

Ela observava, estática.

Não olhava para mim, olhava para as mãos de Pilar.

A gravata deu a última volta e subiu, apertando a minha garganta. Íris sacudiu a cabeça e sumiu entre as bandejas dos garçons. Quando voltei a olhar para Pilar, ela parecia querer chorar. Sem dar o braço a torcer e tentando não parecer vulnerável, me perguntou, ríspida *"You saw her, didn't you?"* [Você viu ela, não é?] Eu estava tão, mas tão atordoada, que não conseguia formular nenhuma frase. Apenas olhei para ela, letárgica. Abri a boca, mas não saiu nada.

"*I'm so stupid. I was planning to go back to the farm and forget it all, spend some time together, to sit and talk. Because I miss you. But you keep breaking my heart. That's what you do, Édra. You just keep breaking everybody's heart. I really hope today you get the show that you deserve.*" [Eu sou tão idiota. Eu tava pensando que a gente podia voltar pra fazenda e esquecer tudo isso, passar um tempo junto, sentar pra conversar. Porque eu sinto a sua falta. E você continua partindo o meu coração. É isso que você faz, Édra. Você continua partindo o coração de todo mundo. Eu realmente espero que você tenha hoje o show que você merece.]

Pilar me fitou de cima a baixo, tomada pelo semblante de repulsa, e me deu as costas.

MEU CORPO AINDA DAVA SINAIS DE que estava num intenso estado de ansiedade. Peguei uma garrafa de água da bandeja de um garçom quando passei pela cozinha. Eu *precisava* respirar.

Cruzei a festa de cabeça baixa, me escondendo atrás dos garçons e dos balões. Passando o mais distante possível das pessoas que tinham me reconhecido. Pilar estava totalmente distraída tentando se enturmar – e provavelmente contando mentiras – com as amigas da minha avó. Vadete e Genevive mexiam no cabelo dela, perguntando mil coisas. Augustus conversava, alegre, com um casal de amigos, na mesa ao lado. A chave do carro dele brilhava prateada ao lado de um pratinho de salgados.

"*Ah, olha ela aí!*", disse um dos amigos do meu pai, assim que eu me aproximei. "*Quanto tempo! A última vez que a gente te viu você era uma menina de colo!*" Forcei um sorriso, surrupiando a chave, mas a sacudi no ar, para que Augustus soubesse.

"*E lá vai ela de novo*", disse ele, enquanto eu me afastava, "*deve ter esquecido alguma coisa no carro. Só não esquece a cabeça...*", e seus amigos riram.

Eu estava saindo da festa com a chave de um carro e uma garrafa de água. Queria um pouco de silêncio, ficar sozinha por pelo menos cinco minutos.

Fechei a porta do carro e esvaziei meus pulmões de toda tensão que eu estava acumulando. Minha mão girou a tampa da garrafa bem devagar.

"That's what you do, Édra." A frase ecoou na minha cabeça enquanto eu bebia a água. *"You just keep breaking everybody's heart."*

Lembrei do olhar de decepção de minha avó, do semblante magoado no rosto de Cadu Sena, dos olhos de Íris, vazios, como eu nunca tinha visto antes.

O cachorro de pelúcia ainda estava no banco do passageiro, ao meu lado. Os olhos dele eram duas bolinhas escuras e brilhantes. Como os de meu avô. Ele se ajeitou, rebobinado, na cama – *"Você lembra, por acaso, que você sabia virar cachorro, querida?" "Não, vô". "Que pena, eu me lembro"*. Quando foi que eu tinha virado aquilo? Como foi que eu me tranquei *tanto* dentro de mim? Por que eu era daquele jeito? Perdendo todas as pessoas e estragando tudo? Me anulando, me compactando cada vez mais, sendo a gravata apertada no meu próprio pescoço *por anos?* Por que eu fazia *aquilo* comigo? Quando foi que eu tinha deixado de ser a *Garota-Detetive* para diminuir vinte e nove vezes de tamanho e me tornar... *Isso?* Eu não fui assim sempre. Eu não tinha a temperatura de uma sala refrigerada antes. O que tinha acontecido comigo?

Puxei a gravata que Pilar havia apertado, abrindo um pouco mais de espaço por onde eu pudesse *respirar*. Coloquei a garrafa vazia no porta-copos. Girei a chave do carro e liguei o rádio.

Você está ouvindo a sua, a minha, a nossa, Rádio Andorinhas. E essa é a Sessão Vale a Pena Ouvir de Novo. Homenageando hoje o inesquecível Tim Maia. Agora, cinco pras cinco.

Troquei de marcha ao som dos primeiros acordes de "Gostava tanto de você". Dirigi assim até o Lar da Saudade. Pegando todo o caminho pela orla da praia com o vidro da janela abaixado. Apesar daquele dia nublado, o sol ainda estava ali, em algum lugar.

Não demorei muito para chegar. Nem para encontrar o caminho até ele. O sol estava se pondo atrás das nuvens, não estava sendo um momento laranja-forte e majestoso, como de costume, mas – *respeito* – ainda era o pôr de um sol. E eu me sentei para assisti-lo.

Olhei para o lado, passei a mão por cima das folhas secas.

A lápide de meu avô era: *"Plantei bons frutos"*. Contemplei um pouco aquele momento.

▷ **A ORDEM NATURAL DAS COISAS – EMICIDA**

— O senhor se lembra que eu... — parei. Queria chorar e ao mesmo tempo sorrir. Precisava respirar fundo, precisava conseguir pronunciar cada palavra, precisava de coragem para falar. — O senhor se lembra que eu sabia virar cachorro? — perguntei, com um sorriso leve. — Pois é, vô. Eu me lembro. — As lágrimas desceram pelo meu rosto, assim como o sol descia atrás das nuvens. — Obrigada por ter me ensinado.

Dei um beijo na testa do cachorro de pelúcia. E caminhei de volta para o carro sem ele.

Era fim de tarde.

A noite chegaria em pouco tempo. Envolvi meu corpo com os braços para tentar espantar o frio. Os estrondos da trovoada eram mais fortes naquele ponto da cidade. O Lar da Saudade ficava na parte mais alta de São Patrique. "Um pouco mais perto do céu", costumavam dizer.

Meu celular começou a vibrar no meu bolso.

Eu nem precisava conferir pra saber. Era Pilar. Sem sombra de dúvidas, Pilar.

Ela já tinha vencido. Eu não pretendia lutar. Eu não queria mais partir o coração de ninguém. Algo em mim estava quebrado e eu não fazia ideia de como consertar, mas sabia que precisava fazer isso sozinha.

O amor, dos filmes, das novelas, das músicas, dos livros, não parecia ter sido *feito* pra mim. Eu não sabia segurá-lo. Parecia mais fácil para as outras pessoas. Mas não era fácil pra mim.

Eu nunca entendi isso. Nunca entendi por que algumas coisas pareciam simplesmente *mais fáceis* na vida de algumas pessoas. Que tipo de sorte separa um de nós do outro. Quem vai casar com seu grande amor, quem vai morrer de câncer. "Mãe", eu lembro de ter perguntado uma vez, 'Por que, de todas as pessoas no mundo, *você* ficou doente?" E tudo o que ela me disse foi: "Por que, de todas as pessoas no mundo, *eu* não ficaria?", como quem diz "as coisas só são o que são". Pode ser você, pode não ser você, pode ser que sim, pode ser que não. As razões, os porquês, os mistérios, cada um esclarece de um jeito, cada um acredita em sua própria coisa ou em nada. A vida segue acontecendo sem a nossa permissão. Eu morria de medo disso, mas achava tão bonito. O vento frio fez um carinho gentil no meu rosto. E eu lembrei da minha mãe.

"Estamos aqui hoje para nos despedirmos dessa mulher extraordinária, Eva Norr."

Não havia um túmulo que eu pudesse visitar. Minha mãe não queria ser enterrada. Sempre brincava sobre isso. Tratava do assunto com uma força e naturalidade que nós não tínhamos.

"*Acredito que falo em nome de todos quando digo...*"

"*Abra a mão, Édra*", meu pai me instruía, estava amanhecendo.

"*Assim, querida*", minha avó demonstrava. Eu abri minha mão no

"*... que ela sempre será*"

Vento.

"*Eu sou gentil.*" "*Eu sou gentil.*" "*Eu sou meiga.*" "*Eu sou meiga.*" "*Eu sou amorosa.*" "*Eu sou amorosa.*" "*Eu sou alegre.*" "*Eu sou alegre.*" "*Eu sou bondosa.*" "*Eu sou bondosa.*" "*Eu sou corajosa.*" "*Eu sou corajosa.*" "*E eu sou?*", perguntou minha mãe, penteando meus cabelos na cama do hospital. "*Linda*", respondi. "*Muito bem! Você é tudo, tudo isso.*" "*Vezes dez!*", gritei, rindo. "*Vezes vinte!*", ela continuava me dando cosquinhas.

— Vezes vinte e nove — falei, ajeitando o espelho do retrovisor.

"When I walk through this door *and when I see what you want me to see. When I watch what you want me to watch. When I stay there, standing tall, without having the chance to do nothing but to look at it. It'll break my heart. Like never before. Like nothing else did. It will truly, devastatingly, irreparably break my heart. Into so tiny pieces that they could pass through a needle. It will probably break me entirely, like, fully break me. In a way I may never recover*

from it. I won't cry, I won't speak, I won't make a scene. I know how to keep things to myself, I know how to pretend I don't care, I know how to fake it. I won't look away, don't worry, I will see it all. And I will stand there, as you want me, while it destroys me, breaks me, burns me, hits me and buries me. And the only thing that I will hold on to meanwhile all of this happens, the only thing that will comfort me and make me able to sleep tonight is to know that If it was you the one being proposed by someone else in front of me, I would feel nothing. Nothing at all. Not even a shiver. I could, actually, fall asleep as it was happening. So, this is it. This is what I will hold on to. This beating heart inside of my chest, that is about to stop, it will never ever belong to you. It's funny, isn't? This makes you a losing winner. Congrats. Now, if you excuse me, I have to go. Got my own heart to break. You don't want me to miss anything. It's show-time. I can hardly wait." [Quando eu passar por essa porta e eu ver o que você quer que eu veja. Quando eu assistir o que você quer que eu assista. Eu vou continuar lá, de pé, sem ter a chance de fazer nada além de olhar. Isso vai partir o meu coração. Como nunca. Como nada. Isso vai verdadeiramente, devastadoramente, irreparavelmente partir o meu coração. Em pedaços tão minúsculos que poderiam passar pelo buraco de uma agulha. Isso provavelmente vai me quebrar inteiramente, tipo, completamente. De um jeito que talvez eu nunca me recupere. Eu não vou chorar, não vou falar, nem vou fazer uma cena. Eu sei guardar as coisas dentro de mim, eu sei fingir que eu não me importo, eu sei disfarçar. Eu não vou desviar os meus olhos, não se preocupe, eu vou ver tudo. E eu vou ficar lá, do jeito que você quer que eu fique, enquanto isso me destrói, me quebra, me queima, me acerta e me enterra. E a única coisa na qual eu vou me segurar enquanto tudo isso acontece, a única coisa que vai me consolar e me fazer conseguir dormir essa noite é saber que se fosse você sendo pedida em casamento por outra pessoa na minha frente, eu não sentiria nada. Coisa nenhuma. Nem mesmo um arrepio. Eu poderia, na verdade, pegar no sono durante a cena. Então, isso. Esse fato bem aí. É nisso que eu vou me segurar. Esse coração batendo dentro do meu peito, que está prestes a parar, ele nunca, jamais, vai pertencer a você. É engraçado, não é? Isso te faz uma vitoriosa perdedora. Parabéns. Agora, se você me der licença, eu preciso ir. Tenho meu próprio coração pra quebrar. Você não quer que eu perca nada. É hora do show. Mal posso esperar.]

Despejei tudo isso, desviando do corpo de Pilar, parado na minha frente. "Colocou ele onde você achou?" Augustus me perguntou sobre o carro assim que deixei sua chave na mesa. Me acomodei no meu lugar, ao lado dele, sem respondê-lo. Pilar se sentou de ombros encolhidos ao meu lado, também sem dizer nada.

O garçom foi quem quebrou o silêncio. "Aceitam uma bebida?", perguntou, diante de nós.

"Ah, ótimo!", me apoiei nos braços da cadeira para levantar de novo. "Nós vamos ficar com a bandeja!", e puxei a travessa prateada com um falso sorriso nos lábios. Os champanhes sacudiram dentro das taças.

"Tem certeza? Nós podemos trazer mais bebidas depois...", sugeriu ele. "Fiquem à vontade!", eu respondi, colocando a bandeja sobre a toalha lilás. O garçom se afastou com um sorriso desconfortável e eu voltei a me sentar.

Virei uma taça de uma vez. Pilar arfou, pesarosa. Meu pai recolheu, disfarçadamente, a chave do carro. Larguei a taça vazia sobre a mesa e peguei outra da bandeja.

A qualquer momento, eu estaria totalmente quebrada.

Estava *prestes* a começar.

— Oi, *alô. Som,* testando — A voz de Lizandra ecoou de todas as caixas de som espalhadas pelo salão de festas. Uma das caixas, *porque a vida quando quer consegue ser uma grande filha da puta,* rangia bem acima da minha cabeça. Ou seja, eu escutaria *tudo* o que ela falasse com clareza. Inclinei meu corpo para um lado da cadeira, cruzei a perna e fiquei girando o champanhe na taça, sentindo minha mandíbula travar. — Acho que está funcionando. Todo mundo aí me ouvindo? — Ninguém respondeu. — *Ótimo* — murmurou ela. Lizandra estava parada no meio do salão, na frente do bolo, com um microfone na mão.

Tinha um homem de um lado com uma máquina fotográfica, atento a todos os seus movimentos e outro homem, do outro lado, com uma câmera filmando tudo, de pé, perto de Ermes e Jade Pêssego. Lizandra respirou fundo, dentro de sua limpa camisa branca.

— Desculpa interromper a noite de todo mundo. Vocês provavelmente devem estar se perguntando *"quem é essa louca no microfone"*. — Ela riu, sozinha. Todo mundo continuava em silêncio. — *É, certo, eu, bom* — começou a procurar desesperadamente algo pelos bolsos. Uma caixinha caiu e rolou pelo chão. – *Ops. Sem spoilers.* – Ela cantarolou, entredentes, nervosa, se abaixando. Dava para ouvir sua respiração ofegante no microfone.

Ela conseguiu enfiar a caixinha de volta no bolso. O silêncio era ensurdecedor. Todo mundo estava esperando.

– Ok, vamos lá. Eu tinha preparado um texto pra isso. Mas acho que acabou ficando no bolso da minha outra camisa, que sujou de cerveja e, *enfim*. Eu vou ter que improvisar. Quem tá comigo nessa? – *"Fala logo!"*, gritou a avó de Íris, "da plateia". Suri estava escondendo o rosto atrás de um dos cardápios de bebidas, Marcela, sentada ao seu lado, continuava olhando. Seu Ermes estava com um sorriso preocupado, Jade começou a se abanar com um leque. Cadu cruzou os braços encostado num canto da parede. Eu não sabia onde *ela* estava.

– Quando eu liguei para Seu Ermes e Dona Jade, eu não sabia se eles topariam essa loucura. Na semana passada, eu recebi uma mensagem que me dizia o seguinte: *Você está prestes a perder o amor da sua vida e você deveria lutar por ela.* Eu não sei se vocês acreditam em anjo da guarda, mas a pessoa que me mandou essa mensagem, ah, essa pessoa agiu como um. – O ar escapou pelo meu nariz, àquela altura, eu podia *bem* imaginar de quem tinha sido a atitude angelical. – Aquilo abriu os meus olhos. Eu sabia que *precisava* fazer alguma coisa. – Lizandra foi ajeitando sua postura e ganhando confiança, o microfone parou de tremer na mão dela. – Eu conheci Íris Pêssego por meio de um anúncio, num grupo de estudantes que procuravam com quem dividir casa, em Nova Sieva. E quando conto a nossa história, sempre digo a todo mundo que, naquele dia, eu achei duas casas ao mesmo tempo. No início, éramos só amigas. Foi difícil lutar contra essa coisa dentro de mim. Quando ela decidiu me dar uma chance, poxa vida, eu mal podia acreditar. Eu estava determinada a fazer tudo certo. E eu fiz. Tivemos o namoro mais incrível que se pode imaginar. Eu dormia e acordava me sentindo sortuda. Então, eu pensei, por que não sentir isso *pra sempre?* – Lizandra hesitou, olhando em volta, como se estivesse numa porra de uma palestra motivacional. – Foi quando tudo desmoronou. Eu pedi Íris Pêssego em casamento e ela disse *não*. – O *"ah"* piedoso da plateia veio em uníssono. – E eu pensei comigo mesma, é isso, Liz, acabou. Seu doce sonho acabou. – Lizandra fez uma pausa dramática. – Mas essa é a parte bonita do amor! Do amor verdadeiro, genuíno!

▷ NAKED – JAMES ARTHUR

Eu estreitei os olhos, respirando devagar, de um jeito contido, quase imperceptível, na contramão do meu coração acelerado. Já não girava mais o champanhe, agora segurava a taça com raiva.

– Essa é a parte bonita de uma paixão avassaladora, inabalável. Pode passar o tempo que for, pode acontecer o que for, vocês podem se encontrar e se desencontrar várias vezes durante a vida, que o amor verdadeiro, quando é pra ser *mesmo*, ele *sempre* encontra o caminho de volta. Então, eu pensei, *"como eu poderia perder alguém que sempre foi minha?"* e essa é a verdade. Íris Pêssego sempre foi minha. E ela não ter se sentido pronta para me dizer um "sim" naquele momento, não mudava isso. Porque ela é minha. Somos uma da outra. Se eu me casasse com outra pessoa e se ela se casasse com outra pessoa, ainda *seríamos* uma da outra. Porque nós temos essa coisa inexplicável que nos conecta. Sempre tivemos. Desde a primeira vez que nos vimos. Como se tivéssemos sido *feitas* uma para outra. – O *"ah"* veio, encantado, em uníssono.

Suri tinha abaixado o cardápio de bebidas e se juntado a Marcela para olhar atentamente. As sobrancelhas de Cadu estavam juntas em sua testa, enquanto ele negava com a cabeça. No meio disso tudo, *nenhum* sinal de Íris.

– Então – continuou Lizandra –, tudo o que eu precisava fazer era esperar. Esperar meu grande amor. Esperar que a vida me desse uma nova oportunidade. E é por isso que quando eu recebi aquela mensagem de alerta, eu interpretei como sendo a vida me dando a chance de tentar de novo. E *eu sei* que parece loucura tudo isso. Mas quem nunca fez uma loucura de amor? Eu decidi que valia a pena! Não pensei *duas vezes* em procurar os meus ex-sogros e *implorar* pra eles que me deixassem *tentar*. Eles não precisavam concordar, nem *achar* que daria certo, só me dar espaço para *tentar*. Tudo o que eu queria era um momento com esse microfone, na frente de todos vocês para fazer a coisa mais louca da minha vida, pela mulher que eu amo. E que eu sei que é *tão minha* quanto eu sou *dela*. Íris Pêssego, você pode vir aqui, por favor?

Todo mundo começou a olhar em volta e a se agitar. Algumas pessoas começaram a gritar, assobiar e a bater com talheres nos copos, nos pratos, na mesa. As luzes do salão se apagaram e um único feche de luz se acendeu em cima de Íris, sentada sozinha numa mesa, no canto do salão, girando um canudo dentro de um drink, os ombros encolhidos, o olhar perdido, o rosto contraído.

"Íris! Íris! Íris! Íris!", as pessoas, majoritariamente membros da sua família, começaram a esmurrar as mesas, torcendo para que ela se levantasse. Ela se arrastou na cadeira e ficou de pé. Seu delicado vestido lavanda, sua longa trança para trás, caminhou sob a luz, de cabeça baixa, apertando as mãos. Outro feche de luz se acendeu sobre Lizandra.

Quando elas se encontraram no meio do salão, as duas luzes se uniram. Todos fizeram silêncio.

– Íris. – Lizandra passou a mão no rosto dela, ainda segurando o microfone. – Você é a minha casa. Sem você, eu não tenho onde morar. Eu fico sem rumo. E *eu sei* que você se sente assim por mim também. Eu consigo *ver* em seus olhos. Você costuma dizer que as coisas fazem você se sentir laranja-forte. Bom, Íris, só você me faz sentir assim. Não vejo sentido numa vida sem você e nem quero ver, porque eu *não preciso* ver. Não se eu *lutar* por você até o fim. Eu sempre te escolhi e eu *sempre* vou te escolher. Não fica em outro lugar, não fica em outro país, não fica em outro pessoa. A minha casa fica em você, porque ela *é* você, Íris. Sempre foi, sempre vai ser. E eu tô aqui pra te perguntar, de novo, na frente de todo mundo. – Lizandra se ajoelhou, tirando a caixinha do bolso. – Se você não quer que o seu pra sempre também seja eu.

Eu podia sentir a taça de champanhe tremer sob a força com a qual eu a segurava.

"Sabe o que eu tava pensando?" "Diga." "Eu provavelmente teria invadido mesmo o seu casamento." "Aham, é, vestida de noiva." "Então aproveite o seu último dia como uma mulher solteira, Édra Norr! Depois dessa noite, você não vai mais ser uma." "Ah, é? Por quê? Vai me pedir em namoro ou em casamento?" "Qual você acha que eu deveria?" "Eu amo alguém em um sinal fechado, aqui mesmo em São Patrique, Édra. Eu amo você desde que eu era só uma menina. Eu seguia você pra cima e pra baixo, eu tinha um caderninho de anotações sobre você, eu pensava em você o tempo todo. Coisa boba, de adolescente. Mas foi

especial pra mim. Me sentia uma idiota, foi tão maluco ter vivido isso. E até hoje, toda vez que você encosta em mim, eu esqueço quantos anos eu tenho. Eu tenho medo de você me sugerir uma maluquice, porque eu sei que eu toparia. Eu fugiria com você. Fiquei pensando que se você aparecesse no meu casamento, eu fugiria com você de bicicleta." "Você teria namorado comigo, então, naquela época?" "Sim, se você tivesse pedido." "E você acha que você teria dito sim, ao noivado, se fosse comigo?" "Sim, se você me pedisse".

— Íris Pêssego. — A caixinha se abriu revelando o anel. — Você aceita se casar comigo?

18.

O SANGUE ESPIRROU NA MINHA ROUPA. *"ÉDRA!"*, gritou Pilar. Augustus se levantou da cadeira, assustado. Minutos antes de tudo acontecer, Lizandra ainda estava ajoelhada no chão sob a luz do refletor.

"Íris?", ela sorriu amarelado ao microfone, erguendo ainda mais a caixa aberta com o anel de noivado dentro, "Você *quer?* Ter um *pra sempre? Comigo?*"

"Alguém segura o microfone pra ela!", gritou a avó de Íris. Marcela arrastou a cadeira, Suri se levantou antes mas foi Cadu quem correu até lá primeiro. Tudo acontecia dentro do espaço iluminado pelos refletores. Ele se abaixou para recolher o microfone de Lizandra. Todos os cônicos feixes de luz se uniam no centro do salão de festas, como uma espécie de espetáculo. O resto de nós assistia de nossas mesas, no escuro.

A cabeça de Cadu, de maneira quase imperceptível, balançava negativamente enquanto seu braço se esticava na direção de Íris. Ela segurou o microfone, mas ele levou alguns segundos até soltá-lo. Antes de ceder, Cadu se inclinou para falar alguma coisa no ouvido dela. O silêncio era tão intenso que escutamos os passos dele indo embora logo depois de dizer a ela seja lá o que for que ele quis ter dito. Cadu desapareceu entre os balões e Íris voltou a ficar a sós com Lizandra, que ainda estava de joelhos esperando uma resposta.

Um bebê ameaçou começar a chorar, alguém pigarreou coçando a garganta e um grilo adicionou um toque de dramaticidade a cena, estridulando de algum lugar escondido entre nós. Todos os barulhos que não eram um *"sim"* evidenciavam o silêncio da pergunta não respondida.

"Ahm...", Íris olhou em volta, sua voz saía de todas as caixas de som, "Eu..." *"Desembucha, garota!"*, gritou a avó mais uma vez, aquilo foi o suficiente para atiçar a todos, que se entonaram num coro fervoroso. *"Aceita! Aceita! Aceita!"* Aquilo foi ficando gradativamente alto, batiam palmas sincronizadas para embalar o ritmo, a cada grito, uma nova pessoa se unia ao grupo. Suri tinha parado no meio do caminho e agora estava ali, assistindo tudo de pé e imóvel, congelada pela tensão do momento. Marcela sentada, mais ao fundo, estava mais pela fofoca do que pelo acontecimento, mal piscava o olho. Ermes e Jade esperavam a resposta de Íris como se não fizessem *ideia* no que apostar que ela seria. A família inteira se inflamava em expectativas, agora todos estavam unidos cantando juntos, famintos pelo *"sim"*. Os murros sobre a mesa sacudiam copos, pratos e talheres. A mesclagem de todos os sons era como uma orquestra feita especialmente para o pedido de Lizandra. Tudo o que eu estava sentindo naquele momento ia se canalizando cada vez mais na taça de champanhe que eu segurava. Eu tentava manter meu rosto neutro, alheio a toda cena, para que Pilar não cumprisse com suas ameaças. Ainda assim, minhas sobrancelhas curvadas, aflitas e apontadas pra cima, eu não conseguia controlar. Nem minha mandíbula travada, minha respiração abafada como se não houvesse ar o suficiente pra respirar, muito menos meu coração batendo acelerado, pulsando na minha veia jugular, escalando minha garganta, querendo sair. Ainda que Íris, de costas pra mim, não pudesse ver nada disso.

Eu não fazia ideia de como ela estava se sentindo sobre tudo aquilo. Precisava ver o nariz, o queixo, a boca, os olhos dela para traduzir todos juntos e descobrir.

Mas eu só conseguia ver o rosto de Lizandra. O olhar desesperado, apreensivo, medroso. Como se estivesse *implorando* a Íris que falasse. A essa altura, que falasse *qualquer* coisa. Que só dissesse algo no microfone. E, de preferência, que a coisa dita fosse um *sim*. As pessoas torciam, mas já olhavam pra aquela cena com pena. E parecia que quanto mais pena sentiam, mais alto clamavam em coro. Íris estava cercada por todos os lados, como numa emboscada. A cabeça dela se movia tentando acompanhar de onde vinha cada grito. Eu não reconhecia nem metade daquelas pessoas, mas ela sabia quem era cada parente torcendo por Lizandra. A família inteira, os conhecidos, os amigos de longa data, todos estavam ali. E parecia óbvio demais a resposta que ela deveria dar. Seus ombros iam se encolhendo a cada grito atirado contra ela, dava para notar o balanço do microfone em suas mãos trêmulas.

— Íris? — (*"Aceita! Aceita!"*) a boca de Lizandra se moveu, longe do microfone, (*"Aceita! Aceita!"*) ela ainda estava de joelhos (*"Aceita! Aceita! "*) no chão (*"Aceita! Aceita!"*).

— Eu... — (*"Aceita! Aceita!" "Responde logo, querida!" "Vai, Íris!" "Aceita!" "Aceita logo!"*) — Eu... — (*"Vamos lá, querida!" "Ela é a sua casa!" "Aceita!"*). Lizandra segurou a mão dela. (*"Aceita! Aceita! Acei..."*).

O relógio parou por um segundo, que talvez tenha durado um minuto, uma hora, um dia ou uma vida inteira.

— Sim. — A voz de Íris ecoou em todas as caixas de som. — Eu... *Aceito*.

O sangue espirrou na minha roupa. Os convidados comemoravam e aplaudiam como uma plateia ensaiada. Lizandra estava colocando o anel de noivado na mão de Íris e a taça de champanhe tinha *acabado* de se partir na minha.

"*Édra!*", gritou Pilar. "*Sorriam pra foto!*", pediu o fotógrafo ao novo casal, no centro da festa. Augustus se levantou da cadeira, assustado. Meu sangue escorria sem que eu entendesse o que estava acontecendo, o que tinha acontecido, o que iria acontecer. "*Vamos direto pro hospital!*", esbravejou Augustus, sacando a chave do carro, "*Agora!*" Levantei atordoada, tentando estancar o sangue. A adrenalina do momento não havia dado nenhuma brecha pra que a dor viesse.

Quando voltei a erguer minha cabeça, os nossos olhos se encontraram de longe. O grito de Pilar tinha feito Íris se virar na minha direção e olhar pra mim. Numa fração de segundos tudo ficou sem som. Pilar dizia coisas ao meu lado que eu não conseguia escutar, Lizandra chamava Íris sem que ela ouvisse. Era como se estivéssemos só as duas ali, mesmo com todas as pessoas se levantando de suas mesas e passando de um lado pro outro, como vultos, coloridos borrões sem detalhes, se movimentando devagar entre nós.

Eu caminhava olhando pra Íris; Ela se posicionava para a foto, olhando pra mim. O anel de noivado brilhava sob a luz do refletor, meu sangue pingando no escuro. A boca de Íris se entreabriu sutilmente, minhas sobrancelhas franziram, magoadas.

Nossos olhos piscaram em câmera lenta.

Flash.

O clarão fez com que tudo voltasse à velocidade normal. Quebramos o contato visual, virando os nossos rostos em direções opostas. Ela, para as fotos. Eu, para a porta. Meu coração podia passar, naquele momento, pelo buraco de uma agulha. Estava feito. Íris Pêssego estava noiva. *Fim.* Todas as luzes se acenderam.

Eu não tenho nenhuma memória completa daquela época, todas que restaram só existem em fragmentos. Como pequenas filmagens no mesmo cenário. Muitos daqueles dias eram tão parecidos que consigo montar um filme inteiro na minha cabeça, feito de retalhos de lembranças diferentes, mas se complementando quase idênticos, enquanto só os meus penteados e os meus vestidos mudam... Ah, e as gravuras, as gravuras nas peças de quebra-cabeça, que também mudavam. *"Você achou o que eu pedi?"*, perguntava a minha avó, em um dos retalhos. Minha testa parecia que iria desacoplar da minha cabeça a qualquer momento, ela esticava o meu cabelo inteiro para cima quando era dia de rabo-de-cavalo. *"Eu achei Donda & Os Zoo-Amigos" "Mas de que tema?"*, meus olhos se abriam mais a cada escovada. Os vestidos às vezes eram floridos, ou cheios de frutinhas pintadas, ou jeans. *"Diversão num dia de chuva, alguma coisa assim querida, foi o único que tinha, pedi pro seu avô trazer, porque me atrasei com o mercado." "Mas eu já tenho cinco caixas de Diversão num dia de chuva."* Eu revirava os olhos e minha avó revirava a gaveta, em busca dos elásticos, me guiando pelo cabelo para não perder o tempo investido reunindo todas as mechas. Era como estar presa numa coleira. Estava tudo bem em repetir o vestido e tudo bem em repetir o rabo-de-cavalo, mas era horrível repetir o quebra-cabeça. Quanto mais vezes repetidas eu jogava com a mesma gravura, mais fácil se tornava de juntar todas as peças de novo e aí, perdia um pouco a graça.

 Minha memória era afiada. Antes do meu cérebro decidir apagar a minha mãe para me proteger da dor, eu costumava me lembrar bem de tudo sobre ela. *"Mamãe acha esse triste porque Cleber, a girafa, não tem um cachecol bom pra ele, metade do pescoço fica de fora." "Ela vai entender."*

 Já faziam mais de oito visitas que eu repetia os mesmos jogos de quebra-cabeça. Minha mãe tentou tornar divertido esse dia, criou-se um fragmento de memória não repetitiva no meu cérebro – recortamos um pedacinho do meu vestido jeans e colamos no pescoço de Cleber, a girafa. Eu prometi a ela que levaria na próxima visita um quebra-cabeça de *Donda & os Zoo-Amigos* onde o Cleber aparecia de óculos escuros. Uma menina na minha sala tinha *Donda & os Zoo-Amigos num dia ensolarado de piscina*. Eu só precisava que minha avó achasse um desses. – *"Qual?"*, minha mãe perguntou, mas eu não contei sobre *Um dia ensolarado de piscina*, porque eu queria fazer surpresa.

 Durante o tempo em que os armarinhos não atualizavam os estoques dos quebra-cabeças, decidi ir levando ao hospital todas as caixas dos *Zoo-Amigos num dia de chuva* que eu tinha, para que eu e minha mãe pudéssemos personalizar os cachecóis de todos os Cleberes. Todos os meus vestidinhos voltaram retalhados dessas visitas e todos os cinco Cleberes ganharam cachecóis novos. Meu avô não entendia nada de comprar brinquedos e minha avó muito menos, os dois sempre voltavam com as mesmas caixas das mesmas coisas. Eu tinha dois kits de panelinhas plásticas da Gula-gula, duas Bonecas Sally dentistas, três dominós da edição colorida da Bee-Smart Kids e dois peixes de aquário. Os dois se chamavam Nando.

 Uma parte de mim gostava de pensar que eu sabia exatamente a diferença de cada Nando, mesmo que isso fosse mentira. O terceiro peixe que ganhei também se chamava Nando. O quarto, mais uma vez, Nando. Porque meu avô não se cansava de trazer o mesmo peixe pra casa. Até que eu decidi fazer uma reunião sobre ganhar coisas repetidas. Doamos todos os meus brinquedos repetidos no verão para Dona Lurdinha, uma amiga de minha avó do curso de corte e costura, que tinha um projeto social para crianças carentes, todo o natal ela repartia os brinquedos. Meu avô levou de carro pra Dona Lurdinha uma caixa inteira de repetições feitas por ele mesmo. E voltou com um peixe novo.

Assim que chegou no aquário, Hércules comeu todos os quatro Nandos e morreu.

"Melhor ter só cachorro mesmo", meu avô murmurou para a minha avó na cozinha. Chorei muito. Não sei dizer se era luto ou se era minha avó, repuxando o meu cabelo. As lágrimas pingavam em cima do macarrão instantâneo. Meus avós tinham passado a manhã inteira fora e agora estávamos almoçando qualquer coisa, para não nos atrasarmos ainda mais a visita. Antes de sairmos de casa, meu avô colocou na minha frente uma caixa embrulhada. Era o motivo deles terem passado a manhã inteira fora, era o motivo do macarrão instantâneo ao invés de legumes, era o motivo dos cochichos que eles partilharam durante toda semana. Era *Donda & Os Zoo-Amigos em um dia ensolarado de piscina.* Finalmente.

Fui o caminho todo cantarolando. O carro virava nas ruas que eu já sabia de cor e salteado. Eu tinha memorizado tudo sobre aquele percurso. A banca de jornal, a academia com luvas de boxe gigantes que ficavam acesas em vermelho o dia inteiro, o pequeno curso de corte e costura, que era uma construção todinha de azulejos e eu já tinha ido a algumas aulas com a minha avó (e alfinetado o meu dedo como a bela adormecida nas máquinas), a árvore descabelada, que era o penúltimo sinal de que estávamos chegando, e que parecia alguém com um rabo-de-cavalo malfeito. Depois dela vinha um semáforo e pronto, virando a esquina estávamos no hospital.

Meu avô deixava o carro no estacionamento e depois de preencher tudo, podíamos seguir adiante, pelo lado esquerdo, numa longa caminhada até o elevador e, então, quarto andar, centro de internações intensivas integrado com a ala de especialização oncológica. O quarto de minha mãe era o 404. De lá de cima dava para ver a árvore descabelada. Eu sempre apontava da janela e dizia *"A gente vem por ali!"* toda vez, como se minha mãe não estivesse cansada de saber. Para mim, era empolgante ver de lá de cima, do quarto dela, um pequeno pedaço do caminho que eu fazia pra chegar até lá, mas minha mãe não parecia compartilhar do mesmo sentimento que eu. No fragmento dessa memória, em especial, montamos o quebra-cabeça em cima da cama. Minha mãe havia tido uma recaída na semana anterior e, durante aquela visita, precisava ficar em repouso com diversos fios colados em seu corpo como os retalhos dos meus vestidos nos pescoços dos Cleberes num dia de chuva. Me lembro de apontar para a versão de óculos escuros do Cleber em *Donda & os Zoo-Amigos num dia ensolarado de piscina,* e dizer: *"Não se preocupe, mamãe, um dia a gente vai pedir pro seu médico e a gente vai vir te buscar e a gente vai te levar numa piscina ou na praia."* Levei anos para entender o que eu tinha feito de errado. Minha mãe começou a chorar, minha avó me tirou da sala, e pela gretinha da porta eu vi quando ela empurrou todas as peças do quebra-cabeça no chão.

 Por um tempo fiquei me perguntando se ela, na verdade, odiava brincar comigo. Se odiava quando eu falava qualquer coisa, como quando eu apontava pra janela para mostrar a árvore. Se odiava Cleber, Donda & Os Zoo-Amigos, eram os jogos repetidos, se eram os penteados, se eram os vestidos.

 Depois que minha mãe piorou e as visitas foram ficando restritas, ainda íamos no hospital pra saber dela e pra ficar indo de um lado pro outro pelo quarto andar, só para que minha mãe soubesse que, mesmo sem podermos entrar no quarto, ainda estávamos ali por perto. Eu corria pelo corredor e cumprimentava os pacientes do centro de internações intensivas. Foi só depois de um tempo que eu entendi que aquilo ali era um aquário. Que todos eles se chamavam Nando e estavam nadando em círculos. Que minha mãe, no fundo, apesar de todo seu apego pela vida, se sentia um pouco como um peixe repetido. E tentava ressignificar as coisas, se manter resiliente. Quando não conseguia, estava sendo só um pouco humana, como todos nós, apesar de toda água e do vidro.

 Seu Adalberto era o meu Nando favorito. "Só não dou em cima de você, Símia", brincava ele, quando eu e minha avó passávamos, "porque até as minhas células cancerígenas são gays." Minha avó se acabava de rir, dava tapinhas nos ombros dele. "Ei, você", ele estacionava sua cadeira de rodas ao meu lado, "quer uma carona?" Primeiro era só isso, uma carona aqui e outra ali, até o final do corredor ou até a porta do quarto de minha mãe.

 "Vó, o que é gay?", eu perguntava, curiosa. "É uma pessoa que brilha muito, querida." "E, vó, o que é câncer?", ela fez um longo silêncio, prendendo meu rabo-de-cavalo. "É uma coisa que tenta apagar o brilho que alguém tem", respondeu ela, se afastando de mim para ver como meu penteado tinha ficado, "mas nunca consegue."

Compramos para Seu Adalberto um óculos escuros e minha avó tinha passado a semana inteira costurando pra ele um cachecol com retalhos de todos os meus vestidos que não me cabiam mais, pra ficar exatamente como nas peças que eu tinha customizado com minha mãe. Eu e Seu Adalberto jogávamos *Donda & Os Zoo-Amigos* no refeitório, quando a enfermeira dele deixava. Cleber, a girafa, era seu personagem favorito.

"Pra mim?", seus olhos brilharam, assim que ele desembrulhou o presente. "Pra você brilhar", eu disse, atrás de um suco de caixinha, sentada no banco, balançando as minhas pernas que nem encostavam no chão. Da primeira vez que vi seu Adalberto, eu não sabia que ele era um pintor famoso quando era jovem, daqueles que expõe quadros nas galerias e as pessoas formam filas pra prestigiar. Ele já tinha namorado dois cantores famosos do MPB, tirado fotos com supermodelos e viajado para representar o Brasil numa conferência internacional em Moscou. Assinava suas obras como *Hebert*. Adorava ouvi-lo contar a minha vó histórias sobre sua vida dupla. De artista e menino do interior, filho de pastor, criado pra ser padre.

Ele me deu um quebra-cabeça chamado *"A pequena Édra & os Câncer-Amigos"*. Estávamos os dois, pintados para sempre, de cachecóis e óculos escuros ao mesmo tempo. Todas as pessoas do quarto andar também haviam sido pintadas por ele, posavam pinceladas ao nosso redor. Minha mãe sorria ao fundo, com todas elas, usando um de seus muitos lencinhos na cabeça. "Pra mim?", perguntei, quando desembrulhei o presente. "Pra você não esquecer com o tempo de quando todos nós aqui brilhamos."

Assim que minha mãe se sentiu disposta para receber visitas, levei o meu novo quebra-cabeça. Feito *especialmente* pra mim. Montamos juntas, peça por peça. Ela pôde rever os amigos de corredor, que a tempos não via, por não poder mais sair do quarto. Foi um dia bonito. Um dos últimos que tive com ela.

Eu quis ter contado para Seu Adalberto, meu Nando favorito, como tinha sido incrível jogar *"A pequena Édra & os Câncer-Amigos"* com minha mãe. Mas, naquela tarde, sua cadeira de rodas estava na frente da porta de seu quarto, vazia. As enfermeiras saíam de dentro levando caixas embora. Esperei que elas estivessem distraídas conversando com a minha avó para abrir a porta. Ele não estava mais lá. Sua cama estava arrumada como se ninguém nunca tivesse se deitado nela antes, suas fotos com supermodelos sumiram da parede, a última caixa que tiraram do quarto tinha uma pontinha do cachecol pro lado de fora. O 207, sua última exposição de vida, estava vazio.

Minha avó me explicou na cozinha, enquanto eu chorava, que assim como todos os Nandos, Seu Adalberto tinha ido para outro lugar, virado uma estrela brilhante no céu. Fiquei me perguntando se a vida era um aquário, como o meu, então quem era Hércules? E quando que Hércules iria buscar a minha mãe.

As pessoas do meu quebra-cabeça foram sumindo aos poucos do quarto andar. Fui perdendo, aos poucos, a maioria dos meus câncer-amigos. Agora, toda vez que eu via a árvore descabelada e o semáforo, eu era tomada por um horror absoluto.

Por favor, Hércules, não transforme minha mãe em estrela. Por favor, Hércules, não transforme a minha mãe em estrela. Por favor, por favor. Eu não vou ter com quem jogar quebra-cabeça.

Parei de abrir a porta do quarto de minha mãe sem pedir, parei de correr até lá, de entrar antes de a enfermeira pra me jogar na cama dela. Nas minhas últimas visitas, eu fui a última a sair do carro no estacionamento, dizia meu nome tão baixo para as recepcionistas que minha avó precisava repetir para que anotassem direito no meu adesivo de visitante. Ficava atrás da perna de minha avó, agarrada, quase que o tempo todo. Esperando que ela visse o que tinha do lado de dentro do quarto primeiro. Eu tinha medo de encontrar a cama arrumada, tudo limpo, vazio e silencioso.

"Uma pessoa só morre quando esquecemos dela, querida", foi como a minha mãe me consolou sobre a partida de Seu Adalberto. Ela já estava muito abatida na cama, respirando por meio daquele tubo de silicone. Eu entendi que Hércules aparecia para buscar as nossas memórias com as pessoas que se foram, que bastava um momento nosso, distraídos, para que ele levasse o resto delas de dentro de nós. Por isso comecei a fazer da lembrança um exercício.

O primeiro Nando tinha uma barbatana menor do que a outra. O segundo Nando se batia muitas vezes contra o vidro, era o mais desajeitado.

O terceiro Nando tinha uma manchinha na calda, como uma pintinha. O quarto Nando era muito maior do que os outros. Hércules era um peixe betta. Seu Adalberto tinha olhos castanhos. O sorriso de minha mãe era lindo.
Pra trás, Hércules. Eu me lembro de tudo.

No caminho para o hospital passamos pela banca de jornal, que ainda existia. Depois, pela academia, agora só uma das luvas de boxe ficavam acesas em vermelho e a luz piscava, envelhecida. O pequeno curso de corte e costura, em sua construção todinha de azulejos, tinha dado lugar a uma moderna sorveteria sem azulejos nenhum. Quanto à árvore descabelada, ela ainda estava lá, exatamente como antes, resistindo ao tempo. Depois dela veio o semáforo. Viramos a esquina. Estava sendo como passar por um portal do tempo. O hospital Vieira Coutos ficava do outro lado da cidade e a Rede Bom-Viver proporcionava o *Pior-Atendimento* ambulatorial do mundo. Não restava nenhuma outra opção que não fosse ele. O hospital cenográfico da minha infância.

Augustus parou o carro numa vaga de estacionamento, como meu avô costumava fazer.

Eu fui a última sair.

Tudo parecia estranho. Desde o lado de fora. Metade do estacionamento estava interditado, duas caçambas gigantes de metal abarrotadas de entulho, fitas de restrição por toda parte, uma parede inteira derrubada, uma placa gigantesca de sinalização de obra e muitos, *muitos* cones. Do lado de dentro as coisas também tinham mudado. As regras estavam mais rígidas, guichês automáticos emitiam senhas de atendimento na recepção e acompanhantes de pacientes adultos não podiam passar a partir de um determinado ponto. Precisavam aguardar na recepção. Impaciente, Augustus foi em busca de uma máquina de café, já Pilar tinha se sentado de braços cruzados na cadeira. O ar-condicionado mimicava um dia de inverno em Montana. Dessa vez, minha avó não estava lá para preencher tudo por mim ou repetir o meu nome quando a recepcionista não o ouvisse. Fiz tudo sozinha. Assinei o meu nome com a mão enfaixada, como numa bandagem da época das aulas de luta, usei a gravata pra tentar estancar o sangue até o hospital. Uma mancha ficou no papel. Não dava mesmo para simplesmente ter ido pra casa, embora eu tivesse insistido nessa ideia durante todo o percurso. Augustus tinha razão: eu *precisava* levar pontos.

"*Tudo certinho, só aguardar o seu nome aparecer no telão. Aí você vai descer o corredor e virar à direita, sala de medicação e sutura.*"

Sentei a duas cadeiras de um bebê chorando no colo da mãe, uma televisão no modo silencioso passava o jornal, a outra anunciava o nome dos pacientes dentro de uma faixa azul marinho. Um idoso de boina tossia, sozinho num canto. A adrenalina foi se assentando no meu corpo, dando lugar ao cansaço físico e mental que eu estava sentindo de tudo. Meus olhos piscaram por meio segundo e alguém balançou o meu ombro. "*Senhora?*", primeiro, vi tudo turvo, depois, a recepcionista. "*Sua vez, senhora, sala de medicação e sutura. Fim do corredor, lado direito.*" Minha bandagem de gravata já estava ensopada de sangue. O bebê, a mãe e o idoso de boina não estavam mais lá. Levantei, me sentindo meio sonolenta, meio zonza. Passei diante do elevador, o mesmo que costumava me levar até o quarto andar e continuei andando.

— Tem alergia a alguma medicação? — perguntou a enfermeira, atrás da cortina verde-menta. Eu tinha me recostado, deitada em uma maca. A sala parecia vazia. Apesar do barulho irritante do relógio de ponteiro preso à parede, eu poderia dormir ali por três dias seguidos. Só queria descansar minha cabeça, fingir que nada foi real nesse dia. Mas não, isso não influenciava em nada no fato de que eu não tinha alergia a medicamento nenhum. E ainda precisava tomar pontos na mão.

— Não.
— Bebe? Fuma?
— Bebo e não fumo mais.
— Ingeriu alguma substância hoje?
— Álcool.
— Como foi que se cortou?
— Acidente. Apertei uma taça sem querer, e ela quebrou na minha mão.
— E não ingeriu *nenhuma* substância além de álcool hoje?
— Não.
— Apertou uma taça até quebrar por... *acidente?*

— Foi.

— *Certo*. Vou só buscar o resto do material que eu preciso e já volto pra fechar isso. Tudo bem?

Respirei fundo, e alguém roncou muito alto na sala de medicação e sutura.

— Eu perguntei se tudo bem... Você tá *dormindo?*

— Não, senhora. Eu tô acordada.

— Ah, não — resmungou ela. — *Não, não, não* — falou entredentes. — Eu já não mandei tirarem esse menino daqui? Cadê a Cida? *Ô, Cida!* — gritou ela. — *Vem dar alta pro seu paciente!* — Fui acompanhando seus movimentos andando de lá pra cá com uma prancheta, através da silhueta formada contra a luz, do outro lado da cortina. Como num teatrinho de sombras feito com as mãos. — *Olha, francamente, o piso dessa merda tem que mudar* — murmurou, antes de gritar de novo, chamando: — *Cida!*

Uma silhueta se uniu à dela. Mais alta e esguia.

"O que é, Sineide? *Meu Jesus amado*, viu. Eu tô *almoçando* só agora de noite, que o plantão ficou vazio e você nessa agonia. O que é que você quer? Eu não vou fazer sua sutura, não! Chega de favores! Você não me deu desconto *nenhum* no perfume da revista que você disse que ia dar. Então não venha pra cá me pedir sutura!" "Eu estou te pedindo alguma sutura, Cida?" "E me chamou pra quê, então? Eu *engolindo* um nugget que eu fritei *meio-dia*, tenha a santa paciência, né, Sineide." O ronco voltou, mais alto, entre elas duas. "Eu te chamei *por isso*. Virou hotel aqui agora? Cadê a alta desse menino?" "Eu já dei alta pra ele! Você quer que eu faça o quê?" "Por que não chamou Romário pra escoltar esse *cidadão* pra fora da emergência?" "Porque Romário é *amigo* dele e tá fazendo caso pra expulsar." "Acorde ele, então. Dê seu jeito. O ronco do *seu* paciente vai acordar a *minha* paciente!"

— Eu tô acordada, senhora — repeti. Sentindo como se estivesse me metendo numa guerra entre elas duas. Ninguém me respondeu, continuaram batendo boca.

"Olhe, não vou ficar aqui discutindo por causa de briga de perfume de revista, eu tô indo buscar o material pra suturar um corte, quando eu voltar, acho bom você ter acordado esse menino! Eu quero ele fora do meu plantão!" A silhueta de Sineide desapareceu e a de Cida se aproximou da minha cortina. Ela puxou de uma só vez, sem nenhuma paciência. Quando me viu atrás dos óculos de grau rosa e dourado que usava na ponta do nariz, tomou um susto. "Ô, menina, desculpe, eu achei que fosse..." O ronco a interrompeu, vindo pesado em incontáveis decibéis ao meu lado. Se virou, furiosa e puxou agressivamente a cortina da outra maca.

Cadu acordou assustado. E eu, assim como eles dois, tomei o meu próprio susto.

"*Cadu?*", meus olhos arregalaram. "*Édra?*", ele bocejou, confuso, se ajeitando na cama. "O que você tá fazendo aqui?" Ergui minha mão machucada, ainda enfaixada pela gravata. "Longa história", respondi. "O que *você* tá fazendo aqui?", foi a minha vez de perguntar.

"Ah", ele deu de ombros, "eu tô tendo um infarto."

Fui juntando as cenas na minha cabeça exatamente como ele tinha me contado. Cadu acordou naquela manhã com Seu Júlio batendo sem parar na porta, para impedir que ele supostamente *"se atrasasse pra escola"*. Cadu tinha pego no sono com o celular na mão e acordado da mesma forma. Assim que conseguiu se desvencilhar de Seu Júlio, desbloqueou a tela, confuso, tentando juntar os pedaços da noite passada. Deu de cara com o perfil de Maurício Mansinni, aberto, que ele estava stalkeando antes de ir dormir. *"Eu já sabia que ele estava namorando um cara, mas como ele não assumia nada além de braços e dois copos, eu ainda tinha esperança de que ele não estivesse."* Muitas horas antes disso, ele tinha se sentado para jantar com Seu Júlio, a fim de propor, entre uma garfada e outra, que ele cantasse no casamento. Seu Júlio desconversou e riu, como se fosse um pedido bobo, feito por um garotinho de onze anos. *"Vá se concentrar em passar de ano, rapaz, da música cuidam os músicos."* – Ele já esperava que essa fosse a reação, mas ficou triste mesmo assim. Decidiu beber – *"Eu decidi beber"* – no Mambo-Rambo – *"No Mambo-Rambo"* – e as meninas foram junto – *"E Suri e Marcela praticamente se convidaram. Eu não estava muito bom com a cara da Marcela, mas eu acredito que todo mundo merece uma segunda chance."*

Ele e Marcela beberam, Suri foi a motorista da rodada. Encorajado pelo álcool, Cadu cantou no palco. Conversa vai, conversa vem, bebida entra, verdade sai. A verdade veio do seu próprio subconsciente em forma de autossabotagem: *E se eu for olhar, rapidinho, como é que tá o meu ex?* Foi o que ele pensou, mas se manteve forte. Fingiu que não tinha sentido vontade, enquanto dizia exatamente o contrário pras meninas na mesa. "*Se ex fosse bom não era ex.*" "*Ah, eu e o meu ex, a gente não funcionava muito junto, sabe? Então acaba sendo bem mais fácil superar quando você não combina com a pessoa.*" "*Eu nasci pra ser solteiro, eu não sinto saudade nenhuma de ter alguém, namorar é um porre, né, vamos combinar. Quem é que gosta de ficar postando o braço dos outros?*"

Todos voltaram pra fazenda momentos antes da minha briga com Íris. Estavam no carro, cantarolando e jogando conversa fora, pra não fazer barulho do lado de dentro de casa. De dentro do carro, testemunharam toda a minha discussão com Íris nas escadas e depois foi cada um pro seu canto. Assim que ficou sozinho com ele mesmo, refutado pelo misto de sentimentos – *especialmente* carência –, Cadu decidiu abrir o perfil de Maurício Mansinni, com um fake. Olhou *tudo*, de cabo a rabo. E começou a ficar se comparando. – "*Lá estava ele, namorando um cara que não deve pegar nem dez quilos no supino.*" – E a se sentir envergonhado de estar se comparando – "*Mas aí, tadinho, né, cada um com seu ritmo de treino.*"

– Cadu – interrompi –, por que você veio parar no hospital... *infartando?*

– Calma! Vou chegar nessa parte!

Depois de achar que morreria sozinho, que estava fadado a dar errado com todas as meninas e os meninos do mundo e que é um fracassado completo, Cadu se encolheu na cama, para chorar mergulhado de uma crise existencial e acordou com seu Júlio batendo na porta. Disse que não tinha aula e desbloqueou a tela do celular. O que viu foi a pior coisa que poderia ter acontecido – "*Foi a pior coisa, Édra, que podia ter acontecido*" – tinha dado like sem querer na foto de Maurício Mansinni ao lado do novo namorado, com braços, cabeça e tudo. Pra piorar, o like foi com o próprio perfil dele. – "*Foi aí que meu coração começou a disparar.*" – Íris passou por ele como se ele fosse invisível, os dois se esbarraram e ela entrou no carro rumo a São Patrique sem ele. Que estava contando com a carona dela, agora ainda mais, porque não sabia o que fazer em relação ao like-culposo. Íris não atendeu o telefone, ele esqueceu o ferro de passar em cima da camisa que tinha se programado pra usar, nenhuma outra roupa estava ficando boa nele, a van não passou no horário, ele pegou uma carona na beira da estrada, chegou atrasado para ajudar Jade e Ermes com tudo, viu Íris chorando num canto, ficou sabendo das coisas por alto, Lizandra o cumprimentou como se fossem amigos de infância e mostrou a ele o anel de casamento, pediu segredo, eu cheguei logo depois, procurando Íris, nós dois brigamos, ele quis fazer alguma coisa pra impedir Íris de aceitar, mas não conseguiu mais do que segurar o microfone e dizer uma coisa no ouvido dela. O coração, acelerado desde cedo, estava dando pontadas. Assim que saiu do centro do salão de festas e se trancou na sala refrigerada, sozinho, uma mensagem de Maurício vibrou no celular em seu bolso. Tudo sobre aquele dia estava sendo demais pra ele. Então, sentindo pontadas e, em vez de ler a mensagem, ele veio direto para o hospital – *"Estou literalmente infartando"* – porque acha que está literalmente infartando.

— Mas ele não está. – Cida revirou os olhos, no final da história. – Já dei *calmante* a ele. Isso é uma crise de ansiedade, não um infarto.

— Cida – insistiu Cadu, da maca dele –, pergunte a Romário – como se estivesse se sentindo pessoalmente ofendido. – Estou *literalmente* infartando.

— Romário é o *segurança* do hospital, não a enfermeira. – Cida arfou, contrariada. – A enfermeira *sou eu*. A gente fez até um eletrocardiograma em você, garoto. Você *não. Está. Infartando.*

— Podem começar a contar. – Cadu voltou a se afundar no travesseiro. – Em quinze minutos serei um homem morto.

Cida desistiu, caminhando até a saída. A última coisa que disse antes de se virar e sumir no corredor foi: *"Eles precisam mesmo, urgente, aumentar a merda desse piso"*

Faltando dois minutos para Cadu morrer, a outra enfermeira reapareceu, segurando uma bandeja de inox com pinças, gaze, agulha e todo tipo de coisa que eu não entendia, mas me pareciam necessárias para fechar cortes numa mão. Os ponteiros do relógio giravam na parede em estalos irritantes.

Cadu ficava dormindo e acordando, falando coisas sem sentido, sob os efeitos do calmante. Antes que a enfermeira voltasse, ele tinha dito que se tudo continuasse dando errado pra ele, iria recomeçar a vida num novo país, depois teve uma crise de riso dizendo que, na verdade, nem tinha dinheiro pra fazer isso. – *"Eu abri uma loja de velharia. Eu vendo CD! Quem é que compra CD hoje em dia?"* – Cadu fazia as perguntas que ele mesmo respondia, rindo sozinho. Depois ficava em silencio, como se tivesse dormido por um minuto inteiro, então despertava com um assunto novo, completamente aleatório.

"Gostar de ex é antiético?" "Toda mulher que eu tento pegar prefere outra mulher, você já reparou nisso? Que eu sofro Cadufobia?" "Eu nem deveria estar falando com você, você disse que eu não era seu amigo. Você é Cadufóbica também." "Vou contar a sua avó que você fuma cigarro escondido com meu avô." "Mas aí ela não ia querer casar mais com ele, né? Merda." "Já pensou se no altar sua avó vira pro meu avô e fala que tá apaixonada por Genevive ou por Vadete? Ia ser fofo, porque aí seria uma maldição de família, o problema não ia tá em mim." "E sabe o que eu realmente acho disso tudo? De você, de Íris, dessa porcaria de pedido de casamento? Sinceramente, eu acho que..." e de volta a dormir. Roncando. Muito. Nunca vi um infarto tão tranquilo.

"Vamos lá, deixa eu dar uma olhada nisso." Sineide arrastou a cadeira e a mesa de rodinhas até a minha maca. Cadu seguia dormindo, ao lado. Ela começou cortando a gravata com uma tesoura prateada, os pedacinhos de tecido sujos de sangue foram caindo sobre o chão. Fiquei imaginando quantos cachecóis daria para fazer pra Cleber, a girafa, com todos aqueles retalhos. Cortada a gravata e banhada de soro, podíamos ver melhor agora a palma da minha mão. Os dois cortes, ainda com os cacos de vidros presos, não muito grandes, mas fundos o suficiente pra bagunça ensanguentada que fizeram na minha roupa, no chão, na atadura improvisada. A agulha da seringa atravessou a minha pele e eu senti dor. Sineide estava anestesiando o local, para que pudesse fazer, sem me machucar, uma limpeza precisa, usando a pinça, recolhendo cada pedacinho de vidro que havia se encrostado na minha pele.

O abajur articulado, preso à mesa de inox, refletia a luz nos caquinhos. Tudo me lembrava o anel de noivado de Íris. Só percebi que estava chorando quando uma lágrima pingou em cima da ferida. – *"O que houve, querida? Tá doendo mesmo com a anestesia? Não era pra estar."* – Fiz que sim com a cabeça e passei a outra mão no meu rosto. As lágrimas se espalharam pelas minhas bochechas. "Espera aí, ei, eu conheço você, menina." – Sineide abriu o maior sorriso do mundo. – "É claro que é você, você é *a cara* dela." Minhas sobrancelhas franziram, engoli o nó na garganta. Não me lembrava dela, mas sabia com *quem* ela estava me comparando.

"*Cida!*", ela gritou, dessa vez, não para brigar. "*Vem ver uma coisa! A filha de Eva tá aqui!*"

Não demorou muito para que a sala se enchesse de enfermeiras. Ajeitando os óculos, vindo ver com os próprios olhos, chamando umas as outras. As mais novas, pareciam ter ouvido falar, as mais velhas quando chegavam na porta e me viam, não acreditavam, não sabiam se riam, se me beliscavam ou se choravam. Puxavam meu cabelo de um lado pro outro, apertavam meu rosto, comentavam das semelhanças. Me trouxeram biscoitos, cafés e restos de suas marmitas. Cida me ofereceu seus nuggets fritos ao meio-dia. Revezavam entre quem ficaria do lado de dentro da sala e quem vigiaria a porta, para que os médicos e os vigias não reportassem nenhuma delas. Iam trocando e trocando entre si, para que todas pudessem me ver.

"Meu deus do céu, é a cara de Eva!" "Eu ouvi falar *muito* de sua mãe, ela foi uma pioneira na maioria dos tratamentos, tudo foi testado nela, o centro oncológico aqui do hospital foi praticamente inaugurado com a internação dela." "Ela tem foto com a maioria das enfermeiras, estão todas lá no nosso mural, dentro da sala de vestiário!" "Eu *adoro* a história de que ela deu ideia pra um monte de coisa aqui no hospital!" "Sim, o arraial mesmo, foi ela que disse que tinha que ter, ela se vestia de noiva e tudo, com véu de papel higiênico!" "Ela tratava a gente muito bem, melhor do que os próprios médicos, melhor do que muita gente!" "Vocês tem os mesmos olhinhos, eu fico emocionada, parece que tô *olhando* pra ela!"

Sineide estava cuidando dos meus cortes enquanto tudo aquilo acontecia e agora terminava o último ponto. As enfermeiras me paparicavam e assistiam aos cuidados com cobranças afetuosas. "Fecha isso direito, hein, Sineide." "É, *capricha*, pra não ficar nenhuma cicatriz!"

De repente, todas elas se calaram. Foram abrindo espaço, em um respeitoso silêncio. No corredor formado, entre todas, veio caminhando envergada uma senhorinha, estava vestida como todas as outras, mas usava algo *dife-*

rente no pescoço. Era um cachecol. Um cachecol feito de retalhos. Retalhos dos meus vestidos.

"Vim ver com os meus próprios olhos, porque não acreditei que a pessoa que mais me deu trabalho veio suturar a mão aqui", disse, antes mesmo de chegar perto de mim.

Meu queixo começou a tremer, tentei não chorar. Diferente das outras, eu a reconhecia.

"Seu Adalberto pode jogar quebra-cabeça comigo hoje? Por favor, por favorzinho", perguntei, em um retalho de memória. — Seu Adalberto me remedava, cínico *"Por favor, por favorzinho, Miranda-Mirandinha?".* Nós dois olhávamos pra ela fazendo os nossos melhores beicinhos. *"Tá bem, mas só por dez minutinhos! O senhor tem que descansar pra quimio de amanhã" "Eu sou um touro, minha filha, essa quimio pra mim vai ser fichinha."* Ela revirava os olhos toda vez que ele se gabava de qualquer coisa. Se fazia de durona, mas sempre conseguíamos driblá-la. *"E para de levar essa menina no colo! O senhor não pode pegar peso!" "Você quer acabar com meu emprego de taxista! Admita! Admita que não gosta de mim só porque eu sou gay!" "Seu Adalberto!"* e saímos os dois, rolando e rindo pelo corredor.

— Olha como cresceu, a pequena pestinha. *Édra e os Amigos cancerígenos,* era algo assim, não era? — Ela se aproximou, beliscando a minha bochecha. Seus cabelos eram completamente brancos agora. — *"Era, era algo assim",* concordei, sorrindo. — Vocês dois juntos pareciam duas crianças. Ele perguntava de você o tempo todo. *Ela veio hoje, ela foi hoje?* Parecia um papagaio. E não tirava isso do pescoço — Ela apertou o cachecol. — De jeito nenhum. — "Não tinha quem fizesse", a voz de alguma enfermeira disse aos fundos. — Não tinha mesmo quem fizesse ele tirar esse cachecol. Eu lembro quando faltou aquela energia, coisa horrível, naquela tempestade da época, o calor era insuportável. E ele com isso amarrado no pescoço. Era parte dele. A mãe quando chegou não quis levar nada, assinou os papéis e foi embora. Eu fiquei com tudo dele. Tudo o que tava no quarto. Gastei um dinheirão pra dar a ele um enterro digno, peguei empréstimo na época. Ninguém da família apareceu. Mas todas nós estávamos lá. E os namorados vieram, calvos e velhos, ele teria adorado! Estava mais bonito do que eles e mais bem vestido. — Ela riu, as lágrimas rolaram pelo rosto, sem cerimônia. — *Era lindo demais.* Meu bom amigo. Tinha muito medo de ser esquecido. Então eu vivo pra cima e pra baixo agora com isso.

Todas as enfermeiras a cercaram, acolhedoras num abraço coletivo. Sineide se levantou, me avisando que tinha terminado a sutura e se uniu a elas.

– É bom te ver, pestinha. É bom te ver. – Dona Miranda secou as lágrimas com a pontinha do cachecol de retalhos. – Queria que você tivesse aparecido aqui uma semana atrás, teria feito com você uma última tour pelo quarto andar. Agora, estão quebrando tudo. O hospital tá pra fechar, vão construir um shopping center em cima da gente. Você chegou tarde demais.

"O quê?", perguntei, preocupada. *"E podem fazer isso?"* As enfermeiras começaram a me contar que São Patrique tinha dado um salto de crescimento muito rápido desde a reforma nas estradas e a reabertura do porto. Tinham descoberto petróleo numa parte isolada do mar, depois da praia, agora o governador estava investindo um dinheiro pesado. A cidade andava atraindo todo o tipo de empresário, suas ganâncias sentiam cheiro de oportunidade de fazer dinheiro. Estavam comprando tudo, mudando tudo, expandindo tudo. Agora, o hospital seria um shopping center. As praias ganhariam redes novas de quiosques. Dois hotéis, rivais, haviam comprado terrenos lado a lado e as construções já começariam no ano seguinte. Uma guerra entre o comércio local e o comércio emergente tinha começado.

O futuro estava engolindo tudo, alterando todas as coisas que, em retalhos de memória, permaneceriam inalteráveis. Como aquele cachecol, inabalável pela força do tempo.

Só percebi que Cadu tinha acordado no meio da conversa quando ele abriu a boca para acrescentar nos relatos. "É, e a minha lojinha de velharias vai ter que fechar." Eu o encarei, ressentida. "Querem comprar de mim por um bom valor. Tô pensando em aceitar e seguir meu rumo com alguma outra coisa, a loja não dá lucro. As coisas mudaram. Tudo tá mudando. Não tem muito o que fazer. Ou a gente aceita e segue em frente, ou a vida passa por cima da gente."

Cada enfermeira foi contando sua história e pra onde ia quando o hospital fechasse. "Eu me formei em Nova Sieva, mas quando aqui fechar, se a Rede Bom-Viver não aceitar o meu currículo, vou ter que trabalhar na rede nova de quiosque, a Amaré." "Eu vim lá de Serra de Piramirins, mas vou ficar.

Eu já consegui uma vaga no Vieira Coutos, então tô de aviso prévio aqui." "Meu marido vai trabalhar nessa empresa aí de petróleo, aí eu vou ficar em casa com os meninos." "E a senhora?", ergui meu queixo para Dona Miranda. "Ah, eu fiz meu pezinho de meia, já vou me aposentar. Quero viajar lá pra Moscou. Conhecer um tal de Hebert, que deixou uns quadros num museu de lá." Ela piscou o olho pra mim. E eu a entendi perfeitamente.

"Eu sinto muito, mas de qualquer forma obrigada por terem lembrado de mim. E por terem me contado tudo isso", agradeci, sorrindo de lado. Me sentia triste, mas entendia que a vida era o que a vida era, e que não havia muito o que se fazer sobre isso. "A gente que é enfermeira faz o trabalho invisível, filha", disse Dona Miranda, rodeada pelas outras, "mas sua mãe via a gente o tempo todo. É *impossível* não olhar pra você de volta. Você é igualzinha a ela."

"Queria que desse para ela se despedir do quarto andar, é uma pena que a gente não pode mais subir lá", suspirou Sineide, descartando as luvas que tinha usado para cuidar de mim. Todas as enfermeiras começaram um burburinho, fofocando umas com as outras, num telefone sem fio que foi possuindo todas, conectando uma por uma. A sala inteira agora de enfermeiras falando em cochichos inaudíveis. Montando um plano de orelha em orelha.

"Podia até dar certo, isso", respondeu Dona Miranda, em voz alta, quando o telefone sem fio chegou até ela, "mas ainda temos um problema. E ele se chama Romário."

Cida saltou entre todos, com os olhos arregalados para Cadu, ainda deitado na maca, ao meu lado.

— Não, meninas, calma — falou e sorriu, ardilosa. — Romário é *amigo* de Cadu. E Cadu tá infartando.

— Viram? — Cadu olhou em volta, buscando aprovação. — Falei, eu *literalmente* estou infartando.

— E em quinze minutos você vai ser um homem morto — continuou Cida.

— Viram? — Cadu repetiu, cheio de si. Em quinze minutos eu vou ser um homem... — E se deu conta do que estava sendo dito. E de que Cida estava *sorrindo* enquanto dizia. — *O quê?!* Não! Eu *não quero* morrer!

Todas as enfermeiras se entreolharam como participantes de uma facção criminosa. Estavam nessa *juntas*. Um som sintético de borracha fez um estalo entre todas nós, Sineide tinha pescado todo o plano e estava pronta. *Pronta e de luvas novas.*

"*Olha*", resmungou ela, se aproximando da maca de Cadu, que tremia apavorado. "Eu acho *bom* aumentarem esse piso."

Fui guiada pelos corredores, passando de ala em ala e de porta em porta. Entrei numa salinha de serviço, cheia de vassouras e carrinhos de limpeza. Uma das enfermeiras me deu um avental cirúrgico para vestir por cima do blazer, "é só pra disfarçar nas câmeras", disse ela, erguendo polegares pra mim. "Como se não fosse estranho um cirurgião andando por aí." "Para de rogar praga, Gorete!" "A gente vai acabar sendo *demitida*, eu não concordo com esse plano e não tô gostando nada disso." "A gente *já tá* demitida, Gorete, isso aqui vai fechar mesmo, melhor fazer alguma coisa *boa* antes de quebrarem tudo. A menina cresceu correndo por aqui, precisa dar tchau", elas discutiam em cochichos baixinhos, tentando fazer com que eu não as ouvisse, prontas para me entregarem a um novo grupo de enfermeiras, como se eu fosse uma encomenda. "Olhe, se qualquer vigia passar, você não vai dizer nada", orientava a nova dupla a qual fui repassada: "A gente vai fingir que tá te acompanhando você até o centro cirúrgico". Íamos de um lado para o outro. Para cada ala nova a cruzar, eu me reunia com novas enfermeiras também, que dariam continuidade a outra parte do plano. O plano do qual eu não sabia, apenas obedecia as ordens. As enfermeiras que ficavam pra trás e tinham ajudado até ali, acenavam, desejando boa sorte. Perguntei sobre o elevador que eu tinha visto e se não seria mais fácil para todo mundo. "Não estão funcionando, querida", Dona Miranda me explicava, conforme subíamos as escadas de incêndio, "cortaram os fios quando derrubaram as paredes na semana passada, é um milagre que a recepção ainda esteja com o ar-condicionado funcionando. Devem terminar de demolir outra parte dos andares de cima amanhã. Nós vamos passar a atender aqui do lado, onde funcionava a arena de esportes e a rede de fisioterapia, já tá até arrumado. Tudo provisório até fecharem isso de vez." E então, ela parou de avançar degraus, apoiando as mãos na cintura, recuperando o fôlego. "Estou velha demais pra isso." "Nós podemos voltar, Dona Miranda, tá tudo bem." "Não, eu faço questão." Ela insistiu. "Vai subindo na frente, que eu já te encontro. Pra voltar vai ser mais fácil. Você se lembra das rampas?"

Sim, eu me lembrava, porque já tinha descido por elas com Seu Adalberto na cadeira de rodas incontáveis vezes. Era *pura* adrenalina. O sistema de rampas ligava todos os andares do hospital. Parecia um atalho secreto de fuga, mas era só um caminho acessível, para o caso de os elevadores pararem. Dava para voltar até a recepção, lá embaixo, em pouco tempo. Assenti com a cabeça para Dona Miranda. Respirei fundo, tomando coragem e continuei subindo.

Quando empurrei a porta das escadas de incêndio, sabia que tinha chegado no quarto andar. Eu estava de volta ao aquário. Uma placa sinalizava "*Ala Oncológica*", parafusada do teto. Dei um passo para frente e comecei a tossir. De um lado tudo já estava parcialmente destruído. Muitos cones, sinalizações, rebocos, fiações e canos à mostra. Mas, o outro lado ainda estava, de certa forma, intacto. A placa, também parafusada ao teto, sinalizava "*Centro de Internações Intensivas*".

Caminhei até a recepção. O balcão, que eu nem sequer alcançava na época, estava lá sem os seus computadores, completamente empoeirado. Procurei pelo meu telefone no bolso da calça e liguei a lanterna. Eu sabia que o resto do caminho, longe das vidraças da janela, seria escuro. Já conseguia ver as entradas dos banheiros de visitantes, as portas que levariam ao refeitório e o corredor dos quartos.

Eu não podia demorar, se alguém me visse ali em cima ou desconfiasse de qualquer coisa, alguém poderia se prejudicar por minha causa, então eu não tinha muito tempo. Precisava ser rápida, tinha consciência disso, mas a cada passo que eu dava, eu travava. Era como se eu precisasse obrigar as minhas pernas a continuarem. *Vamos lá, Édra*. A primeira porta de quarto que eu vi, foi a 101. Seria um longo caminho até a porta 404. *Vamos lá, vamos lá*.

Fui andando e relembrando as pessoas, sentindo o meu cabelo repuxar dentro de um rabo-de-cavalo imaginário. No escuro e na poeira, aquele lugar não se parecia em nada com o cenário colorido, resiliente e brilhante da minha infância. Mas eu não precisava me esforçar muito para conseguir acessar os meus retalhos de lembranças com os momentos vividos lá. O bebedouro, os pregos onde os murais de aviso ficavam, as portas que davam nas salas de medicação, o jogo de amarelinha que foi pintado no meio do caminho no piso... Estava tudo lá, como antes, mesmo que agora não se parecesse tanto. Mesmo que o futuro estivesse engolindo tudo, o retrato daquele cenário, pintado na minha memória como no jogo de quebra-cabeça que Seu Adalberto tinha me dado. Aquilo, aqueles dias, eram eternos e imutáveis. Imunes a qualquer ação do tempo. Rígidos e inabaláveis, como a árvore no caminho.

    Eu estava indo bem com o meu processo de despedida, avancei passos brincando na amarelinha. Apertei o bebedouro, mesmo sabendo que não sairia nenhuma água. E olhei através do vidro da janela a sala de medicação por dentro, com suas cadeiras vazias. Até notar que a numeração dos quartos mudaram de 100 para 200. Eu estava diante da porta do quarto 201. Mais alguns passos e eu estaria na frente do quarto 207. A última exposição de *Hebert*. E teria que me despedir, de novo, de Seu Adalberto.

    Assim como eu conseguia acessar as memórias boas daquela época, me veio uma das memórias mais amargas. A sensação de ter visto seu quarto vazio me acertou em cheio como um soco e eu parei de andar. Aquilo abriu todos os pontos dentro de mim, que eu achei que tivessem sido bem suturados com o tempo. Comecei a sangrar por dentro. Lembrei da cama, das paredes, das caixas sendo retiradas. Minha memória recriou sua cadeira de rodas, vazia, num cantinho perto de sua porta, bem onde minha a lanterna iluminava. Eu me lembrei *tudo*.

    "Vó, o que é gay?" "*É uma pessoa que brilha muito, querida.*" "E, vó, o que é câncer?" "*É uma coisa que tenta apagar o brilho que alguém tem, mas nunca consegue.*" "Pra mim?" "*Pra você não esquecer com o tempo de quando todos nós aqui brilhamos.*" "*Uma pessoa só morre quando esquecemos dela, querida.*"

    Eu não consigo.

    Eu não consigo nadar até lá. Porque se eu for até lá, vai ser real.

    Eu nunca tinha visto o quarto de minha mãe vazio. Era o meu maior medo. Eu não tinha um bicho-papão pra citar, um pesadelo repetitivo, uma história de terror que mais me assombrava. O meu maior medo era abrir a porta do quarto de minha mãe e ela não estar mais lá. Se eu me virasse e desse as costas, uma parte de mim continuaria acreditando que talvez, na quarta que vem, se eu me comportar direito, eu posso ir até lá. Até o quarto 404. Com um quebra-cabeça. E ela vai estar lá. E eu vou me jogar em sua cama e dizer a ela, apontando pra janela, que é dali que eu vim. Que era aquele o caminho que eu tinha feito. Da árvore descabelada direto para o quarto andar. Direto para o fim do corredor. Direto para ela. Ah, eu a amava tanto. Eu a amava tanto, tanto, tanto. Seu jeito delicado de falar com as pessoas, seus olhos, suas mãos, o jeitinho de cantarolar canções, suas fotografias, seus quadros, sua arte, o tom de sua voz, seu nariz, todas as nossas coisas fisicamente em comuns, seu cheiro, sua resiliência, cochilar com ela por uma tarde inteira, montar com ela o mesmo quebra-cabeça pela milionésima vez, caminhar com ela pelo corredor, me arrumar pra ela, com um rabo-de-cavalo. Um rabo-de-cavalo que ela desmancharia todo para fazer outro penteado.

"*Eu sou gentil.*" "*Eu sou gentil.*" "*Eu sou meiga.*" "*Eu sou meiga.*" "*Eu sou amorosa.*" "*Eu sou amorosa.*" "*Eu sou alegre.*" "*Eu sou alegre.*" "*Eu sou bondosa*" "*Eu sou bondosa.*" "*Eu sou corajosa.*" "*Eu sou corajosa.*" "*E eu sou?*", perguntava minha mãe, penteando os meus cabelos na cama do hospital, no quarto 404. "*Linda*", respondi. "*Muito bem! Você é tudo, tudo isso.*" "*Vezes dez!*" "*Vezes vinte!*" "*Vezes vinte e nove!*"

"*Édra*", minha avó entrou no meu quarto com o rosto inchado, num retalho de memória que meu cérebro havia escondido bem guardado. "*Édra, querida, precisamos conversar uma coisa. Eu preciso que você escute a sua avó, está bem? Eu preciso que você escute a sua avó agora.*"

— Não! — meu grito ecoou pelo corredor, senti o aperto na minha cabeça. *Eu não quero me lembrar disso! Pra trás, Hércules! Minha mãe não pode virar uma estrela! Ela nunca vai virar uma estrela! Ela vai existir pra sempre no vento!* Desliguei a lanterna e me virei na direção oposta, correndo intuitivamente no escuro, buscando pela saída das rampas.

"*Édra!*", ouvi Dona Miranda me gritar quando passei por ela, tinha acabado de chegar pelas escadas de incêndio. "*Desculpa, não posso, sinto muito!*", continuei correndo, sem olhar pra trás, sendo só humana, apesar de toda água e do vidro. "*Não consigo nadar até lá!*"

Tentei te ligr pra perguntar se qeuria caron a, precisei ir embora, nao to m uito legal e minha avo t preocupada. Vc n respondeu mais ,espero que nao tenha infartado de vdd. Avisa qaulquerr coisa. ✔✔

Enviado 02:25.

FORAM SEIS PONTOS. QUATRO NO PRIMEIRO corte, dois no segundo. Eu estava esperando o pior sermão de minha avó quando chegássemos na fazenda e ela descobrisse. Não pretendia falar nada sobre aquela noite, mas sabia que ela cedo ou tarde perguntaria. E me daria um sermão por isso. Um sermão que, àquela altura, eu não estava com cabeça pra escutar.

Depois de descer todas as rampas, cheguei eufórica à recepção do hospital. Dei de cara com Augustus dormindo numa cadeira, os braços cruzados de frio, a boca aberta, babando. Pilar segurava o telefone com um olhar perdido, assim que me viu, se levantou da cadeira. *"I was talking to your grandma, but my battery died, she's worried and..."* [Eu estava falando com sua avó, mas o meu celular descarregou, ela tá preocupada e...]. "Acorda, vamo embora." Eu a ignorei completamente, sacudindo o ombro de Augustus. Ele abriu os olhos, assustado. Eu fui a primeira a entrar no carro.

O caminho foi em silêncio, não respondi a nenhuma pergunta. Meu corpo balançava com o carro pela estrada enquanto eu tentava digitar com uma única mão, uma mensagem pra Cadu.

Quando chegamos à fazenda, minha avó estava de braços cruzados, camisola e bobes no cabelo, esperando na porta. Augustus nem saiu do carro, temia mais o sermão dela do que eu. *"Diga a sua avó que eu disse oi"*. Revirei os olhos antes de abrir a porta do carro. Subi as escadas, a roupa suja de sangue, a mão enfaixada, o semblante de culpa, o rabo entre as pernas. Já estava mentalizando os meus discursos, regados de *"vó, eu posso explicar"* e *"eu estou ótima, não precisa se preocupar"*. Mas assim que entramos no casarão e minha avó fechou a porta atrás de nós. Tudo o que ela fez – em vez de me dar um sermão decepcionado – foi *cuidar* de mim.

Começando pelas instruções que Pilar precisaria para se virar sozinha – onde encontrar toalhas limpas, como funcionava o micro-ondas, o que fizera pro jantar e em qual pote da geladeira estava. Disse que tinha preparado um outro quarto de visitas para ela, pra que eu pudesse descansar sozinha no meu. Poderia ter oferecido o quarto de Íris, ela não voltaria mais a dormir na fazenda depois de tudo aquilo, seu quarto agora estava vago. E podia ser uma solução para Pilar, mas não foi o que ela fez. Não era nem de longe algo que ela faria.

Pilar só concordava com tudo, sem réplicas. Estava diante de uma consequência real aos seus atos. Olhava para minha mão enquanto a minha avó explicava coisas sérias a ela, como se estivesse dentro e fora de si mesma. Ali e, ao mesmo tempo, a um país de distância. Ainda carregava o mesmo semblante do hospital e do caminho pela estrada – pensativa, perdida, *quase* parecia estar se sentindo culpada. Mas eu não tinha tanta certeza se acreditava nisso.

Tomei banho na suíte de minha avó. Ela ficou do outro lado da porta esperando, caso eu precisasse dela com qualquer coisa. Tinha amarrado uma sacola plástica na minha mão para proteger o meu curativo da água, estava sendo excessivamente cuidadosa comigo. Vesti, num malabarismo de uma mão só, a roupa que ela tinha separado. Se tratava de uma camiseta velha de Cadu Sena e uma calça minha, que ela tinha lavado. Subimos para o meu quarto. O aroma gostoso de uma vela de gengibre deixada acesa na mesa de cabeceira tinha ajudado a dissipar o cheiro de Pilar do ambiente. A roupa de cama estava trocada, quando me deitei recostada nos travesseiros, o cheiro limpo de sabão de coco subiu das fronhas. Minha avó me cobriu, retirou o saco plástico da minha mão enfaixada e limpou os meus dedos, um a um, com um algodão embebedado em álcool e leite de rosas, que tinha trazido consigo numa xícara de chá. *"Nunca mais me dê um susto desses!"*, foi o único sermão que ouvi. Ela me beijou na testa, passou o polegar penteando minha sobrancelha, assoprou a vela, apagou a luz e foi embora.

Eu fiquei ali em silêncio. Olhando fixamente para o teto, com a minha mão deitada sobre a minha barriga, subindo e descendo ao ritmo da minha respiração. Assimilando tudo o que tinha acontecido, no escuro. Eu precisava seguir em frente. Eu precisava me adaptar. Eu precisava continuar com a minha vida, sem deixar que meu apego ao passado me impedisse de ser feliz de novo. Todo mundo parecia ter um plano reserva. Cadu, Dona Miranda, as enfermeiras, São Patrique em sua modernidade e até mesmo Íris. Todo mundo, menos eu. Eu ficava voltando, o tempo todo, para os mesmos lugares de bicicleta. Lugares já demolidos.

Pilar deu duas batidinhas na porta antes de entrar no quarto, dissipando os meus pensamentos. Todo o cheiro da vela de gengibre foi substituído pelo cheiro de seu perfume. Mas, dessa vez, *outro* perfume. Um *bom* perfume. Ela se deitou ao meu lado. Eu continuei imóvel, olhando para o teto.

"*Édra, can I ask you something?*" Eu não respondi nada. "*Why did you stop talking to me in Portuguese, like we used to do?*" E lá estava ela, voltando a um lugar demolido também. [Édra, posso te perguntar uma coisa? Por que você parou de falar comigo em português, como costumávamos fazer?]

"*Do you want me to be honest?*", perguntei. "*Yes, please*", ela pediu. ["Você quer que eu seja honesta?" "Por favor, seja."]

"*At first, I thought it was to protect my grandma from understanding our arguments, but then I realized, it didn't feel like us anymore. It felt like a demolished building. I feel like you are a stranger in my life. Not speaking to you in Portuguese was a way to keep you at a distance and not let you win. It was a way to make you feel unwelcomed here. In this house, in this country and inside me.*" [Primeiro, eu achei que era pra proteger minha avó de entender nossas discussões, mas aí eu percebi que não mais parecíamos nós. Parecia um prédio demolido. Eu sinto que você é uma estrangeira na minha vida. Não falar com você em português foi um jeito de não deixar você entrar, nem ganhar. Foi um jeito de fazer você não se sentir bem-vinda aqui. Nessa casa, nesse país e dentro de mim.]

"*I get it. I only speak Portuguese on special occasions, with people I love, like my mom. I haven't even tried to speak Portuguese since I came here. Nothing has made me feel special at all, so, yeah, I guess it makes perfect sense for both of us not to talk in Portuguese with each other.*" [Eu entendo. Eu só falo em português em ocasiões especiais, com pessoas que eu amo. Como a minha mãe. Eu nem tentei falar em português desde que cheguei aqui. Nada fez eu me sentir especial, então, é, eu acho que não falar em português uma com a outra faz bastante sentido pra nós duas.]

Eu continuei olhando fixamente para o teto.

"*I am not a bad person*", ela voltou a falar, "*I really am not*", deitada ao meu lado. "*I saw your face today. Your eyes, your blood. I know you are sad, I know you are angry, I know you are feeling unloved, unchosen. And I know how it feels to feel like that. And if I could, if I was blessed with some kind of wish by whoever or whatever, a falling star or a genius, I wouldn't ask the universe to make you choose me. I would ask the universe to make her choose you.*" [Eu não sou uma pessoa ruim. Eu realmente não sou. Vi seu rosto hoje. Seus olhos, seu sangue. Eu sei que você está triste. Eu sei que você está com raiva. Eu sei que você não está se sentindo amada, nem escolhida. E eu sei como é se sentir assim. E se eu pudesse, se eu fosse abençoada com algum tipo de desejo de qualquer pessoa ou qualquer coisa, uma estrela cadente ou um gênio, eu não pediria para o universo que você me escolhesse. Eu pediria para o universo que ela escolhesse você.]

Eu engoli em seco e continuei a escutando, calada.

"*You know, one of the many reasons I fell in love with you is your teeth. I truly admire your smile. I think it's one of the most beautiful I've ever seen. I remember the first time I saw you. We had an argument in front of everyone in that poetry class we used to go to. To contradict me and to make your point, you simply... Smiled. Suddenly, I stopped listening, and thinking. And I forgot I was even there. You were just... there, smiling. Explaining your point, and smiling again. Today I saw the complete opposite. It was the saddest face I have ever seen in my life. I felt like I would never see you smile again. Your face was so... blake. Your eyes so deeply sad. You were so quiet. So, yeah, judge me if you want, but I would do anything to make her choose you and love you. To be with you. Because that would make you happy. And you would smile through it all. I am not a bad person, I know I've gone too far trying to act like one, but I am not. At the end of the day, I'm just foolish or just a girl in love... But then...*" Ela parou de falar e me olhou. "*What's the difference?*" [Sabe, uma das muitas razões pelas quais eu me apaixonei por você foi os seus dentes. Eu realmente gosto dos seus dentes. Eu acho que você tem um dos sorrisos mais bonitos que eu já vi. E eu lembro a primeira vez que eu te olhei. A gente teve uma discussão na frente de todo mundo daquele grupo de poesia que a gente costumava frequentar. Pra me contradizer e explicar seu ponto, você só... sorriu. E então, de repente, eu parei de ouvir, de pensar e esqueci que eu estava ali. Você só estava... Lá, sorrindo. Explicando seu ponto, argumentando e sorrindo. Hoje eu vi o extremo oposto disso. Foi a expressão mais triste que já vi na minha vida. Hoje eu senti como se eu não fosse ver o seu sorriso de novo, nunca mais. Seu rosto estava tão... obscuro. Seus olhos estavam tão profundamente tristes. Você estava tão quieta. Então, tanto faz, vá em frente e me julgue, mas eu faria qualquer coisa para que ela te escolhesse e te amasse. E ficasse com você. Porque isso faria você feliz. E você iria sorrir o tempo inteiro por causa disso. Eu não sou uma pessoa ruim, eu sei que eu fui longe demais tentando agir como uma, mas eu não sou. Acho que no final do dia, eu só sou uma idiota ou uma menina apaixonada. Mas, aí, qual é a diferença?]

Pilar se levantou da cama. Eu não disse nada. *"If I had a second wish, I know exactly what I would ask for"*, ela riu, puxando a maçaneta da porta. *"Anyway, goodnight, Édra."* [Se eu tivesse um segundo desejo, eu sei exatamente o que eu pediria. Enfim, boa noite, Édra.]

"What would it be?", perguntei, como se tivesse feito sem perceber. *"What?"*, ela parou. *"Your second wish"*, continuei, *"what would it be?"* ["E qual seria?" "Quê?" "Seu segundo desejo, qual seria?"]

"I would ask for someone who would kindly notice my teeth too. Or anything about me at all", respondeu ela, sobre os escombros de nós duas. [Eu pediria por alguém que gentilmente reparasse nos meus dentes também. Ou em qualquer coisa em mim.]

"I know it hurts. Not be chosen, I know it hurts. I'm sorry I couldn't be the one for you", falei, no escuro. Meus olhos continuavam fixos no teto, mas eu conseguia ver a silhueta dela, de pé diante da porta. Metade do corpo dentro do quarto, metade fora. Sua mão soltou a maçaneta e ela se aproximou de novo da cama. [Eu sei que dói. Não ser escolhida dói. Eu sinto muito que eu não pude ser A pessoa pra você.]

"That's okay. I'll find the one someday. I'm relieved to finally understand that can't be you", respondeu ela, respirando fundo, cada vez mais perto de mim. *"And it's funny because it still hurts me anyway."* Pilar se inclinou, sobre o meu corpo. *"I guess that makes me an unloved-lover"*, sussurrou ela, eu respirei fundo, *"Well, I..."*, e ela me beijou. ["Tudo bem, eu vou achar A pessoa um dia. Eu tô aliviada por finalmente ter entendido que ela não tem como ser você. E é engraçado, porque dói mesmo assim. Eu acho que isso faz de mim uma apaixonada-não-correspondida." "Bom, eu..."]

Sua mão me segurou pela lateral do rosto, fixando um selinho demorado na minha boca. Quando ela se afastou, eu não tive reação nenhuma. E nem precisei ter. Porque ela saiu do quarto, me disse "Adeus, Édra" em português e bateu a porta.

Acordei naquela manhã como se tivesse sido batida por inteiro num liquidificador. Meu corpo estava aos pedaços espalhados pela cama. Nauseava de uma ressaca moral, tão real e sintomática quanto uma ressaca alcoólica. Teria continuado vegetando ali, se não fosse pelo fato de que faltavam só dois dias para o casamento de minha avó. E ela, com certeza, precisava de mim. Tudo o que eu tinha feito, todas as minhas decisões de vida nos últimos três anos, todos os caminhos que eu tomei, todas as coisas das quais eu abri mão, tudo me levava até aquele momento. O momento de sua felicidade. Era tudo sobre ela. Sobre seu conforto, sobre sua saúde, sobre querer que ela vivesse uma boa vida pelo tempo que ainda lhe restasse. Antes de virar uma estrela no céu ou parte do vento. Era sobre isso.

Era por ela, minha Ana, minha Símia, meu amor, minha velhinha, minha noveleira, minha dupla, minha amiga, minha segunda mãe. Por ela, apenas por ela, eu aguentaria os últimos dias até o fim daquelas férias. Precisava me certificar de que ela ficaria bem, de que estaria tudo certo, antes de voltar pra Montana.

Extraí disso a minha força para fazer as atividades mais básicas do dia. Escovar os meus dentes, tomar um banho, vestir uma roupa. Ainda que qualquer coisa que não fosse mofar naquela cama parecesse difícil pra mim. O curativo na minha mão enquanto eu me ajeitava, servia como um lembrete de que não, eu não tinha sonhado com tudo. Não tinha sido um pesadelo meu, quem dera tivesse. O ontem era tão real quanto os pontos doloridos na palma da minha mão. Mas eu sabia que precisava me desligar disso tudo e focar no que realmente importava agora. Puxei o carregador do celular da tomada antes de descer para tomar o café da manhã. Havia uma notificação de mensagem recebida às 06h27. Olhei o relógio no canto da tela, eram quase dez horas. A mensagem tinha sido enviada por Pilar e sua foto havia desaparecido. Assim como todas suas informações de contato. Ela tinha me bloqueado. *De tudo.*

    Assim que li o que estava escrito, saí correndo do quarto e desci as escadas desesperada. Pilar não estava mais lá. Só restava a minha avó, diante do fogão, passando um café, de costas pra mim.

    – Que bom que você acordou, Édra – disse ela sem se virar, como se tivesse *sentido* a minha presença. Estávamos a sós na cozinha. – Coma logo alguma coisa, pra não se atrasar, marquei um compromisso pra você hoje, inadiável. Não se preocupe com o ensaio da valsa. Íris não atendeu meu telefonema, mas assim que ela chegar, vou avisar que você precisou ir até São Patrique encontrar com o seu pai – disse ela, salpicando cuidadosamente açúcar dentro da panela. – Pra contar que você não tem cumprido com sua parte do acordo que vocês dois fizeram sobre mim. – Ela apagou o fogo. O vapor do café subiu numa aquecida neblina. – Que você não vai bem na faculdade – falou, e meu estômago revirava, como se também tivesse cozinhando dentro de uma panela fervente –, que você nunca trabalhou no estágio que ele queria – a luz solar da manhã, quentinha, iluminava o boné do Croquete Cabana, exposto sobre a mesa – e que ele, que gosta tanto de dinheiro, está prestes a economizar um montante. – *"Don't worry. You'll love it"*, a voz de Pilar soou na minha cabeça. – Porque não vai precisar pagar por um casamento que não vai acontecer mais. – *"You said you love warm things."*

    A última mensagem dela, antes de ir embora, ainda estava intacta no meu celular.

Stupid girl or girl in love... What's the damn difference?
Recebida 06:27

"Não se preocupe. Você vai amar. Você disse que ama coisas calorosas."
"Garota burra ou garota apaixonada... Qual é a droga da diferença?"

19.

Não importava o que eu dissesse, minha avó não queria me ouvir.

"Vó, me escuta", insisti, sem saber o que fazer pra consertar tudo aquilo. Minha avó não queria nem me olhar, seu semblante decepcionado me evitava, ainda que a boca falasse rispidamente comigo, o oposto de sua natureza, o frio no meio do calor de tudo o que éramos. "Eu não quero saber, Édra. Você vai sentar, vai comer e quando acabar, vai até São Patrique, contar tim-tim por tim-tim ao seu pai." "Ele já sabe, vó. Ele sabe." "É claro que ele sabe. Se ele paga por tudo o que eu como, visto e por cada remédio que eu engulo, ele sabe. Mas eu tenho um custo na sua vida e você não tá pagando por ele. Vocês me transformaram nesse acordo aí, mas você tem ido mal na faculdade, trabalha dia e noite fazendo entrega de bicicleta para um restaurante, o que nem de longe era o que seu pai queria. Naquele frio, do outro lado do mundo, vivendo uma vida triste. Tudo por minha causa. Pra pagar minha coisas, como se eu fosse uma dívida que você deixou pra trás. Como se eu fosse um boleto, um empréstimo, qualquer coisa... menos a sua avó."

"Não, vó. Eu não te vejo assim!", meus olhos procuravam pelos dela, desesperados. Ela continuava andando de um lado pro outro na cozinha, a mágoa se apossando de cada um de seus gestos, pesando cada passo, se derramando na força desproporcional usada para abrir e fechar a gaveta, dando impaciência à mão que girava a colher dentro da panela e agressividade a forma de passar o pano sobre os farelos de pão na mesa. "Só concordei com isso pra fazer a senhora feliz!", insisti, me esticando na direção dela, implorando que ela me visse e sentisse sinceridade no que eu estava dizendo, ainda que eu não tivesse sido sincera antes. Apesar de ter feito tudo do jeito errado, eu precisava que ela soubesse que as intenções não eram, nem nunca foram, ruins.

"Feliz?", ela finalmente olhou pra mim, furiosa, como eu nunca tinha visto. "Me fazer *feliz?* Como eu vou ser feliz sabendo que você tá triste do outro lado do mundo?", borbulhava, como água quente na panela.

"Você é minha neta!"

"E você é minha avó!"

"Você é minha avó", repeti, "e precisava de cuidados. De dinheiro. Um dinheiro que eu não tinha, que eu *ainda* não tenho, vó, pra te dar. Mas que Augustus tem."

"É claro que ele tem", ela me deu as costas de novo. "Ele só pensa nisso. Nesse dinheiro. Tudo sempre foi sobre esse dinheiro. Sua mãe se acabou sozinha naquele quarto de hospital, enquanto ele construía o império dele! É claro que ele não ia abrir mão da ganância, das ambições de vida, da avareza, pra ficar com ela", o tom de voz dela era desgostoso, amargo, ressentido. "Eu posso até ter usufruído desse dinheiro esses últimos anos sem saber, Édra, mas isso acaba aqui. Acaba hoje. Eu quero Augustus e o dinheiro dele fora da minha vida! Longe de mim! Pra sempre!"

Aquilo sentenciava a recusa de tudo – dos remédios, dos médicos, do conforto, dos cuidados. Minha avó preferia se atirar ao próprio desamparo do que aceitar qualquer centavo de ajuda que não viesse de mim. Sendo Augustus o provedor, tudo ficava pior. E eu já sabia disso. Toda minha cautela se dava ao fato de que eu já sabia disso. No momento que ela descobrisse, ela recusaria.

Desejei voltar no tempo para impedir que ela descobrisse, desejei ter as palavras certas para dizer, desejei ter recusado o convite para o casamento e ter ficado em Montana, tudo para que aquele momento não existisse. Eu tinha prometido a mim mesma que faria qualquer coisa pra cuidar dela e agora parecia que todos os meus sacrifícios só tinham servido para adiar o meu fracasso. Estava feito. Eu tinha falhado com minha avó.

"Vó, não faz isso!", implorei, dando a volta na mesa para segurar a mão dela. "Por favor. Me escuta. Só me escuta. Você precisa continuar com suas coisas, com o seu plano de saúde. Pelo menos até eu me estabilizar. Eles estão fechando os hospitais, vó. Eles estão acabando com tudo. A senhora *precisa* ficar resguardada. Só até eu achar um trabalho que consiga pagar por tudo isso."

"Eu não quero o seu dinheiro!", ela puxou agressivamente o braço, a mão escapou, magoada, dos meus dedos. "Nem o seu, nem o de ninguém!", gritou. "Eu quero a *presença!*"

As palavras estremeceram cada prato, cada xícara, cada talher.

Uma forte corrente de ar passou entre nós duas e bateu a porta da cozinha.

"Eu tava lá, Édra!", os olhos dela cederam, as lágrimas começaram a rolar. "Eu tava lá com todos eles! Com sua mãe, com seu avô. Eles se foram! Você foi tudo o que me restou nessa vida! Eu só tenho você!" Meu coração parecia ter sido posto num balde de gelo. "Eu não quero morrer sozinha num quarto chique de hospital", disse ela, com firmeza, mas sem conseguir conter a tristeza que saía dos olhos e deslizava pelas bochechas. "Se alguma coisa tivesse acontecido comigo, todo esse dinheiro aí que vocês me deram estaria na minha conta, mas e *você*?" O nó se apertou firme na minha garganta. "Onde *você* estaria?"

Dei um passo pra trás, atordoada. Minha boca se abriu, mas não saiu nem uma só palavra dela. Minha vida inteira, meus ideais, planos, sacrifícios, *tudo* trincando, como vidro, partindo em cacos, dentro de mim.

"Não quero estender essa conversa, você tem que comer e se ajeitar pra ir a São Patrique. Já liguei pro seu pai, e ele tá te esperando. Eu tenho muita coisa pra fazer também. Tenho que dispensar todo mundo, ligar pro banco, ver se ainda consigo crédito pra um empréstimo, rezar que o pessoal de lá ainda se lembre de mim e do seu avô. Vou juntar cada centavo pra pagar todo mundo que aceitou trabalhar nesse casamento. O que der pra cancelar ainda, vou cancelar. Mas não tem como casar mais. Já faz tempo que o dinheiro do seu pai paga tudo por aqui. Eu que tenho segurado as pontas da fazenda.

Juliano e eu saímos da casa de repouso e viemos a fazenda juntos. Antes, ela ficava fechada, os netos de Juliano só vinham nas férias, um caseiro cuidava dos bichos e era só isso. Limpamos tudo, lavamos tudo. Quando o dinheiro foi aumentando, eu me encarreguei de tornar isso aqui um lar de novo, com dinheiro sobrando, eu tinha o suficiente pra pagar por tudo. Contratei médico pra vir sempre aqui cuidar da gente e um veterinário pros bichos, me matriculei em tanta coisa, ginástica, pilates, voltei até pro clube de costura. Juliano não faz ideia de nada disso. Todos os dias, quando ele acorda, acha que acabou de vender a coleção de DVDs dele e fez uma fortuna. A cabeça dele não entende mais que já faz muito tempo que tudo aconteceu. E que esse dinheiro todo que ele tinha foi se acabando. Os netos ajudam, mas cada um tem a própria família pra sustentar. A gente vive aqui uma vida de novela, tem fartura de tudo. Eu sei que custa caro. Quando Juliano inventou da gente casar e começou a ajeitar tudo, achando que tinha dinheiro pra pagar, eu tive até que apertar mais os gastos que a gente tava tendo pra pagar pelas coisas do casamento. Eu não consegui dizer a ele que ele não tem mais o dinheiro dos DVDs e nem dinheiro pra isso. Não tenho coragem de contar a ele que o tempo passou, que as coisas mudaram. Ele saiu contratando de tudo pro nosso casamento, ele queria que fosse o casamento mais bonito do mundo pra mim. Eu saio assinando os cheques de tudo o que ele acha que tá me dando, quando ele não tá olhando. Mas agora não dá mais pra levar essa história adiante. Eu me recuso. Eu não vou viver às custas de um dinheiro que custou a felicidade da minha única filha. Augustus abandonou sua mãe pra virar o rei da cocada preta, o empresário montado na grana. Eu não vou viver às custas disso. Enquanto você conversa em São Patrique com o seu pai, eu vou cancelar tudo. Vou arrumar minhas coisas também, não tem como continuar aqui. Não tem como manter todos os custos da fazenda. Eu não tenho dinheiro pra isso, nem o Juliano. Os netos já queriam vender isso aqui tudo antes, talvez seja o melhor a se fazer. Vou sentar com ele pra conversar, contar a verdade, explicar coisa por coisa. E reorganizar a vida. A *nossa* vida. Porque você, Édra, você vai comigo. Você volta pra São Patrique. Do que eu comer, você come. Do que eu beber, você bebe. A gente vai ficar juntas. Eu não vou deixar você voltar mais pra aquele lugar horrível no fim do mundo. E, se seu pai tentar impedir, ele vai ter que brigar comigo. Eu vou cuidar de você agora. Que era o que eu devia estar fazendo. Já vivi muito, já casei, já tive filho, já os perdi. Essa coisa de ter vida agora, depois de velha, é uma fantasia. É claro que não ia durar tudo isso. E parece que, no fundo no fundo, eu já sabia. Parece que eu tava sentindo. Só em novela tem isso."

"Vó", tentei pela última vez, *"por favor..."*

"Se não for comer nada", ela se virou, sem olhar pra mim, "então já pode ir."

Deixei a cozinha me sentindo completamente destruída e esbarrei na única pessoa no mundo, naquele momento, que seria capaz de me acalmar. Ela estava entrando, eu estava saindo, nossos ombros colidiram. O perfume dela se espalhou pelo ar. Os olhos se arregalaram e os fios da franja bagunçaram na testa. Só percebi que ela tinha segurado o meu braço no reflexo do impacto quando o soltou. Íris estava de cabelo solto, vestido rosa de amarrar e anel de noivado. Ela ergueu os olhos até os meus, depois de fitar o meu curativo.

– O que houve com a sua mão? – perguntou ela.

– O que houve com a sua? – rebati.

Meus olhos se acenderam, os dela se reviraram. Eu arfei, ela respirou fundo. Desviamos uma da outra e continuamos andando, sem responder às perguntas.

Não troquei de roupa, não esperei minha cabeça esfriar, não fiz nada além de pegar a chave do carro. Eu precisava, de uma vez por todas, dar um jeito em tudo aquilo. Tinha se estendido por tempo demais, estava magoando pessoas demais, havia perdido todo o sentido.

Eu tinha *finalmente* entendido. A presença – que eu tanto priorizava – era o contrário do que eu dava, porque eu achava que qualquer outra coisa pudesse ser mais importante do que a minha.

Era quase como uma crença interna de que minha presença era completamente substituível. Que eu podia barganhá-la ou presentear as pessoas com a falta dela, para que se redirecionassem a outros caminhos ou companhias melhores que a minha. Estava claro pra mim que eu nunca tinha me curado totalmente daquelas dúvidas que surgiam na minha cabeça quando eu visitava a minha mãe no hospital. Quão útil eu era ali, quanta diferença eu fazia indo lá, se eu não atrapalhava mais do que ajudava. Se, talvez ficando em casa, eu não serviria melhor, não tornaria um dia de visita mais agradável a todo mundo por não ter ido. Sem meus comentários sobre árvores, sem quebra-cabeças repetidos, sem mim.

A mesma crença que só fez aumentar com o tratamento de Augustus conforme eu crescia. Como ele não me suportava, como parecia não querer fazer parte de *nada* que me envolvesse, como ele sequer *me olhava* de volta. Augustus nunca fez questão da minha presença, muito menos em ser presente pra mim. Depois de anos, depois de eu ter me criado praticamente sozinha, ele decidiu tentar ser um bom pai, mas tinha se atrasado demais pra isso. Quando ele quis se sentar na plateia, eu já não procurava mais por ele de cima do palco.

Minha cabeça, meu comportamento, a forma contraditória como eu agia, eram expressões de retalhos. Retalhos de lembranças que formavam tudo o que era. E me faziam duvidar se eu merecia ou não ser amada. E se, sumindo, minhas chances não aumentariam um pouco mais. A minha ausência como a possibilidade de uma outra presença mais agradável do que a minha. A minha ausência para não incomodar. A minha ausência como um prêmio meu dado para o outro. A minha ausência porque se eu aparecer e falar algo errado, levar o brinquedo errado, pedir ajuda pra arrancar o dente num momento inapropriado e querer ser olhada, tocada, sentida como uma mulher, mas me vestindo pra elas com as roupas erradas, cortando o meu cabelo com o corte errado, agindo, assim, em erros, sendo exatamente como eu sou, do meu jeito errado de ser, as pessoas iriam perceber. Elas iriam descobrir algo que eu já havia descoberto sozinha.

Que eu sou difícil demais de amar.

E que me amar, talvez, seja o maior de todos os erros.

Mas, por outro lado, se isso fosse verdade, verdade mesmo, por que minha mãe penteava o meu cabelo com tanto cuidado? Por que meu avô tinha me ensinado pacientemente o seu precioso truque de como virar um cachorro? Por que Seu Adalberto tinha pintado pra mim mais de trinta e duas peças de um quebra-cabeça? Por que minha avó me esperava todos os fins de semana e feriados com bolos e biscoitos e brincadeiras e suas duas mãos cheias de afeto?

Se aquilo era verdade, verdade mesmo, por que Íris Pêssego passou todo o final do ensino médio buscando a minha presença, indo atrás de mim de bicicleta?

Só me restava uma dúvida, uma única pessoa, que quis minha presença por apenas um dia, um curto instante, naquela viagem de carro e naquele hotel. Eu precisava dirigir até a São Patrique, não para contar a Augustus que eu o tinha decepcionado pelos últimos três anos, mas para contar que ele tinha me decepcionado por toda a minha vida. Minha avó tinha razão. Eu tinha topado mais um de seus planos mirabolantes, cujo resultado culminava de novo em distanciar ainda mais a minha presença, me mandando pro outro lado do mundo. Por que ele precisava tanto de mim, tão longe em Montana? Por que ele sempre estava tão confortável com a minha invisibilidade? Por que para ele eu era tão substituível? Por que qualquer coisa sempre parecia mais importante para ele do que eu? Por que ele tinha me dado a mesma ausência que deu a minha mãe a vida inteira? Por que meu pai não me amava?

Eu estava secando as minhas lágrimas e descendo as escadas a caminho do carro, quando fui chamada por Lizandra. Tentei o máximo não piorar ainda mais a situação na fazenda aquela manhã. Decidi me virar, respirando fundo, e ouvi-la calada. Estava determinada a não a confrontar sobre o que quer que me dissesse. Só precisava ficar ali, em pé até que ela concluísse, falando sozinha. Depois, era só me virar, entrar no carro e dirigir até São Patrique.

"Ouvir calada, entrar no carro e ir embora", foi o mantra que fiquei repetindo enquanto ela se aproximava, rígida, de mim.

"Édra, eu só... Bom, eu queria dizer que Íris me contou tudo o que aconteceu entre vocês duas nessas férias." *Ouvir calada, entrar no carro e ir embora*. "Tivemos uma conversa longa sobre isso, assim que voltamos pra casa, depois do chá de fraldas." *Ouvir calada, entrar no carro e ir embora.* "E eu decidi dar a ela uma nova chance de recomeçar."

Meu silêncio a fez parecer quase como se estivesse me dando satisfações. Ela sacudiu a cabeça, tentando se concentrar no real propósito de ter me chamado ali, porque era óbvio que ela não queria me contar *só* aquilo.

Lizandra respirou fundo, tomando coragem. Vi o osso de sua garganta se movimentar, engolindo em seco. Seus punhos se fecharam. Ela levantou os ombros, ajeitando a postura e erguendo a cabeça, para olhar pra mim. "Eu só queria te pedir que deixasse", disse, de uma vez. Minhas sobrancelhas se juntaram, confusas. "Eu sei o que vocês viveram, eu sei de toda a história e eu sei que você não faz bem pra ela. Não como você *acha* que faz. Desde que você entrou na vida de Íris, tudo o que você fez foi bagunçar. Ela arruma, você bagunça. Aí ela arruma de novo e você, bom, você sabe o que você faz. Eu só queria te pedir, pela felicidade dela, que você a deixasse. Que você siga em frente com a sua vida e deixe ela fazer o mesmo. Você pode dar a ela, Édra, esse seu amor bagunçado, todo errado, difícil de lidar. E eu posso dar a ela um pouco de paz. Se você a ama, *de verdade*, você *vai* se retirar. Você vai *parar* de procurar por ela. Você *vai* deixá-la em paz. Vocês são duas mulheres adultas agora, a adolescência já ficou pra trás. E na vida adulta, Édra, é preciso muito mais do que amor pra fazer uma relação dar certo. Eu sei que eu não causo em Íris esse reboliço todo. Eu sei que ela não se sente *desse jeito* sobre mim. E tudo bem. Porque ela dorme, acorda, come, trabalha, vive em paz ao meu lado. Isso é algo que eu tenho pra dar a ela e que você sabe que nunca vai poder dar. Porque você não funciona dessa forma. Você é agitada, Édra. Você é confusa. Você me parece perdida o tempo todo. Eu nem sei se você mesma sabe o que você quer. Mas eu sei o que eu quero. Eu amo a Íris. Eu amo ela de verdade. Então, por favor, não olhe pra ela por mais de cinco segundos. Não faça ela desistir de tudo de novo. Respeite o nosso noivado. E deixe ela em paz."

Quando percebi que ela já tinha acabado o discurso, balancei a cabeça afirmativamente tentando dar continuidade ao meu plano. Eu me virei, andando em direção ao carro, sentindo minha mandíbula apertar um pouco mais a cada passo.

Ouvir calada, entrar no carro e ir embora. Ouvir calada, entrar no carro e ir embora. Ouvir calada, entrar no carro e ir embora. Ouvir calada, entrar no carro e...

"Ei, Lizandra", afastei a minha mão da maçaneta da porta e dei meia-volta. Lizandra estava no último degrau para entrar no casarão. *"Hum?"*, ela olhou em minha direção, por cima do ombro, desinteressada.

"Quando eu fui até lá pedir Íris em namoro, você já era apaixonada por ela?", perguntei.

"Eu não vou entrar nessa", murmurou em uma resposta que nem pretendia que fosse audível pra mim, voltou a subir os degraus, depressa.

"Por que você me ajudou com aquele pedido de namoro", insisti, "se, na real, o que você queria era estar no meu lugar?"

O sol reinava soberano, ainda que não pudéssemos vê-lo atrás do céu nublado. O clima abafado tornava estar ali, de pé, insuportável. Como se a conversa já não fosse.

"Tá vendo?", grunhiu Lizandra. "É *disso* que eu tô falando, você não sabe ter paz. Sempre tem que começar pequenas confusões, pequenas bagunças." *Ah, claro.* Arfei, pensando alto.

"Responda à pergunta, Lizandra", minhas palavras, tenazes, não se moveram do lugar, formando um paredão invisível que impedia moralmente que Lizandra passasse pela porta e entrasse no casarão. Ela se virou, sem saída. O nariz empinado sob a luz do sol, o queixo retraído. Da escada, me olhava com toda a repulsa que seu semblante conseguia exprimir.

"Sim, Édra", respondeu ela, ríspida. "A resposta é *sim*. Eu já era apaixonada por ela. E te ajudei porque no fundo eu sei exatamente o tipo de pessoa que você é."

Apertei a chave do carro, inconscientemente, com a mão machucada. Senti todos os pontos repuxarem. A dor aguda não sobressaía à indigestão de minha raiva.

"Ninguém precisa fazer nada, Édra, você estraga tudo sozinha. É só te dar tempo e espaço suficiente, que você erra. E erra. E erra. É tudo o que você sabe fazer. É quem você é. Encare os fatos!" Os braços dela se abriram. "Até quando você teve a chance de consertar as coisas nessa viagem, você *conseguiu* estragar tudo *de novo*. Vocês terem ficado juntas nesse meio-tempo foi só mais um erro. Se você não acredita em mim, é só olhar pro meu dedo. Se de nós duas, fosse *eu* a errada, não teria um anel de noivado nele. E chegou a hora de você reconhecer isso e se retirar. Íris e eu vamos nos casar! O que quer que seja, que vocês duas tinham, acabou. *Lide* com isso."

"Boa sorte."

"O que você disse?"

"Eu disse: boa sorte", repeti, "porque eu não vou me retirar."

Lizandra colocou as mãos na cintura e suspirou, revirando os olhos. "O que você quer, Édra?", ela inclinou a cabeça para o lado, assim que seus olhos voltaram pro lugar. Meus cílios praticamente se juntaram, fitando-a, minuciosamente. *"O quê?"*, me atrevi a perguntar, sem querer admitir que tinha escutado a pergunta. "Pra não falar com Íris nunca mais", ela confirmou o absurdo. "O que você *quer?*"

Eu queria rir, o ar escapou pelo meu nariz. Minha língua passou pelos meus dentes, enquanto minha cabeça balançava e o meu cérebro se negava a acreditar.

"Você *realmente* acha que pode fazer ela te amar, né?", perguntei, porque sua proposta tinha acabado de me dar a última peça que faltava, para que eu entendesse tudo. "Você disse que sabe exatamente o tipo de pessoa que eu sou, mas eu também sei o tipo de pessoa que você é. Acredite em mim, eu fiquei esses últimos anos com uma. Amor linear, sem frio na barriga, sem adrenalina. Por interesse, por carência, porque é fácil. A vida adulta funciona assim, certo? O importante é ter paz. *'Paz'* que, na verdade, não passa de comodismo, de zona de conforto, mas vamos chamar de paz, como você preferir. E eu aposto que você acredita que com isso você pode fazer ela te amar. Que pode a convencer, aos pouquinhos, a se acomodar. A escolher você. E você tem razão. Eu tenho certeza, Lizandra, que em menos de um ano com a dedicação que você tem, afinal, olha só o anel no seu dedo, *é claro* que você pode conseguir. Com o tempo, morando perto, com a aprovação dos outros e as ferramentas certas, ela iria sim aprender a te amar. Mas nunca seria apaixonada por você. E sabe o que mais, Lizandra? Escolher o amor por comodismo, pela lógica, por uma vaga dentro de uma zona de conforto é escolher o amor por medo. Medo de ficar sozinho, medo do que os outros vão pensar, medo de encarar a própria sombra, medo de tentar e de desobedecer. E onde tem medo não tem como ter paz. Medo e paz não andam juntos. Um repele o outro. Paz é se sentir em casa, Lizandra, uma zona de conforto pode até ter porta, janela e telha, mas não é uma, não é um lar. O medo faz a gente querer ser protegido. E ficar com você pode dar, sim, a ela, a sensação de estar protegida. Mas ter paz não é sobre se sentir protegido, ter paz é sobre se sentir seguro. Você até tá certa no que disse. Eu posso ser confusa e errada, tenho muito pra consertar, aprender e melhorar, mas eu também sou gentil. E amorosa e bondosa e corajosa e mais vinte e nove outras coisas que você não sabe, porque você não me conhece. Você pode achar o que você quiser de mim, mas isso não torna o que você acha real. E nem me faz ser menos digna. De ser feliz, de ganhar novas chances de acertar, de ter paz. E, principalmente, de ser amada. Essa era a peça que faltava pra minha grande descoberta. Eu, com todos os meus erros, mereço tanto amor quanto você, Lizandra. Agora é tarde demais pra me convencer do contrário. *Lide* com isso. Eu mereço ser amada. E ela me ama. Esse anel no seu dedo foi um erro. Ele não me assusta, nem significa nada. Porque ela me ama. Ela me ama por conta própria. É difícil me amar, eu sei, mas ela me ama. Eu não precisei ensinar a ela a me amar, eu não precisei das ferramentas certas, eu não precisei construir uma zona de conforto parecidíssima com a porra de uma casa. Ela me ama. E tudo o que eu fiz foi olhar pra ela. E enquanto ela não me olhar de volta e me pedir pra ir embora, eu não vou me retirar. Eu não vou desistir. Eu vou continuar indo atrás dela de novo e de novo, bagunçando tudo o que você arrumar. Porque eu amo ela de volta. Porque ela é a *minha* casa. Então comece a escrever seu discurso de casamento, Lizandra. E mais uma vez, boa sorte. Porque eu vou estar lá."

A vegetação passava em alta velocidade do outro lado do vidro. O tempo nublado, dividido entre chover ou não, acinzentava a estrada. A cada troca de marcha e a cada movimento no volante, eu conseguia sentir os pontos da minha mão repuxarem, por baixo da camada de gaze do curativo. *"O que houve com sua mão?"* Outdoors se destacavam em meio aos diversos tons de verde dos campos – propagandas de cervejas e da Fábrica de Doces São Cosme & Damião, um *"Anuncie aqui"* acompanhado da sequência de números de telefone. O maior de todos era sobre o Festival de São Patrique, marcado para acontecer na mesma data que minha avó tinha escolhido para se casar. Eu tinha *tantas* memórias com aquilo. *Tantas.*

SÃO PATRIQUE, TRÊS ANOS ANTES. VÉSPERA DE FERIADO.

EU TINHA ME ESQUECIDO COMPLETAMENTE DO que eu tava procurando no setor de frios. Parei com o carrinho na frente das placas de iogurtes e fiquei lá, sob o azulado das luzes, enquanto a minha cabeça repassava os acordes de *"Nuvem Negra"*, da Gal. Restava só mais um dia até a minha apresentação no palco, em meio ao Festival de São Patrique, na frente de todo mundo. E, apesar daquela música representar, sim, um pouco do que eu tava sentindo, não era exatamente o que eu queria cantar. Coloquei os fones de volta nos ouvidos, repeti a música de novo.

Não adianta me ver sorrir, espelho meu, meu riso é seu. Eu estou ilhada.

Íris tinha me traído, quebrado a minha confiança. Me inscrito para as apresentações, sem entender a gravidade daquilo, o que meu emprego significava pra mim, o que sua atitude impulsiva custaria a minha avó. Aquele salário, aquele dinheiro, já era pouco pra todas as contas que eu tentava arcar. Sem ele, eu estaria perdida. Sem ele, eu teria que me render ao que Augustus quisesse fazer de mim. Qualquer coisa pra manter a minha avó resguardada.

Esse amor que é raro, e é preciso pra nos levantar, me derrubou.

Apesar de toda a raiva, nossos beijos insistiam em tocar, repetidos, de novo e de novo e de novo. Eu me lembrava de todos. De cada um deles. Todos os seis.

Um carrinho colidiu contra o meu e, no susto, eu puxei o fone. "Édra!", ela sorriu, esbaforida. "Camila", falei e me curvei, para pegar placas de iogurtes, qualquer coisa para parecer ocupada. "A gente esqueceu de contar que terminamos pras pessoas, e agora", Camila olhou, sem graça, por cima do meu ombro, "elas combinam de ir ao festival, juntas. *Yay*". O olhar dela deslizou para os tênis.

Olhei para o lado.

Meu pai e a madrinha dela, que também era sua tia, Cibele, conversavam num tom de flerte ao lado do stand de legumes. Cibele ria escandalosamente, dando tapinhas no braço dele. Ele sorria um tanto mais distante, menos ali, frio, como sempre. Ainda assim, rendia a conversa. Como eu não soube o que falar, fiquei calada. "Nossa, vocês gostam mesmo iogurte", ela forçou um sorriso, como o de sua tia. "Quer ajuda?", só a partir disso percebi que eu já tinha posto, no automático, seis placas no carrinho. "Não", respondi, ríspida. "Você quer?" Olhei diretamente pra ela, a primeira vez desde a nossa briga. "Eu só queria saber como você tá. Eu tô odiando tudo isso, Édra. Se você quiser conversar sobre as coisas ou se, eu sei lá, quiser pelo voltar a ser minha amiga, eu realmente...", o discurso dela, graças a Deus, foi interrompido por Augustus, Cibele e um saco inteiro de cenouras. "Aí estão elas!", ele brincou. "As pombinhas!" Cibele deixou outra gargalhada exagerada escapar, *"Ai, Guto!"*, e outro tapinha no braço. Para mim, ela disse: "Oi, Édra!", era a única pessoa na família de Camila que sabia *mesmo* sobre mim. Para todo o resto éramos apenas amigas. Forcei um sorriso em cumprimento. "Uau!

Quanto iogurte! Não posso ver isso nem de longe, estou de dieta!", ela piscou um de seus olhos claros, como os de Camila, pra mim. "Você não mudou nada desde o ensino médio, Bele! Ainda continua com o mesmo vigor de capitã de time!", disse Augustus. "Vai, *Saragatinhas!*", ela chacoalhou um pompom invisível, rindo escandalosamente para ele. Camila olhava para mim e pros próprios tênis e pra mim e, de novo, para os tênis. "Vocês vão curtir o festival?", perguntou Cibele, ao fim de sua risada. "Édra deve ir, com certeza." Os olhos dela se arregalaram como se ele fosse uma presa. Os cabelos loiros, descoloridos e ralos, os brincos redondos de argola, a pinta falsa desenhada com lápis de olho no cantinho acima da boca. "E você? Vai ficar em casa?" Meu pai sorriu, sem graça. "Eu... Bom, é, eu... Eu vou estar muito ocupado, sabe? Preciso trabalhar em alguns projetos. Mas eu devo, é, hum, receber uns amigos que vem de fora. Já tinha combinado há tempos, aí, sabe como é? Tenho que dar atenção. Pro pessoal." Ele pigarreou, o sorriso amarelo nos lábios. Eu observava, calada. "Uma pena", Cibele murchou, encolhendo os ombros. "Se mudar de ideia, é só me ligar. Na verdade, eu te ligo! Me fala o seu número!"

    O caminho de volta para casa foi silencioso, como de costume, mas algo ali estava diferente. No volante, com o rosto estampado no retrovisor, Augustus parecia completamente distraído, desconectado de si mesmo, como se tivessem puxado suas tomadas. Diante de um outdoor sobre o Festival de São Patrique no centro da cidade, ele demorou para perceber que o sinal tinha voltado a abrir. Puxou a marcha e acelerou o carro sendo enxotado pelas buzinas. Quando chegamos, ajudei com as compras, mesmo que ele tivesse me dito repetidas vezes que não precisava. Eu queria, tanto quanto ele parecia querer, uma distração qualquer de cabeça. Ainda que isso fosse arrumar seis placas de iogurtes na geladeira. Uma para cada memória de beijo com Íris Pêssego, que, naquele momento, eu também não queria ver nunca mais.

    Me arrumei para sair à noite no limiar entre querer vê-la na barraca do colégio e torcer que ela não estivesse por lá. Camila tinha me enviado mais mensagens e textos de pedidos de desculpa, que, naquele momento, eu queria aceitar, só para que alguma coisa doesse em Íris, como estava doendo em mim. Borrifei o perfume, vesti a jaqueta, desci as escadas. Meu pai estava jogado no sofá da sala, tomando uma placa inteira de iogurte, assistindo TV.

"Édra", ele chamou, quando eu estava prestes a passar pela porta, "se for dirigir, não beba. E se for beber, me ligue, que eu vou te buscar." "Ok."

Foi só quando minha mão já estava na maçaneta que tive coragem de perguntar.

"Por que você deu um número errado de telefone?"

Ele não se movimentou muito no sofá, a placa de iogurtes estava totalmente deslacrada, sua colher ia, de pote me pote, tomando todos de vez. "E não volte tarde", respondeu, mas não o que eu tinha perguntado. Apesar de ter sido esquisito, não dei muita importância, sacudi a cabeça. Eu o olhei por uma última vez antes de ir embora. Vidrado na TV, grisalho, de costas pra mim. A câmera girava pegando todos os ângulos do beijo de um casal heterossexual numa comédia romântica qualquer. Bati a porta. No caminho, respondi todas as mensagens de Camila com um: "Tudo bem". E fui beijada, dentro da minha cabeça, por Íris, que naquele momento eu detestava, mas queria mais de seis vezes.

Voltei pra casa de carona, meu pai não tinha atendido meus telefonemas. Pensei que ele tivesse com Cibele. Mas, ele bateu na minha porta, no meio da madrugada. Enquanto eu ensaiava, bêbada, os acordes de "Nuvem Negra". Com o peito ainda gritando que não era aquilo que eu deveria cantar.

"Desculpa não ter te dado carona, eu precisei ir correndo no hospital", disse ele, uma parte do corpo dentro do quarto e a outra parte atrás da porta. Parecia ótimo. "Malditos iogurtes!", ele riu, tão exagerado quanto Cibele. Achei que estivesse mentindo sobre onde tinha passado a noite. Mas, ao dar um tapinha na porta, antes de fechá-la novamente, vi a pulseira de emergência do hospital enrolada em seu pulso.

Quando ele se retirou, fui lançada de volta ao escuro do meu quarto. Voltei a música do início, dei play e fui tentando juntar todas as peças. Ela chegando com Cadu Sena, a bala atravessando a garrafa, a forma como nos olhamos, minha tentativa de lhe colocar ciúmes.

Não adianta me ver sorrir, espelho meu, meu riso é seu. Eu estou ilhada.

Os seis beijos, os seus beijos, todos. Era tarde demais pra mim, eu odiava Íris Pêssego pelo que tinha feito comigo e eu estava apaixonada pelo que tinha feito comigo.

Me dei conta de que nenhuma música pareceria certa, exata, com a confusão de tudo o que eu tava sentindo, dos meus segredos guardados, do que eu queria falar e não conseguia. O único jeito de cantar naquele palco "a *música certa*" seria compondo, eu mesma, uma. Peguei o ukulele, o caderno, a caneta, seria uma noite longa.

No intervalo, entre o breu da madrugada e o amanhecer de um novo dia, desci, ainda sem dormir, para comer alguma coisa na cozinha. A televisão da sala estava ligada, *Amor em Atos* reprisava o episódio exibido à tarde. Meu pai, esparramado no sofá, segurando o controle, dormia sorrindo.

O ar escapou pelo meu nariz, revirei os olhos, abri a geladeira e peguei um iogurte. Quando voltei para o quarto, soube com o que completar o restante da música. "E novelas de antena", escrevi no caderno: "Tudo, que pena que não eu. Que não garotas e que não eu". *Aliens,* minha música, estava pronta. Tinha nascido nas primeiras horas do feriado de São Patrique.

EMERGI DO MEU DEVANEIO COM O ANÚNCIO que veio a poucos metros depois do outdoor do festival. *Grande Terembé, o maior e mais completo Shopping Center agora em São Patrique.* Na rádio ligada, o programa noticiário local falava exatamente sobre isso.

"Depois de mais de trinta anos de funcionamento, o Hospital Hector Vigari fecha suas portas definitivamente para dar lugar ao Grande Terembé, o novo shopping center que a Rede Terembé em parceria com a T.W.S.W. Construções vai abrir aqui em São Patrique, pra atender é claro, a todas as cidades vizinhas da região. O shopping vai contar com uma um plano de arquitetura nunca vista antes na cidade. Cinemas em 4D, clínicas particulares de estética, lojas de artigo de luxo, bem como outlets famosos e uma praça de alimentação que, segundo Rubens Porto, diretor da T.W.S.W, vai ser a maior de todos os shoppings do estado. O motivo pra São Patrique ser escolhida, apesar de não ser a capital, para receber tamanha estrutura, se dá pelo recente descobrimento de petróleo nas praias locais e arredores. Vista como cidade promissora e apelidada carinhosamente pelos estrangeiros como "Descoberta Dourada", os planos para expansão de São Patrique estão cada vez mais ambiciosos. Em nota, Afonso Terembé, herdeiro e atual sócio com maior parte das ações da Rede Terembé, pontuou o seguinte, ele disse que abre aspas é preciso que o lazer da cidade acompanhe o crescimento dela, onde tem futuro, tem um Shopping Terembé. A decisão, por sua vez, não agradou boa parte da população. Que tem se queixado com a expansão repentina da cidade. A associação de enfermeiras de São Patrique, A Colo, se une hoje em frente ao hospital para um último protesto. Está marcado pra hoje a demolição do restante dos muros que restam. O Hospital Hector Vigari funcionará por mais alguns meses em tendas emergenciais, no estádio ao lado, antes de cessar de vez suas atividades. Nós, da Nova Rádio, deixamos a caixa de mensagens aberta pra ouvir o que a população está achando disso tudo, porque esse é o quadro Nossa voz, Nossa Rádio."

"Rapaz, eu acho que um absurdo que estejam dirrubando os muro de um hospital pra mói de abrir um shopping center. A gente não tem mais diacho nenhum de paz nessa cidade mais, não. Esse petróleo aí que descubriro foi a pió coisa que podia ter acontecido com nóis. Meu nome é Carlos e eu falo aqui do Distrito de Pingorinhas, mas arresolvo tudo meu em São Patrique. Tão matando a cidade aos pouco. É o que eu penso."

"Eu acho que a gente tem é que entender que tudo nessa vida muda e que não ia ser diferente pra São Patrique. A cidade tá crescendo. Querendo ou não, uma hora iam descobrir as nossas riquezas, o nosso valor, os nossos patrimônios naturais, e iam crescer os olhos. E apesar de não gostar muito do cheiro disso tudo, eu já tinha dois anos parado em casa sem trabalhar. Agora meus filhos vão estudar em colégio particular, porque eu tô empregado. Meus amigos tão todos empregados. Não tava tendo trabalho, mais. Eles tão vindo com emprego, a gente que é pai, que é mãe, que tem família, a gente precisa de trabalho. Então tem um lado bom e um lado ruim. Igual a tudo, né? Tudo tem lado bom e lado ruim. Eu sou Jorge, daqui de São Patrique mesmo. Queria aproveitar o áudio pra mandar um beijo pra minha esposa. Te amo, Soraia. Valeu, Nova Rádio!"

"É, Zeca", o apresentador voltou a falar, "as opiniões estão bem divididas, mas eu arrisco dizer que a maioria não tá muito feliz, não, mas tá levando."
"Pois é, Rodrack, o que vai ser ou não ser de São Patrique com essa modernidade toda só o tempo vai dizer. Mas uma coisa é certa: é inevitável. O futuro é inevitável. Eu sou Zeca Eduardo e você tá ouvindo Nova Rádio Fm."

Imediatamente troquei de marcha e pisei no acelerador. Deixei em suspensão todos os meus devaneios, todos os meus sentimentos e todas as coisas que eu precisava fazer. Porque eu tinha algo mais urgente. Uma missão que eu não tinha concluído. Eu precisava me despedir deles. Eu precisava dar "tchau" a minha mãe antes que o último muro do hospital caísse. Antes que o quarto andar e o quarto 404 deixassem completamente de existir. Antes que o futuro engolisse todos os fragmentos mais brilhantes do meu passado. Eu precisava nadar de volta pro aquário.

REFIZ O CAMINHO COM O QUAL eu era acostumada, desde criança. Passei pela banca de jornal, que ainda existia. Depois, pela academia e, então, a sorveteria, que tinha tomado o lugar do curso de corte e costura. Por fim, veio a árvore descabelada, o semáforo e a esquina. Meu carro invadiu desgovernado o estacionamento do hospital e eu o freei, abruptamente, entre os carrinhos ambulantes. Antes mesmo que a porta se abrisse, eu já conseguia ouvir os gritos. Um grupo de pessoas estavam reunidas diante dos tratores, dos cones, de todos os funcionários da construtora. Empenhavam cartazes escritos de canetinha, outros pintados com tinta. Rubens Porto queimando numa fogueira, Afonso Terembé sem olhos e com chifres rabiscados. Dizeres de repúdio em letras garrafais, exigindo respeito pela história do hospital e que parassem imediatamente com a obra. Os vendedores ambulantes, de seus carrinhos, abaixavam o preço da água e do espetinho e tentavam fazer um dinheiro no meio do caos. Com um megafone na mão, uma enfermeira usando um jaleco sujo com manchas de tinta preta, simbolizando o petróleo descoberto em São Patrique, entoava a cantiga.

"*Ô, cons-tru-tora! Pode parar! No shopping center não dá pra me internar! Ô-Seu-pre-feito, que papelão! Um shopping center não vai dar medicação! Ô, Te-rem-bé, fique ligado! Herdeiro bom é um herdeiro deserdado! Ô, Rubens Porto, você é um covarde! Quer construir? Vá construir vá construir caráter!*"

— Tá dois reais, viu — disse um ambulante, parando ao meu lado. — A água. Pra gritar é bom molhar a garganta. Minha barraquinha tem o melhor preço, a de Damião não tá cobrando isso, não.

— Eu tô ouvindo, viu, Formiga! — o outro gritou em resposta, pra se defender. — *Água, água! Três reais a garrafa, mas tá gelada!*

Me esquivei dos dois, deixando a briga entre eles pra trás. Fui me enfiando no meio do protesto, esticando o pescoço, tentando entender direito o que tava acontecendo. Cumprimentei uma enfermeira e outra só acenando com a cabeça, entregando um meio-sorriso contido, olhando em volta, absorvendo tudo. *"Ô, cons-tru-tora! Pode parar! No shopping center não dá pra me internar!"* – Eu sabia que – *"Ô-Seu-pre-feito, que papelão! Um shopping center não vai dar medicação!"* – se eu quisesse me despedir do quarto andar – *"Ô, Te-rem-bé, fique ligado! Herdeiro bom é um herdeiro deserdado!"* –, eu ia ter que dar um jeito de passar por ali. – *"Ô, Te-rem-bé, fique ligado! Herdeiro bom é um herdeiro deserdado!".* Eu não fazia ideia de como eu faria isso.

▷ IT'S A LONG WAY – CAETANO VELOSO

A bola de ferro presa ao guindaste do trator esperava a ordem para terminar de derrubar os últimos muros que restavam. Escavadores gigantescos recolhiam os entulhos do que já tinha ido abaixo. Incontáveis homens em seus capacetes e uniformes passavam de um lado pro outro, com pranchetas, e rádios, e parafusadeiras, e cones, e sinalizadores. *"Pra trás!",* alguns deles, na linha de frente, gritavam. Uma sirene avisava a ré que uma das caçambas estava dando para sair pelo estacionamento, levando os pedaços da história do hospital, reduzida agora a lixo industrial. A pó. No meio da gritaria, das pessoas chorando, dos braços esticados em punhos fechados pra cima, dos jalecos manchados de falso-petróleo, das enfermeiras que se abraçavam emocionadas vendo o fim de parte de suas vidas sendo demolida, virando nada mais do que entulho, meu cérebro desligou o volume. Meu coração bateu alto, como um tambor dessincronizado, acompanhando as bocas que se abriam gritando com suas gotículas de saliva saindo vivas e enfrentando a névoa de poeira, os olhos transbordados de água, o suor escorrendo pelas testas, os rostos diferentes uns dos outros. Percebi, nas partículas daquela destruição toda, sobrevoando ao meu redor em câmera lenta, o brilho. Como se fossem o glitter restado de tudo. *"Pra você não esquecer com o tempo",* a voz de seu Adalberto sobressaiu a tudo, *"de quando todos nós aqui brilhamos."*

Passei por baixo da fita de contenção. Tenho que me despedir. Tenho que dar tchau aos meus amigos. Eles eram meus amigos. Tenho que dar tchau a minha mãe. *"Édra!"* alguém me gritou. Diante dos meus olhos, a bola de ferro fez sua valsa até o muro. E tudo ficou escuro. Vi passar como num filme antigo, restaurado, todos eles. Cada olhar, cada rosto, cada partícula, o andar inteiro, de cada quarto, foram sorrindo, um por um por um, em preto e branco. Completando o quebra-cabeça de si mesmos e da história daquele lugar. Quando a poeira se assentou, pude ver que eu estava coberta dela, encarei minhas próprias mãos acinzentadas, meus braços empoeirados. O zumbido no meu ouvido me impedia de escutar qualquer outra coisa que não fosse meu coração disparado, dentro da minha caixa toráxica.

O último muro havia sido derrubado. Estava demolido, por fim, o Hospital Hector Vigari.

Era tarde demais. A placa que indicava o quarto andar estava caída e parcialmente soterrada entre os tijolos, na minha frente. Caí de joelhos. E comecei a chorar como uma criança. Passei a mão sobre a superfície metálica da placa, limpando-a letra por letra. A poeira que se desgarrava foi subindo, me causando uma crise de tosse, que eu insistia em vencer, para continuar ali, no meio dos escombros. Olhei em volta, através da névoa das partículas de tudo, de todos eles. Não restava mais nada ali além de minhas próprias memórias. Eu tinha me atrasado para me despedir. Fechei os olhos, abracei a placa com toda a força do mundo.

Eles me escoltaram de volta até o carro. Eu não conseguia parar de chorar, nem conseguia dizer qualquer palavra. Não soube explicar o que estava fazendo ali, nem soube argumentar quando tomaram de mim a placa. Não me desvencilhei quando me guiaram pelo braço, para fora da área de obras. Nem lutei contra eles. As tendas de saúde para atendimento rápido funcionavam improvisadas, ao lado, como as enfermeiras haviam me contado que seria, mas também não fui até lá ver se estava tudo bem. Não me sentia pertencendo ao meu corpo. Eu tinha sido demolida também.

Tudo o que eu consegui fazer foi me sentar na calçada e ficar olhando, estática, enquanto as caçambas eram preenchidas com os resquícios de tudo o que eu tinha vivido ali. Escavando, juntando, empilhando, varrendo, jogando fora minhas memórias mais luminosas. Como se fossem nada. Outro outdoor imenso era instalado na entrada do estacionamento.

Grande Terembé, o maior e mais completo shopping center. Aqui e em breve.

Afundei minha cabeça entre os meus joelhos e me cerquei com meus braços. O ruído das escavadeiras, do motor dos tratores e as sirenes orquestravam o fim. Minhas lágrimas se desprendiam dos meus cílios e pingavam no chão da rua. Meu corpo foi aceitando aos poucos as circunstâncias – a respiração foi se regulando, o choro foi virando soluço, e então, veio o silêncio.

Um braço acinzentado de poeira, como o meu, me estendeu uma garrafa de água. Olhei de relance e voltei a enfiar minha cabeça entre os meus joelhos. "Não vou querer, não, moço", a voz que tinha me gritado tomou uma forma que agora, mais calma, eu reconhecia. "Mas beba", disse Cadu Sena, se sentando ao meu lado. Olhei para ele. O cabelo, os cílios, a regata branca encardida, tudo estava sujo com o pó da demolição.

Peguei a garrafa de água da mão dele e abri em silêncio. Senti a sujeira dos meus lábios descendo pela minha garganta com a água. O gosto era horrível, de terra. Afastei a garrafa da minha boca e observei enquanto o grupo do protesto se dissipava, agora abatido, com os cartazes e os braços pra baixo, os olhares perdidos, a batalha perdida.

"Damião ou Formiga?", perguntei a Cadu, como se fizesse qualquer merda de diferença. "Damião", respondeu ele. "Mas a água tá quente." "A gente que vende coisa, a gente mente, Édra."

Dei uma breve risada, sem ânimo.

"O que você tá fazendo aqui?", eu me virei pra ele. "Elas me salvaram de um infarto, é claro que eu viria." Semicerrei os olhos. "Você *não tava* infartando.*" Ele me devolveu o riso desanimado. Bebi mais um pouco da água. Os operários da T.W.S.W. pareciam soldadinhos diante de tantas pilhas de entulho. Iam de um lado para o outro. Agora trajados de máscaras, óculos, empurrando carrinhos-de-mão. Um grupo da equipe do jornal televisivo local tinha se aproximado. Totalmente engomadinho com seu conjunto de alfaiataria preto e gravata vermelha acetinada, Tony Júnior, o filho de Antony Barreirão, *"a cara do telejornal de toda a região"*, agora aposentado, fazia a cobertura diante das câmeras apontadas. Ao lado dele, Rubens Porto, pisoteava um cigarro para entrar no ar quando fosse chamado. *Filhos da...* "Eu sei o que você veio fazer aqui", disse Cadu. Mas eu não dei muita atenção de início, estava observando os canalhas sorrindo na entrevista. Meu pensamento intrusivo queria jogar a água na cara dos dois ou na câmera. Tanto faz. Também pouco importava se seria a água de Damião ou de Formiga. As duas estavam quentes de qualquer maneira. "As enfermeiras me contaram o que aconteceu, antes me darem alta." "Foi quanto mesmo essa garrafa de água?", perguntei, em devaneio. "Será que tem mais, pra comprar?" Assistindo Rubens Porto ser parabenizado em TV aberta, como se tivesse prestado um serviço a São Patrique. Porra, era só uma água. "Eu vim ajudar as meninas no protesto, mas eu cheguei bem mais cedo, Édra. E antes de chegar bem mais cedo, naquela noite ainda, antes de ir embora, eu passei pelo quarto andar." Eu me virei, confusa. "Cadu", perguntei, "do que você tá falando?"

▷ SEVEN DAYS WALKING / DAY 5: GOLDEN BUTTERFLIES – LUDOVICO EINAUDI, FEDERICO MECOZZI, REDI HASA

Ele puxou, escondida ao lado dele, uma mochila preta. Cadu a trouxe pro próprio colo. Deslizou o zíper, fazendo uma pequena névoa de poeira se desgarrar com o movimento do tecido. De lá de dentro, retirou uma caixa. Uma caixa coberta de glitter. Fechada com uma fita feita de retalhos de tecido. Um nó se formou instantaneamente na minha garganta. Senti os meus olhos marejarem. Nunca tinham se enchido de lágrimas tão rápido. "Cadu", chamei, de novo, "o que é isso?" Ele sorriu, dessa vez, não pareceu sem ânimo. Me estendeu a caixa com muito cuidado, o rosto completamente coberto de pó, os cílios piscando as partículas das minhas memórias que tinham restado. Segurou o sorriso no rosto, esperando que eu segurasse a caixa. Soltei a garrafa no chão, minhas mãos sujas encontraram a caixa: "É o quarto de sua mãe", disse ele. "Tá tudo aí, tudo o que sobrou de lá."

O vento assoprou a poeira do rosto dele com cuidado, balançou os cabelos num carinho, sem levar embora o sorriso. Ele continuou ali, com os braços esticados, esperando a firmeza nos meus pra soltar a caixa. *"Por que você fez isso?"*, minha voz quase não saiu para a pergunta. Uma lágrima, como um pano de chão molhado, limpou um rastro de caminho na minha bochecha. Em Cadu, todo o pó parecia feito de glitter. "Ué", ele deu de ombros, como se fosse óbvio. Todos os muros quebrados dentro de mim se ergueram dos entulhos. Todos os tijolos derrubados, juntando como novos, pedaço por pedaço, de todo mundo que tinha, a minha infância inteira, se recusado a brincar comigo. Todos os grupos que eu me sentia de fora. Todos os trabalhos em dupla, feitos completamente sozinha. Todos os aniversários que ninguém foi. Correu, dentro de mim, a pequena Édra germofóbica. Girou e girou e girou. Deu uma risadinha serelepe e desapareceu no sorriso sincero de Cadu Sena. "Eu sou seu amigo."

Puxei a caixa dele, a coloquei do nosso lado e o acertei com um abraço mais forte do que o impacto da bola de ferro contra o muro. Ele começou a dar risada. *"Ei, ei, vamos com calma, eu sou um cara recém-infartado!"* Não, ele não era isso. Ele era só... meu amigo. O meu primeiro amigo. Todo, todo amor, é um tipo de milagre.

"Como você conseguiu isso?", perguntei, me desvencilhando do abraço dele, ainda me sentindo fora do ar, flutuando no espaço. "Bom", ele deu de ombros, "o que uma Miss bíceps quer", fechando os olhos, presunçoso, "uma Miss bíceps consegue."

Cadu precisava tomar banho e voltar pra loja, tinha pisoteado o próprio celular em meio ao caos do protesto. Ele também sabia que eu precisava ficar sozinha com aquilo. Antes de ir embora e sumir completamente no estacionamento, me fez dar a minha palavra sobre algo. "Prometa que vai consertar tudo", pediu, andando de costas, segurando as alças da mochila. "Eu prometo tentar", falei, antes de entrar e bater a porta do carro, com o quarto 404, no banco do passageiro, ao meu lado.

UM LENÇO DE CABELO COM ESTAMPA DE JOANINHAS. Um toca-CDs com fones de ouvido. Braceletes de internação cirúrgica personalizados com strass, canetinha e brilho. Brincos avulsos, os outros pares tinham se perdido. Um pedaço de um pôster rasgado de banda. Uma carta de trancamento de curso da faculdade. Pincéis. Um livro sobre yoga e meditação. Peças de quebra-cabeça dos *Zoo-Amigos*. Uma foto borrada. Dois cadernos. Uma aliança de ouro, uma aliança de plástico. Um vale-livro na biblioteca do hospital. Um cronograma de quimioterapia impresso, boa parte das informações apagadas. Quatro esmaltes de unha petrificados pelo tempo – Cereja-Pop (vermelho-choque), 80's Freak (azul metalizado), Bossa-nossa (verde-água), Baby-baby (rosa-claro). Um kit costura de viagem, totalmente enferrujado. Um batom.

Querido diário,

    Eu odeio São Patrique. Muito. Quero fazer faculdade e ir embora daqui. Sinto que ninguém me entende. Papai e mamãe tentam, se esforçam, mas eu não caibo nesse lugar. Ninguém valoriza a arte. Sinto que vou morrer de fome se quiser fazer o que eu realmente amo. Minha mãe diz que preciso sonhar, mas ir com calma. Ela tem razão. Mas meu coração não entende isso direito, por mais que eu explique. Será que um dia consigo ir embora? Queria ter uma casinha bonitinha com umas paredes verdes. Queria morar na cidade grande. Queria ser artista.

Querido diário,

    Estão me chamando para o festival. Vou fingir que tô com febre no dia. Prefiro assistir Grease ou Clube dos Cinco. Vou pegar o dinheirinho que eu juntei sendo babá da filha da Senhora Perlla e vou direto pra locadora. Nunca daria pra ser atriz, acho que eu iria me apaixonar se tivesse que interpretar, assim, com alguém que eu gosto. Tem que ser muito forte pra fingir essas coisas. Minha mãe diz que o amor chega no olho primeiro e não adianta. Acho que todo mundo que me assistisse, ia perceber.

Querido diário,

Aluguei os filmes! Só deu pra Grease, então vou ter que assistir duas vezes seguidas. As coisas aqui em casa estão meio apertadas. Papai tem resolvido a maior parte das pendências na boa e velha bicicleta dele para economizar gasolina. Cada centavo poupado importa. Soube que a nossa vizinha, Lidiane, estava grávida esse tempo todo e deu a luz a um bebê gorduchinho, gostoso e bochechudo chamado Otto. Daqui a um tempo, quem sabe, não vire meu novo mini-cliente-fixo. Até a vida de artista chegar, a gente tem que ir vivendo com o que tem. Uma hora eu acho que vão descobrir meus quadros e eu vou vender pelo menos um.

Aí eu alugo dois filmes na locadora do Gil. Ou três. Ou dez! Ou vinte e nove!

Querido diário, (ainda é hoje, só que à noite).
Uma ambulância esteve aqui na rua hoje, levaram o Otto, o bebê gorduchinho da Lidiane. Ele nasceu com algum problema. É de cortar o coração. Eu detesto hospital. Fico pensando como deve ser pra ele. Tão pequeno. Espero que fique tudo bem.

Nem quis ver Grease. Ajudei minha mãe com a janta. E a Senhora Perlla tem uma festa pra ir com o marido dela mais tarde. Vou ficar com a Pulguinha de novo.

Querido diário,
   Todo mundo vai ao festival de São Patrique. Meu pai fez um dinheiro extra e não precisou do meu. Agora eu tenho dinheiro sobrando pra ir ao brechó e comprar um vestido. Tô quase-quase-quase me animando pra ir.

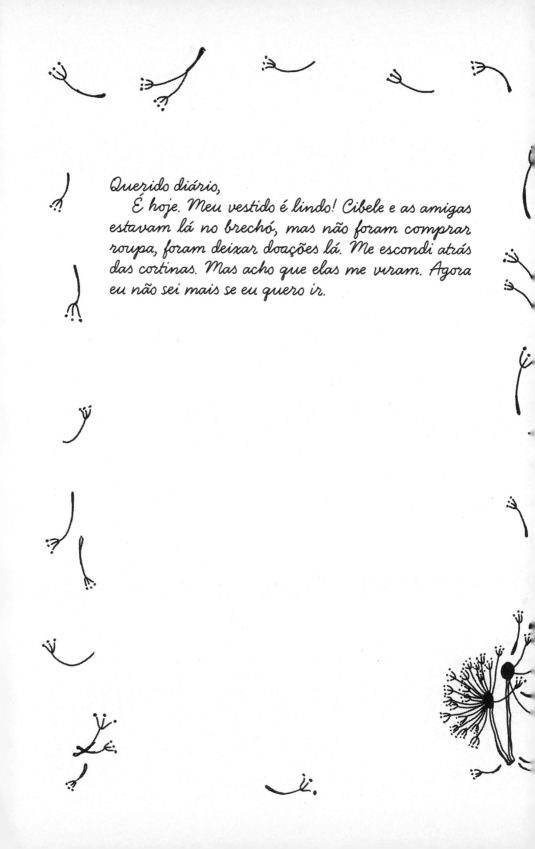

Querido diário,

É hoje. Meu vestido é lindo! Cibele e as amigas estavam lá no brechó, mas não foram comprar roupa, foram deixar doações lá. Me escondi atrás das cortinas. Mas acho que elas me viram. Agora eu não sei mais se eu quero ir.

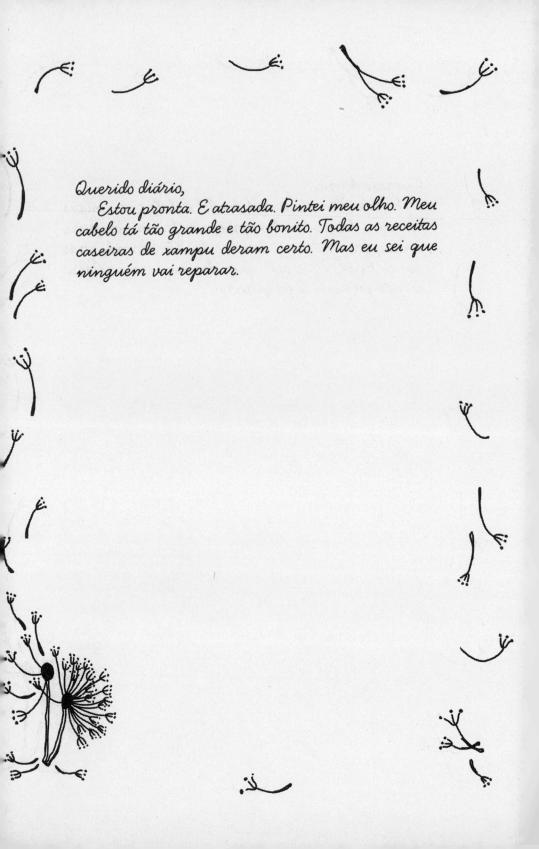

Querido diário,
 Estou pronta. E atrasada. Pintei meu olho. Meu cabelo tá tão grande e tão bonito. Todas as receitas caseiras de xampu deram certo. Mas eu sei que ninguém vai reparar.

Querido diário,
    Ele olhou pra mim.

(página secreta, se você abriu, não leia. é sério, meu pai)

Dei meu primeiro beijo ontem. Vou escrever nesse rascunho, porque fica fácil de arrancar.

Meu pai não pode nem sonhar com isso. Tô ensaiando como contar pra minha mãe. Eu me lembro de tudo.

Meu olho fala muito, jamais conseguiria ser atriz. Mas o resto todo que eu sinto, eu escondo. Sempre fui assim. Não gosto de ser descoberta. Sinto que fico muito vulnerável e só gosto dessa parte de mim quando entrego ela inteira a arte. Fora isso, me sinto boba. Porque sou boba mesmo. E fica muito nítido no meu rosto. Meu olho é um fofoqueiro. Quando ele olhou pra mim, eu já estava olhando pra ele. Levei o maior susto da minha vida. Desviei. Fiquei conferindo várias vezes se ele estava me olhando mesmo. Estava. Ele perguntou meu nome e tudo. Cibele se meteu. Elogiou meu vestido, na frente de todo mundo, disse que era dela. Que ela ficava feliz quando as doações ajudavam quem estava precisando. Eu pedi licença. Corri pra trás da barraquinha de cachorro-quente. Fiquei lá, vendo a galera dançar de patins, comendo algodão-doce. Ele sentou do meu lado no chão. Disse que eu estava linda. Eu me fiz de casca-grossa, perguntei logo o que ele queria. Ele disse que queria saber quanto eu cobrava por um desenho da cidade. Que ele queria levar, quando voltasse pro país que ele foi estudar. Montana. Eu perguntei como ele sabia das minhas pinturas, dos meus desenhos. Ele disse que ele sempre descobria tudo o que ele queria. Aí eu disse: "Hum". A gente ficou conversando um monte de bobagem. Eu disse que odiava São Patrique na maior parte do tempo, mas não tinha dinheiro pra ir embora. Ele disse que não ligava pra dinheiro, não, que eu ia me arrepender assim que fosse, que dinheiro não é tudo e a cidade grande é "grandes merdas", ele disse. Falou que bom mesmo era estar perto da família, das pessoas que a gente ama. Eu achei lindo. Ele disse que assim que se formasse, iria voltar. Que só estava lá pra fazer carreira e juntar dinheiro. Aí voltou a perguntar o preço de um desenho da "cidade que eu tanto odiava". Eu disse que custava ele me tirar pra dançar. Ele topou, mesmo sem entender nada de dança. Aí eu lembrei que eu também não sabia era nada de dançar. Resultado? Voltamos a ficar sentados no chão. Eu queria ter dito várias coisas a ele, mas não disse nada, pensei só dentro da minha cabeça mesmo. Eu acho que meu olho foi contando, porque em vários momentos ele sorria assim, de lado, eu perguntava o que foi e ele dizia "nada". Acho que ele e o meu olho ficaram conversando. Eu fiquei ali, paradinha, entre eles.

 A gente ficou assistindo os casais dançando, aí ele me perguntou, se a gente soubesse dançar, qual dos casais dançantes nós dois seríamos. Meu lado artístico se incendiou com a criatividade da brincadeira dele! Não estava esperando isso de um menino todo metido a não-sei-o-que-lá de negócios. Business de não sei o quê. Ficamos um tempão procurando o casal que iríamos ser. Eu queria ser todos, todos eles. O casal de hippies dançando errado, o casal de crianças fazendo danças malucas perto do casal de amigos, que deveriam ser os seus pais, nessa hora pensei que queria ter conhecido ele desde antes. Queria que fôssemos também o casal dos patins, girando como se o tempo passasse diferente no relógio deles. E então, quis tanto que fôssemos o casal emburrado na fila da barraquinha de crepe, só porque eles pareciam ser um casal de muitos anos numa discussão efêmera, boba, que passaria à noite, no momento sagrado antes de dormir. Eu sou tão besta, eu quis tudo.

Com um estranho. Quis ter a vida de todos eles. Só faltou um casal de velhinhos pra eu chamar de nosso. Eu disse que um dia eu olharia pra um e seríamos nós dois. Ele disse que tudo bem ou que poderíamos envelhecer juntos, não precisaríamos de uma representação, se eu quisesse esperar ele se formar. Eu achei ele ainda mais bobo que eu. Uma completa estranha, num vestido de cinco pratas. Minha cabeça ficava achando que era pegadinha. Tinha tanta menina lá. Cibele estava lá

Por que eu? Acho que foi sorte. Eu sou muito sortuda. O que não acontece com quase ninguém, sempre dá um jeitinho de acontecer comigo. Eu tenho sinais de nascença onde quase ninguém tem, por exemplo. E eu sei pintar com as duas mãos! A direita e a esquerda. Pena que nenhuma das duas me dá dinheiro. A gente foi rindo e rindo e rindo. E apontando todos os casais que vimos e apontando e apontando. E aí, um deles, em específico, estava dançando assim, com o rosto tão juntinho, que decidimos que poderíamos ser eles, por um momento. Ficamos em silêncio. O nosso casal-de-nós se beijou. Ele perguntou qual dos beijos que estavam acontecendo seria o nosso. Olhei em volta, nervosa, não achei nenhum à nossa altura. À altura de toda nossa idiotice! De todo nosso mundinho planejado. Apontei pra um casal qualquer e ele discordou, disse que nunca beijaria parecendo um desentupidor de pia, igual o rapaz estava fazendo. Eu caí na risada. Ele apontou pra outro, mas achei meio exagerado, não muito romântico, torci minha cara. Aí ele disse que se não estávamos achando nenhum beijo pra chamar de nosso, teríamos que dar um. Eu mandei ele fechar a cara dele e me respeitar. Logo depois, eu o beijei.

    Senti que fomos todos os casais de uma só vez. O tempo foi passando pela gente, se enfrestando em tudo. Tínhamos, ali, um pouquinho de todos eles. Os fogos de artifício do Festival de São Patrique começaram no céu. Foi perfeito.

    Voltei pra casa e comecei a fazer um mapa inteiro da cidade. Ele vai embora depois de amanhã.

    Não sei o que vou fazer comigo. Nunca senti nada disso antes. E agora?

Querido diário,

    O moço da barraquinha de cachorro-quente contou tudo pro meu pai. Ele ficou furioso. Disse que agora Guto teria que namorar comigo, porque todo mundo da cidade viu a gente se beijando e pensaria mal de mim. Minha mãe achou uma bobagem e fez a receita de rocambole de carne favorita dele. Augustus veio pro jantar. Disse que estudava fora, mas que assim que se formasse, voltaria. E que eles podiam guardar minha mão pra ele. Foi tudo tão rápido. Eu nem acreditei que ele não fugiu.

    Cibele espalhou pra cidade inteira que eu não era mais virgem e que ela tinha visto tudo com os próprios olhos dela. Víbora.

    Augustus e eu ficamos sentados aqui na porta de casa, na escada, conversando. Ele disse que se eu não quisesse ficar com ele, que não tinha problema. Que ele me ajudava a fugir daqui quando voltasse. Eu achei ele tão bobo contando esse plano.

    Me perguntou do desenho. Eu disse que ficaria pronto a tempo de ele ir embora. Ele disse que já tava com a mala pronta e eu teria só até o final da tarde de amanhã. Eu disse então que ele fosse embora logo, pra eu voltar a desenhar.

Antes de ir embora, ele perguntou: "Você vai querer fugir ou ficar?" Eu disse pra ele fechar a cara dele e me respeitar, que ainda não tínhamos encontrado o casal de velhinhos que nós dois seríamos e nem virado eles.

Ele me deu um beijo na testa. E um anel de plástico de tubo de chicletes. "Eu vou embora, mas, quando eu voltar, eu trago um de verdade."

Eu perguntei de que filme ele tinha saído. Sou mesmo muito sortuda. Nasci benzida. Minha vida vai ser tão bonita. Eu só tenho que aprender a esperar. Quero tudo pra ontem, vou mudar isso em mim.

Quando ele virou de costas, pensei que queria que o que Cibele tinha dito fosse verdade.

Nos filmes, as meninas se entregam só pros caras certos.

Eu quero ser de Guto.

Eu já sou.

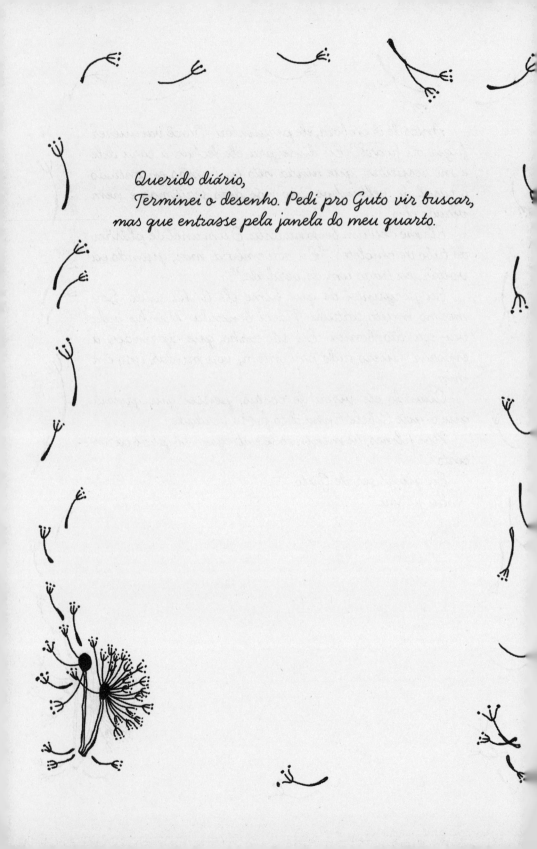

Querido diário,
 Terminei o desenho. Pedi pro Guto vir buscar, mas que entrasse pela janela do meu quarto.

Querido diário,
   Aconteceu.
      Me sinto diferente. Acho que deixei de ser menina.

Querido diário,

Ele foi embora. Com o meu desenho. Não consigo parar de chorar. Tá doendo tanto. Beijo meu anel de plástico o tempo todo. Agora entendo o que ele disse sobre cidade grande e dinheiro não importarem. Quando você ama alguém, você só quer mesmo a pessoa. Eu trocaria todos os meus pincéis pra vê-lo de novo. Vai demorar até que ele venha de novo. Agora, só nas férias de Julho.

Até lá, eu juro, vou cuidar tanto tanto tanto do meu cabelo. Vou trabalhar tanto, vou comprar tantos vestidos no brechó. Quando ele voltar, eu vou estar igualzinha a uma mulher de filme. E aí ele vai ver que fez a melhor escolha do mundo.

Eu quero ser todas as mulheres do mundo.

Inclusive eu.

Nunca fui eu com ninguém. Com ele eu quero ser. Só de pensar, já fico feliz de novo.

Eu sou completamente apaixonada por Augustus Norr.

Querido diário,
 O pequeno Otto, bebê de nossa vizinha Lidiane, morreu ontem.

Querido diário,

    Tô meio sumida, eu sei.

    Meu corpo anda tão estranho. Consegui um emprego no brechó. É muito longe para eu ir na minha bicicleta, então estou aprendendo a pegar o ônibus até lá. Mas acho que antes mesmo de aprender vou ser demitida. Pareço uma preguiçosa. Passo o expediente inteiro quase sem conseguir fazer nada. Meu corpo está cada dia que passa mais esquisito, não me obedece. Sobre nada.

    Fiz uma amiga no trabalho, a Martha. Ela vai comigo sempre na agência de cartas ver se chegou algo do Augustus. A gente fica trocando cartas o tempo todo. Ele disse que pagaria fichas de telefone e me mandaria também. Estou esperando.

    Apesar do emprego no brechó, eu ainda tenho a minha veia artística! Não pense que desisti da arte. Eu nunca desistiria da arte. Augustus disse que era meu lado mais bonito. Ai, esse Gutinho. Sempre sabe o que me dizer. Meu galã de fita cassete. Uso o anel de plástico todos os dias pra trabalhar. Quando alguém me flerta, eu digo logo: Sou casada!

    Não teria uma casa verde com nenhum deles.

    Nenhum deles. Só Guto.

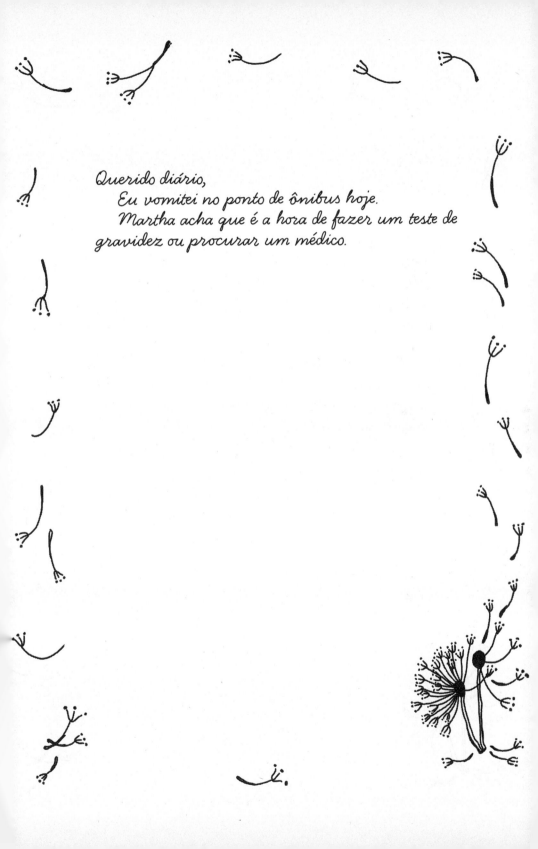

Querido diário,
   Eu vomitei no ponto de ônibus hoje.
   Martha acha que é a hora de fazer um teste de gravidez ou procurar um médico.

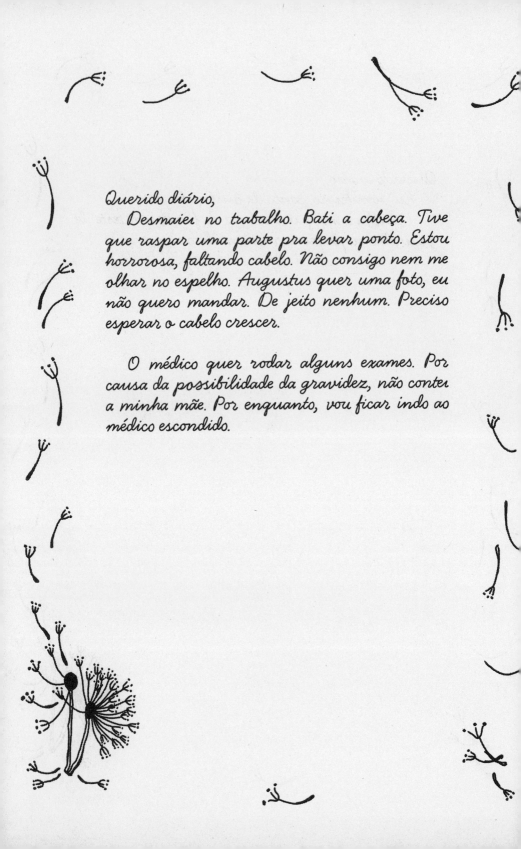

Querido diário,

Desmaiei no trabalho. Bati a cabeça. Tive que raspar uma parte pra levar ponto. Estou horrorosa, faltando cabelo. Não consigo nem me olhar no espelho. Augustus quer uma foto, eu não quero mandar. De jeito nenhum. Preciso esperar o cabelo crescer.

O médico quer rodar alguns exames. Por causa da possibilidade da gravidez, não contei a minha mãe. Por enquanto, vou ficar indo ao médico escondido.

Querido diário,
    Os exames ficaram prontos. Mas não posso pegá-los na clínica.
    Doutor Luiz quer falar comigo sobre eles pessoalmente.

    Martha comprou um teste de gravidez escondido pra mim. Custou caríssimo, porque a moça que vende escondido cobra mais caro.

    Estou tão cansada. Com tanto sono.
    A única parte boa é que, de vez em quando, dou sorte, sonho com Guto.
    Ele está quase se formando. Fazendo as provas finais. Não quero contar nada a ele, para não atrapalhar. Logo, logo ele volta, logo, logo ele chega.

    Com meu anel de verdade.
    Quando tudo isso passar..
    Nós vamos ficar velhinhos, bem velhinhos, juntos.

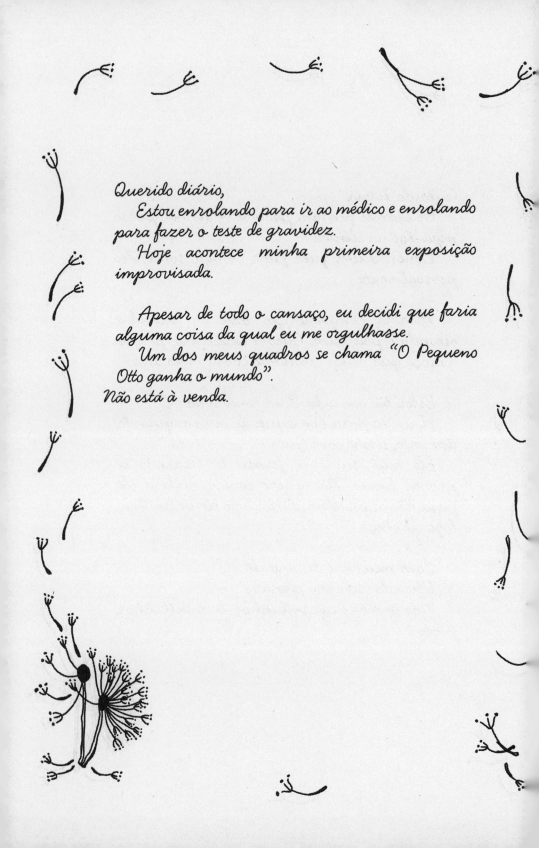

Querido diário,
 Estou enrolando para ir ao médico e enrolando para fazer o teste de gravidez.
 Hoje acontece minha primeira exposição improvisada.

 Apesar de todo o cansaço, eu decidi que faria alguma coisa da qual eu me orgulhasse.
 Um dos meus quadros se chama "O Pequeno Otto ganha o mundo".
Não está à venda.

Querido diário,
   Lidiane apareceu na exposição, tocou a minha barriga escondido. Disse que eu estou grávida. Não conseguiu olhar muito para o meu quadro, mas me chamou de artista. "Você é uma artista, de verdade." O marido dela, Silvério, me deu um abraço, um beijo na testa e foi embora. Batendo palma.
   Eu fiquei ali. Sem entender nada.
   Pela primeira vez hoje, antes de dormir, alisei a minha barriga.

   Quis que fosse verdade.
   Quis que fosse uma menina.

   Uma bem desbragada, valente, bem com coragem, sabe? De tudo.
   Fui dormir querendo sonhar pela primeira vez com alguém que não fosse Guto.

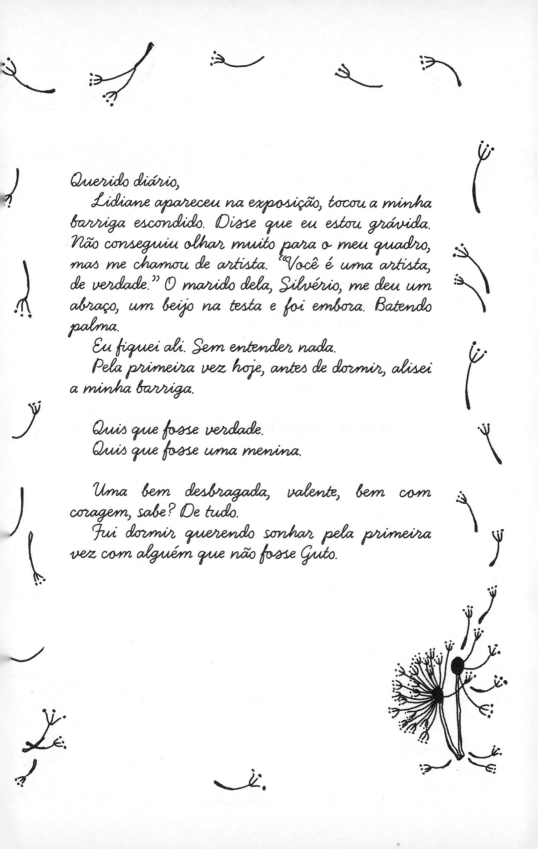

Querido diário,

    Doutor Luiz apareceu no meu trabalho, me procurando. Eu disse a ele que isso ficava feio pra mim, porque eu era casada. Ele disse que era urgente o que ele tinha pra me dizer. Que eu fosse na clínica amanhã, depois do trabalho. Que ele deixaria uma vaga livre pra mim.

    Será que ele vai me contar que estou grávida? Será que é isso?

    Tirei uma fotografia hoje e enviei pra Augustus. Meu cabelo cresceu.

Eu tenho câncer.

Querido Deus,
 Por favor. Não me deixe estar grávida.
 Eu não sou forte como Lidiane, nem como Silvério. Eu não suportaria perder um filho. Nunca. E sou uma covarde. Só tive coragem de pintar um quadro sobre Otto porque ele não era meu filho. A verdade é que não sou corajosa como eu digo. Qualquer coisa e eu já me escondo numa toca. Eu não tenho como esconder uma criança numa toca. Eu não tenho como esconder uma criança do acontecer da vida. Eu não consegui nem esconder a mim mesma. Câncer. De todas as doenças, câncer. Um bebê jamais suportaria uma quimioterapia e todos os medicamentos do processo disso. Estou sem cabeça. Me sinto uma louca escrevendo. Tenho dois dias sem ir ao trabalho. Acho que serei demitida. Passei na faculdade, o resultado saiu. Não contei a ninguém. Não quero comemorar mais nada. E meu cabelo, meu Deus, eu vou ficar horrível. Augustus vai terminar comigo. Minha vida está desmoronando. Partindo em mil pedaços.
 Queria voltar no tempo.
 Lá atrás, antes de tudo.
 Quando eu passava as tardes empurrando Pulguinha por horas no balanço.
   Eu amava ser menina. Eu odeio ser mulher. Odeio esse corpo. Odeio tanto esse corpo.
 Eu acho que talvez eu não sirva pra ser mãe.
 Eu quero a minha mãe.

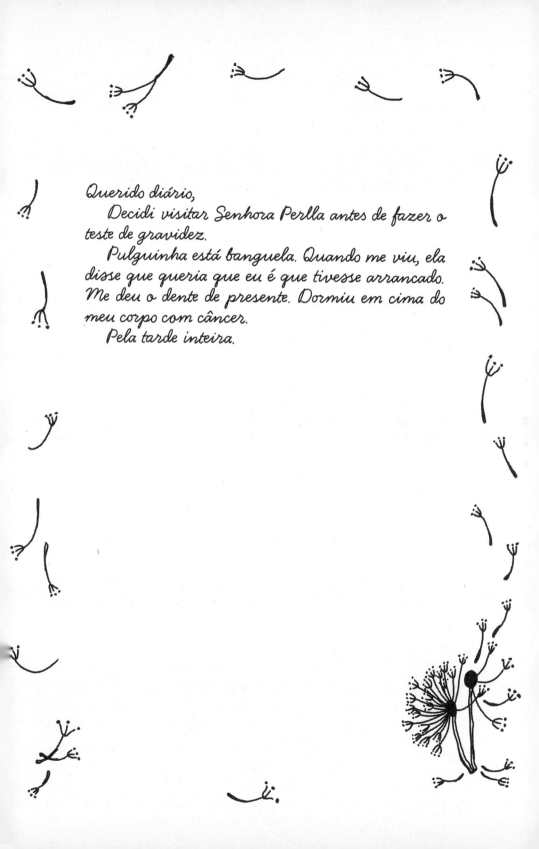

Querido diário,
　Decidi visitar Senhora Perlla antes de fazer o teste de gravidez.
　Pulguinha está banguela. Quando me viu, ela disse que queria que eu é que tivesse arrancado. Me deu o dente de presente. Dormiu em cima do meu corpo com câncer.
　Pela tarde inteira.

Querido diário,
   Estou grávida.

   Escrevo isso na frente do Colégio São Patrique. Vim ver os adolescentes.
   Descobri minha gravidez ontem à noite. Tive consulta com Doutor Luiz hoje, a última.
   Eu disse a ele que, se ele contasse a qualquer pessoa que fosse, eu o processaria pela péssima conduta médica, quebra de sigilo do paciente e ainda usaria Martha como testemunha de que ele foi até o meu trabalho me assediar. Coloquei um terror nele, fui bem ríspida nas minhas palavras. Se fez necessário. Antes que eu saísse da sala, ele me disse: "Você sente que é uma menina, mas, se você não se tratar, Eva. Você nunca vai ver uma filha sua crescer. Você é jovem. Pense sobre isso. Você tem uma vida inteira pela frente. Se essa gravidez não der certo, outras vão dar. Você vai poder contar comigo pra tudo. Sua mãe foi minha professora. Eu nunca te falaria nada para causar o seu mal. Me escute como médico. Do que adianta ser mãe agora e nunca ver a sua filha crescer?"
   Por isso estou aqui. Porque ele é estúpido e não sabe a magia que eu e Augustus inventamos, de viver através de outras pessoas. Estou firme na minha decisão. Vou ter a minha filha. Não vou fazer tratamento nenhum, nem nada que a faça mal.
   É é claro que vou ver minha filha adolescente. Estou vendo agora mesmo. Essa pode ser ela. Aquela outra ali também pode ser ela. Essa saindo de bicicleta da escola toda com carinha de apressada, pode ser ela. Estou, aqui do passado, olhando para você adolescente, filha. Você é linda.

Querido diário,

Acharam meu teste de gravidez no lixo. Agora todo mundo sabe. Meu pai está arrasado. Minha mãe está preocupada comigo. Os dois foram até a casa dos primos de Augustus, que moram na cidade. Ele vai me ligar essa noite. Eu não sei o que vou fazer.

Estou segurando o dentinho de Pulguinha e o anel de plástico, desejando que ambos sejam mágicos e que me salvem de tudo isso

Querido diário,
   Ele veio! Ele veio! Ele veio! Do nada, ele tá aqui, dormindo, ele veio!
   Não quero escrever nada, não quero fazer nada, só quero ficar com ele!
   Vai ficar tudo bem, ele veio! Estou escrevendo usando um anel de verdade!

   Um anel de verdade!
   Era verdade. Tudo o que ele disse! Eu ainda tenho sorte, meu Deus do céu, não acredito!
   Estamos juntos. Nós três. Nós vamos ficar bem.

Querido diário,
*   Não tive coragem de contar a ele, nem a ninguém ainda, sobre o câncer.*

*   Quero viver um pouco uma vida comum, antes que seja real.*

Querido diário,

Fiquei ocupada a semana inteira. Guto foi embora. Ele está em provas finais. Estou com tanto medo. Não era pra ele ter vindo. Ele disse que não tinha como não vir. Agora estamos os dois, pais de primeira viagem, sem saber o que fazer direito. Eu disse a ele que, se ele não passasse na prova, não tinha problema. Que, se ele quisesse desistir dessa coisa toda de carreira, não tinha problema. Eu ainda seria imensamente feliz com ele, numa casa com qualquer cor de parede.

Ele disse que agora não era mais assim que podíamos pensar. Que agora tínhamos uma responsabilidade maior. Mas eu conheço minha filha. Sinto isso. Ela não vai ligar pra nada dessas besteiras. Vai ser simples. Vai ver beleza nas coisas pequenas. Vai ser artista.

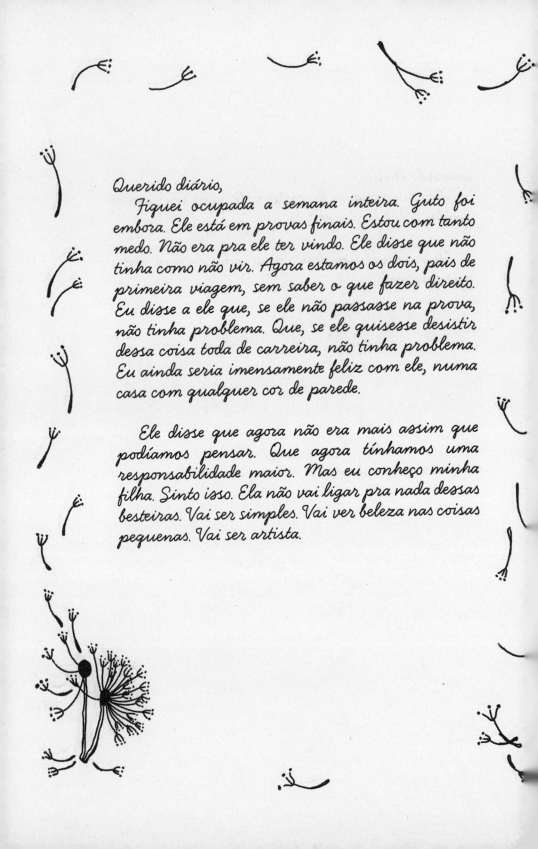

Querido diário,
    Não dá pra ser mãe e ter diário ao mesmo tempo. Meses se passaram. Minha barriga está enorme. Augustus está em Montana, ainda. Como não passou na prova, vai ficar por mais tempo. Ele disse que vem pro nascimento da Édra.

    É menina, não estou impressionada.
    Eu que escolhi o nome. Eu disse a todo mundo que sonhei com um anjo me dizendo ele. Mas é mentira. Édra é o nome que ouvi gritarem para a menina saindo da escola de bicicleta.

Achei tão bonito.
Édra.

Querido diário,
   Ela nasceu antes da hora. Exatamente ao mesmo tempo que aprendi finalmente a ter calma. Não chorou. Sorriu.

   Tive que fazer uma cesariana de emergência. Estou internada. Pedi a minha mãe o meu diário, só para lhe contar isso. Os médicos descobriram os meus tumores. Enquanto eu estava anestesiada, contaram aos meus pais. Augustus ainda não sabe. Ele está vindo.

   Doutor Luiz veio me ver. Disse que dessa vez não recuaria, que eu podia deixar com ele.
   Agora eu já não ligo mais. Podem fazer o que quiserem comigo.

   Minha filha é linda. Pesa dois quilos.

Querido diário,

    Assim que Augustus chegou, nós dois brigamos. Agora ele sabe de tudo. Ficou furioso comigo. Me disse que eu não tinha direito de ter condenado ele a me perder. Que eu tinha escolhido piorar. Que podíamos ter tentado tantas coisas, se eu tivesse contado. Ouvi ele virar uma tempestade diante dos meus olhos, mas eu estava tão cansada pra revidar. Tudo o que consegui fazer foi erguer a minha mão. Eu ainda uso o anel de plástico. Percebi que sempre foi de ouro.

    Com a certeza da morte, minha cabeça de artista entrou num casulo. Saiu com asas. Vejo beleza em tudo. Em todas as coisas. Só não consigo ver beleza ainda em ficar careca. Disse a Augustus que só tinha um único pedido a fazer e que, como mulher, queria que ele respeitasse. Que não ficasse vindo me ver sem cabelo. Que esperasse um pouco. Me escrevesse cartas. Meu pai está vendendo tudo pra pagar meu tratamento. Minha mãe se demitiu para cuidar integralmente de Édra comigo. Estou cansada. Augustus disse que vai resolver tudo. Que não preciso me preocupar com nada.

    Perguntei quando ele voltava para São Patrique, que ele tava demorando tanto, que eu tava começando a desconfiar de que era ele quem odiava a cidade. Dormi antes que ele me respondesse. Sonhei com uma casa toda verde.

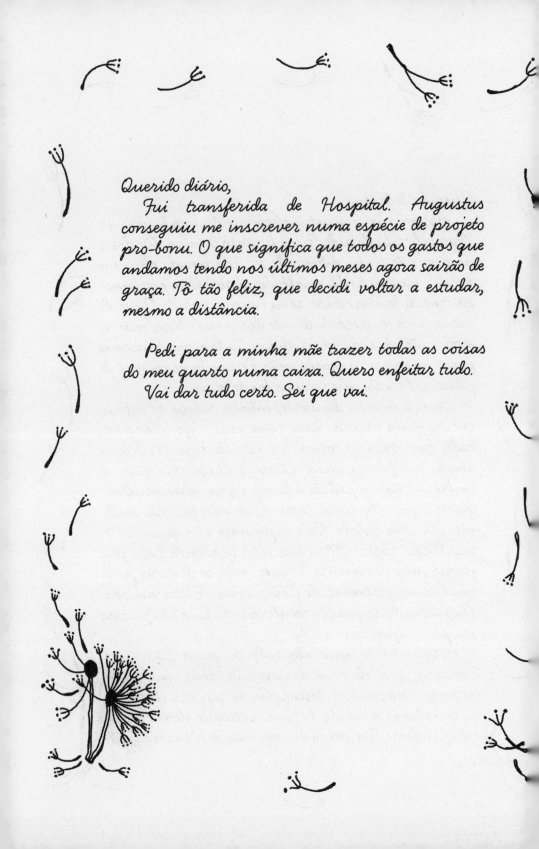

Querido diário,

Fui transferida de Hospital. Augustus conseguiu me inscrever numa espécie de projeto pro-bonu. O que significa que todos os gastos que andamos tendo nos últimos meses agora sairão de graça. Tô tão feliz, que decidi voltar a estudar, mesmo a distância.

Pedi para a minha mãe trazer todas as coisas do meu quarto numa caixa. Quero enfeitar tudo.
Vai dar tudo certo. Sei que vai.

Querido diário,

Augustus e eu temos brigado muito. Ele passou a odiar o meu cabelo longo. A achar uma espécie de maldição. Que, se não fosse por ele, poderia me ver sempre que desse. Que não suporta ter prometido isso. E eu disse que, assim como eu, ele precisava ter paciência.

Tenho meu direito, um restinho de dignidade, de querer ser bonita.

Meus pais tiram muitas fotos minhas. Estou careca. Muito feia, coitada. Cibele adoraria me ver assim, se pudesse. Eu e Martha rimos muito disso. Ela veio me visitar.

Está grávida. E bem.
Não tem câncer.

Querido diário,

    Te achei depois de anos! O filho de Martha tem três anos. Édra tem quatro. Eu tinha voltado pra casa, estava bem. Voltei pra faculdade. Fiz muita arte! Vinha pro hospital só para manutenção de tudo e check-ups. Mas o nosso supervilão voltou. E agora eu vou morar num quarto mais chique de hospital. Augustus disse que também é pro-bonu, então não precisamos nos preocupar com os gastos. Vejo ele pouquíssimo desde a doença. Às vezes penso que seja o cabelo ou ele tem alguém lá e sente pena de me dizer. Sinto saudade de nós dois. Fico vendo a gente em tudo, em todos os casais que passam. Sempre pergunto se ele já encontrou um casal de velhinhos pra sermos nós dois. Ele diz que não, porque seremos literalmente nós dois, o nosso próprio casal de velhinhos. Nas vezes que ele apareceu, foi difícil pra mim. Vê-lo assim, como estou. O cabelo cresceu tão pouco, aprendi a gostar. Me sinto até uma rockstar com ele. Mas não sei o que as pessoas realmente pensam disso. Queria ser mais corajosa sobre a minha aparência. Rezo todo dia que a minha filha seja. Que ela nunca se importe com nada disso que enfiaram tão profundamente na minha cabeça, que faz eu me importar. A vaidade é um dos venenos dessa época retrógrada em que eu nasci. Agora estou doente demais, também disso, para me curar. Vou levando. Estou aqui arrumando meu novo quarto. 404. Te achei numa caixa.
    É tão bom te ver.

Querido diário,
    Fiquei muito debilitada com o tratamento novo. Desculpe ter te largado de mão.

    Tenho novidades.
    Adivinhe quem fez cinco anos. Começa com a letra "E"

    Augustus não conseguiu vir. De novo
    Meu cabelo está caindo. De novo.

    A Senhora Perlla veio me visitar. Pulguinha agora gosta de ser chamada de Stefany. Eu disse a ela que já tinha pegado tanto ela no colo. Ela disse que se lembrava, mas não me deu muita conversa. Achei engraçado, porque eu já fui adolescente. Sei como é isso. Ela perguntou como eu me sentia sem cabelo. Eu disse que ela não precisaria se preocupar com isso, porque ela tinha os dentinhos mais lindos do mundo, até hoje. Todo mundo só teria olhos pra isso. Pulguinha, minha pulguinha, tem leucemia.

    Perguntei à Senhora Perlla se ela não gostaria de inscrevê-la para se candidatar a uma vaga pro-bonu no hospital. O tratamento é doloroso, mas é excelente. O mais moderno na região. Foi assim que eu descobri que, durante todos esses anos, Augustus mentiu pra mim.

Querido diário,

    Augustus odeia meu cabelo, por me separar dele
E eu odeio o seu dinheiro.

    Quero ir embora daqui. Mas agora preciso de todas essas máquinas e de todos esses fios.

    É o único hospital que tem tudo isso. O único que pode me manter viva.

    Se eu for, eu deixo de ser.

    Estou acorrentada a esta cama. Paga por Augustus. Que me fez prometer não contar nada aos meus pais, porque isso seria uma tristeza para eles. Terem vendido tudo o que tinham e, ainda assim, não terem conseguido dinheiro o suficiente para pagar pelo meu tratamento.

    Não é engraçado? Estou presa em São Patrique pra sempre.

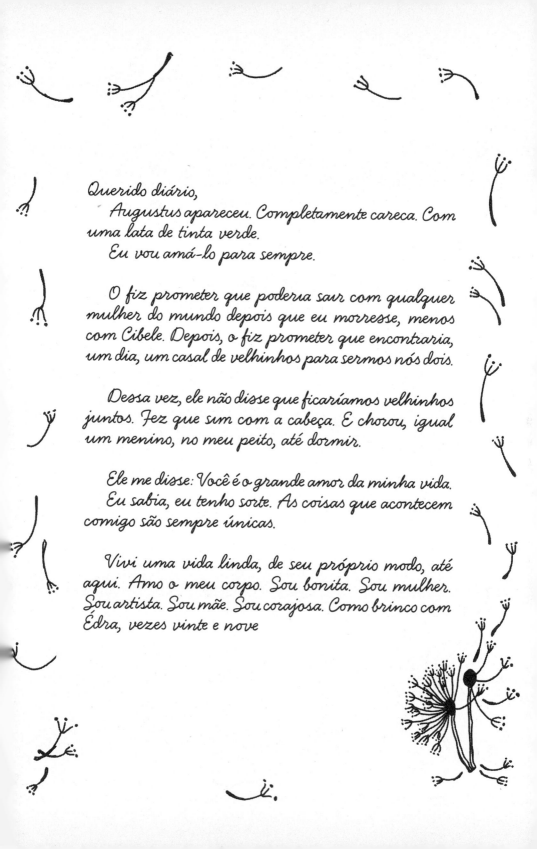

Querido diário,
    Augustus apareceu. Completamente careca. Com uma lata de tinta verde.
    Eu vou amá-lo para sempre.

    O fiz prometer que poderia sair com qualquer mulher do mundo depois que eu morresse, menos com Cibele. Depois, o fiz prometer que encontraria, um dia, um casal de velhinhos para sermos nós dois.

    Dessa vez, ele não disse que ficaríamos velhinhos juntos. Fez que sim com a cabeça. E chorou, igual um menino, no meu peito, até dormir.

    Ele me disse: Você é o grande amor da minha vida.
    Eu sabia, eu tenho sorte. As coisas que acontecem comigo são sempre únicas.

    Vivi uma vida linda, de seu próprio modo, até aqui. Amo o meu corpo. Sou bonita. Sou mulher. Sou artista. Sou mãe. Sou corajosa. Como brinco com Édra, vezes vinte e nove

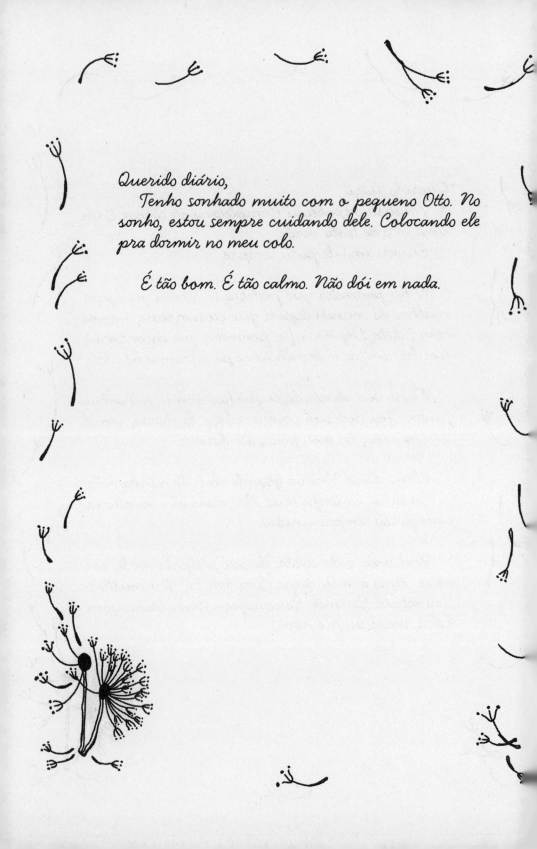

Querido diário,
 Tenho sonhado muito com o pequeno Otto. No sonho, estou sempre cuidando dele. Colocando ele pra dormir no meu colo.

 É tão bom. É tão calmo. Não dói em nada.

Querido diário,

Édra chega a qualquer momento com suas pecinhas de quebra-cabeça. Sempre que ela vem, volto a acreditar em Deus. Ela chega, sorri, aponta para a árvore do outro lado da janela e me salva.

Eu teria feito tudo de novo. Eu não mudaria nada. Ela é amada. Sempre será... Amada.
Que sorte.

Tinha anoitecido. Eu tinha chegado até a última página. Estava sozinha no estacionamento do hospital. Todo os funcionários já tinham ido embora. As luzes já tinham se apagado. Alguns cartazes do protesto, deixados para trás, dançavam de um lado para o outro, com as pequenas correntes de vento. Tampei a caixa, fechando a porta do quarto de minha mãe, e a coloquei de volta no banco do passageiro, ao meu lado. Abri as palmas das minhas mãos no meu colo. As lágrimas pingaram por cima de todo glitter, cuidadosamente grudado pelo meu amigo. Eu tinha entendido tudo. *Tudo.* Cada tijolo, cada entulho, cada partícula de poeira sobre eles dois. Girei a chave do carro e dirigi até a casa de meu pai o mais rápido que pude.

▷ YOU'VE GOT THE LOVE – FLORENCE + THE MACHINE

A porta nem tinha se aberto completamente e eu já entrei falando. "Férias de verão. Muitos anos atrás. Você podia passar as férias em qualquer lugar, mas você ama essa cidade. Você *ama* São Patrique. Então, como todos os anos, você vem. E decide ir pro festival com os seus primos. Mas aquele verão foi diferente. Porque você conheceu alguém. Certo?" Ele arregalou os olhos, atônito, enquanto fechava a porta. "Certo", continuei, "alguém que, ao contrário de você, *odiava* São Patrique e o que mais queria era dar o fora daqui." comecei a caminhar na sala, em meio a um estado completo de epifania. "Você queria se formar e poder levar uma vida simples, ela queria ser artista e ter uma casa verde numa cidade grande. Vocês são completamente diferentes, mas se apaixonaram mesmo assim." Engoli em seco "E ela ficou grávida."

Ele se afastou da porta, calculando cada passo, como se estivéssemos em um campo minado. Me olhava, pálido.

"Primeiro você recebeu a notícia de que iria ser pai. Só depois você descobriu sobre o câncer. E, quando soube, não quis aceitar. Então, você abriu mão da vida que você sonhava viver em São Patrique, no lugar que você amava e que te fazia feliz, pra tentar salvá-la."

"Édra", tentou me interromper ele, se aproximando.

Dei um passo pra trás.

"Você tomou a decisão de ficar em Montana. Porque, talvez, se você sacrificasse a sua felicidade pra construir um império lá, ela fosse ser feliz por um pouco mais de tempo aqui."

Minha visão começou a ficar turva, meus olhos estavam se enchendo de lágrimas.

"Você tentou esconder que era você quem pagava por tudo. Inventou um monte de mentira. No fundo, você sabia que ela nunca teria aceitado fazer o tratamento se você tivesse se endividando inteiro pra pagar. Mas foi o que aconteceu. No início, você era ausente porque *ela* não deixava que você viesse nos visitar. Ela não queria que você visse como ela tava no auge da doença, era vaidosa demais pra isso. E depois, quando ela praticamente implorava que você viesse, você não podia vir mais. Você tava *soterrado* em dívidas. Então você precisava conter os gastos, estudar mais, trabalhar mais, juntar dinheiro pra se estabilizar financeiramente com sua nova família. Você tava perto de conseguir resolver tudo. Perto da casa verde. Perto de poder voltar pra sua cidade favorita, pro seu país. Mas o câncer dela voltou primeiro. Essa merda chegou antes de você." A lágrima deslizou pelo meu rosto. "E ela morreu."

"Édra..."

"E você morreu também. Aquele carinha simples, apaixonado pelo interior, com aquela vontade de viver uma vida sossegada e aquele brilho no olhar, não existe mais. Você se tornou um homem fechado, indiferente, frio... Seu luto te consumiu, ele se alimentou de tudo o que você era. Você não soube lidar, precisava de alguém para dividir a culpa, foi só... *fácil* dividir comigo. Eu sempre fui um lembrete diário do que aconteceu. Ela poderia ter tido mais chances de enfrentar tudo aquilo, se tivesse feito o tratamento desde o início. Mas ela me escolheu. Então, eu consigo entender sua raiva." Funguei, balançando a cabeça. "Todo mundo sempre me diz que eu sou a cara dela. Agora eu entendo por que você não suportava olhar pra mim. Eu sou a porta da casa verde que você nunca pôde entrar. Você foi um pai de merda, por anos. Acho até que você nunca esteve preparado pra ser um. Sua vida foi mudando de roteiro muito rápido e, quando eu decidi cortar o meu cabelo e mudar o meu jeito de me vestir, você quis passar a fazer parte da minha. Mas era tarde demais. Era eu que não suportava te olhar. Tenho certeza de que você já deve ter me encarado muitas vezes e desejado que ela tivesse no meu lugar. E eu não vou te julgar por isso, porque eu me sentia do mesmo jeito sobre você. Você queria o amor da sua vida de volta e eu queria a minha mãe. Ela foi embora e nenhum de nós dois soube lidar. Sinto muito que você tenha se sacrificado, deixado sua vida, seus sonhos, as coisas que te faziam feliz para trás. Você tomou a vida *dela* como uma responsabilidade *sua*. E no final não adiantou de nada. Não deu tempo mesmo assim. É claro que eu queria que você tivesse sido um pai melhor, mas eu também não sei como eu teria reagido a tudo isso no seu lugar."

Nós dois nos encaramos em silêncio. Ele abriu a boca, mas não conseguiu dizer nada.

"Eu não sei o motivo que te fez escolher sair do país antes mesmo que ela aparecesse na sua vida. Eu imagino que tenham sido seus pais ou só você querendo uma condição melhor, eu sei lá. Mas você sabe que não é preciso amar São Patrique pra odiar Montana. O frio, a rotina, todos aqueles carros, a forma como a cidade funciona. A neve, que consegue ser mais quente do que todas aquelas pessoas. Aquele lugar vai drenando a gente aos poucos. A gente vai deixando de respirar. Começa a enlouquecer, a sufocar. A fazer *qualquer coisa*, qualquer coisa mesmo, pra se sentir minimamente vivo de novo." Respirei fundo, sentindo a tensão correr pelo meu maxilar. "Aquela menina que você conheceu, Pilar, ela não era minha namorada. Eu estive sim, com ela, por um tempo. Mas *nunca* significou nada. Eu nunca amei ela, eu nunca fui apaixonada por ela, eu nunca senti nada que fosse real por ela. Era tudo fabricado. Eu tava *tão* doente, que eu só queria ter alguém pra conversar. Eu deixava Pilar fazer o que ela quisesse comigo, porque até pra me magoar ela precisaria *olhar* pra mim, e ninguém naquela cidade fazia isso. Às vezes eu me checava mais de uma vez no espelho, só pra ver se eu ainda existia. Às vezes eu olhava dentro do meu próprio olho, no reflexo, me procurando dentro de mim. Eu não tava mais lá. Eu vivi essa espécie de relacionamento também como uma forma de me punir. Porque eu não era feliz nele, mas eu sentia que uma parte de mim merecia isso. Viver pra sempre dentro de um relacionamento infeliz. Numa cidade infeliz. Até que eu sumisse. Até que eu deixasse completamente de existir. Porque eu sempre me culpei também." Engoli o nó na minha garganta. "E porque eu passei todo esse tempo me achando a pessoa menos digna, nesse mundo, de ser amada. E, tudo bem, porque essa nunca foi a minha prioridade. Ser amada não tava no topo da minha lista. Minha avó estava. Então eu não pensei duas vezes em topar ir pra Montana quando você quis me mandar pra lá."

"Édra, eu..."

"Ainda não terminei", continuei. "Hoje eu li o diário de minha mãe, pela primeira vez. Agora eu entendo por que você nunca quis sair com Cibele, você prometeu a ela que nunca faria isso. E você sempre honrou suas promessas. Agora eu entendo por que metade do comércio dessa cidade teve sua ajuda. Das farmácias populares aos supermercados, você *ama* essa cidade. E eu entendo o porquê de você estar dando tanto dinheiro e pagando pelo casamento de minha avó. Nosso combinado *nunca* foi isso. Nosso combinado era que ela tivesse um plano de saúde e acesso aos melhores médicos. *Só.*" O relembrei. "Toda essa torneira aberta, jorrando dinheiro, pra que ela e Seu Júlio vivessem uma vida de novela dentro daquela fazenda, não é sobre mim, ou sobre o nosso acordo. É sobre *você*. É sobre você e *ela.*"

Ele me encarou com o olhar marejado. O queixo foi ficando trêmulo.

"Não sair com Cibele não foi a única coisa que você prometeu. Você também tinha prometido que encontraria um casal de velhinhos pra ser vocês. Você encontrou. Vocês são eles." Eu disse, de uma só vez, como quem puxa um curativo. "Eles vivem no interior, numa fazenda, como você adoraria ter vivido com ela, e vão se casar e ser felizes, tendo acesso a todos os melhores tratamentos médicos, cheios de saúde. Minha avó e Seu Júlio são tudo o que você queria que vocês dois tivessem sido. É por isso. É por ela. É pra cumprir com a *sua* palavra que você tem feito tudo isso." Respirei fundo. "Eu juntei todas as peças. Eu entendi todas as coisas. Só não consigo entender por que você me deixa presa lá. Por que você me obriga a ficar em Montana, se faria tudo o que você faz por minha avó independente disso?"

"Eu não te mandei pra Montana pra te punir, Édra." Ele deu um passo para a frente, apreensivo. Com as palmas da mão esticadas em minha direção, como quem me pedia calma. "Nós podemos conversar sobre isso, sobre todas essas coisas em outro momento, agora realmente não é a melhor ho..."

"Eu não quero conversar disso em outro momento! Eu quero conversar sobre isso agora! A minha vida acabou!" Explodi. "Eu não tenho nenhuma perspectiva de futuro, eu perdi a mulher que eu amo depois de ter envolvido ela nessa teia de mentiras pra tentar proteger a minha avó, que agora me odeia, que tá decepcionada comigo! Eu não aguento mais nada disso! Acabou! Minha vida acabou! E eu preciso, pelo menos, saber o motivo."

"Agora. Não é. Um bom momento. Édra", insistiu ele. Recuando.

"É o mínimo que você pode fazer por mim! Me contar o seu lado é *o mínimo* que você pode fazer por mim! Eu ainda sou a porra da sua filha!" Gritei.

"E eu sou o seu pai!", gritou ele de volta. "Eu fiz o melhor que eu pude. Errando ou acertando, eu ainda sou o seu pai!" Explodiu. "Você não entende. Eu vi seu avô vender *tudo* o que ele tinha pra pagar pelo tratamento de sua mãe. E, depois, eu vi sua avó fazer de *tudo* pra pagar pelo tratamento do seu avô. Eles nunca aceitaram meu dinheiro. Eles nunca aceitariam meu dinheiro. Sua avó até quis, no início, qualquer ajuda que fosse. As amigas do clube de costura fizeram campanhas e mais campanhas pra Eva. Mas seu avô tinha a cabeça de outra época. achava que era obrigação dele cuidar da própria filha. E que, se não fosse ele fazendo isso, estaria decepcionando todo mundo. Sendo menos pai, menos homem. Seu avô vendeu tudo. Por Deus, como ele tentou fazer dar certo... Ele a amava mais do que qualquer coisa no mundo. Mas as contas ficavam cada vez mais caras. E ele colocou uma placa de venda na frente da casa." Ele engoliu em seco. "Eu precisava fazer alguma coisa. Então, eu menti. Fiz o que eu fiz. Não me arrependo. Eu fiquei doente em Montana. Aquele lugar consegue minar todas as partes boas de alguém. Mas é ótimo pra fazer dinheiro. E eu fiz *muito* dinheiro. Mas é o *meu* dinheiro. E uma hora ele pode acabar. Sua mãe teve câncer, seu avô teve câncer, eu sempre te levei nos médicos. Eu sempre fui superprotetor com você. Errei em todas as outras partes, mas eu sempre fui atento com essa. E, quando eu vi que você era saudável e que você tava bem, eu te dei a única parte de paternidade que eu conhecia: eu tentei zelar pelo seu futuro. Te mandei pra Montana pra você conquistar o *seu* dinheiro. Estudar. Ser maior. Você é tudo o que eu tenho, Édra. E, quando eu morrer, eu não quero pensar que deixei você pra trás apenas com o dinheiro que *eu* juntei. Eu queria que você tivesse uma profissão, soubesse cuidar dos negócios. Pra que você nunca precisasse se sentir como seu avô se sentiu. Pra que você nunca precisasse vender tudo, todas as suas coisas, e viver num completo estado de desespero por falta de dinheiro. Eu não achei que eu tava te punindo, minha filha. Eu achei que eu tava te criando. E eu sinto muito que eu tenha feito as piores escolhas possíveis tentando acertar nisso. A verdade é que eu nunca estive pronto pra ser pai. Se Eva tivesse aqui ainda, tudo teria sido diferente. Só ficamos você e eu. E eu falhei. Eu sei que errei com você. E que me atrasei demais pra tentar acertar. Mas eu te amo, minha filha. Você não é a porta da casa verde que eu nunca pude entrar. Você é minha casa."

Todas aquelas palavras tinham me atingido como um soco no estômago.

"E tudo o que você quiser me perguntar", continuou ele, "tudo o que você quiser saber, a gente pode sentar depois pra conversarmos *a sós*. Agora não é a melhor hora para isso. Você sumiu o dia inteiro, quase matou todo mundo de susto. Nós estávamos preocupados com você. Onde você tava?"

A sós?

Nós?

Percebi que ele estava olhando por cima dos meus ombros. E me virei.

Minha avó estava parada atrás de mim com os olhos arregalados, segurando, trêmula, as pontas unidas de um xale de tricô. Tomada por um completo estado de choque.

Ela tinha escutado *tudo*.

Todas as coisas por trás de *anos* de desentendimentos. Todas as mentiras, todas as verdades, todos os segredos.

Estávamos os três, ali, parados. De pé. Olhando uns nos olhos dos outros. E, antes que qualquer um de nós pudesse fazer ou até mesmo dizer mais alguma coisa sobre tudo aquilo, Íris surgiu, da cozinha.

Ela foi andando discretamente até a minha avó, segurou sua mão trêmula e se inclinou para lhe dizer algo no ouvido. Eu não consegui escutar nem uma só palavra de seus sussurros. Minha avó, ainda atônita, fez que sim com cabeça, concordando com o que quer que ela tenha dito.

Íris deu a ela um beijo no rosto e se afastou.

De cabeça baixa, passou por mim, girou a maçaneta e saiu pela porta.

20.

Minha ficha demorou alguns segundos, que pareceram intermináveis, para cair. Pedi licença aos dois e também passei pela porta. Fui até o meu carro percebendo que, mais à frente, na rua, Íris estava dentro de *Reddie*, sozinha, com os faróis ligados, pronta pra dar a partida. Eu poderia ter gritado o nome dela, eu poderia ter corrido até lá, eu poderia ter dirigido atrás dela, eu poderia ter feito *qualquer* coisa, mas simplesmente *não era* o momento. Então, fiz o que tinha ido fazer lá fora. Peguei a caixa de glitter que Cadu tinha feito pra mim e voltei para a sala. Chamei meu pai e minha avó até a mesa de jantar, posicionei a caixa no centro e arrastei uma cadeira. Nós três, de uma vez por todas, precisávamos conversar. Se não por nós mesmos, por minha mãe. Em respeito a tudo o que tinha restado ali dentro.

Naquela noite, relemos o diário dela. Repassei trechos inteiros em voz alta enquanto meu pai e minha avó iam preenchendo as memórias com seus pontos de vista da época. Meu pai foi se abrindo e explicando a parte das coisas que ele sabia, que só eles dois sabiam. Ele buscou tudo o que ainda tinha dela guardado. Uma das coisas era um casaco de sua faculdade, que ele tinha selado a vácuo depois que ela tinha morrido e ele sabia ter sido uma das últimas peças de roupa que ela tinha usado. Fomos repassando as coisas de mão em mão, cheirando, sentindo, encostando contra as nossas bochechas, olhando de todos os ângulos. Minha avó girava o batom para fora da embalagem, meu pai chorava lendo a página sobre o primeiro beijo deles no diário e eu abraçava com toda a força do mundo aquele moletom usado por ela. Como se fosse um abraço dela, um que eu precisava muito ganhar. Passada a tensão do choro, dos dedos apontados, das perguntas respondidas, agora os dois riam, minha avó de um lado da mesa e meu pai do outro, relembrando o temperamento de minha mãe, suas ideias mirabolantes, as coisas engraçadas que ela fazia ou dizia. No fim da conversa, estavam amigos. Unidos pelo mesmo sentimento de respeito e de saudade a tudo o que tinha acontecido. Meu pai segurou as mãos da minha avó, ajoelhado, e implorou que ela permitisse que ele continuasse cuidando dela. Que essa era a única maneira de ele conseguir viver em paz com o fato de que ele não tinha conseguido salvá-la. Minha avó, por sua vez, segurou o rosto dele, vi um menino renascer em suas mãozinhas enrugadas. "Você fez tudo o que pôde, meu filho. Onde quer que ela esteja, ela sabe disso. E agora, eu sei também."

Pedimos pizza no Óregano's, assistimos *Grease* para celebrar a memória dela. Mas mal prestamos atenção no filme, porque estávamos ligando para todos os prestadores de serviço do casamento da minha avó. Ela não tinha desmarcado com todo mundo, meu sumiço roubou toda sua atenção durante o dia. Mas já tinha ligado para a costureira e para o buffet.

"Os doces já estão prontos, Ana."

"Seu vestido de noiva não foi a lugar nenhum, continua com todos os pontos de costura que eu dei."

Minha avó estava sem jeito de aceitar tudo aquilo, mas eu sabia em seu sorriso falando ao telefone com as amigas que ela estava feliz. Não havia tido tempo nem para contar sobre o casamento cancelado ao Seu Júlio. Então, a ele, só disse que passaria a noite em São Patrique porque teve um "imprevisto de noiva". E que de manhã, na véspera do casamento, já estaria de volta para começarem os trabalhos arrumando a fazenda.

"Se era o que minha filha queria, vou aceitar ser feliz com a ajuda do seu dinheiro, Augustus", disse ela, atrás da xícara de chá que tinha preparado para si mesma na cozinha, enquanto eu e ele dividíamos a pizza, lado a lado no sofá. "Mas você vai ter que deixar a Édra ser feliz e seguir o próprio caminho dela. Com ou sem a ajuda dele."

No meio da noite, entre uma risada e outra, carregando o moletom da minha mãe pra cima e pra baixo como se fosse um urso de pelúcia, eu pensei em Íris. Pensei que ela tinha escutado tudo. Pensei no que ela poderia estar pensando. E que agora, com o caminho livre, eu precisava fazer alguma coisa. Ou pelo menos falar a ela como eu estava me sentindo. Mas, pra isso, eu precisava de um plano. Um plano sem margem de erro.

    A ideia só veio quando levei minha avó de carro para a antiga casa. Tomei um banho, lavei o cabelo, me livrei de toda aquela poeira. Depois de ter contado em detalhes a eles no que eu tinha me metido, minha avó me fez prometer passar longe de confusão até que ela estivesse casada, porque não queria morrer de infarto antes de dizer "sim" a Seu Júlio. Eu disse a ela que seria difícil, porque eu tinha uma última coisa a resolver. Ela me perguntou se eu tinha certeza, não do amor, mas de que eu estava pronta para mexer nessa situação, sabendo que Íris poderia me dizer não. "Preciso tentar, ela é a minha casa verde. Eu preciso contar isso pra ela." Minha avó estava insegura, com medo do que eu fosse decidir fazer, da minha atitude – seja lá qual fosse – piorar todas as coisas. Ela me disse que Íris estava decidida sobre Lizandra. Sobre ficar com ela. Que tinha ficado muito sentida com o fato de que Lizandra continuava lutando por ela, que tinha ido até lá tentar tudo de novo. Cruzado o céu só para pedi-la em casamento por uma segunda vez. Pra Lizandra, Íris também significava uma casa. Mas isso não mudava em nada a forma como eu me sentia. Íris podia significar, sim, uma casa pra Lizandra. Mas não era verde.

    Quando estacionei em frente à casa da minha avó, ela saiu do carro primeiro, se adiantou pra destrancar a porta. Eu demorei pra sair. Fiquei lá de dentro encarando a casa dos Pêssegos. Eu quis tocar a campainha e falar tudo o que eu tava sentindo, mas, ainda assim, algo estava errado. Era como se eu tivesse possuída pela paciência que a minha mãe tinha aprendido a ter só nas últimas páginas de seu diário. Eu precisava esperar o momento certo. Eu precisava de um plano. Eu precisava ficar com Íris, *a sós*, por quinze minutos. Saí do carro e segui a minha avó para dentro de casa. Acendemos as luzes e nos deparamos com o que Cadu chamava de lar. Tinha fotos, objetos, itens extremamente pessoais dele por toda parte. Ele tinha conseguido, de verdade, tornar aquela casa o refúgio dele. Minha avó e eu até rimos comentando uma foto e outra. Eu a deixei descansar, ela precisava, em menos de quarenta e oito horas estaria casada. E feliz. Eu tinha conseguido cumprir minha promessa. Subi as escadas pro meu antigo quarto e desenrolei, do moletom da minha mãe, os binóculos do meu avô, que eu tinha surrupiado enquanto eu e minha avó conversávamos lá embaixo. Me inclinei sobre a janela, abri uma brecha na cortina e dei *zoom*. No andar de baixo, na sala, coberta pelas luzes azuladas da televisão ligada e por uma manta velha de princesas da Disney, Lizandra dormia no sofá. Íris tinha uma noiva, mas não conseguia sequer dormir ao lado dela. Dei zoom na janela do quarto dela. Íris estava acordada, sentada na cama, com o notebook ligado. A mão, dando cliques, ainda tinha aquela *maldita* aliança. *O que tava faltando pra ela perceber que aquilo, sim, era um erro?*

Íris virou a cabeça em direção a janela. Eu me abaixei, assustada.

Merda. *Merda, merda, merda.* Senti meu batimento cardíaco disparar. Esperei um instante antes de me levantar. Quando me levantei, as cortinas do quarto de Íris estavam fechadas. Meu plano, que não podia ter margem de erro, já tinha começado dando errado.

No dia seguinte, de manhã, depois de tomar café e de ter feito *parte* de um *outro* plano meu, fui até o carro, acompanhada da minha avó. Voltaríamos pra fazenda e daríamos continuidade em todo cronograma do casamento. Isso significava que Íris e eu tínhamos um último ensaio a ser feito. Ela e minha avó tinham conversado, por telefone, antes mesmo que eu acordasse. Girei a chave do carro, com minha avó terminando de colocar o cinto, no banco do carona.

Do outro lado da rua, Íris fazia o mesmo, acompanhada de Lizandra.

Arfei, dando a volta para sair da rua, Lizandra olhava para ela e olhava para mim. Ela acelerou na frente. Eu fui dirigindo logo atrás. Paramos juntas no sinal fechado, na frente do Colégio São Patrique. Os adolescentes, de recuperação, chegavam à escola para a prova. Entre eles, vi Thiessa passando, de cabeça baixa. O sinal abriu, Íris estava distraída, olhando para a escola. Os carros atrás dela começaram a buzinar. Eu dei a partida na frente e ela veio seguindo. Boa parte da estrada era mão dupla. Como eu tinha passado na frente dela, a olhava pelo espelho retrovisor quase o tempo todo.

Ela evitava me encarar de volta, mesmo eu sendo o único carro na sua frente.

No volante, a mão ainda era a mão de uma noiva. E, *por Deus,* como eu queria estragar aquilo.

Minha avó ligou o rádio.

"Você está ouvindo a sua, a minha, a nossa Rádio Andorinhas. Essa é a Sessão Sofrência da manhã. Pra já começar o dia com o pé na jaca, né, Cássio? É isso mesmo, Evandro. E agora, com vocês, Henrique & Juliano e Marília Mendonça em 'Completa a frase'. Essa é pra machucar!"

A estrada estava molhada, tinha chovido, provavelmente, a madrugada toda. Mas o dia tinha amanhecido um céu limpo, azul e sem nuvens. Minha avó olhava, alegre, a paisagem passar pela janela. Lizandra estava distraída no banco do passageiro, mexendo no celular. A estrada deixou de ser mão dupla. Íris e eu paramos, uma do lado da outra, na sinaleira da ferrovia, para esperar que o trem passasse. Minha avó acenou, abaixando o vidro do nosso carro. Íris abaixou o vidro da janela dela: "Quer água? A gente tem aqui." "Não, querida, estou bem. Tava só dando um tchauzinho." "Oi, Dona Ana", Lizandra esticou o pescoço para falar. Minha avó subiu o vidro da janela, sem dizer nada.

Eu segurei o riso, me mantive olhando para o horizonte, com as mãos firmes no volante. Mas, antes que a janela se fechasse completamente, eu ouvi, eu e Íris estávamos sintonizadas na *mesma* rádio.

"Só responde uma coisa, talvez mais que uma, com toda sinceridade. Me dê dois minutos do seu tempo, depois disso eu vou embora. Só completa a frase."

O trem de café veio, assoprando fumaça no ar, a distância.

"Quando a gente tenta com outras pessoas, várias tentativas, e vê que nada é de verdade. Quando alguém te chamar pra sair e você já não tiver vontade. Completa aí, o nome disso é? Quando soube as respostas, sorriu e não falou, completo pra você, o nome disso é amor."

O trem passou. Eu olhei para ela, mas ela não estava olhando pra mim. Respirava rapidamente, apertando com força o volante. Assim que o sinal abriu, Íris acelerou *Reddie* e me deixou pra trás, comendo sua névoa de fumaça. Revirei os olhos e pisei fundo no acelerador.

Minha avó riu, baixinho.

"O quê?", perguntei. "Nada, querida. Nada."

O caminho que fizemos dirigindo horas lado a lado, horas acelerando na frente uma da outra, era o mesmo que já tínhamos feitas juntas, dentro do mesmo carro. No sentido contrário, quando viemos no carro dela. E no sentido em que estávamos, quando voltamos para fazenda, depois da nossa noite de cinema. Era fácil de imaginarmos uma a outra nos nossos respectivos bancos de carona. Eu evitava olhar pra minha avó, ela *sequer* parecia notar a presença de Lizandra ali. Perto da fazenda, quando ficamos lado a lado de novo, eu não me virei para ver, mas eu tive certeza, ela estava olhando pra mim. Acelerei na frente e entrei na estrada de terra primeiro. Já tinham quatro carros e dois furgões estacionados na frente da fazenda. Homens andando de um lado para o outro, transportando caixas, tapetes enrolados de grama sintética, cestos de flores artificiais *e* naturais. Estava acontecendo. No dia seguinte, minha avó iria se casar. Os olhos dela brilharam, suspirando para o que estava vendo. "Eu achei que estivesse velha demais pra isso", ela sorriu, emocionada. Eu sorri de volta, parando o carro. "Talvez nunca seja tarde demais, querida", ela piscou para mim, soltando o cinto de segurança. "Para nada." Ela saiu do carro, e eu fiquei mais um tempo sozinha. Assisti, pelo meu retrovisor, Íris chegar. Ela e Lizandra saíram do carro. Eu respirei fundo. Estava na hora. *Showtime.*

Porque a diferença entre uma mulher apaixonada e uma mulher burra é mesmo nenhuma. Eu sabia disso. *E eu não poderia me importar menos.*

Esperei Íris entrar no casarão para alcançar Lizandra, mexendo distraída no celular.

"Ei, Lizandra", chamei, segurando-a pelo braço; "Eu pensei sobre o que você me disse ontem." Ela olhou para a minha mão segurando seu braço, enojada, e só então para mim.

"E?"

Eu soltei o braço dela e peguei fôlego para falar o que eu estava prestes a falar.

"*E aí* que eu decidi o que eu quero pra deixar a Íris em paz. Depois disso, eu juro, vocês duas estão livres. Eu não vou mais atrapalhar em nada. Te dou a minha palavra."

Lizandra não parecia querer me escutar, mas um lado dela, o inseguro, ficou para ouvir. E, no final, depois de eu ter explicado, ela topou.

"Quinze minutos", repetiu ela.

"Sim, quinze minutos."

"E eu vou ficar do outro lado da porta."

"Como você preferir."

Ela me fitou como se eu tivesse tomado a decisão mais idiota do mundo. E saiu, murmurando: *"Trocar uma mulher por quinze minutos, como se desse tempo de fazer qualquer coisa em quinze minutos, argh, otária."* Eu observei enquanto ela subia as escadas para o casarão, cheia de si, e abri o sorriso mais presunçoso e torto para um só lado da cara, do mundo. Alguém tinha me ensinado o valor de quinze minutos.

Voltei para o carro, para tirar as coisas que eu e minha avó tínhamos buscado na geladeira da casa dela. Eram bebidas que Cadu já tinha comprado. Reparei, no fundo de tudo, a caixa de glitter. Aquilo *fazia* parte do plano, só que de *outro* plano.

Bati o porta-malas de novo. E me misturei aos funcionários da floricultura, passando por eles segurando um engradado de bebidas. Cruzei a porta e entrei no casarão, fui tomada pelo ar contagiante de alegria. Amigas da minha avó por toda parte, tecidos, panos, caixas de doce. O som de risadas coletivas preenchendo tudo. Seu Júlio numa rodinha de maridos, todos eles carregando suas respectivas caixinhas de ferramentas, prontos para o trabalho. Seu Afonso, que eu já tinha conhecido, estava entre eles. *"Meu amigo Kleber, que fiz na minha época de marinheiro, pescou no mar aberto da base naval de lá um peixe de cento e vinte quilos."*

Pisquei para eles e desviei de uma escada aberta no meio do caminho com um rapaz prendendo um gancho no teto, montando uma cascata de flores. *"Opa!"* Dois cestos de flores se abriram para que eu passasse no meio. Saí do outro lado, diretamente na cozinha.

Deixei o engradado no chão.

Minha avó estava sendo paparicada, sorrindo alegre, entre as amigas, dividindo um bolo de goiabada, cercada de incontáveis caixas lacradas de doces.

"Aí está ela!", Vadete sorriu, se levantando de braços abertos. Genevive veio logo em seguida, apertando minhas bochechas. De dentro dos carinhos, vi quando Íris, no cantinho da cozinha, largou o prato ainda com bolo em

cima da pia e saiu, rapidamente, pela porta dos fundos. Ela estava me evitando a todo custo. A única forma de falar com ela, de fato, seria com o meu plano combinado com Lizandra. *"Ansiosa?"*, perguntou Genevive, dando tapinhas no meu rosto. *"Sua avó vai se casar! Amanhã!"*, gritou Vadete no meu ouvido. Minha avó gargalhava com a boca cheia de bolo. "Sim", lancei um sorriso para ela. "Ela vai."

"A Senhora Lobo já está no salão esperando vocês duas pro ensaio, mas falta a costureira chegar, ela disse alguma coisa sobre o ensaio precisar ser com as roupas certas, para vocês testarem", minha avó me orientou, depois que eu tive um papo curtinho com suas amigas, tirando uma lasquinha do bolo com um pouco de café. *"Então"*, eu arrastei a cadeira para me levantar. *"Vou indo nessa. Até logo, meninas!"* "Até logo, amorzinho!" As amigas da minha avó acenaram para mim, envaidecidas: *"Até logo, nada!"*. Vadete se queixou, divertida, *"Daqui a pouco a gente vai lá, ver como essa valsa tá ficando!"* "Espero vocês lá, então!", falei, sorrindo enquanto me despedia temporariamente delas.

Era a hora.

Eu precisava achar Lizandra *antes* que a costureira chegasse.

Esbarrei em Cadu saindo da cozinha. "Caramba", ele deu um passo pra trás, me olhando de cima abaixo, curioso, "onde você tava? Não consegui consertar meu celular, voltei pra fazenda de van achando que você já teria chegado e você tinha sumido! Ainda *roubou* a noiva!", brincou ele, zombeteiro.

Íris passou do outro lado, a passos de nós, seguindo a costureira que tinha acabado de chegar com as nossas roupas embaladas.

"A noiva errada", acrescentou, murmurando.

"Onde eu tava e eu o que eu tava fazendo é uma longa história", respondi, balançando a cabeça, soando muito menos exausta do que eu realmente estava. Estiquei meu pescoço, procurando por cima do ombro dele qualquer vestígio de Lizandra. Ela estava mexendo no celular, entediada, no sofá da sala, enfiada entre as flores, atrapalhando o trabalho dos funcionários da floricultura. "Depois eu falo com você, preciso resolver uma coisa agora", expliquei, me desvencilhando dele. Mas ele segurou o meu braço. "Édra...", disse ele, num tom cauteloso. "Confia em mim", eu o assegurei, "não vou errar dessa vez." Cadu me soltou e eu apressei os meus passos até Lizandra.

"Agora?", perguntou ela, irritada, assim que me viu. Eu estava prestes a responder que sim, mas fui puxada de novo pelo braço e, dessa vez, não por Cadu.

"Eu estava te procurando, mocinha!", a Senhora Lobo disse pra mim com as sobrancelhas juntas na testa, soltando ar pela venta e erguendo um conjunto de blazer e calça embalados numa capa de plástico transparente e pendurados num cabide de madeira. "Blazer. Agora." "Agora?", perguntei, sem acreditar que aquilo estava acontecendo. Eu precisava dar continuidade ao meu plano, eu não tinha muito tempo. "Agora", ordenou ela. Eu me virei pra Lizandra e avisei, baixinho: "Espera, vou só colocar isso e volto." "Tanto faz", Lizandra revirou os olhos, "mas ela já tá no camarim, então você tem pouco tempo. Se você não aparecer em cinco minutos, vai ter que deixar a gente em paz, independentemente de não ter tido os seus quinze." "Ok, Lizandra", arfei, "mas eu *vou* aparecer em cinco minutos".

Iniciei a minha maratona em busca de um banheiro, *qualquer* banheiro serviria. O primeiro que eu abri, tinha um funcionário da floricultura, de costas pra mim, de pé, mijando. "Mas que porra é..." "Foi mal aí!", bati a porta. Desci pelo corredor, forcei a maçaneta do quarto de minha avó, mas estava trancado. Do lado de dentro, muitas risadinhas. "E a lua de mel, onde vai ser com o seu bonitão?" *Ew. Não.* Corri escadas acima, rumo ao meu quarto, mas percebi no meio do caminho que já devia ter perdido dois minutos inteiros. Droga.

Comecei a trocar de roupa no meio da escada.

Quando me viu, Suri cobriu o rosto e continuou descendo. Eu estava de cueca e top, subindo o zíper da calça de alfaiataria. Marcela descia, a cada degrau, olhando pra mim. "Bom dia, galera", cumprimentei, fingindo que não estava prestes a ter um derrame de vergonha. *"Boa... Digo, bom, bom dia."* Foi o que Marcela disse, antes de cair.

A cabeça dela bateu oca quando ela terminou de rolar os degraus até o chão. "Marcela!", gritou Suri, desesperada. Eu estava passando meus braços pelas mangas do blazer. O mesmo rapaz que eu tinha visto mijando largou todas as ferramentas e caminhou até a porta com os braços erguidos no ar. "Essa casa é confusão, eu tô falando a vocês."

"Confusão é o que eu vou te contar agora, meu camarada." Seu Afonso parou na frente dele. *"Meu amigo Kleber, que fiz na minha época de marinheiro..."*

Abotoei o último botão que restava do blazer, eu estava pronta. Um minuto atrasada, mas pronta. Desci os degraus correndo atrás de Lizandra. Desviei de Marcela deitada no chão e de Suri perguntando quantos dedos tinha na mão dela. Parei diante de Lizandra, ainda no sofá. Ela me fitou, parecia que toda sua insegurança tinha voltado, como um fantasma para assombrá-la.

"Tô pronta", eu disse, firme.

"Eu tô achando que não é mais uma boa ideia, Édra", ela torceu a boca.

"Pode ser agora ou no dia do seu casamento. Você escolhe."

Lizandra respirou fundo, se levantou do sofá furiosa e saiu andando. Eu a segui.

Para a minha sorte, não que eu costume ter muita, quando chegamos ao salão, a Senhora Lobo estava distraída, de costas para nós, flertando com um funcionário da floricultura, um senhor galanteador que ela já parecia conhecer de algum lugar. Os dois conversavam num canto, enquanto ele colocava uma flor na orelha dela e dizia que ela deveria voltar a usar o cabelo solto. Ela se desmanchava numa gargalhada histérica e eu tenho quase certeza de que nunca nem devo tê-la visto sorrir antes. Entregue ao flerte momentâneo, ela não nos viu atravessar o salão. Eu não entendia para onde Lizandra estava me levando, mas a segui mesmo assim. Pelo visto, ontem, enquanto eu tinha passado o meu dia inteiro fora da fazenda, Seu Júlio com a ajuda de algumas amigas de minha avó e seus respectivos maridos, que eram também amigos dele, tinham ajeitado juntos uma salinha com um banheiro interditado, que eu nem fazia *ideia* que existia ali. Transformaram tudo numa espécie de camarim, para que minha avó conseguisse se ajeitar durante a festa, sem precisar ficar voltando no quarto o tempo todo. Para que ela tivesse um lugar especial para ser, pelo tempo que bem quisesse, uma bela noiva em seu casamento. Lizandra parou de andar a dez passos de uma porta, a única que tinha, no final do corredor estreito em que estávamos. A portinha, branca, parecia ter sido *acabada* de pintar e tinha um laço, vermelho, amarrado em sua maçaneta.

"Quinze minutos", disse ela, entre dentes. *"E eu vou cronometrar."*

Fiz que sim com a cabeça. Ela revirou os olhos e andou até a porta, devagar. Três toques depois e Íris respondeu: *"Estou me vestindo!"*, a voz dela, do outro lado da porta, amoleceu meu coração inteiro. Minhas pernas falharam. Dois dias longe dela e eu já estava em abstinência. Passei a mão pelo meu cabelo, tentei me ajeitar dentro daquele blazer, como se isso fizesse qualquer diferença. Não adiantava em nada me arrumar ou estar bonita, não na situação *horrível* em que estávamos. *"Amor, sou eu"*, disse Lizandra, encostando a palma da mão e o rosto na porta. Percebeu a sensação grudenta na pele, da tinta fresca, e se afastou num pulo, enojada.

O corredor era estreito demais, até mesmo pra nós duas. No reflexo, eu dei um passo pra trás, pra que ela não me sujasse também e chutei, sem querer, uma garrafa de vidro vazia, que eu reconheceria de longe como parte do acervo alcoólico de Seu Júlio. O dia ontem deve ter sido animado por aqui.

"Quem tá aí com você?", perguntou Íris, desconfiada pelo barulho. Lizandra me olhou com ainda mais raiva do que de costume. "Ninguém, eu tô sozinha", respondeu, claramente contra a sua vontade, mas seguia com o plano, guiada pela insegurança. Faria qualquer coisa que a assegurasse de se livrar de mim. "Você pode abrir?", pediu ela, passando a mão suja de tinta no rosto, piorando tudo. "Eu quero te ver por quinze minutos", me lançou um olhar, ameaçador. "Depois, eu vou embora e te deixo sozinha e não te atrapalho nunca mais." "Quê?", perguntou Íris, do outro lado, completamente confusa.

"Eu disse que queria te ver, você não ia provar o vestido da festa? Não quer que eu veja?"

"Ah, é que... como ela tá finalizando o meu vestido ainda... o vestido que ela me emprestou... bom, é que... o vestido que ela trouxe é um vestido de..." Íris se embolava, do outro lado, sem querer abrir.

"Tenho certeza que você tá linda, meu amor. Você é a mulher mais linda do mundo. Destranque essa porta, eu quero entrar pra te ver."

Íris ficou em silêncio dentro do camarim improvisado. Lizandra e eu ficamos esperando por ela, no corredor. Até ouvirmos o barulho da chave girando vagarosamente no trinco da porta. *"Tudo bem"*, disse ela, baixinho, num tom de voz triste, *"pode entrar."*

Eu empurrei Lizandra, girei a maçaneta, entrei no camarim e bati a porta.

Íris estava de costas pra mim dentro de um simples e delicado vestido de noiva. Caía leve sobre ela, como se fosse uma única pena. Um nó se formou imediatamente na minha garganta. Quando ela se virou, seus olhos se arregalaram e ela saltou pra trás. Eu a olhei de baixo para cima. Os olhos dela não sabiam o que sentir direito por mim. Pareciam estar processando o fato de que eu estava mesmo ali. As lâmpadas quentes, em bolinhas presas num espelho de camarim, nos iluminavam a meia-luz, num tom *quase* alaranjado. Era como se, presas ali dentro, estivéssemos entre a penumbra e o final de uma tarde.

"Que *brincadeira* é essa? O que *você* tá fazendo aqui?", perguntou ela, irritada.

"Eu te amo", falei. "Eu tenho quinze minutos pra falar com você e eu poderia ficar só repetindo isso por quinze minutos sem parar. Eu te amo."

Os lábios dela foram se curvando, num beicinho. Os olhos foram ficando avermelhados. O queixo começou a tremer. O corpo tentou dar ainda mais passos pra trás, mas ela já estava encostada na parede. Respirou fundo, fungando, ergueu a cabeça para que nenhuma lágrima rolasse. Seu beicinho de choro virou uma boca retorcida. Me olhou por cima do nariz franzido de raiva

"Eu estou *noiva*", disse ela, me atingindo como um soco.

"E eu te amo."

Sua boca retorcida perdeu, mais uma vez, para o beicinho de choro que se formou. Uma lágrima rolou, contra sua própria vontade, pelo cantinho de seu olho.

"Eu posso continuar repetindo isso pelos próximos quatorze minutos, Íris. *Ou* você pode me deixar falar outras coisas." Dobrei o braço por trás das costas e girei a chave da porta, trancando nós duas. "Eu só quero que você me escute, mas eu não vou te *obrigar* a fazer isso." Dei dois passos a frente e estendi a chave pra ela. "Ótimo", ela secou a lágrima na bochecha e passou por mim, tomando a chave da minha mão e me atropelando, "porque eu não vou ficar aqui nem mais um minuto."

Eu observei enquanto ela colocava a chave na fechadura. A chave girou, seu corpo fez a força, mas a porta não se abriu. Os punhos fecharam, dando socos contra a madeira, sem parar. Ela estava desesperada e furiosa.

"*Oi! Alguém?! Tem alguém aí?*"

Eu encostei na parede, cruzei os meus braços e respirei, tranquilamente. Ela se virou, tudo em seu rosto me dizia que ela queria me esganar. "Você disse que não ia me obrigar!", esbravejou, entre dentes, a mandíbula trincada de puro ódio.

Meu rosto não poderia estar mais tranquilo, ergui os ombros.

"Eu não tô te obrigando."

Ela arfou, se virou mais uma vez e voltou a esmurrar a porta, *"Alguém! Por favor! Eu tô presa aqui!"* Do meio do som oco da madeira sendo nocauteada de maneira intermitente, emergiu a voz de Lizandra, mais aguda do que de costume, completamente envergonhada: *"Ela só quer quinze minutos, meu benzinho, depois disso ela vai deixar a gente em paz pra sempre".*

Minhas bochechas se encheram de ar e uma risada fina escapou pelo meu nariz.

Íris se virou, vestida da noiva mais estressada que eu já tinha visto na minha vida. Me contive imediatamente, mas continuei com um sorriso que não consegui tirar da cara.

Ela avançou pra cima de mim.

"Eu *odeio* você!", me empurrou, sem nenhum efeito, porque eu já estava contra a parede.

"É?", inclinei minha cabeça um pouquinho para o lado, as palavras saíram de dentro do meu sorriso: "E eu te amo".

Seus olhos imensos reviraram. Ela arrastou a cadeira que estava perto do espelho do camarim, ergueu a barra do vestido de noiva do jeito que pôde e se sentou, cruzando os braços. Tinha finalmente cedido. Eu conferi o relógio no meu pulso antes de me desencostar da parede.

"Eu já sei o que você veio me dizer", disse ela, evitando me olhar, balançando a perna freneticamente e encarando a pia do banheiro. "Eu ouvi tudo ontem, Édra. Eu estava lá. Você sumiu, sua avó me pediu para levar ela até a casa de seu pai. Nós fomos. E eu ouvi *tudo*, eu tava na cozinha *o tempo todo*. Eu tava lá. E eu sinto muito, inclusive, por tudo o que você disse. Sinto mesmo. Do fundo do meu coração. Mas nada disso muda o fato de que eu tô noiva. Meu tempo não pode girar em torno do seu, minha vida não pode girar em torno da sua. É tarde demais agora. Lizandra me pediu em noivado, minha família toda viu, meus pais e minhas amigas viram. Eu não posso simplesmente *largar* tudo por sua causa. Nós duas precisamos agir como duas mulheres adultas. E deixar isso, essa coisa que fica nos puxando de volta uma pra outra o tempo todo, pra trás. Eu vou embora. E eu vou me casar com Lizandra."

"Tá bom. Tudo bem", falei. "Agora repita tudo isso que você acabou de falar, olhando pra mim."

"O quê?", ela me encarou, irritada.

"Você vai se casar com ela?", perguntei.

Agora estávamos olhando uma nos olhos da outra. E era *dessa* maneira que eu queria ter aquela conversa.

"Vou, Édra", respondeu ela, firme. "Eu preciso agir como uma mulher adulta e você também deveria fazer isso."

Eu a ignorei a justificativa dela completamente.

"Você vai ser casar com Lizandra por que você *quer* ou por que você *precisa?"*, continuei olhando bem fundo, quase a atravessando. Minhas sobrancelhas estavam juntas na minha testa e eu tentava conter dentro de mim a fúria do meu ciúme.

Ela não tava falando sério, eu *sabia* disso.

"Onde você quer chegar com essa pergunta?", ela se esquivou, contrariada.

"Você *ama* ela?", eu dei um passo pra frente, senti meu corpo inteiro se tensionar. A boca dela voltou a ficar retraída.

"Eu gosto muito dela, Édra."

Porra, *Bingo.*

"Eu perguntei se você ama", minhas sobrancelhas se ergueram, presunçosas.

"Eu gosto dela *o suficiente*", ela teve a *audácia* de responder.

"A ponto de *se casar* com ela?", perguntei, sem acreditar no quão ridículo aquilo tudo parecia.

"Com quem eu vou me casar ou não e os meus critérios pra isso, não é *exatamente* da sua conta", ela se levantou da cadeira, com os punhos fechados de raiva.

Ficamos a um único passo uma da outra. Meu reflexo no espelho de blazer, o reflexo dela no espelho, de noiva. Entre o final de uma tarde e a penumbra.

"Você me ama?", perguntei, sem saber se olhava para os olhos dela ou para boca. Seus lábios, retraídos, formaram de novo um beicinho. As sobrancelhas cederam. Os olhos me fitaram com as feições exatas de uma princesa de desenho animado. Tudo ganhava ainda mais veracidade com ela dentro daquele vestido de noiva. Íris suspirou, sem dizer nada. A pontinha do nariz foi corando, em vermelho, seus olhos brilharam atrás das lágrimas.

"Eu estou *noiva!*", disse, trêmula, tentando se agarrar em qualquer corda vocal, para dar firmeza a entonação de cada palavra. "E eu também posso ficar repetindo isso por quinze minutos."

"Mas não consegue dizer nem *uma única vez* que não me ama."

Eu disse e Íris deu um passo pra trás, como se tivesse se assustado com o que ouviu. Ela tentou engolir o choro preso na garganta, mas as lágrimas rolaram, silenciosas, mesmo assim. Só percebi que eu estava segurando sua mão quando a soltei.

Ficou desenhada, na palma da minha, a marca da pedra de sua aliança.

Foi a minha vez de dar um passo pra trás. E a porta se abriu.

"Não!", gritou Lizandra, toda suja de tinta, atrás do corpo da Senhora Lobo, de cabelo solto e com uma flor murcha, pendurada na orelha.

"O que vocês estão fazendo aqui? Já pro salão! Agora!", gritou.

Íris saiu atropelando todo mundo. A Senhora Lobo assistiu a cena, confusa. Quando se viu no reflexo do espelho do camarim, teve um choque de realidade, começou a pentear com as mãos o cabelo pra trás, tentando refazer o coque que sempre usava, constrangida.

Desviei dela para sair do camarim e acabei pisando, sem querer, na flor que ela usava segundos antes no cabelo.

Todo amor renegado é um ato de covardia.

Para amar, tanto quanto para dançar, custava aprender os passos de coreografia da coragem.

Íris estava refletida no coque reposto no topo da cabeça da Senhora Lobo. Ela estava escolhendo, conscientemente, ser covarde com o que sentia por mim. Não havia nada que eu pudesse fazer sobre isso. Era um erro que ela precisava se dar conta sozinha.

Lizandra, suja de tinta, ainda estava de pé no corredor estreito, me esperando passar.

"Você teve o tempo que você queria, Édra. Eu cumpri com a minha parte. Agora é a *sua vez*, de cumprir com a sua."

Eu passei, com dificuldade, por ela, tentando não me sujar e continuei andando, *"Fique longe de Íris! E fique longe do meu casamento!"*, ordenou ela, gritando para as minhas costas, tentando soar intimidadora.

"Você tentou e ela não te quis. Agora respeite o nosso noivado, você me ouviu? Nós nos amamos!"

"Não, Lizandra. *Você* ama ela", rebati, sem olhar pra trás. "E ela gosta *muito* de você."

"O suficiente para se casar comigo!", a voz dela ecoou pelo corredor.

Eu parei de andar apenas pelo instante de responder: "Mas não o suficiente para ser sua."

O salão parecia o Coliseu. Seria uma dança e uma batalha, os dois ao mesmo tempo. As amigas de minha avó tinham se acumulado num cantinho. Separaram algumas cadeiras de plástico, dividiam a costura de uma mesma cortina, cada uma com o seu próprio pedaço para remendar no colo, sorriram pra mim assim que me viram. Cruzei o salão abotoando as mangas do blazer, vasculhando cada metro quadrado com os meus olhos, atrás de Íris. Lizandra se esbarrou em mim de propósito, sujando uma parte do meu blazer de tinta. Ela atravessou o salão me olhando e se afundou, de braços cruzados, numa cadeira. A Senhora Lobo veio logo atrás dela, de coque. Seus saltos foram estalando pelo piso do chão. Ela segurou a própria saia para se abaixar ao lado da caixinha de som. Deu play na música de valsa. Todas as amigas de minha avó suspiraram, apertando, cada uma, respectivamente a sua parte de tecido. Dando início, entre elas, ao que viria a ser uma interminável série de cochichos. Eu nem me atrevi a passar a mão no meu blazer, pra não piorar a situação e espalhar ainda mais a tinta. Lizandra me fitava da cadeira, metade do rosto carimbado de branco, com vários fios grudados de cabelo.

Quando olhou pra ela, Cadu tomou um susto, se benzeu e se sentou na cadeira ao lado. Abriu com o dente uma pequena garrafa de cerveja. A plateia estava formada.

Íris entrou no salão secando o rosto com uma toalha. Puxou, ao lado oposto de nossa plateia, uma cadeira apenas para estendê-la. Suas iniciais estavam bordadas em linha rosa, no ponto de costura de minha avó. Veio andando até a mim, secando as mãos nas laterais do vestido de noiva. Parou de pé na minha frente com a franja molhada.

A Senhora Lobo repetiu a música do início e começou a contagem. *"Vamos lá, meninas, vocês ensaiaram muitas vezes pra isso. Agora é a hora de não me matar de vergonha."* Eu estiquei o braço, ela encontrou a minha mão no ar, puxei seu corpo pela cintura, ela segurou o meu ombro. Eu olhei para um lado, ela olhou para o outro. Começamos a dança.

Um, dois, três. Um, dois, três. Um, dois, três. Girou. Um, dois, três. Um, dois, três. Um, dois, três. Um, dois, três. Afasta. Se olha. – Não nos olhamos. – *Caminha. E volta. Um, dois, três. Um, dois, três. Um, dois, três. Um, dois, três... Mão na cintura. Pra lá, pra cá.*

"Não terminei de falar com você", *pra lá, pra cá.* "Deve ser porque eu não quis ouvir." Girei ela devagar. "Eu tô tentando fazer a coisa certa dessa vez, Íris", *um, dois, três,* "E eu tô tentando me casar, Édra", *um, dois, três.* "Tentando?" *Um, dois, três.* "Você entendeu o que eu disse. Mas eu posso ficar repetindo pra você que eu estou noiva." "Por que você não tá dormindo na mesma cama que sua *noiva?*" Ela me olhou, ofendida. Mas virou a cara logo em seguida. "Então *era você* me bisbilhotando?" "Você não respondeu a minha pergunta" "*Você* não respondeu a minha." Nos afastamos um pouco e nossas mãos se encostaram uma na outra, pendentes no ar, o anel de noivado brilhou em seu dedo, em contraste com o meu curativo. "Você *esteve* com ela alguma vez, desde que ela chegou?", perguntei, aflita. "Eu estive com ela o tempo todo desde que ela chegou, Édra. Estamos na mesma casa." "Não é *isso* o que eu quero saber." Giramos.

"Eu não tenho que te responder nada, Édra. Muito menos sobre uma coisa dessas. Você deveria pelo menos *fingir* que me respeita." *Afasta. Caminha. Se olha.* Não nos olhamos. Arfei como um touro sendo provocado por um lencinho vermelho. Nossos corpos se encontraram de novo. "Então, você esteve?", perguntei. Ela deu uma risada breve, que só evidenciou ainda mais sua irritação com a pergunta, eu tava febril de ciúme, não conseguia enxergar um palmo a minha frente, nem entender o motivo. "É engraçado você me perguntar isso, sendo que *eu sei* que você dormiu com aquele projeto de cursinho de inglês", soltou sua farpa. "E agora eu tô presa nesse ensaio, e esse *radinho* da Senhora Lobo me lembra ela." Eu ainda tava muito irritada com a minha pergunta pra conseguir rir daquilo. "Eu não dormi com ela." "E eu não perguntei." "Mas parece que quer saber." "Eu estou *noiva*." "E com ciúme."

Lizandra percebeu que estávamos conversando enquanto dançávamos, porque começou a forçar uma tosse, um pigarro na garganta, pra ser notada. "Você transa com uma otária." "E você transa com legenda." *Um, dois, três. Um, dois, três. "Menos conversa!"*, exigiu a Senhora Lobo, em seu tom autoritário. *"E mais dança!"* Giramos. "Você nunca vai me encontrar em ninguém, Íris." "Graças a Deus", rebateu ela, ríspida. "Vou orar todos os dias por isso." "Sua noiva também." *Um, dois, três. Um, dois, três. Pra lá.* "Vá repetindo a palavra noiva", *pra cá,* "até você aceitar o fato de que agora eu tenho uma." *Pra lá.* "É por isso que você fica repetindo?" *Pra cá.* "Pra conseguir aceitar?" "Eu aceitei quando eu disse *sim*." "Você veio pra São Patrique porque disse *não*." "Meu sim veio *depois* disso." "E esse seu sim, por acaso, tá aqui nessa sala com a gente?" "Eu estou *de aliança*, não seja ridícula." A música parou. "É só um anel, Íris." Nós nos afastamos.

"Pausa de quinze minutos!" A Senhora Lobo gritou ao lado da caixinha de som. Arfei, entre a contradição, a ironia e o riso. Lizandra se levantou e correu, para fora do salão, atrás de Íris. Puxei uma cadeira ao lado de Cadu. Olhamos um pra cara do outro. Ele me passou a garrafa de cerveja, sem dizer nada. Seu rosto parecia uma frase inteira. Balancei minha cabeça em resposta. Sabíamos.

Virei a garrafa na boca, encarando a toalhinha de rosto estendida.

Fui atrás de um banheiro pra esfriar minha cabeça, no sentido literal da palavra e jogar um pouco de água na minha cara. No caminho, vi de longe, do lado de fora da fazenda, uma discussão calorosa entre Lizandra e Íris. A imagem delas duas foi ofuscada pelos bonequinhos apaixonados no topo do bolo de três andares de casamento, sendo carregado por dois homens ao mesmo tempo.

As amigas de minha avó começaram a dar gritinhos de felicidade. A confeiteira entrou logo depois, orgulhosa do próprio trabalho. "E está uma delícia! De ninho e frutas vermelhas, como os noivos pediram!" *"Que pena que eu tenho diabetes!"*, uma das senhorinhas damas-de-honra, suspiraram, "Eu vou comer meu pedaço, Regina. Se morrer, enterra." "Magnólia, tenha modos! Saúde em primeiro lugar!" "Você fuma tanto, que é quase um cigarro, Abigail. E quer falar de saúde!" "Meninas, sem briga! Até porque o bolo só corta amanhã!" "Tem de enfiar logo na geladeira, isso!" "E por que trouxe hoje?" "É muita coisa pra arrumar, as estradas vão estar um inferno com os turistas passando pro festival. Já pensou se fica alguma coisa de fora?" "Vira essa boca pra lá! Vai dar tudo certo, a Ana merece isso!" "Falando na noiva, cadê ela?" "Botando unha de gel, minha filha!" "Acho horrível." "Quem tem que gostar é Juliano." "Quem tem que gostar é ela." "Nela eu vou achar lindo!" "É curtinha, menina, a unha que ela tá botando. É só pra enfeitar!" "Enfeitar pra quê?" "Pro casamento" "Que casamento?" "Eu tô dizendo? Fuma, fuma e dá nisso" "Quem vai casar?" "Fábio Júnior e Glória Pires." "E a gente foi convidada?!" "Ó, a gente aqui." "E vai ter bolinho de casamento?" "Ó, o bolo aí." *"Ai! Que bolo lindo! Que pena que eu tenho diabetes!"*

VOLTEI PARA O SALÃO COM O ROSTO pingando, todo molhado. Podia sentir alguns fios do meu cabelo grudados na minha testa. *(Eu não tinha uma toalhinha.)* A franja de Íris, agora, estava totalmente seca, o cabelo caía, impecável, para trás dos ombros. Mas "impecável" era uma palavra que não podia descrever a barra de seu vestido. Estava menos limpa do que antes. A terra do chão da fazenda tinha se aderido ao branco em tons terrosos de laranja. Nos posicionamos. As amigas de minha avó entraram apressadas, como se estivessem atrasadas pra um compromisso sério – o de nos assistir. Cadu tinha buscado pra si mesmo um mini-cooler de cerveja. A bochecha de Lizandra estava vermelha e irritada, como quem tinha tentando se livrar de toda tinta, mas toda a tinta ainda estava lá, nada tinha saído.

A Senhora Lobo deu play na música. Íris virou o rosto de lado para não olhar pra mim. Eu respirei fundo e nós recomeçamos. Íris estava mais empenhada em acertar os passos da coreografia, eu, não. "Vi vocês duas brigando." "Você deveria parar de ficar me bisbilhotando." "Engraçado *você* dizer isso."

"Tem discussão em todo casamento." "Você não casou ainda." "Viu? Você disse *ainda*, está começando a se adaptar." "Você só aceitou esse pedido pra me provocar." "Seu ego é imenso." "Sua teimosia consegue ser maior do que ele." "Antes teimosa do que feita de boba." "Eu sei que eu errei, Íris. Eu não sou perfeita. Nem você é perfeita. Você fala como se nunca tivesse errado comigo." "Você escondeu o seu *green-card* de mim. Por que você nunca me disse que aquela mulher existia?" "Porque ela é completamente insignificante pra mim." "Se ela é insignificante, por que você ficou com ela?" "Pelo mesmo motivo que você está noiva." "Você poderia ter me contado sobre isso, eu teria entendido, *eu acho.*" "Não é como se eu tivesse descoberto sobre o seu *quase*-noivado pela sua boca." "Minha vida depois que você terminou comigo, Édra, deixou de ser da sua conta" "Ah, e a minha continuou sendo da sua?" "É uma questão de consideração." "Agora você tá sendo injusta." "Agora é tarde demais, pra qualquer coisa."

Outra pausa de quinze minutos. Cadu e eu bebemos cerveja trancados dentro do meu carro, ouvindo música. Íris e Lizandra estavam discutindo na frente do celeiro. Abaixei o vidro da janela pra que a música saísse.

Se não eu, quem vai fazer você feliz? Se não eu, quem vai fazer você feliz? Guerra!

Percebendo a música alta, Íris saiu irritada, segurando a barra do vestido de noiva, com uma parte inteira da calda se arrastando pela terra. Lizandra foi atrás, toda suja de tinta. Eu e Cadu brindamos com as cervejas, o vidro do carro voltou a subir.

Agora, as amigas da minha avó tinham levado um ventilador para o salão. O dia de sol estava lindo e absurdamente quente. Parecia uma sauna lá dentro. A Senhora Lobo se abanava com um convite de casamento de minha avó. Lizandra parecia cada vez mais enfezada.

Cadu já estava meio bêbado, falando alto o que não deveria.

"E vocês acreditam que elas estão noivas?", contava, para as amigas de minha avó, aproveitando um pouco do ventilador, sentado no chão, sem camisa, com um chapéu de caubói Seu Júlio, como se fosse um Ken Vai a Fazenda.

"Édra e Íris, meu Deus! A gente não sabia!" "Eu já imaginava!", disse a outra.

"Nã... *não, não, não, não*", corrigia Cadu, rindo. "Não *elas*", ele esticou o dedo apontado, um olho aberto o outro fechado, *"Elas."*

As amigas da minha avó se entreolharam nauseadas e sem graça. "Ah, sim!" "Então é isso, né, gente?", a última que falou, parecia estar consolando Íris. "O importante é ser feliz, minha filha."

Abaixei minha cabeça, tentando não transparecer que aquilo tinha me divertido.

Íris ficou vermelha de raiva. Lizandra arrastou, agressivamente, a cadeira para se isolar a uma distância maior de todo mundo no salão.

A Senhora Lobo deu play na valsa.

Recomeçamos.

"Se continuar brigando desse jeito com a sua *noiva*, talvez vocês não durem até o casamento", provoquei, mas Íris girou, calada. "Mas veja pelo lado bom, talvez isso esquente seu relacionamento."

Nenhuma reação. Nada.

"Quem sabe assim, ela faz um upgrade do sofá até a cama."

"Já chega, Édra", ela respondeu, arisca. Seu olhar parecia triste.

Meu coração diminuiu de tamanho. "Aconteceu alguma coisa?", perguntei. "Não é da sua conta", rebateu ela, "mas saiba que eu não acho nem um pingo engraçado isso que vocês estão fazendo com Lizandra." Respirei fundo, tentando me manter calma, porque vê-la a defendendo, *por Deus,* como conseguia me *tirar* do sério. "Ninguém tá fazendo nada com Lizandra, Íris", respondi, seca. "Ela tá triste, insegura, acanhada, com medo. Acha que todo mundo aqui odeia ela. Quer ir embora. E se ela quiser ir embora, eu vou junto, porque vocês achando ou não graça disso, eu ainda sou a noiva dela."

Balancei a minha cabeça afirmativamente, minha língua passou pelo canto da boca e minha mandíbula trancou.

"Ok."

Nossas mãos se encontraram no ar e nós duas giramos em silêncio.

"Não é legal desrespeitar assim alguém", continuou. Me concentrei na coreografia, sem dizer nada. "Tem coisas que a gente fala e faz que magoam muito as pessoas." Voltamos à posição do início. "Não tem por que de tratar ninguém desse jei..." "Eu disse *ok*, Íris." "Mas agora eu estou afim de falar."

Eu não estava olhando pra ela enquanto dançava, mas sabia que ela estava olhando pra mim. Podia sentir o calor de estar sob a mira de seu olho. *Pra lá, pra cá, pra lá, pra cá.* "Lizandra é uma pessoa legal, Édra. Ela é boa, realmente boa pra mim. Ela veio até aqui me pedir em noivado pela segunda vez. E essa nem é a primeira loucura de amor que ela me faz. Lizandra me acorda com café da manhã, me leva e me busca do trabalho, quando eu tô cansada demais pra dirigir. Ela me pediu em namoro criando uma novela inteira sobre nós duas, me dando uma caixa cheia de coisas, no final ainda dançamos juntas, porque ela disse que sempre quis ter me conhecido, desde o ensino médio, desde a minha formatura. E que, ao contrário de você, ela não teria ido embora. Você pode achá-la detestável, porque você não sabe de nada disso. Mas não muda o fato de que ela se importa comigo. E não é justo que..." "O que você disse?", eu parei de dançar, em choque. "Que Lizandra é uma pessoa boa e não merece o que vocês estão fazendo com ela." "Não, Íris. Sobre o pedido de namoro. O que você disse?" "Do que você tá falando agora, Édra?" "Esse era o *meu* pedido. Era assim que *eu* ia te pedir em namoro. Lizandra sabia disso." "Você tá mentindo." Íris deu um passo pra trás. "Meu Deus, tava na minha cara esse tempo todo. É claro. Ela sempre quis ser eu. Ela sabe que nunca teve a menor chance com você. Então ela tentou de outro jeito. Me *imitando*. E se você se apaixonou por ela por causa disso, Íris, você só se apaixonou por mim mais uma vez."

"É mentira! Você tá mentindo!"

"Ah, é? Então vamos ali, perguntar pra ela."

Eu me virei indo atrás de Lizandra. Quando me viu, ela pareceu ter entendido tudo o que estava acontecendo, se levantou prontamente da cadeira, assustada.

"Édra!", Íris segurou meu braço.

Cadu surgiu, fazendo uma barreira na minha frente *"Ou, ou, ou, ou, ou. O que tá rolando aqui? Calma, calma." "Essa filha da puta!",* gritei, apontando pra ela.

"O que é isso no meu ensaio?", a Senhora Lobo desligou a música. Todas as amigas da minha avó se levantaram.

"Você roubou o meu pedido de namoro! Assuma! Vá em frente e conte a ela, Lizandra! É por isso que você é tão insegura! Você nem existe! Você é sonsa! Fingida! Bem que eu desconfiei pelo pedido de *merda* de casamento que você fez! Tentando emplacar um monte de frase de efeito que você nem sabe o que significa, porque vocês duas *nunca* tiveram nada daquilo! E agora você deveria me agradecer pelo seu noivado! Se eu não fosse eu e se você não fosse uma talarica filha da puta, ele nem existiria!", gritei.

Lizandra arregalou os olhos, ainda mais pálida do que o branco da tinta espalhada em seu rosto. A essa altura, Íris já estava chorando. As amigas de minha avó assistiam, chocadas. A Senhora Lobo estava sem reação nenhuma. Cadu, boquiaberto, me impedia de avançar em cima dela.

Encurralada, Lizandra continuou em silêncio.

"Você vai dizer alguma coisa em sua defesa por conta própria, ou você prefere que eu pegue papel e caneta e escreva alguma coisa pra você falar?", perguntei.

Ela engoliu seco, encolhida.

"Ouch!" Cadu balançou a cabeça.

"Pare de filmar, Elisangela", a voz de uma senhorinha rompeu no silêncio. *"Tá melhor que minha novela, minha filha"*, respondeu Elisangela, sem desligar o flash.

Íris segurou com força a barra de seu vestido de noiva e saiu correndo do salão. Lizandra conseguiu desviar de Cadu e de mim, e correu atrás dela.

Depois que elas desapareceram da nossa vista, A Senhora Lobo voltou a perguntar, enfurecida: "Eu posso saber o que foi *isso?*" Cadu, que até então estava sério demais pra ser verdade, decidiu abrir a boca: "Eu acho que *isso* foi um divórcio, Senhora Raposa." "Lobo", corrigiu ela, mas Cadu, metade-bêbado, entendeu errado, continuando a fofoca. "Em pele de cordeiro, porque eu mesmo não esperava isso dela. Sempre achei sonsa, mas não a *esse* ponto."

"Meu santinho, Santo Antônio casamenteiro, e agora?", perguntou uma das senhorinhas. *"Agora a gente abre o grupo de costura do zap e posta"*, respondeu Dona Elisangela, clicando agressivamente na tela do telefone.

"O que você quer fazer, Édra?", Cadu me perguntou. Eu estava ali, de pé, entre todos eles, atônita. "Édra?" Como se eu tivesse descolado do meu corpo. *"Édra?"*

Nós dois nos trancamos na sala de bebidas de Seu Júlio. Eu falei tudo o que eu *estava* sentindo, tudo o que eu *tinha* sentido, refiz todos os passos da minha trajetória com Íris. Da infância, do ensino médio, de Montana até ali. Matamos uma garrafa inteira de champanhe sozinhos. "Eu não sei se é verdade isso de amor da vida, mas se eu pudesse escolher, eu queria poder amar ela pelo resto da minha" eu disse, passando para ele a garrafa vazia. "Então, ame", respondeu ele. Como se fosse a coisa mais simples do mundo. "Você tá esperando o que pra fazer isso?" "Ela disse que é tarde demais pra isso." Ele apertou os olhos, confuso, puxou o meu braço para olhar de perto no meu relógio. "São só 17h15." E eu sorri. O sol nem tinha se posto ainda. Senti como se pudesse vencer qualquer coisa antes da penumbra.

Me levantei do chão e chamei Cadu, pedi que ele me seguisse até o carro. "Você precisa mesmo de um piloto de fuga bêbado pra se declarar?" ele perguntou, tropeçando nas palavras. Ainda estava sem camisa, com seu chapéu esquisito de caubói, fedendo a cachaçada. Ken Corno Sertanejo. Eu destravei o porta-malas e me inclinei para pegar a caixa de glitter.

"Ah, Édra." Ele sorriu, balançando a cabeça. "Você não precisa me devolver, são as coisas da sua mãe. É pra você ficar. Não faz sentido que eu-" "Cadu." Eu o interrompi "Eu tirei as coisas da minha mãe aí de dentro." "O que tem aqui?" Ele ergueu as sobrancelhas, divertido. *"Vou adorar se tiver uma patricinha ou um nerd de barba",* murmurou, me dando um empurrãozinho. "Nenhum dos dois, mas posso deixar a sugestão anotada pro seu aniversário." Nós dois rimos. "Então, o que é?", perguntou, completamente inocente e alheio a qualquer suspeita. "É você", respondi. "Peguei todas as suas fotos e as suas coisas e as suas medalhas do colégio. Seu diploma do ensino médio, seu alvará de funcionamento da loja, tudo. Antes de voltar pra fazenda, eu e minha avó dormimos na sua casa emprestada, em São Patrique." "Você tá me dando as minhas próprias coisas de presente?", quis rir. "Não é pra você."

Demorou um tempo até que ele raciocinasse o que estava acontecendo. "Conversei com a minha avó, ela vai te ajudar com isso. Tá na hora de contar a ele, Cadu, que você cresceu. Ele *merece* saber que tem um neto gigante."

Toda a pose zombeteira de Cadu se desmontou. Seus lábios se curvaram para baixo. Antes de permitir que a primeira lágrima caísse, ele fungou, respirando fundo. "Por que você fez *isso?*"

"Ué", dei de ombros, a risadinha escapou pelo meu nariz. Lembrei da nossa briga, assim que cheguei ao Brasil. Lembrei de sua pedra acertando a minha janela. Mambo-Rambo e suas *performances*. Lembrei de nós dois e todas as vezes que cantamos bem alto no carro. Nossas trocas de olhares sempre muito expressivas: nos cafés da manhã, na praia e atrás de um leque inteiro de baralhos. Tudo o que eu tinha compartilhado com ele, sem que ele me julgasse. Tudo o que o ouvi dizer, realmente prestando atenção, em cada detalhe. Lembrei do abraço que demos na frente do hospital. E como tudo o que ele fazia parecia estar coberto de glitter.

"Você é a porra do meu amigo e eu sou sua amiga também", falei. E ele começou a chorar com o maior dos maiores sorrisos. Deu um soco no ar, comemorativo. *"Eu sabia!"*

O SOL ESTAVA SE PONDO. Cadu me contou, dentro de um abraço, onde Íris e Lizandra estavam. *"Você lembra o caminho?"*, ele se assegurou de me perguntar. *"É claro que eu lembro"*, respondi, de imediato. *"Quer que eu vá junto?"*, ele sugeriu, segurando a caixa que eu o tinha dado. "Preciso resolver isso sozinha. Só eu e ela. Íris pode noivar e se casar, pode ter uma casa verde com quem ela quiser, mas vai ter que me escutar primeiro. *Tudo* o que eu tenho pra falar." "E você já sabe o que vai dizer?", perguntou Cadu. "Tem muitas coisas que eu preciso que ela saiba, que eu queria sentar com ela, pra explicar. Contar a minha versão das histórias. Acrescentar na parte dela as minhas partes, sabe? Para ser justo com nós duas e com o amor que nós temos. Só que antes, disso tudo, tem uma coisa entalada na minha garganta. Que é boba, simples, mas que eu sei que foi uma das grandes causadoras de todo esse caos. E eu só vou me sentir bem depois que eu falar. Eu consegui verbalizar tanta coisa já pra ela, até agora. Muito mais fortes, do que isso seria. Mas eu sinto que dizer de novo, a frase toda, vai contradizer com uma dor nossa, em comum, do passado. Tenho essa intuição de que alguma coisa, entre nós duas, depois disso ser dito, vai sarar. Pra mim é difícil de dizer, também, porque eu tenho medo de ser tudo coisa da minha cabeça e no final, não valer de nada. Não causar o efeito que eu imaginei que fosse causar." "E você tá pronta, pra falar isso a ela?" "Quero acreditar que sim." "Para acreditar que sim, se diga primeiro. Nem que seja pensado em voz alta, só que com muita certeza, dentro da sua cabeça. Aí, quem sabe, depois, você não consiga falar pra ela."

Trilhei o caminho, sob o pôr do sol, por dentro do mato.

As flores iam me encostando aos poucos, as folhas grudavam em parte do blazer, o vento assoprava no meu rosto o cheiro de um fim de dia de sol, em pleno verão. Ao fundo, a trilha sonora era a voz de Seu Júlio, testando as caixas de som e o microfone, lá da fazenda. Rindo, dizendo *alô, som, aqui quem fala é um homem quase casado.* Na algazarra, Seu Afonso tentava tomar o microfone *Deixa eu contar uma história.* Quanto mais eu andava, mais frio ia fazendo, mais apagado o sol ficava, mais meu estômago se embrulhava, com medo da penumbra. Parei. Avistei elas duas, discutindo à beira do lago. Embaixo do salgueiro. Enquanto o sol lentamente se retirava.

"Para acreditar que sim, se diga primeiro. Nem que seja pensado em voz alta, só que com muita certeza, dentro da sua cabeça. Aí, quem sabe, depois, você não consiga falar pra ela."

Por que será que eu tenho tanto medo de pensar em voz alta, na minha cabeça, declarando firme, com toda certeza, algo que eu não tenho a menor dúvida? É como se, durante todos esses anos, eu tivesse, desde o momento que disse aquilo, tentando me convencer do contrário. Pra seguir em frente. Eu tinha internalizado tanto a proibição de acessar esse pensamento, esse fato, que minha mão suava frio só de cogitar falar aquilo, para Íris, em voz alta. *Se diga primeiro*, repeti pra mim mesma. Você sabe que é verdade. Que *sempre* foi verdade. E que *sempre* será.

Lizandra deu as costas para Íris, no lago, veio andando na minha direção sozinha. Íris estava virada para o outro lado e ainda não tinha me visto. Quando passou por mim, Lizandra já estava sem aliança. "Cuidado quando chegar a sua vez", disse ela, arfando e batendo os pés, antes de ir embora. "Ela não costuma aceitar."

Eu não disse nada, ela simplesmente não merecia nenhuma reação minha, nem valia resposta.

Tínhamos restado só eu e Íris. Ninguém além de nós duas. Eu me sentia pronta, mas não fazia ideia de como Íris se sentia. Os galhos leves do Salgueiro balançaram. O vento assoprou o cabelo de Íris no ar. E eu assisti, me aproximando passo a passo, enquanto sua silhueta, contra a luz final do pôr do sol, retirava a aliança da mão.

Fiquei de pé ali, em silêncio, ao lado dela. Dentro de mim, um único barulho: *Se diga primeiro e diga a ela depois.*

Íris já tinha me notado. Mas, não olhava pra mim. Toda sua atenção estava voltada para a aliança que segurava, contemplativa. Ela a encarou, por um tempo, fixamente. Quando pareceu ter entendido – dentro de si mesma – alguma coisa, esticou o braço e arremessou a aliança dentro do lago.

Os pássaros voaram no céu para um sentido contrário. A brisa assoprou ao nosso favor.

"Sinto muito que não tenha dado certo como você queria, Íris", me ouvi dizendo, era o que parecia apropriado falar naquele momento.

Íris quis rir, apesar de parecer estar triste.

Talvez, no fundo, só estivesse um pouco cansada.

"Não sente, não", foi o que ela respondeu ao que eu disse. Imaginei aquele anel afundando e desaparecendo completamente no lago. E, bom, ela tinha razão sobre isso. "Mas tudo bem", ela passou felina e sorrateira por mim. "Eu nunca quis ser um gato jogado aos pés dela."

Íris saiu andando descalça, segurando seu vestido de noiva todo sujo de terra, olhando pra trás, pra mim, algumas vezes no meio do caminho e sorrindo.

O que eu disse dentro de mim, naquele momento, era o que eu diria depois a ela.

21.

Eu sou completamente apaixonada por **Íris Pêssego**.

22.

Eu me lembro exatamente como eu estava me sentindo quando a contei pela primeira vez. Foi na formatura. Antes de ir embora. "Você tem razão" me deitei ao lado dela na mesa, "não somos amigas e nem tem como sermos amigas", limpei o canto da minha boca, ainda podia sentir o gosto dela por toda parte. Olhei para o teto como quem confessava a Deus um pecado ou um milagre: "Porque eu sou apaixonada por você."

Horas depois eu estava na fila de embarque. Rumo a um assento comprado na sétima fileira, A, poltrona na janela, ida sem volta para Montana. Quando chegou ao fim da cerimônia de entrega de diploma, meu pai me deu menos de trinta minutos para aproveitar a festa. Ele ficou esperando no estacionamento para me levar dali direto ao aeroporto. Lembro de ter lavado o meu rosto antes de encontra-lo. Tive coisa de cinco minutos para chorar no banheiro sem que ninguém soubesse. Não deu tempo nem de trocar de roupa. *"Parabéns"* lembro da moça, ninando um bebê em seu colo e se inclinando docilmente para me dizer. Percebi ali duas coisas: que eu estava de blazer, segurando meu capelo de formatura, e que eu ainda era jovem.

Não adianta fugir. Quando se é jovem – no limbo entre ser um adolescente e um adulto, acontece um rito de passagem, vem e lhe atinge, *esse* momento, onde você *se percebe* jovem e um relógio começa a cronometrar *tudo*. Agora você é um novo adulto perambulando entre idades. Não há a nada que possa ser feito para impedir isso. Quando você não encontra o relógio, ele encontra você. É contraditório, eu sei, ganhar e perder tempo. Nascemos com prazo de validade. O tempo estava lá o tempo todo, é só a nossa percepção que muda drasticamente. Uma criança mede o tempo por dentes de leite e festinhas de aniversário, ela sabe que é sábado de manhã por causa da sessão de desenhos animados, mas ela não sabe direito como ela foi parar ali e o que um sábado de manhã significa. Um adolescente mede o tempo pelo ciclo menstrual, pelo prazo dado até os primeiros efeitos visíveis atrás de um tubo de pomada para acne, pelos festivais locais de música, pelas férias de verão. É o jovem-adulto quem começa a medir o tempo por suas atitudes, pelo que deixou ou não de ter feito, pelo que sonha acordado em realizar dentro de um determinado prazo, pelas coisas separadas entre *"ainda possíveis"* e *"tardes demais"*. Basta se dar conta disso tudo, por um momento, para que o relógio comece. Para que você e o tempo sejam apresentados um ao outro, devidamente.

    Antes de entrar naquele avião, eu não pensava muito que teria uma vida inteira de escolhas decisivas a minha frente. Eu só sabia que teria uma festa de formatura, que estávamos na época do Festival de São Patrique e que as lojinhas já estavam vendendo decoração de natal – tudo isso, em linha de tempo, não significava que tudo na minha vida iria mudar, só significava que era dezembro. Agora eu estava entrando num avião, passando pelo rito e o meu relógio tinha sido iniciado. O que eu decidisse dali pra frente teria poder sobre meu futuro e o que eu não decidisse, também. Nossas atitudes empurram uma fileira de dominós que, se esbarrando uns aos outros, culminarão em algo. De repente, você decide não tirar a carteira de motorista e, lá na frente, pensa que teria adorado viajar sozinho de carro. Faz um curso, só por fazer, e se torna apto a aceitar uma proposta de trabalho. Não beber água direito te dará pedras nos rins, enquanto ler livros te dará lugares aonde voltar para sempre.

    Efeito borboleta ou seja lá do que as pessoas queiram chamar, o fato é que todas as nossas decisões nos levam a algum lugar. São as maçanetas e as chaves. Portas se fecham, portas se abrem. Eu tinha escolhido deixar que o meu pai decidisse o meu futuro por mim. O relógio não poderia se importar menos com isso. O relógio, na verdade, não se importa com nada. Nem com a nossa vida, nem com o que fazemos dela. Ele só está ali para nos lembrar de que uma hora o tempo acaba. Os ponteiros vão eventualmente parar de funcionar. O que faremos ou não faremos com tudo isso, é nosso. A primeira bucha de quina, fadada a cair, certamente cairá. Agora todas as escolhas têm consequências, agora você precisa saber o que realmente importa ou não para você, agora o jeito que você vive a sua vida é uma unidade de medida de tempo. É contraditório, eu disse que sei disso. Também é uma questão de ponto de vista. De como você vai viver a sua vida. De quais dominós você quer derrubar. O cronometro fadado a iniciar, se inicia. Sua vida começa a acabar, ou, só acaba de começar?

Naquela fila de embarque para Montana, eu ainda não tinha uma resposta pra isso. Mas, pela primeira vez, pude sentir e ouvir o tempo. Dizem que quando uma escolha é certa para o coração, você não ouve o *tic-tac* do relógio. Quando estamos fazendo algo que realmente amamos, bem como quando estamos com as pessoas que amamos, não vemos o tempo passar. Os ponteiros se tornam inaudíveis, incompreensíveis, irregulares. Quem viver uma vida inteira amando, vai partir tendo a sensação de ter vivido só por quinze minutos. Os *melhores* quinze minutos. O amor é uma forma de *parar* o tempo. E basta estar apaixonado para que também seja uma forma de *voltar*. Uma memória de amor é atemporal. Lembrar é uma forma de viajar entre todos os ponteiros. Talvez, tenha sido por isso, que a minha mãe conseguia esperar tão pacientemente pelo meu pai. Na presença dele, parava no tempo. Em sua ausência, retornava. Longe de Íris, eu agia da mesma forma. Pensava nela e lá estava eu deitada sobre a mesa de novo. Olhando para o teto. Entre o milagre e o pecado. Prestes a...

No fundo, eu sabia, muito antes de ter tido coragem de dizer em voz alta. Sempre esteve lá, dentro de mim. Quando nossas bonecas se beijavam, quando ela corria pelo quintal comigo, quando a vi depois de anos, parecendo uma miragem, rindo no supermercado, quando larguei minhas compras naquele dia, naquele corredor, para correr até o estacionamento e tomar um pouco de ar pra respirar, quando tentei fazê-la me notar depois disso, quando pedi transferência de classe, quando comecei a chegar mais cedo para pegar uma carteira mais próxima, quando ela levantava a mão para arrebatar o nariz e dizer algo, quando dava sorrisinhos mexendo no celular, quando aparecia segunda-feira com o cabelo lavado do fim de semana e eu esticava meu pescoço e a minha cabeça como uma completa idiota, para sentir o cheiro. E indo muitas vezes ao banheiro, de tanta água tomada perto de seu armário. Quando ela sumiu, porque pegou catapora e eu tive uma crise de abstinência e tirei nota baixa em matemática. Quando ensaiei por semanas falar com ela e torci para que ela se lembrasse de mim e pedi aquela caneta emprestada, que ela me entregou, completamente distraída, sem me reparar. Quando me tranquei no quarto e sofri chegando à conclusão de que, para o olho dela, eu sempre seria invisível. Quando me senti ridícula e decidi parar com tudo aquilo, quando escolhi seguir em frente com uma nova pessoa. Quando ela me olhou – e bastou isso, *apenas* isso – para que tudo começasse dentro de mim de novo. Para que tudo que eu quisesse, fosse que ela continuasse me olhando.

Eu me lembro exatamente de como eu estava me sentindo quando a contei pela primeira vez. Na formatura, antes de ir embora. Eu senti que ela deveria saber e que eu deveria saber também. Quando eu *finalmente* disse, não foi só pra ela, mas também para mim. "Você tem razão", me deitei ao lado dela na mesa, coração disparado, mãos suadas, pupilas dilatadas, respiração ofegante, "não somos amigas e nem tem como sermos amigas", limpei o canto da minha boca, sentindo o gosto dela por toda parte. Olhei para o teto, todo amor é um milagre e só um milagre vence a fúria do tempo: "Porque eu sou apaixonada por você".

A bucha de quina cai, a paixão está confessa, o beijo está dado, os dominós vão se esbarrando uns nos outros. O que eu *decidi* fazer depois daquilo, o que eu *permiti* que decidissem por mim, dividiu a minha vida no meio. Longe do amor, ouvi os ponteiros de todos os relógios. Tudo foi separado entre *"possível"* e *"tarde demais"*. Mas o amor não foi a lugar nenhum e nem se curvou ao tempo. Eu continuei apaixonada por Íris Pêssego e tenho contabilizado isso de dezembro em dezembro. Desde então, quando vejo pisca-piscas a venda no comércio, quando os colégios entram de férias, quando o Natal está chegando, eu sei. Sei que amei ela por mais um ano inteiro. Amá-la apaixonadamente tinha se tornado uma medida de tempo.

Então, eu estava ali, na fila de embarque. De blazer, de novo. Não tive tempo de trocar de roupa. Uma moça ninava um bebê em seu colo, fazendo *"shhh"* e dando tapinhas em suas costas. Podia ver todas as peças de dominó dele, intactas. Bocejava, sem pressa de pegar no sono, o pequeno dono de todo tempo do mundo. *"Ah, parabéns!"*, a moça se inclinou docilmente para me dizer. Segui os olhos dela até a minha mala, a placa de "recém-casados" tinha ficado presa em uma das rodinhas. E eu a tinha arrastado pelo aeroporto esse tempo todo. *"Ah, não, isso aqui. Não, eu..."*, Tentei explicar, a moça confusa inclinou a cabeça. *"É que acabei de sair de um casamento, mas não era o meu, enfim"*, forcei um sorriso, me abaixando para dar um jeito naquilo.

"Atenção, senhores passageiros, do voo 1924 com destino a Viena. Esta é a sua última chamada. Dirija-se imediatamente para o portão 15, Embarque Internacional. Attention, please, passengers of the flight..."

– Próximo – chamaram. – Passagens e passaporte, por favor. – Arrastei a mala pra frente, coloquei a placa de recém-casados embaixo do braço e fiz um malabarismo pra estender meus documentos. – Édra Norr. – Respondi um "isso". – Tudo certo. Seu assento é o 7A, janela. Tenha uma boa viagem. "Obrigada", agradeci. Me virei para enfiar meus documentos de volta no bolso da calça e a placa de recém-casados caiu no chão, jogada aos meus pés. Me abaixei, de novo e antes que eu pudesse alcançá-la, ela saiu voando para longe, com o vento. Assisti a valsa que ela dançou, suspensa no ar, se esquivando entre as pessoas apressadas, indo de um lado ao outro no aeroporto. Só depois de algumas voltas, cedeu. Foi girando e descendo, até parar embaixo da bota de um homem vestido de Papai Noel, segurando um letreiro de descontos de uma agência de viagens, dançando "Jingle Bell Rock", do Bobby Helms, que tocava numa caixinha de som, presa a sua cintura. Quando notou a placa, curioso, ele parou de dançar.

Tentei, balançando a minha mão, chamar a sua atenção. Nossos olhos se encontraram. Ele deu um passo a frente, mas não conseguiu avançar. Era como um carro parado no sinal fechado, enquanto todas aquelas pessoas apressadas e atrasadas, passavam desgovernadas. Por um momento, ele desapareceu entre todas elas. "Está esperando alguém?", o agente da companhia aérea me perguntou, "O embarque já vai encerrar." "Só um minuto, por favor", pedi, esticando meu pescoço, apertando bem os meus olhos, *onde ele tinha ido p...* "*Parabéns!*", o homem vestido de Papai Noel surgiu, como mágica, na minha frente. Respirei aliviada. Ele me entregou a placa de recém-casados do casamento de minha avó. "Obrigada! *Mas eu não...*" ... tinha tempo para explicar. "Enfim, *obrigada.*" "Imagina!", ele sorriu, virando-se de costas. "Feliz Natal *adiantado!*", foi a última coisa que ele me disse antes de desaparecer de vez.

"*Atenção, senhores passageiros do voo 1924 com destino a Vienna. Seu embarque está sendo encerrado. Dirija-se imediatamente para o portão 15 do Embarque Internacional. Repito, seu embarque está sendo encerrado. Dirija-se imediatamente para o portão 15 do Embarque Internacional. Attention, please, passengers of the flight 1924, gate 15, to Vienna, International Airport. This is your last call. Again, this is your last...*"

ÚLTIMO CAPÍTULO
PARTE I

NÃO SEI DIZER POR QUANTO TEMPO fiquei parada de frente para o lago. Depois que Íris saiu como um gato indomesticável, arrastando seu vestido de noiva pela terra, eu continuei lá. Processando tudo. Meus sentimentos corriam desbragados de um lado para o outro dentro de mim. Esperançosos, mas medrosos. Certos, mas confusos. Esperei que eles se assentassem. E que me deixassem respirar. A brisa anunciava a chegada da penumbra da noite, com o cheiro de terra molhada, era fim de tarde. As cigarras cantavam, os vagalumes sobrevoavam ao redor do lago e o capim alto dançava com o vento. O céu vivia seus últimos minutos de claridade, num azul acinzentado que logo se transformaria em um azul escuro. Em algum lugar, embaixo de toda aquela água, o anel de noivado de Íris, submerso. Todos os meus dominós a espera do que eu iria fazer sobre aquilo. Quando voltei a fazenda, já tinha anoitecido. Refiz o caminho pelo meio do mato. Os furgões das empresas contratadas já não estavam mais lá, estacionados, mas *Reddie* ainda estava, ao lado do meu carro. Tirei os meus sapatos sujos de terra e os deixei sobre o carpete. Foi só aí que eu percebi que não havia mais nenhuma música. Do lado de fora, o casarão parecia estranhamente silencioso. A porta estava entreaberta, só precisei empurrar a madeira e ser preenchida pelas conversas que aconteciam sincronizadas nos fundos da casa. Tudo estava florido na sala, arrumada como um jardim vivo para o casamento. Vi xales brancos rendados sobre os sofás e as poltronas, vi laços de cetim amarrados nos móveis e nos castiçais dourados, as rosas brancas e flores do campo que caíam amarradas do teto, como uma chuva de primavera. O cheirinho dos doces guardados na cozinha, as velas de gengibre acesas, o vaga-lume atraído pelo lustre de cristal. Nada daquilo combinava com o som de minha avó chorando e sendo consolada.

"O que aconteceu?", perguntei, sem fôlego, depois de ter corrido até a porta do quarto dela. As amigas todas reunidas em volta da cama, Seu Júlio com a mão na cabeça, preocupado. O rosto da minha avó escondido atrás das mãos. A televisão ligada em *Frutos Proibidos*. "Abram espaço, eu trouxe um chá de camomila pra ela se acalmar". Vadete passou, se esbarrando por mim, girando uma colherzinha de aço dentro de uma minúscula xícara. O vapor passou deixando seu rastro. Cadu puxou o meu braço, me arrastando para o lado. "Realmente, lobo em pele de cordeiro mesmo!" Ele tentou falar baixo, mas estava furioso, apertando seu chapéu de caubói com força. "A gente achou que ela tava chamando um táxi, mas ela tava ligando pra costureira vir pessoalmente olhar o estrago do vestido de noiva que ela emprestou a Íris." *"Quê?"* "Foi confusão pra não acabar mais! A gente se ofereceu pra lavar, pra costurar, pra pagar uma boa quantia de dinheiro, mas ela não quis saber de nada. Ela disse que o vestido de noiva que ela emprestou pra Íris usar no ensaio tava todo estragado. E que, sendo assim, ela não iria alugar roupa nenhuma mais." *"Como assim, Cadu?"* *"Assim,* ué, do jeito que eu tô contando. Ela ainda disse que ficaria com o vestido de noiva que fez pra Ana em troca do outro vestido de noiva que foi estragado. E que não ia querer dinheiro nenhum por isso! Disse que não era sobre o dinheiro e sim, sobre a falta de respeito pelo tempo e pelo trabalho dela. Aí, pronto, saiu pegando as roupas tudo com ajuda do marido dela! Larguei até a caixa que você fez pra mim, não deu nem tempo de contar nada a meu avô. O cara puxava as roupas de um lado, eu puxava do outro. Aí ele puxava de um lado, eu puxava do outro. No final, sua avó mandou eu largar. Eles botaram todas as roupas no porta-mala e fecharam. *Boom!* Foram embora. Lizandra aproveitou a carona e se picou. Sumiu do mapa. Sua avó encostou a porta bem devagarinho, assim, e começou a chorar."

"*Não chore, amiga, tá tudo pronto, é só um vestido, a gente pode te emprestar outro*" "*É, Ana, não chore, querida, todas nós aqui temos vestidos de festa em casa, a gente pode trazer todos que a gente tiver, pra você provar antes da cerimônia amanhã*", ouvi as amigas de minha avó, tentando consolá-la do lado de dentro do quarto. Ela soluçava, num chorinho baixo. "*Eu queria tanto me casar com um vestido especial, eu nunca dou sorte com vestidos.*"

"*Aquela filha da puta*", eu me virei pra Cadu, ardendo de raiva. "Mas e Íris?" Ele encolheu os ombros, sem querer me olhar. "Ela tá muito, muito mal. Quando ela viu a costureira levando tudo e a Simmy chorando, ela subiu correndo as escadas e se trancou no quarto. Eu bati na porta, mas..." Minha avó tomava o chá com os dois olhinhos salgados e inchados de chorar. Ao fundo de toda aquela cena, a abertura de *Frutos Proibidos* começou a tocar – *Un amorcito assim pode ser ruim, o que será que será desse amor, un amorcito assim há de ser o fim... De tudo...*

"Primeiro vem o Supla e tenta estragar tudo, depois vem essa sonsa, duas caras", Cadu começou a resmungar, ao meu lado. "De verdade, a próxima vez que você e Íris me falarem que estão namorando e não for *uma* com *a outra*, eu vou chamar a polícia."

"Querida", Seu Júlio tentou puxar algumas palavras, acuado, do cantinho do quarto, "eu ainda te acharia linda se você fosse uma noiva vestida até mesmo de pijama, contanto que no final, você se casasse comigo" ele suspirava, abalado. "Viu, só, querida?", consolavam as amigas. "Essa é a parte mais importante do casamento, Aninha! O amor!" "É! A maior parte!" "Eu me casei pela pensão de Sérgio, na época, mas, eu também acho que o amor seja o principal! A maior de todas as partes!" "Ivone!" "Eu sou uma mulher cara, Babete!" "Cruzes!" "Eu sei que o amor é importante!", minha avó tentava falar, com a voz embargada. "Eu sei disso!" Metade do corpo enrolado com uma mantinha de lã. "Mas eu queria um casamento bonito e especial. Eu nunca tive uma festa de casamento. Eu amo repetir os últimos capítulos da novela, porque *eu sei* que tem festa de casamento. E eu acho lindo. *Muito.* Te agradeço, querido, pelo que disse. *Te amo.* E agradeço a vocês também, meninas, por todo esse apoio. Preciso só descansar, não sei o que fazer, tenho que botar a cabeça no lugar e aceitar que vai ser assim. Estou triste. Eu só queria um vestido especial e bonito..."

Ela voltou a chorar e eu senti meu coração sendo nocauteado. *"E agora?"*, a voz de Cadu ressurgiu, num tom preocupado, para me perguntar, *"O que a gente faz?"* Eu engoli o nó formado na minha garganta, entre o amor e a raiva, "Agora a gente salva a porra desse casamento." Decretei, firme. Completamente certa de que aquilo não ficaria assim. Os olhos de Cadu se incendiaram. "*Gosto* disso! É *assim* que se fala! Mexeu com a gente, mexeu com a casa de marimbondos! Vamos salvar *a porra* desse casamento!" ele disse cheio de si, a confiança desvaneceu no segundo seguinte, ao se encolher todo para perguntar: *"Mas... Como?!"*

Dei três toques na porta. *"Vai embora!"*, gritou ela, com a voz embargada. Fiz força na maçaneta, mas estava trancada. "Íris?" *"Eu já falei pra ir embora!"*, ela gritou outra vez, firme, em exigência. Respirei fundo, encostando minha testa na madeira. "Você pode abrir pra mim", pedi, com cuidado, *"por favor?"*. Foram cinco segundos de silêncio. *"Vai embora!"*, a voz voltou, trêmula; *"Eu não quero ver ninguém!"*, estava chorando. Ok. Entrei no meu quarto e dei a volta pelo banheiro. Quando cheguei ao quarto dela e ela me viu, puxou de vez a coberta para se esconder na cama. *"Qual parte do 'Eu não quero ver ninguém' que você não entendeu?"* Eu não disse nada. Desabotoei o meu blazer sujo de tinta, a única peça de roupa que a costureira não tinha levado e o deixei estendido sobre a cadeira. Encolhi as mangas da minha camisa e as barras da calça, levemente sujas de terra, antes de subir na cama, ao lado dela. Me encostei na cabeceira, cruzei os braços. Em três, dois... *"Eu sou um monstro!", disse ela*, chorando, de dentro das cobertas. "Você não é um monstro" *"Eu estraguei o casamento da minha melhor amiga, porque eu só penso em mim mesma!"* "Você não estragou o casamento da sua melhor amiga." *"Eu fui egoísta, eu transformei o momento dela num momento sobre mim. O noivado dela, num momento sobre o meu noivado. E agora eu*

estraguei tudo!" "Você não estragou tudo." *"Eu sou a pior pessoa do mundo."* "Não, você não é a pior pessoa do mundo." *"Eu sou, sim!"*, seu chorinho ficava cada vez mais agudo. *"Eu shusiddhsu snaodsdhu porque sempre dhudhsid e eu sempre faço isso, porque eu tenho que ser tão hduishdsud e tão bdshdusi?"* Minhas sobrancelhas se juntaram na minha testa. "Eu não entendi muito bem essa parte, mas tenho certeza de que você não é nada disso." "Pelo amor de Deus, Édra! Encare os fatos! Eu fico com *a neta dela!*", gritou, se rebatendo nas cobertas. Eu segurei a risada. "*Ninguém* faz isso! Ela tem *todo* direito de me odiar! Ninguém *estraga* o casamento da *melhor amiga* e ainda fica com *a neta dela!* Eu sou uma *piranha!* Eu sou *a pior* pessoa do mundo! Eu sou *uma vaca!* Eu sou uma mentirosa, uma hipócrita de meias! Eu enganei todos vocês! Eu mereço ser demitida do set de gravação! Eu mereço nunca mais fazer nenhuma novela! Eu mereço que um raio caia *agora* nessa cama!" "Nós duas provavelmente morreríamos eletrocutadas, Íris, não seria *tão* legal." "Tá vendo?", ela voltou a chorar, ainda mais escandalosa. "Eu desejo *a morte* das pessoas! Nem pra desejar apenas a minha eu presto! Eu sempre tenho que *estragar tudo* e *levar alguém comigo!*", soluçou, como um bichinho. "Você deveria ir embora agora! Antes que o raio que eu desejei caia e agarre em você também!"

Passei a língua pelos meus lábios, respirando tranquilamente.

"Não vou a lugar nenhum, Íris." Cinco segundos de silêncio. *"Você morreria eletrocutada comigo?"* Minha boca sorriu espontaneamente, tive que me controlar, pra que não escapasse nenhuma mísera risada. "Eu prefiro que isso não aconteça, Íris", respondi, com dificuldade de disfarçar. "Mas, sim, se um raio tiver a caminho, não tem problema. Eu vou continuar aqui. Não vou a lugar nenhum."

"Por que você tá fazendo isso? Eu parti o coração da sua avó. Você não deveria tá sendo legal comigo. Eu nem acreditei em você, quando você disse a sua versão da história. E eu ainda cuspi no champanhe que eu servi a sua ex-namorada." *"Você o que,* Íris?" *"Eu sou uma piranha!"* gritou, chorando.

Eu agarrei um travesseiro para afundar a minha cara.

Quando me senti sob controle, depois de abafar uma risada, ergui a cabeça, mantendo a calma "Tá tudo bem, Íris. Todo mundo erra. Todo mundo faz merda. E merdas acontecem o tempo todo, até mesmo quando a gente nem tem culpa delas." "Se eu pudesse voltar no tempo, eu juro que teria tido mais cuidado com aquele *maldito* vestido de noiva. *Mas agora é tarde demais.*"

"Não é tão *tarde demais assim*", sorri. "Ainda é possível."

Ela se mexeu um pouquinho embaixo da coberta, mas ficou em silêncio.

"Minha avó quer um vestido especial pro casamento e *eu acho* que talvez eu tenha o lugar perfeito pra gente encontrar". Ela se descobriu do nariz para cima, seus dois olhinhos enormes e molhados me fitaram. "Que lugar?"

Eu esperei que ela se ajeitasse. Ela me fez cobrir o rosto para que saísse da cama e fosse até o banheiro. Quando tudo aconteceu, ela tinha *acabado* de tirar o vestido de noiva e estava de roupão, pronta para entrar no banheiro e se limpar de toda aquela terra e energia pesada. Mas Lizandra, que supostamente estava esperando *"um táxi"* no sofá da sala, subiu correndo para o quarto assim que a costureira chegou. Então, roubou o vestido e desceu, iniciando toda a bagunça. Íris veio logo atrás, de roupão, tentando entender a gritaria. Depois que tudo estava feito, ela se trancou no quarto e se escondeu, embaixo das cobertas, de calcinha, terra e sutiã, parar chorar sem parar até que eu chegasse.

Eu fiquei ali na cama, com o rosto coberto e os pés sujos no lençol, como Thiessa e Yasmin, quando foram conhecer o castelo. Íris abriu o chuveiro e começou a tomar banho. Empolgada com a minha ideia de dirigirmos até São Patrique atrás de algum vestido que fosse fazer a minha avó feliz. Nossas chances eram mínimas, já era noite, as lojas com certeza já estavam fechadas. Mas eu ainda tinha a fagulha de esperança de uma ideia. Só que naquele momento, naquela cama, com o rosto coberto, tudo o que eu conseguia fazer era tentar me concentrar em não flutuar dali para qualquer outro tipo de pensamento. Do outro lado da porta, Íris estava tomando banho. Eu tinha memórias visuais e sensoriais com aquilo. Eu tinha coisas na minha garganta que eu queria falar. Eu tinha um ardor no peito, orgulhoso, de ter assistido ela jogar aquele anel no fundo do lago. Mas ela tinha razão. Tínhamos nos distraído durante as férias inteiras de verão e esquecemos o real propósito de estarmos todos reunidos de novo: minha avó e Seu Júlio iriam se casar. Precisávamos ajudar eles nisso. Todo o resto – *apertei com força a coberta* –, todas as outras coisas – *ouvindo a água escorrer do outro lado* – podiam esperar. Afundei, me cobrindo completamente, na cama. O vaga-lume, que sempre me visitava, pousou no vidro da janela do quarto dela, como se soubesse onde eu estava. Ele me fez companhia até que a porta do banheiro se abrisse.

O vapor de seu banho chegou primeiro, borrando um pouco o espelho da penteadeira e os vidros das janelas. Seu cheiro se espalhou pelo quarto inteiro. Ela estava dentro do mesmo vestido preto, que usava na primeira vez que eu a vi depois dos três anos que se passaram. O decote ia até o início da barriga, terminava pouco antes do umbigo. Uma infinidade de pintas espalhadas, como uma constelação, por toda parte. Os peitos, as clavículas, o queixo. As alças finas do vestido e o fino cordão, também o mesmo, prateado, com um pontinho de luz na ponta. Seus aneizinhos, seu bracelete, sua sandália rasteira preta. E aquele bendito anel prata, brilhando no dedo do meio do pé direito.

A mão estava livre, provando que o que tinha acontecido no lago foi verdade, nenhum anel de noivado na superfície.

No fim tudo estava como no início. Parecíamos ter voltado no tempo.

Vê-la daquele jeito me trouxe a nostalgia dos primeiros dias daquelas férias de verão. Me senti um gato domesticado. Manso. Completamente apaixonada por ela. Ainda que, naquele momento, fosse inoportuno dizer isso. *"Banheiro livre!"*, brincou ela, passando o pente no cabelo. "Quer que eu te espere?" "Não precisa", saltei da cama, tentando evitá-la ao máximo, para que eu não me jogasse aos seus pés. "Cadu disse que só ia se ajeitar também. Eu vou jogar uma água no meu corpo e encontro vocês dois no carro." "Certo, mas, Édra", chamou ela, quando eu estava prestes a entrar no banheiro, "nós vamos na *Reddie.*" Disse, séria, o nariz arrebitado em seu profundo ar de teimosia. "Eu estraguei tudo, então *eu* dirijo." Arfei, balançando a cabeça. "Sim, senhora", e fechei a porta antes que, sem querer, eu miasse.

Desci do quarto de camiseta, calça e mochila. Quando cheguei na cozinha, Íris e Cadu estavam sentados de frente pra mim, conversando com um homem que eu não conseguia ver quem era. Apesar de ter a estranha sensação de conhecer aquele formato de cabeça de algum lugar. "Que bom que você chegou, Édra", Íris sorriu pra mim, ácida, com o cotovelos sobre a mesa, apoiando o queixo nos dedos dobrados. "Estávamos aqui, conversando e conhecendo o seu agiota", ela piscou pra mim, num humor completamente diferente do que estávamos no quarto. Cadu nem se importou com a minha presença. Ele olhava, para quem quer que fosse aquele homem, *hipnotizado*. "Aqui, querido", Genevive virou-se do fogão, com uma panela fervendo de café, "passei um cafezinho. Muitas horas de viagem, tem que comer direito." *"Onze horas"*, o rapaz disse. "É, muito tempo sem comer", Vadete pontuou, preocupada, passando um pão na manteiga pra ele "E saco vazio, você sabe, não para em pé!" "A gente pede desculpas em nome da dona da casa, tá bem, querido? Ela costuma ser uma *ótima* anfitriã para os amigos, pra todo mundo, na verdade, mas é que hoje ela tá bem malzinha, coitada", disse Genevive, passando o café para dentro da garrafa térmica. *"Roubaram uma roupa dela"*, Vadete sussurrou o segredo: "Coisa horrível". O rapaz mordeu o pão, sem nenhuma cerimônia: "Sinto muito", disse de boca cheia. Genevive e Vadete se retiraram, dando *tchauzinho*. Dei a volta por trás da cadeira dele, juntando todas as peças. Quando ficamos de frente um para o outro, lá estava Ramon.

"Eu também só vim até aqui", ele me olhou, a boca toda suja de manteiga, "atrás de uma *roupa* minha." Meu rosto não conseguia nem exprimir uma reação inteira, de tanta incredulidade com A CARA de PAU que ele... "Édra Norr me deve uma camisa do meu time autografada" eu o escutei em silêncio, respirando fundo, tentando não ter uma parada cardíaca *de raiva*, "por ter usado praticamente todo o limite do meu cartão de crédito antes de vir para cá." "Comprando uma passagem de avião, certo?" Íris perguntava por trás de um sorriso assassino de quem queria passar com *Reddie* por cima de mim. "Isso. Pr'aquela menina, a Pílulas, Pires, Xande de Pilares, eu sei lá, tanto faz. Achei burrice, porque percebi de cara que a Édra parecia gostar mais de entregar quentinha de bicicleta no frio do que dela. Nós só demos a ideia, já que ela sozinha não conseguia pensar em nada de romântico pra própria aspirante a namorada." Íris deu uma risada mais afiada do que qualquer faca naquela cozinha. "Ouviu isso, Cadu? *Aspirante a namorada*, que ela ia trazer *pra cá*", disse, entre dentes, num sorriso trancado. Ramon ergueu os ombros, cínico. "Bom, eu não tô aqui pra atrapalhar ninguém em nada. Só estou dizendo a verdade. A passagem era intransferível e não-reembolsável. Só o dono do cartão ou a pessoa registrada podiam usar e a Pilastra desligou o telefone na minha cara, quando liguei pra perguntar. Eu só vim pra não desperdiçar o dinheiro", ele virou o café, cínico. "E, claro, pela minha parte do combinado, porque eu não tenho *nada* a ver com essa história. Só tô aqui, de verdade, pelo glorioso entre as nações."

"Você torce pro *Bolosco?*", perguntou Cadu, os olhos brilharam, como quando ele via Marcela se aproximar. Ramon colocou a mão no peito e começou a cantar: *"Eu não sou torcedor... Eu sou um filho criado com amor! Meu sangue é amarelo e roxo!"* Cadu continuou: *"Eu sou Bolosco, se eu não for, eu morro!"*, completando a canção, atônito, respirando ofegante com as pupilas dilatadas.

"Cadu", ele esticou o braço.

"Ramon", segurou sua mão.

"Édra", eu sorri, antes de dar o soco.

"Ela tentou me matar!", gritou Ramon, atrás da mesa da cozinha. "Se eu não tivesse desviado, ela teria me deixado *em coma!* E ela nem é grande!" "Não se preocupe, Ramon! Você será vingado! Quando eu passar de carro! *Em cima dela!*" "Íris?", meus olhos arregalaram. "Tem um *maluco* que sabe se lá *Deus* como achou essa fazenda *no meio do nada!* Vindo me cobrar *uma camisa de time de futebol!* De um time *ruim!* E você tá *desse* lado?" "Esse maluco é o seu agiota!" "Eu, não!", Ramon tentou se defender, segurando o queixo dolorido. "Eu sou entregador!", o soco tinha pegado nele de raspão. "Eu acho que deveríamos deixar ele ficar" Cadu sorria, de pé, como um bobo, ao lado de Ramon. "Eu acho que deveríamos *fatiar* ele e jogar os pedaços dentro do lago!" Todo mundo ficou em silêncio. Uma das amigas de minha avó tinha chegado na cozinha e escutado *só* essa parte, ela tonteou, pálida, e caiu desmaiada. Cadu a segurou, no reflexo, antes que o corpo dela atingisse o chão. *"Chega!"*, gritou Íris. "O casamento tá quase não acontecendo! A noiva não tem mais vestido! E agora a Dona Odete tá desmaiada!" No colo de Cadu, Dona Odete despertava aos poucos, confusa. "Uma coisa de cada vez." Íris diminuiu o tom de voz, para pedir, *"Por favor.* Uma coisa de cada vez."

Eu arfei, tentando me controlar. Ramon *continuava* comendo o pão, mastigando de boca aberta, como se *aquilo,* ele estar *ali,* na cozinha de *minha avó,* fosse *normal.* Ou *minimamente* aceitável. Do silêncio, veio algo ainda mais absurdo: "Pede desculpas, Édra", exigiu Íris. *"O quê?!"* "Pede desculpas." "Mas ele..." eu tentei, mas sabia que ela não se importaria com *nada* do que eu dissesse. "Desculpa", pedi, balançando minha cabeça negativamente, encostada na bancada da pia, fervendo de raiva. "Eu não ouvi", Ramon repetiu, de boca cheia. "O que você disse?", perguntei, entre rir e socá-lo novamente. "Ele disse que não ouviu", Cadu se meteu, abanando Dona Odete com uma tampa de plástico. Íris me encarava, incontornável. O ar escapou pelo meu nariz. Eu simplesmente não conseguia acreditar naquilo. "Me desculpe, Ramon", disse, fingindo um sorriso. Podia se passar um dia, dois, meses, ou até anos. Ele *iria* morrer. E eu é quem iria matar. "Tudo bem", Ramon devolveu o sorriso.

"Cadu", Íris começou, como se tivesse organizado todo cenário e tracejado um plano internamente em sua cabeça, "coloca a Dona Odete num quarto de visitas e avisa a Genevive e a Vadete que ela está lá e que nós estamos indo. A gente precisa pegar a estrada *agora* se a gente quiser voltar com um vestido de noiva. A tempo." Cadu assentiu, sem fazer perguntas, erguendo Dona Odete no colo e obedecendo aos comandos de Íris como se fosse um soldado. "Mas e a minha camisa?", Ramon perguntou. Íris o fitou de cima abaixo, com olhos semicerrados. "Se você perguntar sobre essa camisa de novo, você vai parar no *mesmo* lugar que o meu anel de noivado", sorriu, passivo-agressiva. Os olhos de Ramon vasculharam cada um de seus dedos, sem entender nada. "Você *meio* que não tá usando um anel de noivado...", disse, conclusivo. Íris saiu batendo suas sandalinhas rasteiras pelo chão da cozinha, segurando a cabeça de Janis Joplin, com a chave do carro. *"Exatamente."*

Quando ficamos sozinhos, Ramon deixou a xícara de café sobre a mesa e me olhou, acuado. "Você pretende pagar o meu cartão, não é?" Eu sorri com todos os meus dentes. "Ah, claro!" Ramon pareceu ter se livrado de um peso nas costas, respirou aliviado. "Caramba, Édra, que bom, porque eu acabei de ser demitido do Croquete Cabana. Sabe como é, eu faltava muito e chegava atrasado. Você era quem me salvava lá!", ele forçou uma risada camarada. Eu passei por ele, dando tapinhas em suas costas, antes de sair da cozinha. "Poxa, não me diga, que pena, cara." "É, mas, tudo bem. Eu usei a passagem pra voltar pro Brasil, então, tudo certo. Só meio que preciso mesmo que você pague. Já que, bom, hipoteticamente falando a passagem era sua." Dei uma curta risada. "Eu acho que a gente vai ser amigo, cara." Ele ergueu as sobrancelhas. *"Jura?" "Uhum"*, balancei a cabeça "E acho até que tenho um trabalho pra você." "Nossa, tô topando *qualquer coisa*". "*Qualquer* coisa?" "*Qualquer* coisa."

As quatro portas se bateram, Ramon foi o último a entrar no carro. "O que ele tá fazendo aqui, Édra?" Íris perguntou, girando a cabeça de Janis Joplin. Os faróis de *Reddie* ligaram. "Eu fui contratado como Viabilizador de Casamento", Ramon puxou o cinto de segurança.

Dei uma risadinha no banco da frente. Íris respirou fundo.

"Não tenho certeza se essa profissão existe, mas parabéns pelo novo trabalho" Cadu sorriu, no banco dos fundos, ao lado dele. Eu me virei para falar com Íris, ouvindo Ramon dizer um *pô, obrigado*.

"Eu só tô tentando ajudar, Íris." "Não seja cínica", ela continuava forçando a chave, "porque quando você é cínica, a vontade que eu tenho é de te prensar contra a parede e..." *"Uou!"*, Ramon enfiou a cabeça entre nós duas. "Vamos com calma, tem crianças no carro! A não ser que vocês precisem de um...", ele brincou, *"Viabilizador de Casamentos."* "Eu tenho vinte três anos, na verdade", corrigiu Cadu, sorrindo, abobalhado. "Maneiro, cara, eu tenho vinte e dois", Ramon balançou a cabeça, o reflexo deles, conversando no fundo do carro, passava como um filme no espelho retrovisor. "Não parece", Cadu respondeu, *vidrado*. "Parece que você tem bem mais." Ramon encolheu os ombros, sem graça: "Pô, então que merda".

558   *Elayne Baeta*

Percebendo que tinha dito algo errado, os olhos de Cadu se arregalaram, desesperados "Você queria parecer mais jovem?", perguntou. Ramon balançou a cabeça, desestressado, "Todo mundo, *eu acho*." "Então, você parece", Cadu respondeu rapidamente, se atropelando nas palavras "Sei lá, você me lembra até aquele filme, *A Órfã*." E voltou a sorrir, anestesiado. "Ela nunca envelhece." *Pô*, ouvi Ramon dizer, do banco de fundo do carro, *obrigado, eu acho*.

Revirei os olhos e me voltei para Íris. "Então, qual é o plano?" "Você não falar." "Íris," tentei dizer, pausadamente, "faltam *horas* pro casamento. Não dias, *horas*. Eu até sei um lugar que possa ter algum vestido. Mas eu acho que a gente deveria *parar* pra montar um plano." Ela continuava girando a cabeça de Janis Joplin, tentando dar a partida, mas o motor não reagia.

"Que merda, não sei o que tá acontecendo, não tá funcionando", disse, envergonhada. "Acho que vamos ter que empurrar."

"Eu empurro!" Cadu praticamente gritou, esbaforido. E, olhando para Ramon, completou sugestivo: "Sabe como é, é que eu malho." Ramon deu de ombros outra vez: *"Maneiro"*.

"Ou" tentei sugerir, explicando como se ela tivesse entre seis e vinte e um anos, "podemos *sair* do seu carro, dar dois passos e entrar no *meu* carro." "Qual parte do '*nós vamos na Reddie, porque eu devo isso a Simmy*', você não entendeu?" "Você pode dirigir o meu carro, Íris." "Seu carro está sem gasolina, Édra", Ramon deu um sorrisinho amarelado. Eu me virei no banco, querendo, mais uma vez, socá-lo. "Como *você* sabe que o *meu* carro está sem gasolina?" "Eu descobri quando tentei meio que pegar ele emprestado...", explicou, nervoso.

"Nossa!", Cadu sorria, atônito. "Eu faço isso *o tempo todo*."

Não tenha um infarto agora, não tenha um infarto agora, não tenha um infarto agora. Nã...

"Vocês empurram e eu continuo girando a chave!", Íris deu as ordens.

Nós três saímos do carro e começamos a empurrar. Uma veia na testa de Cadu parecia que a qualquer momento poderia estourar. Ramon se juntou a ele e eu, sem nenhum pingo de paciência sobressalente no meu corpo, também. *Reddie* começou a andar.

"Tá funcionando! Continuem!", Íris gritou da janela.

"E então", Cadu achou aquele um *ótimo* momento para puxar assunto. "O que você faz nas horas vagas?", perguntou. Ramon riu, franzino, com as mãos espalmadas no porta-malas, fazendo o máximo de força possível: "Aparentemente, empurro carros". Foi o suficiente para que Cadu começasse a rir, exagerado: "Ramon, você é *tão* engraçado".

Perto dos dois, só me restava respirar fundo e tentarme conectar com os meus chakras. Talvez fosse o meu karma instantâneo, por ter *"contratado"* Ramon.

Reddie começou a andar, dessa vez, de verdade. Para longe das nossas mãos.

"Funcionou! Meu Deus! Está andando! A Reddie voltou a andar!", gritou Íris. *Reddie* foi se distanciando de nós bem devagar, nos iluminando no escuro da fazenda com os faróis traseiros ligados. Nós ficamos os três ali, confusos e parados. Até que Íris gritasse.

"O que vocês estão esperando?! Corram!"

Merda!

Começamos a correr, desesperados.

"E você?", Ramon perguntou a Cadu. *"Eu o quê?"* Os dois corriam, lado a lado. Tentávamos alcançar *Reddie*, de portas escancaradas, se afastando de nós cada vez mais rápido. *"Eu vejo futebol, tipo, o dia todo!"* Cadu mentiu, descaradamente. *"Para de ser mentiroso, cara!"*, gritei, correndo mais afastada. Cadu me ignorou, entortando a cara: *"Não conheço ela! Você conhece?"*, Ramon deu risada: *"Nunca ouvi falar!"*

Alcançamos *Reddie*. Ramon foi o primeiro entrar, Cadu entrou logo depois. E eu fui a última.

No fim, ainda estava correndo do lado da porta aberta, sem conseguir saltar! "Pula, Édra!", gritava Íris. "Eu tô tentando, Íris!", eu gritava de volta. "É só imaginar um *green-card* do outro lado!" "Agora não é hora pra isso, Íris!" *"Pula logo!"* "Eu tô *tentando!"* "Eu preciso virar, tá chegando a estrada! Você *tem* que pular, Édra! *Agora!"* Fechei os meus olhos e dei um salto. Foi tudo muito rápido. Quando meus olhos se abriram, eu estava dentro do carro.

Íris dirigia pela estrada noturna em absoluto silêncio. Seus pés descalços me diziam: *não ultrapasse*. O cacho de pêssegos de tricô balançava pendurado no espelho retrovisor, onde Ramon estava refletido batucando o estofado do banco e Cadu olhava para ele como um psicopata.

Ficamos assim por um tempo. Balançando como o cacho de pêssegos, sutilmente, em nossos assentos. Ouvindo as buzinas dos carros maiores, ultrapassando uns aos outros imprudentemente. Sendo iluminados completamente por faróis e voltando para o breu azulado da penumbra da noite, avançando em direção a São Patrique, pela estrada mal iluminada.

"E então...", Ramon, parecendo hiperativo e agoniado, tentou puxar um assunto. Revirei os olhos, balançando a cabeça negativamente, antes mesmo que ele falasse; "Como vocês três se conheceram?", perguntou ele.

As bochechas de Cadu se encheram de ar. Íris não disse nada, apenas ligou o rádio.

Essa é Nova Rádio com o especial Pagode Anos 90. E essa é pra tocar no coração! Na voz do mestre, Xande de Pilares...

Íris desligou o rádio.

Foi a vez das bochechas de Ramon se inflarem de ar, como um balão de aniversário. Pelos próximos vinte minutos foi assim, Ramon e Cadu dando risadinhas entrecortadas. Demorou um tempo até que os dois se aquietassem.

Foi então a vez da assistente virtual de Íris, Emma, começar a falar nas caixas de som do carro, sem sequer ter sido acionada.

"Íris Pêssego, você tem uma nova mensagem de voz na sua caixa postal. Deseja escutar?" "Não", respondeu Íris, ríspida, olhando fixamente a via. *"Tudo bem! Tocando mensagem de Pombinha."* A risada de Cadu saiu inteira pelo nariz, Ramon ria, só de discórdia, e eu estava tentando entender quem *diabos* era *Pombinha*.

Íris, atenta com uma carreta que tentava ultrapassá-la, começou a apertar todos os botões do painel, para interromper a mensagem. Mas acabou reajustando, sem querer, a *última* coisa que deveria: O volume.

A voz de Lizandra invadiu os alto-falantes de maneira estrondante.

"Não que você se importe mais comigo, Íris, mas eu já cheguei ao aeroporto. Sozinha. Seu pai me trouxe pra cá. E, só pra você saber, você tá na rua. Quando eu chegar em Nova Sieva, eu vou pegar todas as suas roupas e deixar nos Achados e Perdidos da faculdade. Mas, se você mudar de ideia e quiser me pedir perdão, eu ainda consigo te perdoar. Só pra você saber, cortei o cabelo antes de vir. E

pintei de castanho escuro. Então, você provavelmente deveria pensar melhor sobre isso. Se você ainda quiser, podemos conversar por quinze minutos em qualquer lugar."

Beep.

"*Íris Pêssego, gostaria de escutar novamente essa mensagem?*" "Não!", gritou Íris, furiosa. "*Tudo bem! Repetindo mensagem de Pombinha após o sinal.*" Beep. "*Não que você se importe mais comigo, Íris, mas eu já cheguei ao aeroporto. Sozinha. Seu...*" E ela, *finalmente*, conseguiu apertar o botão correto.

O silêncio no carro, durou poucos segundos. Mas com certeza, passou para ela como *horas* constrangedoras.

"Pombinha...", balancei lentamente a cabeça. Cadu estava mordendo os próprios lábios, tentando se controlar. Ramon disfarçava, olhando pela janela.

"Ela gostava de aves, Édra. O filme favorito dela era a *Fuga das Galinhas*, e, enfim, não te devo satisfação sobre isso." Íris tentou parecer inabalável, olhando para Cadu (que ainda tentava não rir) pelo retrovisor do carro. "Não devo satisfação a *ninguém* aqui, aliás."

Outra onda de silêncio veio, e assim como a primeira, não durou muito.

"*É que existem muitos tipos de aves, Íris, e você escolher justo um pombo...*" Cadu murmurou, de cabeça baixa.

"Ela gostava de pombos, *ok?*" Íris rebateu e eu quis rir: "É *claro* que ela gostava de pombos". Dava para ouvir Cadu rindo baixinho, tentando disfarçar, com metade do rosto escondido dentro da própria camiseta. Íris revirou os olhos. Eu olhei pela janela, porque se eu continuasse prestando atenção em Cadu, toda situação no carro iria piorar.

Estávamos *quase* nos acalmando, quando Ramon levantou a mão, como uma criança em sala de aula: "Mas tem alguma *pomba* em A *Fuga das Galinhas?* Eu não entendi essa parte."

Pronto.

Cadu começou a chorar, sua risada tinha o som agudo de uma chaleira. Eu cobri o meu rosto, sem conseguir me segurar.

"Eu desisto de vocês", resmungou Íris, ligando, novamente, o rádio.

"*Você está ouvindo a sua, a minha, a nossa, Rádio Andorinhas.*" Encostei minha cabeça na janela, sorrindo para a estrada.

Elayne Baeta

"Welcome to your life, there's no turning back", cantava Tears For Fears enquanto o vento invadia o carro, segurando nossa cara, bagunçando os nossos cabelos, fazendo parte da viagem.

"It's my own design, it's my own remorse. Help me to decide, help me make the most of freedom and of pleasure, nothing ever lasts forever. Everybody wants to rule the world."

Coloquei minha mão para fora do carro, deixei o tempo correr entre os meus dedos. Quando estamos fazendo algo bom, realmente bom, pro coração, ele passa mesmo numa velocidade diferente.

[Bem-vindo a sua vida, não tem como voltar atrás. É o meu design, é meu remorso. Me ajude a decidir, me ajude a aproveitar o máximo a liberdade e o prazer, nada dura para sempre.
Todo mundo quer governar o mundo.]

Os pneus de *Reddie* deslizavam macios pelas ruas da São Patrique moderna e recém-asfaltada. As vitrines de vidro das lojas fechadas exibiam suas decorações de Natal. Haviam árvores, pisca-piscas, bonecos de papai-noel gigantes, bem como renas de todos os tamanhos, duendes e guirlandas. Outras lojas apelavam para os descontos acumulativos, as vendas casadas, pague um leve dois. Sapatos, bolsas, relógios, artigos esportivos, perfumarias, tudo estava em etiquetado na vitrine com algum tipo de promoção natalina. As fachadas das escolas exibiam suas matrículas abertas para o ano seguinte. No topo do Colégio São Patrique – fechado – havia um banner de aviso "Devido a um problema interno de logística, as provas de recuperação serão aplicadas após o Natal e o Ano-Novo. Nos vemos em janeiro! Atenciosamente, a Direção."

"Tadinha de Thiessa", murmurou Íris, girando o volante. "Só vai saber se passou de ano, no ano que vem." "Para o que ela estava estudando mesmo?" "Química." Continuamos. Todas as lojas estavam trancadas. Devíamos estar dentro das oito ou nove horas da noite, era claro que nada estaria aberto mais. "Podemos ir ao shopping!". Cadu e eu dissemos: *"Não!",* em uníssono, pessoalmente ofendidos pelos últimos acontecimentos envolvendo o hospital e a demissão em massa das enfermeiras. Íris me olhou de relance, esperando que eu tivesse uma saída, como eu tinha feito parecer em seu quarto.

Eu peguei, na mochila, que eu tinha enfiado na frente do banco, quando entrei no carro, o que eu precisava para encontrar o lugar que iríamos. "Isso é um mapa?", indagou Íris, curiosa. Dividida entre prestar atenção nos semáforos e em inspecionar o que eu segurava. *"Não exatamente"* "E o que é?" "Precisamos ir até a Rua Cadente", falei, confiante. "Eu acho que a gente pode achar algo que sirva, por lá", Íris colocou o endereço que eu dei no GPS e seguimos pelo caminho. Guardei, de volta na mochila, o diário de minha mãe.

"Ô, de casa!", bati palma, diante do portão enferrujado. Íris tinha estacionado a poucos metros mais atrás. Ramon estava com as mãos enfiadas no bolso, sem entender nada. Cadu esticava o pescoço, tentando ver através das gretas de ferro. Íris esfregava os próprios braços, arrepiada, porque ventava. "Ô, de casa!", repeti, batendo palma com mais força. Uma lâmpada se acendeu e o portão enferrujado começou a deslizar. Um rapaz saiu de dentro, mau humorado, os fones de ouvido pendurados no pescoço. "Pois não?" "Aqui é o..." Respirei fundo. "É aqui que funciona o *Brechó das Esbeltas?",* perguntei. Ele me analisou, em silêncio. "Era", disse, seco. "Agora só abre dia de domingo, na igreja. Vai ter que esperar." Íris me olhou, desesperada. "É que é *muito* urgente." "Infelizmente, só domingo." "Se você deixasse só a gente explicar a situação toda, é que..." "Tenho prova na faculdade, cara." Ele arfou, impaciente. "Se quiserem ver as roupas, vão ter que esperar." E deu as costas pra gente.

"Já era, já era!", Cadu ficou repetindo freneticamente, andando de um lado para o outro com as mãos na cabeça. *"Cadu, calma, deixa a Édra falar",* Íris correu, tentando acalmá-lo. Ramon continuava com as mãos no bolso, não reativo. Cadu estava tendo um ataque. *"Já era! Estamos fodidos! Meu avô vai casar nu e a Ana, coitada, vai casar dentro de uma sacola! Fodidos! Estamos fodidos!"*

"Ei, espera!", dei um passo a frente, segurando o braço do rapaz. Ele olhou para minha mão e, então, para mim. "Você não é o filho da Martha?", perguntei.

Meu coração estava disparado. As sobrancelhas franzidas dele se relaxaram na testa.

"Você *conhece* a minha mãe?"

Cadu estava tomando água com açúcar e sendo abanado por Íris, com um leque japonês etiquetado no valor de duas pratas. Ramon, completamente distraído, brincava com um gatinho laranja, perto da arara de calças. O rapaz, que depois eu descobri que se chamava Jonas, tinha nos pedido licença para voltar a estudar pra uma prova da faculdade de Ciência da Computação, que era o curso em que ele estava. Dona Martha falava sobre ele, orgulhosa. Tinha sido abandonada pelo pai de Jonas, assim que contou sobre estar grávida. Envergonhada, mentia pras amigas que estava bem de vida. "Não consegui nem contar a sua mãe isso, na época. Eu me sentia horrível. Ela também tava ocupada demais pra lidar com os meus dramas amorosos. Nunca tive sorte no amor. Pra mim, sempre foi uma piada." Eu disse que sentia muito por isso. Mostrei pra ela páginas inteiras do diário, onde minha mãe falava o quanto ela era uma boa pessoa e uma boa amiga. "Eu fui a primeira a saber que você existia, mocinha", ela apertou o meu nariz. "Sua mãe me contou antes de todo mundo e eu quase tive um treco!" A conversa ia, fatias de bolo vinham, nós dávamos boas risadas. Quando recuperou o fôlego, Cadu foi atrás de Ramon e do gato, que, a propósito, não era de Dona Martha, ela disse que ele só vinha, dormia e ia embora todo santo dia. "Ele adora ficar aqui, é escurinho!" Estávamos numa espécie de galpão, onde as coisas do brechó ficavam guardadas até que chegasse o sábado e Dona Martha montasse tudo do zero, com a ajuda de Jonas, nos fundos da igreja. "Ele é bom menino, é estudioso. Eu tento meu máximo. As coisas estão difíceis. Uma galera mais moderna vende artigos de brechó na internet e eu nem sei trocar a minha foto direito no celular!", ela riu, mas nós ficamos com o coração sentido por aquilo. "Jonas me ajuda com tudo. A gente vai levando. Tem dias que não são fáceis. O sonho dele é conseguir se dar bem na vida e cuidar de mim. Ele diz que tô muito nova ainda e que eu deveria voltar a paquerar." E ele tinha razão, porque Dona Martha era muito, muito bonita, só parecia cansada. "Não sou mais novinha, o tempo passou pra mim. O que eu fiz tá feito e o que não fiz, também. Acontece. Não me arrependo de nada. Mas sinto uma saudade *danada* de sua mãe, Édra. Ela tinha *uma coisa*, quando ela chegava, era *impossível* não olhar pra ela. Não querer ficar *perto* dela." Senti a mão de Íris repousar sobre o meu ombro. Ela ficou parada atrás de mim. Fez carinho nas minhas costas, na minha nuca, alisou o meu braço, não saiu mais de lá. Enquanto Dona Martha me contava um compilado de histórias mirabolantes que ela e minha mãe viveram com clientes diferentes, trabalhando juntas por muitos dias atrás do balcão do brechó. Eu fui escutando e sorrindo e querendo chorar e me mantendo firme. Minha mão encontrou a de Íris. Nossos dedos se entrelaçaram. "Querem mais bolo?" Dona Martha perguntou. "Na verdade, Dona Martha, eu vim até aqui também pra pedir um favor a senhora. É sobre a minha avó." Dona Martha voltou, atenta, a se sentar e me ouviu falar por quase meia hora.

    Contei tudo, expliquei cada detalhe, o porquê daquele pedido ser tão sensível e importante. Quem era a minha avó, o que antecedia sua história, todos os dominós que tinham a levado até ali, até aquele momento tão especial com Seu Júlio. E como estávamos todos dispostos a fazer o que fosse preciso para salvar seu casamento. Para dar a ela um final *mais do que feliz*.

    Ao fim de tudo, Dona Martha sorriu, sabia *exatamente* o que fazer. Contou outra história. Disse que ela e minha mãe esconderam, certa vez, um vestido de casamento que havia parado no brechó. Era da primeira-dama de São Patrique, na época. Tinha sido traída e se desfez de todas as roupas que tinha. Mas o vestido, entretanto, nunca havia sido usado. O prefeito só enrolava para marcar a cerimônia. De modo que mais de oito costureiras tinham trabalhado num vestido que nunca veria a luz do dia. "Chegou pra nós, cheirando a novo!", os olhos de Dona Martha brilhavam como lantejoulas. "E nós os escondemos! O combinado era que, a primeira que se casasse, poderia usar!", revelou, gargalhando. "Uma bobagem! Besteira de meninas! A gente não tinha muito juízo na cabeça. Valia uma fortuna e a gente nem sabia quanto, a gente só amava todas as bolinhas de pérolas costuradas nele! Eram tantas! Apelidamos de *Docinho de Vestido!* Porque as bolinhas pareciam de açúcar! Lindo demais!", ela suspirou e se levantou, animada. "Não acredito que *finalmente* alguém vai quebrar a maldição do *Docinho de Vestido*! A Eva *adoraria* saber disso! Podíamos ligar e contar a...", Dona Martha parou, o sorriso se apagou do rosto como uma vela assoprada. *"Desculpe, querida, eu..."*, Íris apertou a minha mão. "Tudo bem, Dona Martha", falei. Dona Martha levou as mãos ao peito, sentida. Me olhou como quem olha para um cachorro de patinha machucada. "Sinto muito." Ela deixou escapar um suspiro. "Só um minuto, tá bem? Vou pegar o seu vestido!"

Íris se abaixou na minha frente assim que Dona Martha passou pela cortina. *"Ei"*, suas duas mãos seguraram o meu rosto. *"Ei, ei, ei"*, eu engoli o nó na minha garganta. *"Tá tudo bem, ok?"*, ela dizia pra mim. Ergui minha cabeça para o teto tentando manter minha lágrimas presas dentro do meu olho. *"Se você quiser chorar, tá tudo bem também."* Eu respirei fundo. *"Vem aqui"*, Íris se levantou, eu continuava sentada. Seu corpo encontrou uma brecha entre as minhas pernas e ela trouxe meu rosto, com cuidado, para ela. Minha lágrimas deslizaram contra o tecido de seu vestido. Seus dedos acariciaram a minha cabeça. Abracei com força a perna dela. E fui me acalmando. Ela era a única pessoa no mundo que conseguia fazer aquilo. E eu a amava *tanto* por isso. Quando a Dona Martha voltou, trazendo o *Docinho de Vestido* numa caixa, eu já conseguia sorrir carinhosamente para ela, era como se *nada* tivesse acontecido.

"Agora vão lá!", disse ela, na torcida. "E salvem esse casamento!" "Você tá convidada!", eu sorri, já do outro lado do portão enferrujado. "Quem sabe a senhora não pega o buquê da noiva", brinquei, antes de ir embora. "Não dou sorte no amor, querida! Mas quem sabe eu não apareço por lá!", acenou, em despedida. *"Sempre quis ver alguém com o Docinho de Vestido!"*

Eu só percebi que eu e Íris tínhamos andado de mãos dados até *Reddie* quando as soltamos para entrar no carro. Ninguém disse nada. No banco dos fundos, Ramon e Cadu só sorriam e se entreolhavam. Íris girou a cabeça de Janis Joplin e, graças a Deus, ligou o motor do carro. Do completo nada, no nosso silêncio, surgiu um miado. Cadu e Ramon roubaram um gato.

"Vocês são loucos!" Íris dirigia, estressada. "Vocês são loucos?", perguntei, mais nervosa ainda. "Eles são loucos!", respondeu Íris, trêmula de raiva. "Ele não era de *ninguém*, tá? Tecnicamente não *roubamos* um gato", Cadu tentava se explicar. "É...", e Ramon tentava ajudar. "Nós só pensamos que *talvez* fosse legal ele ter uma casa de verdade e não um galpão de roupa velha!" "Brechó das Esbeltas" Cadu corrigiu, com o gato em seu colo. "É que não é *legal* você falar, tipo, *essa parte* de roupa velha e tal." "Desculpe, *eu não quis...*" "Não, tudo bem."

Íris e eu olhamos uma para cara da outra e, então, para eles, através do espelho retrovisor.

"Na volta, vamos passar lá e devolver o gato." Íris decretou. "Ah, não!", Cadu fez um beicinho. "Eu quero ficar com o gato!", disse ele, num tom de voz manhoso, como se fosse uma criança musculosa e gigantesca. "Já demos até um nome pra ele", Ramon sorriu, orgulhoso. "Ele se chama Laranja", disse, sobre o gato laranja. *"Que criativo"*, comentei. "Eu não quero saber, nós vamos devolver o gato." Íris bateu o martelo. Estava decidido. Não satisfeito, depois de muito choramingo, se sentindo atingido, Cadu revidou: *"Se fosse um pombo, eu poderia ficar"*. Íris me olhou na mesma hora para conferir se eu daria risada. *"O quê?"*, minha boca fraquejava, querendo ceder. *"Eu não disse nada."* "Édra." Ramon já estava rindo. "Édra *o quê?* Meu Deus, eu não disse nada", eu queria tanto rir. "Então, não dê risada" "Você está me vendo rindo, por acaso, Íris?", perguntei a ela, séria. Mas Cadu estava segurando o gato e me olhando *fixamente* pelo espelho retrovisor. Simplesmente *não deu* pra segurar. *"Eu desisto de vocês!"*, ela gritou ao volante, mas no fim não teve jeito, acabou fazendo parte da sinfonia de risadas. Cadu esperou que todos se acalmassem, pairados sobre aquele clima agradável, para descaradamente perguntar: "Então, isso significa que eu vou poder ficar com o gato?"

Nossa próxima – e última – parada antes de voltarmos pra fazenda com a missão concluída foi na casa chique de Polly e Wilson. Eles moravam dentro de um condomínio enorme. Sandra Rios tinha dado ao neto, de presente, uma casa com piscina. Mil seguranças, câmeras e voltas depois, estávamos tocando a campainha da *Mansão Rios-Zerla*. Wilson abriu a porta com Theo, o bebê, enfiado numa bolsa canguru acoplada ao abdômen dele.

"Não sabia que seria na minha casa o *after* da formatura!", sorriu, descolado, com seus dentes de lentes de contato. Estava de braços abertos até ver Ramon e o gato: *"Quem é esse cara?"*, Cadu se intrometeu, sorridente: "O nome dele é Benjamin Button!", disse a Wilson, se virando para piscar o olho para Ramon; "Estou brincando!", e riu, sozinho, no silêncio, "mas você percebeu o quanto ele parece jovem?"

Wilson encarou Ramon, preocupado. "Eu percebi o quanto ele parece infectado! Você, meu camarada e o seu gato ficam." Ele bateu a porta na cara de Ramon: *"Tá maluco, meu filho só tem dois anos"*, se virou, murmurando.

Era uma *puta* de uma casa. Modesta em nada. Cadu estava cheio de *Ei, não, Wilson, Meu Deus, Ele, O Ramon, O Laranja, Calma, É que...* "O gato está vacinado, por acaso?" Wilson parou de andar, para perguntar. "Deve estar, né, Wilson", respondeu Cadu, como se aquela fosse uma pergunta estúpida a se fazer. "Ele tem vinte e dois anos, como não estaria?" *"Nossa!"*, Wilson inclinou a cabeça pra trás, impressionado. "Então ele é *bem* velho!" Cadu ficou, imediatamente, desesperado: "Pelo amor de Deus, *não diga isso!*". E entre dentes, disse o resto, como se fosse um segredo. "Ele gosta de pensar que parece ser jovem." "Relaxa, cara, é só um gato." Wilson deu de ombros. "Vai por mim, tá cada vez mais difícil encontrar um desses", Cadu arfou, quase como num desabafo. "Um gato laranja?", perguntou Wilson, confuso. "Tem em todo lugar."

Todos nós nos entreolhamos.

Cadu sorriu, sem graça, mais amarelo *impossível*: "Ah".

Assim que Polly nos viu, em seu *studio* de costura completamente chique e espelhado, ela saltou de trás de uma máquina creme e prateada. Os óculos pareciam custar cinco meses do meu salário no Croquete Cabana.

"Você!", apontou pra Íris. "Você eu vou matar. E você", apontou pra mim, "O que tá fazendo aqui? Vocês voltaram?", se virou para Íris, mais confusa do que antes, tirando os óculos do rosto. "Você não estava *noiva*, tipo, *ontem?*" Foi a vez de Íris de sorrir amarelo.

"A *ex-noiva* de Íris agiu exatamente como no filme preferido dela", Cadu esticou o pescoço para se meter: "Foi uma galinha e fugiu."

A boca de Polly virou um *"o"* perfeito. *"Quê?"*

Para não responder, Íris empurrou a caixa com o Docinho de Vestido em cima dela. "Poliana, *foco!* Você *precisa* ajustar esse vestido pra Simmy usar amanhã. Você já fez essa mágica uma vez, precisamos *muito* que você faça de novo!"

Polly olhou pra Íris e pra mim e de volta pra Íris e pra mim. *"Sem fofoca, sem costura"*, ela se virou, arrastando as pantufas de marca até a máquina, onde estava.

Íris se virou para Wilson, Cadu e eu, corada.

"Vocês podem deixar a gente a sós uns minutinhos, *por favor?*", perguntou, como se tivéssemos escolha. Menos de um minuto depois, Polly sorriu ardilosamente, fechando as portas de correr, chiques, de seu *studio* de costura nas nossas caras.

"Bom", assim que ficamos sozinhos, Wilson ergueu as sobrancelhas. "Alguém a fim de aprender a trocar fralda?"

Cada um de nós estava bebendo uma coisa diferente. Wilson estava tomando energético puro, para se manter acordado: "Depois daqui, eu ainda tenho uma pesquisa para terminar". Cadu estava tomando o leite congelado de Polly, "Sinto muito pelo seu filho, o gosto é *horrível*". E eu estava tomando um champanhe caríssimo que Wilson havia me dado de presente, porque não brindamos na formatura, com nada. "Você sumiu, viajou para sei lá onde, hoje vamos comemorar!", disse ele, animado. Como se não estivéssemos trocando fraldas de bonecas, enquanto ele trocava um bebê de verdade que, só por acaso, era um filho que ele tinha feito. "Agora, vocês vão puxar essas abinhas e colar na marcação exata", Wilson explicava. O bebê de Cadu estava de cabeça para baixo. "Assim?", perguntei. "Perfeito, Édra. E Cadu," ele disse, calmo, "seu bebê morreu já faz uns dois minutos." Cadu largou o boneco, contrariado; *"Viu?* Eu não sirvo pra isso. Prefiro ter gatos." "E você, Édra?", Wilson me perguntou, curioso. "Pensa em ser mãe?" Eu sorri: "Acho que sim, na hora certa." O que ele perguntou logo em seguida, me fez engasgar. "Com Íris?". Cadu me olhou, endiabrado. *"Hein, Édra?"*, insistiu na pergunta de Wilson. "Teria *um filho* com Íris?" "Vocês estão pulando as etapas", me esquivei da pergunta, virando mais um pouco da garrafa de champanhe caro na minha boca. "Meu filho veio quando eu não estava esperando e, no início, eu quase tive um derrame!", Wilson falou, ajustando a fralda de Theo, que tentava morder o próprio pé, custe o que custasse. "Agora, eu sei lá, não consigo imaginar minha vida sem esse cara!", sorriu. Eu e Cadu sorrimos também. "Eu gosto de criança, então, se depender de mim, talvez, quem sabe", falei, "mas preciso resolver minha vida inteira primeiro. Tô muito atrasada." Cadu e Wilson me olharam, esperando que eu falasse mais. E, depois de mais uns goles de bebida, eu *realmente* falei.

Acabei contando sobre o acordo com o meu pai e como agora eu não fazia ideia de onde eu ia parar. O que fazer com a faculdade inacabada em Montana, o que fazer com os meus sonhos artísticos engavetados. Mencionei a faculdade que eu passava noites em claro pesquisando sobre, atualizando as listas de chamada, as notas de corte, lendo na internet todos os artistas que eu amava e que tinham saído exatamente de lá, da Academia de Artes de Vienna. Uma instituição de ensino superior – *inteira* – para toda classe artística. Ou você mofava na fila de espera depois de passar na prova. Ou você só se aplicava a uma prova simbólica e pagava a mensalidade absurda que eles cobravam. Quando apresentei a proposta pro meu pai e expliquei que era aquilo que ele queria, ele não me deu muito ouvidos. Disse que já tinha algo planejado pra mim e que seria bom para o meu futuro. "Montana", ele dizia. "Os artistas podem até sair de Viena, mas o empresários saem de lá... de Montana. É pra onde você vai." No fundo, do fundo, eu sabia, que não precisava *ser* Vienna. Eu faria qualquer curso artístico ou musical em, literalmente, qualquer lugar. Mas uma parte de mim queria que fosse lá. Dar o fora de São Patrique, mirar alto, nas estrelas, ir embora pra nunca mais voltar. Eu parecia a minha mãe, desesperada, por um sonho artístico para chamar de meu. E terminei em Montana, mais especificamente trabalhando no Croquete Cabana. Por três anos.

"Sinto que agora tô prestes a ganhar a minha liberdade, mas não sei o que fazer com ela. É como se, agora que eu vou ser finalmente livre, eu estivesse implorando que alguém aparecesse e tomasse uma decisão por mim. Porque eu não aprendi isso. A escolher as minhas próprias coisas sozinha. Eu só queria que alguém me ajudasse, me apontasse pra algo, me desse um sinal. Tenho medo de pegar a minha liberdade e ficar parada. Congelar. Eu quero, eu sei lá, ter uma loja, ou ter uma casa, ou estar com meu fone de ouvido estudando pra uma prova de faculdade, qualquer coisa mesmo, mas que seja algo que eu realmente goste, sabe? Algo que faça o tempo parar de passar, porque eu vou estar amando demais fazendo o que quer que seja isso", assim que terminei de dizer, Íris surgiu na porta, acanhada.

"Polly disse que o vestido é lindo, mas está um trapo, então, vai demorar. Vamos ter que dormir aqui e pegar a estrada de manhã cedo." Ela nos avisou, falando baixo. Meio desconcertada. Eu estava parcialmente bêbada, então, só assenti com a cabeça. Não retornamos mais para a conversa que estávamos tendo antes, o assunto se dissipou no ar.

Cadu decidiu dormir com Ramon e Laranja, no carro.

Numa casa de um tamanho daqueles, os lugares para dormir deveriam ser incontáveis. Mas Polly colocou Íris e eu no mesmo quarto.

Wilson levou um beliscão, quando tentou argumentar que ficaríamos mais confortáveis em quartos separados. Tinha sido de propósito, é claro.

Fechada a porta, estávamos sozinhas.

Pela primeira, depois de tudo.

Minha garrafa de champanhe caríssimo pela metade. Meu bebê-boneco, de fralda.

"Me perguntaram hoje se eu teria um filho com você", eu disse. Ela esticava o lençol da cama já arrumada, como se precisasse. "E você respondeu o quê?" "Eu acho um pouco cedo demais", falei. "Mas isso não responde a pergunta", ela insistiu. "Você teria?", perguntei. "Um filho com você?", ela se virou para mim, tirando os brincos da orelha, "ou só um filho, *de modo geral?*" "Comigo, claro", respondi, arisca. "Com Lizandra você teria, no máximo, um pombo."

Ela se virou de costas para esconder a risada.

Puxou todo o cabelo pro lado como quem pedia, sem dizer nada, ajuda com o feche do colar. Me aproximei, cambaleando. "Pense bem no que vai responder", falei. "Eu já sei trocar até fralda", dei uma risadinha, abrindo o colar.

Ela se virou de frente, me olhando sem dizer nada. "O que foi?", perguntei. "Eu acho *um pouco cedo demais*", ela arrebitou o nariz e passou por mim, sorrateira, sua energia vibrava mais laranja que um gato.

"Mas você teria?", insisti na pergunta.

Ela estava de costas para mim com a mão na maçaneta.

"Eu perguntei primeiro", respondeu ela, sem se virar.

Ergui meus ombros sorrindo: *"Dá pra praticar..."*, respondi, cínica.

Ela deu risada, abrindo a porta.

"Aonde você vai?", perguntei, sem entender. "Esqueci de resolver um negócio da minha faculdade, vou pedir o notebook de Polly emprestado, pra olhar." *"Agora?"*, quase fiz um beicinho apelativo. "É importante." Ela me lançou um sorriso cheio de ternura e cuidado. Por instante, senti que ali havia algo que ela não iria me contar.

"Tudo bem", cedi. "Vou estar acordada quando você voltar, pra gente fazer um filho." "Seus olhinhos estão quase fechados, Édra", rebateu ela, achando graça. "É porque eu bebi" "É porque você tá *cansada*, vá dormir, não precisa me esperar acordada."

"Ouch!", fingi estar sendo apunhalada. "Que fora *horrível!* Se você não quer ter um filho comigo, Íris Pêssego, você pode simplesmente me diz..." E ela me deu um beijo. Um selinho molhado. Segurei seu rosto com as minhas duas mãos para que demorasse mais. Coração disparado, mãos suadas, respiração ofegante.

Eu queria contar o que eu queria contar. Mas ela se afastou antes.

"Agora durma, *pelo amor Deus,* Édra Norr. Das mães, você vai ser a mais chata."

PARA O AMOR NÃO HÁ UM RELÓGIO
O AMOR NUNCA ESTÁ ATRASADO
ELE DANÇA NA VALSA DO TEMPO

Ana Símia

Juliano Sena

CONVIDAM PARA A CERIMÔNIA & CELEBRAÇÃO
DE SEU CASAMENTO

20/12 / 11:00

FAZENDA SENA, BR-116, SENTIDO SÃO PATRIQUE
PRÓXIMO AO POSTO / JOYCENETE'N'LOVE

O AMOR ESTÁ
NAS OBVIEDADES E NÃO-OBVIEDADES,
NOS ENCONTROS E REENCONTROS,
EM ATOS.

CONTAMOS COM A SUA PRESENÇA PARA CELEBRAR
O MILAGRE DO NOSSO.

J.S. + A.S.

ÚLTIMO CAPÍTULO
PARTE II

ÍRIS NÃO VOLTOU MAIS PARA O quarto. Acordei sozinha na cama com Cadu derramando leite da mamadeira de Theo, na minha cara. "Vamos levantando, nossos avós vão se casar!" Saltei da cama, me limpando, assustada. "Eu *realmente* espero que você não tenha *nenhum* bebê, porque, pelo visto, você não respeita nem o alimento deles", torci meu nariz, de nojo, parecia estragado. "Esse não serve mais, ficou fora da geladeira a noite toda." "E o melhor lugar que você achou pra descartar foi dentro do meu olho", arfei, sem ainda me sentir completamente acordada. "Não seja tão dramática, quando você tiver seu filho vai ser *muito* pior." "Falando nisso, cadê o seu?", perguntei, entrando na suíte do quarto, para me ajeitar. Coloquei um pouco de pasta de dente no meu dedo, tentando improvisar. "Fugiu", disse Cadu, vindo atrás de mim, se encostando no batente da porta. *"Omo assim, ugiu?"*, perguntei, com o dedo na boca. "Ramon e eu esquecemos os vidros da janela abertos", disse ele, tentando se autoconsolar pela burrice. "Mas tudo bem, filho a gente cria pro mundo." Revirei os olhos antes de cuspir na pia. "E você e o Ramon?", tentei introduzir o assunto, disfarçada. "O que tem?" "Vocês passaram a noite inteira sozinhos no carro?" "Sim", disse. "E aconteceu... *algo?*" "Sim", disse ele, "Nós dormimos e o gato fugiu." "Seu cinismo me estressa", falei, enchendo o meu rosto de água. "Adiante o seu lado, só falta você. E a gente tem um casamento pra salvar." Ele mudou de assunto, saindo do quarto. "Cadu", chamei. Ele se virou, despreocupado: "Antes de dormir, mandei uma mensagem pro meu pai", eu sorri. "Vou conseguir as camisas do Bolosco, autografadas." Cadu deu uma risadinha curta. "Eu não torço pro Bolosco." *"O quê?"* "Eu torço pro Arsenal de Garcia." *"Como assim?"*, eu estava entre o horror, o choque e o infarto. *"Mas você..."*, ele se virou de costas. "Estamos te esperando no carro! Se você não quiser que esse casamento vire uma praia de nudismo, adiante o seu lado!", saiu, rindo, me deixando sozinha no quarto. *Filho da mãe.*

AS QUATRO PORTAS SE BATERAM e os quatro cintos de segurança foram colocados. Wilson e Polly acenavam, ricos, da porta de sua casa. Theo, o verdadeiro *dono* daquilo tudo, dormia em sua bolsinha de canguru, de fralda trocada.

"Conseguiu resolver sua parada?", perguntei pra Íris. Ela fez que sim com a cabeça, evitando me olhar.

A cabeça de Janis Joplin girou, mas não ligou o carro.

"Ah, não", falei, desesperada. "De novo, não."

Os vizinhos ricos de Wilson e Polly assistiam horrorizados. Eu, Ramon e Cadu empurrávamos *Reddie*, completamente humilhados. Íris gritava palavras de incentivo, mandando a gente continuar. Quando deu certo, estava dada, também, a largada. Cadu entrou primeiro, sem nenhuma dificuldade. Ramon, logo depois dele. Eu, é claro, continuei correndo, vivendo uma espécie *física* de karma.

"*Vamos, Édra!*", eles gritavam. *"Você consegue! Pula logo no carro! Adianta! Você precisa pular!"*

Saltei de olhos fechados.

Quando os abri, estava dentro do carro.

Laranja, o gato, estava mostrando a barriga na frente de um mansão, bem ao nosso lado. "Meu Deus, é o Laranja!" Cadu gritou, desesperado. "Vem, Laranja! Ps-ps-ps! Laranja! Sou eu! Seu pai!" Ramon subiu o vidro da janela dele, num silêncio envergonhado. Íris dirigia rindo. Eu confesso que senti um pouco de pena. "Cadu", tentei dizer, com cuidado, "é você contra uma casa de quatrocentos metros quadrados, ele *não vai* voltar." Cadu se afundou no banco, abalado. "Dinheiro não é tudo! Eu tinha *amor* para dar!" *"Cabe bastante amor numa casa de quatrocentos metros quadrados"*, Ramon murmurou, de cabeça baixa. "O que é *isso* em você? Uma *ruga?*", Cadu perguntou, tentando parecer ácido. *"Onde?"* Ramon perguntou, ingênuo. "Na sua *imprudência* enquanto *pai*." Cadu estremeceu no banco do carro. Ramon deu de ombros, sem se importar.

"Não seu preocupe, Cadu", disse Íris, dirigindo concentrada enquanto tentava tranquilizá-lo, "uma hora você vai achar um gato que não queira sair dos seus pés", ela sorriu e ligou o rádio.

Chegamos faltando poucas horas para o casamento começar. Quando Íris abriu a caixa e minha avó pôs os olhos em *Docinho de Vestido*, ela ficou completamente encantada. Depois que contamos para ela toda história por trás, ela voltou a chorar, dessa vez, de felicidade. Meu pai chegou salvando todo o restante de nós com blazeres. Tinha para mim, para Cadu e para Seu Júlio, que era especial. "É o blazer que eu usaria, se eu fosse me casar. Mandei ajustar e cortar e, enfim, tá na mão!", sorriu, meio desajeitado. Seu Júlio lhe deu abraço camarada. "Vou ficar um gato!" *"Espero que um que prefira amor"*, Cadu saiu murmurando.

Meu pai também trouxe as camisas do Bolosco. "Os jogadores que eu conheço estão fora da cidade, não deu para autografar com os reservas", Ramon torceu a boca, mas se deu por satisfeito.

"Também vou me arrumar", disse ele, saindo em busca de um banheiro com a camisa do Bolosco em mãos. "Você vai *ficar* para o casamento?", perguntei, me surpreendendo cada vez mais com a espessura da madeira de sua cara. "É claro que eu vou." Ele gritou, se afastando. "Eu sou o *viabilizador* dele!" Eu não sabia se queria *rir* ou matá-lo.

Quando me viu passar, Dona Odete saiu correndo. A fofoca de que eu era *"barra-pesada"* havia se espalhado. Só para que Cadu chorasse de rir, fazendo a barba, ao meu lado.

"Você não consegue nem correr atrás de um carro." A lâmina deslizava sobre o queixo dele, e eu ajustava a minha gravata borboleta. "Matar alguém e jogar no lago, essa é a melhor mentira que eu já ouvi. E olhe que eu gosto de mentir."

Revirei meus olhos para ele, me lembrando de toda a história sobre torcer pro Bolosco.

"O que você vai fazer com a sua camisa do Bolosco, afinal?" "Nada, por quê?" Lembrei de Seu Garrilho, alucinado, diante da televisão, lá em Montana: "Conheço alguém que iria gostar".

TUDO ESTAVA IMPECÁVEL. COMO SE TIVESSE saído – cenograficamente – de uma novela. Assim como na Valsa dos Brotinhos e dos Marotos, todos aqueles corações estavam novamente pendurados. Me conectei, imediatamente, com a sensação de ter *acabado* de chegar na fazenda. Fui chegando mais perto. Os móveis de madeira já estavam posicionados. As mesas decoradas com toalhas bordadas *A.S. + J.S. Para sempre,* flores, velas de diferentes tamanhos em cilindros de vidro envolvidos com laços perfeitamente dados. Nas costas de cada cadeira havia uma guirlanda em miniatura, com coraçõezinhos e letrinhas de crochê *A.S + J.S* penduradas, como minúsculos enfeites fofinhos de Natal. Distante, entre as árvores – como um portal encantado –, estava o altar. Feito de incontáveis galhos curvados, que iam de um lado ao outro, formando um arco repleto de flores do campo. O púlpito era uma modesta e rústica escrivaninha de madeira, eu a tinha restaurado dias antes, com cera de abelha. Seu Júlio havia me pedido que caprichasse, porque era a mesinha de leitura de Elizabete Sena. Agora ela estava *lá* e faria *parte* de tudo aquilo.

Minha boca foi preenchida por um sorriso enternecido.

"Tudo certo! Está funcionando!" Primeiro, veio o grito. Depois, veio um senhorzinho, segurando uma maleta de ferramentas. Ele emergiu de trás de uma cortininha vermelha de veludo e esperou, parado do lado de fora, que algo saísse pela fenda de uma caixa de correio. Tudo se pareceu como um truque de mágica. O papel foi anunciado por um barulho mecânico. Ele o puxou da fenda e sacudiu um pouco, antes de erguê-lo diante dos próprios olhos, para analisar. A luz do dia atravessou o acabamento vinílico do papel e iluminou os olhos do senhorzinho do outro lado. Estava *mesmo* funcionando. Era uma cabine fotográfica.

Os convidados estavam começando a chegar. Um grupo de violinistas teciam uma trilha sonora que combinava exatamente com as abelhas sobrevoando as florzinhas frescas, em seus vasos, enfeitando uma gigantesca mesa de doces.

Meu blazer era do tipo smoking preto, meu cabelo estava penteado para trás com um pouco do gel que Cadu tinha me emprestado. A maquiadora de minha avó escondeu minhas olheiras de sono com uma fina camada de maquiagem. O perfume ainda estava secando no meu pescoço. Olhei de um lado para o outro, procurando, entre todos, a futura mãe dos meus filhos.

"Ainda bem que chegamos a tempo com as roupas", Cadu surgiu ao meu lado, todo pronto. Nossas gravatas borboletas pretas combinavam. "Já pensou?", olhou em volta, entortando a cara, "todos eles *nus.*"

Estiquei um pouco mais o meu pescoço, tentando enxergar melhor, entre as pessoas. "Você viu a Íris em algum lugar?", perguntei, agoniada. "Parou pra fazer *babyliss* no cabelo da sua futura sogra, na tomada 220 do meu quarto. Ela nem terminou ainda de se arrumar", contou ele.

"Ah!"

Sacudi minha mão, espantando uma abelha.

"Você viu o Ramon em algum lugar?", perguntou ele, tentando soar desinteressado. "Pra que quer saber?" Eu não tinha comprado. "Abelhas pra caralho!", ele desviou da minha pergunta, saindo, de fininho, enquanto se sacudia. "Olha, se alguém aqui tiver alergia", gritou ele, entre os convidados: "A hora de morrer é agora! Depois, vai ter que esperar aqueles dois casarem!".

Todos caíram na risada e voltaram para suas respectivas panelinhas de conversa, abanando seus leques personalizados, tomando drinks em tacinhas de plástico.

Eu já tinha perdido a conta de quantas enfermeiras, até então, haviam chegado. Cadu devia, em algum momento no hospital ou no dia do protesto, ter convidado cada uma delas. Minha convidada especial, Dona Martha, ainda não tinha chegado. Continuei torcendo, de coração, que ela viesse. Numa mesa mais afastada, Marcela resmungava algo, com a cabeça enfaixada, como uma Boneca Sally careca, e Suri, sem a menor paciência para ela, ignorava as queixas completamente, abanando para longe as abelhas com um leque. Ermes Pêssego e meu pai conversavam em outra mesa, entretidos e empolgados, riam como o que eram: *bons amigos*.

"Circulando, *vamos time*, circulando!", gritava Ramon, usando a camisa do Bolosco, coordenando os garçons. "Eu quero todo mundo nessa festa com uma bebida na mão!" Sorri, caminhando até ele, dessa vez, sem a intenção de matá-lo.

"*Que merda* você tá fazendo, cara?", perguntei. "*Viabilizando* o casamento", ele me olhou torto, "e parada aqui no meio você tá atrapalhando o meu trabalho", disse, me deixando pra trás. "Seu Paulo, mais leques! Talita, está faltando morangos no bar! E alguém pode me dizer de quem foi a *brilhante* ideia de fazer uma festa de casamento inteira dentro de uma *colmeia?*" Ele saiu, batendo os pés, injuriado: "Abelhas pra caralho!".

Eu estava me afastando, quando o ouvi me gritar. "Ei, Édra!" Parei onde estava. Ele olhou em volta, como se estivesse sendo vigiado, antes de me perguntar de um jeito esquisito, como se fosse um agiota, onde Cadu estava. "Pra que você quer saber?", apenas uma de minhas sobrancelhas se ergueu. "Ele ainda está chateado comigo, sobre o lance do gato?" perguntou ele.

Meu sorriso se entortou para um lado, "Por que *você* não vai lá e pergunta isso a ele?".

Ramon recuou, incomodado: "P-p-porque e-eu não sou *gay*, Édra", ele desviou os olhos dos meus com as bochechas avermelhadas, "não quero que ele pense que *isso aqui* significa mais do que realmente é." "E o que *isso aqui*", perguntei, "realmente é?"

Ramon deu de ombros, tentando soar inatingido.

"Uma experiência de trabalho, Édra, estou testando e aprendendo novas habilidades, não é como se passasse disso. Além do mais, eu conheci Cadu tem menos de vinte e quatro horas. Quem acredita em amor à primeira vista? Essa merda nem existe." Ramon disse, na defensiva. Secando as mãos suadas na camisa do Bolosco.

Eu olhei pra ele e, depois, por cima de seu ombro.

"Que bom que seja *só isso*, então, porque o ex-namorado de Cadu acabou de chegar".

Eu saí andando, queria achar Cadu antes que Maurício Mansinni o achasse, porque eu não fazia ideia de como ele poderia se sentir com aquilo. *Quem o tinha convidado? Minha avó? Íris?* Fato é que não tenho nada contra Maurício, ele me trazia uma nostalgia do tempo em que morei aqui. Apesar de não sermos tão próximos, ele estava presente em grande fatia das minhas boas memórias com Íris. Era o amigo *dela*, então teria o meu respeito e educação. Mas, naquele momento, eu só estava preocupada com *o meu* amigo e de que maneira ele iria se sentir vendo o ex-namorado ali, entre todos os convidados, de braços dados com o novo namorado dele.

"Alguém viu Cadu Sena por aí? Sim, o neto do noivo. Isso! Ele estava vestido com uma gravata, assim, como a minha. É, sim, o neto dele. Cadu. Cadu Sena."

Dei a volta ao redor do casamento inteiro. Conferindo todos, de mesa em mesa, sendo segurada por Vadete e Genevive, assim que elas me viram. Fui apresentada a mais amigas do Lar de Repouso, do clube de costura, da época da resistência a favor do meio ambiente. Sorrindo para todas e mais ainda quando falavam: *"Ela é a cara da mãe!"*.

O dia estava lindo.

Todos estavam aproveitando e, entre as abelhas, sendo bem servidos.

"Com licença, meninas", pisquei o olho para todas as senhorinhas na mesa. "Estou procurando o Cadu. Neto de Seu Júlio. Vocês, por acaso..." e alguém começou a me puxar pelo braço até o estacionamento.

Cadu e eu entramos em *Reddie*.

Perdi o fôlego pela corrida que demos. Olhei para a cabeça de Janis Joplin acoplada na chave, e então para ele, como quem perguntava *como* ele tinha conseguido aquilo. Ele entendeu. "A culpa não é minha se vocês largam a chave do carro de vocês à toa, em cima de qualquer lugar", explicou ele, eu respirando fundo. "Maurício está aqui." *"Eu sei."* "Com o namorado dele." *"Eu vi."* "O que você quer fazer sobre isso? Eu posso dar um jeito de expulsar os dois." "Não dá", as pernas de Cadu, nervoso, se sacudiam no banco. "Fui eu que convidei." "Cadu!" Porra, eu não tava acreditando. "Ele viu tudo, Édra, viu que eu estava stalkeando, achou que meu like na foto deles foi um *'Ei, estou bem com isso, águas passadas, podemos ser amigos.'* E eu, pra sair por cima, fingi que foi isso mesmo. Que eu estou ótimo, que tá tudo superado. E aí, bom, quando fui ver, já tinha convidado ele." Eu queria esganá-lo. "Porra, *e agora?*" "Eu não esperava que ele fosse vir!" Ele gritou, desesperado. "Eu sei lá, é o casamento *do avô* do seu ex-namorado, não é apropriado você aceitar um convite desses como um date para se ter com o seu novo namorado." "Não é apropriado você *fazer* um convite desses, principalmente se você vai *se foder* caso o convite seja aceito", rebati.

Cadu olhou através do para-brisa.

"Eu quero vomitar".

"Você *precisa* se recompor! Você vai entrar com a minha avó e eu vou entrar com o seu avô. *Nós dois* precisamos fazer de tudo pra viabilizar esse casamento!", tentei reerguê-lo. E me dei conta do que eu tinha dito. Viabilizar. A palavra *viabilizar* estava repetindo na minha cabeça. Uma lâmpada se acendeu.

"Eu prefiro morrer a deixar Maurício ligar os pontos e achar que eu, na real, ainda estou em", e, baixinho, confessou o resto *"processo de superar ele"* ."Eu tive uma ideia", falei. Os olhos de Cadu me fitaram, suplicando misericórdia, como uma pintura religiosa. "Mas nós vamos precisar de dinheiro suficiente pra pagar uma fatura de cartão de crédito".

"Só para deixar claro", disse Ramon, "*eu não sou gay.* Estou topando só para me retratar sobre o lance do gato. E porque preciso mesmo da grana pra pagar a fatura do meu cartão."

Cadu revirou os olhos: "Só para deixar claro", ele estremeceu, furioso, com o cachinhos endurecidos por gel, "eu *também* não sou gay, eu sou bi. E você se importa muito mais com futebol, do que com animais, eu não namoraria você", farpas trocadas, eles foram embora. Juntos. Em direção à mesa de Maurício Mansinni e seu novo namorado.

Fiquei assistindo de longe. Tomando uma margarita, embaixo do sombreiro da barraca de drinks. Ramon colocava a mão sobre os ombros de Cadu, como se fosse um robô. Cadu tirava. Ele colocava de novo. Dei uma risadinha mordendo o canudo.

Canapés de camarão, bolinhos de feijão fritos, croquetes de carne, pãezinhos, docinhos de ameixa, docinhos de goiabada, docinhos de jabuticaba e os tradicionais brigadeiros, bem-casados, bombons, trufas, uvas cobertas. Tinha do que se quisesse comer. Num canto mais isolado da festa, bem distante de tudo, subia a fumaça dos *Anfitriões do Churrasco*, um serviço premium para eventos do melhor churrasco que havia na região. Eles costumavam construir uma churrasqueira do zero, tijolinho por tijolinho, quando o serviço acabava, ela ficava.

Seu Júlio, nosso noivo, estava empolgadíssimo com isso. *"Não aguento mais fazer fogueira pra assar comida",* foi a penúltima coisa que ele disse, antes de se retirar, para se arrumar. *"Fica de olho no Cadu brincando por aí",* foi a última. Deixei um suspiro melancólico ganhar o lado de fora do meu peito. Me lembrei da história que Cadu tinha me contado, quando tentou impedir que a costureira levasse as roupas do casamento. *"Larguei até a caixa que você fez pra mim, não deu nem tempo de contar nada a meu avô."* De longe, mais a frente, na minha direção, ele sorria, acanhado, tomando um drink entre Ramon, Maurício e o namorado. Pensei em ir até lá, ficar também com ele, mas alguém, de repente, me abraçou.

"Espero que eu tenha chegado a tempo de ver o *Docinho de Vestido* desfilar!" Dona Martha disse, sorridente, quando me soltou. Estava *des-lum--brante!* O penteado, a maquiagem, a bolsa de paetê, como uma carteira, embaixo do braço. Parecia ter ficado vinte anos mais jovem. Poderia ser, facilmente, uma protagonista de novela. "Dona Martha, que bom que você veio!", eu disse, sorrindo de volta para ela. "O Jonas ficou cuidando da casa e das roupas por mim!", ela explicou, olhando em volta empolgada, com brinquinhos de strass balançando em suas orelhas. "Tá tudo tão chique!" "Aceita champanhe, senhora?", um garçom se curvou com a bandeja prateada. "Não, obrigada!", ela agradeceu, majestosa, "mas posso pegar um lequinho de papel desses?", pediu, com jeitinho. "Se minha maquiagem derreter, volto a ficar horrorosa." Eu a olhei negando com a cabeça, sabendo que aquilo era impossível. "Fique à vontade!", o garçom respondeu. Dona Martha pegou um leque e abriu. *A.S + J.S* impresso no papel. "Imagino que a noiva deve tá se arrumando!" ela olhou pra mim, se abanando. "É" confirmei "A galera tá terminando de se ajeitar ainda, lá dentro." "Deu tudo certo com o vestido?" perguntou, preocupada, "A gente levou pra ajustar," contei a ela, "ficou *ótimo!*".

Senti que ela queria fazer um comentário sobre a minha mãe, mas se conteve.

"Pode falar, Dona Martha", falei. "Ela ia *adorar*, Édra!", ela cedeu, se dissolvendo dentro de um sorriso. "Se Eva estivesse aqui, ela estaria *gritando!* Mesmo! Puxando os cabelos fora! Nós duas estaríamos fofocando *enlouquecidas!* A gente *amava* esse tipo de coisa. Eu com certeza teria aceitado o champanhe em vez do..." "Bom dia", meu pai surgiu, se aproximando de nós duas. Alguma coisa aconteceu naquele momento em que ele e Dona Martha se olharam. A boca dele se entreabriu, ela parou de se abanar. Ficamos os três em silêncio. Eu pigarreei, limpando a garganta. *"Vocês dois se conhecem?"*, perguntei, tão baixo, que quase nem me escutei. "Desculpe, acho que não fomos apresentados ainda...", meu pai disse, como se só metade dele estivesse ali e a outra metade, voando com as abelhas. "Não, *imagina!*", Dona Martha sorriu, tímida. "Não precisa se desculpar por isso. *Ninguém* me conhece aqui." Eu olhei para um depois para o outro, *sentindo* uma coisa no ar. "Eu *adoraria.*"

"Meu nome é Martha!", ela passou o leque para a mesma mão da bolsa, estendendo a palma livre. Meu pai a segurou com todo o cuidado do mundo e trouxe até a boca dele, deixando um beijo, antes de soltar. "Augustus." Foi tudo o que eu ele precisou dizer para que Martha se energizasse. "Não acredito! *É você!* Que prazer imenso!" Meu pai me olhou confuso, voltando-se para ela, desajeitado. "Achei que não *tínhamos* sido apresentado antes, Martha." "Ah, não fomos! Nunca fomos! Mas eu sei *exatamente* quem você é!", disse ela, derrubando um dominó que, provavelmente, meu pai não tinha se preparado o suficiente para ver sendo derrubado. "Você era a casa verde da Eva! Ela era uma das minhas melhores amigas!" Martha sorria, genuinamente feliz, agindo de maneira natural, brilhando embaixo do sol. Meu pai se apagou completamente, engolindo seco. "Ah, claro. Prazer em te conhecer, Martha. Com licença."

Pedi, rapidamente, licença também, disse a Dona Martha que aproveitasse a festa e ficasse por quanto tempo quisesse. Em seguida, me desviei de todas as bandejas, de todos os garçons, de todos os leques de papel abertos por todos os convidados, para ir atrás *dele*. Meu pai estava a um passo de se trancar no galpão, onde eu tinha encerado os móveis, mas antes que ele conseguisse deslizar todo o portão, eu saltei de olhos fechados para o lado de dentro – *tinha ficado, da noite para o dia, boa pra caralho nisso.*

"O que aconteceu? Qual é o seu problema?" "Me apresentar a melhor amiga de sua mãe? Que grande ideia, hein, Édra! Qual é o *seu* problema?" "É só uma pessoa, Augustus. Só mais uma entre todos os outros convidados. Não venha me dizer que você ficou irritado *por isso*", eu o enfrentei.

Estávamos andando em círculos, tudo ali parecia uma sauna, eu puxava minha gravata de um lado, ele puxava a dele, do outro.

"Fui pego de surpresa, foi só isso." Sua voz falhou.

"Vi o jeito que você olhou pra ela, antes de saber quem ela era."

Ele caminhou até a mim, furioso. "Não ouse insinuar isso!", me apontou o dedo. "E mais respeito!", gritou: *"Eu sou o seu pai!"* *"E está vivo, ainda!"*, gritei de volta.

Ele se afastou, empalidecido.

"Por que você age como se *também* tivesse morrido?", perguntei, tentando manter minha postura ereta, para não desabar. "Ela se *foi!*", meu lábios já se entregavam, trêmulos. "Eu sinto muito! Mas ela *se foi!*" *"E me levou junto!"*, ele gritou, o vento entrou, implacável, derrubando algumas ferramentas de Seu Júlio da parede.

Foi a minha vez de ficar pálida. Dei um passo pra trás. Engoli o nó na minha garganta.

"Eu só não consigo, Édra", disse ele, mais calmo. "Não é por falta de querer, eu só *não consigo.*"

Nos olhamos por alguns instantes.

A lâmpada, presa pelos fios soltos, balançava piscando, no teto do galpão.

"Vai passar a vida inteira, então, *sozinho?* Você prefere *isso* a tentar de novo ser feliz?", perguntei, meus olhos ardiam, marejados.

"Sou feliz o suficiente tendo você, Édra. E o que vivi com sua mãe já me valeu por uma vida inteira."

"É uma pena", respondi, firme. "Tenho certeza de que Martha é uma pessoa boa e que minha mãe, onde quer que esteja, ficaria feliz com isso." Passei a mão pelo meu rosto, sequei a lágrima e saí.

Assim que saí do galpão, esbarrei sem querer em Cadu. "Adivinhe quem é alérgico a abelhas e deu o fora?" Ele veio ao meu lado, acompanhando os meus passos. "Quem?" "Franzino, o namorado de Maurício, que teve a *audácia* de usar com esse cara o mesmo apelido que usava comigo." "Que apelido?" Cadu parou de andar: "Amor!", contou, estupefato. "Todo mundo chama todo mundo de amor quando começa a namorar, Cadu", resmunguei, acelerando os meus passos. "Mesmo assim", Cadu voltou a me acompanhar, irritado. "Se eu soubesse que essa palhaçada toda teria sido tão curta, teria me oferecido pra pagar só as primeiras três parcelas do cartão de Ramon", ele brincou. "Apesar dele ter me dito que não queria mais o dinheiro", parei de andar. "O quê?", perguntei. "Ele disse que não precisava mais, mas tanto faz, Ramon é um idiota." "Ele não é *só* um idiota, Cadu", apertei os meus olhos. "Ele é um *aproveitador.* Por que ele não tá *aproveitando?*" Cadu deu de ombros.

E, mais uma vez, eu deixei meus problemas de lado para resolver os problemas dos outros. Cadu se distraiu com uma taça de champanhe e eu fui atrás do *viabilizador* de casamentos. "Por que recusou o dinheiro?" Encostei Ramon na parede. "Estou trabalhando, Édra. O carrinho de pipoca acabou de parar de funcionar." "Essa profissão nem existe, Ramon", balancei minha cabeça, impaciente. "Por que recusou o dinheiro? Como você vai pagar o seu cartão?" Ramon, contra a parede, evitava me olhar nos olhos. "Vou dar um jeito." "Mas, por quê?", insisti na pergunta. Então, ele me olhou. "Não sei se você reparou, mas o namorado desse tal de Maurício é um grande idiota.

Tentou diminuir o Cadu, fazendo piadinha, por causa da loja de velharias dele, que ele tá pensando em vender. O cara é um boçal de merda, ofereceu ajuda a Cadu só para se gabar. E Maurício, apesar de não *parecer* tão idiota, é, no mínimo, conveniente, porque ele só ficou lá, parado, sem dizer nada. Enquanto o namorado rico dele falava merda atrás de merda. Eu comecei a mentir. Dei o endereço daquele casal de amigos de vocês, disse que a gente morava lá e tudo. Que eu e Cadu tínhamos um gato laranja chamado Laranja e que, provavelmente, o próximo convite de casamento que eles receberiam seria o nosso. Fim. Maurício tomou no cu e outro idiota começou a fingir, claramente a fingir, que tava se coçando todo de abelha pra ir embora. Fiz as honras, botei os dois dentro do carro. E agora, se *você permitir*, eu pretendo continuar trabalhando. Geralmente eu detesto trabalho, mas *desse* eu gostei. Pode não existir, de modo geral, mas existe hoje, *então...*" Ramon desencostou da parede, assim, como se nada, e saiu.

Tudo o que ele me disse, não respondia o *porquê* de ele ter recusado o dinheiro. Mas, era uma resposta *muito óbvia* para *outra* coisa. Aquilo me lembrou que eu *também* tinha uma *"resposta muito óbvia"* para dar. Faltava uma hora para o casamento. – 59... 58... – Contagem regressiva no cronômetro.

Ainda dava tempo.

DEI TRÊS TOQUES NA PORTA SÓ para anunciar que eu estava prestes a abri-la. Quando entrei, Íris me viu através do reflexo do espelho e se virou, assustada, derrubando o pincel de máscara de cílios no chão.

Deus, como era linda.

"Édra..." Depois do meu nome, não deixei que ela dissesse mais nada.

Nossos lábios se encostaram, achei espaço entre os grampos do seu cabelo parcialmente preso com os bobes, para enterrar os meus dedos e apropriadamente segurá-la. Ela se levantou da cadeira, sob os meus comandos e eu a empurrei contra a parede. Um dos grampos de seu cabelo pressionou meu curativo, eu gemi de dor, ela gemeu de, bom...

Minha língua parecia ter sido moldada para isso, para caber no espaço perfeito que a boca dela abria.

Meu beijo tinha gosto de margarita, o dela tinha gosto de enxaguante bucal de morango, meu pescoço tinha cheiro de perfume, mas o dela só tinha cheiro de banho.

"*Édra?*", sua voz saiu falhada.

Comecei a tentar desatar o nó do cinto de seu roupão.

"*Hum?*", disse em sua orelha.

A respiração dela já estava ofegante. Segurava com força, o que conseguia, do meu cabelo. "*Édra, eu preciso...*", o cinto cedeu, o roupão se abriu. "*Diga*", minha mão encontrou a cintura dela. Outro gemido escapou, voltamos ao beijo e desencostamos da parede. Eu a fui guiando, ela empurrou todas as suas coisas de maquiagem. Os produtos rolaram pela penteadeira, tilintaram batendo uns nos outros, se espatifaram pelo chão.

Suas mãos seguravam o meu rosto com força. Nosso beijo estava cheio de saudade.

"*Édra!*", se afastou.

Cheguei um pouco para trás. Meu rosto, continuava, entre as mãos dela.

"Calma, eu...", ela tentava se regular, "preciso te contar uma coisa."

"Eu também", abri um sorriso, me reaproximando, com os olhos fechados. Demos um selinho estalado. "Podemos contar ao mesmo tempo", sugeri.

Ela me afastou de novo.

Não sabia se olhava para a minha boca ou para os meus olhos. "Melhor você contar primeiro", disse ela, me soltando e unindo as duas partes abertas de seu roupão, como se estivesse envergonhada.

Minha sobrancelhas se uniram na minha testa. Dei um passo pra trás.

Tinha alguma coisa errada.

"O que tá acontecendo, Íris?", engoli seco.

Ela continuou calada, seus olhos fitavam, agora, seus produtos quebrados. Sua cabeça estava abaixada. "Tem a ver com Lizandra?", senti minha mandíbula trancar.

Ela ergueu o queixo, ofendida.

"É *claro* que não, quero que ela *se dane.*"

Parte de mim respirou aliviada, mas meu corpo inteiro continuava tenso. "Tem a ver com a sua faculdade?" "Não", respondeu, voltando abaixar o olhar. *"Tem a ver com a sua"*, disse, baixo, apertando com mais força o roupão. Dava para ver as unhas cravadas no tecido felpudo, ambas as mãos trêmulas.

"Como assim, *minha faculdade*, Íris?", perguntei.

Ela respirou fundo. "Na casa de Polly", ela disse, "eu ouvi tudo ontem."

"Íris...", senti o meu corpo inteiro se retrair.

"Estou cansada de ouvir você falando o quanto você se tornou uma pessoa infeliz ou o quanto a vida machucou você. Eu ouvi na casa da sua avó, eu ouvi ontem e eu não quero ter que ouvir que você está triste, de novo, nunca mais." Ela disse, dessa vez, olhando diretamente pra mim. "Você merece ser feliz, Édra! Você merece as melhores coisas que o mundo tem pra te dar! Poxa, você... Você é *incrível*, Édra. Nunca conheci alguém com o coração como o seu, nunca na minha vida inteira. Você é especial. Tem algo de especial aí, dentro de você. Não é justo que até hoje você não tenha encontrado um pouco de paz e de alegria em nada que seja *genuinamente* seu. Que seja *sobre* você."

"Íris...", voltei a repetir, porque depois de três anos, eu *ainda* a conhecia, como a palma da minha mão. *"O que você fez?"*

Ela se desencostou da escrivaninha para ficar de pé, diante de mim.

"Eu fiz o que eu precisava ter feito e não fiz sozinha", respondeu, firme.

"Do que você tá falando?", sacudi minha cabeça.

"Eu te inscrevi para a prova de admissão da Academia de Artes de Viena", ela falou todas aquelas palavras, todas elas, de uma só vez. Minha visão ficou temporariamente turva. Senti como se eu tivesse prestes a ter um apagão.

"Você o quê?"

"Eu e Cadu pagamos pela sua inscrição. Seu pai se comprometeu a pagar pela mensalidade, caso você passe. E, de antemão, ele já comprou as suas passagens. Sua avó me passou todos os seus documentos por telefone." Ela respirou e expirou. "É amanhã, Édra."

"Isso só pode ser uma piada", arfei, querendo rir, de tanta..., "Isso só pode ser uma piada. Você só pode tá brincando com a minha cara e isso só pode ser uma piada." "Você não precisa ir, se realmente não quiser. Mas, não vai poder dizer que nós não tentamos te dar em troca um pouco de tudo o que você já fez pela gente, por todos nós" "Eu não fiz nada por vocês!" gritei. "Nós *amamos* você!", ela gritou, de volta. "Você é *amada*, Édra. Nós, *todos nós, amamos* você! E a gente quer que você seja feliz!"

Nós continuávamos gritando uma com a outra, como se, apesar do dia lindo de sol lá fora, estivesse acontecendo uma tempestade dentro do quarto.

"Me fazer feliz me mandando pra longe?", perguntei. "De novo?" "Viena não é como Montana, Édra! E você *sabe* disso! Lá *sequer* neva! Seu medo de ir não vai ser por ser longe, e sim, porque você quer continuar cuidando de todo mundo, *se sacrificando* por todo mundo e só dá pra fazer isso estando *perto!*" "Minha avó precisa de mim, Íris!", falei, desviando meus olhos dela. "Caramba, *olha em volta!*", ela gritou. "Você está *no casamento dela!* Pelo amor de Deus! Você *não enxerga?* Você não percebe que precisa também *de um pouco disso?* De *viver* a sua própria vida?" "*Eu não sei fazer isso!*", gritei, me segurando pra não chorar. "E eu *não quero* fazer isso sem você, Íris!" "Você *não precisa* fazer isso sem mim!" Ela saltou, para segurar o meu rosto, mas eu continuei tentando desvencilhar a minha cabeça, sem querer olhar pra ela.

"Não estou pedindo que você vá embora e *acabe tudo* comigo. Não quero que aconteça a mesma coisa de novo. Mas, Édra, olha pra mim, me escuta, *por favor*" – nós nos olhamos – "Dá pra ter os dois! Você não precisa escolher entre ter uma carreira e ficar comigo. A gente pode fazer funcionar. Vienna não é *tão* longe assim. Tem as férias, tem os feriados, *tem tudo isso*. Depois, estaríamos juntas. Morando em sei lá onde. Na nossa própria casa gigante, com os nossos próprios gatos e os nossos próprios filhos. Você não consegue esperar por isso?", as lágrimas rolavam dos meus olhos para as mãos dela.

"E se não for *isso?* Eu não sei se é *isso,* Íris. Eu não tenho esses sonhos, *assim.* Eu não preciso estudar na melhor faculdade de artes do mundo pra ser artista. Eu não sei se isso ainda faz sentido pra mim.", disse, porque era verdade.

"Pareceu fazer sentido o suficiente ontem, Édra", rebateu, me soltando "Você pode ir, pra ver como é. É claro que eu adoraria se você cursasse artes ou música em Nova Sieva, mas, e se não for *isso* também? Nós só estamos tentando ajudar você a descobrir o que é, porque você parece ter muita dificuldade de decidir sozinha."

"Eu nem me *preparei*, Íris, eu nem...", olhei em volta, "eu não fiz nem uma mala, eu não ajeitei nada. Como eu vou simplesmente entrar num avião, *assim* e ir prestar uma prova *em outro país?*" Ela cruzou os braços. "Você não precisa preparar nada, nós já preparamos. Sua avó até fez empadinhas pra você comer no avião. É só você ir, fazer a prova e voltar pro Natal. Depois disso, quando sair o resultado em janeiro, a gente pensa no que fazer. Eu vou estar aqui pro Natal também. Decidi ficar, vou passar com os meus pais. Sua avó e Seu Júlio vão fazer um cruzeiro, que seu pai deu de presente pra eles. A gente pode, *eu sei lá,* cuidar da fazenda. Fingir que somos casadas por uma semana, até eu ter que voltar e o seu resultado sair. Pode dar certo, Édra. Pode dar certo dessa vez." "E se não for isso?" Meu coração apertou no meu peito. "Só tem um jeito de saber", disse ela.

E a porta se abriu.

"Desculpem interromper, *mas*", Dona Vadete surgiu, Genevive estava logo atrás, "está *quase* na hora."

Assenti com a cabeça. Passei as mãos no meu cabelo e deixei o quarto, sem dizer nada. Antes de atravessar a porta, os olhos de Íris e os meus se encontraram através do reflexo do espelho.

Eu estava andando a passos largos em direção ao quarto, onde Seu Júlio estaria pronto, me esperando. Genevive e Vadete foram correndo e saltando ao meu redor pelo caminho, repassando toda a parte do plano. "Você fica com ele, até que alguém avise na porta, que vocês podem vir." "Depois, você vai caminhar com ele até o altar." "Vocês ficam do lado esquerdo, tá?" "Vai ser música, minha filha, pra anunciar a entrada dele e tudo." "E aí você vai deixar ele lá e ficar parada, um pouquinho mais pra lá, do ladinho dele." "É, pouca coisa." "A Ana vai vir depois, segurando o bracinho de Cadu." "Isso." "E ele vai entregar ela para o Seu Júlio, com a música tocando no fundo, os violinos e tudo." "Vadete você pulou uma parte." "Não pulei." "Pulou." "Verdade, pulei. É que nós duas vamos entrar primeiro, jogando as flores." "Isso." "E aí depois *todos nós* precisamos sentar nos nosso lugares, pra deixar eles lá." "Quem vai realizar a cerimônia?", perguntei, de curiosa, porque faltava essa parte. "Afonso", elas disseram, para que eu me desesperasse.

"*Afonso?!* Seu Afonso? Da história do peixe, da marinha, *daquilo tudo?*" "Édra, tenha mais respeito, porque ele já foi pastor." "É um homem de poucas palavras." "Eu não concordo com isso", balancei a cabeça "Não tinha *ninguém melhor?*" "Eles saíram pra pescar e Juliano perdeu uma aposta, parece." "Perdeu uma aposta." "Agora vai ter que pagar." "Vai ter que pagar!" "Sobrou pra sua avó." "É, sobrou pra ela." "E ela tá achando o que disso?", parei, diante da porta do quarto de Seu Júlio. "Ah, ela está feliz demais pra pensar" "Feliz demais pra pensar!", sorriram. *"Boa sorte, querida!"* "Sim, boa sorte!" "Vai dar tudo certo!" "Se Deus quiser!"

Tomara que ele queira, pensei comigo mesma, girando a maçaneta da porta.

"Seu Júlio, desculpe a demora, eu...", entrei dizendo.

Seu Júlio estava de costas pra mim, sentado na cama, curvado, os ombros subindo e descendo intermitentemente, como quem chorava em silêncio.

"Seu Júlio?", caminhei, cautelosamente preocupada, até ele. Todas as fotos de Cadu e todas as coisas sobre ele, pelo chão, espalhadas. Assim que me viu, ergueu os olhos, aguados.

Ele tinha encontrado a caixa.

Ah, Seu Júlio...

Não era assim que queríamos ter te contado.

"Quem é *esse?*", ele ergueu uma foto de Cadu, banguelo, para mim. "Esse é o seu neto", respondi, "Cadu", então, ele me estendeu outra foto. Uma foto de Cadu sorrindo na formatura. "E quem é *esse?*", perguntou, com o olhar perdido. "Esse é o seu neto", repeti: "Cadu".

Seu Júlio me olhou, furioso: "Pare já de mentir!", gritou. "Eu não tolero mentiras nessa casa menina!" Dei um passo pra trás, assustada. "Quem é ele?", repetiu a pergunta. "Por que eles dois se parecem?"

Meu corpo se enrijeceu, mas minha voz não conseguia sair. *Eu não sabia o que fazer.*

"Responda!", Seu Júlio gritou outra vez. "Responda, menina!"

"Estou dizendo a verdade ao senhor, Seu Júlio", engoli o nó na minha garganta, "Cadu *cresceu.*"

"Ele não pode fazer isso com ela!" Seu Júlio se abaixou, chorando como um menino, dando tapas na própria cabeça. *"Ele não pode fazer isso com ela, ele não pode fazer isso com ela!"*, eu me abaixei imediatamente, tentando segurá-lo.

"Ei, Seu Júlio. Calma. Ei. Do que o senhor está falando? Quem é ela?" "Bete! Ele não pode! *O último aniversário que ela viu dele foi o aniversário de onze anos, ele não pode fazer isso! Ela não pode perder de ver ele crescer! Eu vou botar ele de castigo! Eu vou pegar ele! Eu vou dar um jeito nesse menino!*", dizia, as palavras saíam emboladas de tanto choro.

Eu tentava segurar seus braços com força.

Quando ele cedeu, me abraçou. Ficamos daquele jeito por um tempo. Eu estava assustada e não sabia o que deveria fazer com ele. Seu Júlio chorava, agarrado a mim, como quem tinha encarado pela primeira vez depois de tanto tempo a própria sombra.

Faltavam menos de quinze minutos pro casamento.

Daquele jeito, ele não iria conseguir.

"Seu Júlio?", chamei, tentando me afastar dele, com cuidado. Mas ele continuava me apertando. *"Por favor, não me deixe aqui sozinho."* "Eu não vou a lugar nenhum, Seu Júlio." Eu disse, presa dentro do abraço dele. "Mas o senhor precisa se casar", tentei brincar, para ver como ele reagiria. "Eu já sou casado, querida", respondeu. E eu senti, por meio segundo, o meu coração *parar*. "Vai deixar a Ana Símia vestida num *docinho de vestido*, no altar, te esperando?", disse, para tentar medir a gravidade da situação pela resposta.

Seu Júlio me soltou do abraço, sua cabeça se inclinou para o lado, confuso.

"Quem é Ana Símia?"

Fodeu.

EM MENOS DE CINCO MINUTOS TINHAM mais de vinte pessoas acumuladas na porta do quarto. A história foi se espalhando como uma praga. As enfermeiras queriam, todas de uma só vez, entrar. A médica de Seu Júlio tinha acabado de chegar, estava estacionando o carro, quando a buscaram. Eu fiquei de pé, na porta, enquanto ela e ele conversavam. Mas ela me olhou do chão e balançou, negativamente, a cabeça. Enquanto tentávamos recuperar Seu Júlio de dentro dele mesmo, tentávamos, *ao máximo*, não permitir que a fofoca chegasse até a minha avó. Ela estava no camarim, construído especialmente pra ela, pronta, estranhando o atraso. Um grupo de amigas de minha avó decidiram orar na frente do quarto. Afonso prometeu a Seu Júlio que se ele *"parasse de graça"*, ganharia vinte cigarros de palha para fumar. Antes de sair do quarto, sussurrou pra mim: *"Não diga a ninguém que eu disse isso".* Eu estava fazendo o controle de quem entrava e de quem saía do quarto. Cadu estava preso com a minha avó no camarim, *enchendo* o meu celular de mensagens. "Talvez seja melhor cancelar", alguém, no meio de toda algazarra, disse. E bastou aquela frase para que a desesperança se alastrasse. Os ombros foram se encolhendo, as bocas foram se contraindo, os leques foram sendo fechados. Parecia um velório. Toda aquela coisa vibrante e bonita que pairava pelo ar, havia se dissipado. Seu Júlio sorria olhando fotos de Cadu. Sobre isso, estava bem mais calmo. Mas não reagia a *ninguém* se abaixando perto dele para falar qualquer coisa sobre *"Ana Símia".*

De repente, o corredor inteiro ficou em silêncio. Eu já tinha até tirado a minha gravata e estava, agora, assistindo Seu Júlio organizando as fotos por idades de Cadu, numa fileirinha montada sobre o tapete do quarto. Primeiro, vieram os três toques na porta. Depois, minha avó entrou. Os cabelos soltos, volumosos pelo spray e pelos bobes, o Docinho de Vestido, vivo, como novo, em seu corpo como se tivesse sido feito para ela. Todas aquelas bolinhas peroladas brilhando como se fossem realmente feitas de açúcar. Os pezinhos dentro dos tamanquinhos brancos de madeira, um lacinho em cada. As unhas pintadas e colocadas nos dedos das mãos. A boca e as bochechas de rosa, os cantinhos dos olhos maquiados. A pontinha do nariz refletindo a luz, iluminado. Era a noiva mais bonita que havia no mundo.

Sorri, triste, para ela. Mas ela não parecia estar triste de volta. Caminhou, calma e se abaixou ao lado de Seu Júlio. "Oi", ela disse, sorrindo. "Olá", ele respondeu, em seus suspensórios. Tinha deixado o blazer de lado. "Bonito rapaz", ela apontou para as fotos de Cadu, com o queixo. "É o meu neto. Está um *homem!*" "Enorme!", ela tirou os tamancos, ficando confortável. "Como ele se chama?" "Cadu, mas nós chamamos de *Dudu*, ele." "Ele tem *cara* de Cadu, mesmo. E de *Dudu* também", disse, segurando a foto diante dos olhos. "E você, tem netos?" Seu Júlio perguntou. Minha avó virou a cabeça para olhar para mim. "Ah!" Os olhos de Seu Júlio brilhara. "A menina!" *"Uhum",* minha avó fez que sim com a cabeça, colocando a foto no exato lugar de onde ela havia tirado. Algo, dentro de mim, me disse que não era a primeira vez que aquilo acontecia. Eles dois, conversando, como se *não* se conhecessem. Como se estivessem, só a partir dali, daquele momento, se conhecendo. Ela perguntou o que ele fazia da vida. Ele perguntou com o que ela trabalhava. Os dois riram, falando sobre terem problemas nos ossos. Seu Júlio contou sobre ter perdido a esposa. Minha avó contou sobre ter perdido o marido. *"Então, você está sozinha? É difícil uma moça bonita assim estar sozinha"*, dizia. E ela sorria, confirmando com a cabeça. Conversa vai, conversa vem. *"Você quer dançar?" "Eu adoraria!" "Não sei se ainda sou bom nisso!" "É o que vamos descobrir."*

Os dois se levantaram do chão. "Só um segundo, Juliano", minha avó sorriu, abrindo a porta do guarda-roupa. "Vou só pôr uma música." Ela colocou, com cuidado, o disco de vinil na vitrola, que ficava num cantinho escondido do quarto, em cima do banco de madeira. O disco, que parecia ter visto aquela cena outras vezes, começou a alegremente girar.

Você é meu caminho, meu vinho, meu vício, desde o início, estava você. "*Meu bálsamo benigno*", Seu Júlio cantou. "Meu signo", minha avó completou. Os dois foram girando e girando e girando. Até que o rosto dele ficasse confuso e, em seguida, aceso, com os olhos cada vez mais ternos e maiores.

"É hoje." Uma lâmpada se acendeu acima da cabeça de Seu Júlio.

"*É hoje."* Minha avó sorriu, como a noiva mais bonita do mundo.

"*Fiz de novo*, não foi, querida?", ele perguntou, sentido.

"Ah", minha avó deu uma risadinha, sem se importar. "Adoro ver você se apaixonando de novo e de novo e de novo. Poderia passar o resto da minha vida vivendo isso. *Parece novela."*

▷ **SALES – RENEE**

Tudo tinha voltado para o seu lugar. Noivos prontos. É hora do casamento. Quando minha avó saiu do quarto, me dando tapinhas no braço e sorrindo, pude ouvir suas amigas preocupadas no corredor. *"Ana, meu Deus do céu, amiga! Que grande susto!" "E que pena que ele viu o vestido antes da hora!" "Verdade, dá um azar terrível!"*

Ao que ela respondeu, tranquila, se afastando em seus tamanquinhos.

"Azar? *Ora!* O amor vence tudo, meninas."

ÚLTIMO CAPÍTULO
PARTE III

A CERIMÔNIA NÃO PODERIA TER SIDO mais BONITA. Vadete foi a primeira, fez um caminho de flores. Em seguida, Eu e Seu Júlio entramos, para só depois Genevive vir, floreando tudo, abrindo caminho para que Cadu e minha avó chegassem. Cadu e eu sentamos lado a lado, na frente. Olhei em volta, derretendo de calor, mas não encontrei Íris em nenhum lugar, não até onde meus olhos conseguiram alcançar, entre todas aquelas cadeiras e pessoas. Imaginei que, por ter sido a última a se arrumar, ela provavelmente ainda estaria terminando. Voltei a me concentrar na cerimônia. Cadu parecia preocupado. *"É agora que a gente descobre se teremos um casamento ou um formatura da marinha"*, cochichou. A maior parte das amigas de minha avó estavam sibilando rezas inteiras atrás de seus leques. *"Você percebeu que o meu avô me olhou estranho?"* – Cadu *continuava* cochichando. *"Cala a boca e presta atenção no casamento."* Eu contive o meu sorriso. *"Dudu."*

No púlpito, que era a escrivaninha de Elizabete Sena, Seu Afonso abriu a Bíblia, olhando, misterioso, para todos, ergueu até a boca o microfone. Seu Júlio e minha avó se olhavam, sorrindo um para o outro. "Estamos aqui hoje", começou, Seu Afonso, "embaixo desse sol quente." Cadu riu pelo nariz, tentando não mover nenhum músculo em seu rosto. "Para unir pela eternidade Ana Símia e Juliano Sena. Que já foi casado, inclusive, com uma amiga minha." Alguém, atrás de nós, disse *Deus tenha misericórdia*. "Ana, ouvi dizer, também já foi casada, mas não conheci o rapaz." Eu cobri meu rosto, preocupada. *Puta merda*. "Que bom que se encontraram," Seu Afonso sorriu para todos nós. O silêncio era tanto que dava parar ouvir o vôo das abelhas. "Mas, antes de entregá-los, um ao outro, eu quero contar uma história." Ah, não. *"Merda, vai começar"*, Cadu murmurou.

"Meu amigo Kleber, que fiz na minha época de marinheiro, pescou no mar aberto da base naval de Montana." *Um peixe de cento e vinte quilos.* "Um peixe", ele disse, "de cento e vinte quilos." Cadu e eu nos entreolhamos. "Era uma monstruosidade. Uma coisa enorme."

A voz de Seu Afonso se espalhava pelas caixas de som espalhadas nos quatro cantos da fazenda. Olhei em volta e percebi, pela primeira vez, numa movimentação discreta, a silhueta de Íris. Procurando onde se sentar, sorrindo e recebendo elogios, entre os convidados. Era a mulher mais linda daquela festa, depois, é claro, da minha avó em seus tamanquinhos. Os cabelos presos num coque, cheio de grampinhos brilhantes enfiados, a franjinha desfiada, os brinquinhos, o vestido. Voltei a olhar pra frente, Cadu tinha me cotovelado. *"O quê?" "A gente faz o que agora? Se mete?" "A gente espera. Ele perdeu uma aposta. Tem que pagar."*

"E por muito tempo eu me perguntei", Seu Afonso começou a contar uma parte da história que nunca tínhamos escutado. "Por que Kleber não foi coroado por ter pescado um peixe tão grande? Todos os meus amigos pescadores tinham medalhas por isso. Então, eu fui perguntar a ele. Eu disse 'Kleber, por que você não foi coroado, por ter pescado um peixe de cento e vinte quilos?' E aí, ele me disse: 'Ora, Afonso, eu não tinha como provar.' E eu perguntei a ele 'Como não? Por que não haveria de ter como provar?' E sorrindo, ele me disse." Afonso se aproximou mais do microfone. "'Só pesquei aquele peixe, naquele dia, pro jantar da minha família.' Kleber levou o peixe pra casa, para a esposa e os filhos dele e eles comeram juntos. Ele nunca ganhou uma medalha de pesca por isso. E eu perguntei a ele 'Você gostaria de ter ganhado uma medalha por esse peixe?' E ele disse 'Ah, amigo, naquela noite eu ganhei algo bem melhor do que isso.' E o que poderia ser melhor do que uma medalha, meu bom amigo?', Eu perguntei a ele. E ele respondeu: 'Parar no tempo. Parar no tempo, com as pessoas que você ama, é melhor do que qualquer coisa que exista no mundo.'"

Meia dúzia de senhorinhas estavam chorando. Minha avó respirava aliviada. Seu Júlio sorria, dando um polegar positivo a Seu Afonso.

"Com isso, com essa história" Seu Afonso continuava, "Eu gostaria de dizer, aos noivos, que desejo a vocês dois momentos que parem o tempo. E, apesar de Juliano não ter muita habilidade nisso, também desejo peixes de cento e vinte quilos" Todos nós rimos. Eu me virei para trás, para Íris. Ela estava se abanando com um leque de papel. E eu dei um suspiro.

Depois daquilo, Seu Afonso introduziu os votos oficiais, meio atrapalhado, mas se saiu bem até nisso. Minha avó respondeu e proferiu as frases clássicas, Seu Júlio tremia colocando o anel no dedo dela. *"E eu os declaro marido e mulher. Pode beijar a noiva."* Todos nos levantamos, aplaudindo. Seu Júlio ergueu o véu de minha avó e eles deram um selinho apaixonado. Quando olhei para o lado, Cadu estava chorando. E é claro que eu chorei também, de rir.

"Nove! Oito!" Todas gritavam, como inimigas mortais, esperando que minha avó jogasse o buquê. "Sete! Seis!" Marcela, mesmo com a cabeça enfaixada, estava no meio da algazarra. Suri a segurava pelo braço, transbordando vergonha alheia. "Cinco! Quatro!" *"Não vai tentar pegar?"* perguntei, sentindo Íris se enrolar no meu braço. "Três!" *"Acho que não preciso disso"*, respondeu ela. "Dois!" *"Ah, é?"* Eu me virei para ela. "Um!" *"Por quê?"*, perguntei, olhando para a boca dela.

Minha avó jogou o buquê. Todas olharam para cima. Mas, ao invés de descer, o buquê saiu voando pela festa de casamento. Um vento forte se alastrou sobre todas as coisas. Sacudindo os copos de todas as mesas. Balançando todos os corações decorativos. E levando o buquê de noiva para perto de Dona Martha. Que estava, naquele momento, conversando com o meu pai. Ela se abaixou para pegar, confusa. Ele ficou instantaneamente corado. Minha avó ergueu os braços no ar, comemorativa. Marcela revirou os olhos. Eu sorri. Quando voltei a olhar pra Íris, era ela que estava olhando pra minha boca. *"Eu não preciso me jogar desesperada por um buquê, eu tô gatinha demais pra isso e eu já tenho os seus pés."*

Quis fugir da festa e me trancar com ela dentro do camarim assim que ela terminou de dizer o que disse. Mas estava quase na hora da valsa das madrinhas. Dei a ela um sorriso de quem não estava tão feliz assim em ter sido provocada de graça, sem chance de reagir. "A gente continua depois essa conversa, Íris", eu disse. *"Como quiser."* Ela soltou o meu braço e, sorrateira como um gato, saiu. Olhando pra trás, algumas vezes, só para sorrir.

Me lembrei que, mais uma vez, eu *ainda* não tinha dito. E que *precisava* fazer isso. Antes de ir para Viena, que eu havia, *internamente*, olhando *tudo* a minha volta, decidido topar.

ANTES DA VALSA DAS MADRINHAS, pedi licença, por alguns minutos, para buscar algo que eu precisava no andar de cima do casarão, dentro do meu quarto. Quando desci, dei de cara com Ermes procurando um lugar que

Jade pudesse deitar para esticar as pernas. A barriga imensa, perfeitamente redondinha e os pés inchados como se tivessem salpicado fermento neles, quando ela não estava olhando. Eu os acomodei na suíte de minha avó. Liguei a televisão, em *Frutos Proibidos*, para que Jade assistisse e se distraísse da dor nas costas. Ela agradeceu. Seu Ermes acomodou todos os travesseiros da cama atrás dela. Eu percebi, ajustando o volume da TV, que *Frutos Proibidos* também estava em clima de festa. E o casal, que era proibido, estavam juntos se beijando na tela. Me virei para sair do quarto e, antes que eu passasse pela porta e fosse encontrar Íris para a dança, Ermes e Jade me chamaram. "Se você terminar com a minha filha de novo, eu te mato. Porque ela é muito mais feliz com você. Cuidado, porque praga de mãe pega." "E, bom, pra nós dois, você sempre foi a nora favorita."

"Vai dar certo, dessa vez", eu os respondi, sorrindo, porque sabia que daria.

No centro da fazenda, onde eu e Íris deveríamos começar a dança, o clima era de caos. Todos iam de um lado para o outro. Olhando embaixo de mesas, atrás de cadeiras, até o garçons estavam procurando. *"A Senhora Ovelha sumiu!"* Cadu gritou, me segurando pelos ombros, desesperado. *"O quê?"* "Ela sumiu! *A Senhora Ovelha sumiu!*" Minha avó estava sendo abanada por quatro amigas e seus leques de papel. Seu Júlio estava liderando as buscas. Até que um dos rapazes que estavam a serviço no casamento, veio anunciando: *"Foi Diego! Ele faltou no trabalho! Os dois fugiram juntos! Deixaram tudo!"* Cara, *contando ninguém acredita*. Eu só pude rir.

"O que foi?" Íris apareceu, tinha trocado de sapatos, retocado a maquiagem, parecia mais linda, mais confortável. "Vocês não vão mais dançar", Cadu respondeu, antes que eu conseguisse dizer qualquer coisa. "Por que *não?*" "Não tem valsa, não tem nada. A professora de vocês fugiu e levou aquela caixinha de som dela." Íris me lançou um olhar tranquilo. "Ué, mas isso não é um problema, eu e Édra já dançamos essa coreografia até mesmo sem música."

Eu não me intrometi, primeiro porque ela tinha razão. Segundo, porque eu ainda dançaria com ela qualquer coisa. E estava guardando *algo* especial para a nossa valsa.

Nos posicionamos. Cadu assumiu o controle das caixas de som. Minha avó se levantou de onde estava para dizer algo no ouvido dele. Ele balançou a cabeça, empolgado, como se tivesse sido atingido por uma descarga de adrenalina. Todo mundo se reuniu ao nosso redor. Com olhares curiosos, ansiosos e apaixonados. Polly, Wilson e Theo, abraçados, acenaram para nós. Pareciam estar todos numa torcida, para que eu e Íris conseguíssemos dançar.

Como se precisássemos... Estávamos boas pra caralho nisso.

"Você sabe qual vai ser a música?", Íris perguntou, segurando a minha mão. "Não, mas agora fodeu, porque você gerou a expectativa e, Cadu, você sabe como é, provavelmente espalhou pra todo mundo como se essa fosse ser uma apresentação da *Dança dos Famosos*."

"Nós vamos dar conta", disse ela, segura.

Eu arfei, com um pavão de ego inflado.

"Porra, é claro."

▷ **VELHA INFÂNCIA – TRIBALISTAS**

Um, dois, três. Um, dois, três. Um, dois, três. Um, dois, três. Giramos. Um, dois, três. Um, dois, três. Um, dois, três. Um, dois, três. Nos afastamos. Caminhamos. E voltamos. *Você é assim, um sonho pra mim, e quando eu não te vejo.* Um, dois, três. Um, dois, três. Um, dois, três. Um, dois, três. Segurei a cintura dela, ela envolveu o meu pescoço. Pra lá, pra cá, pra lá e giramos. *Eu penso em você desde o amanhecer até quando eu me deito.* Um, dois, três. Um, dois, três. Um, dois, três. Um, dois, três. Nos afastamos, nossas mãos se encostaram no ar. *Eu gosto de você e gosto de ficar com você.* Giramos. *Meu riso é tão feliz contigo, o meu melhor amigo é o meu amor.* Voltamos.

E a gente canta e a gente dança e a gente não se cansa. De ser criança e a gente brinca na nossa velha infância.

Um, dois, três. *Seus olhos, meu clarão.* Um, dois, três. *Me guiam, dentro da escuridão.* Um, dois, três. *Seus pés me abrem os caminhos.* Giramos. *Eu sigo e nunca me sinto só.*

"QUE HORAS EU PRECISO ESTAR NO AEROPORTO?", perguntei. "Daqui a umas duas horas, mas eu vou te levar até lá", respondeu ela. Continuamos dançando a música. "E em três dias, eu volto pro Natal", eu disse, "E em três dias, você volta pro Natal", ela repetiu. "E fingindo que somos casadas aqui na fazenda, até você voltar", falei. "E fingindo que somos casadas aqui na fazenda, até eu voltar", ela repetiu. "E nós duas vamos ficar juntas, dessa vez", disse. "E nós duas vamos ficar juntas, dessa vez", ela repetiu, sorrindo. "E você quer namorar comigo?", perguntei. "E você quer..." Ela parou de dançar. "Não tem graça, Édra", ela disse, irritada, os olhos enormes, me encarando. "Eu não estou rindo", eu disse, rindo. "Você tá falando sério?" "Você quer que eu repita?" Ela olhou em volta, trêmula. Sem reação alguma quando seus olhos se voltaram pra mim.

"Íris Pêssego", falei, tirando do meu bolso um anel. O anel de plástico, que meu pai tinha dado para a minha mãe e que eu tinha buscado no quarto, antes de descer para a dança. "Você quer namorar comigo?" Ao invés de me responder, ela saiu me arrastando pelo braço.

O resto da música ficou tocando, sem nós duas, sozinha. Mas quando passamos por minha avó e por Cadu, eles não pareciam *nem um pouquinho* preocupados com isso.

Íris me empurrou dentro do camarim e arrastou uma cadeira para a frente da porta. Lá dentro, aquele eterno pôr do sol de pequenas lâmpadas acesas. "Isso é um *sim?*", perguntei. "Sim, isso é um sim." Ela começou a tirar o próprio vestido. "Cada uma com sua resposta."

Encontrei com Cadu, atordoada, roubei da mão dele a taça. *"Ei!"*, ele disse, mas era tarde demais. Quando o garçom passou, ele pegou outra. "Preciso falar, na verdade, pedir desculpa por não ter contado sobre a inscrição na prova", ele começou a se explicar, ao meu lado. "A Íris disse que ela precisava ser a pessoa a te falar, *então.*" "Tá tudo bem", garanti a ele. Brindamos. Seu Júlio chegou, já bêbado, minha avó vindo passos atrás. Cadu escondeu a própria taça para que ele não o visse bebendo. Ainda não sabia o que tinha acontecido no quarto. Seu Júlio tirou um cigarro de palha amassado do próprio bolso. "Vamos queimar esse safado!", gritou, empolgado. Só faltava estourar bolhinhas ao redor de sua cabeça, de tão louco de pinga que ele tava.

"Por favor, não contem a minha esposa, ela não sabe que eu fumo. Seria o casamento mais curto do mundo. Aquela ali odeia cheiro de cigarro, duvido que ela ainda ficaria comigo." Minha avó passou por nós, despreocupada, se abanando "Pior que ficaria", resmungou, indo atrás das amigas. Seu Júlio acendeu o cigarro e colocou na boca. Olhando em volta para o próprio casamento, orgulhoso. Me estendeu o cigarro, aceso. Mas Íris estava conversando com Polly do outro lado. "Também pretendo casar um dia, então melhor não, Seu Júlio." Ele deu risada; "Manda quem pode, obedece quem tem juízo."

Cadu estava parado entre nós dois, com um sorriso amarelado e a taça de champanhe atrás das costas. Seu Júlio lhe estendeu o cigarro; "E você, filho? Fuma?" Os olhos de Cadu se arregalaram como eu nunca tinha visto, ele achou que fosse uma espécie de pegadinha, que o deixaria de castigo. "É claro que não", se esquivou. "Tô na quinta série ainda, vô, lá ninguém faz isso." Seu Júlio olhou para mim e para ele, encheu-se de piedade. "Tadinho, eu não sabia que tinha crescido burro." *"O quê?"*, perguntou Cadu, ofendido, sem entender muita coisa. "Está repetindo de ano há mais de dez anos ou *o quê?*" Cadu olhou para ele e então para mim. Eu olhei para a frente. Deixei que eles se entendessem. "Quantos anos você acha que eu tenho?", Cadu perguntou, eu podia *sentir* em sua voz que estava com o coração acelerado. "Me diga você." Seu Júlio tragou o cigarro de palha. "Quantos anos você tem?" Eu olhei, de relance, para eles. Todos os dentes na minha boca à mostra. "Eu tenho vinte e três..." Cadu respondeu a pergunta que sempre quis, com os olhos enormes cheios de lágrima.

"Não parece", Seu Júlio brincou, antes de sair, pisando no próprio cigarro e rindo, "parece que você tem *bem mais.*"

Devo ter ganhado mais seiscentos beijos da minha avó, antes de deixar a cozinha. Ela separou um pouco de tudo que havia encomendado para o casamento e feito uma marmita caprichada. Os docinhos e os salgados esmagados apertadinhos num cuidado agridoce, por ela, foram tampados e entregues a mim, para que eu colocasse na minha mochila. Eu estava só com uma mala de bordo pequena e uma mochila nas costas. Seria só por uns dias, só pelas duas provas que são aplicadas e já estaria de volta, em São Patrique. Até que meu futuro fosse decidido pelo resultado das notas que eu tirasse. Se meu nome saísse na lista de alunos aprovados, Vienna. Se não, eu não fazia *a menor* ideia. Uma parte de mim queria passar, era uma boa faculdade, pegaria bem em qualquer currículo. Até mesmo para dar aulas a crianças, se fosse o caso, no futuro. Mas uma outra parte de mim não tinha tanta certeza se *era isso*. *"Já vou estar num cruzeiro bem longe daqui, quando você voltar. Então, me ligue de chamada de vídeo, assim que tiver na fazenda de novo, ok?" "Sim, senhora." "E nada de sair do hotel lá e ficar perambulando por Viena, dando conversa a estranho." "Sem chance." "É pra dormir cedo, pra fazer uma boa prova."* Balancei a cabeça, de acordo com ela. Manda quem pode, obedece mesmo quem tem juízo. Íris surgiu, girando a cabeça de Janis Joplin, depois de ter se ajeitado e se trocado, já que tínhamos nos bagunçado inteiras dentro daquele camarim. "Tá pronta?", perguntou. Minha avó me deu um último abraço apertado, quando me soltou, respondeu, sorrindo: "Agora ela está."

"Deixa eu só me despedir, *rapidinho*, do pessoal lá fora e nós vamos", pedi a Íris. Ela ajeitou meu cabelo, a gola da minha camisa, segurou o meu rosto e me deu um selinho. *"Rapidinho"*, ela disse. Minha avó, ao fundo, dava uma de suas arteiras risadinhas. A água quente fervia na panela, o vapor subia solto pelo ar. A cozinha inteira cheirava a camomila. "Enquanto ela se despede lá fora, querida", sorriu para Íris, *"Quer chá?"*. Íris arrastou uma cadeira para se sentar e desemborcou a xícara de um pires. Eu deixei as duas conversando na cozinha e saí de lá sorrindo.

Procurei Cadu por toda parte. Quem eu acabei achando, na verdade, com o resto inteiro da festa olhando para o alto, desesperados, foi Ramon. No topo da árvore. Cadu passou por mim, segurando uma escada. *"O que tá acontecendo?"*, gritei. *"É a Bebel!"*, ele gritou de volta. *"A Bebel apareceu!"* Assisti à toda a cena. Cadu tentava, com muita força, abrir a escada enferrujada. Ramon tentava tirar Bebel do galho, com muito cuidado. Ela miava, acanhada. Embaixo da árvore todos os convidados de minha avó e Seu Júlio olhavam, preocupados. Alguns com os braços esticados. Outros segurando as pontas de uma das toalhas da mesa. Uma força-tarefa para salvar Bebel, recém-encontrada. Mas foi enrolada na camisa do Bolosco que ela foi salva. Ramon tinha tirado a própria camisa, a coisa que ele mais idolatrava no mundo, para pegá-la e descer com ela, da árvore. Ele entregou Bebel enroladinha para Cadu, como um docinho embrulhado. E saiu andando, suado e sem camisa. Como o par perfeito de um *Ken Fazendeiro,* para ele. *"Ramon! Espera! Sua camisa!",* Cadu gritou, com Bebel nos braços. *"Pode ficar!",* Ramon respondeu ao grito, sem olhar pra trás. Eu me aproximei de Cadu, sentindo como se tivesse acabado de assistir a uma cena inteira de novela.

"Vim me despedir mas, caramba", falei, empolgada, "parece que você tava meio ocupado vivendo a cena da porra de um filme." Cadu se fez de desentendido, conferindo Bebel inteira, como se algum pedaço dela pudesse ter ficado na árvore "Não sei do que você tá falando." "Eu acho que você sabe, sim." Cadu me olhou bravo, as bochechas ardendo. "O que você tá insinuando?" "Que isso, meu amigo", ergui minhas sobrancelhas, com um sorriso de lado a lado. *"Isso",* olhei bem no fundo dos olhos dele "foi uma *performance."*

"Ok." Cadu cedeu, depois de alguns segundos em silêncio. "Talvez eu cante *algo* pra ele." "Pode ser qualquer hino do Bolosco, vai ser romântico. Apesar de ridículo", sugeri. "Pena que você não vai tá aqui pra ver, seu voo é tipo, a qualquer momento." "Eu sei", eu disse "Mas eu volto pro Natal." "Eu sei", falou. "Mas quando você for embora de novo, em janeiro, porque com certeza você vai passar nessa prova e já que estamos nesse momento meio cena de final de filme, queria que você soubesse que eu vou morrer de saudade e que vou me lembrar de você o tempo inteiro"; *Filho da puta.* Funguei, assim, meu nariz, tentando não sucumbir a um chorinho público que certamente o faria cair na risada e esfregar na minha cara para todo o sempre.

"Ok, isso foi *bem gay",* ele constatou sozinho, quebrando o nosso clima.

"Verdade", corrigi. *"Isso foi bem bi",* pisquei para ele. "Você é mesmo a *Miss bi-*ceps", brinquei.

"Eu nunca neguei", disse ele, sorrindo, descaradamente.

Bebel ainda estava enrolada na camisa de Ramon em seu colo.

"Sabe como é", continuou ele, "consigo tudo o que eu quero."

Abri o porta-malas de *Reddie* erguendo todas aquelas latinhas e uma placa de recém-casados. Íris me olhou, divertida. "Estou de chofer, depois de você é a vez de Suri e Marcela. E amanhã de manhã preciso levar *os pombinhos* até o cruzeiro." Eu sorri torto me fazendo de irritada, só pra provocar, enquanto batia o porta-malas. *"Íris..." "Hum?" "Vamos não falar sobre pombos."*

Todo mundo estava reunido em frente à fazenda para se despedir de mim. Meu pai tinha sido o último a me dar um abraço. Martha ficou sem jeito, parada de pé ao nosso lado, porque ele havia prometido a ela uma carona para voltar, e agora estavam juntos pra cima e pra baixo, na festa. Aonde ela ia, seu buquê de noiva ia atrás. "Eu te amo, filha", me disse. "Quero que você seja feliz." Eu deixei que ele me esmagasse em um abraço. "Também amo você, Guto. Você não é um cara tão ruim, assim." "O que faço com esse seu carro?" "É alugado, mas deixa com Cadu, por enquanto. Tem uma letra do letreiro de São Patrique que caiu no fundo, quando eu cheguei. Deixa ele descobrir. Ele adora esse tipo de velharia."

"Pronta?", perguntou Íris, abrindo a porta de *Reddie*. Assenti com a cabeça. Olhei para trás, para todos eles, uma última vez antes de entrar. Ela girou a cabeça de Janis Joplin e me olhou, sem graça. *"Ops."* Minutos depois, suada dentro daquele blazer, porque de todos os convidados, talvez só dois tivessem licença médica para ajudar a empurrar um carro, lá estava eu de novo, correndo desesperada. Meu pai e Wilson, mais atrás, davam risada. Cadu e Ramon não ajudaram dessa vez, porque tinham *desaparecido*.

"Édra!", gritou Íris, *"você precisa pular!" "Ah, não me diga!" "É sério! Já vai chegar a estrada! Você sabe como fazer isso!"* Revirei os olhos e saltei para dentro do carro.

Íris continuou dirigindo, *se acabando* de dar risada. Sua mão, no volante, com uma aliança de plástico.

▷ IRIS – THE GOO GOO DOLLS

"Como você pretende voltar?" "Do mesmo jeito que eu vim." "E se *Reddie* parar no meio da estrada?" "Então, vou ter que usar *o meu charme* pra pedir ajuda." "Não *tanto* charme, você tem namorada." Íris me puxou pelo blazer, para me beijar.

Íris ficou de braços cruzados, encostada no carro, com um sorriso nos lábios. Eu arrastei a minha mala para dentro do aeroporto. Quando olhei pra trás, pelo vidro, ela *ainda* estava lá. Abanou a mão, como se fosse um leque de papel daqueles, *me expulsando.*

Eu só chorei, depois de me virar.

Agora eu estava ali, na fila de embarque. De blazer, de novo. Não tive tempo de trocar de roupa. Uma moça ninava um bebê em seu colo, fazendo *"shhh"* e dando tapinhas em suas costas. Podia ver todas as peças de dominó dele, intactas. Bocejava, sem pressa de pegar no sono, o pequeno dono de todo tempo do mundo. *"Ah, parabéns!",* a moça se inclinou docilmente para me dizer. Segui os olhos dela até a minha mala, a placa de "recém-casados" tinha ficado presa em uma das rodinhas. E eu a tinha arrastado pelo aeroporto esse tempo todo. *"Ah, não, isso aqui. Não, eu...",* tentei explicar, a moça confusa inclinando a cabeça, *"É que acabei de sair de um casamento, mas não era o meu, enfim."* Forcei um sorriso, me abaixando para dar um jeito naquilo.

"Atenção, senhores passageiros do voo 1924 com destino a Viena. Esta é a sua última chamada. Dirija-se imediatamente para o portão 15. Embarque Internacional. Attention, please, passengers from the flight..."

– Próximo. – Me chamaram. – Passagens e passaporte, por favor. – Arrastei a mala para a frente, coloquei a placa de recém-casados embaixo do braço e fiz um malabarismo pra estender meus documentos. – Édra Norr. – "Isso." – Tudo certo. Seu assento é o 7A, janela. Tenha uma boa viagem. – "Obrigada", eu disse. Me virei para enfiar meus documentos de volta no bolso da calça e a placa de recém-casados caiu no chão, jogada aos meus pés. Me abaixei de novo e antes que eu pudesse alcançá-la, ela saiu voando para longe, com o vento. Assisti a valsa que ela dançou, suspensa no ar, se esquivando entre as pessoas apressadas, indo de um lado ao outro no aeroporto. Só depois de algumas voltas, cedeu. Foi girando e descendo, até parar embaixo da bota de um homem vestido de Papai Noel, segurando um letreiro de descontos de uma agência de viagens, dançando "Jingle Bell Rock", do Bobby Helms, que tocava numa caixinha de som, presa a sua cintura. Quando notou a placa, curioso, ele parou de dançar.

Tentei, balançando a minha mão, chamar a sua atenção. Nossos olhos se encontraram. Ele deu um passo para a frente, mas não conseguiu avançar. Era como um carro parado no sinal fechado, enquanto todas aquelas pessoas apressadas e atrasadas, passavam desgovernadas. Por um momento, ele desapareceu entre todas elas. "Está esperando alguém?", o agente da companhia aérea me perguntou, "O embarque já vai encerrar." "Só um minuto, por favor" pedi, esticando meu pescoço, apertando bem os meus olhos, *onde ele tinha ido p...* "*Parabéns!*" o homem vestido de Papai Noel surgiu, como mágica, na minha frente. Respirei aliviada. Ele me entregou a placa de recém-casados do casamento de minha avó. "Obrigada! *Mas eu não...*" ... tinha tempo para explicar "Enfim, *obrigada.*" "Imagina!" Ele sorriu, virando-se de costas "Feliz Natal *adiantado!*", foi a última coisa que ele me disse antes de desaparecer de vez.

Eu sorri, meio anestesiada e segui em frente.

Quando entrei no avião, fui pedindo licença em português e em inglês, ao mesmo tempo. "*Com licença, desculpa, excuse-me Sir, sorry*", olhei para o bilhete, 7A, janela. Olhei para o letreiro do banco, 7A, janela. Abaixei o puxador da minha mala de rodinhas, para guardá-la. "*Let me help you with that*", um rapaz, da companhia aérea, veio em minha direção, me ajudar. "*Oh, thanks*", agradeci.

Tirei a mochila das costas e fui até o meu assento.

Um senhor se sentou ao meu lado, logo depois de mim. Percebeu, prontamente, que eu estava chorando "Tem medo de voar, filha?" Eu sequei as minhas lágrimas. "*Não, eu...*", respirei fundo, "na verdade, acho que tenho, sim." "Não deveria", ele piscou pra mim. "O céu é *incrível!*" Eu sorri, e ele esticou o braço. Demorei um pouco pra perceber, ainda chorando, que ele queria me cumprimentar. "*Ah*", falei, secando minha mão suada no blazer, antes de segurar a dela. "Édra Norr." Ele sorriu, mais uma vez. "Sergio Machado."

Nossas mãos se soltaram.

"Mas então", ele quis saber, curioso, "o que tá indo aprontar em Vienna?" "Faculdade." "É claro, você tem cara mesmo de artista." "Você acha?" "Eu entendo de gente que tem talento!" Dei uma risada. "Tô pra descobrir o meu ainda." "Sem pressa", ele ergueu os ombros, "só vá em direção ao que você *realmente* quer, entende? Sem olhar pros lados, sem olhar pra trás." Balancei a cabeça, *eu sabia o que ele estava tentando me dizer com aquilo.* "Quando você encontra o que realmente quer fazer da vida", continuou ele, "os ponteiros do relógio param de tilintar." "Você também escuta?", perguntei, chocada. "É claro, quando a gente não faz com amor, seja lá o que for, o barulho *é insuportável.*" Ele deu risada. "Pra parar de escutar, só estando *apaixonado*", e ele olhou, profundamente, dentro de mim, como se fosse capaz de *me ler* como *um livro,* "seja pelo que for."

Meu Deus, eu não tinha dito.

Eu não tinha dito a Íris que sou apaixonada por ela antes de viajar.

Peguei o celular depressa, comecei a digitar e apagar, digitar e apagar. Nada daquilo parecia certo.

Não era *isso*. Não era.

Eu sabia que não era.

Eles tinham decidido aquilo por mim, pela minha felicidade, mas era só mais uma decisão – das *incontáveis* já tomadas – *que não era minha.*

Eu olhei para Seu Sergio, pálida. Eu estava dentro de um avião para Viena. Assento 7A. Na janela. Para fazer uma prova em outro país. *Não era isso.* Eu tinha *certeza* agora.

Porque eu estava ouvindo o relógio tocar.

Saltei do banco, pedi licença a Seu Sergio, disse que tinha sido um prazer imenso, ele me ajudou a retirar a minha mala. A confusão que causei nesse voo foi digna de uma cena de final de novela. *"Com licença, desculpa, excuse-me, Sir, sorry, I'm sorry, excuse-me, please, foi mal, licença."*

"O que você tá fazendo?" "Preciso sair desse avião! *Agora!*" "Mas estamos fechando as portas!" "Eu *preciso* passar!" "Por favor, volte ao seu assento!" "*Se vocês não me deixarem sair, eu juro...*" "*Que absurdo!*" "Me deixa passar!"

A brecha da porta, para sair do avião, estava cada vez mais estreita.

Tic-tac-tic-tac.

"*Édra*", gritei pra mim mesma, dentro da minha cabeça. "*Você precisa pular! Agora!*"

Fechei o meu olho e dei o salto.

Essa foi *a primeira* escolha, *genuinamente minha*, que fiz sobre a minha vida.

E, quer saber? Eu tô *começando* a gostar.

▷ STARLIGHT – MUSE

Sem mala, sem carteira, sem dinheiro, sem bateria no celular. Fiquei perambulando de um lado para o outro pensando em como eu iria voltar pra fazenda. Meu corpo tomado de adrenalina, meu coração acelerado, minha respiração ofegante, as mesmas sensações de estar apaixonada, ainda que não fosse sobre alguém e sim, sobre aquilo. Sobre a atitude tomada. Nunca me senti *tão viva*. Essa coisa de se decidir sobre a própria vida é algo que, *com certeza*, vou adorar me acostumar. Eu estava ali, sem *nada*, mas também não ouvia nenhum relógio tocar.

O sol estava perto de se pôr. A luz do dia, do lado de fora do aeroporto, refletiu no metalizado de uma fileira inteira de bicicletas. Para a minha sorte, não que eu costume ter muita, pegar temporariamente qualquer uma delas, era de graça.

Montei em uma bicicleta e, antes de começar a pedalar, vi *Reddie* passar do meu lado, sendo rebocada.

"*Ei!*", gritei. "*Cadê a dona desse carro?*"

A janela do motorista do reboque estava aberta. Ele me olhou lá de cima, com os lábios esticados pro lado. "*Teve a mesma brilhante ideia que a sua*", respondeu.

"Quanto tempo faz isso?" Meus olhos arregalaram.

"*Uns quinze minutos.*"

Pisei no pedal e dei uma risada. Assim que eu a encontrasse, no caminho, eu iria contá-la. Sobre ter sido, *desde o início*, completamente apaixonada por ela.

Todos os meus dominós tinham me levado até ali. Tudo tinha me preparado para aquele momento. Fui acelerando e desviando entre os carros. Parando numa sinaleira e outra. Sentindo o vento assoprar na minha cara.

O sol estava se pondo em São Patrique como eu estava me sentindo por dentro – *Laranja-forte*.

Encontrei Íris pedalando, sem me ver, mais à frente na estrada.

Não tive pressa de alcançá-la.

Até porque o tempo, de qualquer maneira, havia parado.

Essa não é uma história **de** amor. Essa é uma história **sobre** o amor.
E ela termina assim: comigo pedalando em *zigue-zague* de bicicleta.

Minha coisa favorita sobre andar de bicicleta *sempre* foi o vento.
E minha coisa favorita sobre o vento é que não se pode segurá-lo.
Eu sempre quis ser como o vento.
O vento é – *completamente* – livre.

"Íris!"

EPÍLOGO

O ELEVADOR ESTAVA QUASE SE FECHANDO quando alguém esticou um envelope na minha direção. *"Dona Édra!"*, gritou Seu Francisco. As portas se abriram de novo. "Dona Édra, meu Deus. Desculpa assustar a senhora, mas os carteiros já tão querendo me transformar em camisa de saudade. Esse pacote está indo e vindo de São Patrique *há meses*. É pra senhora." Ele me entregou o envelope, cheio de carimbos das idas e vindas. "Obrigada, Seu Franciso", agradeci. "Às ordens!" Ele acenou com a cabeça, dando um passo pra trás.

O elevador se fechou, me levando para casa.

Comecei a rasgar o envelope ainda lá dentro e atravessei o corredor até o apartamento puxando mais partes para descobrir do que se tratava.

"Para: Édra Norr
Rua das Laranjeiras, 2019. Apt 2024.
– Edifício do Sol.
Nova Sieva."

Sem remetente.
Aluna: Thiessa Maria
Colégio São Patrique

Prova Final – Recuperação de Química.
Professora: Rafaella Machado.
Situação: Aprovado.
Nota: 10,0.

Deixei a famosa cabeça de Janis Joplin no pratinho de chaves, que ficava junto aos porta-retratos, sobre o aparador, na entrada. Fechei a porta e logo veio Margot, ronronando e se esfregando nos meus pés. De todas as fotos expostas ali, apesar de ser *muito* difícil de escolher, a minha favorita de longe era um compilado nosso, sorrindo dentro da cabine fotográfica, do casamento da minha avó. Ao fim daquele dia laranja-forte, depois de termos pedalado feito duas malucas até lá. Fiz um pouco de carinho em Margot e fui seguindo o cheirinho gostoso da comida até a cozinha. Precisava falar com o outro gato da casa.

Nosso apartamento era bem espaçoso e iluminado. O nascer do dia começava nas janelas do quarto e o pôr do sol era sempre vibrante contra as paredes verdes da sala.

"Ela passou em química." Eu sorri, jogando o envelope rasgado e a prova na mesa de jantar. Íris estava de costas pra mim, cozinhando.

"Quem passou em química?" Ela se virou, confusa.

"Thiessa." Meu sorriso não poderia ser maior. "Ela me mandou a prova de presente, o correio estava há *um tempão* tentando entregar."

Íris franziu seu pequeno nariz, arrebitado, feliz com o que tinha me escutado contar. "E a entrevista, como foi?" "Estão precisando *muito* de uma professora substituta que saiba tocar instrumentos, então, acho que a vaga é minha." "Amor, *isso é ótimo!* E a matrícula?" "*Quase lá*, faltam uns documentos ainda, mas meu pai vai mandar. É que ele tava meio *ocupado* essa semana" *(tendo encontros com Dona Martha).*

"Eu ia falar pra você pedir a sua avó, mas lembrei que ela e Seu Júlio não param de emendar um cruzeiro no outro. Quem tá tomando conta da fazenda, afinal?" *"Adivinha!"* Revirei os olhos. "Começa com Cadu e termina comigo cheia de raiva", resmunguei, falando mais baixo do que a risada dela.

"É sério. Não é engraçado. Eu sou *péssima* com celular, mas ele consegue ser *pior*. E é outro que também *só anda ocupado...*" *(saindo com Ramon).*

"Calma, dá tempo de resolver. Você tem *um mês inteiro* ainda", ela sorriu, tranquila, *"caloura"*, e tentou me provocar. "Tá ansiosa pra começar no curso?" Ninguém no mundo poderia estar mais feliz do que eu sentada, ali, na nossa cozinha, sentindo cheirinho da nossa comida, vendo a mão dela mexer a panela usando um anel de plástico, do nosso namoro.

Dei um suspiro.

"Mal posso esperar." Nos entreolhamos. "E as gravações?", perguntei.

"A cena que eu ajudei a escrever vai passar na semana que vem!", anunciou ela, cheia de *glitter*. "Então, a gente *vai ter* que comemorar!" Mordi os lábios.

E ela me olhou, toda metida, *toda minha*, dando risada.

"Mas, falando sério, não vejo a hora do segundo semestre começar. E a gente ficar se esbarrando, igual nos tempos da escola, só que dessa vez pelos corredores da faculdade!" Íris deu um gritinho histérico, como se sua ficha só tivesse caído imediatamente depois de ter falado. Saltitava, serelepe, com a colher na mão. Respingando molho branco por toda parte.

"Um romance entre uma *caloura* e uma *veterana*", brinquei. "Seria um best-seller", disse, porque tinha certeza disso. "Se nossa vida fosse um livro...", continuei, imaginando, "acho que seria um best-seller."

Ela se virou, sem parar de mexer a panela, intrigada com o que eu tinha falado. "Que nome você acha que teria?", perguntou, curiosa.

Os olhinhos dilatados de gato.

"Eu acho que..." Estiquei minhas mãos no ar, dimensionando um letreiro invisível. "O amor não é óbvio!", ela me interrompeu.

"Nossa, eu ia falar *exatamente* o contrário." Minhas sobrancelhas arquearam.

"E qual você acha que seria?"

"Coisas óbvias sobre o amor", eu disse, como se a minha resposta fosse a única possível para aquela discussão. O bico na boca Íris parecia discordar.

"É claro que não. O amor não é óbvio é *muito* melhor. Eu consigo imaginar até a capa!" "Então teriam que ser dois, porque eu não mudaria o nome do meu." Ergui os ombros. "O meu poderia ser o *início* da história e, aí, o seu..." "O meu seria a *o final*, que é basicamente a melhor parte, porque no meu já seríamos adultas, então teria muito mais cena de..." *"Édra!"*, ela me repreendeu e eu dei risada.

"Não acho que o seu seja *melhor* do que o meu, até porque sem *o meu*, o seu *nem existiria*. *"Metida..."* Entortei meu sorriso pro lado, cruzando os braços.

"Mas é verdade", argumentou ela. "Os dois são importantes pra história, sem um, não existiria o outro. Para o segundo ser bom, o primeiro tem que pavimentar todo o caminho. E para o primeiro ser *realmente* bom, o segundo tem que ter final feliz."

"E como você acha que seria um final feliz?", perguntei, me levantando da cadeira. "Um final feliz é como o nome mesmo diz, é *feliz*. Aquela sensação que você sente quando tá assistindo a uma boa novela."

Eu fui chegando, aos pouquinhos, mais perto.

"Como é um final feliz de novela?", perguntei, atrás de sua nuca. Sua mão foi perdendo o jeito de mexer a panela.

"Hum." Ela foi se encostando em mim. "É que tem muitos tipos de final feliz de novela, mas a *maioria* tem beijo." "Ah, é?" "É." "E como é um *beijo de final de novela*, me explique, já que você é a roteirista..." "Acho que tem que ter um pouco de tensão." *"Uhum."* "Um pouco de olhar." *"Certo."* "Um carinho..." "E o que mais?" "E só, depois disso pode vir o beijo" "É?" "É."

Eu a virei e nós nos beijamos.

O cheirinho gostoso de comida se transformou, em poucos segundos, num cheiro de queimado.

"Corta!" Íris se afastou, me empurrando. "De novo, Édra! Você *sempre* faz isso!" E foi logo desligando o fogo, desesperada. A fumaça já tinha se alastrado. Margot fugiu, miando. "Você me distrai e é nisso que dá!"

Eu só conseguia rir e me afastar, antes que sobrasse *(ainda mais)* pra mim. Como eu conhecia muito bem a minha mulher, sabia que ela iria *continuar* reclamando.

"Ótimo!" – *Eu disse, não disse?* – "Agora tá mais verossímil!" – continuei ouvindo e rindo do meu canto, – "Bem-vinda à vida real! Ou, você acha que uma duologia best-seller lésbica terminaria com o casal principal numa cozinha, com um jantar queimado?", ela se virou para me olhar, com aqueles olhos, *os mesmos* de sempre.

Os mesmos de *tudo*.

"É *óbvio* que não...", respondi, a olhando de volta.

É óbvio que não.

AGRADECIMENTOS

Eu queria que essa duologia existisse. Eu queria que esse livro me encontrasse dentro de mim – de pé no passado, a eu-de-14-anos e de-tantas-idades-antes, dentro de uma livraria esperando ansiosa a funcionária voltar do estoque, voltar do computador, voltar da orelha de um colega de trabalho, tudo para me dizer que "É, romance lésbico assim, que você fala, não tem. Mas tem aquele livro ali".

E aquele livro ali não era esse.

Nunca foi.

Eu precisava que esse livro existisse. Os dois. Para poder fazer essa máquina do tempo, voltar naquele momento e dizer que "Daqui a uns anos, esse livro vai existir. Porque você vai escrever um". Deixar que a eu-de-14-anos pule, gire, comemore e passe a existir a partir disso.

Quis, com todo o meu coração, escrever esses livros.

Quis chegar a tempo.

Agora me despeço de todos eles. Dessa cidade. Das novelas. Nada disso seria possível sem as minhas leitoras beta (Vanessa, Sued, Letícia, Ísis, Júlia, Duda). Obrigada por terem voltado a São Patrique comigo, nos encontramos na mesma rodoviária, pegamos o mesmo ônibus, fomos naquela praia, naquela fazenda, comemos aquele bolinho de casamento; sem vocês não teria como, nada disso.

Prometi a uma leitora uma vez – Júlia –, que agradeceria a ela pelo meu iPad assim que eu escrevesse um agradecimento de livro. Eu tinha o dinheiro contado pra comprar, ela morava em Portugal, lá era mais barato e todas as ilustrações desse livro não existiriam sem ele. Até hoje não sei dizer por que ela fez isso por mim. Mas sei sorrir toda vez que me lembro disso.

O processo do primeiro livro foi interrompido pela primeira cirurgia de tumor no ovário, e o do segundo também. Aqui eu dou a Doutor Luiz uma linha curta e, talvez, o agradecimento mais significativo: *Obrigada por me manter viva. Eu ainda existo. Te agradeço.*

Na minha editora – **Todos**. Em especial, Lucas, Everson, Débora, Tati e Stella pelos planos sonhados que se realizam. Luiza – a luz no fim do túnel, a melhor parte de todos esses travessões e de todas essas aspas, é você carregando.

Rafa, Rafaella Machado – R. Argentina, 171, no Vasco da Gama – há quem veja um prédio de vários andares, eu vejo um par de sapatos, uma caneta, uma ligação de alguns minutos, o calendário de 2019, luvas pretas, cartões de embarque, a rolha de um champanhe, um cigarro comemorativo. *Seu coração é um prédio de vários andares. Obrigada por tudo.*

E AS LEITORAS

Obrigada por terem lido – do Wattpad até aqui – essa duologia. Gostar de meninas é, sim, algo bonito. Eu espero tanto, *mas tanto*, que vocês finalmente tenham entendido. Tudo isso só existe para dizer isso. Para encontrar vocês em algum lugar do passado, nessa máquina do tempo que construímos, e as abraçar.

Vocês me fizeram rir, chorar, acreditar. Corri até a linha de chegada e atravessei a fita, em disparada, aos gritos de sua torcida. É tudo de vocês agora. Fiquem com a cidade, com as praias, com a escola, com a casa, com a televisão ligada, com a fazenda. São suas as novelas, as pessoas e todas as páginas desses dois livros juntos.

O que acontece comigo agora e o que eu escreverei a partir daqui – preciso descobrir ainda.

Nesse meio-tempo, vocês também vão correr as suas próprias maratonas, sejam elas quais forem. E eles estarão lá. Não vão a lugar nenhum. Eles estarão lá gritando por vocês. Avancem para a linha de chegada – Íris, Édra, Dona Símia, Seu Júlio, Cadu Sena, Polly, Wilson, Dona Genevive, Vadete, até mesmo a Senhora Lobo, Augustus, Eva Norr (no vento). Todos, todos eles, estão torcendo por vocês. Todos, todos eles, existirão eternamente em seus peitos.

"Somos um pequeno grão de poeira para o universo, mas, para alguém, em algum lugar do mundo, sol."

Eu fiz um sol só para dar a vocês. *Laranja-ultraforte*. É de vocês, fiquem.

Vocês **mudaram** a minha vida. Eu amo *tanto* vocês...

Este livro foi composto na tipografia Adobe Garamond Pro,
em corpo 11,5/15,5, e impresso em papel off-white
no Sistema Cameron da Divisão Gráfica
da Distribuidora Record.